KB174167

국토탐방 上(상권)

오이환 지음

지은이 오이환

1949년 부산에서 출생하여, 서울대학교 철학과를 졸업하였다. 동 대학원 및 타이완대학
대학원 철학과에서 수학한 후, 교토대학에서 문학석사 및 문학박사 학위를 수여받았다.
1982년 이후 경상대학교 철학과에 재직해 왔으며, 1997년에 사단법인 남명학연구원의
제1회 학술대상을 수상하였고, 제17대 한국동양철학회장을 역임하였다. 주요 저서로는
『남명학파연구』 2책, 『남명학의 새 연구』 2책, 『남명학의 현장』 5책, 『해외견문록』 2책,
『동아시아의 사상』, 편저로 『남명집 4종』 및 『한국의 사상가 10인—남명 조식—』, 교감으
로 『역주 고대일록』 3책, 역서로는 『중국철학사』(가노 나오키 저) 및 『남명집』, 『남명문
집』 등이 있다.

국토탐방 上(상권)

© 오이환, 2014

1판 1쇄 인쇄__2014년 08월 05일
1판 1쇄 발행__2014년 08월 15일

지은이__오이환
펴낸이__홍정표
펴낸곳__글로벌콘텐츠
　　　　등록__제25100-2008-24호
　　　　이메일__edit@gcbook.co.kr

공급처__(주)글로벌콘텐츠출판그룹
　　　　대표__홍정표
　　　　이사__양정섭
　　　　편집__노경민 김현열 김다솜　디자인__김미미　기획·마케팅__이용기　경영지원__안선영
　　　　주소__서울특별시 강동구 천중로 196 정일빌딩 401호
　　　　전화__02-488-3280　팩스__02-488-3281
　　　　홈페이지__http://www.gcbook.co.kr

값 27,000원
ISBN 979-11-85650-40-1 04810
　　　 979-11-85650-39-5 04810(set)

국토탐방

상권

오이환 지음

글로벌콘텐츠

머리말

　이 책은 나의 일기 중에서 국내 여행과 등산에 관한 부분을 발췌하여 편집한 것이다. 등산이라면 해외에서 한 것도 더러 있고, 여행이라면 연구와 관련하여 현장 답사 및 자료 수집을 목적으로 한 것도 있지만, 그것들은 이미 『남명학의 현장』 및 『해외견문록』에 포함되었으므로 대체로 생략하였다. 그러므로 이 책에 수록된 것은 국내에서 연구 이외의 목적으로 행한 일반적인 것에 한정된다고 할 수 있다. 이즈음은 여행이나 등산 안내서가 제법 출판되어 있지만, 이것은 타인을 위한 것이 아니라 순전히 개인적 경험의 기록이란 점에서 그런 것들과는 좀 다르다.

　나는 일기를 쓰기 이전부터 답사 성격의 주말여행을 계속하고 있었다. 그런 답사가 대충 마무리 지어진 이후로는 자연스럽게 취미를 목적으로 한 여행으로 성격이 바뀌었다. 우리나라 국토의 대부분이 산지이고, 이제는 그 산들이 모두 녹화되어 동네 뒷산조차도 아름답지 않은 곳이 없으므로, 내 여행의 주된 대상도 자연히 산으로 옮겨져 갔다. 그리고 해외여행이 자유로워진 이후로는 교직에 몸을 담고 있는 까닭에 여름과 겨울의 긴 방학을 이용하여 일 년에 두 번 정도씩 바다 건너로 바람 쐬러 다니게 되었다. 또한 2007년에 내가 살고 있는 진주 근교의 산 중턱에 4천 평 가까운 농장을 소유하게 된 이후로는 매주 토요일은 그리로 가서 시간을 보내게 되었다. 그리하여 토요일은 농장, 일요일은 등산, 방학에는 해외여행을 떠나는 것이 내 생활의 패턴으로서 자리 잡게 된 것이다.

　옛 사람들의 문집을 보면, 자연을 찾아 여행이나 등산을 떠난 기록이 자주 눈에 띈다. 교통이 발달되지 않았던 그 당시의 여행은 지금처럼 쉽지 않았을 터이므로, 보통 사람이 하기 힘든 경험이라 기록해 둘 만한 가치가 충분히 있었을 것이다. 국내의 여행도 그다지 쉽지 않았을 터인데, 하물며 해외유람이겠는가! 이러한 기록들을 통해서 우리가 확인할 수 있는 것은 여행이나 등산이란 당시로서는 선비의 고상한 취미의 일종으로 간주되고 있었던 점이다. 그런데 지금은 등산이 우리나라 국민 스포츠로서 선비의 부류뿐만이 아닌 일반대중의 가장 보편적인 취미생활로 되어 있는 것이다.

내가 살고 있는 진주는 그다지 크다고 할 수 없는 지방도시이지만, 그 숫자도 파악하기 힘들 정도로 수많은 산악회가 존재하고 있다. 그러므로 얼마나 많은 사람들이 산에 오르고 있는지 미루어 알 수 있다. 과거에 우리나라는 산이 많고 평지가 적어 국토가 척박한 것을 한탄한 적이 있었다. 그런데 그러한 국토가 이제는 축복이 되었다. 아무 산에 올라보아도 사람이 다닐 수 있을 만한 곳에는 어김없이 색색의 등산 리본이 매어져 길을 안내하고 있고, 대체로 적지 않은 사람들을 만날 수 있다. 그 산지가 이제는 공원이 되었고, 또한 이용률이 매우 높음을 알 수 있는 것이다.

미국에는 각지에 삼림보호구역이 많다. 그것들이 대체로 시민공원의 역할을 하는 것이지만, 우리나라의 산처럼 광대하고 녹지가 풍부하지는 않다. 웅장한 경치를 가진 국립공원도 적지는 않지만, 일반인이 사는 곳은 삼림보호구역을 제외한다면 대체로 종일을 가도 끝이 없는 평원이거나 사막일 따름이어서 단조롭기 짝이 없다. 독일은 녹지가 많은 것으로 이름난 나라이지만, 그 국토의 대부분이 평지이고 녹화의 비율 역시 우리나라 정도는 아니다. 최근에 여행한 이스라엘은 6일 전쟁으로 점령한 땅까지 합하면 우리나라의 경상남북도를 합한 정도의 면적인데, 그 영토의 대부분이 사막이거나 사막에 준하는 것이었다. 그러나 우리나라는 어디를 가도 산이 있고, 강이 있고, 바다가 있으며, 사계절이 뚜렷하여, 실로 아기자기하고도 다채로운 국토를 지녔음을 외국에 다녀볼수록 더욱 느끼게 된다.

지금은 도로와 교통이 발달하여, 남한 땅 어느 곳이라도 대체로 하루

만에 다녀올 수 있는 1일 생활권으로 되어 있다. 또한 우리나라의 산들은 크게 높은 것이 별로 없어 하루 이틀이면 즐기다가 오기에 족하다. 그러므로 나는 이 국토 전체를 내 집 정원처럼 생각하고, 또한 세계를 무대로 노닐기에는 등산으로 치자면 베이스캠프에 해당하는 것쯤으로 여기고 있다. 등산 활동을 통해 전국 방방곡곡을 구석구석 누비고 다닐 수 있으므로, 등산 자체가 일종의 여행이라고도 할 수 있다.

이즈음은 어느 산악회든 이른바 1대간 9정맥을 답파했고, 심지어는 그 기맥까지 대부분 다녀왔다는 사람들을 더러 만날 수 있다. 나 자신도 백두대간 정도는 대체로 다녀보았고, 정맥도 더러 다닌 것이 있지만, 그 어느 것도 완전히 답파한 것은 없다. 또한 등산을 다니기 시작한 지는 이제 이십 년 정도의 세월이 지났지만, 아직도 능력 면에서는 초보자의 수준에도 미치지 못하는 점이 있다. 그러고 보면 나는 등산의 경험이나 능력 면에서 아직 남에게 내세울 만한 것이 별로 없다. 그러나 나로서는 학문의 경우와 마찬가지로 특별한 일이 없는 한 매주의 주말이면 아직 가보지 못한 곳을 향해 떠나는 일종의 탐험을 해 왔을 따름이며, 또한 그것으로 만족하고, 앞으로도 신체적 능력이 미치는 한도까지 그렇게 여생을 보내려 하고 있다.

2014년 4월 30일
오이환

목 차

6월

29 (월) 흐림 -법계사, 천왕봉, 장터목산장

아침 8시 50분 시외버스 주차장을 출발하여 중산리로 향했다. 일행은 나까지 포함하여 모두 24명, 정병훈 교수도 참가한다는 말을 들었지만 끝내 나타나지 않았다. 매년 여름방학의 시작과 더불어 가지는 지리산 등반 MT(Membership Training)이다. 지난해에 내가 전학년 지도교수로서 참가했으니 금년은 배석원 교수의 차례지만, 배 선생이 재임용 관계 논문 준비로 바빠 내가 다시 인솔교수의 역할을 맡았다.

중산리에서 등반을 시작하여 칼바위의 계곡에서 점심을 지어 먹고, 일행은 예정을 변경하여 곧바로 장터목으로 향했지만, 나는 法界寺 코스를 한 번도 답파하지 못한지라 문진이와 함께 법계사를 향해 오르기 시작했다. 이 코스는 천왕봉까지 최단 거리이기는 하지만 경사가 가장 가파른 곳이라 오르막에 시종 헐떡거렸다. 나는 고교 시절에 폐결핵으로 右肺上葉切除手術을 받은지라 일반인에 비해 폐활량이 모자라 등산과 같은 운동은 무리인지도 모른다.

천왕봉 정상에 세 번째로 올랐으나, 이번에도 역시 안개에 가려 충분한 조망을 할 수가 없었다. 문진이와 함께 소주를 한 병 마시다가 부근에 야영하고 있는 연세대생 두 명 및 조선대생 한 명에게도 나누어주며 대화를 가졌는데, 연대생이 라디오 뉴스를 통해 들었다고 하면서 노태우 민정당 대표위원이 직선제 개헌안을 비롯한 현안의 민주화 문제를 전면적으로 수용하는 기자회견을 했다고 전했다.

저녁 7시 30분경에 장터목산장으로 와 일행과 합류해서, 저녁식사를 들고 일박했다.

30 (화) 맑음 -세석평전, 연하천산장, 뱀사골산장

새벽 다섯 시 반경 일행 중의 일부는 천왕봉 일출을 구경하러 왕복 8km를 갔다 왔다. 나는 따라가지 않았지만 일출이 좋았다고 한다.

오늘은 그야말로 강행군이었다. 장터목에서 세석평전을 거쳐 선비샘에 와서 중식을 하고, 다시 연하천산장을 지나 화개재 아래의 뱀사골산장까지, 지리산의 주능선을 따라 무려 30km 내외의 거리를 주파했다. 뱀사골산장에서 ≪조선일보≫를 빌려 읽었다. 여학생이 일행 중 1/3 가량 되는데, 모두들 죽기 아니면 살기로 걸었다 한다.

7월

1 (수) 흐림 -뱀사골, 반선, 실상사

뱀사골산장 부근의 야영장에서 아침을 지어 먹고, 약 14km 거리의 뱀사골계곡을 따라 내려오다가 반선까지 몇 km 못 미친 계곡에서 다시 중식을 지어 먹었다. 계곡물이 하도 좋아 학생들이 식사 준비를 하는 동안 나는 아래쪽으로 조금 내려가 큰 바위 아래서 목욕을 했다. 반선에서 6.25 전후의 지리산 공비 토벌 관계 전적기념관을 나 혼자 둘러보고, 버스 정거장 부근의 상점에서 학생들에게 술과 음료수를 사 주었다.

신라 九山禪門 중 최초의 사찰인 實相寺가 반선에서 멀지 않은 山內라는 곳에 있으므로, 내가 권하여 예정에 없던 이 사찰을 방문하였다. 실상사 자체가 사적 309호로 지정되어 있을 뿐 아니라, 이 절과 부속 암자는 국보 1점, 보물 11점, 지방문화재 이외 3점 등 모두 15점의 문화재를 보유하고 있는 유서 깊은 곳이다.

산내에서 다시 함양 행 직행버스를 탔는데, 이 길은 인월에서 서쪽으로 운봉·남원에 통하고 있어, 孤臺 鄭慶雲이 정유재란에 피난을 가고,

金端礩가 그 아버지 海寄의 임자도 유배를 陪行하여 지난 길도 이 코스가 아니었을까 생각하니 감회가 깊었다.

진주에 도착하여 학생들 전원에게 저녁식사를 사 주고 집에 돌아오니, 전두환 대통령이 노태우 씨의 건의를 전폭 수용하는 오전 10시의 연설 녹화 장면이 TV의 아홉 시 뉴스에 방영되고 있었다.

8월

2 (일) 비 -상주해수욕장, 미조, 창선도
장인께서 남해군 농촌지도소장으로 전임된 후 한 번도 찾아가 뵙지 못했기 때문에 오늘 황 서방 가족들과 장모·처남댁·民國이, 그리고 우리 부부가 함께 황 서방이 운전하는 봉고차로 남해에 놀러갔다. 읍내의 장인이 거처하는 전세방에 들렀다가 그 집 안주인과 세 어린이까지 합세하여, 상주해수욕장 가는 도중의 바닷가 횟집에서 내려 생선회와 점심을 들었다. 장인은 부산의 결혼식에 참석차 가고 없었으나, 그 횟집에다 미리 연락을 해 두었던 모양이다.

식사가 끝나고서 상주해수욕장을 거쳐 남해도의 끝인 미조에까지 갔다가, 도로 돌아 나와 昌善島에도 들렀다. 수년 전 설날에 혼자 남해도를 한 바퀴 돌았을 때는 창선도와 남해도를 연결하는 다리도 없었던 것 같은데, 지금은 삼천포로 가는 배가 출발하는 나루터까지 포장도로가 닦여 있었다. 남해읍으로 돌아오니 장인어른도 돌아와 계셨다.

14 (금) 오전 한 때 비 -도갑사, 삼학도
8월 17일이 결혼기념일이라 우리 부부는 매년 이를 기념하는 여행을 하기로 하고 있는데, 작년에는 청도의 운문사와 대구·밀양 등지를 돌아왔고, 금년에는 홍도에 가기로 작정했다. 15, 16일이 연휴인지라, 2박 3일 정도 일정을 잡고 오늘 출발하게 되었다.

오전 10시 발 광주행 고속버스를 타고, 다시 목포행으로 바꾸어 탔다.

목포에 도착했을 때는 오후 두 시 반의 마지막 쾌속정이 막 떠난 후였다. 레저 시즌이라 내일의 쾌속정도 모두 예약이 끝나 있다 하여 낭패했는데, 마침 부두 근처의 목포관광여행사에서 1박 2일의 홍도 관광객을 모집한다 하므로 다음날 아침 출발하는 그룹에 신청했다.

목포 시내 해수욕장의 전망 좋은 횟집에서 늦은 점심을 들고, 오후의 남는 시간을 이용하여 영암 월출산을 보러 갔다. 영암 읍내에서 택시로 道岬寺에 들렀다가 돌아와 삼학도의 船上 횟집에서 저녁을 들고, 여행사 부근의 여관에서 1박했다.

15 (토) 맑음, 밤에 비 -흑산도, 홍도

아침에 배가 출발하여 흑산도의 예리항을 거쳐 오후 3시경에 홍도 1구의 해수욕장에 닿았다. 배가 혼잡하여 갑판에 올라가 있었는데, 7~8시간을 바닷바람과 햇볕에 노출되어 있었더니 얼굴과 팔이 새까맣게 그을렸다. 항구에 대기하고 있던 여행사 직원을 따라가 여관에 짐을 풀고, 점심 겸 저녁의 늦은 식사를 했다.

16 (일) 비 -홍도 일주

폭풍주의보가 내려 일체의 배가 운항할 수 없다고 한다. 오전 내내 李丙燾 저 『韓國儒學史略』을 읽었다. 점심 식사 중 여행사 직원이 폭풍주의보가 해제되었고, 아울러 오후에 출발하는 쾌속선을 탈 수 있다고 알려주어 기뻤다. 빗속에 유람선으로 홍도를 일주하고 난 후, 항구에 잠시 대기하고 있다가 쾌속선에 올랐다. 파도가 심하여 선체가 크게 흔들리고 다소 멀미 기운을 느꼈으므로, 흑산도를 지나 다시 섬들이 나타날 때까지 눈을 붙이고 잤다.

밤 9시 반경에 목포에 도착하자 곧바로 역으로 가 10시 30분발 부산행 기차표를 샀는데, 이미 좌석권이 예매되고 입석권 밖에 없었다. 그래도 광주까지는 비어 있는 좌석에 앉아 좀 눈을 붙일 수가 있었으나, 광주에서부터 진주까지는 시종 서서 왔다. 타인의 좌석 팔걸이에 걸터앉아

『유학사략』을 읽었다.

10월

18 (일) 흐리고 오후 한 때 비 -삼천포 굴항, 수우도

인문대 교수친목회의 야유회 날이라 학교버스로 삼천포에 갔다. 작년에 이어 참석률이 저조하여 교수 12명이 동행했는데, 현재 문제가 되고 있는 중문과의 유응구·강신웅 교수와 사학과의 박성식 교수도 포함되었다. 삼천포의 大芳鎭 掘港에 있는 들물횟집에서 술과 생선회를 들고서, 쾌속 유람선을 빌려 蛇梁島 앞의 동백섬 즉 樹牛島를 한 바퀴 돌고 왔다.

진주로 돌아와서는 지난 달 29일에 개업한 동방관광호텔 11층의 스카이라운지에서 비프스테이크로 저녁을 들고, 지하층의 나이트클럽에 가서 맥주를 마셨다.

1월

22 (금) 맑음 -옥전고분, 합천댐

오전 10시 학교버스 두 대를 내어 이번에 경상대 박물관의 발굴로 말미암아 또 한 차례 전국의 매스컴을 떠들썩하게 만든 합천군 雙冊面 城山里 玉田고분의 발굴현장으로 가는 교직원 일행에 참여했다. 이 성산리는 남명의 친우로서 嶺南三高의 한 사람으로 꼽히던 黃江 李希顔이 거주하던 곳이므로, 나도 1~2년 전에 한 차례 방문한 적이 있었다.

발굴 현장은 마을 뒷산의 草溪鄭氏 시조 신도비각 및 시조 父子를 향사하는 玉田書院이 있는 바로 앞 언덕이었다. 발굴책임자인 趙榮濟 교수의 설명에 의하면, 이 무덤의 내부 규모는 국내에서 발굴된 고분으로서는 최대이며, 『일본서기』에 나오는 多羅國이라는 伽倻王의 무덤임이 거의 확실하다는 것이다. 합천 읍내에서 점심을 들고, 타고 간 학교 버스로 합천댐 공사 현장을 한 바퀴 둘러보고 왔다.

2월

27 (토) 흐림 -금산사

서울대학교 동양철학연구회의 1988년도 동계정기학술발표회(제2회)가 오늘부터 2박3일간 전북 금산사에서 열리므로, 아침식사 후 바로 집을 나섰다. 9시 15분 전주 행 버스를 타고, 산청-함양-인월-운봉-남원-오수-임실을 거쳐 12시 45분경 전주에 도착했다.

전북대 정문 앞에서 서울서 전세 관광버스 한 대를 대절하여 이미 도착해 있는 일행과 합류하여 함께 시내에서 점심을 들고, 금산사에 도착하여 大藏殿 뒤편에 있는 화엄학림 건물에 짐을 풀었다. 금산사의 대적광전은 작년에 화재로 전소되어, 수년 전 내가 전북대에서의 대한철학회 모임에 참석한 일행과 함께 처음 이 절을 찾았을 때와는 퍽 달라진 모습이었다. 이남영·심재룡 두 교수와 한신대의 宋榮培 교수를 비롯한 약 30여 명의 교수와 대학원생들이 참석했는데, 발표하기로 예정된 김재성·김성태 군이 나타나지 않아 일정이 약간 변경되었다.

28 (일) 맑음 -모악산

점심 식사 후 금산사 뒷산인 모악산을 등반했다. 등반하기 전 성태용·허남진 군이 뒤늦게 도착하고, 경남대의 崔裕鎭 군은 먼저 돌아갔다. 대학시절 불교학생회의 멤버로 있을 때 이후 참으로 오랜만에 미륵전 대불 앞에서의 저녁예불에 참석했다. 등반 때 일부는 산 능선을 넘어 전주로 빠졌으므로, 저녁 공양 때는 우리가 그들 몫의 밥까지 먹어치우지 않을 수 없었는데, 그들이 돌아올 때 술과 안주 등을 잔뜩 사 와, 밤에 이광호 씨가 「이퇴계의 성학십도 연구」를 발표하고 허남진 군이 논평할 때 이것들을 나누어 먹었다. 이남영 교수 등은 전북대 교수들의 초대를 받아 내장산에 갔다가 밤늦게 돌아왔다.

3월

27 (일) 맑음 -무주구천동

바람 쐬러 집을 나와 하동 행 버스를 타고, 하동서 구례로, 구례에서 다시 버스를 바꿔 타 곡성을 거쳐 남원에 도착했다. 남원에서 함양을 거쳐 돌아올 예정이었으나, 도중에 운전사에게 물어본 바로는 무주구천동을 보고서도 진주로 돌아갈 수 있다고 하므로, 남원에서 순대국밥으로 점심을 들고서 다시 구천동 행 버스를 탔다. 장수·장계·안성·적상·무주를 거쳐 구천동 관광단지의 종점에 도착했을 때는 이미 오후 네 시 반경이었다. 장계 가는 막차가 다섯 시 40분에 출발한다 하므로, 거기서 구천동 33경 중의 제15경인 月下灘과 16경인 印月潭까지만을 보고서 도로 돌아 나와 막차로 장계에 도착하니 거의 밤 일곱 시 반경이었는데, 안의 가는 막차는 이미 끊어진 지 오래였다. 할 수 없이 그곳의 여관에서 하룻밤을 잤다. 시골이라 가계수표를 주어도 잘 몰라 설명하는데 힘들었다. 장계는 의기 논개의 고향인 모양이다.

28 (월) 낮에 비 -귀로

장계에서 오전 7시 40분 대구행 첫차를 타고 덕유산을 넘어 안의에 도착했다. 안의에서 水東 가는 버스표를 사다가 비로소 주머니의 지폐가 없어진 사실을 알고서 당황했다. 약 6~7천 원 남아 있었을 지폐가 어디에선가 흘러 떨어진 모양이어서, 수동에 도착하니 진주까지의 차비가 880원인데, 30원이 모자라는 850원 어치의 동전만이 남아 있었다. 매표원에게 말하여 이럭저럭 진주까지 도착할 수는 있었으나, 주머니에는 시내버스 탈 돈조차 남아 있지 않아, 의과대학까지 약 20분간 걸어서 학교버스를 타고 출근했다. 하마터면 객지에서 창피를 당하고 난처한 입장에 빠질 번했다.

4월

17 (일) 오후에 비 -쌍계사, 의신, 연곡사

아내의 연세대 선배이자 본교 간호학과의 동료이기도 한 배행자 선생 부부와 우리 부부가 동행하여 쌍계사 입구의 벚꽃구경을 갔다. 그러나 막상 도착해 보니 십리의 벚꽃 길로 유명한 화개에서 쌍계사까지에는 이미 벚꽃이 거의 져 버린 셈이어서 철 놓친 관광이 되고 말았다.

쌍계사 경내를 구경하고, 신흥과 지리산의 대성리 코스 중턱에 있는 의신마을까지 올라갔다. 신흥은 남명의 「유두류록」에 나오는 神凝寺가 있었던 곳인데, 지금의 왕성국민학교 자리가 바로 그 절터라고 하며, 新興(혹은 神凝)·義神·靈神의 이른바 三神洞이라 일컬어지는 곳으로서 모두 옛날 절이 있었던 자리이다.

화개까지 나오는 길은 상춘 인파로 교통체증이 심했으나, 우리 일행은 다시 전남 구례군의 지리산 피아골에 있는 鷰谷寺에 들렀다. 연곡사는 박경리 씨의 『토지』에서 九天이 태어난 장소이자 중요 무대로 설정된 곳인데, 국보 두 점, 보물 두 점을 보유하고 있었다. 어제부터 KBS 1TV의 〈토지〉 제2부가 시작되어, 돌아와서 그 제2회 분을 잇달아 시청했다.

5월

1 (일) 초여름 날씨, 저녁에는 흐림 −용두산공원, 태종대

아내와 함께 혁자의 동생인 영환이 결혼식에 참석하기 위해 고속버스를 탔다. 신록의 계절이라 눈 가는 곳마다 봄의 생명이 약동하고, 온갖 꽃들이 만발해 있었다. 둘이서 용두산공원에 올라, 엘리베이터를 타고 전망대까지도 가보았고, 오후 2시에 용두산공원 뒤편 입구에 있는 중앙성당에서의 결혼미사에 참석했다. 누님 부부를 비롯한 친척들이 거의 다 왔고, 식이 끝난 후 대부분 혁자네 집으로 가는 모양이었지만, 우리 부부는 빠져나와 태종대로 갔다.

태종대의 곤포가든에서 일식으로 점심을 들고, 자갈마당에서 유람선에 올라 섬을 일주한 다음, 다시 자갈마당으로 돌아와 전망대와 등대 있는 곳까지 산보를 했다. 등대 아래 바닷가 바위 위에 해산물을 안주로 하는 임시 주점들이 많이 벌려져 있기에 산 낙지에다 소주를 시켰는데, 산 낙지 한 접시에 7,000원을 부르는 데는 놀랐다. 맛이 없어 별로 젓가락을 대지 않았더니, 아내가 아깝다면서 기어이 나머지를 싸 가지고 집에까지 가져왔다.

22 (일) 비 -마이산

전북 진안의 마이산에 혼자서 다녀왔다. 마이산은 사진으로만 보았었는데, 가보니 산 전체가 자연 콘크리트로 된 매우 특수한 지형이었다. 塔寺 앞에서 파전 비슷한 빈대떡을 두 접시 먹었다.

7월

2 (토) 흐리고 때때로 비 -원불교 영산성지

한국동양철학회의 제7회 하계연수회에 참가하기 위해 오전 11시 30분발 고속버스로 광주로 갔다. 오후 두 시 남짓 되어 광주고속터미널 부근에서 각지에서 온 회원들과 합류하여, 대기하고 있던 원광대의 버스로 전남 영광군 백수면 길룡리에 있는 원불교 靈山聖地로 갔다. 이곳은 원불교의 창시자인 少太山이 출생·成道하여 교단을 처음 조직한 곳으로서, 작은 산 하나를 경계로 바다에 접해 있는데, 소태산이 그 교도들과 더불어 제방을 쌓아 간척지를 조성하였다고 한다.

그 주위의 유적들을 둘러보고서, 저녁식사 후 일곱 시 반부터 연구발표가 있었다. 발표 모임이 끝난 다음 상당수는 영광 읍내로 나가고, 나는 오종일 교수 및 전남대 국민윤리교육과의 정병련 교수 등과 함께 소태산이 대각을 이루었다고 하는 노루목 부근의 상점에서 밤 한 시 남짓까지 맥주를 마셨는데, 모기가 엄청나게 달려들었다.

3 (일) 오전 중 때때로 비 -강항 묘, 불갑사

오전 중 원광대 버스로 姜睡隱을 모신 內山書院과 수은 묘소를 탐방하였고, 인도 승 마라난타가 東晋을 거쳐 백제에 처음 불교를 전파할 때 駐錫한 절이라고도 전해오는 영광군 불갑면의 佛甲寺를 둘러보고, 광주로 돌아와 점심식사를 들고서 헤어졌다.

나는 중앙고속터미널로 가 한국외국어대 철학과로 금년에 부임했다는 이와 더불어 진주까지 같이 왔다가, 진주의 고속터미널에서 작별했다.

8월

12 (금) 맑으나 한 때 빗방울 -화엄사, 천은사, 뱀사골

인문대 학장과 교무·학생과장, 학과장 및 서무과장 등이 지리산에 새로 난 관광도로를 일주하기 위해 소형 스쿨버스로 오전 9시 50분 칠암캠퍼스를 출발했다. 구례의 화엄사 부근 산채식당에서 점심을 들고, 화엄사와 泉隱寺를 둘러본 다음 구례 쪽에서 노고단을 향해 오르기 시작했다. 노고단 부근은 전국에서 몰고 온 차들이 수많이 정거해 있어 교통이 혼잡할 뿐 아니라, 때마침 빗방울도 떨어지고 있어 노고단 등반은 포기하고 달궁을 거쳐 뱀사골로 내려왔다.

뱀사골 입구의 다리 부근 냇물에 발을 담그고 가지고 온 맥주와 음료수 및 과일 등을 먹으면서 모두들 고스톱을 쳤는데, 나는 할 줄을 몰라 끼지 못했다. 바로 옆에 목포에서 온 술집아가씨로 보이는 여자 세 명과 그들이 형부·언니라 부르는 부부가 있어, 박성석 선생의 시도로 같이 어울리게 되어 여섯 시 무렵 돌아올 때까지 심심치 않았다. 진주로 돌아와 성림갈비에서 저녁식사를 들고 헤어졌다.

10월

1 (토) 맑음 -무주구천동

오늘이 국군의 날이고 내일이 개천절이라, 사흘간의 황금연휴를 맞아 무주구천동으로 여행을 떠났다. 수동과 안의와 장계에서 각각 버스를 갈아타고, 오후 두 시 무렵 구천동 집단시설지에 도착하여 여관을 정하고, 33경 중 제32경인 백련사까지 등반을 하였다. 내려오는 길에 언젠가 보이스카우트의 세계 잼보리 대회가 열렸던 德裕臺 종합야영장도 둘러보았다.

한국은 오늘 양궁단체남녀와 남자탁구단식·레슬링 등에서도 금을 획득하는 등 금메달 10개로 종합순위 7위를 기록하여 온 국민이 감격했다.

2 (일) 맑음 -적상산, 의암사

아침에 여관의 TV로 한국 선수가 권투에서 동독 선수를 누르고 또 하나의 금메달을 획득하는 것을 지켜본 후 구천동을 떠났다. 버스로 赤裳에 내려 조선왕조실록을 보관했던 史庫址를 보러 安國寺를 향해 산을 오르기 시작했지만, 구천동에서 여관을 나오다 사먹은 어름이라는 산열매를 잘 모르고 씨 채 씹어 삼켰던 것이 내내 속이 거북하게 된 원인이 되어, 산을 거의 삼분의 이쯤이나 오른 지점에서 모두 토해내고서 그냥 하산했다.

적상의 식당에서 점심을 들면서 그곳 손님들에게 물어보니, 한국은 오늘 권투에서 금메달 둘을 추가하여 모두 열두 개의 금메달로 미국에 이어 종합순위 4위를 차지했다 한다. 놀라운 일이다.

장수에 들러 논개의 사당인 義巖祠를 참배하고서 도로 長溪로 나와, 저녁 무렵 진주행 버스를 탔다. 버스가 육십령을 향해 달려갈 때 길가의 논개 출생지가 있는 지역임을 알리고 있는 石標도 다시 한 번 유심히 보았다.

늦은 저녁식사를 들면서, 사상 최대최고의 것이라는 서울올림픽의 화려한 폐막식 광경을 지켜보았다. 이 대회가 곧 우리 민족이 세계로 웅비하는 역사적인 기념비가 될 것임을 우리 민족과 세계가 모두 인식하고 있다. 한국은 이제 선진국의 대열에 막 들어서려 하고 있는 것이다. 자정부터 3일 02시 20분 무렵까지 계속된 폐회식 재방송을 보고서 잠자리에 들었다.

22 (토) 맑음 -전남대학교

아침 여덟 시 반의 중앙고속으로 광주로 출발하여, 전남대학교에서 열린 제1회 전국철학자연합학술대회에 참가하였다. 전국의 여섯 개 철학회가 금년부터는 한 자리에 모이게 된 지라 대단한 성황이었다.

법대 강당에서 개회식 및 기조발표가 있고, 중식을 마친 다음 분과별 발표가 있었는데, 서양철학 분야의 기조발표에는 참석치 않고 전남대

구내를 산책하였다. 사회대 101강의실에서의 분과별 발표 1부를 모두 마친 다음 그 학생회관 식당에서 리셉션이 있었고, 중흥동의 동춘장여관으로 가 주최 측이 배정해 준 방에 투숙하였다.

23 (일) 맑음 -무등산, 소쇄원, 망월동 묘역
오후 두 시부터 광주 일원의 유적답사에 나섰는데, 전남대의 스쿨버스로 무등산과 담양군의 瀟灑園, 망월동 묘역을 둘러보았다. 소쇄원 부근의 息影亭은 鄭松江의 '星山別曲'으로 유명한 곳이므로 둘러보기를 원했지만, 일정에 포함되어 있음에도 불구하고 웬일인지 들르지를 않아 아쉬웠다. 버스에서는 강원대의 金知見 박사와 시종 나란히 앉아 대화를 나누었다.

30 (일) 맑음 -화엄사, 심원계곡
인문대 교수친목야유회가 있는 관계로 9시 30분 칠암캠퍼스 정문에서 모였다. 근년에 보기 드물게 스물두어 명의 교수와 사무직원이 모여 스쿨버스 한 대로 지리산으로 단풍 구경을 떠났다. 지난번 인문대 학과장 친목야유회 때와 똑같은 코스로서, 하동을 거쳐 구례의 산채식당에서 점심을 들고, 화엄사를 둘러본 후 새로 난 관광도로로 지리산에 올랐다.
그러나 지난번과는 비교할 수 없을 정도로 교통이 혼잡하여 시암재 못 미친 전망대 부근에서부터 차량이 막혀 거의 나아갈 수 없으므로, 거기서부터 걸었다. 노고단 근처 시암재에서는 앞뒤로 각각 1km 정도 차가 막혀 통행하기 어렵고 자동차 배기가스의 매연으로 눈이 따가울 정도였으므로, 권오민 선생과 계속 심원계곡을 걸어내려 왔다. 길이 남원 쪽과 뱀사골 쪽으로 갈라지는 곳에서 겨우 뒤따라 온 버스에 합류할 수가 있었는데, 일행은 우리 두 명이 실종된 줄로 알고 무척 당황했던 모양이었다.
반선의 식당에 잠깐 앉았다가, 밤 7시 남짓 되어 진주까지 돌아와 송월식당에서 저녁을 들고 헤어졌다.

12월

10 (토) 맑음 -해운대

오후 다섯 시 해운대의 한국콘도미니엄 17층 1713호실에서 연세대 간호학과 동문들의 부부동반 망년회가 있는 까닭에, 아내는 오전 중에 부산으로 떠났고, 나는 퇴근 후에 출발했으나 약 한 시간 늦게 도착했다. 열 쌍 남짓한 부부들이 모여 제각기 분담해 온 음식물을 나누어 먹으며 게임도 하고 잡담하며 놀았다. 부산서 모인 사람들은 모두 귀가했으나, 진주에서 온 우리 부부와 처의 동기 한 사람은 그곳에서 숙박했다.

11 (일) 맑음 -오륙도, 구지봉, 수로왕비 릉

오전에 처와 함께 해운대의 백사장을 끼고서 동백섬까지 산보를 하고 돌아와, 콘도 회원인 연대 간호학과 회장 부부의 방문을 받고 10시경 체크아웃 하였다. 유람선을 타고 오륙도까지 한 바퀴 돌고 와 대연동의 백환 형 댁에 가서 점심을 들었다.

김해로 가서 龜旨峯과 수로왕비의 능을 참관하고, 아침에 콘도에서 전화로 시간 약속을 해 둔 남영 族祖를 만나 뵙기 위해 구지봉 옆에서 주례 동 고향까지 택시를 탔다.

1989년

1월

26 (목) 맑음 −오동도, 흥국사

한국동양철학회의 동계 연수회 겸 정기총회에 참석하기 위해 오전 10
시 10분 권오민 선생과 함께 전남 麗川市에 있는 興國寺를 향해 떠났다.
여수에 내렸으나 아직 시각이 이르고, 권 선생은 오동도를 보지 못했다
하므로 점심식사도 할 겸 택시를 타고 그리로 갔다.

오동도로 연결되는 방파제 길에서 우리보다 조금 먼저 도착한 金奎
榮·송재운 교수 및 宋錫球 교수 부부, 그리고 송석구 선생 지도하에 동국
대에서 박사논문을 준비하고 있다는 황규선이라는 치과의사 겸 국회의
원 지망자를 만나 함께 오동도를 걸으며 동백꽃을 감상하고, 모터보트도
타고, 회로 점심식사도 먹은 후 흥국사로 출발했다.

27 (금) 오전에 눈 −영귀암(금오암, 향일암)

여덟 시 반경 흥국사에서 마련한 버스를 타고 관광을 떠났다. 여천공
업단지가 펼쳐져 있는 해안 길을 따라 여수 시내로 들어와, 突山島를 지
나서 돌산도 남쪽 끝에 있는 靈龜庵과 그 뒤 바위산 일대를 구경했다.
발 아래로 남해도를 비롯한 여러 섬들과 바다가 장엄하게 펼쳐져 있고,
그 산의 바위들은 대개 거북등의 무늬와 비슷한 금들이 가 있는 것도
특이했다. 이 암자는 金鰲庵이라고도 하며, 일제 때 나온 地誌에는 向日
庵이라고 보인다 한다.

시내로 나와 일행과 작별하고, 어제 오동도에서 만난 일행 일곱 명은

엔젤호로 삼천포 및 부산으로 가기 위해 뱃머리에서 가까운 여수식당에 들렀다. 풍랑이 있어 배가 못 떠난다 하므로, 거기서 푸짐한 음식과 술로 느긋하게 시간을 보내다가, 권 선생과 나는 순천까지 와서 황금극장이라는 곳에서 작년도의 아카데미 영화상을 휩쓴 溥儀의 일대기 〈마지막 황제〉를 보고서 7시 40분 막차로 진주에 돌아왔다.

3월

31 (금) 맑으나 바람이 있음 -선진

1, 2학년 학생들과 함께 사천의 船津으로 야유회를 갔다. 선진은 이충무공의 사천해전이 있었던 현장으로서, 이곳에서 거북선이 전투에 처음 사용되고 충무공이 왜군의 탄환에 맞아 어깨에 부상을 입었던 곳인데, 정유재란 때는 이곳의 왜성을 공격하던 朝明 연합군이 대패하여 패주한 곳이기도 하다. 벚꽃이 유명하지만 아직 꽃철은 일렀다.

마침 국문과의 유재천 교수와 한문학과 조교가 국문과 1학년 학생들을 인솔해 와 있어서, 셋이서 산보를 하다가 횟집에 들러 소주 한 병을 비웠다. 금주·금연 중 오랜만에 마신 탓인지 잠도 오고, 학생들의 게임에 같이 어울리기도 멋쩍어서, 나 혼자 집으로 먼저 돌아와 낮잠을 잤다.

6월

27 (화) 비 -장터목

일기예보에도 장마가 시작된다고 하고, 빗방울이 조금씩 떨어지고 있음에도 불구하고, 철학과 학생들의 지리산 등반 수련회에 참가하기 위해 등산화에다 배낭을 걸쳐 멘 차림으로 학교 입구 버스 정류장으로 갔다. 가좌캠퍼스 입구에서 학생들이 빌려온 버스로 사십여 명의 학생들 및 권오민 선생과 함께 9시 20분경에 출발하여 중산리로 향했다.

중산리에서 등반을 시작했을 때는 빗줄기가 점점 많아지더니, 마침내

주룩주룩 쏟아지기 시작했다. 칼바위와 법천폭포를 둘러보고서 법계사 코스와 장터목 코스가 갈라지는 곳에서 식빵에다 복숭아로 점심을 때우고 다시 등반을 시작했다. 법계사 코스로 길을 잘못 들어 도중에 돌아내려와 다시 장터목 코스로 접어들었다.

우산을 펴들고 우비도 걸치고서 천신만고 끝에 장터목에 오르니, 묘하게도 그렇게 쏟아지던 비가 깨끗이 그치고, 푸르고 맑은 하늘 아래 웅장하게 펼쳐진 산줄기들을 흰 구름이 운해를 이루어 뒤덮고 있었다. 학생들은 텐트를 쳤으나 바람이 강하여 자꾸만 쓰러지는 것도 있었다. 몸살기운이 남아 있는 데다 무리를 하고 소주를 많이 마신 탓인지, 권 선생과 함께 장터목산장의 2층 자리에 끼어 자면서 밤새 끙끙거렸다.

28 (수) 맑음 -천왕봉, 칠선계곡, 추성리
아침에 학생으로부터 알약을 하나 얻어 삼켰더니, 얼마 가지 않아 두통과 관절의 아픔이 거짓말처럼 사라졌다. 열 시경에 출발하여 천왕봉에 오르고, 다시 칠선계곡 코스로 접어들었다. 장터목이나 천왕봉에는 여러 차례 올랐지만, 이번의 등반에 참가한 것은 오로지 지리산의 비경이자 가장 험난한 코스라고 하는 칠선계곡을 주파하고픈 마음에서였다.

장터목에서 천왕봉까지가 3km인데, 천왕봉에서 칠선계곡을 통해 추성동까지는 14km, 마천까지는 18km에 해당한다. 이 코스에서는 매년 사상자가 발생한다는 안내판의 설명과 같이 과연 험난하고 위태로운 곳이 많았으나, 그러한 만치 상대적으로 다니는 사람이 적고, 아름다운 폭포와 연못, 그리고 깎아지른 바위들이 이어져 지리산의 지금까지 다녀본 코스 가운데서는 가장 신비로웠다.

천왕봉에서 3km쯤 급경사를 내려와 처음으로 만난 마폭포에서 점심으로 라면을 끓여먹고 좀 쉬었는데, 양쪽 계곡의 물이 폭포를 이루면서 서로 만나는 것으로 보아 이병주의 소설『지리산』에 자주 나온다는 합수골이 바로 이곳이 아닌가 한다. 도중에 또 한두 번 길을 잘못 들기도 하였으나, 저녁 무렵 기나긴 행진 끝에 마침내 추성동에 닿아 권 선생과 나는 민박을 정하고 학생들은 그 집 뜰에 텐트를 치고서 저녁 준비를 시작하였다. 그러나 그로부터 한두 시간이 지나서 해가 진 다음에도 반수 이상의 학생들이 아직 도착하지 않아 불안하였다. 저녁식사를 마치고서 몇 명의 학생들을 왔던 길로 도로 보내어 안내해 오게 했더니, 그로부터 다시 한참이 지난 후에야 어두운 숲속에서 랜턴의 불빛들이 보이며 뒤처진 일행들이 한 무리씩 돌아와 마침내 전원이 무사히 도착하였다. 실로 다행한 일이다.

그 날 밤의 술과 음료수는 내가 사기로 하고 밤 세 시 반 무렵까지 학생들과 막걸리를 마시며 평상에 앉아 주한미군이나 수입개방 등의 시국 문제며 형이상학과 유사종교에 관한 화제 등을 가지고서 대화를 나누었는데, 학회장 박석한 군은 과음한 탓으로 많이 토하고, 정설화 군과 박석한 군 사이에 사소한 오해로 싸움이 붙어 정 군이 박 군의 뺨을 치는 해프닝도 벌어졌다. 나무 잎 사이로 보이는 밤하늘의 별빛이 매우 아름다웠다.

29 (목) 맑음 -벽송사, 용유담, 상림공원

아침에 주인아주머니로부터 이 마을이 겪은 빨치산의 보급투쟁과 토벌군에 의해 마을이 소각 당하고 소개해 가서 지낸 이야기를 들었다.

아침식사를 마치고서 권 선생 및 열 명 정도의 학생들과 함께 3km쯤 떨어진 곳에 있는 碧松寺로 걸어가서 절 뒤의 古塔과 느티나무 고목 아래에 앉아 눈앞에 펼쳐진 추성동 일대의 연봉들을 바라보며 빨치산 이야기 등을 나누었다. 이 벽송사도 이병주의 『지리산』의 무대가 된 곳인데, 빨치산과 토벌군 사이에 처참한 살육전이 벌어진 현장으로서, 폐허가 되었다가 근년에 다시 원형대로 복구되었다고 한다.

낮에 추성의 계곡에 나가 목욕을 하고, 평상에 누워 낮잠을 자기도 했다. 지도상에는 이 마을을 秋城里라고 적고 있지만, 호두나무가 유달리 많은 것으로 보아 호도 楸字에서 유래한 것이 아닐까 라고도 생각되었다.

저녁 6시 20분 경 마천에서 추성리를 거쳐 함양으로 가는 마지막 버스를 탔는데, 운전수가 도중에 休川계곡의 龍遊潭에 정거해 주어서 김일손의 '續頭流錄'과 남명의 '遊頭流錄' 등에 보이는 용유담의 장관을 자세히 감상할 수가 있었다. 휴천계곡을 따라 내려가 柳林을 거쳐, 『孤臺日錄』을 발견했던 木峴里를 지나 함양에 들어갔다. 운전수가 친절하게도 목적지인 上林공원 입구까지 실어다 주었다. 渭川 가의 콘크리트 제방 위에 텐트를 치고 나서, 나와 권 선생은 상림공원 내의 닭고기 요리 집으로 학생들을 데리고 가서 닭백숙과 술 및 음료수를 대접하여 그 동안 신세진데 대해 보답하였다.

밤늦게까지 놀다가 11시경에 텐트로 돌아와 다시 강가에서 캠프파이어를 하며 수련회의 마지막 날 밤을 즐겼다. 이 날 밤은 학생들이 비워준 텐트에서 권 선생과 둘이서 잤다.

30 (금) 맑음 -학사루
오전 중 상림공원 내의 운동장에서 학생들이 축구 경기 하는 것을 구경하였고, 오후에는 최치원의 기념비 부근 思雲亭에서 평가회를 가진 다음, 오후 세 시 반쯤에 귀도에 올랐다. 함양 읍내를 걸어오다가 무오사화의 원인이 되었다는 學士樓도 둘러보았다.

함양 터미널에서 우리 일행만으로 한 버스를 내어 진주까지 직행했다. 학생들은 또 다른 곳에 가서 평가회를 가지는 모양이었으나, 권 선생과 나는 진주에 도착하자 먼저 집으로 돌아왔다. 아내가 정신간호학의 교과서 분담집필 관계 회의가 있어 대구로 간다는 쪽지를 남겨 두었으므로 회옥이와 둘이서 잘 수밖에 없었다.

상림에서 축구 구경할 때 권 선생이 신문을 주워와 비로소 알게 된 일이지만, 우리가 산에 있는 동안 평민당의 徐敬元 의원이 비밀리에 북한을 방문했던 사실이 뒤늦게 알려져 온 나라가 어수선해져 있고, 오늘은 또 전대협의 대표로서 한 여학생이 세계청년학생축전 참가를 위해 평양에 도착했다고 한다.

8 (일) 쾌청 -삼신동·세이암 각자, 신응사지, 대성골, 음양샘

아침 아홉 시경 시외버스종합터미널 2층 다방에서 조평래 군을 만나 함께 쌍계사 행 버스를 탔다. 연휴를 맞아 지리산 등반을 하기로 한 것이다. 쌍계사 입구에서 도보로 신흥을 향해 가다가 도중에 지나가는 삼륜차를 잠깐 얻어 타기도 했다. 벼를 베고 있는 신흥 주민에게 최치원의 글씨라고 하는 三神洞의 刻字와 洗耳巖 각자, 그리고 神凝寺의 위치를 물었다.

삼신동 각자는 칠불암 쪽으로 꺾어든 곳의 새마을회관 옆 길가에 선 제법 큰 바위의 안쪽에 새겨져 있어 행인들의 눈에는 띄지 않게 되어 있었다. 세이암은 왕성국민학교 앞 영계천 건너편의 석벽에 篆體로 새겨져 있었고, 그 부근은 시내와 바위들이 어우러져 경치가 좋았다. 신응사는 바로 건너편 왕성국민학교 자리에 위치해 있었다. 김경렬 저『智異山 2』에 의하면, 이 절은 임란 때 불탄 후 초라하게 복구되었다가 1906년 의병들이 지리산을 근거지로 하여 싸울 때 일본군에 의해 불태워졌다고 한다. 신응사는 남명이 여러 차례 와서 머물렀던 곳으로서 지리산 전체에서 남명과 가장 관계 깊은 장소 중의 하나이다. 지금은 신흥교 옆으로 옮겨져 있는 부도 하나만이 남아 있을 뿐이며, 범왕국민학교 옆 최치원이 심었다는 팽나무 고목 뒤편의 산중턱에도 절터가 남아 있다고 하지만 올라가 확인해 볼 시간적 여유는 없었다.

신흥에서 버스를 타고 대성교에서 내려 대성골 코스를 등반하기 시작했다. 도중에 해가 져서 세석평전 좀 못 미친 곳에 있는 음양 약수터에서 1박했다. 밤이 되니 마구 떨려서 옷을 있는 대로 다 꺼내 입었다.

9 (월) 쾌청 -세석평전, 한신계곡

느지막하게 아침밥을 지어 먹고, 세석평전을 거쳐 한신계곡 코스로 하산 길에 접어들었다. 한신폭포 아래에서는 벗고서 냉수마찰도 하고, 거기서 어제 마시다 남은 소주 한 병을 돼지불고기 안주와 더불어 다

비우고서 라면으로 점심도 때웠다. 아직 절정은 아니지만, 점차 붉게 물들어 가는 거대한 산의 모습은 마음을 끌기에 족했다. 계곡 길 10km를 걸어 내려와 백무동에서 함양 행 만원 버스를 타고, 함양에서 버스를 갈아타 진주로 돌아왔다.

15 (일) 흐림 -당항포

오전 10시 인문대학 친목회 가을야유회를 위한 학교버스에 타기 위해 칠암캠퍼스 정문으로 갔다. 열다섯 명이 채 못 되는 교수들과 몇 명의 직원이 참가했다.

고성 唐項浦는 이충무공의 전적지로서, 수년 전에 왔을 때에는 전승기념비가 건립되고 있었을 뿐 한가한 어촌이었는데, 지금은 면모를 일신하여 상당한 규모의 국민휴양지로 단장되어 있었고, 휴일이라 놀러온 사람들도 꽤 많았다. 구내의 해운대식당에서 회와 술을 들고, 돌아오는 길에 삼천포 노산공원 아래의 주물럭집에도 들러 오랜만에 상당한 양의 술을 마셨다.

21 (토) 쾌청 -황현 고택, 남악사, 화엄사계곡, 노고단

오전 9시경 조평래 군과 합동 주차장 2층 다방에서 만나 지리산 등반을 떠났다. 하동에서 내려 주차장에서 재첩국 두 그릇씩을 사 마시고, 화엄사 행 버스로 갈아탔다. 화엄사 입구의 기념품 상점에다 배낭을 맡겨두고서, 도보로 泉隱寺 부근 월곡 마을로 매천 황현의 고택을 찾아갔다. 집은 텅 비어 있고, 梅泉祠 출입문에도 열쇄가 채워져 있었다.

소형 트럭 뒤에 얻어 타고 돌아와 식당에서 산채비빔밥으로 점심을 들었다. 화엄사 일주문 앞에서 南岳祠를 둘러보고, 조 군 혼자서 절 구경을 하고 오게 한 후, 화엄사계곡 코스로 등반을 시작했다. 여섯 시경 어둑어둑 할 무렵에 노고단 야영장에 도착할 수가 있었다. 조군은 야영을 하자고 했지만, 이즈음은 기온이 떨어져 추울까 염려되므로 현대식 3층으로 고쳐 지은 산장에 들어 1박했다.

22 (일) 쾌청 -임걸령, 피아골, 연곡사

새벽 여섯 시 반쯤에 산장을 떠나 노고단 고개에 올라 주위의 장관을 조망하고, 주능선을 따라 반야봉을 바라보면서 걷기 시작했다. 도중에 산이 좋아 전국을 떠돌아다닌다는 중년 남자를 만나 당귀차 한 잔씩을 사 마시고, 임걸령 삼거리에서 피아골계곡 길로 접어들었다. 피아골은 단풍으로 유명한 곳이며, 또 지금은 그 절정의 시기라 이번 산행은 이곳 피아골 단풍 구경이 주목적인데, 과연 이름을 헛 얻은 게 아니었다.

피아골산장 아래의 계곡에서 늦은 아침 겸 점심을 지어 먹고, 돼지불고기를 안주로 4홉 들이 소주도 둘이서 한 병을 비웠다. 그것이 폭탄주였던지 종일 술기운이 다 깨지를 않았다. 도중의 삼홍소 부근에서 쉬다가 잠깐 잠이 들기도 하였다. 피아골산장까지 내려올 때는 별로 사람을 많이 만날 수 없었으나, 식사를 마치고 나니 단풍구경 온 행락객과 등산객들로 피아골계곡은 메워지다시피 하였다.

鷰谷寺에 들러 두 점의 국보 부도와 네 점의 보물을 보고서 버스 주차장까지 다시 내려와 봉고차에 합승하여 하동으로 왔고, 하동역에서 기차를 타고 양보 부근까지 오니 날이 어두워졌다.

11월

10 (금) 맑음 -내장산

아침 7시 20분 진주 발 기차로 아내와 함께 전북의 내장산 관광을 떠났다. 진주역에서는 근자에 관광열차를 운행하고 있는데, 오늘 코스에는 장인어른도 퇴직공무원 일행과 함께 우리와 같은 차량에 타서 동행했다. 차량 10대에 700명 정도의 인원이 참여했다고 한다.

정주 역에서 대기하고 있던 관광버스로 갈아타서, 백양사 입구를 거쳐 내장사 입구 주차장에서 내려 절까지 걸어 들어갔다. 1~2주 전에 단풍은 거의 다 져버리고, 앙상한 가지에 잎들이 드문드문 붙어 있는 모습이 겨울이 멀지 않았음을 실감하게 해 주었다. 겁이 많은 아내는 두어두고서,

혼자 케이블카를 타고 전망대까지 올라가 산세를 둘러보기도 하였다.

밤 열 시 반경에 진주역에 도착했다. 돌아오는 길에는 차량마다 아낙네들이 주축이 되어 가라오케 반주에 맞추어 신명나게 춤추며 노래하였다. 장인어른과 나도 권유에 못 이겨 한 곡씩 불렀다.

1990년

3월

25 (일) 맑으나 다소 센 바람 ―지리산 서북능선

조평래 군과 함께 아홉 시 십오 분경에 시외버스종합터미널을 출발하였다. 전북 운봉에서 내려 다시 택시로 갈아타고서 수철리의 전북학생회관 신축 현장에서 내렸다. 거기서 개울을 따라 지리산의 서북릉 世洞峙로 오르던 도중, 아직 정오가 되지 않았음에도 불구하고 허기가 져서 개울에서 점심을 지어먹고 다시 올랐다. 도중에 길을 잃어 고생도 해가면서 이럭저럭 능선에 올랐다.

평지에는 봄기운이 완연하여 개나리며 벚꽃 등이 만발해 있지만, 지리산 부근에는 아직 잔설이 남았다. 이틀 간 내린 비 때문인지 나뭇가지가 온통 얼음으로 덮여 햇빛에 반짝이고 있는 모습도 장관이었다. 아직 봄기운은 느낄 수 없었지만, 천왕봉~노고단 사이 지리산 주능선과 발아래 펼쳐진 운봉·남원 등의 들판 풍경을 감상하고, 가지에 맺힌 얼음을 따먹으면서 世傑山·큰고리봉을 지나 正嶺峙에 이르렀다. 고리봉 부근에 마애석상이 있다는 김경렬 씨의 『지리산 2』에 적힌 기록에 따라 그 부근의 바위 벼랑을 좀 둘러보았지만 찾을 수가 없었다.

정령치에서 여수에서 단체로 온 사람들의 버스에 동승하여 남원 쪽으로 내려가던 도중 육모정 지나 長安里에서 구례 행 코스로 접어들어 밤재터널·山洞을 거쳐 구례에서 내렸다. 구례에서 하동으로, 다시 하동에서 진주행 버스로 갈아타서 밤 일곱 시 오십 분경에 진주에 도착했다.

4월

21 (토) 맑음 -칠불사

퇴근 후 두 시 반에 시외버스 주차장 2층의 합동다방에서 조평래 군과 만나 쌍계사행 버스를 탔다. 종점인 하동의 쌍계사 입구에서 내려 다시 義新행 버스로 갈아타고서 神(新)興에서 내렸다.

콘크리트로 포장된 도로로 칠불사를 향해 좀 걸어 올라가다가 시냇가에서 저녁을 지어 먹고, 다시 걸어 올라가는 길에 날이 저물었다. 凡旺里의 불빛이 건너다보이는 곳에서 버스를 만나 타고 올라갔지만, 칠불사행 버스인 줄로 알았던 것이 불과 수백 미터 올라간 범왕리에서 종점이라고 차를 돌리는 것이었다. 이 마을은 내가 진주에 온 지 몇 년 되지 않았을 때 칠불사를 구경하러 왔다가 돌아가는 차가 없어 누에치는 방에서 하룻밤 신세를 진 적이 있는 곳이다. 칠불사 입구의 연못 곁에 밤늦게 텐트를 치고 두 번째 소주병을 깠지만, 저녁을 포식한 까닭에 맛이 없어 반병쯤 비우고 10시경에 잠을 청했다.

22 (일) 비 -토끼봉, 반야봉, 노고산장

밤 네 시경에 빗방울이 떨어지기 시작했다. 텐트를 거두어 칠불사로 들어가는 2층 누각의 아래층 출입로 옆 재목 쌓아둔 곳에 올라가 슬리핑백 속에서 잠을 청했다. 새벽 여섯 시 반경 절의 공양 방에서 조반 한 끼를 신세지고, 세수하고 용무를 본 다음 토끼봉을 향해 오르기 시작했다.

처음에는 비도 그다지 많이 오지 않고, 구름에 덮인 아래쪽 골짜기들의 경치도 아름다워 여유롭게 올라갔다. 그러나 단숨에 오를 줄로 생각했던 토끼봉은 가도 가도 나타나지 않고, 안개 속에 산 너머 또 산이라, 2시간 45분쯤 걸려 간신히 정상에 오를 수가 있었다. 조 군은 아무런 雨裝도 준비해 오지 않은지라, 미화가 쓰던 얇은 우비 상의를 조 군에게 빌려주고, 나는 우산을 받쳐 들고서 걸었다.

토끼봉에서 노고산장까지의 거리가 12km인데, 도중에 노루목 못 미친 곳에서 반야봉까지 올라갔다 왔으므로 결국 3km가 추가된 셈이다. 비는 쏟아지고 짐은 물에 젖은 데다, 우산조차 가지지 못한 조 군은 차가운 비바람에 전혀 무방비인 상태라, 반야봉 오르는 도중에 이미 힘이 빠질 대로 빠져버렸다. 다행히 어느 등산객의 조언에 따라 짐을 길 가의 바위 밑에다 두고서 몸만 오르니 한결 수월했다.

그러나 돌아와 짐을 다시 찾아 메니, 얇은 비닐로 싸 두었던 슬리핑백의 포장한 비닐이 여기저기 찢어져 잔뜩 물 먹은 슬리핑백이 돌덩이처럼 등 뒤를 찍어 눌렀다. 나나 조군이나 속옷까지 젖어 몸이 점점 굳어오는 터인데, 땅은 미끄러워 진흙탕에 엉덩방아를 찧기도 하며, 비와 추위 때문에 주저앉아 쉴 수도 없고 점심을 지어먹을 상황도 못되었다. 춥고 허기지고 기진맥진한 상황에서 오후 네 시 반경에야 겨우 노고산장에 도착할 수가 있었다. 아침 일곱 시 반쯤에 칠불사를 출발하여 지리산 능선을 따라 산길 21km를 걸었던 셈이다. 나나 조군이나 실로 1km를 더 걸어야 했다면 어떻게 됐을지 아찔할 정도의 악전고투였다. 노고산장에서 옷을 갈아입고, 상점에서 간식과 커피 등 음료수를 사서 먹은 다음, 라면을 끓여 점심 겸 저녁을 지어먹었다. 좀 누워 있으니 산장이라는 곳이 정말 필요함을 알만했다.

기운을 차려 삼성재까지 빠른 걸음으로 반시간쯤 내려와 오후 여섯 시 발 구례 행 막차를 탔다. 구례에서 여섯 시 40분의 하동 행 막차를, 하동에서 여덟 시경 진주 행 막차를 얻어 타고서, 이럭저럭 밤 아홉 시 남짓 되어 운 좋게 진주에 도착했다.

도착한 후 온수로 샤워를 하고 머리를 감고 보니 살만했다. 지리산 주능선 일대는 봄이 한창인 지금까지도 아직 식물의 싹도 트지 않고 앙상한 겨울가지 그대로였다.

5월

1 (화) 흐리다가 해질 무렵부터 비 -동해안, 설악산 입구

철학과 3학년의 지도교수로서 동해안과 설악산 일대로의 졸업여행에 동행하게 되었다. 오전 8시 고속터미널에서 모여 출발하기로 했다. 남학생과 여학생이 각 일곱 명에다 나까지 포함하여 일행은 모두 15명이다. 배웅 나온 조교 박라권 군으로부터 어제 전남대에서 논문 별쇄본이 도착했다는 것을 확인했다.

일행은 부산 동래의 시외버스터미널에서 강릉행 무정차버스로 갈아탔고, 강릉에서 다시 버스를 갈아타고서 설악산 입구에 내려, 바닷가 민박마을에서 1박했다.

2 (수) 흐리고 때때로 비, 석가탄신일 -외설악

설악산 입구에서 아침을 지어 먹고, 짐을 챙겨 외설악에 도착했다. 민박 아주머니의 유인에 따라 일행 중 남학생 몇 명은 모두의 짐을 받아 민박마을로 내려가 방을 정했다. 설악유스호스텔 맞은편 마을이었다.

와선대·비선대를 거쳐 금강굴에 올랐고, 내려와서는 다시 케이블카로 권금성 정상에 올랐다. 금강굴에서 내려다 본 천불동계곡과 공룡능선의 광경은 실로 빼어나, 인간세상이 아닌 별천지에 온 듯했다. 내일 최고봉인 대청봉에 오를 예정이었으나, 설악산의 높은 골짜기는 아직도 얼음에 덮여 있어 5월말까지는 입산금지라고 한다.

밤에 여학생들과 남학생 몇 명은 속초의 디스코클럽에 갔다. 남아 있는 몇 명과 함께 민박동네의 음식점에 들러, 내가 불고기로 저녁을 사고 소주도 한 병 마셨다. 어제 부산에서 출장비로 받은 10만 원을 학생대표에게 건네주어서 여비에 보태도록 했으니, 이제부터는 내 주머니를 터는 셈이다.

3 (목) 비 -낙산사, 경포대, 경주

아침부터 쏟아지고 있는 비를 맞으며 설악동을 떠나 속초에서 버스를 갈아타고서 양양의 낙산사에 들렀다. 그 일대를 둘러보았고, 강릉의 경포대 입구까지 가서 점심을 먹었다. 원래는 경포대 부근에서 일박할 예정이었으나, 비가 와 따분하니 경주로 가자는 주장이 강해 택시로 시외버스 주차장으로 달려 이럭저럭 경주행 막차를 탈 수가 있었다. 이 버스는 경주까지 수십 군데나 정거하여 밤 열 시 반경에야 겨우 목적지에 도착했다.

고속터미널 부근의 여관에 들어 여행의 마지막 날 밤을 자축하는 맥주 파티를 열었다. 맥주 한 박스가 부족한 듯하여 내가 또 한 박스를 샀다. 종업원이 몇 번이나 와서 만류했음에도 불구하고, 밤 두세 시 무렵까지 노래를 부르며 놀았다.

4 (금) 흐리고 때때로 비 -천마총, 불국사

숙소 부근의 大塚苑에 들러 천마총 등을 둘러보았다. 불국사를 관광한 다음 그 부근에서 점심을 들고 쇼핑도 했다. 나는 아내를 위해 수정 반지를 샀다. 여관에 돌아와 맡겨둔 짐을 챙겨서 부산을 거쳐 저녁 무렵 진주에 도착했다. 의대 정문 앞에서 저녁을 함께 들고서 고속터미널 부근에서 작별했다.

7월

1 (일) 흐리다가 저녁부터 비 -무학샘, 거창유물관

오전 아홉 시 합동다방에서 조평래 군과 만나 합천군 가회면 淵洞으로 전 경남유도회장을 지낸 重齋 문인 고 鄭弘斗 씨 댁을 찾아갔다. 정 씨는 작년 가을에 작고하고, 쌍백의 국민학교 교장으로 있다는 그 아들이 집에서 居喪 중이었다. 남명과 관련된 자료는 있지도 않으니 책을 볼 필요가 없다고 거절하므로, 끝내 헛수고하고 말았다. 중재가 덕천서원 측과 크게 싸운 관계로 그러는가 싶었다.

버스로 대병까지 가서, 걸어서 합천댐 수문 아래쪽 塔洞에 있는 無學 샘과 이 마을 출신인 무학대사가 심었다는 감나무를 둘러보았다. 다시 합천에서 대병·봉산을 거쳐 거창 가는 버스를 타고서 합천댐 건너편 물가를 따라 거창읍에 당도했다.

거창유물관을 둘러본 다음, 진주에 도착하여 해중탕 앞 도가니탕 집에서 도가니탕으로 저녁을 들고, 진주역에 들러 11일의 고수동굴·충주호행 관광열차 표를 샀다. 우중이라 우산을 가지고 왔던 조평래 군이 우리 아파트 앞까지 바래다주었다.

11 (수) 흐리다가 오후에 비 —고수동굴, 충주호

새벽 6시 30분 발 1일관광열차를 타고서 단양의 고수동굴과 충주호 관광에 나섰다. 대구에서 하양·금호를 지나 중앙선에 연결되어, 안동·영주와 죽령을 거쳐 新단양 역에서 내렸다. 대기하고 있던 관광버스로 고수동굴로 가 구경을 마친 후, 다시 신단양 유람선 출발지로 가는 도중에 비가 내리기 시작했다. 대형 유람선으로 청풍과 호락논쟁의 현장인 충북 제천군 寒水面을 지나 충주 선착장에 도착하였다. 다시 버스로 충주역에 가, 음성·증평 등을 거쳐 조치원에서 경부선을 따라 진주로 귀가했을 때는 이미 자정이 넘어 있었다.

춤과 노래로 어수선한 기차 안에서 국민학교 교사 부인이라는 중년 아주머니가 옆에 와 말을 걸며 술을 권하였다. 이럭저럭 받아 마시다가 상당히 과음한 모양이다. 장모님도 사돈 댁 일행과 함께 이 여행에 참가해 있었다.

28 (토) 맑음 —학동

바람 한 점 없는 찌는 듯한 무더위다. 오늘 진주 지방의 날씨는 34℃로서 금년 최고의 기록을 갱신했다. 류왕표·권오민 선생 등의 연구실 출입문에 갈대발을 드리웠기에, 나도 집에 있는 대나무 발을 가져가서 조교인 최안준 군에게 부탁하여 문 앞에 달았다.

퇴근 후 점심식사를 마치고서, 두 시경에 우리 집을 방문한 권오민 선생 부부와 우리 가족 세 명이 함께 권 선생이 운전하는 자가용에 동승하여 거제도의 鶴洞으로 피서를 떠났다. 사천·고성·충무·고현·옥포·장승포를 거쳐 臥峴해수욕장에 들러 얼마동안 해변을 산책한 다음, 東部面에 위치한 우리들의 목적지 학동으로 직행했다. 권오민 선생 부인은 다음달 25일이 출산예정일이라 만삭의 몸이다.

오늘 아침 '전국일주'에서 우연히 학동이 소개되었는데, 이곳은 몽돌로 된 좀 특이한 해수욕장이다. 해금강으로 가는 길목에 있는데, 이곳까지만 포장이 되어 있다고 한다. 한적할 줄 알았는데, 해변 곳곳에 거의 빽빽하게 텐트가 쳐져 있고, 자가용차들도 즐비할 뿐 아니라, 부산 등지에서 피서객을 싣고 오는 중형급 여객선도 정박하고, 해금강 유람선도 내왕하고 있었다.

민박처를 정한 다음, 자갈밭 해변으로 나가 멸치를 주우며 석양을 구경하다가, 숙소로 돌아와 늦은 저녁을 지어 먹었다. 식사 중에 권 선생과 둘이서 맥주 두 병 소주 한 병을 비웠다. 밤에 뒷집의 평상에 앉아 다시 막걸리 한 주전자, 맥주 두 병을 비우느라고 밤 한 시가 훨씬 넘어서야 잠자리에 들었다.

29 (일) 폭염 -반곡서원

오늘 진주지방의 날씨는 36.5℃로서, 또 다시 기록을 갱신했다고 한다.

임산부가 있는 권 선생 부부에게 안방을 양보하고 우리 가족은 문간방에 들었는데, 아침 8시경까지 늦잠을 잤다. 아침식사 후 모두들 해변에 나가 해수욕을 했다. 회옥이가 처음에는 비닐 튜브에 타려고도 하지 않고 물을 퍽 두려워하더니, 나중에는 권 선생이 튜브에 누여서 꽤 깊은 곳까지 데리고 헤엄쳐 가도 아주 태연하였다. 회옥이로서는 난생 처음 바다를 경험하는 셈인데, 너무나 즐거워하는 모습을 보니 오기를 잘 했다는 생각이 들었다. 그러나 배들이 드나들 적마다 바다가 기름으로 심하게 덮이고 쓰레기도 떠밀려오는 것을 보니, 더 이상 물에 들어갈 생각이 사라져 버렸다.

아침에 먹다 남은 것을 데워서 점심을 때우고, 짐을 챙겨 비포장도로인 산길을 넘어 동부면 연담마을까지 오니 다시 포장도로였다. 동부면사무소가 있는 곳을 지나 거제읍에 들러, 이곳에 귀양 와 일 년 남짓을 보낸 우암 송시열을 主壁으로 향사하는 盤谷서원을 둘러보았다. 대원군 때 훼철된 후 일제시기에 복원되었다고는 하지만, 과거 사액서원으로서의 위풍은 전혀 찾아볼 수가 없는 초라한 모습이었다.

근처의 竹林해수욕장을 보러 가던 중 좁은 길에서 맞은편으로부터 오는 버스 두 대에게 길을 비켜주려고 세 갈래 길로 후진하다가, 길가에 쌓아둔 통나무를 받아 권 선생 차의 옆 부분에 약간 손상이 생기고 말았다. 그래서 해수욕장 구경은 포기하고 도로 돌아 나와, 沙谷里에서 어제 왔던 길로 접어들어, 저녁 여섯 시 넘어서 진주에 도착했다.

시내의 진주청국장 집으로 우리 가족이 저녁식사에 초대하고, 권 선생 가족이 식사 후 우리를 평화호텔 커피숍으로 초대하여 차를 마신 다음 헤어졌다. 목욕을 새로 한 다음, 오전 중 햇볕에 타 다소 따끔따끔한 피부에다 크림을 발랐다.

이 일기를 쓰고 난 후 오늘 배달된 ≪한겨레신문≫을 보았더니, 27일 오후 8시께 매물도 앞 1마일 해상에서 여수로부터 부산으로 가던 433t급 유조선이 조업 중이던 어선과 충돌하여, 유조선 태양호에 실려 있던 벙커C유 64만 9천 6백L 중 12만L(6백 드럼 분)이 유출돼 주변 해역을 오염시키고 있다는 보도가 실려 있었다. 매물도는 해금강 바로 아래쪽이라 학동과도 멀지 않으니, 어쩌면 오늘의 기름은 바로 이 유조선에서 유출된 것인지도 모르겠다. 근자에 유조선 충돌이나 화재로 바다가 오염되는 사건이 계속 발생하고 있으니, 자연보호 문제의 심각성을 새삼 일깨워주는 사건들이라 하겠다.

8월

4 (토) 무더위 -백무동, 하동바위, 참샘

퇴근 후 두 시 반에 시외버스터미널 2층의 다방에서 조평래 군을 만나 함께 지리산으로 떠났다. 함양에서 버스를 갈아타고서, 인월·마천으로 해서 백무동에 도착했다. 출발에 앞서 포장육 등을 좀 사고, 국수와 도토리묵, 막걸리를 저녁 대신 들고서 등산을 시작했다. 하동바위를 거쳐 참샘에 도착하니 벌써 밤 아홉 시경이라 주위가 깜깜해졌다. 그곳에 텐트를 치고서 일찍 취침했다.

5 (일) 맑음 -장터목, 세석평전, 남부능선, 삼신봉

새벽 다섯 시에 기상하여 텐트를 걷고 세수한 후, 여섯 시경에 다시 등반을 시작했다. 소지봉을 거쳐 백무동 능선 길에 올라 계속 전진하는 도중 어젯밤 먹다 남은 빵과 과일로 간단히 아침을 때웠다. 제석단 쪽으로 꺾어 9km 등정 종점인 장터목에 도착했다. 장터목에서 세석평전을 향해 조금 전진하다가, 조 군이 아무래도 허기가 진다고 하므로 길가의 야영지에서 돼지고기를 굽고 라면을 끓여 소주도 한 잔 걸쳤다.

정식으로 아침을 들고서 다시 출발했지만, 웬일인지 조 군이 자꾸 처지며 쉬어가자고 하더니, 결국 세석 못 미친 곳에서 코피를 쏟았다. 코피가 멎은 후 다시 출발하여 장터목에서 6km 지점인 세석평전에 도착하니 이미 오후 한 시 무렵이라, 오늘 중에 하산하기는 무리라고 판단되어 산장에서 아내에게 전화를 걸었다.

세석에서 남부능선 길로 접어들어 1km 지점인 음양수 샘에서 점심을 지어먹고 좀 쉬었는데, 무전여행 중인 한 젊은이가 끼어들어 한 끼를 청하므로 같이 먹었다. 새로 산 수통은 세석에서 조 군이 물을 넣어 내 배낭 옆에 두었다지만, 잊고 가져오지 못했다. 식사 후 石門을 거쳐 한벗샘에서 수통에 물을 양껏 채워 조 군과 번갈아가며 들었더니 피로가 한층 더했다.

백무동에서 세석까지의 코스는 사람들로 법석대더니, 대성리 코스와의 갈림길을 지나니 가도 가도 사람의 모습을 보기 힘들었다. 세석에서 10km 거리인 삼신봉에 도착했을 때는 벌써 주위가 어두웠다. 남부능선의 전 코스를 답파하여 오늘밤 불일폭포 휴게소에서 야영하려던 계획은 도저히 무리임을 깨닫고서 삼신봉에서 청학동 코스로 접어들었다. 보름달이 비추고 있었지만 숲속의 돌 많은 길을 걷다가 몇 번이나 발이 미끄러져 다칠 번했으므로, 도중부터 플래시를 비추면서 내려왔다. 삼신봉에서 청학동까지 3km의 코스가 어찌 그리도 멀게 느껴지는지!

청학동 부근 다소 넓은 길이 나타나기 시작한 곳에 텐트를 치고 근처의 개울물을 길어다 저녁밥을 지어먹고 나니 벌써 자정이었다. 반찬이 없어 밥맛도 없고 술맛도 없었다. 어제부터 지리산 속 28km의 코스를 걸어 둘 다 기진맥진인데, 이럴 때 푸짐한 저녁식사란 얼마나 소중한 것이겠는가?

6 (월) 무더위 -청학동

아침 여섯 시경에 일어나 텐트를 걷고 짐을 챙겨서 500m쯤 아래의 청학동 쪽으로 내려오다 보니, 계곡 구석구석마다 피서 온 사람들의 텐트가 즐비하였다. 우리나라 사람들이 언제부터 이렇게 피서를 많이 다니게 되었는지 구석마다 쓰레기가 산적해 있고, 여러 해 전에 들렀을 때의 분위기와는 달랐다. 이른바 道人村이라는 청학동 입구에도 민박집들과 상점이 갖추어져, 아침을 지어 먹고 있는 피서객들로 시장바닥을 방불케 하였다.

오전 10시 버스로 청학동을 떠나 하동을 거쳐서 집에 도착하니 오후 한 시 남짓이었다. 목욕하고서 옷을 갈아입고 나니 역시 피서는 우리 집만 한 곳이 없다는 느낌이 새삼 들었다.

12 (일) 맑음 -고성 학동, 임포

오전 9시경 정병훈·이성환 선생이 우리 집을 방문하였다. 9시 30분에

3층에 사는 조은숙 양과 함께 정 선생의 차로 고성군 下─面 임포로 떠났다. 고성 쪽으로 해서 꺾어져 비포장도로를 얼마간 지난 후 목적지에 도착했다. 시간이 남아 임포의 이웃 마을인 鶴林里 鶴洞 마을을 둘러보고, 마을 입구의 西厓先生殉義碑文도 읽어보았다. 이 마을은 전주최씨의 세거지로서 古家들이 많으며, 西厓 崔宇淳처럼 한일합방 후 일제의 은사금을 거부하며 음독자살한 사람이랑, 두 명의 국회의원, 진주 삼현여고의 설립자인 崔載浩 씨 같은 분들을 배출한 곳이다.

오늘 이곳 임포마을에 있는 조은숙 양의 외갓집에서 본교 철학과 학부생 및 교육대학원 철학교육전공 학생들을 중심으로 하는 철학교육연구회의 세미나가 1박 2일간 열리게 되는 것이다. 조 양의 외가는 이층 슬러브 집으로서 2층에는 탁자와 의자도 충분히 있고, 바다에 면한 넓은 뜰에는 잔디도 심어져 있어, 이상적인 장소였다.

점심식사 후 정병훈 선생의 특강이 있은 다음, 통통배를 타고 건너편 곳으로 가서 수영도 하고 낚시질도 했다. 나는 준비 없이 갔지만, 정 선생의 수영복을 빌려 헤엄도 쳐 보았다. 주변 경관은 수려하고 바닷물도 맑고 따뜻했다.

저녁식사를 들고서 정 선생과 나는 여학생 한 명과 함께 먼저 진주로 돌아왔다. 정 선생과는 우리 아파트 맞은편에서 맥주 두 병을 마시고 헤어졌다.

19 (일) 흐렸다 개임 -용화사, 비진도, 소매물도

每勿島 관광을 위해 아침식사 후 집을 나서서, 사천·고성을 거쳐 충무에 도착했다. 시간이 좀 일러서 충무 시외버스터미널에서 시내버스로 갈아타고 종점인 龍華寺 입구까지 가보았다. 觀音庵과 용화사를 둘러보고서 충무김밥으로 점심을 든 후, 오후 한 시의 유람선을 탔다. 比珍島를 거쳐 등대섬·소매물도를 일주한 후, 등대섬에 내려 절벽 위 등대 그늘에 앉아 한 시간 가까이 망망대해와 다도해를 바라보았다. 대매물도를 거쳐서 돌아오는 배를 도로 타고 나와 다섯 시 반경에 충무에 도착했다.

10월

13 (토) 흐림 -송광사, 불일암

아침식사 후 송광사로 가기 위해 순천행 버스에 올랐다. 그곳에서 '불교사상의 깨달음과 닦음—頓과 漸 문제를 중심으로—'라는 주제를 가지고서 제4회 국제불교학술회의가 개최되기 때문이다. 순천의 시외버스터미널에서 송광사 행 직행버스로 갈아타기 위해 구내 다방에서 커피를 마시며 기다리다가 나오니 국민윤리교육과의 孫炳旭 교수도 마침 거기까지 와 있어, 손 교수와 함께 떠났다.

절에 당도하니 趙允來·安晋吾 교수 등의 모습도 보였다. 오전 중에 崔鳳守(동국대 강사)·山口瑞鳳(東京대 명예교수)·鄭性本(스님, 충남대 강사)·Robert Gimello(Arizona대 교수) 씨의 발표와, 전재성(동국대 강사)·徐宗梵(스님, 중앙승가대 교수) 씨의 논평이 끝나고서 점심공양 및 휴식시간이었다. 오후 한 시 반부터 시작된 오후의 발표에는 이지수 교수의 부친인 李鍾益(전 동국대)·吉津宜英(駒澤대 교수)·강건기(전북대 교수)·Michael Kalton(Wichita주립대 교수)의 발표와 김영호(인하대 교수)·최성렬(조선대 교수)의 논평이 있었다.

저녁공양을 마치고서 중건된 송광사의 건물들을 둘러보았다. 여순반란사건 때 대웅전 등 주요 건물들이 소실되어 초라한 모습으로 재건되어 있었던 것이 다년간에 걸친 불사로 승보사찰답게 웅장하게 중창되어 있고, 아직도 석물이나 부속 암자의 건축 작업이 진행 중인 곳도 있었다.

나는 72년 봄과 여름을 통도사의 비로암에서 보내면서 그 옆의 극락암 鏡峰스님께 중이 될 뜻을 밝혀 승낙을 얻었지만, 가족들이 잘 알고 있는 그곳에서는 곤란했다. 그래서 집으로 내려와 책들을 팔아서 마련한 여비로 뱃길로 부산에서 여수로 가서 일박을 하고, 蘇九山 스님이 방장으로 있던 송광사로 들어가 스무날 정도 행자생활을 했던 적이 있었다. 羹頭와 菜供 및 종무소의 일을 조금 보다가, 승려생활의 위선적인 이면에 회의를 느껴 다시 집으로 돌아왔다. 이듬해 봄 서울대 철학과 종교전공에 입학했다가, 2학년 때는 다시 철학전공으로 바꾸었던 것이다. 이처럼 이 절은 내 젊은 날의 영적 방황과 고뇌의 추억이 남아 있는 곳이지만, 그 당시에 비해 절은 크게 변모해 있었다.

법정스님이 거처하는 佛日庵에도 조윤래·손병욱 선생과 함께 올라가보았다. 보조사상연구원 원장으로서 학술회의장의 연사석에 근엄하게 앉아 있던 법정스님이 윗도리를 벗고서 손수 군불을 때고 있었다.

밤 6시 30분부터 시작된 발표(3)에서는 韓基斗(원광대 교수)·Robert Buswell(UCLA 교수) 씨의 발표와 박영기(동국대 박사과정)·길희성(서강대 교수)의 논평이 있었고, 약간의 질의토론도 있었다. 조윤래 교수 및 그 후배인 성균관대 대학원생들과 대화를 나누느라고 자정이 지나 잠이 들었다.

14 (일) 맑음 - 선암사 행 산길

새벽 여섯 시에 일어나 세수 및 공양을 마치고서, 손병욱 교수와 함께 선암사로 가는 산길을 따라 한 시간 남짓 산보 차 등산을 하고서 돌아왔다.

아침 여덟 시부터 전날의 발표에 대한 權奇悰(동국대 교수)·全海州(스님, 동국대 교수) 씨의 논평이 먼저 있었다. 그런 다음 발표에서는 박성배(뉴욕주립대 교수) 및 목정배(동국대 교수) 씨가 조계종정인 성철 스님의 81년도에 간행된 『禪門正路』에 대한 찬반의 입장을 제시하였고, 이에 대해 심재룡(서울대 교수)·전치수(동국대 강사) 씨가 논평을 한 다음, 종합토론에 들어갔다. 성철 종정은 이 저술에서 보조의 돈오점수를 비판하고 돈오돈수를 주장한 모양인데, 이번 학술회의는 이에 대한 송광사 측의 응답이라고 할 수 있다.

점심 공양 후 아침에 도착한 권오민 교수의 차로 손병욱 교수와 셋이서 진주로 돌아와 시내의 실비집에서 맥주를 마셨다. 매운 고추 안주를 집어 먹고서 심한 복통을 일으켜 한 때 당황했으나 의자에 좀 누워 있으니 통증이 가라앉았다. 손병욱 선생 댁에 가서 시골집에서 담아 온 막걸리로 2차를 하고, 권 선생과는 우리 아파트까지 함께 와 劉福增 교수가 가져온 金門高粱酒 및 정종으로 3차를 했다. 권 선생은 혀 꼬부라진 소리를 내면서도 택시를 이용하라는 나의 권유에도 불구하고 밤늦은 시각에 기어이 자기 차를 몰고서 돌아갔다.

28 (일) 맑음 -노고단, 피아골, 화개장터
새벽 다섯 시 반경에 자리에서 일어나 도시락과 배낭의 짐들을 꾸려 지리산 등반길에 나섰다. 여섯 시 반경에 진주농림전문대학 정문 옆 시외버스 주차장에서 조평래 군과 만나 하동 행 버스를 탔다.
하동 시외버스 주차장에서 재첩국을 세 대접이나 마시고, 화엄사 행 버스로 갈아타서 화엄사 입구에서 다시 성삼재 행 군내버스로 갈아탔다. 이럭저럭 하동과 화엄사 입구에서 갈아탈 버스를 기다리느라고 한 시간 반 이상을 소비한 까닭에, 노고단에 올랐을 때는 이미 정오를 넘긴 시각이었다. 왕시루봉 능선을 답파하는 것이 애초의 목표였으나 질매재를 지나 질등과 문바우등(文巖峰, 1,198m)을 넘어서 느진목재에 이르니 이미 하오 네 시경이었다. 내일의 출근을 고려하여 하산 길을 택해, 내서리를 거쳐 피아골의 연곡사 아래 버스 정거장이 있는 평도부락으로 내려왔다.
피아골 입구의 외곡에서 군내버스를 내려 택시로 갈아타고서 경상도 지경인 화개장터로 와, 다시 6시 15분 버스로 하동으로 향했다. 하동에서 조 군과 더불어 횟집에서 소주를 마시다 막차로 진주에 돌아왔다. 지리산 능선에는 이미 단풍이 모두 시들어 버렸으나, 피아골로 내려오는 골짜기의 호젓한 소로에서 절정에 이른 가을 단풍의 정취를 충분히 음미할 수가 있었다.

11월

4 (일) 맑음 -조개골, 치밭목산장, 무재치기폭포
회옥이를 처제에게 맡기고서 아내와 함께 단풍 구경에 나섰다. 힘든 등산은 싫으니까 쉬운 코스로 가자고 하는 아내의 주문에 따라 대원사 골짜기로 들어섰다. 평촌리에서 시외버스를 내려, 걸어서 대원사를 지나 유평리에 이르렀다. 이 골짜기에는 아직도 단풍이 한창이라 맑은 물과 붉게 물든 산, 그리고 쏟아져 내리는 나뭇잎에 아내는 감탄을 금치 못했다.

유평리의 삼장국민학교 유평분교, 속칭 가랑잎국민학교 앞의 상점에서 도토리묵과 지짐, 그리고 막걸리로 점심을 때우고, 삼거리·중땀·새재를 거쳐, 그만 돌아가자고 조르는 아내를 달래어 산에 오르기 시작했다. 아내는 평소에 신는 구두차림으로 길을 나섰으나, 비교적 쉬운 신밭골로 올라 무재치기폭포 아래의 갈림길에서 한판골 쪽으로 내려오면 크게 무리는 아닐 것이라 판단했던 것이다. 새재까지는 차가 다닐 수 있는 길이 이어져 있었는데, 그 길에 잇따른 산길로 계속 올랐으나, 새재에서 오름길로 한 시간 반이면 도달할 수 있다고 지리산 안내서에 적혀 있는 갈림길은 가도 가도 나타나지 않았다.

자꾸만 도로 내려가자고 조르는 아내에게 갈림길에서 내려가는 편이 더 수월하다고 설득하여 억지로 올랐는데, 네 시가 가까워 올 무렵에야 비로소 천왕봉 쪽에서 내려오는 대원사계곡 주 코스와 만날 수가 있었다. 그러나 그곳의 안내판을 보니, 엉뚱하게도 우리가 올라온 것은 신밭골이 아니라 거의 등산객도 다니지 않는 조개골 코스이며, 더구나 우리가 목표로 삼았던 920m 갈림길에서 무려 4km나 더 올라와 천왕봉까지도 불과 7km 정도밖에 남겨두지 않은 곳이었다.

1km 아래의 치밭목산장을 거쳐 무재치기폭포도 둘러보고 서둘러 하산했다. 갈림길을 지나자 아내는 더 이상 도무지 못 걷겠다고 끙끙거리며 앉은뱅이걸음을 걸으면서 울음을 터뜨릴 형국이었다. 유평까지의 하산 코스만도 10km 전후나 되는데 산에서 날이 어두워지면 더욱 낭패인지라, 계속 아내를 독려하여 6시 15분경 간신히 유평마을에 도착했을 때는 막 땅거미가 진 무렵이었다. 그나마 작은 플래시를 가져갔으므로 아내가 하산하는데 도움이 되었다. 유평에서 지나가는 사냥꾼들의 봉고버스를 얻어 타고서 평촌리 버스종점에 도착했을 때는 7시 15분 막차 시간보다 약 반 시간 정도 이른 시각이어서, 점심으로 준비해 간 도시락

도 먹으며 안도의 한숨을 내쉴 수가 있었다.

대원사에서 새재에 이르는 계곡을 벗어나 산에 오르니 이미 단풍은 거의 져버린 후였다. 유평 근처의 오름길에서 국어교육과의 최시한 선생 가족을 만났는가 하면, 하산 길에도 유평에서 민박한다는 우리 대학 선생을 만났다.

11 (일) 맑음 −지리산 서북능선, 광한루, 만복사지

아침 일찍 진주를 떠나 하동에 이르렀다. 하동 시외버스터미널에서 재첩국을 두 그릇 사 마신 다음 화엄사 행 버스로 갈아탔고, 화엄사 입구에서 10시 20분경 구례 군내버스로 지리산 성삼재를 향해 출발했다.

성삼재에서 서북능선에 올라 작은고리봉·묘봉재·만복대를 거쳐 정령치까지 9km 거리를 주파했다. 예상했던 대로 만복대 능선의 억새꽃은 이미 거의 져버리고, 이 능선 길을 비롯하여 반야봉·노고단·천왕봉 등이 모두 흰 눈을 덮어쓰고 있었다. 앙상한 나뭇가지들이 흰 눈꽃을 달고서 햇빛에 반짝이고 있는 모습도 절경이었고, 그 사이를 지나갈 때는 바람에 날린 눈꽃들이 안개처럼 하늘을 뒤덮기도 했다.

正嶺峙에서 혼자 꿀 차 두 잔을 사 마시고서, 꿀 차 파는 상점 사람에게 물어 정령치의 마애조각상을 찾아 나섰다. 지난번 조평래 군과 왔을 때 그 근처에서 한참을 두리번거렸던 옹달샘에서 사이 길로 난 가시덤불 속의 오솔길이 끝나는 곳 바위에 바로 김경렬 옹이 그 저서 『지리산 2』에서 정장군 상으로 소개한 그 마애조각상이 있었다. 그러나 미간의 白毫 등으로 보아 부처상임이 틀림없었다. 샘과 마애불 근처에는 기도하던 사람들이 남긴 초와 과일, 무당의 금띠 등이 산재해 있었다.

대절 택시에 합승하여 남원으로 내려와, 광한루와 萬福寺址 등을 둘러보고서, 오후 다섯 시 넘어 진주로 출발했다. 정령치에서는 행글라이딩하는 광경을 한 동안 지켜보았다. 내가 보는 곳에서 세 명이 하늘로 떠, 찬 대기 속을 유유히 선회하고 있었는데, 운봉 목장 쪽으로 가서 착륙하는 모양이었다.

12월

23 (일) 맑음 ―마야부인 석상, 순두류, 천왕봉, 장터목

아침 일곱 시쯤 집을 나서 지리산 중산리로 들어갔다. 중산리 버스종
점에서 내려, 거기서 500m쯤 떨어진 곳에 있는 天王寺에 들러 마야부인
석상을 구경했다. 이 석상은 천왕봉 부근에 수백 년 동안 위치해 있어
김종직의 지리산 유람 기록에도 언급된 것인데, 해방 후 근년에 한 때
실종되었다가 이 절의 주지스님이 찾아서 사찰 뒤쪽 언덕에 돌을 깎아
대좌를 만들고, 거기에 콘크리트로 땜질하여 붙여놓은 것이다.

혼자서 순두류 쪽으로 걸어 경상남도자연학습원을 둘러보고, 법계사
아래의 로터리산장에 도착하니 한 시 반경이었다. 가지고 간 보온도시락
을 열어 산장 안에서 점심을 들었다. 자연학습원을 지나 차도를 벗어나
면서부터 아이젠을 착용하고서 눈길을 걸었는데, 위로 올라갈수록 눈보
라가 심했다. 오후 네 시경에 천왕봉에 도착했다.

원래는 장터목산장을 거쳐 한신지계곡 쪽으로 하산할 예정이었지만,
시각이 늦어 더 이상 올라오는 등산객도 거의 없었고, 능선 길에는 매서
운 눈보라와 바람이 들이치고 있어 무리하지 않기로 하고 왔던 쪽으로
하산했다. 장터목산장까지는 한 시간 만에 도착했지만, 거기서 칼바위
쪽 직선코스로 하산하려 했던 것이 길을 잘못 들어 다시 순두류 쪽 왔던
길로 내려오게 되었다. 자연학습원 쯤에서부터 밤이 되어 하현달과 초롱
초롱 빛나는 별들을 바라보며 걸어서 밤 일곱 시경에 중산리에 도착했
다. 막차가 떨어진 것이 아닐까 염려했는데, 마침 버스 종점 부근에 당도
했을 때 등산을 마치고 진주로 돌아가는 젊은 남녀 한 쌍이 코란도 지프
차를 몰고 뒤따라오기에 그것에 동승하여 여덟 시경에 무사히 집에 돌아
올 수 있었다.

중산리에서 순두류를 거쳐 로터리산장까지가 8km, 산장에서 천왕봉
까지 3km이니, 정식 코스로는 9km 밖에 안 되는 거리를 훨씬 두른 셈이
고, 게다가 천왕사와 자연학습원을 둘러본 것까지 보태면 오늘 하루 동

안 산길을 왕복 23~4km 쯤 걸은 셈이 된다. 다리가 뻐근하고, 방한복 안쪽까지가 모두 땀에 흠뻑 젖어 있다.

1월

26 (토) 맑음 -풍기

오후 네 시경 MBC 옆에서 멋-거리산악회가 주관하는 소백산 안내등반 참가자 30여 명과 합류하여 대절버스로 진주를 출발했다. 거창을 지나 김천 못 미친 곳의 송죽휴게소 식당에서 저녁을 들고, 점촌·예천 등을 지나 밤 아홉 시경에 오늘의 목적지인 풍기읍에 도착하여, 주최 측이 미리 예약해 둔 소백산장 여관에 투숙했다. 남자들은 아주 큰 방 두 개에 나누어 들었다. 많은 사람들이 자정이 훨씬 넘도록 화투를 치고 밖에 나가 술도 마시는 모양이었지만, 내일의 컨디션을 고려하여 나는 평소처럼 10시경에 먼저 자리에 들었다.

27 (일) 쾌청 -소백산

새벽 5시 30분경에 기상하여 여관 아래층의 식당에서 갈비탕으로 조식을 들고서 출발했다. 산행이 시작되는 지점인 희방사 입구 주차장에 하차했을 때까지도 사방은 아직 컴컴했다.

일곱 시경부터 등산을 시작하여, 희방사를 거쳐서 국립천문대·소백산 천체관측소 옆을 지나 계속 능선 길을 걸어서 제1연화봉에 당도하였고, 11시가 좀 지나서 소백산 최고봉인 해발 1,439.5m의 비로봉에 도착하였다. 일행이 모두 모여 먼저 간 산악인에 대한 묵념과 야호삼창으로 정상식을 치르고 기념촬영도 했다. 달밭재·비로사 코스로 하산 길에 들어, 예정대로 오후 두 시경에는 모두가 어제 우리를 싣고 온 대절버스가 대기하고 있는 삼가동에 도착하였다.

그곳 상점에서 두부와 소주로 점심을 때우고, 부산에서 온 회사원 아가씨 19명도 버스에 태워 영주까지 동행하였다. 영주에서 사우나를 한 후, 어제 온 코스를 달려 밤 여덟 시 반경에 진주에 당도하였다.

2월

1 (금) 맑음 -지리산프라자호텔

낮 12시 30분경에 스쿨버스로 구례의 지리산프라자호텔로 인문대 교수세미나를 떠났다. 인문대 교수 30여 명과 직원 몇 명이 참가했다. 화엄사 입구의 콘도형 호텔 5층에 네 사람 정도가 한 방씩으로 배정되었다. 나는 555호실에 영문과 박창현, 철학과의 정병훈, 독문과의 이영석 선생과 함께 투숙하게 되었다.

저녁식사를 전후하여 세미나실에서 인문교육의 방향과 외국어교육방안에 관한 주제를 가지고서 각각 두 사람씩 네 명의 주제발표가 있었고, 토론의 시간도 가졌다. 나는 간밤의 수면이 부족하여 컨디션이 좋지 않았던 까닭에 11시 반경에는 두 개의 방 중 작은 쪽 방에서 먼저 취침했지만, 우리 룸에서는 밤 두세 시 무렵까지 술판이 벌어졌고, 다른 룸에서는 화투판이 벌어져 밤을 꼬박 새우기도 한 모양이다.

2 (토) 맑음 -화엄사

조반을 든 후 근처를 산보하다가, 열 시 남짓 되어 황영국 학장 및 사학과의 이원근 교수와 함께 화엄사를 참관하였다. 절 경내에서 한문학과의 허권수·장원철 교수를 만나, 그들을 따라 노고단 등반길에 올랐다. 그러나 아무래도 일정상 좀 무리일 듯하여, 절에서 3km 남짓 올라간 지점에서 도로 내려왔다. 도중에 허권수 선생은 龍沼라는 계곡의 못에서 발가벗고 찬물에 들어가 헤엄을 치기도 했다.

점심식사 후에도 계속 술판·화투판·바둑판이 벌어졌다. 나는 술 이외의 잡기라고는 할 줄 아는 것이 없었으나, 그렇다고 하여 노래에 끼일 기분도 아니어서 이리저리 들락날락 하였다. 오후 네 시경에 어제 타고 온 스쿨버스로 지리산프라자호텔을 떠났다.

19 (화) 맑으나 쌀쌀함 ―다람쥐캠프장

오늘부터 1박 2일간에 걸쳐 양산에 있는 다람쥐캠프장에서 91학년도 철학과 학생회의 신입생 예비행사가 있다. 아침식사 때까지 참가할지 말지를 망설이고 있다가, 결국 참가하기로 마음먹고서 학교로 향했다.

캠프장의 전용버스가 오전 10시경에 인문대 앞 광장에 당도하여, 학과장 정병훈, 1학년 지도교수 류왕표 선생 및 나를 비롯하여, 조교 황인찬 군 이하 학생들이 제법 많이 타서 버스 한 대에 다 앉을 수가 없었다. 부산의 구포에서 낙동강을 거슬러 좀 올라가다가 산골길로 접어들어 꼬불꼬불 나아가다 막다른 골짜기에 다람쥐캠프장이 있었다. 캠프장이라고는 하지만 야영을 하는 곳이 아니라, 숙박·식사 및 회의 등을 할 수 있는 시설과 운동장·풀장까지 갖추어진 곳이었다. 우리가 당도했을 때는 어느 회사의 직원들과 부산의 동아대 학생들도 그곳에 입소해 있었다.

중식을 끝낸 다음 강당에서 벽 허물기라는 이름의 게임 시간을 가졌고, 석식 후에는 하나 됨을 위하여 라는 이름의 토론 시간이 있었다. 정병훈 교수가 과외활동에 관해, 류왕표 교수가 철학을 어떻게 할 것인가에 대해, 그리고 내가 자신의 대학생활 회고 및 동양철학을 어떻게 할 것인가에 대해 발언하였다. 교수들의 발언이 꽤 길어져 버린 까닭에 다른 토론은 간단히 줄인 다음, 아홉 시 남짓부터 쌀 막걸리·소주 등을 마시며 장기 자랑과 여흥에 들어갔다. 금성예식장 집 아들인 2학년 학생이 돼지머리 삶은 고기를 가져와 안주도 제법 푸짐했다. 밤 두 시경까지 마시다가 나는 먼저 방으로 돌아와 자리에 들었다.

20 (수) 맑으나 쌀쌀함 ―등산

우리들 교수 세 명은 학생들이 든 건물의 바로 옆 동에 따로 한 방을 얻었는데, 류·정 두 선생은 밤 세 시가 넘도록 학생들과 어울리다가 돌아왔다. 그럼에도 불구하고 류 선생은 잠이 오지 않아 대여섯 시경에 일어나 뒷산의 길도 없는 산비탈을 헤매다 돌아왔다고 한다.

조식 후 류·정 선생은 학생들과 운동장에서 공놀이를 하고, 나는 뒷산에 올라 능선을 따라 걸으며 조망을 즐기다가 오후 한 시경에 내려왔다. 이번 모임은 학생들과 좀 더 가까워질 수 있었을 뿐 아니라, 류·정 선생과도 더욱 친교와 신뢰를 다질 수 있어 좋았다고 생각한다.

점심을 든 후 두 시경에 기념촬영을 하고, 캠프장의 버스에 올라 어제 갔던 길을 경유하여 학교로 돌아왔다. 인문대 앞 광장에서 뒤풀이를 하러 가려는 학생들과 작별하여, 교수 세 명은 시내의 일식집에 들러 정종을 몇 잔 마신 후 헤어졌다.

24 (일) 맑음 -북덕유산
한 달에 한 번씩 있는 멋-거리산악회의 2월 안내산행에 참가했다. 지난달의 소백산에 이어 두 번째 참가가 되는 셈인데, 남한 지역에서는 특히 눈이 많다고 하는 北덕유산 등반이었다.

아침 7시 40분경 진주시청 앞에서 버스가 출발하였다. 그저께의 대설로 말미암아 육십령과 거창을 경유하는 길이 모두 차량 통행이 어려운 상태인지라, 당초의 예정을 변경하여 동엽령·안성 경유의 하산은 포기하고, 경북 금릉군의 大德에서 茂豊으로 접어들어 羅濟通門을 지나서 무주구천동에 이르렀다.

三公里의 매표소 부근에서 하차하여 등산을 시작하였다. 백련사에서 잠시 휴식을 취한 후, 가파른 능선 길을 따라 아이젠·스패츠 차림으로 꾸준히 올라 정상인 향적봉에 이르니, 사방 어디를 둘러보아도 눈 덮인 연봉들이 끝없이 펼쳐져 있어 장관이었다. 정상 부근의 대피소에서 가져간 보온도시락으로 점심을 들었다. 미끄러운 눈길을 나는 듯이 달려 왔던 길로 하산하였고, 예정대로 밤 9시경에 진주에 도착했다.

3월

17 (일) 맑음 -두륜산, 대흥사, 울돌목

멋-거리산악회의 3월 안내산행에 참가하여, 오전 7시에 시청 앞에서 모여 대절버스로 해남의 두륜산으로 출발했다. 보성·강진 등을 거쳐 예정대로 11시경에 대흥사에 도착하여 등산을 시작했다. 이번에는 경상대 직원들의 등산모임인 뫼사랑산악회원들 여덟 명 가량도 참가하여, 버스 한 대에 다 앉을 수 없을 정도인 50여 명의 성황을 이루었다. 12시 반경에 정상에 도착하여 정상식 및 기념촬영을 하고, 남해바다의 섬들을 조망하다 내려왔다. 내리막길에는 길을 잘못 접어들어 한동안 차도를 따라 내려왔다.

대흥사는 예전에도 한 번 들른 적이 있었지만, 사찰 경내와 서산대사 기념관을 둘러보고서, 오후 두 시반경에 절 입구의 큼직한 전통한옥을 개조한 식당에서 산채백반으로 점심을 들었다. 4인분 2만 원을 내가 부담하고, 전임 회장이 술값 2만 원을 부담했다. 식사를 마친 후 진도대교로 출발하여, 대교 아래 이충무공 전적지로서 유명한 울돌목(鳴梁)의 거센 물살과 화장실 옆 화단 안에 매여 있는 흰색 털의 진돗개를 구경하였고, 진도 쪽 휴게소 아래층의 횟집에서 멋-거리 회원들과 함께 산 낙지 안주로 소주도 들었다. 다섯 시경에 진도대교를 출발하여, 해남을 거쳐 왔던 코스로 해서 밤 아홉 시 반경에 진주시청 앞에 도착했다.

4월

5 (금) 맑음 -하동

식목일 휴일이라 점심식사 후 아내·회옥이와 함께 기차를 타고 하동으로 바람 쐬러 나갔다. 아내가 지난번부터 회옥이에게 기차를 한 번 태워주자고 말해 왔기 때문이다. 완전한 봄 날씨라 골덴 바지가 답답해 보인다고 이제 벗으라는 말을 아내에게서 들었다. 하동역에 내려 버스터미널까지 걸어가 터미널 구내식당에서 재첩국과 돼지족발을 들고, 버스를 타고서 돌아왔다. 시외버스에서 내려 돌아오는 길에 아파트 부근의 꽃집에서 붉은 튤립 화분을 하나 사왔다.

27 (토) 맑음 -영각사, 덕유공무원교육원, 남강 발원지
퇴근 후 오후 두 시 반경 시외버스터미널 건물 2층의 합동다방에서 조평래·김경수 군과 만나 덕유산 등반길에 나섰다. 수동과 안의에서 각각 버스를 갈아타고서, 함양군 서상면 소재지에 내려 얼마간의 음식물 등을 구입한 후, 거기서 덕유공무원교육원 입구까지는 택시로 갔다.

영각사 입구에 내려 경내를 둘러보았다. 택시 기사의 말로는, 6.25 무렵 해인사로 옮기기 전까지 팔만대장경판이 이 절에 보관되어 있었다는 것이다. 지금의 사찰 건물은 6.25 무렵 소실되고 난 후 새로 건축한 것이라고 한다.

걸어서 덕유교육원도 둘러본 다음, 교육원 구내의 소로에서부터 등산을 시작하였다. 가파른 산길을 올라 남덕유산 정상 조금 못 미친 곳에 있는 야영장에 텐트를 쳤다. 이 야영장에 있는 샘은 남강의 발원지라고 하니, 한층 더 의의 깊은 곳이다. 밤 여덟 시경에 도착했으나 둥근 달이 훤하여 낮처럼 밝았고, 소쩍새 소리가 정겨운 밤에 늦은 저녁을 지어먹고, 서상에서 사 온 돼지고기를 구워 소주잔도 기울였다.

28 (일) 맑음 -남덕유산, 덕유평전, 송계사
새벽 다섯 시경에 자리에서 일어나 텐트를 걷고 카레라이스로 아침을 지어먹은 다음 짐을 챙겨 출발하니 벌써 일곱 시경이었다. 야영장에서 남덕유의 정상인 東峰(1,507.4m)까지는 가파른 벼랑이라, 철 계단을 디디고서 조심조심 올랐다. 정상에서 월성재·삿갓재에 다다르기까지도 그와 비슷한 가파른 길이 계속되더니, 무봉산 부근에서부터는 비교적 평탄하였다. 사방 눈이 닿는 곳까지는 모두 산들이라 풍경이 웅장하였다.

남덕유에서 북덕유까지는 16.5km 정도의 능선 길인데, 동엽령을 지나

북덕유의 향적봉까지 2.5km 정도를 남겨둔 덕유평전에서 거창군 북상면 쪽의 능선 길로 접어들었다. 이 길 또한 송계사까지 9.5km 정도의 장거리인데, 급경사의 능선 길을 한참 내려온 다음 개울을 따라오는 길은 다소 완만했다.

송계사 아래 버스정거장에 당도했을 때 일곱 시 15분 전쯤이었다. 마침 일곱 시에 거창으로 출발하는 막차가 있었다. 잠시 쉬면서 음료수와 포도주로 행운을 축하한 후, 갈계리 등을 거쳐 거창에 도착하였고, 수동까지 막차를 타고, 또 수동에서 진주 가는 막차로 갈아타, 밤 10시 넘어서 진주에 당도했다. 조평래 군이 막걸리라도 한 잔 마시자고 청했지만 그냥 귀가했다.

오늘 행정은 산길 약 25km의 長征이었는데, 죽을힘을 다했다는 표현이 적절할 것이다. 그나마 진주까지 돌아올 수가 있어 다행한 일이다.

6월

8 (토) 흐림 -제주시

오후 세 시에 대한항공 지점 옆에서 아내와 함께 멋-거리산악회의 전세버스를 타고서 사천공항으로 출발했다. 한라산 등반을 위한 것이다. 지난주 토요일에 출발할 예정이었으나, 일기 관계로 비행기가 운항하지 않아 한 주 연기된 것이다.

일행 40명이 KAL 167편으로 오후 네 시 반에 이륙하여 다섯 시 십오 분경에 제주공항에 착륙했다. 진주의 우성관광으로부터 사전 연락을 받은 현지의 여행사 측이 버스를 가져 와 우리 일행을 태우고서 新제주로터리에 있는 일신호텔로 직행했다. 우리 부부는 507호실의 별실을 얻어 들었다.

저녁식사 후 시내버스를 타고서 舊제주 쪽까지 제주 시내를 한 바퀴 돌고 왔다. 밤 아홉 시경 나이트클럽에 갈 뜻이 없느냐는 권유가 있었지만, 신혼여행 때의 기분을 살려 둘이서 오붓한 시간을 갖고 싶어서 따라가지 않았다.

9 (일) 폭우 -제주도 관광

남부지방에 집중호우가 내려 전라도와 경상도 지방에 상당한 피해가 있었다는 보도가 있었다. 따라서 한라산 등반 일정은 취소되었고, 대절 버스로 한림식물공원·山房寺·중문단지·서귀포 천지연폭포 등을 둘러보고서, 제1 횡단도로로 성판악을 경유하여 돌아오는 도중 木石園에도 들렀다.

우리 부부의 신혼여행 때 모두 둘러보았던 곳들이지만, 당시 우리가 묵었던 중문단지에는 새로운 시설들이 상당히 들어서 있어 85년 8월의 그때 이후 많은 변화가 있었음을 실감할 수 있었다. 무지개 형의 다리를 넘어 제2天帝淵과 제1천제연을 둘러보고, 돌고래와 물개들의 묘기도 관람하였다. 새로 들어선 식물원과 그 바깥에 있는 각 나라 양식의 정원들을 둘러보았다. 비도 오고 시간도 촉박하여 천천히 감상할 시간은 없었지만, 아내는 특히 식물원에 깊은 인상을 받은 듯 회옥이를 꼭 데려와서 보여주고 싶다고 몇 번이나 되풀이해 말했다.

우려했던 대로 모든 비행기의 운항이 중단되어 예정된 스케줄대로 오늘 돌아갈 수도 없어, 제주시의 蓮洞에 있는 朝香호텔에서 또 일박을 하게 되었다. 저녁 무렵에는 좀 개었으므로, 부근에 나가 아내의 등산화와 우비, 그리고 내의 등을 좀 사고, 어제처럼 또 시내의 좌석버스를 타고서 구제주 쪽으로 드라이브 한 다음, 간밤에 묵었던 일신호텔에 들러 빠트리고 온 수통을 찾았다. 그 호텔의 종업원이 친절하게도 직접 봉고차를 운전하여 우리 부부를 조향호텔까지 데려다 주었다. 일행은 오늘 밤에도 나이트클럽에 가는 모양이었지만, 우리 부부는 따라가지 않았다.

10 (월) 흐린 후 개임 -영실, 윗세오름, 어리목, 일출봉, 용두암

일행 중 몇 명은 오전 11시 비행기로 부산공항을 거쳐 진주로 돌아가고, 나머지 사람들은 여러 대의 봉고차에 분승하여 제2 횡단도로를 통해 영실 코스로 접어들었다. 공원관리사무소에서는 일기가 불순하므로 등산이 불가하다는 고지판을 세워두고 있었지만, 멋-거리산악회의 김정

선 총무와 조병화 전임 훈련부장 등이 설득하여 이럭저럭 통과할 수가 있었다.

휴게소 종점에서 차를 내려 등산을 시작하였다. 가파른 숲속 길을 올라 안개 속으로 헐떡이며 계속 걸으니, 소문에 듣던 대로 큰 나무 숲은 끝나고 철쭉 숲 사이로 넓고 평평한 길이 이어지고 있었다. 그러나 정상을 2.8km쯤 남겨둔 어리목코스와의 합류지점인 윗세오름 대피소에 다다르니, 또다시 기상변화로 인한 입산금지 표지가 서 있었다. 산악회의 간부들이 또 감시인들을 설득해 보고 있는 동안 그곳에서 제법 오랫동안 머물렀지만, 짙은 안개에다 다른 등산객들도 계속 올라오고 있는 까닭에 끝내 입산허가를 얻지 못하고서 어리목 코스로 하산할 수밖에 없었다.

어리목 코스 입구의 국립공원관리사무소에 당도하여 준비해 간 도시락을 들고서, 연락을 받고 당도한 전세버스를 타고 한 시 반에 출발하여 왔던 코스로 제주시에 도착하였다. 그런 다음 어제와는 반대 방향으로 동쪽의 성산 일출봉에 가서 한 시간 반쯤 시간을 보내고, 다시 제주시에 돌아와 용두암에도 들른 다음, 여섯 시경 공항에 당도했다.

오후 일곱 시 이십 분에 이륙하여 여덟 시 십 분경에 사천공항에 당도했다.

16 (일) 맑음 -속리산, 법주사

아침 7시 15분, 멋-거리산악회의 6월 안내산행 버스가 시청 앞을 떠나 충북 속리산을 향해 출발하였다. 지난번 소백산 갈 때의 코스대로 산청·거창을 지나 김천 좀 못 미친 곳에 있는 휴게소에서 얼마간 정거한 다음, 김천 지나 상주에서 갈림길로 접어들어 상주군 化北面 壯岩里의 관리사무소에 도착했을 때는 예정보다 약 한 시간이 늦은 11시 30분경이었다.

거기서부터 등반을 시작하여 문장대·신선대를 거쳐 법주사에 당도해서는 새로 세워진 청동미륵보살상과 그 아래의 전시실을 둘러보았다. 오후 여섯 시경에 법주사 주차장을 출발하여, 보은·영동을 거쳐 돌아왔다. 참가자는 31명이었다.

23 (일) 맑음 -진주성, 진양호

아침식사 후 이모님과 우리 가족 모두가 아파트 옆 철길 가 도로에 매일 아침 서는 반짝 시장에 나가 구경을 하고 수박 등을 사가지고 왔다. 이어서 이모와 나는 카메라를 가지고 진주성 내의 촉석루와 박물관, 그리고 아마도 이모님의 선조가 될 河拱振의 紀功碑, 하륜의 胎地 및 진양 하씨재각의 건설 현장을 둘러보았다. 진주성을 나와 아귀찜으로 점심을 들고난 다음, 택시로 진양호와 도립문화예술회관 등도 둘러보았다.

9월

1 (일) 맑고 다소 무더움 -웅석봉

혼자서 山淸邑 뒷산인 熊石峰에 올랐다. 이 산은 지리산의 동쪽 끝으로 서, 곰도 바위에서 미끄러져 추락사 하는 일이 있다 하여 곰바위산이라 불린다고 전해올 정도로, 동쪽 사면이 날카로운 급경사로 이루어져 있다. 한국의 名水 백 곳 가운데 하나로 선정되어 있는 선녀탕에서 점심을 먹고 좀 쉬어 가려 했으나, 여름내 자란 무성한 잡목 넝쿨에 가려 그리로 들어가는 길을 지나친 줄도 모르고 계속 나아가다 보니, 주계곡과 지계 곡의 합류 지점 부근에 있는 선녀탕은 고사하고 지계곡의 물줄기조차 끊어져 버렸다. 수통에 물을 담지 않은 상태라 도시락을 먹을 엄두도 안 나고 하여, 산청읍에서 사 온 참외 하나 사과 한 알로 대충 갈증과 시장기를 때우고, 물이 나타나기만을 바라고서 여러 번 길을 잃기도 하면서 계속 가파른 산길을 올랐다. 물은 웅석봉 정상에 당도하기 직전 헬기장이 있는 재 아래의 100m 지점에 있었다.

그 샘 쪽으로 나 있는 길은 아마도 雲里의 斷俗寺址로 통하는 것인 듯한데, 현존하는 吳德溪의 일기에 의하면 南冥은 66세 때인 丙寅年 正月 에 웅석봉 아래 智谷寺에서 많은 제자들과 만나 며칠을 함께 머물다가 그 후 곧바로 단속사로 들어가 있는 것을 읽을 수 있는 바, 교통이 불편 했던 당시의 사정으로 미루어 볼 때 아마도 최단 거리인 이 길을 넘어갔을 것으로 짐작된다. 해발 1,099m인 정상에 올랐다가, 반대편인 동쪽 능선을 따라 지곡사 아래의 저수지 쪽으로 내려오려 한 것이, 또 길을 잘못 들어 內里 아래쪽으로 빠지고 말았다. 지나가는 경운기 뒤에 얹어 타고 산청 읍내까지 들어 올 수가 있어 다행이었다.

　아무도 없는 빈 산 속을 헤매 다니고 있노라니, 朴斗鎭의 시 '道峰' 중의 "삶은 오직 갈수록 쓸쓸하고/ 사랑은 한갓 괴로울 뿐"이라는 구절이 자꾸 머릿속을 맴돌았다. 경운기를 만나기 전, 뙤약볕이 내려쬐는 비포장도로를 모자도 없이 땀에 전채로 터벅터벅 걸어오다가 길가의 허름한 상점에 들어가 맥주를 한 병 마셨다. 그곳의 쪼그랑 할머니가 손님 시중도 하고 부지런히 무얼 씻기도 하고 있는 것을 보고는 연세가 얼마나 되시느냐고 말을 건네 보았는데, 나이는 여든다섯이고 영감님은 사십대에 돌아가셨다고 하며, 그럼에도 슬하에 열 남매나 두었다는 것이었다. 그 나이에 어찌 그리 정정한지 감복했다.

8 (일) 맑으나 오후 한 때 빗방울 -광양 백운산

　아침 식사 후 全南 光陽郡에 있는 白雲山 등반길에 올랐다. 순천에서 광양 행 버스로 갈아타고, 광양 터미널에서 다시 군내 버스로 갈아타 산 아래의 동곡리 종점에서 내렸다. 근처에 점심을 사먹을 만한 식당도 없고 하여 선자동계곡의 등반 기점인 선동을 향해 터벅터벅 걸어가던 도중에 지나가던 자가용에 동승할 수가 있었다. 마침 그 차는 선동 못 미친 곳에서 등산로 중간 지점쯤에 있는 백운사까지 새로 내고 있는 도로의 공사 현장에 가는 도중이었으므로, 계곡 중턱의 포클레인 등이 널려 있는 공사장 부근까지는 무난히 올라갈 수가 있었다. 새 길의 끄트머리까지는 걸어 올라가야 했는데, 옛 등산로도 형편없이 파손되어 찾기 어려울 지경으로 되어 있었다. 도시락을 준비해 오지 않은데다가, 이미 오후 두세 시 무렵이라 정상까지 갔다 오자면 오늘 중에 진주로 돌아갈 수 있을지도 알 수 없고 하여, 거기서 옛 등산로를 따라 선동 쪽으로 하산키로 작정했다. 도중 군데군데 공사장에서 굴러 내린 돌 더미로 하여 길이 끊어져 있는데다, 돌 더미 위에서 헤매다가 독사를 만나 놀라기도 했으므로, 다시 공사 중인 도로를 따라 하산할 수밖에 없었다.

백운산은 해발 1,217.8m로서 독립된 산군으로서는 전라도에서 제일 높은데, 남해안 중앙부에서 망망대해를 바라보며 동서로 뻗은 주릉이 광양군의 북쪽을 감싸고 있고, 북으로는 섬진강 건너 지리산 연봉의 남쪽 면을 한 눈으로 조망할 수 있는 위치에 있다. 산이 꽤 크고 넓으므로, 6.25를 전후하여 빨치산 全南道黨 본부인가가 이곳에 위치해 있어 지리산 측과 긴밀히 연락하고 있었던 것인데, 이제 이 산에도 포장된 자동차 도로가 정상에서 멀지 않은 곳까지 연결되게 되었으니 今昔之感이 있다 하겠다. 이곳이나 저 지리산 등에서 전사한 젊은 목숨들이 그 얼마이며, 하물며 전 세계적으로 볼 때 이념의 이름으로 싸우다 죽거나 숙청되어 목숨을 잃은 사람의 숫자는 또 얼마인가? 공산주의의 죽음이 역사적 현실로 닥쳐온 지금, 거의 억을 넘나들 그 수많은 죽음의 의미는 도대체 무엇인가? 동곡 주차장의 매표소를 겸한 상점 문간 느티나무 그늘 아래에서 라면과 막걸리 한 잔으로 점심을 때우고, 집에 도착하니 저녁 여섯 시 무렵이었다.

29 (일) 맑음 -지리산 황금능선

조평래 군과 함께 아침 7시 25분발 대원사행 시외버스를 타고 지리산 등반을 떠났다. 山淸郡 三壯面 大浦里에서 내려 정순덕의 가족들이 여순반란사건 이후 공산 빨치산의 준동으로 말미암아 소개를 당해 내려와 살았던 황점 마을을 바라보며 산골길을 걸어 올라가, 장단골과의 갈림길에 위치해 있는 內源寺에 들러 근자에 보물로 지정되었다는 신문 기사를 읽은 듯한 신라시대의 비로자나 석불과 삼층석탑을 둘러보았다. 이 절의 원래 이름은 德山寺였다고 한다.

이어서 내원골로 접어들어, 콘크리트로 포장된 가파른 산길을 사뭇 계속 올라 배양이 마을을 지나 정순덕의 고향이자 그녀가 체포된 안내원 마을에 다다랐다. 포장도로가 끝난 지점에 있는 집의 아주머니에게 물어

보았더니, 바로 그 집 뒤쪽의 지금은 창고 건물이 들어서 있는 곳이 정순덕이 체포된 집이 있었던 자리라고 하며, 아울러 그녀와 이홍희가 몰살시킨 정위주·정수 형제 (아주머니는 정순덕의 큰집·작은집이라고 했다) 가족들이 살고 있던 집터들도 손가락으로 가리켜 일러 주었다.

안내원 마을을 지나서부터는 보통의 산길로서, 갈수록 도폭이 좁아져 나중에는 산중턱에서 길을 잃었다가 간신히 순두류의 청소년자연학습원이 내려다보이는 국수재에 올랐다. 거기서부터는 능선 길을 따라 키보다 높은 山竹 숲을 헤쳐 가며 천신만고 끝에 써리봉까지 오를 수가 있었다. 그러나 지도상에서 추측했던 것보다는 거리가 훨씬 멀어 써리봉에 도착했을 때는 이미 오후 두 시를 넘겨 있었으므로, 원래 예정했던 중봉-하봉-벽송사 코스로 갔다가는 도저히 오늘 중에 귀가할 수 없다고 판단하고서 유평리 코스로 하산했다.

지리산은 오르는 횟수가 거듭될수록 그 크기를 점점 더 실감하게 된다. 그 한쪽 귀퉁이를 답파하는데도 하루해로는 부족하며, 웬만큼 다녀봤다 해도 아직 못 가본 곳이 또 그만큼 남아 있는 것이다. 유평리에서는 마을버스 격인 봉고차를 대절하여 4km 아래의 대원사 입구 버스 종점까지 내려왔는데, 집에 도착하니 밤 여덟 시경이었다.

10월

3 (목) 맑음 -단속사지

개천절 휴일이라 오전 열 시경에 우리 가족 세 명은 신안동 현대아파트에 사는 아내의 延大 선배이자 본교 간호학과의 동료인 裵幸子 교수 부부와 합류하여, 배 교수의 부군이 운전하는 차로 산청군 丹城面 雲里로 향했다. 같은 간호학과의 金恩心 교수 부군이 목사로 있는 가좌캠퍼스 옆의 대학마을교회에서 근자에 이곳의 땅 일만 평을 기증받아 오늘 밤 따기 작업을 한다고 우리를 그곳으로 초대한 것이다.

지난 일요일 등산 갈 때만 해도 아직 추수하는 모습은 볼 수 없었는데,

오늘은 누렇게 벼가 익은 들판에서 콤바인으로 수확하는 모습이 더러 보였고, 길가에 코스모스도 만발하여 가을의 정취를 만끽할 수 있었다. 이곳 운리는 신라시대의 고찰 斷俗寺址가 있어 여러 해 전에 한 번 찾아온 적이 있었는데, 지금은 그때와는 달리 마을 앞까지 통해 있던 도로가 2차선 아스팔트로 깨끗이 포장되어 있고, 재를 넘어 산청읍으로 통하는 도로도 개통되어 조만간에 포장될 예정이라고 한다.

지난번 대학마을교회에 아내의 석사학위논문 지도교수였던 김수지 박사 부부가 와 특강을 했을 때 교회 사람들이 이곳 농장에 들어가 수양회를 가질 예정이라는 말을 들었었고, 당시 동석했던 河順鳳 前 국회의원도 같이 가볼 생각이라는 말을 했었는데, 이 雲谷농장 주인은 목사와는 진주중학 동기이고 하 의원보다는 일 년 후배로서 하 의원과 마찬가지로 우리 아파트 5棟에 살고 있는 사람인데, 그 딸이 대학마을의 멤버였던 모양이다. 당시 이곳에 와 합숙하는 학생들의 모습을 보고 느낀 바 있어 선뜻 산비탈의 12만 평에 달하는 자기 농장 일부를 떼어 교회에 헌납했다고 한다.

오늘은 교회의 젊은이들이 와 농장의 방대한 밤나무 숲에서 밤 따기 대회를 하고 있었고, 농장 건물 뒤쪽 우리에서는 사슴도 이삼십 마리 정도 키우고 있었다. 아내와 배 교수도 둘이서 염소 한 마리를 교회 농장에 기증하기로 한 모양이다. 대학마을에는 대부분 본교 학생들로 구성된 50여 명의 젊은이들이 기숙하고 있으며, 자신들의 식비만 부담하고 나머지 일체는 무료인데다, 운전, 컴퓨터, 그리고 영어 회화 등 현대생활에 필요한 기능까지 습득하게 해 주는 모양인데, 목사는 자신의 급료를 일체 집으로 가져가지 않고 모두 교회와 학생들을 위해 쓰고 있다고 한다.

농장의 원두막에서 점심을 들고, 우리 일행은 함께 단속사지로 가서 보물로 지정된 東·西塔 및 政堂梅와 84년도엔가 땅속에 파묻혀 있던 부분들을 모아 복원시켰다는 당간지주를 둘러보았다. 돌아오는 길에는 절 어귀의 개울 가 암벽에 새겨진 고려시대의 글씨인 '廣濟喦門' 네 글자도 찾아보았다. 예전에 왔을 때와는 달리 암벽 주위에 피서객들이 버리고 간 것으로 보이는 쓰레기들이 비닐봉지에 싸여 여기저기 널려 있었다.

12 (토) 맑음 -선암사

 인문대 교수친목야유회가 있는 날이라, 나는 하루 수업을 쉬고 아침 여덟 시 반에 칠암캠퍼스의 정문 앞으로 가서 아홉 시경에 대절버스로 함께 전남 순천의 선암사로 떠났다. 서른 명 가까운 인원이 참석했다.
 가을 들녘의 모습이 하루하루 달라져, 논은 이미 추수를 마친 곳이 절반쯤 되는 듯했다. 이즈음 농촌에서는 인력 부족 탓인지 거의 콤바인으로 추수를 하고 있었다. 소련학과의 소련인 교수 레오 콘체비치 씨와 그 부인 일리나 여사도 참가했는데, 중년인 일리나 여사는 외국에 나와 본 경험이 이전에는 없었다고 한다. 선암사에는 여러 해 전에 한번 들러 본 적이 있었지만, 그때와는 제법 인상이 달랐고 절 앞의 상가도 잘 정비되어 있었다. 사찰 경내와 뒤편의 차밭을 둘러보고, 다른 교수 칠팔 명과 함께 南溟이라는 노스님으로부터 글씨도 받았다. 나에게는 '晉州明鏡'이라는 글을 써 주었다. 절 아래 새로 놓은 돌다리 옆 음식점 뒤편의 시냇가 널찍한 평상에서 술과 점심을 들고, 노래를 부르며 장난질을 하고 놀다가, 밤 일곱 시경에 스쿨버스로 출발 장소에 당도했다.

27 (일) 맑음 -원광대학교, 원불교총부, 익산 충렬사

 海州吳氏 陽亭公派 선조들의 유적을 찾아보기 위해 여덟 시경에 집을 나섰다. 함양·남원을 거쳐 열한 시 반쯤에 전주에 도착했고, 전주에서 함렬로 가는 버스가 없어 뜻하지 않게 이리로 둘러 가게 되었다. 이리역 건너편에서 점심을 든 후, 택시를 잡아 원광대학으로 가서 구내를 둘러보고, 국도를 사이에 두고 건너편에 있는 원불교 총부에도 들러 보았다. 총부 정문 맞은편에서 시내버스를 탔으나 용안까지 가는 버스가 아닌지라, 함렬까지 간 다음 다시 갈아타서 목적지인 益山郡 龍安面 소재지에 닿았는데, 三世五忠烈祠가 위치한 中新里는 거기서 강경 방향으로 국도를 따라 조금 걸어간 곳에 있었다.
 충렬사는 국도 가의 드넓은 벌판에 있는 송림이 무성한 야트막한 언덕을 배경으로 꽤 넓게 자리 잡고 있었는데, 부지가 넓은데 비해 별로

조경이 되어 있지 않아 다소 썰렁해 보였다. 이곳은 1981년 3월 23일에 당시의 문공부장관과 전북지사, 익산군수 기타 기관장 및 복원사업회 명예회장 李瑄根 씨 등이 임석하여 복원 기공식을 올린 이후 전라북도 기념물 제61호로 지정되어 있으며, 총공사비 8억 2천만 원 중 국비 및 도비 보조금이 6억 원, 문중 부담금이 2억 2천만 원으로 책정되어 다년 간에 걸쳐 공사를 진행해 왔다고 한다. 원래는 四忠祠라 하였으나, 이 祠宇의 재건과 더불어 나의 직계 선조 雲灘公을 추향하여 五忠烈祠라 부르고 있다고 안내문에 적혀 있었다.

이곳에는 高麗의 遺臣으로서 이태조에 의해 전라도의 朗山(『삼세오충 열전』 등에는 지금의 익산군 낭산면이라 되어 있는데, 종손인 均錫 씨는 그렇지 않고 여산이라 했다. 족보에 수록된 吳稷 행장에 '其先有自海州謫 朗山者. 其地於今爲湖南礪山'이라 보이고, 吳應鼎 묘지명에도 '被謫死於礪 山'이라는 구절이 있는 것으로 보아, 지금의 익산군 여산면이 옳은 듯하 다. 당시에는 인접해 있는 이 두 지역이 같은 낭산현에 속해 있었던 모양 이다)으로 귀양 와서 아들, 손자에 이르기까지 그곳에 정착한 양정공 僖 이하 思古·永佑 삼대의 神壇과, 이곳 용안으로 처음 이주한 碩根 이하 완월당공·운탄공에 이르기까지 5대 9위의 묘소 및 정려각과 사당이 함 께 모여 있어, 우리 양정공파의 메카라 할 수 있다. 나의 10代祖 운탄공 의 묘는 근년에 招魂으로 이리 모셔진 것이라고 하는데, 그 비석에 당시 성금을 낸 우리 일족의 이름이 보였고, 비문은 朴世采가 찬한 행장이 아 닌 한글로 된 최근의 것이었다.

충렬사를 나와 완월당공의 생가 터가 있다는 法聖里를 찾아갔다. 2km 정도 걸어 조그만 재를 막 넘어선 곳에 있는 順風이라는 작은 마을이었다. 바로 건너편 산에 있는 선산의 묘소들과 재실을 족보에 실린 도표의 것과 대조해 가며 두루 찾아보고, 生家 遺址라고 하는 푸른 기와집으로 찾아갔 더니, 종손이 그 집에 살고 있어 마침 오늘 錦山 忠烈祠에서 남원성에서 순절하신 응정·욱·동량 세 父子의 제향이 있어 다녀온 길이라면서 반갑 게 맞아 주었다. 완월당 선조의 장남인 稢에게는 後嗣가 없어 양자를 들였지만, 차남인 稷의 후손들이 사실상의 종손으로서 오늘날까지 내려오고 있다고 한다. 그래서 그런지 마을 앞 선산에는 완월당의 모친을 비롯하여 그 長兄 鷹時, 아들 섬, 직의 장남으로서 五忠의 한 분인 방언, 방언의 장남인 益昌, 익창의 아우로서 玄石에게 운탄공의 행장을 청한 季昌 등의 묘 및 그 외에 완월당공의 조카들과 各 配位의 묘들이 있었다.

종손의 말로는, 양정공의 증손자인 제12세 碩根 할아버지가 여산으로부터 옮겨 와서 자리 잡은 곳이 바로 이곳 宗家 터이며, 지금의 충렬사 자리는 賜牌地로서, 지금 그 안에 있는 묘들도 근년에 모셔진 양정공 三世神壇과 운탄공의 경우를 제외하고는 처음부터 그 자리에 있었다고 한다. 나는 해주오씨의 제26세에 해당하는데, 貫鄕인 해주로부터 조선왕조의 개국과 더불어 호남 땅에 귀양 온 제9세 양정공으로부터 16세인 운탄공까지의 직계 선조 및 그 이후 18세까지 一門의 묘소와 그 사시던 터까지를 수백 년 후의 오늘에 찾아볼 수 있게 되니, 자손이 얼마나 무서운 것이며 우리 민족의 혈맥에 대한 관념이 얼마나 끈질긴 것인가를 새삼 느끼지 않을 수 없었다.

이리로 돌아오는 도중에 벌써 해는 져 버리고, 전주에서 간신히 함양까지 오는 막차를 탈 수는 있었으나 함양서는 갈아탈 버스도 없어, 할 수 없이 이만 원이나 주고서 택시를 대절하여 밤 10시 반경에 집에 당도했다.

29 (금) 짙은 안개 -해주오씨 세덕단, 승덕단

한국동양철학회의 11월 월례 발표회에서 양웅에 관한 논문을 발표하기 위해 6시 30분의 고속버스 첫차로 서울을 향해 출발했다. 정오경에 강남고속버스터미널에 당도하여 유부국수로 점심을 들고난 후, 지하철로 갈아타서 한강 건너 玉水에서 내리고, 옥수에서 다시 한참을 기다렸다가 국철로 갈아타서 청량리에서 내렸으며, 청량리에서 팔당 행 시외버스로 갈아타 경기도 남양주군으로 들어가 구리시를 지나 군청 소재지인 미금시의 도농에서 내렸다. 거기서 택시를 잡아 眞乾面 培養里로 향했다.

이곳은 우리 海州吳氏의 시조로 되어 있는 諱 仁裕 이후 陽亭公의 부친인 8世 諱 潘에 이르기까지 나의 직계 선조들을 포함한 上系의 壇碑를 모신 곳이므로 우리 해주오씨에게는 메카와 같은 곳인데, 모처럼의 상경길에 한번 참배해 보고자 일부러 첫 차로 일찍 진주를 출발했던 것이었다. 그곳은 개발 대상 지역에서 제외되었던지 예상했던 것보다 한적한 농촌이었고, 따라서 마을 앞의 국도에는 대중교통 수단도 별로 통과하지 않는다 하므로, 택시를 대기시켜 두고서 언덕 위에 있는 世德壇과 그 아래쪽의 붉은 벽돌로 지은 강당, 세덕단에서 강당을 건너 맞은 편 언덕에 위치한 承德壇 등을 둘러보았다.

족보에 의하면, 세덕단에는 나의 직계로는 6세인 孝純까지가 배향되어 있고, 승덕단에는 7세 延寵, 8세 潘이 배향되어 있다고 되어 있는데, 내가 둘러보았을 때에는 潘까지도 세덕단에 모셔져 있었던 것이 아닌가한다. 승덕단은 각 지파의 派祖 격이 되는 저명한 분들의 壇碑를 모신 곳으로 짐작되었는데, 우리 翫月堂派의 파조인 15세 應鼎의 壇碑도 눈에 띄었다. 나는 여기에 직접 와 보기 전에는, 남북 분단 이후 남한 땅에 살고 있는 후손들이 海州에 있는 선조들 묘소를 참배할 수가 없어지자 이곳에다 임시로 그분들을 享祀할 장소를 設한 것이 아닐까 라고 짐작하고 있었으나, 세덕단 경내에 새겨진 글들을 읽어 보니 이곳 培養里에 모셔진 것은 조선조의 英祖年間이며, 원래는 현재의 위치보다 100여m 떨어진 곳에 있었다고 되어 있었다. 壇 아래 마을에 살고 있는 同族에게 물어 보았더니, 해주의 묘소가 失傳되었으므로 후손이 살고 있는 이곳에다 단비를 모시게 된 것이라고 한다.

12월

8 (일) 평지는 맑고, 산에는 싸락눈 -천왕봉, 장터목, 하동바위

조평래 군과의 약속에 따라 중산리 행 첫 버스를 타기 위해 밤 다섯 시 반에 일어났다. 시외버스종합터미널에서 새벽 여섯 시 40분발 첫 버

스를 타고 가는 도중에 동이 트기 시작했고, 한 시간 후에 종점인 중산리에 도착했다. 등반을 시작할 무렵에는 날씨가 쾌청했고, 중산리의 상점에서도 아직 지리산에 눈이 온 적이 없다는 말을 들었었는데, 법계사 가까이 이르렀을 무렵부터 싸락눈이 조금씩 내리기 시작하더니, 올라갈수록 점점 심해져서 머지않아 온 산이 첫눈으로 뒤덮이고 앙상한 나뭇가지마다에 하얀 눈꽃이 맺혀 절경을 이루는 것이었다.

그러나 폐 수술을 받은 관계로 원래 폐활량이 부족하여 오르막길에서는 남보다 많이 헐떡거리는 편인데다, 추운 날씨인데도 내의를 입지 않고서 급경사 길을 계속 오른 탓인지 두 다리의 무릎 윗부분에 근육통이 내리기 시작하여, 몇 달 전 조평래 군이 오전 10시 40분에 당도했다는 천왕봉 정상에 정오가 되어서야 다다를 수가 있었다. 우리가 오늘 주파할 예정이었던 중봉, 하봉을 거쳐 벽송사로 내려오는 길은 거리가 멀어 막차가 떠나는 6시 무렵까지 추성동에 당도할 수 있을지 의문인데다, 나의 다리 상태가 좋지 못하고 그 코스는 일반 등산객들이 거의 다니지 않는 험난한 길이라 이런 눈 속에서는 길을 잃고 조난당할 우려가 있는지라, 예정을 변경하여 장터목으로 해서 아직 답파해 보지 못한 한신지계곡 코스를 통해 백무동 쪽으로 내려가기로 의견을 모았다. 그러나 겨울철 화재 예방을 위한 입산금지 기간 중이라 그쪽 입구는 철조망으로 엄중히 막아 놓았으므로, 장터목산장에서 휴식한 다음 다른 샛길로 접어들어 내려왔는데, 한신지계곡으로 접어드는 길을 찾아내지 못하여 결국 예전에 둘이서 올라온 적이 있는 하동바위 코스로 하산했다.

일곱 시 반경에 집에 도착하여, 엘비스 프레슬리의 68년도 공연 특집과 〈太平記〉의 최종회를 시청했다.

29 (일) 맑으나 제법 쌀쌀함 -부곡온천

정오 무렵 동서인 황 서방네 가족 일동과 우리 가족이 함께 황 서방네 차로 부곡온천으로 드라이브를 떠났다. 부곡에서 한정식으로 점심을 들고, 야외 오락장에서 아내는 회옥이와 함께 공중의 레일 위를 발로 저어

가는 차를 타고 나는 회옥이와 원판 위를 빙빙 돌아가는 찻잔을 탔는데, 추워서 오래 놀 수는 없었다.

부곡하와이에 들어가 아내와 처제는 아이들을 데리고 대형 실내 풀장 및 공중탕으로 각각 들어가고, 황서방과 나는 한 시간 반 동안 Hollywood Magic Show라는 서양인들의 마술을 위주로 한 쇼를 구경했다. 온천탕에 들어간 아내와 회옥이가 세 시간동안이나 나오지 않는 바람에 지루함을 달래기 위해 식물원과 동물원 등도 둘러보았다.

1월

18 (토) 차고 강한 바람 -제주시

　시내 동명극장 옆에서 멋-거리 산악회의 창립 6주년 기념 한라산 안내 산행 참가자들과 합류하여, 저녁 여섯 시에 사천공항을 이륙하여 제주도로 떠났다. 한 시간 쯤 후에 제주에 도착하니, 바람도 별로 없고 날씨도 포근하여 南島에 온 것을 실감할 수가 있었다. 신제주의 청송호텔 308호실에 투숙하여 저녁식사를 든 다음, 부근의 낚시 장비점에 들러 남들이 입고 다니는 것처럼 상하의로 나뉜 우의를 한 벌 사 돌아온 후, 여러 사람이 나이트클럽에 가고 같은 방의 룸메이트 두 명도 술 마시러 나가는 모양이었지만 나는 열 시경에 일찌감치 자리에 들었다.

19 (일) 아침 한 때 흐린 후 쾌청 -어리목, 백록담, 윗세오름

　아침 여덟 시경 호텔을 출발하여 어리목으로 향했다. 애초에는 지난번에 왔을 때처럼 영실 쪽에서 올라 어리목 코스로 하산할 예정이었지만, 겨울에는 어리목 코스 밖에 개방하지 않는다고 한다. 한라산은 눈이 무릎 정도까지 쌓여 장관을 이루고 있었고, 게다가 운 좋게도 활짝 갠 날씨를 만나 정상까지 무사히 오를 수가 있었다. 백록담을 향해 오르는 마지막 코스가 너무 가팔라 정말 죽을힘을 다 냈다고 말할 수 있겠다. 눈에 덮인 백록담을 잠시 내려다보다가 하산할 때는 얼마 전 그토록 천신만고 끝에 올랐던 오름길을 우의를 입은 채 앉아서 눈 위로 미끄럼 타며 단숨에 내려왔는데, 그렇게 내려오는 도중 스피드를 조절하기가 어려워 등산

객을 위한 쇠사슬 손잡이 기둥에 복부를 들이받히기도 했다.

오후 두 시 남짓에 지난여름 아내와 함께 왔을 때 다다랐던 마지막 지점인 윗세오름 대피소로 내려와 일행 몇 명과 함께 도시락으로 허기진 배를 채우고, 도로 어리목 코스로 하산하였다.

타고 왔던 대절버스로 제주 시내로 나가 잠시 용두암에 들러 시간을 보낸 다음, 밤 6시 50분 발 부산행 비행기로 김해공항에 와서 내려, 대기하고 있던 버스로 진주를 향해 출발하여 열 시 남짓 되어 집에 도착했다. 목욕하고 나서 신문이며 ≪타임≫ 지 등을 읽은 다음 12시 반경에 취침했다. 이번 여행에서도 술 종류는 한 방울도 입에 대지 않았다.

25 (토) 맑음 ─삼천포 비치관광호텔

작년 지리산콘도에서의 그것에 이어 제2차 인문대교수세미나가 삼천포 대방의 비치관광호텔에서 개최되는지라 오후 두 시쯤에 인문대 교수와 직원들이 인문대 앞에 집결하여 출발했다. 나는 스쿨버스를 타지 않고 류재천 선생 차로 박창현·정병훈 선생과 함께 떠나 삼천포 실안의 나환자 마을 쪽으로 바다를 끼고서 달려 목적지에 당도했다.

방 배정이 끝난 후부터 '교양 교육 어떻게 할 것인가?'라는 대주제 아래 정병훈 선생이 「경상대학교의 교양교육: 그 현실과 개선 방안」을, 그리고 국문과의 황병순 선생이 「우리 대학의 교양 교과 개선 방안」이라는 주제발표를 하고, 이어서 토의가 시작되었다. 작년의 경우와는 달리 꽤 진지하고도 장시간에 걸친 토의가 되어, 저녁 식사 후에 다시 속개되어 밤이 꽤 늦어서야 끝이 났다.

세미나가 끝난 후 이 방 저 방에서 술판이 벌어지기도 하고 화투판이 벌어지기도 했는데, 나는 삼층의 큰 방 술자리에 어울려 있다가 노래판이 벌어지자 혼자 슬그머니 빠져나와 버렸다. 오늘도 술은 한 방울도 마시지 않고 2개월만 지나면 신선이 될 거라면서 음료수만 마셨다. 내가 배정 받은 방에는 화투판이 시작되고 있었으므로, 이층의 다른 방으로 가서 세수하고 열 시 반쯤에 혼자서 일찍 잠자리에 들었다.

26 (일) 맑음 -각산

오랜만에 일곱 시 무렵까지 푹 잤다. 잠을 깨고 보니 옆에 누워 있는 사람이 권오민 선생이었다. 일어나는 길로 지하층의 사우나실에 가서 목욕을 하고, 라운지에 나와 집에서처럼 모닝커피를 마시고 식당에서 아침을 든 후 동료 교수 몇 사람과 더불어 호텔 뒷산에 올랐다.

정병훈·권오민 선생 등은 난초를 캐러 산비탈을 누비고 있었지만, 나는 자연 속에서 자라는 식물을 캐 가는 데는 별로 취미가 없는지라, 일행과 떨어져 혼자 능선 길을 타고서 정상 부근의 角山山城과 정상의 角山烽火臺에 올라 아침 안개 속에 한 폭의 장엄한 南宗畵처럼 펼쳐진 한려수도의 풍광을 감상하였다. 반대편 쪽으로 내려가 송신탑을 지나 와룡산 봉우리들을 바라보며 소나무와 잡목 수풀 속의 오솔길을 더듬으며 삼천포 뒤의 야산들을 헤매었다. 능선으로 이어진 여러 봉우리들을 거쳐 마침내 정오 무렵에 실안 나환자 마을로 내려와, 해안의 한적한 드라이브 코스를 따라 터벅터벅 걸어서 호텔로 돌아왔다.

호텔에 당도해 보니 일행은 이미 체크아웃하고 떠난 후여서, 혼자 진주로 돌아가려고 택시를 기다리던 중 프런트의 웨이터로부터 일행이 대방 굴항마을의 들물횟집으로 갔다는 말을 듣고서 택시로 그곳에 당도해 보니 모두들 모여 있었고, 회와 술판은 거의 끝나 가는 무렵이었다. 따로 시켜 온 회를 들고 일행과 함께 생선 매운탕으로 점심도 함께 들고서, 황병순 선생 차에 동승하여 오후 두세 시 무렵 집에 당도했다.

28 (화) 저녁 한 때 빗방울 -선운사

회옥이와 함께 아침을 차려 먹고, 머리 빗기고 옷 입혀 9시 20분경 유치원 버스에 태워 보낸 후, 택시를 타고 시외버스종합터미널로 향했다. 국민윤리교육과의 손병욱 선생과 거기서 만나 함께 전북 고창의 仙雲寺에서 열리는 한국동양철학회 동계수련회 및 제20회 정기총회에 참석하기 위해서이다.

열 시경에 버스가 출발하여 함양, 남원, 임실 등을 거쳐 전주에 도착하였고, 택시를 타고서 전주비빔밥 잘 한다는 집으로 찾아가 점심을 들고, 다시 정주로 가서 홍덕 행 버스로 갈아타서, 홍덕에서 선운사 행 군내 버스로 갈아타 수련회장인 선운사 본사의 요사채에 당도했더니 오후 네 시가 좀 지나 있었다.

회의가 끝난 후 대부분의 참가자들은 절 입구 정류장 부근의 관광단지로 가서 술을 마셨는데, 나는 경남대학에서 온 서울대 철학과 73학번 동기인 최유진 교수, 서울대 정치학과인가를 나와 고대 대학원에서 박사학위를 취득한 충북대의 유초하, 대만대 대학원 철학과의 후배들에 해당하는 강릉대의 김백현, 중앙대의 이명한, 강원대의 南교수와 함께 이남영 교수를 모시고서 캄캄한 밤길을 걸어 술집으로 갔다. 한참 동안에는 금주를 관철했으나, 은사가 권하고 주위에서 윽박지르다시피 강권하는지라 부득이 금년 들어 처음으로 금주를 깨고 아울러 함께 담배까지 피웠다. 밤 한 시 무렵 부근의 관광호텔에 들었는데, 최유진 교수와 함께 이남영 은사님을 모시고 한 방에서 잤다.

29 (수) 흐림 -선운산, 김성수 생가, 신재효 고택, 동리국악당, 모양성

새벽에 이남영 교수와 최 선생을 깨워 어제의 회의장으로 돌아가서 일곱 시부터 시작된 아침 공양을 들고, 일행의 대부분이 선운산 (원명은 도솔산이었다고 한다) 등반을 떠났다. 회원들은 모두 동양 최대의 마애석불이라고 하는 미륵불이 있는 곳까지 왔다가 돌아갔으나, 나는 권인호 선생과 함께 서해 바다가 내려다보인다는 능선인 落照臺까지 올라갔는데, 날씨가 맑지 못해 바다는 조망할 수가 없었다.

아홉 시 반경에 해산하여 귀가 길에 올랐는데, 손병욱 교수와 나는 고창을 거쳐 광주로 가기 위해 절 입구의 매표소 앞에서 서울 갈 전세 버스를 기다리고 있는 회원들과 작별하여 홍덕 행 군내 버스를 탔다. 마침 손 선생의 고대 대학원 후배로서 판소리에 조예가 깊은 전주 출신의 蘇千芸씨와 간밤에 소선생의 鼓手로서 추임을 해 주었다는 전북대학생을 버스에서 만나 인사를 나누었다. 그들은 우리가 고대의 설립자인

仁村 金性洙의 생가와 한말 판소리의 정리자인 桐里 申在孝의 고택을 찾아간다는 말을 듣고서 인촌 생가로 가는 길이 갈라지는 곳에서 우리가 내릴 때 함께 따라 내려 동행하게 되었다.

거기서 택시를 타고서 10km 정도 떨어진 인촌의 고향인 인촌마을로 향했는데, 그곳은 인촌과 그 아우 秀堂이 태어난 곳으로서 인촌의 조부 때 지은 것이라고 하는 대궐을 연상케 할 정도의 대저택이 자리 잡고 있었다. 부안군 줄포에는 인촌이 전염병과 도적떼를 피해 이사해 살았다는 또 다른 초가지붕의 대저택이 있다고 한다.

그 택시로 고창 읍내까지 들어가 읍성 정문 바로 아래에 있는 동리의 고택과 桐里國樂堂, 그리고 고창읍의 행정 관청이 들어 있었던 牟陽城을 둘러보았다. 이 성에서는 다음 달 초순부터 TV에서 방영될 〈三國記〉의 촬영이 진행되고 있어, 제법 방대한 세트와 백제인의 복장을 한 사람들을 볼 수가 있었다.

모양성 입구 동리 고택 맞은편의 잡화점에서 맥주를 마시며 소씨의 판소리를 좀 들었고, 시외버스 터미널 부근에서 함께 점심을 든 후 전주에 사는 소씨의 후배와 작별하여 우리는 광주로 향했고, 광주에서 처가로 간다는 소씨와도 헤어져 4시발 동양고속으로 진주로 향했다.

2월

16 (일) 맑으나 다소 쌀쌀함 -비슬산

金泳三 현 민정당 최고위원이 중심이 되어 있는 민주산악회 진주지부에서 경북 현풍의 琵瑟山 등반을 간다는 신문 광고를 보고서 아침 아홉 시경에 모이는 장소인 진주성 입구의 제일극장 앞으로 나가 보았는데, 대단히 많은 사람들이 모여들어 결국 버스 네 대를 대절하게 되었다. 처의 사촌올케 되는 이도 참가해 있음을 비슬산 종점에 다다라서야 알았다. 마을 아낙네들의 권유로 처음으로 나오게 되었다고 한다.

瑜伽寺 아래의 정류장에서부터 등반을 시작하여 도성암 뒤쪽 능선 길

로 해서 해발 1,085m라고 하는 정상에 올랐는데, 그 동안 산을 타는 데는 어느 정도 이력이 붙었는지 한 번도 쉬지 않고 가뿐히 정상까지 올라갔다. 정상에서 가져간 보온밥통의 도시락으로 점심을 들고 난 후, 가파른 바윗길에 설치되어 있는 로프 줄들을 타며 제일 먼저 내려와 유가사 경내를 좀 둘러보았다. 산의 윗부분은 등산로의 눈이 밟혀서 얼음으로 변해 있어 꽤 위험했다.

갈 때는 금산·문산으로 해서 고속도로에 올랐는데, 올 적에는 고속도로를 경유하지 않고 유가면 소재지에서 현풍 率禮里와 忘憂堂 묘소 옆을 통과하여 의령을 지나 왔다. 결과적으로 오늘 하루 동안 곽망우당과 관계있는 장소들을 거의 다 거쳐 온 셈이다.

참가비는 오천 원씩 거두고 있었지만, 무식한 아낙네들이 대거 참가하여 관광열차의 경우처럼 돌아오는 버스 속에서 주위 사람들은 아랑곳하지 않고 저속한 음악을 귀청이 떨어질 정도로 크게 틀어 놓고서 사람들을 끌어내어 남녀가 통로에서 어울려 춤판을 벌이고 있는 것을 보면서도 산악회 사람들은 오히려 이를 권장하는 태도인 것으로 보아, 이러한 행사도 역시 김영삼 씨 선거 운동의 일환임을 알 수가 있었다. 좋게 보면 서민적이라고 할 수 있지만, 아낙네들의 이러한 풍조는 국민적 기질에서 유래하는 것이라고 보아야 할까, 의식 수준의 문제라고 할까?

4월

12 (일) 흐리고 오전 한 때 비온 후 개였으나 다소 강한 바람 -월출산

오전 7시 남짓 시청 앞을 출발한 멋-거리산악회의 안내 산행에 동참하여 전남 영암의 월출산을 향해 떠났다. 순천·벌교·보성·병영을 경유하여 11시경에 영암읍 개신리의 매표소에 도착하였다. 천황사에서 구름다리를 지나 사자봉을 거쳐서 정상인 해발 800여m의 천황봉에 올라 점심을 든 다음, 바람폭포 쪽으로 돌아서 내려와 천황사를 거쳐 매표소 쪽으로 도로 내려왔다. 몇 해 전 여름에 아내와 함께 홍도에 놀러 갔을

때, 목포에서 배 출발 시간까지의 무료함을 메우기 위해 영암읍에 와서 소문으로 듣던 월출산을 바라보고 도갑사까지 가보기도 했었지만, 오늘은 도갑사의 반대 쪽 끝으로부터 정상까지 등반을 하게 된 것이다.

같이 간 회원의 부하직원 형님이 영암에서 사업에 성공하여 기반을 세운 모양인데, 下山한 일행 약 40명 전원을 매표소 부근의 식당으로 초대하여 닭찜과 술을 대접하였으므로, 예정보다도 늦은 밤 여덟 시 반 경에야 진주에 도착할 수가 있었다.

5월

23 (토) 맑음 -제주시

멋-거리 산악회의 한라산 안내 등반에 참가하여 떠나게 되어 있는 날인지라, 오후 다섯 시에 시내의 크라운여행사 앞으로 나가 대절버스를 타고서 사천공항으로 향했다. 일행 오십여 명이 오후 여섯 시 발 비행기로 제주공항에 도착하여, 평소 늘 신제주에서 투숙했던 것과는 달리 舊濟州에 있는 서사라호텔에 투숙하였다. 저녁 식사 후 으레 그렇듯이 대부분이 어울려 밖으로 나가는 모양이었지만, 나는 본교 출신의 젊은이가 따로 얻어 놓은 방에 둘이서 들어 함께 TV를 보다가 열 시경에 일찌감치 자리에 들었다.

24 (일) 맑음 -영실, 윗세오름, 백록담, 성판악

새벽 다섯 시경에 기상하여 아침밥을 든 다음, 여섯 시에 숙소를 출발하여 영실 쪽에서 등반을 시작하였다. 윗세오름대피소는 지난번에 두 번 왔을 때와는 달리 그 새 상당히 손을 보아 몰라볼 정도였다. 오전 열한 시경에 백록담이 내려다보이는 정상에 도착했는데, 지난겨울 눈 속을 오르느라고 죽을 고생을 했던 데 반해 정상까지 거의 한 달음에 오르다시피 했다. 바람이 드세어서 정상식도 하지 못하고, 반대 방향으로 하산을 시작하여 진달래밭대피소에 도착하여 잔디밭에 앉아 호텔에서부터 준비해 간 도시락으로 점심을 들고 뒤에 오는 일행이 당도할 때까지 낮잠도 자면서 다소 지체한 다음, 城板岳으로 하산을 완료하였다. 일행 중 근년에 심장 수술을 받았던 중년 남자가 있어 그가 하산하기를 기다리느라고 예정보다 약 두 시간 가량 지체되었다.

남은 시간이 얼마 없어 관광 계획은 취소하고서 제주시의 용두암에만 잠시 들렀는데, 이미 몇 차례나 와 본 적이 있었기 때문에 구경은 하지 않고, 그 근처 술집에서 해물을 안주로 소주잔만 기울였다. 늘 신세만 지고 있는 터라 내가 한 잔 샀다. 김해공항을 경유하여 밤 열한 시경에 집에 당도했다. 햇볕에 얼굴이 새까맣게 그을렸다.

6월

5 (금) 맑음 -설악산 행

밤 아홉 시 진주MBC 앞에서 멋-거리산악회의 안내 산행에 참가하는 일행 46명과 합류하여, 설악산을 향해 출발했다.

6 (토) 흐림, 현충일 -천불동, 공룡능선, 마등령

고속도로 공사로 말미암은 정체 때문에 예정보다 약 두 시간이 늦은 아침 일곱 시경에야 대절버스는 인제·원통을 지나는 국도를 따라 미시령을 넘어서 설악동에 도착했다. 비선대에서 산채비빔밥으로 아침을 들고서, 천불동 코스로 접어들어 희운각에 약 100m쯤 못 미친 곳의 가파른 능선에 올라, 설악산 최고봉인 대청봉과 중청·소청봉을 뒤로 하고서 공룡능선 코스로 접어들었다. 도중에 자신 없는 사람들은 왔던 길로 도로 내려가고 일행 중 서른 명만이 이 코스를 주파하였다. 능선 좌우로 펼쳐지는 풍경은 설악산에서도 압권이라 할 만큼 수려하지만, 이름 그대로 공룡의 등줄기처럼 험준한 봉우리들을 따라 계속 가파른 오르막과 내리막길이 거듭되고 있어, 남한에서도 험난하기로는 손꼽히는 코스 중에 든다고 한다. 마등령을 거쳐 저녁 일곱 시경에 설악동으로 하산하였는데, 예약해 둔 여관이 이미 만원이라 부림장이라는 모텔에 들었다. 남자들은 모두 큰 방 하나를 같이 쓰고 여자들은 여섯 명 씩 방 세 개에 나누어 들었다. 모두들 지쳐 떨어져, 저녁 식사가 끝난 후 샤워를 마치자 아홉 시경부터 일찌감치 자리에 들었다.

7 (일) 맑음 -백암온천

아침 일곱 시경에 설악동을 출발하여 동해안을 따라 내려오다가, 경북의 백암온천에 들러 호텔의 대중탕에서 목욕을 하고 그 호텔 식당에서 점심을 들었다. 백암온천에는 대학 1, 2학년 무렵 겨울 방학을 거의 마치고서 서울로 올라가는 길에 동해안 코스를 취해 들른 적이 있었다. 당시에는 한적한 산골 마을로서 도로도 신통찮았고 욕탕은 콘크리트로 대충 이겨 바른 엉성하기 짝이 없는 곳이었는데, 이제는 호텔과 콘도 등이 가득 들어서 옛 모습을 찾아보기 어려울 정도로 번영하여 今昔之感을 금하지 못하겠다.

돌아오는 도중 일행은 다시 해변에 내려 끼리끼리 어울려서 생선회를 안주로 소주잔을 기울이기도 하였다. 김숙녀라는 보험회사에 다니는 중년의 아주머니와 이번 여행에서는 파트너가 되다시피 하여 왕복 버스에서나 산행 길에서 시종 함께 하였다. 나는 이 산악회의 회원들과는 대충 얼굴이 익은 편이지만, 서로의 배경이 다른데다 내성적인 성격 탓도 있어 별로 남들과 어울리지 못하는 편인데, 그녀는 왈가닥 형으로서 활달하고 말수가 많아 나처럼 주로 남의 말을 듣는 편인 사람과는 비교적 서로 어울리기가 편한 것이다.

연휴라 도로의 정체가 심해 대구 쪽 길로 진입하기를 포기하고서 부산 쪽으로 향해 오다가 양산에서 고속도로를 벗어나 국도로 빠져서 구포에서 다시 진주 길로 접어들었다. 그 동안 산행 길에서 매번 남들이 내는 턱을 얻어먹고만 있어 마음이 편치 않았던 터라 지난 번 한라산 산행 때와 이번 산행에서는 좀 갚노라고 했는데, 아내에게서 빌린 비상금 오만 원도 돌아오는 길에 찬조금 조로 총무에게 전하였다. 인색하다는 인상을 받고 싶지 않아서이기는 하지만, 허세를 부린 감이 없지 않아 기분이 개운하지만은 않다. 밤 열 시 가까운 시각에 집에 당도하여, 늦은 저녁밥을 들고, 85년도 서독 영화 〈사내들—처의 애인과 사귀는 법〉을 시청하고서 자정 무렵 자리에 들었다.

31 (금) 맑음 -병산서원

아침식사 후 안동의 병산서원에서 열리는 한국동양철학회 하계 학술발표회에 참석하기 위해 여덟 시 사십 분 발 고속버스로 진주를 떠나, 대구의 북부터미널에서 시외버스로 갈아타고서, 열두 시 반경에 안동에 도착하였다. 터미널 부근의 한식뷔페식당에서 점심을 든 후, 마침 하루 두 번씩 병산서원까지 가는 군내버스가 있어 그것을 탔다. 내가 제일 먼저 온 까닭에 서원 경내를 둘러 본 후 晩對樓에 앉아 가지고 간 『맹자』를 읽으며 두어 시간을 보냈는데, 강당에 걸린 蒼石 李埈이 쓴 '尊慕閣復享記'를 읽고 있는 중에, 蔡元培의 『중국윤리학사』와 張君勱의 『송명이학사』를 번역한 경북대 대학원생 장윤수씨 부부와 우연히 만나 서로 인사를 나누었다.

발표회의 일정은 오후 다섯 시부터 시작되었는데, 첫날은 이 회의 연구이사인 숭실대 곽신환 교수의 사회로 나의 고교 및 대학 동창인 공군사관학교 교수 구춘수 군이 고대에 제출할 박사학위논문의 일부인 「권근의 대학론에 관한 고찰」을, 그리고 강원대 교수인 조남국 씨가 환경문제에 관한 어떤 모임을 위해 작성했다고 하는 「자연과 인간—율곡 사상에 나타난 자연 보호의 본질을 중심으로—」라는 논문을 발표하였다. 저녁을 들면서 시작된 반주가 자정 무렵까지 이어져 안동소주 등을 꽤 마신 셈이 되었고, 밤에는 서원 앞의 강에 나가 류초하·구춘수·곽신환 교수 등과 어울려 발가벗고서 목욕을 하였으며, 백사장에서 고대 대학원생들과도 어울렸다.

8월

1 (토) 맑음 -병산서원

간밤의 과음으로 아침에 일어나자 머리가 얼떨떨하고 다리에도 아직 중심이 잘 잡히지 않는 듯했다.

오전의 일정은 동국대 송재운 교수의 사회로 충남대 강사인 楊在鶴 씨가 「주자 역학의 기본 성격」을, 성균관대의 최근덕 교수가 「西厓 柳成龍의 經世思想」을 발표하였고, 오후에는 총무이사인 강원대 李愛熙 교수의 사회로 영남대 이완재 교수가 「류서애의 철학사상」을, 안동대의 안병걸 교수가 「河回의 學脈」을 각각 발표함으로써 발표회의 일정은 모두 마쳤다.

이후의 시간은 자유이므로, 회장인 고려대의 윤사순 교수를 모시고 고대 출신을 중심으로 하는 열 몇 명의 교수들이 승용차에 분승하여 서원으로 들어올 때의 길을 돌아 나가 안동 읍내로 가는 길의 도중에 있는 어느 강변 마을의 보신탕집에서 술 마시고 노래도 불렀으며, 밤늦게 돌아와서는 다시 한 시 무렵까지 서원 옆 상점의 평상에 앉아 윤 회장과 함께 밤 한 시 무렵까지 소주를 마셨다. 발표가 끝날 무렵까지 참석자는 절반 이상 돌아가 버리고, 남은 사람들은 거의가 고대의 윤 교수 제자들인 셈이었다.

2 (일) 맑음 -하회마을, 유성룡 종택

조반을 든 후 일행과 침식을 같이해 왔던 豊山金屬 前대표이사의 안내로 서원을 떠나 하회 마을로 가서 대충 둘러 본 다음, 서애의 종택에 가서 종손 및 종손의 모친 되는 분과 몇 시간 대화를 나누며 시간을 보내다가, 점심으로 그 댁에서 대접해 준 국수와 과일을 들고서 떠났다. 하회 마을에는 여러 해 전 겨울 방학 때 아내와 함께 한 번 방문한 적이 있었으나, 그때에 비해 관광객의 차량이 엄청나게 늘어나 도로가 온통 차들로 넘치고, 강변은 해수욕장을 방불케 할 정도로 사람들로 붐비고 있었다. 일행은 서애 후손인 충북대 柳初夏 교수의 안내로 안동에서 시간을 보내다가 오후 다섯 시 무렵 기차 편으로 서울로 돌아갈 예정이므로, 나는 일행과 작별하여 안동 시외버스터미널 부근에서 하차하였다.

대구의 시외버스 북부터미널에 당도하여 걸어서 고속버스 서부터미널까지 갔는데, 오후 네 시 남짓 밖에 되지 않았음에도 불구하고 벌써 진주 마산 방면의 표는 매진되었다 하므로, 시외버스 서부터미널로 와서 겨우 진주로 돌아오는 버스를 탈 수가 있었다.

21 (금) 흐리고 때때로 빗방울 -현대중공업, 현대자동차공장, 보문단지

본교 생산기술연구소와 첨단소재연구소가 협력업체인 현대그룹 계열사 동서산업주식회사의 후원을 얻어 추진하는 산업시찰에 동참했다. 부부동반 참석자가 29쌍 혼자 가는 남자 교수가 17명 이 시찰에 참가했는데, 공대 교수가 22명으로 가장 많았고, 인문대에서는 나까지 포함하여 9명이 참가했다. 서울대와 京都大의 동문인 농기계학과의 이승규 교수와 농경제학과의 김병택 교수 부부도 동참했다.

아침 아홉 시 무렵 가좌캠퍼스 정문 앞에서 동서산업이 제공하는 두 대의 버스에 분승하여 출발한 일행은 남해고속도로로 구포를 경유하여 낙동강을 따라 양산 쪽으로 올라가다가 부산과 경주를 연결하는 고속도로를 통해 울산에 당도했다. 방어진 지난 곳에 있는 현대중공업 정문 앞의 다이아몬드호텔에서 일식으로 점심을 들고서, 현대중공업의 견학에 들어갔다.

브리핑과 간단한 영화를 통해 개요를 알고 나서, 버스에 탄 채 조선소 안을 둘러보았고, 엔진을 만든다는 거대한 공장 안을 걸으며 관찰하기도 했다. 안내하는 현대 직원의 말에 의하면 우리 국민 중 약 일천만 명이 이곳을 다녀갔다고 한다. 중공업을 견학한 후에는 부근에 있는 현대자동차 공장으로 옮겨 가서 95% 정도의 자동화 설비를 갖추고 있다는 승용차 엘란트라의 조립 라인을 둘러보기도 했다. 현대중공업은 세계 최대의 조선소라고 하며, 이 자동차 공장 역시 단일공장으로서는 세계 최대 규모라고 하는데, 우리가 견학하는 동안 노조 위원장 선거의 개표 현황이 게시되고 있는 중이었고, 자동차는 비수기라 방대한 공장 부지의 구석구석마다에 먼지를 덮어쓴 채 빼곡하게 들어차 있었다.

견학을 마치고 난 다음 경주로 이동하여 두 달쯤 전에 개관했다는 보문단지에 위치한 현대호텔에 들었는데, 나는 중문과의 박추현 선생과 함께 711호실을 배정 받았다. 큰 인공 호수를 끼고 있어 전망이 아주 좋았다. 호텔의 제반 시설도 내가 지금까지 들어가 본 것 가운데서는 최고의 수준인 듯했다.

2층의 루비 룸에서 양식으로 저녁을 든 다음 여흥 순서에 들어갔다. 나도 사회자의 지명에 따라 18번인 '맨발의 청춘'을 한 곡 부르기는 했지만, 별로 어울려 놀아본 적이 없어 참석한 교수들 및 동서산업 간부들과는 노는 차원이 다름을 느꼈다.

테이블에 놓인 소주병들을 방으로 들고 와, 박 선생과 독문과의 박영호 교수 및 국문과의 류재천 교수와 어울려 새벽 세 시 남짓까지 술을 마시며 잡담했다.

22 (토) 맑음 -석굴암, 불국사, 천마총

일곱 시 반경에 기상하여 한식으로 조반을 들고서, 옆방의 김영호 교수 및 뒤에 내려온 배석원 교수 부부와 함께 커피숍에서 모닝커피를 마시고, 잠시 호텔 주위를 걸어 보았다.

아홉 시 반부터 경주 관광에 나서서, 우선 토함산에 올라 석굴암을 구경하고, 불국사에 들른 다음, 경주 시내의 푸른식당인가에서 한정식으로 점심을 들고서, 마지막 코스인 천마총을 방문하였다. 이 고적들은 모두가 근년에 학생들의 졸업여행 및 함석헌 선생의 퀘이커 모임과 장기려 박사의 부산모임이 해마다 번갈아 가며 교환 개최하던 여름 수양회에 참석한 일본인들과 함께 여러 차례 방문했던 곳들이라, 진주 시내의 촉석공원을 방문하듯 나에게는 별로 새로울 것이 없었다.

간밤의 수면 부족으로 돌아오는 버스 속에서는 잠을 잤는데, 눈을 뜨고 보니 버스는 우리가 어제 올라갔던 코스를 되돌아 와 進永을 지나고 있었다. 저녁 여섯 시 무렵 집에 당도해 보니, 여름방학으로 약 한 달 남짓 쉬었다가 다시 시작되는 정신간호사 연수 관계로 어제 아침 서울에 갔던 아내가 다음 주부터 연수가 시작된다고 하더라며 헛걸음을 하고서 어제 이미 돌아와 있었다.

9월

20 (일) 흐리고 때때로 빗방울 -와룡산

민주산악회의 삼천포 와룡산 등반에 참가하기 위해 오전 아홉 시에 진주성 입구의 제일극장 앞으로 갔다. 자연보호운동을 한다면서 한 시간 지체한 다음 민자당의 하순봉 의원이 나와 인사를 하고, 참가자들은 버스 네 대에 나누어 타고서 11시에 출발했다.

삼천포 어귀의 남양 마을에서 하차하였을 때, 어떤 아주머니가 말을 걸어 왔는데, 나는 기억에 없지만 내가 큰누님과 함께 석류공원 아래의 신기부락에서 단독주택 이층에 전세 들어 살고 있을 때 같은 집 아래층에 세 들어 살던 아주머니라고 한다. 지금은 이현동에 살고 있고, 인사동 로터리 부근에서 경남식당이라는 보신탕집을 경영하고 있다는데, 나중에 알고 보니 나와 동갑이었지만 세 자녀가 모두 장성하여 둘째인 딸이 본교 러시아학과 2학년에 재학 중이라고 했다.

남편이 없는 모양이며, 등산 도중에도 여러 차례 만나게 되어 함께 과일도 나누어 먹고 점심도 여럿이 어울려 같이 먹었다. 꽤 술을 좋아하여 술이 좀 들어가자 나를 갑장이라 부르며 반말로 친근함을 표시하면서, 한편으로는 은근히 유혹하는 듯도 했다.

그 아주머니는 이 산악회에 나온 지가 벌써 여러 해 되는 모양으로, 대부분의 임원들과 서로 아는 사이였다. 조만후 씨가 민자당 국회의원을 하고 있을 때는 하순봉 전 의원은 대봉산악회를 이끌고 있었으며, 지난

번 총선에서 하 의원이 당선하자 조 씨의 지지파들은 이 산악회에서 떨어져 나가 신민주산악회라는 것을 결성하여 오늘도 제일극장 부근에서 집합하여 따로 등산을 가는 모양이더라는 등의 정보를 주워들었다. 진주에서만도 산악회 중에는 정치적인 색채를 띤 것들이 여러 개 있고, 그 임원들은 대체로 이를 발판으로 하여 정계 진출을 꿈꾸고 있는 셈인데, 오늘 나와 인사한 몇몇 임원들 중에는 방송통신대에 재학 중이거나 그곳을 졸업했다는 사람들도 있었고, 본교의 최고경영자과정에 나간다는 사람도 있었다.

임내저수지 옆을 지나 상사바위 아래의 야영장에서 한 숨 쉬고 난 다음, 산행목적지인 해발 797m의 세섬바위에서 북바위를 거쳐 신백동사무소 쪽으로 내려와, 국도 가의 잡화점에서 산악회 임원들 및 동갑 아주머니와 어울려 막걸리를 좀 마시고는, 오후 다섯 시 반경에 진주를 향해 출발했다.

10월

2 (금) 흐림 -설악산 행

밤 여덟 시 진주MBC 방송국 옆 로터리에서 멋-거리 산악회의 10월 안내 산행 참가자들과 합류하여 설악산 공룡능선 등반을 떠나게 되어 있었는데, 나는 시내의 교통 체증으로 약 10분 정도 늦게 도착하였고, 20분경에 대절버스 편으로 진주를 출발하였다. 거창을 지나 평소처럼 송죽휴게소에서 잠시 정거한 다음, 김천을 통과하여 밤길을 계속 달려서 북상했다. 참가자는 모두 47명이었다.

3 (토) 아침 한 때 흐렸다가 비 -천불동, 공룡능선, 신선암

버스 속에서 충분한 수면을 취하고서, 새벽 다섯 시 20분경에 설악동에 도착했다. 아직 밤이었지만, 걸어서 비선대 휴게소에 도착할 때까지 날이 새었다. 비선대 식당에서 산채비빔밥으로 아침을 들고서 점심거리로 김밥 도시락을 하나 사서 배낭에 넣고는, 천불동계곡을 거쳐 양폭산장에서 수통에다 식수를 채워 넣었다. 경사가 급하고 힘들다 하여 일명 깔딱고개라고도 하는 무너미고개를 올라 공룡능선으로 접어드니, 오르는 도중 조금씩 빗방울이 듣기도 하던 것이 마침내 계속하여 질척질척 비가 내리기 시작했다.

7부 능선까지 단풍이 들었다고 하는데, 신선암에 도착할 때까지는 그런대로 단풍에 물든 주위의 외설악과 내설악의 장관을 즐길 수가 있었으나, 그 이후로는 안개에 가려 먼 곳은 거의 보이지 않아서 유감이었다. 신선암에서 작은집 사촌 여동생 순남이의 남편 윤 서방을 우연히 만났다. 윤 서방이 국내외로 등산을 많이 다니고 있는 것으로 듣고는 있었으나, 이렇게 산에서 직접 만난 것은 뜻밖이었다. 부산의 알파인클럽 회원 약 50명과 함께 왔다고 했다.

지난 6월 달에 같은 코스로 등반했을 때 그러했던 것처럼 1275봉에서 점심을 들고, 열 세 시간 남짓 계속 걸어서 밤 여섯 시 반경에 설악동에 하산을 완료했다. 상·하의로 된 우의는 더울 것 같아서 덮어쓰게 되어 있는 우의를 가져갔었는데, 돌 뿌리와 나뭇가지에 걸려 뒷자락이 몇 군데 찢어지고 말았다. 모처럼 개천절 연휴를 만나 10만 정도의 엄청난 인파가 설악산으로 몰렸다고 한다. 평소 코스가 험하여 비교적 통행이 적다고 하는 공룡능선에도 등산객이 계속 줄을 이었고, 한 사람이 겨우 통과할 만한 비좁은 산길에서 반대 방향에서 오는 사람들과 마주칠 때는 더러 통행이 정체되기도 하였다.

같이 간 일행 중 네 명이 나타나지 않아 설악동에서 한 동안 지체하고 있다가, 양양으로 나와 목욕을 하고, 예정 시간보다 꽤 늦은 밤 아홉 시 반 가까운 시각에야 숙박지인 낙산유스호스텔에 도착하여 저녁식사를 들 수가 있었다. 본교 교육학과의 김병길 교수도 이 모임에 참석하여 같은 방을 배정 받았는데, 밤에 낙산호텔의 나이트클럽에 가는 사람들도 있는 모양이지만, 우리는 열 시경에 일찌감치 취침하였다.

4 (일) 비 -낙산, 망양휴게소

원래의 스케줄에는 새벽에 낙산 의상대의 일출을 구경하기로 되어 있었으나, 주룩주룩 내리는 비로 말미암아 방안에 갇혀 있을 수밖에 없었다. 유스호스텔에서 조반을 들고 난 후 낙산을 출발하여, 동해안을 거쳐서 밤 아홉 시경에 진주에 도착했다. 동해안에서는 비가 어제보다 더 줄기차게 내리고 있었지만, 진주에서는 그 동안 거의 비가 없었다고 한다. 망양휴게소인가에서 점심을 들면서는 나도 생선회를 한 접시 샀다. 차내에서 쉬엄쉬엄 받아 마신 술도 적은 양은 아닌 듯하여, 집에 당도했을 때는 제법 얼근하였다.

2월

20 (토) 비 -오대산 행

회옥이를 처제네 아파트에 데려다 주고 온 아내와 금성로터리 옆에 대기 중인 멋-거리 산악회의 대절버스에서 합류하여, 밤 여덟 시 십 분 경에 오대산을 향해 출발했다. 이번 산행에는 참가자가 90명 정도나 되어 두 대의 관광버스에 분승하였다. 가는 도중에 술과 안주로서 돼지고기 삶은 것 등을 나누어 주므로, 아내의 만류에도 불구하고 맥주 한 병을 나누어 마시고 소주도 조금 들었으며, 분배받은 돼지고기 한 봉지를 된장 및 김치와 함께 꼭꼭 씹어서 들고 명태 삶은 것도 먹어 보았다. 버스는 거창·김천을 지나 경부고속도로와 영동고속도로를 경유하여 간다고 하는데, 버스 속에서 일박했다.

21 (일) 눈 -상원사, 비로봉, 수안보

대절버스는 예정보다 이른 새벽 네 시 남짓에 月精寺 입구에 당도하였다. 진주에서는 비였으나, 예상했던 대로 여기서는 눈이 내리고 있었다. 오전 다섯 시에 일행은 서울식당에서 예약해 둔 조반을 들었는데, 순 식물성의 절 음식인데다 반찬 가지 수도 많고 맛이 있었다. 식사를 마친 후 캄캄한 가운데 두터운 눈을 이고 있는 거목들이 좌우로 늘어선 숲길을 지나 다시 버스로 반시간 정도 올라가, 여섯 시 무렵부터 上院寺 입구에서 산행을 시작하였다.

상원사 경내를 지나 산비탈 길을 따라 올라가서 中臺(獅子)庵 부엌에서 수통에다 물을 채우고 나니 날이 거의 밝아졌다. 등산 도중에 일행과 떨어져, 신라 때 자장율사가 중국에서 부처님의 정골 사리를 모셔 와 안치했다는 寂滅寶宮을 둘러보고, 아침 여덟 시경에 정상인 비로봉에 올랐다. 산들이 온통 흰 눈으로 뒤덮여 있는데다 눈발이 계속 하늘로부터 펑펑 쏟아지고 있어, 많은 눈을 보기 어려운 남쪽 지방에 사는 우리들로서는 별천지에 온 기쁨을 만끽할 수가 있었다. 원래는 비로봉에서 상왕봉·미륵암을 거쳐 상원사로 하산할 예정이었으나, 정상에서부터는 능선 길의 눈밭에 전혀 길이 나 있지 않을 뿐 아니라 안개도 짙어, 정상식을 마치고는 그냥 왔던 길로 하산하게 되었다.

상원사에서 국보인 유명한 상원사동종을 구경하고서, 입구로 내려왔다가 대절버스가 보이지 않는다 하여 걸어서 하산하던 도중 안쪽 주차장에 대기 중인 버스를 발견했다는 무선 연락을 받고서 다시 돌아오는 해프닝도 있었다. 일행 중 어느 다른 교수 부부는 그 연락이 있은 줄 모르고서 월정사 입구 주차장까지 그대로 걸어내려 갔다가 식당에서 우리 일행이 아직 내려오지 않았다는 것을 확인하고는 도로 올라오다 도중에 우리와 합류하는 등 약간의 혼선이 있었다. 상원사 입구에서 그 부부를 찾느라고 지체하고 있던 우리가 탄 1호 버스가 마침내 출발하여 막 언덕길을 내려오려다가 눈에 미끄러져 길 가에 세워 놓은 그랜저 승용차의 후미를 들이받는 통에 그 승용차는 다시 그 앞에 정거 중인 봉고 차의 후미를 들이받아 차 세 대의 연쇄 충돌 사고가 발생하였다. 그 통에 상당한 시간이 지체되고 말아 내려오는 도중에 들를 예정이었던 월정사 관광은 취소되었고, 서울식당에서 산채비빔밥으로 중식을 마친 다음, 예정보다 약 한 시간 반이 늦은 두 시경에야 오대산을 출발할 수가 있었다.

도중에 원주까지 고속도로에 올랐고, 원주에서부터는 다시 국도를 따라 김충렬 교수의 고향인 문막을 지나 충주를 거쳐서 수안보 온천에 들러 수안보상록호텔에서 온천을 하였고, 저녁 여섯 시 반 남짓에 수안보를 출발하여 문경-김천-거창을 경유하여 밤 열한 시가 넘어서야 진주에 당도하였다. 수안보의 온천에서는 이즈음 집에서 그렇게 하고 있는 것처럼 비누 등은 일체 쓰지 않고서 냉온탕에 번갈아 들어가고 사우나도 하였다. 다들 수안보에서 저녁 식사를 하는 모양이었지만 우리 부부는 차 안에서 과일로 저녁을 때웠다. 도착 시간이 매우 늦은 관계로 처제 집에 있는 회옥이를 데려오지는 못하고 바로 아파트로 돌아왔다.

23 (화) 맑으나 꽤 춥고, 북쪽 지방은 낮 한 때 눈 -문경새재
　문경새재 행 관광 열차의 참가 신청을 해 두었던 터라, 출발 시간인 오전 일곱 시에 맞추어 여섯 시경에 이른 조반을 들고, 서둘러 진주역으로 갔다. 열차는 모두 아홉 輛인데, 내가 탄 제8호 차는 시끄러운 것이 싫어서 조용히 가기를 원하는 사람들을 위해 마련된 칸인지라, 앰프의 음악 소리나 아낙네들의 어지러운 춤과 노래로 말미암은 소란도 없어 좋았다. 이 달부터 처음으로 관광 열차의 전체 차량 중 한 칸에 한해 이런 방식을 시도해 보는 것이라고 한다.
　열차는 慶全線과 京釜線 코스를 거쳐 예정대로 오전 11시 40분 무렵에 店村 역에 도착하였다. 역 광장에 대기하고 있는 십여 대의 관광버스에 분승하여 문경새재를 향해 출발했는데, 최근에 눈이 많이 내려 처음 예정대로 수옥성을 거쳐 제3관문에서 제1관문 쪽으로 걸어 내려오기는 무리하다 하여, 제1관문 입구의 주차장에다 차를 대기시키고 오후 네 시 무렵까지 1관문과 2관문을 걸어서 둘러보고 오는 것으로 계획을 바꾸었다는 통보를 받았다. 그러나 나는 제3관문까지 왕복 14km 정도의 꽤 먼 길을 걸어서 갔다 온 몇 안 되는 사람 가운데 하나가 되었다.
　이 새재 코스에는 아직도 눈이 꽤 남아 있어 길이 제법 미끄러웠지만, 주변의 경치는 수려하여 산책하기에는 그저 그만이었다. 그러나 날씨가 춥고 찬바람이 부는데 입은 옷은 얇아 손이 시리고 귀가 얼얼하므로, 어제 산 등산용 우비 상의 안으로 양손을 집어넣고 머리 덮개도 뒤집어 쓴 채 계속 걸었더니, 주차장으로 돌아온 후에는 다리에 근육통 같은 것이 느껴졌다. 특히 하의는 팬츠 위에 바지 하나 밖에 걸치지 않았으므로 더욱 추웠다.

예정보다 일찍 오후 네 시도 채 못 되어 제1관문 쪽 정거장을 출발하여서는, 도중에 慶北 8景의 하나라고 하는 강가의 바위 벼랑 근처 폭포 아래의 휴게소에 잠시 정거했다가, 오후 여섯 시에 타고 왔던 기차로 점촌역을 출발하여 밤 열 시 40분경에 진주에 당도하였다. 온종일 추위에 떨고, 좌석이 불편하므로 좀 기대어 눈을 붙일 수도 없고 하여 고달팠는데, 귀가할 무렵에는 엊그제부터의 추위와 피로가 쌓인 때문인지 감기 몸살 기운이 있고 목이 칼칼하였다. 돌아오는 버스와 열차 안에서, 주머니에 넣어 간 岩波新書 版 井上淸 著, 『일본의 역사』 상권 중에서 제16장 '쇄국과 봉건제'를 전부 읽고, 제15장의 일부도 읽었다.

3월

7 (일) 흐렸다가 오후에 개임 -팔영산, 소록도

전남 高興郡의 八影山 산행을 떠나는 날이라, 당근 주스 한 잔만 마시고는 집을 출발하여 아침 일찍 집합 장소인 장터목산장 앞으로 나갔다. 관광버스 두 대를 전세 내었는데, 참가자는 모두 72명이라고 한다. 예정 시간인 일곱 시를 좀 넘겨서 출발하여, 남해고속도로를 따라 광양에 다다라, 순천·벌교를 거쳐 고흥반도에 들어갔다.

팔영산 입구의 능가사 입구 주차장에다 차를 세우고 등산을 시작하였다. 팔영산은 해발 609m 밖에 되지 않는 비교적 낮은 산이지만 여덟 개의 봉우리가 모두 가파른 바위로 되어 있어 오르기 힘든데다가, 비 온 후에다 날씨가 풀린 탓도 있어 진흙이 미끄러웠다. 능선에 올라서니 남해의 다도해가 시야에 들어왔다. 오전 열 시경에 등산을 시작하여 오후 한 시 반경에 출발 지점으로 하산하였다. 원래는 제1봉에서 제5봉까지 오른 다음 계곡 길로 하산할 예정이었으나, 앞서 간 일행만을 계속 따라가다 보니 자신도 모르는 사이에 제8봉까지 다 답파하게 되었다.

능가사 구내를 둘러보고서 절 입구의 상점 등에서 일행은 점심을 들었다. 나는 일요일은 원칙적으로 단식을 하기로 하고 있으므로, 도시락은 준비해 가지 않고서 다만 아내가 챙겨 주는 대로 속에 팥이 든 통밀빵 두 개와 사과 두 알, 밀감 여섯 알만을 비닐봉지에 싸서 배낭에 넣어 갔었다. 평소의 점심시간인 열두 시 반이 채 못 된 시각에 제8봉에서 그 중 절반을 먹었고, 나머지는 저녁 시간인 오후 다섯 시 반경에 먹을 예정이었다. 그것만 먹고서도 별로 허기를 느끼지는 않았으나, 좀 허전한 기분이 없지 않아, 남들이 하는 대로 상점에서 라면을 사서 끓여 먹기도 하고, 주위의 다른 사람이 권하는 김밥이나 반찬, 소주 등도 받아먹었다.

오후 네 시경에 고흥 반도의 서남단에 위치한 小鹿島 맞은편 녹동 항에 도착하여, 도선을 타고서 소록도로 건너가 보았다. 이곳은 외부인의 무단출입을 허가하지 않는 곳이지만, 사전에 연락이 되어 있으므로 나환자 요양소로 전국에 널리 이름이 알려진 이 섬을 두루 둘러 볼 수가 있었다. 섬 안은 꽤 넓어 안쪽까지 이어진 도로가 2km 정도는 될 듯하고, 소문으로 듣던 바와 같이 섬 전체가 공원처럼 깨끗이 정돈된 느낌이었다. 오래된 건물 같은 데서는 내가 고교 시절 일 년 가까이 생활했던 마산의 결핵요양소와도 비슷한 인상을 받았다. 故 한하운 시인의 시가 새겨진 커다란 테이블 모양의 돌로 된 詩碑가 있는 공원까지 걸어가서 사진을 찍기도 하였다. 녹동 항으로 돌아 나와 멋-거리 회원들과 어울려 산 낙지 및 모둠회를 안주로 소주잔도 기울이다가, 오후 여섯 시에 그곳을 출발하여 밤 아홉 시가 채 못 되어 진주에 당도했다.

28 (일) 흐림 -고운동

진주사랑울타리회라는 모임에서 이번 일요일 지리산 孤雲洞 산행을 떠난다는 ≪진주신문≫의 안내 광고를 보고서 엊그제 전화를 내어 보았었는데, 아침 아홉 시 반까지 봉곡동 로터리 부근의 동양화재 남진주영업소 사무실로 나오면 된다는 안내를 받았으므로, 아침 식사를 마친 후 간단한 배낭을 짊어지고서 그리로 나가 보았다. 이 모임은 일 년에 몇 차례 고아원이나 양로원을 방문하여 선물을 전하고 함께 오락을 하는 등의 봉사 활동을 하며, 매달 한 번씩 회원들끼리의 모임을 가지고 있다고 한다. 알고 보니 본교 농공학과의 서원명 교수가 현재 회장을 맡아 있고, 교육학과의 김병길 교수가 고문으로 있는 등, 내가 아는 사람들도 참여해 있고, 다양한 직업을 가진 사람들로 구성되어 있다지만, 본교 교수를 비롯하여 교직에 종사하는 분들이 비교적 많은 듯했다. 오늘의 산행에 참여한 열댓 명 정도의 사람들 가운데 회원 아닌 자는 나 한 사람 밖에 없었다.

회원들의 승용차 몇 대에 분승하여 덕산을 거쳐 중산리로 향하다가, 외공 마을을 지난 지점에서 왼쪽의 골짜기로 접어 들어가면 고운동계곡이 되는데, 崔致遠이 잠시 머물렀던 곳이라 하여 이러한 이름이 붙었다고 한다. 반천 마을을 좀 지난 지점의 산판 도로 가에다 차를 세우고서 등산을 시작하였다. 좁은 골짜기를 한 시간 정도 타고 오르니, 능선에서 멀지 않은 해발 800여m 되는 높은 지점에 단 세 채의 집으로 구성된 고운동 마을이 바라보였다. 현재 바로 이 지역에 국내 최대 규모의 지리산 양수발전소 건설 계획이 추진되고 있어, 진주 등지의 시민운동 단체들이 이를 저지하기 위해 투쟁 중에 있는데, 주변의 산 능선들이 머지않아 침수된다고 하는 이 마을의 위치보다도 오히려 낮아 보이는데 어떻게 양수 발전소를 건설할 수 있는지 의문스러웠다.

고운동 마을 조금 못 미친 지점에서 오른 쪽으로 산골짜기를 따라 이십 분 정도 더 들어간 지점 여기저기에 집들이 몇 채 있고, 절의 법당 건물 비슷한 제법 큰 기와집이 한 채 새로 건축되고 있는 중이었는데, 이곳이 바로 최화수 씨의 『智異山 365日』 제3권에도 소개되어 있는 박보살이 살고 있는 곳이었다. "박 보살은 점을 치거나 운명 감정을 하는 사람들에게는 전국적으로 명성이 자자하여 부산 대구는 물론 멀리 서울에서도 찾아오는 사람이 줄을 잇다시피 하고 있다"고 최 씨의 책에 씌어져 있는 사람인데, 만나 보니 의외로 까무잡잡하고 나이도 그다지 많아 보이지는 않는, 몸뻬 차림의 평범한 시골 아낙네 같은 인상이었다. 남매 간이라고 하는 미남형의 젊은 남자가 함께 거주하고 있었다.

집 뒤에서 불공 소리 비슷한 것이 끊임없이 들려오고 있으므로, 마루에 걸터앉아 박 보살에게 부처님을 모셔 두고 있느냐고 물었더니 산신을 모시고 있다 하며, 책을 보면서 점을 치는지 혹은 척 보면 그냥 아는지를 물었더니, 책 같은 것은 보지 않는다고 했다. 이곳에서 뜻밖에도 한양대 사범대학장으로서 교육학을 전공하는 李秀遠 교수를 만났으므로 함께 기념사진을 찍고자 했으나, 박 보살은 자신은 사진을 찍으면 안 된다고 했다. 이 교수는 안식년을 맞아 제자인 본교 심리학과 이양 교수의 권유에 따라 이번 학기부터 일 년 간 본교에 교환교수로 내려와 있는 것이다. 한 달에 한 번 정도 본교에 출강을 나오고, 평소에는 박 보살을 찾아오는 사람들을 위해 지은 집들 가운데서 한적한 위치에 있는 방 하나를 얻어 기숙 생활을 하면서 집필을 하고 있다고 한다.

박 보살로부터 당귀차 한 잔씩을 대접받고 난 후, 함께 이곳을 찾은 우리 일행 다섯 명은 올라왔던 방향과는 다른 샛길로 고운동 마을로 내려갔다. 그곳에서 쇠물팍을 비롯한 갖가지 약초로 빚은 술들과 음식물을 팔고 있는 털보 영감 김부억 씨네 집 마당에다 탁자와 의자들을 펼쳐 놓고, 일행이 함께 둘러 앉아 가져온 점심을 들고, 토종닭 두루치기며 옻닭 등을 안주로 토종꿀을 듬뿍 섞은 칡술을 들었다.

원래는 고운동에서 일행과 헤어져, 나는 홀로 고운재를 넘어 金馹孫의 '續頭流錄'에 나오는 黙契寺가 위치하고 있었던 원묵계 마을을 둘러본 다음, 청학동을 거쳐 삼신봉으로 올라가, 지리산 남부능선을 따라서 불일폭포·쌍계사 쪽으로 빠질 계획이었지만, 회원들 중에 김병길 교수 등 아는 사람도 있고, 고운동 마을의 술자리도 그런대로 즐거워, 끝까지 일행과 함께 놀다가 왔던 길로 도로 내려와, 도중 배바위의 반석에 앉아 쉬면서 잡담도 즐기다가 시내로 돌아왔다.

봉곡동의 청수탕이라는 곳에서 함께 목욕을 한 다음, 이현동의 횟집에서 저녁을 들고서 일행과 작별했다.

4월

25 (일) 快晴 -송림공원, 삼신봉, 불일폭포, 국사암

모처럼 혼자서 지리산 등반에 나섰다. 새벽 여섯 시 반경에 舊 農專 앞에서 시외버스를 타고서 한 시간 정도 후에 하동에 당도했다. 청학동 행 첫 버스는 여덟 시 20분에야 있으므로, 시간을 보내기 위해 터미널 옆에서 하동 명물인 재첩국을 연거푸 세 사발이나 사 마시기도 하고, 오랜만에 松林공원까지 산책도 해 보았다. 송림은 그 사이 모습이 꽤 많이 달라져서, 바로 옆에 섬진강을 가로지르는 새 다리가 생겨 광양 쪽으로 가는 포장도로가 통해 있고, 울창한 소나무들 주위에는 철책을 설치해 두고 있으며, 입구에 입장료를 받는 창구도 눈에 띄었다.

橫川을 거쳐 청학동 바로 아래 동네인 黙溪에 이르는 동안에도 곳곳에 도로 확·포장 공사가 진행 중이라, 머지않아 증산교 계통의 신흥종교 道人村인 청학동 바로 턱 밑에까지 아스팔트 도로가 개설될 형편이었다. 청학동 입구에서 등반을 시작하여, 3km 거리인 해발 1,354m의 三神峰까 지 쉬지 않고 단숨에 올랐다. 삼신봉은 지리산 남부능선의 중간 지점에 위치하여 지리산의 全景과 그 주변 일대의 連峰들을 한 눈에 조망할 수 있는 곳인데, 몇 년 전 여름에 조평래 군과 함께 왔을 때는 남부능선에서 거의 사람을 만날 수가 없었지만, 오늘은 심심찮을 정도로 많은 등산객 들이 이 코스를 통과하고 있었다.

삼신봉에서 外三神峯이라고도 불리는 三神山頂, 松亭굴, 상불재를 거 쳐, 약 10km 거리인 불일폭포에 이르렀다. 이 능선 코스는 대체로 완만 한 경사를 이루고 있어 힘들지는 않았으나, 산 위에는 아직 봄이 오지 않아 앙상한 나무 가지들 사이로 바람이 불어 무서운 소리를 내고 있었 고, 송정굴 천정에는 아직도 고드름이 늘어져 있었다. 역시 오랜만에 찾 아 본 불일폭포는, 보조 지눌이 이 부근에서 암자를 짓고 수도했다 하여 그의 시호를 따서 佛日이라 한다고 안내판에 씌어 있었는데, 불일암은 이 안내판으로부터 폭포와는 반대 방향으로 조금 더 올라온 곳에 위치해

있다가 1983년도에 소실되었다고 한다. 남명의 '遊頭流錄'에서는 이 폭포 주위를 靑鶴洞이라 일컫고 있다. 폭포의 양쪽에 있는 조그만 봉우리를 지금도 청학봉·백학봉이라 부른다고 한다.

불일평전의 鳳鳴山房에 들러 15년째 이곳을 지키고 있는 산장 주인인 털보 변규화 씨가 담근 葛根茶와 不老酒라는 것을 사 마셨다. 서울말 하는 변 씨의 아들이 와서 아버지의 일을 거들어 돕고 있었다. 나는 『지리산 365일』이나 『우리들의 산』에 실린 변 씨 자신의 글 등을 통해 그의 은자적 삶을 익히 알고 있어 이곳이 좀 한적한 곳일 줄로 상상하고 있었으나, 휴일이라 그런지 온통 등산객들로 시장 바닥을 이루고 있었고, 변씨는 야영장과 매점을 겸한 이곳의 관리인 격으로서, 물건 판매에 꽤 분주해 보였다. 쌍계사에는 들르지 않고서 한적한 國師庵 코스를 택하여 내려왔는데, 국사암 아랫길도 그 새 콘크리트로 포장이 되어 있었다.

쌍계사 입구의 노점에서 봄을 맞아 새로 난 두릅과 취나물 한 무더기씩 사 가지고, 하동을 거쳐서 저녁 여섯 시 반경에 진주의 집에 당도하였다. 플라시도 도밍고의 작년 연말 東京 공연 실황과 대하 연속극 〈琉球의 바람〉을 시청하고서, 밤 열 시에 잠자리에 들었다. 이즈음 계속 밤 아홉 시부터 새벽 세 시까지 여섯 시간의 수면을 취하는 생활을 하고 있지만 그다지 신체적 무리를 느끼고는 있지 않는데, 하루 종일 약 20km를 걷고 돌아온 오늘은 어떨지 모르겠다.

5월

5 (수) 맑으나 황사 현상 −주암댐, 송광사, 낙안읍성

오전 열 시경에 황 서방네 회사의 봉고차로 우리 집을 출발하여, 남해고속도로를 따라 전남 지역으로 들어갔다. 2차선에서 4차선으로 확장하는 작업이 진행 중인 호남고속도로로 접어들어, 주암 인터체인지에서 국도로 진입하여 91년도에 준공된 주암댐에 당도하였다. 전망대에 올라 주위의 경관을 감상하고, 이미 정오가 된 지라 그곳 잔디밭에서 준비해

간 점심을 들었다.

　다시 차는 보성강의 흐름을 막은 댐 주위를 따라 松廣寺에 이르렀고, 사찰 경내를 둘러본 다음 절 입구 주차장 가에 늘어선 식당에서 황 서방과 나는 도토리묵을 안주로 동동주를 들고 다른 사람들은 준비해 간 과일을 들며 휴식을 취했다. 차는 다시 벌교 방향을 향해 나아가다가 도중에 818번 국도로 접어들어 樂安邑城 민속마을에 당도하였다. 주위가 산으로 둘러싸인 들판 가운데 둘레 1.4km의 옛 고을 성곽이 잘 보존되어 있고, 성 안에는 東軒 등의 옛 건축물과 초가집들이 많이 남아 있는데, 임경업 장군이 일찍이 이곳 군수로 재직하던 시절에 성곽을 보수하기도 했었다고 한다. 장인어른은 피곤하신지 입구의 門樓에만 올라 보신 다음 그냥 쉬시고, 우리는 아이들과 함께 성의 반대쪽 끄트머리까지 가서 높이 4m에 폭 3~4m쯤 되는 성 위로 난 산책로를 따라 주위의 경치를 조망하면서 입구까지 걸어 보았다.

　선암사에는 들르지 않고 昇州 인터체인지에서 다시 고속도로에 올라 저녁 일곱 시 반 무렵에 진주에 당도했다. 시내 YMCA 부근의 황 서방이 아는 음식점에 가서 가오리 찜과 낙지복음 등을 안주로 소주를 한 병 마시고, 한정식으로 저녁을 든 다음 돌아왔다. 오늘 운전은 진주MBC방송국의 운전기사로 근무하는 큰처남 황성이가 맡았고, 아이들은 시종 매우 만족해하였다. 날씨가 아주 포근하여, 금년 들어 처음으로 나는 반팔 T셔츠를 내어 입었다.

6월

6 (일) 흐림 -광양 백운산

　새벽부터 간밤에 녹화한 세 시간 정도 소요되는 장편 뮤지컬 영화 〈지붕 위의 바이올린 奏者〉(1971년, 미국)를 시청하고 난 후, 약속된 백운산 등반에 참여하기 위해 아홉 시까지 칠암동의 의과대 정문 앞으로 나갔다. 광양의 백운산에는 한두 해 전 혼자서 올라 보려다가 등산로 도중에서 도로 공사로 말미암아 길이 막혀 포기하고 돌아온 적이 있었는데, 지난 번 본교 教授佛者會의 총무로 있는 권오민 선생이 나에게 진주 주위의 절도 있고 가볼만한 산에 대해 묻기에 이곳을 포함한 몇 군데를 말해 주었더니, 오늘 여기에 가보기로 결정한 것이었다.

농대의 김창효·곽종형 교수 등 불자회 회원 일곱 명과 더불어 세 대의 자가용에 분승해서 의대를 출발하여, 남해고속도로를 통해 섬진강휴게소에서 잠시 정거하여 휴식을 취했다. 곽종형 교수 댁에서는 간밤에 모친 제사가 있었던 모양으로, 거기에 참석했던 형제 및 친척들이 봉고한 대에 동승하여 오늘 송광사 뒤의 조계산에 등반을 가기로 예정했다가, 여기서 우리들과 합류하여 함께 백운산으로 향하게 되었다. 내가 길 안내를 하여 광양을 거쳐서 백운산 입구의 동곡 마을에 이르렀고, 백운사(하백운암) 아래까지 새로 난 가파른 산길을 따라 차를 몰고서 올라갔다. 이 차도는 아직 포장이 되어 있지 않아 지난 번 내가 왔을 때보다 나아진 점이 별로 없었으므로 운전하는데 애로가 많았다. 지난 번 내가 돌아왔던 반환점 부근에 도로 공사의 기념비가 서 있고, 그 조금 위까지 길이 나 있었지만 승용차를 몰고 가기에는 무리라, 그 지점에다 차를 세워 두고서 걷기 시작했다.

도로를 벗어나니 정상까지는 계속 오솔길로 이어져 있었다. 下白雲庵을 지나 普照 및 眞覺大師가 지리산의 上無住庵으로부터 옮겨 와 머물었다는 上白雲庵 옆의 전망이 좋은 고개에서 점심을 들었다. 백운산은 지리산을 제외하고서 독립된 산군으로서는 전라도에서 가장 높은 곳인데, 6.25 이후 빨치산의 全南道黨 본부가 있던 곳이기도 하여 절은 모두 불타 없어지고 가정집 모양의 암자로 재건되어 있을 따름이었다.

1110능선에서 방향을 잘못 잡아 정상과는 반대 방향인 995봉 쪽으로 갔다가 다른 대부분의 일행은 거기서 돌아오는 길에 그대로 하산하고, 비교적 젊은 층 여섯 명이 해발 1,217.8m인 상봉까지 올랐다. 맑은 날이면 남해의 망망대해가 바라보이고, 북으로는 섬진강 건너편 지리산 연봉을 한 눈으로 조망할 수 있다고 하지만, 다소 안개가 끼어 멀리까지 바라볼 수는 없었으나, 주변의 산세가 꽤 웅장하였다.

28 (월) 비 -성삼재, 노고단, 연하천산장

　지리산 종주 산행에 떠나는 오늘 공교롭게도 본격적인 장마가 시작되어, 새벽 세 시경에 일어나 보니 바깥의 폭우 쏟아지는 소리가 요란하였다. 그럼에도 불구하고 예정대로 결행하자는 의견이 지배적이어서, 오전 아홉 시경 대절버스로 인문대 광장을 출발하였다. '93 철학과 하계 MT에 참가하는 학생 서른아홉 명에다 인솔 교수로서 나와 이성환 선생이 동행하게 되었다. 철학과는 학과 창설 이래 인문대에서는 유일하게 매년 1학기 학기말 고사가 끝나고 여름방학에 들어가게 되는 이맘 때 전체 구성원의 단합을 위한 행사로서 지리산 산행을 실시해 오고 있는데, 89년도에 나와 권오민 교수가 동행했던 칠선계곡 코스 때 이후로 교수가 참여하게 되는 것은 이번이 실로 모처럼 만이다. 이 시기는 장마 시즌과 겹치게 될 경우가 많은지라 근래 수년 간은 계속 우천 속의 행사가 되어 오고 있다.

　하동·구례를 거쳐 열한 시경에 노고단 입구인 성삼재에 도착하였고, 거기서부터 산행을 시작하여 폭우가 쏟아지는 가운데 예정지인 돼지령에서 준비해 온 김밥으로 선 채로 점심을 때웠다. 나는 주능선의 전 종주 코스인 노고단-천왕봉 구간을 한 번에 답파한 적은 아직 없지만, 같은 전 구간을 부분적으로는 이미 몇 차례 주파한 바 있었으므로, 이번에는 노고단 부근에서 일행과 떨어져 아직 내가 부분적으로 밖에 걸어 보지 못한 노고단-문수암-질매재-피아골산장-용수암계곡-삼도봉 코스를 혼자서 답파하여 저녁 무렵에 첫날의 야영 예정지인 연하천산장에서 일행과 다시 합류할 예정이었다. 그런데 혼자 노고단의 KBS 송신탑이 있는 중계소 옆까지는 가보았으나, 금년 연말까지 3년의 휴식년 기간이라 노고단 정상 쪽으로는 접근할 수 없다는 팻말이 새로 쳐진 철망 입구에 걸려 있을 뿐 아니라, 비가 와서 피아골 윗부분인 용수암계곡의 물이 불고 짙은 안개로 방향 감각을 잃을 위험도 있으므로, 그냥 도로 일행과 합류하여 함께 능선 코스를 걸었다.

빗줄기는 강해졌다 약해졌다 시시각각으로 달라지며, 안개에 뒤덮여 평소의 장쾌한 산의 풍경은 전혀 감상할 수 없었으나, 첫날의 목적지인 연하천산장까지 별 탈 없이 무사히 당도할 수가 있었다. 각자의 산행 속도에는 큰 차이가 있었는데, 나는 선두 그룹에 속하는 편이며, 평소 태권도가 2단에다 검도에도 유단자 급의 실력이 있다고 하는 이성환 선생이 산행에는 익숙하지 못하여, 첫날부터 대퇴부 뒤편 관절 부분의 통증을 호소하고 있더니, 내가 도착한지 한두 시간을 지난 즈음에야 비로소 산장에 당도하였다.

29 (화) 비 -벽소령, 세석평전, 장터목

간밤에 이성환 선생이랑 학생회장 등과 함께 本部組 텐트에서 저녁을 들고 술을 마시며 잡담하다가 졸음이 와서 나는 비스듬히 누워 있었는데, 학생들은 내가 피곤해서 그러는 줄로 알았던지 나를 그냥 그 텐트에서 자도록 배려하였다. 한밤중에 심한 비바람이 몰아쳐 본부조의 3인용 텐트 프라이가 두 번이나 벗겨져 버리는 통에 그때마다 같이 자던 학생 두 명이 플래시를 들고서 밖으로 나가 복구 작업을 하는 소동이 벌어졌고, 물이 텐트 안쪽 가장자리로 흠뻑 스며들어 내 寢囊도 상당히 젖었다.

아침밥을 지어 먹은 후, 텐트 정리가 끝나는 대로 各 組別로 차례차례 출발하였다. 나는 오늘도 선두 그룹에 속해 있었는데, 벽소령에서는 雨中의 텐트 안에서 무료하게 화투를 치고 있는 『지리산 365일』속에 소개된 형제를 만나, 그들에게 부탁하여 우리 학생들에게 당귀차를 한 잔씩 달여 주도록 부탁하였고, 또한 무릎 관절 부위가 부풀어 오른 여학생에게는 끓인 물에다 타월을 담근 다음 그것을 환부에 갖다 대어 찜질하는 서비스도 해 받았다.

세석평전에서 라면으로 늦은 점심을 끓여 먹고, 나는 산장에 들러 커피와 과자 같은 것도 좀 사 먹으며 뒤처져 도착하는 학생들을 기다렸다. 세석을 떠날 무렵부터 안개가 개이고 하늘도 맑아지기 시작하여, 둘째

날의 숙영지인 장터목에 도달할 때까지 大智異의 사방으로 펼쳐진 우람한 능선들을 꽤 멀리까지 조망할 수가 있었으나, 저녁 무렵부터는 다시 안개와 부슬비, 그리고 거친 바람으로 시야가 가려져 버렸다. 간밤의 경험을 교훈 삼아 바람을 적게 받는 장소를 고르기 위해 학생 한 명을 대동하여 산장에서 200m 쯤 떨어진 곳에 있는 제석단 캠프장에까지 갔다 왔으나, 그 곳에서 야영하면 안 된다는 산장 관리인의 말을 듣고서 이동하던 학생들이 도로 돌아왔으므로 별 수 없이 도로 장터목에다 텐트를 치게 되었다. 다행히도 밤이 되자 바람이 다소 누그러져 숙영에 불편은 없었다.

이성환 교수는 양쪽 다리의 무릎과 대퇴부 관절 부위가 매우 불편하여, 내가 도착한지 두 시간 정도나 지나 주위가 차츰 어두워져 갈 무렵에 마중 나간 학생의 인도를 받으며 야영장에 도착하였다. 산장에서 집으로 전화를 해 보았지만, 아내도 어제 간호학과 교수들과 함께 一泊二日 예정으로 茂州리조트 쪽으로 연례 워크숍을 떠나고 없는지라, 자동응답기에다 무사하다는 내용을 녹음해 두었다.

대학원생으로서 군 입대 관계로 작년부터 휴학 중인 안명진 군은 폐결핵으로 불합격 판정을 받아 입대가 불가능해져서, 일 년이 지난 후인 내일 2차 신체검사를 받게 되는 까닭에 장터목에서 중산리 쪽으로 일단 하산하였다. 전교 대의원회 의장을 지낸 정형섭 군 등 학부의 고참 세 명이 장마로 인한 입산금지 조치에도 불구하고 중산리 매표소 직원의 감시의 눈길을 피해 길도 없는 산비탈을 통과해 몰래 올라와, 우리가 텐트를 치고 있을 무렵 일행과 합류하였다. 복학생인 이정기 군과 일행 중의 여학생 하나는 산행 중 같은 붉은 색의 우의를 걸치고서 등에다 무거운 짐을 짊어진 채 시종 둘이서 나란히 걷고 있는 모습이 눈에 띄더니, 세석고원에서 단둘이 남아 一泊하고는 내일 대원사의 야영장으로 와서 다시 일행과 합류한다고 한다.

30 (수) 흐림 -천왕봉, 중봉, 치밭목, 무재치기폭포, 새재, 노루목

아침에 좀 느지막이 출발하여 천왕봉에 올랐다. 천왕봉 정상에 새겨진 비석에는 본시 '慶南人의 氣像 여기서 發源하다'라는 글귀가 새겨져 있었는데, 그 후 누군가에 의해 '慶南' 두 글자가 지워져 버렸으므로, 근년에는 그 자리에 다시 '韓國'이라는 글자를 새로 새겨 넣은 흔적을 볼 수가 있었다. 그런데 오늘 다시 올라 보니 그 '한국'이라는 글자도 깎아 지워져 버렸고, 그 자리는 흉물스런 꼴의 공백으로 남아 있었다. 이성환 교수는 천왕봉까지 올라 주능선 종주의 목표를 일단 달성하고는 복학생인 이성희 군의 인도를 받으며 중산리 쪽으로 하산하였다.

나는 앞서 가던 일행을 차례로 지나치며 선두에 서서 중봉까지 내려왔으나, 거기서부터는 일행과 떨어져서 하봉-쑥밭재 능선을 거쳐 새재-유평-대원사 쪽으로 내려오거나, 혹은 하봉-얼음터-광점동-벽송사-추성리 코스로 하여 휴천계곡 방향으로 빠질 작정으로, 하봉 방향으로 난 능선의 2급 등산로를 따라 내려갔다. 뒤이어 온 학생들 몇 명도 중봉에서 한참 내려와 치밭목 방향으로 빠지는 갈림길이 있는 헬기장 부근까지는 나와 동행했으나, 나의 권유에 따라 다들 일행이 점심을 지어 먹기로 예정되어 있는 치밭목 쪽으로 가고, 거기서부터는 나 혼자서 걸었다. 여전한 안개로 시야가 넓지 못했으나 수시로 변하는 산 속의 날씨로 말미암아 더러는 꽤 멀리까지 조망이 가능한 때도 있었다. 평소 인적이 드문 구역이다 보니 산에 俗氣가 없고, 순수한 자연 세계의 신비에 더욱 깊숙이 빨려 들어갈 수가 있었다.

하봉으로 짐작되는 봉우리에서 또 갈림길이 나타나고 등산객이 나뭇가지에다 매달아 놓은 길 안내 헝겊 조각도 두 방향에 모두 달려 있었으므로, 그 중 한쪽 방향을 따라갔더니 길은 깎아지른 듯한 바위들 아래쪽으로 자꾸만 내려가더니 마침내 커다란 나무가 비바람에 자빠져 비탈길을 가로막고 있는 곳 부근에서 끊어져 버리고 말았다. 간신히 안내 표식을 다시 찾아내어 좀 더 따라 내려가 보았더니, 계곡의 물소리가 요란하였다. 그 계곡이 어디쯤인지도 알 수 없거니와, 설사 그것이 칠선계곡이

라 하더라도 장마 비에 물이 불어 길이 끊어져 있을 가능성이 큰지라, 도로 능선 길을 바라고서 돌아올라 가고자 했지만 자신이 왔던 길도 찾을 수가 없어 적막강산에서 혼자 바위를 타고 나무 가지들을 부여잡으며 여러 번 가파른 산비탈을 오르내렸다. 한 동안 낭패감과 아울러 아찔한 느낌에 자꾸만 목이 말라 오기도 하였다.

간신히 왔던 길을 찾아내어 능선에 올랐는데, 거기서도 또 갈 길을 찾지 못해 한동안 방황하다가 마침내 뚜렷한 길을 찾아내어, 쑥밭재에서 우리 일행이 간 대원사 밑 야영장 쪽으로 향할 목적으로 그 길을 따라갔다. 그러나 한참을 가다 보니 내가 학생들과 헤어졌던 헬기장 부근 치밭목 갈림길에 다다라서야 내가 방향 감각을 잃고서 왔던 길로 되돌아 왔음을 알았다. 별 수 없이 거기서 3.6km 정도 떨어진 치밭목산장 방향으로 향했다.

학생들은 산장에서 점심을 지어 먹느라고 꽤 지체했던 모양으로, 내가 지난 해 가을 아내와 함께 대원사계곡으로 단풍 구경을 왔다가, 새재 길로 하여 무재치기폭포까지 가려다 길을 잘못 들어 고생하다 간신히 빠져 나온 조개골과의 갈림길을 지나 치밭목산장에 당도했을 즈음에도 복학생인 일행 한 명이 아직 거기에 남아 있었다. 그와 함께 산장에서 원두커피를 한 잔씩 마시고서 같이 계곡을 걸어 무재치기폭포까지 내려 오니, 학과장인 권오민 선생이 반바지에 비옷 차림으로 거기까지 우리 일행을 마중 나와 있었다. 권 선생과 나, 그리고 일 학년 여학생 두 명은 갈림길에서 새재 방향으로 걸어 나와 새재 마을의 사과 과수원 길가에 세워둔 권 선생의 차를 타고서 셋째 날의 숙영지인 대원사 아래 노루목 개울가의 야영장에 당도 하였다.

권 선생이 덕산에서 막걸리 한 말에다 쇠고기 삼겹살을 꽤 많이 사왔으므로, 저녁 식사를 마친 후 모두들 둘러 앉아 술과 춤과 노래로 마지막 밤을 흥겹게 보냈다. 술이 모자라는 듯하기에 나도 학회장에게 돈을 주어 막걸리를 한 말 더 받아 오게 하고, 아울러 안주도 더 사오게 하여 흥을 돋워 주었다.

7월

1 (목) 흐림 -귀가

간밤의 과음으로 아침에 일어나기가 힘들었다. 본부 조에서 아침을 얻어먹은 후, 오전 열 시경에 권오민 교수와 나는 권 선생의 차로 먼저 진주로 돌아왔다. 이정기 군 커플은 어제 우리보다 먼저 노루목 야영장에 당도해 있었고, 안명진 군도 오늘 아침 다시 왔는데, 4급 판정을 받았으므로 조만간에 입대해야 한다고 한다. 학생들은 대원사계곡에서 놀다가 오후 너덧 시경에 진주로 출발할 예정이다.

온통 물에 젖은 옷가지들을 세탁물로 내어 놓고, 더러워지거나 파손된 등산 장비도 손질하였다.

16 (금) 흐리고 때때로 비 -설악산 행

밤 여덟 시 MBC 로터리에서 멋-거리산악회의 2박 3일에 걸친 설악산 산행 팀에 합류하여, 거창·김천을 거쳐 북상했다. 약 90명 정도의 인원이 두 대의 전세 버스에 분승하였는데, 나는 5분쯤 늦게 도착하여 2호차에 탔다가 도중에 1호차에 산장카페의 마담인 김숙녀 씨 등 낯익은 사람들이 많이 탄 것을 알고는 김 씨의 옆 자리로 옮겨 갔다.

17 (토) 비 -오색, 대청봉, 천불동, 낙산

버스는 홍천·한계령을 지나, 간밤의 도로 정체로 말미암아 예정보다 꽤 늦은 시각에 목적지인 설악산의 오색에 도착하여, 아침 여섯 시 반 무렵부터 등산을 시작하였다.

설악폭포에서 비를 맞으며 옥녀봉 휴게소에서 사 온 김밥 등으로 늦은 아침을 들었고, 정상인 대청봉 대피소에서는 열한 시도 채 못 되어 점심을 들었다. 원래는 대청봉에서 일행과 떨어져, 혼자서 아직 가보지 못한 화채능선 코스로 접어들어 집선봉-토왕성폭포를 거쳐 권금성에서 케이블카를 타고 외설악으로 내려 가 일행과 다시 합류할 예정이었었는데, 화채능선 코스는 휴식년제로 말미암아 현재 출입금지구역으로 되어 있는데다, 비와 안개로 말미암아 주위의 경관을 거의 감상할 수가 없어 잘 모르는 코스로 가는 것은 삼가기로 했다.

대청봉에서 중청봉–소청봉을 거쳐, 희운각 대피소에서 잠시 화장실에 들렀다가 산행 도중 주로 동행했던 김숙녀 씨를 잃었는데, 양폭산장에서 찾아서 다시 동행했다. 우리 일행은 두 조로 나뉘어, 희운각 부근 무너미 고개에서 ⓐ 팀은 공룡능선 코스로 가고, ⓑ 팀은 천불동 코스로 하산하게 되어 있었는데, 나는 후자를 택하였다. 산 속의 비는 때로 소나기가 되기도 하면서 질척질척하게 계속 내렸으므로, 비록 방수복 상의를 걸치기는 했다지만 온통 물에 빠진 생쥐 꼴이 되었다. 초행인 희운각까지의 능선 길에서는 거의 경치를 감상할 수가 없었으나, 천불동계곡에 내려오니 불어난 계곡물은 누런 급류를 이루어 쏟아져 내리고, 안개 속의 주변 암벽들도 꽤 장관을 이루고 있었다. 비선대 휴게소에 도착하여, 김정선 전 총무 등과 어울려 막걸리를 좀 마시고 난 이후부터 왼쪽 허벅지의 관절이 결리기 시작하여 외설악 주차장까지 절뚝거리며 내려왔다.

설악동에서 두 팀이 다시 합류하여, 지난번처럼 밤에 양양의 낙산사 입구에 있는 낙산유스호스텔에 도착하여 여장을 풀었다. 저녁 식사 후 일행 중의 여러 명과 함께 택시로 부근의 술집에 나가서 물오징어 회를 안주로 좀 마시다가 돌아왔다.

18 (일) 오전 중 때때로 부슬비 오다 오후에는 개임 –백암온천

새벽에 유스호스텔 주변을 산책하다가, 낙산해수욕장 부근의 식당에서 김정선·김숙녀 씨 등과 함께 해장국으로 조반을 들고서 돌아왔다. 일행의 아침 식사가 끝나기를 기다려 출발하여, 동해안을 따라 내려오다가 도중에 백암온천에 들렀고, 경주를 거쳐 역시 주말의 도로 정체로 말미암아 예정보다 꽤 늦은 시각인 밤 열 시 반경에 진주에 당도하였다.

8월

1 (일) 비 -의신, 횡천자연농원

메아리산악회의 지리산 碧宵嶺 등반에 참가하기 위해, 평소 출근 시간에 집을 나서 도동의 공단로터리 부근에 있는 이 산악회의 사무실로 갔다. 대절버스 한 대에 다 못 차는 인원으로 오전 아홉 시에 출발하여, 나동-북천-횡천을 경유하는 국도로 하동에 다다른 다음, 화계-쌍계사 입구-신흥을 거쳐 지리산 삼신계곡 중턱의 의신 마을에 다다랐다. 차를 타고 오는 도중에 보니, 섬진강 모래사장 곳곳마다에 텐트가 쳐져 있을 뿐 아니라, 지리산 계곡 길도 넘쳐나는 차들로 때때로 교통이 정체되기도 하였다. 몇 년 전까지만 해도 그야말로 심심산골이었던 의신 마을에까지도 2차선 포장도로와 대형 주차장들이 들어서고, 일반 관광지와 다름없이 산뜻하게 새로 지은 민박집이며 음식점들이 즐비하여, 세상이 얼마나 빠른 속도로 변하고 있는지를 새삼 실감하였다.

산에 당도하자 빗발이 꽤 거세어졌으므로, 폐교가 된 국민학교의 교실로 들어가 산악회 측이 마련한 음식과 소주로 점심을 들고서, 일행은 이후 교실에서 여흥을 하다 돌아갈 예정인 모양이었지만 나는 그런 것에 흥미가 없으므로 혼자 밖으로 나와 방수복 상의와 우산 차림으로 산길을 걸어 올라갔다. 共匪 소탕을 위해 낸 군사용 작전도로를 따라 2km 쯤 올라간 지점에 있는 삼정 마을을 지나고, 거기서 또 한참을 더 올라가 차가 다닐 수 있는 정도로 넓은 도로가 끝나고 오솔길이 시작되는 지점까지 다다랐다가, 국민학교 교실에다 두고 온 배낭이며 차편이 걱정되기도 하여 더 이상의 산행을 포기하고서 되돌아 내려왔다.

도중에 전라도 사람들이 타고 온 코란도 승용차에 동승하여 의신 마을에서 1km 정도 떨어진 지점까지 내려왔을 때, 우리 일행이 올라오고 있는 것을 발견하고는 차에서 내려 합류하였다. 그러나 얼마간 그쳤던 비가 곧 다시 맹렬한 기세로 퍼붓기 시작하자, 대부분의 사람들은 다시 산행을 포기하고서 마을로 내려왔다. 의신의 주막에서 일행 중의 남자

두 명과 함께 동동주를 마시고 있다가, 오후 다섯 시경에 그곳을 출발하여 왔던 코스를 거쳐서 귀가 길에 올랐는데, 도중 橫川驛 앞에 새로 들어선 자연농원에 들르기도 하였다.

14 (토) 아침까지 비온 후 맑게 개임 -욕지도

아내가 회원으로 있는 경남수필문학회의 하계 세미나가 금년에는 한산도 아래 쪽 남해바다 끄트머리에 있는 欲知島에서 열린다고 하여, 우리 가족도 함께 참가해 보기로 했다. 아내는 지난 일 년 간 서울에 다니느라고 문학 활동에는 거의 참가하지 못했었는데, 욕지중학교의 역사 교사로 있는 김화홍 회원이 문학회 회원들을 초대하는 형식이 된 모양이다.

충무로 가는 시외버스 안에서 도립의료원 간호과장이며 아내와 같은 수필문학회원인 이옥자 씨를 만나 함께 동행 하게 되었다. 충무에서 택시로 갈아타고서 선착장에 도착해 보았더니, 예전의 장소가 아니고 바다를 메워 조성한 널찍한 새 터 위에다 현대식의 꽤 커다란 이층 건물을 새로 지어 두었고, 충무시 전체가 새로 들어선 아파트며 빌딩 등이 많아 몇 년 전과는 모습이 상당히 달라져 있었다. 오후 세 시 20분에 출항하는 두둥실호라는 쾌속선으로 도중에 기항하는 곳도 없이 一路 욕지도로 향했다.

예전에 두 시간 정도 걸리던 것에 비하여 45분 정도로 시간이 단축되었다 하니 편리하다면 편리해진 것이지만, 갑판에 나와 바다 바람을 쐬며 모처럼 한려수도의 다도해 풍광을 감상해 볼 것을 기대했던 나로서는, 바깥으로는 한 발짝도 나가지 못하고 폐쇄된 유리창들이 달려 있다고는 하지만 마치 지하실처럼 외계로부터 격리된 배 안 한가운데의 좌석에 앉아, 시끄러운 잡음을 내며 선실 앞쪽 벽면에 달린 두 대의 TV 화면에서 전개되고 있는 홍콩에서 만든 폭력물 영화를 싫더라도 도리 없이 보며 가지 않을 수 없게 되었으니, 과정이 모두 생략된 채 효율성만을 추구하는 이른바 현대문명이라는 것에 대해 환멸의 느낌을 금할 수 없었다.

충무중학교 과학실의 실험용 탁자에서 준비된 생선회와 소주 및 음료수를 좀 나누어 들고 난 후, 회원들이 작품 발표 및 비평 모임을 가지는 동안 나는 회옥이를 데리고 밖으로 나와 운동장에서 공놀이를 하고 있다가, 선창에 나와 바닷물 위에 뜬 선착장에서 시간을 보내다 과학실로 돌아왔다.

저녁 식사를 마치고 부산여관에다 여장을 풀고서, 주위에 땅거미가 내린 후 일행은 항구 왼쪽 해변의 산기슭을 좇아 난 좁다란 콘크리트 포장도로를 따라 등대가 있는 방파제로 나가 술을 마시고 노래라도 부르며 놀기로 했다. 그러나 막상 어느 어촌 앞 바닷가에 자리를 잡고서 판을 벌일 무렵, 회옥이가 잠잘 시간도 되었고 우리가 있으면 회원들이 거북스러울지도 모르니 먼저 들어가자는 아내의 의견에 따라 열 시 반경에 앞서 여관으로 돌아와, 우리 가족은 방을 하나 따로 잡아서 먼저 자리에 들었다.

15 (일) 아침까지 비 ―욕지도 일주

간밤 자정 무렵에 해변으로부터 돌아오는 소리가 들리더니, 일행 중에는 술 마시며 이야기하느라고 간밤을 꼬박 지새운 분들도 있는 모양이다. 우리 가족만은 푹 자고서 느지막이 일어났다.

조반 전인 여덟 시에 일행은 섬 안을 운행하는 버스를 타고서 욕지도를 한 바퀴 돌며, 해변의 암벽들 및 그 주변 바다와 섬들의 빼어난 풍경을 감상한 다음, 버스가 되돌아가는 지점에서 내려 욕지중학교까지 한 시간 남짓 산길을 산책하여 돌아왔다. 회옥이는 샌들 안에 진흙이 들어가 울상이므로, 도중에 길 가 바위 위로부터 조금씩 떨어지는 물로 씻기고 양말을 신겨 주었더니, 다시 명랑한 표정을 되찾아 남 먼저 활발하게 걸어가고 있었다.

느지막한 아침을 들고 난 후 정오 배를 타고서 충무로 돌아와, 선착장 이층의 다방에서 차를 마시고 충무김밥으로 점심도 나눈 후 헤어졌다. 도동 자형이 이 모임의 총무를 다년간 맡아 보았던지라, 고인과 오랜 교제를 가졌던 사람들이 많은 것이다.

23 (월) 맑음 -상당산성, 초정약수, 월악산 송계계곡

중국연수 제5단 교수친목회 모임이 청주에서 있는 날이라, 아침 일곱 시 40분 발 첫 버스를 타고서 대전으로 향했다. 엑스포 때문인지 좌석이 없어 약 네 시간 동안 서서 가야 하게 되었는데, 조무래기 세 명이 앉은 의자의 통로 쪽 팔걸이에 엉덩이를 조금 붙이고서 앉아 있었더니 통로 맞은편에 앉은 아이들의 부모인 젊은 부부 중 남편 되는 사람이 조금 더 밖으로 내어 앉으라고 두 번이나 말을 걸어오므로 불쾌하기는 하지만 잠 자코 바라는 대로 해주었음에도 불구하고 계속 내 얼굴을 쳐다보며 눈치 를 주는 것이었다. 도중에 칠곡 휴게소에서 잠시 정거하는 사이 밖에 나 갔다 돌아와 보니, 내가 있던 통로 양쪽의 팔걸이는 위로 젖혀지고 아이 하나는 엄마 쪽으로 가고 그 아버지 되는 사람이 내가 걸터앉았던 아이들 좌석의 통로 쪽에 앉아 내가 더 이상 팔걸이에 몸을 의지할 수 없게 조처 해 두고 있었다. 아이들이 입은 티셔츠에 YMCA라는 글자가 찍힌 것으 로 보아 크리스천인 듯한데, 그 가족이기주의에 한심한 생각이 들었다.

대전서 청주 가는 버스로 갈아타서 집합 시간인 정오에서 약 반 시간 가까이 늦게 회장인 농대 남궁달 교수의 연구실에 도착하였는데, 남궁 교수와 청주대학 체육심리 전공의 신준호 교수 외에는 아무도 와 있지 않았다. 한 시간 가까이 기다려 보다가 청주 시내의 신 교수가 아는 한식 점으로 가서 상다리가 부러지게 차린 정식 밥상 겸 술상으로 점심을 들 었다. 나는 그냥 돌아가겠노라고 여러 번 말했지만, 내가 먼 길을 온데다 신 교수도 아직 월악산에 가보지 못했다면서 예정대로 진행하자고 하기 에, 그렇게 하기로 결정짓고 남궁 교수와 나는 청주 근교의 上黨山城에 올라가 시간을 보내다가 오후 네 시 반경에 로열호텔 커피숍으로 가서 다시 신 교수와 합류하였다.

신 교수가 운전하는 차로 우리 일행은 도중에 초정약수에 들렀다가, 연풍 쪽 도로로 해서 목적지인 월악산 송계계곡에 있는 충북대 연습림관 리사무소에 도착하니 제법 날이 어두워져 있었다. 그 부근에 있는 예전 의 충북대 연습림관리사무소 건물로 들어가서 당시의 직원이 경영하는

식당에서 늦은 저녁식사와 더불어 무본주라던가 하는 토속주를 마시다가 별을 보며 돌아와, 작년에 준공했다는 연습림관리사무소 2층에서 담요를 덮고 잠자리에 들었다.

24 (화) 흐리고 오후 한 때 비 -미륵사지, 수안보, 청주 철당간, 대전 엑스포

새벽에 충북대 연습림관리사무소를 나와, 어제 왔던 길을 도로 돌아서 미륵사지를 둘러보고, 수안보에 나와 이미 멋-거리산악회를 따라 와 몇 차례 들렀던 적이 있는 수안보상록관광호텔 공동탕에서 온천욕을 하였다. 그 호텔 한식당에서 해장국으로 아침 식사를 마친 다음 괴산 코스로 하여 一路 청주로 향하여, 한 시간 정도 후에 청주 시내에 도착하였다. 청주 명물인 鐵幢竿을 둘러 본 다음, 시외버스터미널까지 와서 신준호 교수 및 남궁달 교수와 작별하였다.

대전에 다시 돌아와 고속터미널 앞에서 엑스포 셔틀버스로 갈아탄 후, '93세계무역박람회장으로 향했다. 혼자서 박람회장 안을 몇 시간 동안 돌아다니며, 주로 줄을 서지 않아도 되는 국제관들만 골라서 관람하다가, 스리랑카 관에서 스리랑카 음식으로 점심을 들고 세일론 홍차 특급품도 한 통 샀고, 인도네시아 관에서는 발리 및 자바 춤의 공연을 참관하기도 했다. 오후 다섯 시 20분발 시외버스로 밤 아홉 시경이 되어 진주에 당도했다.

9월

12 (일) 아침에 비온 후 흐림 -하동호, 청학동, 삼성궁

아침 아홉 시 반에 우리 아파트 슈퍼마켓 앞에서 권오민 선생 가족 전원과 우리 가족 전원이 만나, 권 선생이 운전하는 차로 함께 奈洞에서 北川·橫川을 통과하는 국도를 따라 청학동 쪽으로 소풍을 나갔다. 근자에 완성된 河東湖 전망대에 잠시 차를 멈추고서 주위의 경관을 감상하다

가, 군데군데 확포장 공사가 진행 중인 도로를 경유하여 묵계에 당도하였고, 거기서 다시 산길로 접어들어 원묵계 마을에 당도하였다. 이 마을은 金馹孫의 '續頭流錄'에 나오는 묵계사가 위치했던 곳으로서, 지금 그 절터에 묵계사를 복원하는 공사가 한창 진행 중이었다. 원묵계 마을에서 도보로 약 40분 거리에 있는 고운동에 이르는 산길로 접어들기 위해 차를 돌렸다가 길을 착각하여 전나무동에 다다랐고, 간신히 차를 빼어 다시 고운재로 향하는 길 어귀에 차를 세워 두고는 얼마간 걸어 삼나무 숲이 시작되는 곳의 어느 무덤가에서 준비해 온 점심을 함께 들었다.

가족들을 대동하여 고운동까지 걸어가 본다는 것은 무리일 것 같아, 식사를 마친 후 도로 돌아 나와 학동 마을 입구의 심마니탑을 바라보며 하동군 청암면 묵계리의 靑鶴洞에 다다랐다. 전국적으로 소문난 청학동을 새로 한 번 둘러보았지만, 지금은 일종의 관광지가 되어 있어 증산도 계통의 更正儒敎를 지향하는 주민들의 고풍스런 생활의 멋은 별로 찾아볼 수가 없었다.

일행이 주차장으로 내려가 있는 동안 나는 혼자서 청학동 입구의 잡화점 옆길을 따라 쌍계사 행 산길로 접어들어, 거기서 얼마간 떨어진 곳에 있는 靑鶴仙院 三聖宮에 다다랐다. 삼성궁이란 桓因·桓雄·檀君의 세 성인을 봉안한 聖殿이라는 뜻으로서, 蘇塗의 성격을 지니고서 祭天儀式을 행하는 동시에 天指花郞에게 忠·孝·信·勇·仁의 五常과 讀書·習射·馳馬·禮節·歌樂·拳博이란 六藝의 道를 가르치는 곳이라고 한다. 성전 입구의 돌로 된 성문 앞에는 이러한 설명 간판과 함께 징이 걸려 있고, 누구든지 참배하고자 하는 사람은 징을 세 번 두드리고서 안내를 받으라고 씌어 있었지만, 한복을 입지 않았다는 등 무슨 까다로운 이유를 붙여 입장을 허락하지 않을지도 모른다는 생각이 들어 그냥 들어가 보았다. 만 평 이상은 족히 됨직한 널찍한 터에 鎭安의 馬耳山에서 볼 수 있는 것과 흡사한 크고 작은 돌탑들이 여기저기에 세워져 있고, 인기척은 전혀 없으나 아주 잘 정비되어 있는 성전다운 곳이었다. 단군의 화상과 '弘益人間' '理化世界'라는 文句가 안치되어 있는 지성소 같은 곳들도 둘러본 다음, 거기서부터 나 있는 돌계단 길을 따라 내려오다 보니 연못 건너편 산비탈에 집이 몇 채 보이고 비로소 사람들의 모습도 보였다. 새삼스레 몸을 숨기는 것도 무엇하고 해서 그냥 내려오고 있으려니 명령을 받은 젊은이가 나와 나를 그 집 마당으로 데려갔다.

삼십대 후반쯤이나 되어 보이는 젊은이가 머리를 길러 뒤로 길게 묶어서 드리우고 수염도 기른 데다가 흰 한복 차림으로 나를 자기 앞에다 세우고는 무단침입에 대해 따지는 것이었다. 내 직업을 묻기에 교직에 있다고 했더니, 자기는 이 마을에서 태어나 한양대 고고학과를 졸업하고 지금까지 삼십 년 정도 여기서 갖가지 사람들을 겪어 보았지만, 국민학교·중학교·고등학교 등 교직에 있다는 사람들이 질적으로 가장 좋지 못하더라는 것이었다. 아마도 자기네의 종교에 대해 냉소적이라는 뜻인 듯했다. 그는 단군의 자손이라면 누구든지 이곳에 들어올 수 있다면서, 다만 기독교를 믿는 놈들은 배달겨레이면서도 스스로를 아브라함의 자손이라고 하는 나쁜 놈들이므로 이런 데 들어 올 필요가 없는 것이라고 했다.

거기서 『배달전서』라고 하는 성경 모양의 책과 안창범 저 『한민족의 신선도와 불교』, 그리고 이곳의 모습을 흑백사진에다 담은 그림엽서 한 권 등을 사서 돌아 나왔다. 나를 입구까지 바래다 준 예쁘장한 얼굴에다 한복을 입고 삿갓을 쓴 아가씨에게 방금 나와 대화한 사람의 신분에 대해 물어 보니, 이 삼성궁 안에서 최고 지위에 있는 사부님이라고 했다. 그 옆집 마당에서 칼 쓰기 연습을 하고 있던 젊은이들은 대학생이라고 들은 바 있으므로 그 아가씨에게도 대학생이냐고 물어 보았더니, 아니라고 하면서 자기는 사부님을 모시는 수좌라고 스스로를 소개하였다.

10월

7 (목) 흐렸다가 오후에 다소 개임 -고운동

중간고사 기간 중인데, 오늘은 철학과 교수가 아무도 감독이 들지 않은 날인지라, 학과장 권오민 선생의 제안으로 지리산 고운동으로 산행을 떠나게 되었다. 오전 열 시 반에 학과장실에서 모여 두 대의 승용차에 분승하여 철학과 교수 일곱 명 전원이 모처럼 야외 나들이에 나섰다. 가을이 무르익어 가는 들녘의 누런 벼들과 코스모스, 그리고 점점 붉은 빛을 더해 가는 나뭇잎의 풍경이 그저 그만이었다.

고운동에 가 본 적이 있는 사람은 나 밖에 없는지라 내가 앞장서서 길잡이 역할을 했고, 고원의 마을에 다다른 후에는 주문한 음식이 마련될 때까지 나 혼자서 고운재를 넘어 지난번 권 선생 가족과 우리 가족이 함께 놀러 와 점심을 먹었던 원묵계 마을 위 숲이 시작되는 지점의 무덤까지 걸어보고서 돌아왔다. 지난 번 등산화는 낡아서 바닥이 떨어졌으므로 버리고 새로 산 등산화를 처음으로 신고 왔는데, 구두가 아직 발에 익지 않아서인지 오르막과 내리막길을 걸을 때 발의 앞뒤 부분이 매우 고통스럽더니, 일행이 있는 곳으로 돌아와 양말을 벗어 보니 여기저기 피부 껍질이 벗겨져 처참한 모습을 드러내고 있었다.

준비해 간 돼지고기를 널찍한 돌멩이 위에다 얹고서 불고기를 만들어 준비해 간 술 및 과일과 김치 등을 곁들여 마신 외에도, 거기서 파는 쇠물팍주에다 닭백숙까지 보태어 포식을 했다. 건너편 박 보살 있는 곳에도 다시 가보았는데, 한양대학의 이수원 교수는 서울로 이미 돌아갔고, 박 보살의 의동생도 이 교수의 장인으로부터 글씨를 받으러 서울에 갔다고 한다. 박 보살은 근년에는 신이 나가 버려서 점을 보지도 않는다고 하는데, 중풍 기운 등이 있어 몸이 편치 못한 모양이었으나 오늘도 우리 일행에게 꿀차를 내놓으며 대접하는 품이 산 속 살림의 넉넉한 인정을 느끼게 하였다.

불교를 독신하는 박선자 선생은 술과 고기 등을 일체 들지 않으므로, 우리보다 먼저 내려가 타고 온 차를 세워 둔 곳에서 혼자 한 시간 반 정도나 기다리고 있었던 모양이다. 정병훈 선생이 산 위의 박 보살 집 옆 빈터에서 농구를 하며 놀다가 타고 온 차의 열쇠를 떨어트려 버리고서 내려온 까닭에 박 선생과 배석원 선생 그리고 나는 먼저 권 선생 차로 덕산까지 내려와 택시를 대절하여 진주로 돌아왔다.

16 (토) 맑음 -치악산 행

집에서 혼자 조디 포스터 주연의 84년도 미국 영화 〈호텔 뉴햄프셔〉를 시청한 후, 처가에다 회옥이를 맡겨두고 온 아내와는 집합 장소인 MBC 로터리에서 합류하여, 멋-거리산악회의 금년도 마지막 행사인 강원도 치악산 안내산행에 참가했다. 두 대의 대절버스에 분승한 80여 명의 참가자들은 밤 열 시 남짓 되어 진주를 출발하여, 거창-김천-상주-수안보-박달재를 거쳐 다음날 새벽 다섯 시가 채 못 되어 치악산 아래의 산행 기점인 윗성남에 도착했다.

17 (일) 흐리고 때때로 약간의 빗방울 후 오후 한 때 우박 -상원사,
    향로봉, 수안보

윗성남에서 어두운 가운데 준비해 온 음식으로 대충 조반을 들고서, 새벽 여섯 시 무렵부터 산행을 시작했다. 여름이라면 이 시각쯤은 이미 훤한 아침이겠지만, 반시간쯤 걸은 후에야 주위가 조금씩 밝아져 오기 시작하였다. 구렁이와 꿩의 전설로 말미암아 원래 赤岳山이었던 이 산의 이름을 현재와 같은 雉岳山으로 바뀌게 하였다는 南台峰 아래의 신라 고찰 上院寺를 거쳐, 능선 길을 따라 한참을 걸은 후 A조와 B조의 코스가 갈리는 향로봉에 다다랐다. 나는 원래 곧은재를 거쳐 정상인 비로봉까지 갔다가 입석대를 거쳐 황골로 내려오는 B조의 완전종주 코스로 갈 예정이었으나, 일기가 불순하여 주위의 조망이 거의 불가능하고 또한 아내가 원하는지라, 종주는 포기하고서 보문사-국향사를 거쳐 향구동으로 내려오는 A조 코스를 택하게 되었다. 아래로 내려오다 보니 날씨가 점점 개어 아직 아름다운 단풍이나 바람에 불려 우수수 떨어지는 낙엽을 감상할 수도 있었지만, 능선 부근은 오후가 되어서야 구름이 서서히 걷히고 있었다.

향구동에서 일행과 어울려 남의 집 옆 텃밭 가운데서 점심을 꺼내 나눠 먹고, 남자 회원들과는 소주도 몇 잔 나누어 마신 후, 오후 세 시경에 출발하여 원주시를 거쳐서 간밤에 통과한 코스를 되돌아 진주로 돌아오

는 도중에 예에 따라 수안보에 들러 온천욕을 하였다. 김천 지나서 송죽 휴게소의 기사식당에서 늦은 저녁도 든 다음, 밤 열한 시 무렵 진주에 당도했다. 도중 여기저기서 이미 추수한 논들이 눈에 띄는 것으로 보아 가을도 이미 무르익었나 보다.

24 (일) 맑음 -적상산, 사고지, 수승대

멋-거리 회원 김양배 씨가 경영하는 등산장비점 장터목산장이 주관 하는 제9차 안내 등산이 있는 날이라, 회옥이는 처가에 맡기기로 하고서 아내와 함께 새벽 일찍 준비하여 오전 일곱 시까지 집결 장소인 장터목 산장에 이르렀다. 마흔 명 남짓이 탄 대절버스가 일곱 시 반에 출발하여 수동-화림계곡-육십령-장계를 거쳐 목적지인 전북 무주군에 있는 해 발 1,034m의 赤裳山 아래 西倉 마을에 다다랐다. 적상산은 언젠가 아내 와 함께 무주구천동에 왔다가 등반을 시도한 적이 있었는데, 그때 구천 동에서 어름 열매를 잘못 먹고서 구토증을 일으켜 도중에 포기하고 만 곳이며, 더구나 가을 단풍이 아름답다는 소문과 함께 『조선왕조실록』이 보관되었던 史庫가 있는 곳인지라 여러 해 전부터 한 번 올라 보기를 원하고 있었던 곳이다.

서창으로부터 이곳에다 산성을 건축했다는 최영 장군의 전설이 서린 將刀바위를 지나 西門址를 통과하여 능선에 올랐고, 병자호란 때 실록을 그 아래 굴속에다 옮겨 보관했었다는 按廉臺를 둘러 본 다음, 조선조 헌 종 5년에 지었다는 安國寺에 이르렀다. 안국사는 능선 건너편에 있었던 것을 양수발전소 건설 관계로 호국사 바로 옆으로 옮겨서 새로 지어 낙 성식을 올린 지 얼마 되지 않는 듯했다. 안국사 앞에서 점심을 들고 북창 방면으로 내려 왔는데, 절까지 차가 드나들 수 있는 도로가 닦여져 있었 고, 댐이 건설되고 있는 현장 바로 위에 史庫址가 있었다. 이처럼 이미 잘 개발되어 있는지라 내리막길은 등산이라 할 수도 없게 되었으므로, 무주구천동을 거쳐 경남 거창군으로 접어들어서는 搜勝臺에 들러 한 시 간 정도 소일하기도 하였다.

31 (일) 맑으나 제법 쌀쌀함 -영남루, 표충사, 재약산

인문대교수회의 연례 친목야유회가 있는 날인지라, 오전 아홉 시까지 집결 장소인 칠암동의 의대 정문 수위실 앞으로 나갔다. 전체 교수의 약 4할 정도가 참여했다고 하며, 각 학과의 조교랑 직원들도 참가하여, 학교 버스로 목적지인 밀양을 향해 떠났다.

남해고속도로를 달리다가 도중에 진영·수산을 경과하는 국도로 접어들었는데, 휴일이라 그런지 시골 길도 정체가 심했다. 밀양에 당도하자 먼저 영남루에 올라 그 주변의 舞鳳寺·阿娘閣·박물관 등을 둘러보았고, 이어서 다음 목적지인 表忠寺로 향했다. 표충사 입구의 여관 촌에서 절 음식과 동동주로 점심을 들고서 사찰 경내를 둘러보았다.

중고등학교 시절 이곳에 더러 들러보기도 했었고, 고등학교 동창인 박곤수 군과 이맘때쯤 표충사에 와서 텐트를 치고 야영한 적도 있었지만, 당시는 인적이 드문 한적한 산골 분위기였으나 지금은 진입로가 2차선으로 포장되고 절 자체도 대대적인 확장공사가 진행 중이며, 승용차와 사람들로 홍수를 이루고 있어서 마치 처음 와보는 곳 같았다. 사찰 경내 사명대사의 유물전시관 등도 둘러보고 난 다음, 류왕표·정헌철 교수와 철학과 및 다른 과의 여자 조교 두 명과 함께 절 뒤의 載藥山 등반에 나섰다. 네 시 반까지 여관촌의 버스 있는 곳까지 집합하라고 하므로, 멀리 가지는 못하고서 진불암 쪽으로 한 시간 정도 오르다가 도중에 내려왔다.

진주로 돌아올 때는 대나무 통과 밀감 껍질에다 소주를 부어 마시고 차례로 노래를 부르며 놀면서 부곡 온천장 옆으로 빠져 구마고속도로에 얹어 왔다. 晩秋의 시골 풍경이 아직 아름답고, 곳곳에 익은 감과 모과 등이 주렁주렁 열렸으며, 논에는 아직도 추수하지 않은 벼들이 더러 눈에 띄었다. 진주에 도착하여서는 우리 아파트 부근의 중국집에서 늦은 저녁을 들고서, 일부는 학장의 초대로 가요방인가로 가는 모양이었으나, 나는 밤 아홉 시 이전에 먼저 돌아왔다.

11월

7 (일) 흐리고 때때로 부슬비 -사량도 지리산·불모산

아내와 함께 장터목산장의 제11차 안내 산행에 참가하여 蛇梁島에 다녀왔다. 이 섬은 충무공의 『亂中日記』에도 가끔 보이므로 오래 전부터 한 번 가보고 싶었던 곳이다. 시외버스 주차장에 아침 여덟 시까지 집결하여 대절버스로 삼천포에 당도했고, 거기서 다시 대절 배로 上島의 돈지리에 당도했다. 능선 길이 시종 칼날 같아 발 디딜 곳을 남겨 두고서는 양쪽이 모두 깎아지른 절벽인데다가 자일을 타고 오르내려야 하는 위험한 바위 절벽도 더러 있었으나, 이따금씩 視界를 가로막는 안개구름을 제외하고서는 남해도에서 固城灣에 이르는 한려해상국립공원의 풍경을 한 눈에 조망할 수 있어 경치가 그저 그만이었다. 맑은 날이면 지리산을 조망할 수 있다는 智異(望)山(398m)을 지나 聖慈庵에서 점심을 지어 먹고, 佛母山(달바위산, 400)·玉女峰(261)을 거쳐 上島를 거의 완전히 가로질러서 면사무소가 있는 진촌에 당도하였다.

그곳의 상점에서 일행 몇 사람과 더불어 막걸리를 주걱으로 퍼 마시다가, 저녁 다섯 시에 타고 왔던 대절 배로 왔던 코스를 거쳐 돌아오는 도중에 갑판 위에서 다시 물메기 회를 안주로 술판을 벌인지라, 삼천포에 당도했을 때는 이미 다리가 다소 휘청거릴 정도로 취했다. 아내가 처제 집에 맡겨 둔 회옥이를 데리러 간 사이에 먼저 귀가하여 시칠리아 기행 프로를 시청하였는데, 무엇을 보았는지 거의 기억에 남아 있지 않다.

14 (일) 흐렸다 개었다 함 -가지산, 운문산, 석골사

아내와 함께 장터목산장의 제12차 안내 등산에 참가하여 嶺南알프스에 다녀왔다. 오전 일곱 시 반까지 멋-거리 회원 김양배 씨가 경영하는 등산장비점 장터목산장 앞에서 집결하여 대절버스로 출발하였다. 오늘은 참가자가 다소 많아 60명 정도의 인원이 되는지라, 멋-거리 회원 등은 승용차 두 대에 나누어 타고서 따로 출발하였다. 지난번 인문대 교수

친목회에서 밀양으로 야유회를 갔을 때와 마찬가지 코스로, 남해고속도로를 경유하여 구마고속도로와 만나는 지점쯤에서 진영·수산을 거치는 국도로 접어들어 밀양 시내에 들어갔다.

옆으로 영남루를 바라보며 표충사 방향으로 계속 가다가, 도중에 꺾어들지 않고 울산행 국도로 바로 달려, 영남알프스의 우람한 산들이 앞뒤 양쪽으로 펼쳐진 남명리 부근에서 승용차로 온 사람들과 합류하였다. 천황산의 얼음골을 바라보며 두 산줄기 사이로 계속 올라가다가, 석남터널 조금 못 미친 곳의 전망대에서 버스를 내려 등산을 시작했다.

골짜기의 급경사를 타고 한참 오르다가, 언양 石南寺가 내려다보이는 능선 길로 접어들어, 해발 1,240m의 영남알프스 山群 중에서 가장 높은 가지산 정상에 올랐더니 안개와 바람이 거칠었다. 능선을 따라 달리듯이 빠른 걸음으로 걸어 아랫재에서 점심을 들고, 아내와 일행 중 3분의 2 이상 되는 사람들은 삼양리를 거쳐 남명리 쪽으로 빠지는 길로 먼저 하산하고, 나는 원래 예정대로 해발 1,188m의 운문산까지 오른 후 석골사 계곡으로 하여 원서리로 내려왔다.

원서리의 주유소 광장에서 나머지 일행이 다 내려오기를 기다려, 다섯 시 반쯤에 진주를 향해 출발하였다. 올 때와는 달리 도중의 국도 상에서 심한 교통정체로 시간이 걸려, 비디오 가라오케로 노래를 부르며 시간을 보내면서 밤 아홉 시 반경에야 집에 당도하였다. 아내가 어떤 할머니를 하루 동안 고용하여 회옥이를 돌보아 주도록 조치해 두었던 모양인데, 돌아오니 할머니는 이미 돌아가고 없고, 회옥이는 점심과 저녁도 안 먹었던 모양이었다.

21 (일) 부슬비 내리고, 산에는 눈 온 뒤 오후에 개임. ─지리산 서북능선

장터목산장의 제13차 안내등산에 참가하여 지리산 서북능 등반에 나섰다. 아침 일곱 시 반에 시내의 장터목산장을 출발하였는데, 일기불순 관계로 예약했던 사람들이 절반 정도 참가하지 않아, 일행은 대절버스의

절반 정도 인원인 26명이었다. 함양을 거쳐 운봉 수철리의 전북청소년 연수원에서부터 등반을 시작하여 世同峙로 올랐다.

이곳은 여러 해 전 초봄에 조평래 군과 함께 한번 올라 보았었는데, 그때는 길을 잃고 눈밭에서 고생을 했었지만, 알고 보니 능선 길을 따라 재에 오르는 길이 잘 나 있었다. 세동재에서부터 지난 번 갔었던 것과는 반대 방향인 바래봉–덕두산을 지나 구인월로 하산하는 계획이므로 오래 전부터 한 번 답파해 보고 싶었던 코스였는데, 산에는 눈이 많이 내리고 능선의 찬바람이 매우 거칠어 바래봉 못 미친 지점에서 운봉목장 쪽으로 하산할 수밖에 없었다.

목장에서 점심을 들고, 남원의 콘도미니엄 지하에 있는 호화판 사우나에 들러 목욕도 한 후, 88고속도로를 경유하여 함양 쪽으로 돌아왔다.

12월

12 (일) 흐리다가 저녁 무렵 개임 –금산 보리암, 남해대교

오후 네 시 가까이 되어 큰처남 내외가 장모님을 모시고서 동서인 황서방네 봉고차를 운전하여 왔으므로, 우리 가족 전원도 동승하여 장모님이 기도하러 자주 다니시는 南海 錦山의 菩提庵으로 놀러갔다. 차로 거의 정상 가까운 곳까지 올라갈 수 있도록 산 뒷부분으로 새 길이 닦아지고 있는 중이었다. 여러 해 전에 상주해수욕장 방향으로부터 가파른 산길을 걸어서 보리암에 올라와 본 적이 있었는데, 그때에 비하면 교통이 많이 편리해 진 탓도 있겠지만, 당시 조그만 암자에 불과했던 이 절에는 못 보던 건물들도 많이 들어서고, 탑 옆에 커다란 石造 관음보살상도 세워져 있었다. 산 위에서 내려다보는 夕陽 무렵의 한려수도 다도해 풍경이 그저 그만이었다.

감기 기운이 아직 남아 있어 오늘 아침부터 다시 단식을 시작하였는데, 두 끼를 굶었더니 증세가 많이 나아지기도 했고, 모처럼 절 음식을 먹어 보고도 싶어, 일행과 함께 여섯 시 저녁 공양의 밥상을 받았더니,

식사를 끝낸 이후부터 다시 기침과 담이 시작되었다. 장모님은 장인어른과 함께 근자에 7박 8일 코스로 태국·싱가포르·말레이시아·홍콩·마카오를 커버하는 패키지여행을 다녀오셨는데, 막내처남의 考試 실패 이후 스트레스가 쌓이신 때문인지 여행 중에 얼굴에 여드름 같은 것이 돋고 얼굴빛이 붉게 달아오르는 증세가 있어, 근자에 다시 닷새째 단식을 하고 계신다고 한다.

돌아오는 길에 노량의 남해대교 아랫마을에 들러 처가의 각 가정에서 김장용 젓갈과 내가 좋아하는 멸치젓 등을 구입하였다. 떠나기 전 아내가 내 머리를 깎아 주고 있는 도중이었는데, 귀가하여 마저 깎고서 밤 열한 시경에 취침하였다.

31 (금) 맑음 -설악산 행

멋-거리산악회의 제71차 안내등반에 참가하여, 아내와 함께 2박 3일간 설악산에 다녀오게 되었다. 처가에다 회옥이를 맡겨두고 온 아내와 밤 일곱 시까지 MBC 로터리에서 회동하여 일곱 시 반쯤에 진주를 출발하였다. 평소처럼 산청-거창-김천을 거치는 코스로 상행하여 버스 안에서 하룻밤을 잤다. 우리 부부가 탄 2호차의 바로 뒷좌석에는 산장카페의 마담 김숙녀 씨가 남동생과 더불어 타 있는지라, 내가 잠깐 의례적인 인사말을 건네기만 해도 아내가 싫어하며 엉덩이를 꼬집는 통에 난처하였다.

1994년

1월

1 (토) 快晴 −백담사, 오세암, 마등령, 비선대, 금강굴

예정보다 한 시간 정도 이른 새벽 네 시 십 분 경에 설악산 용대리에 도착하여, 네 시 반 무렵부터 산행을 시작하였다. 간밤에 많은 눈이 내렸다는 말을 들었으나 별로 눈이 많지는 않고, 날씨가 무척 맑아 휘영청 밝은 달빛에 주위의 경관이 잘 보이는지라, 머리에다 붙인 電燈도 별로 이용할 필요를 느끼지 않을 정도였다. 우리 일행은 관광버스 두 대에 분승해 왔으니 약 90명쯤 되는 모양이다.

百潭寺에 도착했을 때까지만 해도 아직 캄캄한 밤이었다. 거기서 조금 더 올라간 지점에 있는 백담산장에 들러 준비해 간 보온밥통으로 아침식사를 마치고서, 다시 출발할 무렵쯤 되어서야 날이 점차 밝아지기 시작하였다. 金時習·普雨·韓龍雲 등과 인연이 깊은 五歲庵을 거쳐, 정오 무렵 마등령에 올라 점심을 들었다. 비선대까지 내려와서는 이쪽 골짜기로 처음 온 아내에게 금강굴에서 바라 본 천불동과 공룡능선이 펼치는 壯觀을 보여 주기 위해 쇠계단을 밟고 로프로 몸의 균형을 유지하기도 하면서 약 200m 정도의 가파른 절벽을 올라가 보기도 했다.

설악동으로 하산하여, 例의 낙산유스호스텔에 와서 일박을 하게 되었다. 아내가 우리 부부가 잘 방을 따로 잡아 두었으므로, 밤에 다른 멋-거리 회원들과 어울려 돼지불고기를 안주로 소주잔을 잠시 기울이다가 일찌감치 잠자리에 들었다. 무려 열세 시간 정도 등산을 한 셈이라 꽤 고단하였다.

2 (일) 쾌청 -낙산해수욕장, 백암온천

아침 일곱 시에 조반을 들고, 짐을 챙겨 버스를 타고서 낙산해수욕장으로 나가 유명한 동해안의 일출을 구경하였다. 일곱 시 45분경에 해가 떴는데, 예상보다도 훨씬 빠른 속도로 떠올라 십 분쯤 될까 말까 하는 사이에 금세 하늘로 솟구쳤다.

동해안을 따라 계속 내려와서 백암온천에 들어 중식과 온천욕을 하고, 포항 부근까지 오니 벌써 날이 어두워졌다. 교통 체증으로 예정보다 시간이 꽤 지체되었으나, 술을 마시고서 두어 시간 잠이 들어 있다가 깨어 보니, 벌써 진주 지적인 의령군 大義의 정거장에 버스가 닿아 있었다. 지름길로 왔기 때문에 밤 11시가 채 못 되어 집에 당도할 수가 있었다.

16 (일) 흐리고 오후에 비 -선암사, 조계산, 굴목이재

아내와 함께 한백산악회의 시민안내산행에 참가하여, 全南 昇州郡의 仙巖寺 및 그 뒷산인 한국 불교의 聖地 曹溪山에 다녀왔다. 17번 버스를 타고 가다가 처가집 앞 정거장에다 회옥이를 내려 주고, 아내와 나는 공설운동장 정문 입구로 갔다. 한백산악회의 이 산행은 ≪신경남일보≫를 통해 알았는데, 이 산악회는 결성한 지가 아직 일 년도 채 못 되는 모임으로서 오늘 처음으로 一日會員을 참가시켰다고 한다. 나로서는 거의 다 낯선 사람들이고 다만 지난 번 설악산 백담사 코스 산행 때 역시 일일회원으로 참여했었던 아가씨 한 명만이 안면이 있었다.

일행이 모두 도착하기를 기다렸다가, 오전 아홉 시 남짓 되어 45명이 버스 한 대로 운동장 앞을 출발했다. 선암사 입구에서 버스를 내려, 이 절에 처음 와 본다는 아내를 안내하여 경내를 한 바퀴 돌아본 다음 등산을 시작하였다. 知訥이 住錫했다고 하는 大覺寺(西庵)를 지나 계속 가파른 산길을 따라 올랐는데, 소장군봉 및 향로암 터를 지나서 얼마를 더 올라가니 정상인 해발 884m의 將軍峰이었다. 정상 부근에서 점심을 나눠 들고서, 시간 관계로 松廣寺 쪽으로는 건너가지 않고서, 배바구라는 큰 바위 있는 곳을 경유하여 계속 내려와 계곡을 따라 걷다가, 선암굴목

이재로 해서 自然步道에 합류하여 선암사 입구로 도로 돌아왔다. 집에 도착하니 아직 여섯 시 반 무렵이었다.

2월

4 (금) 흐리고 낮 한 때 눈 -경기전, 전주사고지, 전주성당, 풍남문, 수덕사

충남 예산군 修德寺에서 열리는 한국동양철학회의 동계 학술발표회에 참석하기 위해 새벽 여섯 시의 시외버스를 탔다. 며칠 전 함양의 金侖壽 씨로부터 전화가 걸려와 함양에서 만나 같이 가기로 약속한 바 있으므로, 먼저 함양에 당도하여 김 씨와 만나 잠시 그의 집에 들르기도 했다.

둘이서 전주에 당도한 후 慶基殿과 그 구내에 있는 肇景廟·全州史庫址·睿宗胎室 등을 둘러보고, 그 바로 부근에 있는 고색창연한 全州聖堂에도 들러 正祖期 최초의 천주교 박해의 계기가 된 이른바 珍山事件의 중심인물인 尹持忠·權尙然이 처형된 현장을 둘러본 다음, 豊南門에 올라 사진을 몇 장 찍기도 했다.

둘이 다 아직 가보지 못한 군산과 장항을 거쳐 가기로 작정하였으므로, 군산에 들러 홍어 찜으로 점심을 들고, 부두에 나가 배로 장항에 닿았더니 꽤 많은 눈발이 날리기 시작했다. 장항선 기차 시간에 맞추기 위해 읍내를 산책하고 다방에 앉아 있기도 하다가, 열차를 타고 수덕사에서 가장 가까운 삽교역에 하차했다. 군산에서부터 기차를 타고서 삽교역에 도착하기까지 계속 『남명집』의 판본 문제에 관한 서로의 입장에 대해 의견을 나누었고, 허권수 선생과 나의 불화에 관한 이야기도 하였다.

군산에 닿은 후부터 장항선 열차를 타기까지 배와 기차 시간에 맞추기 위해 꽤 오래 기다려야 했으므로 수덕사에 도착했을 때는 이미 어둑어둑해 질 무렵이었고, 세 사람의 발표가 끝난 다음 학회의 회원들은 저녁 식사를 마치고서 휴식하고 있는 중이었다. 마지막 한 사람의 발표가 끝난 후 종합 토론이 있었는데, 오늘의 감사 보고를 내가 행하는 것으

로써 지난 2년간 이 학회의 감사 역할은 끝내고 새로운 임원들이 선출되었다. 尹絲淳 전임 회장을 이어 동국대의 宋錫球 교수가 새로운 회장으로 추대되었다.

총회가 끝난 후 절 입구에서 신임 회장과 더불어 여러 사람들이 함께 술을 마시는 자리가 있었는데, 밤늦게까지 마시다가 여관에 들러 나는 송 회장과 둘이서 같은 방에 투숙하게 되었다.

5 (토) 맑음 -수덕사 대웅전

잠을 깨고 보니 내 옆에 누운 사람은 송석구 회장이 아니라 성균관대학의 송하경 학장이었다. 어제 안동대의 양재열 교수와 더불어 양 교수의 차로 남원 부근까지 동행하기로 약속하였으므로, 자고 있는 송 교수는 그냥 두고서 나 혼자 일어나 절로 올라가 보았더니, 이미 여덟 시가 지난지라 양 교수 뿐만이 아니라 다른 회원들도 거의 다 떠난 후였다. 새로 지은 白蓮堂에서 남아 있는 몇몇 교수와 더불어 대화를 나누고, 고려시대에 지어졌다는 실로 아름답기 그지없는 국보 건축물인 대웅전을 두어 바퀴 돌며 그 美를 찬찬히 뜯어보고서, 鏡虛와 滿空이라는 한국 최근세 불교의 대명사인 두 禪師의 자취가 어린 德崇叢林을 뒤로 하였다.

3월

6 (일) 흐림 -영암사지, 황매산 모산재

아내와 함께 아침에 공설운동장 입구 로터리 부근에 있는 서부낚시등산전문점으로 가서, 거기에 모인 일행 16명과 함께 黃梅山 등반을 떠났다. 이곳 상점은 두 달 전에 개업했다고 하며, 하나로산악회라는 것을 결성하여 오늘 그 첫 산행에 나서는 것이라고 하는데, 山莊카페의 金淑女 씨도 친구들과 함께 참가해 있었다.

두 대의 봉고차에 분승해서 오전 아홉 시경에 출발하여, 院旨·端溪를 지나 嘉會面 소재지인 德村 마을에서 왼쪽 산길로 접어들어, 오도리를 거쳐 황매산 기슭에 자리 잡은 통일신라시대의 고찰인 靈岩寺址 옆에서 내려 등산을 시작했다. 영암사는 산기슭의 좁은 터전에다 돌로 축대를 쌓아 절을 조성하였는데, 뜻밖에도 삼층석탑·돌사자石燈·龜趺 등 세 종류의 각각 보물로 지정된 문화재가 소재해 있고, 두 군데로 나뉜 절의 遺構도 잘 보존되어 있었다.

영암사의 귀부가 있는 절터를 지나, 바위산의 장려한 풍경을 감상하기에 가장 적합한 능선 코스를 택해 올랐고, 그 정상에서 준비해 간 술과 불고기 안주 등으로 점심을 든 다음, 건너편 능선으로 하여 다시 영암사 쪽으로 하산하였다. 풍경은 수려하였으나, 진주에서 가깝고 또한 산 바로 턱밑까지 차를 타고 들어간 까닭에 실제의 등산 코스는 별로 길지 않아, 오후 네 시 반 쯤에 집에 당도하였다.

20 (일) 오후에 흐리고 가끔씩 비 −응석사, 집현산

점심을 들고 난 후 아내와 함께 산책 삼아 集賢山 등반에 나섰다. 집현산은 해발 572m로서 진양군 내에서는 가장 높은 산이라고 하는데, 지금은 산 중턱 이리저리로 차가 다닐 수 있는 도로가 나 있어, 등산이라기보다는 산책이라 하는 편이 적당할 정도이다.

오후 한 시 십 분 발 시외버스로 우선 凝石寺에 당도하여, 절을 둘러본 다음 등반을 시작했다. 정상까지 가보려 했으나 정상으로 올라가는 길이 보이지 않으므로, 남의 무덤으로 올라가는 길을 따라 잡목을 헤치며 한참 전진해 보다가, 거의 길이 보이지 않게 된 지점에서 도로 돌아내려왔다. 다시 원지 방향으로 난 도로를 따라 계속 걸어보다가 길이 끊어진 지점에서 왔던 길로 도로 돌아 나와, 반대편 산중턱의 지은 지 얼마 되지 않는 月明庵이라는 절을 거쳐, 계속 산복도로를 따라 걸어서 미천면의 안간리 위쪽 마을로 빠져나와, 송계 방향에서 오는 시외버스를 타고 돌아왔다. 아내와 함께 다니면 피차 좋은 즐거운 면도 있으나, 나아갈 방향 등에 관해 서로의 의견이 맞지 않아 부자유스러운 점도 적지 않으므로, 一長一短이 있는 듯하다.

4월

3 (일) 화창한 봄 날씨 -의상봉

한국환경보호협회 진주지부에서 주최하는 거창군 가조면 비계산 의상봉 등반에 참여하기 위해 오전 여덟 시 쯤에 아내와 함께 집을 나서 집합장소인 중안국민학교 앞의 협회 사무실에 당도하였다. 나는 이즈음 매일 출근하면 연구실로 가기 전에 먼저 인문대 3층의 교수휴게실에 들러 커피 한 잔을 타 마시며 읽는 ≪신경남일보≫의 광고란에서 매주의 등산 정보를 얻고 있다. 알고 보니 이 모임은 작년 어느 비 오던 날에 지리산 벽소령 등반을 위해 한 번 참가한 적이 있었던 도동의 메아리산악회 회장이 예전의 산악회를 해체하고서 새로 조직한 것이었다. 그러나 그 당시는 버스 한 대로 부족하여 두 대에 분승할 정도로 참가자가 많았었는데, 이 모임을 시작한 이후로는 매번 스무 명 안팎의 인원 밖에 모이지 않는다고 하며, 오늘은 어린이까지 합해도 열댓 명 정도 밖에 되지 않았다.

義湘峰은 해발 1,046.2m의 高山으로서, 전국 100개 명산을 소개하는 成地文化社의 『등산안내지도』에도 올라 있으며, 내가 과거에 답사 차 거창의 가조면을 경유하게 되었을 때마다 면소재지의 뒤편을 병풍처럼 두르고 있는 바위로 된 비계산의 장중한 모습에 깊은 인상을 받은 바 있었으므로 이번 등반에 참가하게 된 것이다. 계곡 코스를 따라서 高見寺를 경유하여 왕복한 등산길에는 별로 시간이 걸리지 않았으나, 돌아오는 버스 안에서 중년 남녀들이 음악을 틀어놓고 좌석 복도에서 어울려 어지럽게 춤을 추다가, 도중에 몇 차례 정거하여 하차해서 또 춤을 추곤 하노라고 시간이 지체되어, 일곱 시 45분경에야 집에 당도할 수가 있었다. 우리 부부는 교수로서의 체면도 있거니와 그러한 익숙지 못한 분위기에 도저히 어울릴 수가 없어, 비교적 앞자리에 따로 나란히 앉아 억지로 시키는 노래나 두 차례 부른 다음 조용히 돌아왔다. 완연한 봄 날씨이며, 도중에 보니 여기저기에 벚꽃과 개나리가 피어 있고, 수양버들에도 새 잎이 돋아나고 있었다.

10 (일) 화창한 봄날 -괘관산

在晉서울대동문회에서 취미 별로 여러 傘下 모임들을 만들어 이 달부터 그 본격적인 활동을 개시하게 되었는데, 나는 등산모임에 참가하여 아내와 더불어 그 첫 산행지인 함양군 서하면과 병곡면 사이에 있는 掛冠山에 다녀왔다. 원래 오늘 모임은 동창들끼리만 가기로 되어 있었는데, 동문 중 공대 무기재료공학과에 근무하는 황규홍 선생이 부인을 대동하여 왔으므로, 구색을 맞추기 위해 축산과의 박충생 교수와 나도 집으로 전화하여 同夫人하게 된 것이다.

동창회장인 정경태 내과병원장 한 사람을 제외하고 나머지 남자 여섯 명은 다 본교 교수들이었다. 모두 열 명이 세낸 봉고차에 타고서 벚꽃과 개나리가 절정인 지리산 동쪽 도로를 달려, 安義에서 멈추어 음식물을 다소 장만하고서 花林계곡으로 들어가 한참을 간 후에 등산길로 접어들어, 가파른 산길을 상당히 더 올라간 후 차에서 내려 등반을 시작하였다. 중문과의 姜信雄 교수가 등산 클럽의 간사인 셈인데, 정경태 원장이나 동창회 부회장이자 차기 본교 총장 후보의 한 사람인 박충생 교수는 연세도 있고 등산 경험이 없으므로, 정상까지는 가지 않고 능선 코스로 그 옆에 있는 바위 봉우리까지 올랐다가 돌아왔다.

진주로 돌아오는 도중에 원지에 있는 박충생 교수의 농장에 들러 오늘 짠 젖소의 우유 한 잔씩을 대접받고, 원지 명물인 어탕을 반주의 안주로 저녁 식사를 하며 술을 마셨다.

17 (일) 맑음 -대둔산

청림산악회의 월례 산행에 동반하여, 아내와 함께 전북 완주군 운주면과 충남 논산군 벌곡면의 경계에 위치한 높이 877.7m의 도립공원 大芚山에 다녀왔다. 오전 여덟 시 반에 봉곡로터리 옆의 경남은행 앞에 집결하기로 되었는데, 참가자가 많아 대절버스 두 대로도 부족하여 일부 서서 가는 사람들도 있었다. 철학과 대학원생인 안명진 군과 멋-거리산악회의 회원 및 작년의 첫 번째 고운동 산행에서 만났던 지수면 농협지점장 등 낯익은 사람들도 몇몇 보였다.

버스는 안의의 花林溪谷을 경유하여 육십령을 지나 무주 쪽으로 향하다가, 도중에 잠깐 졸다 보니 이미 충남의 금산에 닿아 있었다. 거기서 다시 임란 때 권율 장군이 승전한 격전지라고 하는 兩道의 경계 지점인 배티재(梨峙)를 지나 전남 쪽으로 가서 주차장에 당도하였다. 도중에 보니, 진주에서는 이미 벚꽃과 개나리·목련 등이 모두 져버렸지만, 화림계곡 부근에서부터는 아직도 벚꽃이 한창이었다. 매표소를 통과하여 조금 올라간 지점에 있는 빈터에서 산악회 측이 준비한 주먹밥과 약간의 반찬으로 점심을 들고서 잠시 회의를 한 후 산행을 시작하기로 되었는데, 나는 버스에서 옆 자리에 앉았던 멋-거리 회원 및 농협지점장과 함께 회의에 들어가기 전 먼저 출발하였다.

아내는 천천히 오겠다고 하여 동행하지 않았었는데, 도중에 정상 쪽으로 향하는 금강구름다리에 올라서 내려다보니 아내가 그 아래 휴게 지점에까지 올라와 있었으므로, 아무리 불러보아도 들리지 않는 모양인지 반응이 없었다. 그러다가 얼마 후 아내는 혼자서 왔던 길로 되돌아가려 하고 있으므로, 내가 도로 내려가서 계단에서 아내를 불러 세워 데리고 올라왔다. 아내는 겁이 많아 그 다음의 삼선구름다리를 오를 때에도 한 사코 오르지 않고 그냥 돌아가겠다고 하므로 달래어서 데리고 올라가는 데 한바탕 애를 먹었다.

정상에 올라서부터는 우리는 사람들이 시장바닥처럼 북적대는 왔던 코스를 피해 낙조대 쪽으로 향하였고, 낙조대 못 미친 지점에서 아내는 다른 여자 일행 한 명과 더불어 먼저 하산하고, 우리들 남자 세 명은 낙조대까지 올라갔다가 뒤따라 내려왔다. 그러나 또 도중에 수통에다 약수를 채우기 위해 대왕암약수 쪽의 오솔길로 접어들었다가, 거기서 주차장 쪽으로 향하는 지름길이 보이므로, 지름길로 하여 돌아왔다.

주차장에 당도해 보니, 버스의 출발 예정 시각인 오후 다섯 시가 가까워 왔건만 아내 일행은 보이지 않는지라, 내가 택시를 잡아 청림산악회장과 함께 하산 지점인 배티재까지 올라가 보았으나 헛걸음이었는데,

도로 돌아와 보니 이미 주차장에 당도해 있었다. 엉뚱한 코스로 갔다가 어떤 청년들의 차에 동승하여 집합장소까지 돌아왔다고 한다.

돌아오는 버스 속에서는 처녀들까지 포함한 아낙네들이 남자들과 어울려, 고막이 터질듯 차내에 울려 퍼지는 음악 소리에 맞추어 디스코를 추는 통에 차가 다 울렁거릴 지경이었다. 밤 아홉 시 반경에 집에 당도해 보니 회옥이는 이미 잠들어 있었다.

24 (일) 맑음 -정수산, 율곡사

아내와 함께 문리대 선배인 중문과의 姜信雄 선생이 회원으로 있는 望京山岳會의 山淸 淨水山 등반에 참여하였다. 정수산은 해발 830m의 그다지 높지 않은 산인데, 德溪 吳健이 젊은 시절 공부하던 곳이다. 사회학과의 김현조 교수도 이 산악회의 오랜 회원이며, 이정한 전 총장도 한 때 이 산악회에 나오고 있었다고 한다. 김 교수는 근자에 거의 모습을 보이지 않는다더니, 오늘은 모처럼 참가하여 함께 가게 되었다.

스무 명 남짓 되는 일행이 봉고차 두 대에 분승하여, 산청 가는 국도를 따라 가다가 정곡 마을에서 오른쪽 방향으로 꺾어 들어 산 아래의 척지 마을에서 하차하였다. 거기서부터 등산을 시작하여, 길도 없는 잡목 숲을 헤치고 오르다가 도중에 길을 만나 정상에까지 순조롭게 다다를 수가 있었다. 정상에서는 앞쪽으로 지리산의 천왕봉과 웅석봉, 뒤쪽으로는 합천의 황매산, 바로 옆으로는 둔철산이 건너다보이고, 또 한쪽 방향으로 비슷한 높이의 이름 모를 연봉들이 길게 펼쳐져 있어 전망이 좋았다.

정수산에서 능선을 따라 새봉 쪽으로 옮겨 갔다가, 그 정상에서 점심을 들었다. 거기서 우연히 부산 및 거창 지역의 산악회와 합동으로 우리와는 반대 방향에서 올라오고 있는 멋-거리산악회 회원들을 오랜만에 만났다. 여전한 모습들을 보니 반가웠다. 점심을 든 후 율곡사 쪽으로 내려 와 절 입구의 나무 그늘에 드러누워 한 잠 자기도 하면서 봉고 버스를 기다리다가, 차가 좀처럼 나타나지 않아 슬슬 걸어 내려오기도 했다. 도중의 어느 마을 옆 언덕의 느티나무 아래에서 바람을 쐬며 한참 쉬면서 또 술을 마시기도 하였는데, 일행 중 어떤 사람은 그 주위에서 달래를 캐고 있었다.

5월

1 (일) 흐림 ―웅천, 용원, 가덕도

종들의모임 대회에 참가하기 위해 아침 식사 후 일찌감치 출발하여 마산과 진해에서 각각 버스를 갈아타고서, 아홉 시 반쯤에 熊川의 대회장에 당도했다. 대회는 지난주 수요일 저녁부터 진해(웅천)·삼포리·완도·서울(일산)에서 동시에 개최되어 오늘로써 마치게 되는데, 예년처럼 특별히 이 모임을 위해 해외로부터 여러 선교사 및 신도들이 와서 참석해 있었다. 나는 오전 모임의 방혜숙·캐럴 넬슨·데일 스펜서 씨의 설교와 참석한 신자들의 간증만을 경청하였다.

장기려 박사와 유순한 여사 및 장 박사가 인도하던 부산모임에서 낯이 익은 사람들도 물론 참석해 있었다. 장 박사는 지난번 두리가 와서 그 댁에 머물고 있었을 때 찾아뵈었을 당시보다 상태가 많이 좋아져 보였다. 유 여사는 얼굴 모습도 붉은 버짐 같은 것이 피어 더 늙어 보였고, 처음에는 나를 잘 알아보지 못하는 듯했다. 장 박사 및 시카고에서 이 대회를 위해 일부러 방문했다는 재미교포 정 선생이라는 분과 한 동안 서서 대화를 나누다가, 패터슨 선교사와 함께 점심을 든 후, 나는 대회장을 떠나 혼자서 용원으로 갔다.

용원은 무슨 단지를 조성하느라고 바다를 매립하고 있을 뿐 아니라 주변의 산도 많이 깎여져 가고 있고, 부락의 집들도 대부분 철거 중이라 꽤 을씨년스런 모습이었다. 미화의 생모인 내 첫 번째 계모의 언니가 이웃 송정리에 살고 있었으므로 중고등학생 시절 이곳에도 더러 들른 적이 있었는데, 예전의 한적했던 어촌 모습이 조만간 흔적도 없이 사라질 지경이었다. 가락국 김수로왕의 왕비가 된 허황옥이 인도로부터 돌로 된 배를 타고서 상륙했다는 전설의 고장이 바로 이 마을인지라, 그것을 기념하는 비각은 먼지에 덮인 채 아직 남아 있었고, 마을 뒤편의 언덕을 하나 넘어서면 바로 이충무공의 전적지인 安骨浦이다.

용원 선창에서 도선을 타고 加德島에 들어가 보았다. 천성에서 배를 내려 산길을 반시간 정도 걸어서 대방 마을에 이르렀고, 거기서 그다지 멀지 않은 곳에 위치한 섬 반대편 해안의 새바지 마을까지 걸어가 보았다. 일본 사람들이 해변의 바위 언덕을 깎아 터널식으로 만든 포대의 자취를 볼 수가 있어 허리를 꾸부리고서 그 안에까지 들어가 보았다. 도로 대항마을로 걸어 나와, 다시 언덕을 하나 넘어 섬의 남쪽 끄트머리 부근이자 도선의 종점인 외항포 마을에 이르렀다. 몇 채 되지 않는 이 마을의 집들은 언젠가 TV에서 본 적이 있는 바와 같이 露日戰爭 당시 일본이 전쟁을 수행하기 위한 병참 기지로서 만들었다던가 하는 官舍 식의 건물들이었다. 그 집들에 거주하며 낚시꾼이나 관광객을 상대로 민박업을 하고 있는 주민에게 물어 보아도, 일제 시절 포병이 주둔하고 있었다는 정도로만 설명할 뿐 자기네 마을의 내막에 대해 잘 알지 못하고 있었다.

3 (화) 흐리고 때때로 부슬비 -제주도 서부

철학과 3학년의 지도교수로서, 졸업여행에 동행하기 위해 오전 7시 30분 무렵까지 등산복과 배낭 차림으로 집합 장소인 가좌캠퍼스 정문 앞으로 나갔다. 한 학년 정원 40명 가운데서 열 명 정도 밖에 참가 신청자가 없는지라, 사회대 무역학과와 동행하기로 합의되어 있었던 모양이지만, 무역학과의 경우는 60명 정원 가운데서 여덟 명 정도 밖에 신청하지 않아 다음 기회로 연기하게 되었다 한다. 할 수 없이 우리 과 학생 열 명과 인솔교수인 나까지 합하여 열한 명으로 출발하게 되었다.

공대의 어느 과와 같은 버스를 타고서, 김해공항으로 나가 비행기 편으로 제주공항에 당도하였고, 대기하고 있던 봉고로 바로 서부지역 관광에 나서 우선 제주시의 용두암으로부터 시작하여 한림공원의 쌍룡굴·협재굴, 화순 부근의 山房窟寺, 중문단지의 如美地식물원과 천제연폭포, 그리고 서귀포의 천지연폭포를 둘러 본 다음, 해가 진 후 서부산업도로를 경유하여 제주시로 돌아와 老衡洞 926-3번지에 있는 뉴제주호텔 3층에 투숙하였다. 원래 오늘 밤은 서귀포에서 숙박하기로 이 여행 일정을 맡은 크라운여행사 측과 합의가 되어 있었지만, 관광 시즌이라 방을 확보하기가 어려웠던지 제주시로 돌아올 수밖에 없었다. 남녀 학생들은 오늘 밤에 한하여 한 방에 모두 합숙하게 되었고, 나도 본교 공대의 다른 인솔교수 한 명과 더불어 306호실에 들었다.

오늘 관광지 및 호텔 등 곳곳에서 본교 다른 학과의 인솔교수들과 마주치게 되었고, 심지어는 본교 사대부고 학생들까지도 이리로 수학여행을 와 있었다.

4 (수) 맑음 -제주도 동부

오전 중 먼저 제주시 일도동에 있는 민속자연사박물관을 관람한 다음, 東側第一橫斷道路, 즉 5.16도로를 따라 한라산 쪽으로 올라가 木石苑을 둘러보고, 산굼부리 분화구를 거쳐서 성읍의 민속촌에 들렀다. 거기서 제주도 사투리를 쓰는 비바리의 설명을 들은 다음, 기념품으로 오미자차를 구입하고, 제주 명물로 알려진 똥돼지 불고기와 좁쌀 막걸리로 점심을 들었다.

식후의 노곤함 때문에 다시 봉고차에 오르자 금방 졸음이 왔다. 성산일출봉에 또 한 번 올라 주위의 수려한 경관을 조망하고, 내려와 기념품점에서 회옥이에게 줄 오줌싸개 소년 인형과 아내에게 줄 목걸이를 하나씩 구입하였다. 비자나무 가로수 길을 따라 만장굴에 이르러, 세계 최장으로서 기네스북에도 올라 있다는 용암 동굴 안을 왕복 2km 정도 산책하였다. 호텔로 돌아오는 도중에 예정에 없던 함덕해수욕장에 들러 기념사진을 촬영하기도 하였다.

우리 일행 중 남학생 두 명은 가짜 땋은 머리를 하고 수건으로 동여매는가 하면, 군용 워커 구두 옆에다 잭을 달기도 하여 TV의 쇼 프로에 나오는 가수 같은 희한한 차림을 하고서 연방 농담을 내뱉는 통에 시종 웃음꽃이 만발하였다. 젊은 학생들과 어울려 있으니, 나도 중년의 나이를 잊고 그들과 같은 대학 시절로 되돌아 간 듯한 기분이었다. 출발할 때에는 한두 명 밖에 알지 못했던 지도학생들의 성과 이름도 이럭저럭 거의 다 기억할 수가 있게 되었다.

간밤에 같은 방을 썼던 공대 교수는 이미 떠났는지 더 이상 보이지 않아 오늘 밤부터는 독방을 쓰게 되었고, 여학생 세 명도 따로 한 방을 배정받았다.

5 (목) 흐리고 오전 한 때 부슬비 –성판악, 진달래대피소

한라산 산행을 하기로 되어 있는 마지막 날이다. 다섯 개의 정상 등반 코스 가운데서 세 코스는 현재 막혀 있으므로, 대체로 여행사 측에서는 무리가 가지 않는 성판악 왕복 코스를 잡고 있는 모양이었지만, 우리 일행은 나의 의견에 따라 성판악으로 올라가 탐라계곡을 따라 관음사 쪽으로 하산하는 열 시간 코스를 택하기로 하였다.

그러나 성판악 휴게소 부근에 다다르니, 넘쳐나는 차량의 혼잡으로 말미암아 휴게소에의 접근이 용이하지 않아 도로 위에서 한 시간 이상을 지체하였고, 또 막상 등반을 시작할 무렵에는 악천후로 말미암아 진달래 대피소까지만 등반을 허용한다는 방송이 있었다. 우리는 이왕 내친 김에 예정된 코스를 답파하기로 마음먹었다. 그러나 산길에 들어서 보니, 오르고 내리는 등산객들로 말미암아 진주의 중앙시장보다도 오히려 더 붐비고 있어 등반에는 예상했던 것보다도 훨씬 더 많은 시간이 소요되었고, 진달래대피소 쯤에 이르자 추위로 말미암아 더 이상 등반을 감행한다는 것이 무리라는 판단이 들어, 올라갔던 코스로 되돌아오기로 하였다. 대피소 좀 밑의 숲속에서 준비해 간 도시락으로 점심을 드는데, 너무 추워 다들 젓가락질도 제대로 하지 못하고 사시나무 떨 듯하고 있었다.

일찌감치 숙소로 돌아와 더운 물로 목욕을 하고서 저녁 식사를 전후하여 한 시간 정도씩 눈을 붙인 다음, 밤 열 시 반쯤에 학생들을 따라 나이트클럽으로 가서 놀다가 두 시 가까이 되어 호텔로 돌아왔다. 기본 입장료 외에 추가로 주문한 안주와 술은 내가 부담하였고, 학생들과 어울려 모처럼 대학생 시절의 기분을 내어 강렬한 리듬에 맞추어서 춤도 추었다.

6 (금) 맑음 -완도, 광양제철소

새벽에 일어나 식사를 하고는, 여섯 시 사십 분에 호텔 앞에 도착한 봉고를 타고서 歸途에 올랐다. 舊濟州市에 있는 부두로 가 일곱 시 반경에 출항하는 완도행 페리에 승선하고서, 세 시간 남짓의 항해 도중 시종 3층의 갑판에 나와 가져갔던 소형 망원경으로 주위의 섬들을 지켜보았다. 바다 외에 아무것도 보이지 않을 동안은 벤치에 앉아 졸기도 하였다.

배가 완도에 접근해 갈 무렵부터는 孤山 尹善道의 '어부사시사'의 무대가 되었던 보길도랑, 지금은 마산에 살고 있는 나의 첫 연인 裵貞善이 시집가서 해운항만청인가의 관리인 남편이 등대 관리원으로서 파견 근무 나와 있는 임지를 방문하여 일몰의 아름다움을 적어 보내 준 바 있었던 바로 그 청산도의 모습 등이 시야에서 사라질 때까지 망원경을 통해 계속 지켜보았다.

완도 항에 도착한 이후에는 배에서 동행했던 본교 사회학과의 졸업여행단과 함께 같은 여행사에서 준비해 준 버스를 타고서, 장보고의 청해진 본부가 위치해 있었던 將島를 바라보았다. 육지인 해남군의 경계로 들어서는 군청 소재지 쪽으로 향하지 않고서 康津灣 쪽으로 접어들어 도로가에 정다산의 유배지 표시가 있는 다산초당 부근을 지나 지름길로 강진 읍내를 거쳐서 보성의 주유소 옆 식당에서 하차하여 점심을 들었다. 제주에서 먹든 음식들과는 차원이 다를 정도로 풍부하고도 맛있는 반찬들이라 다들 호남의 음식 문화가 어떠한지를 다시 한 번 실감하였다.

도중에 약 사십 분 정도 광양제철소에 들러, 세계 최대 규모라고 하는 이 공단의 시설들을 버스에 탄 채 안내원의 설명을 들어가며 한 바퀴 둘러본 다음, 완제품 강판이 만들어져 나오는 최후의 공정인 열연 공장의 내부를 걸어가며 견학하기도 한 다음, 3박 4일의 전 일정을 무사히 마치고서 출발 지점인 학교 정문 앞에 당도하였다. 그러나 학교 안 인문사회관 앞 광장에 차가 잠시 정거하였을 때, 짐칸에 두었던 나의 등산용 배낭이 사회학과의 것으로 착각되어 내려져 버렸기 때문에, 철학과 인솔 학생들과 작별하여 도로 학교 안으로 들어가, 노승수 군이 내 배낭을 찾아 올 때까지 대기하고 있다가, 퇴근 버스로 귀가하였다.

캠퍼스 내에는 마침 오늘 오후부터 내일까지 본교에서 개최되는 부산·경남지역 총학생회 연합(부경총연) 출범식 관계로 이 지역의 대학생 3천여 명이 본교에 모인 관계로, 학내는 온통 대형 깃발을 들고서 구호를 외치며 행진하는 학생들과 온갖 종류의 게시물들로 하여 술렁거리고 있었다.

8 (일) 맑음 -방어산, 덕천서원, 산천재

아내와 함께 망경산악회의 제7회 防禦山祭 산행에 동참하여 진양군 智水面에 있는 방어산에 올랐다. 학림회 선배인 김현조 선생과 강신웅 선생도 동행하였다. 산 정상의 땡볕 아래서 제사지내는 모습을 지켜보고서, 祭需를 가지고 점심을 나누어 먹었다. 나도 이 산악회의 회원은 아니지만, 지수로 향하는 전세 버스 속에서 5만 원의 찬조금을 회장에게 전하였다.

강릉에서 朴洋子 교수가 내일 있을 본교 철학과 초청세미나에 참석하기 위해 오늘 진주로 와서 나에게 전화하기로 되어 있으므로, 우리 부부는 점심을 든 후 산에서 먼저 내려왔다. 그래도 집에 도착하고 보니 약 반 시간 전에 박 선생이 이미 진주에 도착하여 학과장인 권오민 선생과 함께 동방호텔의 커피숍에 앉아 있는 것이었다. 우리 아파트 입구까지 박 선생을 대동하여 온 권 선생의 차에 동승하여, 박 선생이 보고 싶다고 하는 덕천서원을 참관하기 위해 셋이서 덕산으로 향했다. 서원과 山天齋·신도비 등을 둘러보고서, 덕산서 중산리 쪽으로 조금 올라간 곳의 오른쪽 언덕에 위치해 있는 물레방아식당에 들러, 지난여름 서울대 후배들이 덕천서원에서 모임을 가졌을 때 주문한 바 있었던 피리조림과 보리밥에다 술도 조금 곁들여 저녁 식사를 대접하였다.

진주로 돌아와서는, 덕산으로 향하기 전 박 선생을 위해 미리 잡아 둔 본성동의 성수장여관 입구에서 권오민 선생과 작별하고서, 박 선생과 나는 다시 중심가의 상업은행 뒤편에 있는 새로 생긴 전통찻집에서 세작을 마시며 좀 더 대화를 나누다가 집으로 돌아왔다.

15 (일) 흐리다가 거의 개임 -황매산

서울대 동문회 등산모임에서 黃梅山 등반을 가기로 한 날인데, 새벽부터 날씨가 맑지 못해 이 모임의 간사인 강신웅 선생과 몇 차례 통화를 해 보았으나 강 선생의 마음도 오락가락이었다. 안가는 줄로 알고서 단념하고 교육방송의 스승의날 특집을 시청하고 있는 중에 아홉 시가 넘어서 강 선생으로부터 전화가 걸려 와 例의 MBC 로터리로 나오라는 것이었다. 총장 출마 희망자인 임학과의 金三植 교수가 아침 일곱 시 반 무렵부터 나와 있었고, 그 외에 김현조·신윤식 교수 등 모두 다섯 명이 모였다. 출발한 지 얼마 후 합동 주차장 앞에서 망경산악회 회원으로서 모두 50대 후반의 동갑이라는 이비인후과 남자 의사와 부인 네 명이 동참하여 결국 열 명이 같이 떠나게 되었다.

원지에서 단계와 가회면 소재지인 덕촌을 지나 합천군 대병에 거의 다다른 고갯마루의 두실마을에서 산길로 접어들어, 황매산 정상 바로 아래에 있는 농장까지 차를 타고 들어갔다. 그러나 시각이 이미 정오에 이른 데다 頂上 일대는 짙은 구름에 덮여 아무것도 보이지 않으며 제법 센 바람까지 몰아쳐 오슬오슬 추우므로, 우선 점심을 지어 먹고서 산행을 시작하기로 하고서 목장 옆 개울가에서 가스 화로를 피우기 시작하였으나, 바람이 불어 목장의 헛간으로 들어가 바람과 부슬비를 피하며 점심을 지어 먹고 준비해 가지고 온 술들을 나누어 마셨다.

김현조 선생은 방수복 윗도리를 가져 오지 않아 추위에 떨다가 결국 신윤식 선생 차로 둘이서 먼저 내려가고, 중년 부인 두 명은 나물 캐러 근처의 산으로 올라가고, 나머지 사람들은 목장 주인의 배려로 그의 방

안에 들어가 잠시 몸을 녹였다. 나는 술이 과했던지 방안에서 잠시 졸고 있다가 일행과 더불어 근처에 나 있는 차도를 따라 얼마 동안 목장 주변을 산책하다 돌아왔다. 결국 다들 정상 등반은 포기하고서 우리를 싣고 온 봉고차가 다시 올라 올 때까지 소치는 헛간 옆 빈 공간에 들어가 다리 하나가 없는 탁자를 주워 남은 술 등을 올려놓고서, 젓가락 장단에 맞추어 노래를 부르고 춤을 추며 놀았다.

돌아올 때는 三嘉 쪽으로 빠졌는데, 大義를 좀 지난 지점에 있는 언덕의 휴게소에서 정거하여 또 한 동안 맥주를 마시며 놀다가 저녁 무렵 진주로 돌아왔다. 멀리서 바라보이는 황매산 정상 부근은 계속 구름에 가려 있었지만, 평지는 개어 있었다.

18 (수) 맑음 -황매산
부처님오신날 휴일이라 학교에는 가지 않고, 지난 일요일에 합천군 대병 쪽으로 하여 목장까지 올라갔다가 일기가 불순하여 정상 등정을 이루지 못하고서 돌아온 해발 1,108m의 황매산 등반을 위해 아내와 함께 오전 여덟 시 반까지 집합 장소인 MBC 로터리로 나갔다. 정수산과 방어산 등반에 이어 이번에도 晉州望京山岳會의 5월 중 산행 계획에 비회원으로서 참가하게 된 것이다.

봉고차 두 대에 분승하여 목적지로 가는 도중에도 배낭의 포켓 속에 넣어 둔 디스크맨으로 역시 조평래 군이 이번에 부쳐 온 심상건과 정남희의 '심청전' 등 판소리나 민요를 계속 경청하였다. 이 CD는 1920~45년 사이에 발매된 SP 음반을 다시 복각한 것이기 때문에 잡음이 꽤 섞여 있었으나, 그 표제가 '한국의 전설적인 가야금 병창 명인들 ①'로 되어 있는 바와 같이 고전적인 한국의 소리였다.

山淸郡 車黃面 소재지를 지나 정상인 황매봉 뒤편의 사면에서 오르게 되었는데, 이쪽은 사람들이 그다지 많이 다니지 않는 탓인지 길 다운 길이 거의 보이지 않아, 회원들은 나무와 돌뿌리를 거머잡으며 도중에 보이는 두릅이나 갖가지 산나물들을 캐기도 하면서 숲속을 헤치고서 계

속 올랐다. 정상 부근의 능선 길은 평소 철쭉 꽃밭이 아름답기로 이름나 있는 모양인데, 꽃은 이미 한물가고 그다지 많이 남아 있지는 않았으며, 바람이 거칠어 모자를 날려버리는 사람들이 있었다.

黃梅峯 표석 있는 곳에서 야호 삼창으로 정상제를 치르고, 그 옆의 바위 절벽 부근 빈터에서 점심을 들었다. 망경산악회는 올해로써 창립 26주년을 맞이하는, 아마도 진주에서는 가장 오래된 등산 단체로서 현재 회원이 백 명 정도 된다. 그러나 매 주일의 산행에는 열 명 내외의 회원들이 참가하고 있다고 하며, 멋-거리 등 다른 산악회에 비하면 중년 이상 79세의 노인에 이르기까지 나이 많은 사람들이 상대적으로 많아 평균 연령이 꽤 높은 편이다. 매주 일요일뿐만 아니라 기타 공휴일에도 꼬박꼬박 산에 다니고, 매월의 산행계획서를 사전에 회원들 주소로 우송해 주고 있어, 계획성 있는 산행을 하는 점이 진주의 다른 산악회에서는 보기 드문 장점이라고 하겠다. 학림회 선배인 김현조·강신웅 교수가 이미 회원으로 가입해 있으며, 이정한 전 총장도 한 동안 나오고 있었다는데, 이즈음은 거의 나타나지 않는 모양이다.

거의 매주 빠짐없이 참석하고 있는 강신웅 선생을 통하여 나에게도 매달의 산행계획서를 우송해 보내주도록 유춘식 회장에게 청을 넣어 보았는데, 강 선생이 내 뜻을 어떻게 전달했는지 회장이 정상에서의 기념촬영 시간에 우리 부부가 오늘 부로 정식 회원으로서 가입하게 되었다고 소개하였다. 회원 가입에는 신중을 기하고 싶었지만, 이왕 이렇게 된 터이라 하산하는 도중 휴식 시간에 회장에게 입회비 5만 원과 전반기 반년분의 회비 25,000원을 납부하였고, 황매국민학교가 있는 산골 마을까지 다 내려와 느티나무 그늘이 있는 길에서 쉬며 막걸리를 사 마실 때에는 申告酒 형식으로 내가 술값을 치렀다. 이로써 정식 회원이 되는 절차는 모두 마친 셈이다.

새로 공사 중인 도로를 따라 栗谷 마을을 거쳐 端溪 쪽으로 빠져 진주로 돌아왔다. 집에 돌아와 예약녹화 해 두었던 부처님 오신 날 특집 불교 유적지 탐방 다큐멘터리의 일부와 밤 여덟 시부터 방영되는 〈아시아 생선시장 기행 ③〉 베트남 편을 시청하다가, 술기가 있는 탓인지 도중에 소파에서 잠이 들고 말았다.

21 (토) 흐림 -제주시

멋-거리산악회의 한라산 안내 등반에 두 사람 이름으로 참가 신청을 해 두었으나 처음에는 나 혼자서 다녀오라고 하더니, 결국 회옥이를 처가에 데려다 놓고 돌아와 둘이서 함께 집결 장소인 사천공항으로 향했다. 어둑어둑해질 무렵 숙소인 신제주시의 알프스호텔에 들어 7층 방에다 짐을 풀고는 일단 잠자리에 들었다가, 이 산악회의 前任 박 회장이 전화로 불러내므로, 도로 옷을 주워 입고 나가서 부근의 실내포장마차 집에서 우리 대학 총무과의 갈 과장을 포함한 네 명이 어울려 자정 무렵까지 술을 마시다 돌아왔다.

22 (일) 쾌청 -성판악, 백록담, 관음사

새벽 다섯 시 무렵에 기상해서 식사를 하고, 바로 호텔을 나서서 산행 길에 올랐다.

성판악 휴게소에서 수통에다 물을 채운 다음, 지난 번 학생들과 함께 왔다가 날씨 관계로 도로 내려갔던 진달래대피소를 지나, 백록담이 있는 정상에 올랐을 때는 아직 오전 열한 시도 채 못 된 시각이었다. 용진각 대피소를 거쳐 탐라계곡 코스로 하산하다가, 여울물이 보이는 골짜기에서 도시락으로 점심을 들었다. 성판악에서부터 산길을 약 20km 정도 걸어 목적지인 관음사측 관리사무소에까지 다 내려온 다음에는, 나 혼자 거기서 몇 백 미터 정도 떨어진 관음사까지 걸어가 경내를 한 번 둘러보고서 돌아왔다.

신제주시로 돌아와서는 용두암에 잠시 들렀다가, 오후 여섯 시 비행기로 부산의 김해공항으로 향하여, 그곳에서 대기하고 있던 관광버스를 타고서 진주로 돌아왔다.

29 (일) 맑음 -석봉산

　망경산악회의 5월 마지막 산행에 동참하여, 산청군 新等面에 있는 石峯山에 다녀왔다.

　奈勿里 뒷산으로서, 지난주에 갔던 황매산의 지류라고도 할 수 있다. 우리 외에는 등산객이 전혀 없는 일종의 야산이어서, 길도 없는 숲속 능선 길을 헤쳐 가며 다녔다. 마을에 내려와서는 우리를 실어갈 봉고차가 도착하기를 기다리면서, 그 마을에 있는 이 산악회 회원의 처가에 들러 막걸리와 맥주 등을 실컷 대접 받았다. 사례 조로 내가 이만 원을 안주인에게 건네주었는데, 진주에 도착해서는 여자 회원이 경영하는 도동의 실비집에 들러 또 내가 2차를 샀다. 김현조·강신웅 교수도 동행했는데, 선배인 김 교수와는 근자에 등산모임에 몇 차례 동행하는 동안 서로의 인간관계가 많이 개선된 듯하다.

　밤에 귀가해 보니 아내와 회옥이가 돌아와 있었다.

6월

4 (토) 맑음 -거림, 지리산철쭉제

　늦은 점심을 마치고서 식당을 나온 우리 부부는 MBC 로터리로 나가, 망경산악회 회원들과 함께 지리산 세석평전 아래 마을인 산청군의 거림으로 가서 제23회 지리산철쭉제 행사에 참여하였다. 이 행사는 금년으로서 창립 24주년을 맞이하는 진주산악회가 주최하는 형식으로 1972년 이래로 매년 이맘때 개최해 오고 있는 터이다. 예년에는 세석고원에서 미스철쭉 선발대회도 가지는 등 전국적으로 널리 알려질 만큼 꽤 성대히 거행해 오고 있었던 것이다. 진주산악회는 망경산악회와 더불어 진주에서 가장 유서 깊은 산악회 가운데 하나인데, 망경산악회의 회원 중 유력 인사들이 떨어져 나가 별도로 구성했던 단체라고 한다. 그러나 이제는 그 회원들의 재정적 능력도 예전 같지 않고 하여, 금년에는 祭享의 장소도 이 거림 마을로 옮겨 오고, 산신제와 지리대상 시상식 정도로 행사의 규모를 크게 줄였다고 한다.

5 (일) 맑음 -땅끝, 노화도
오늘의 망경산악회 산행은 아내와 내가 예전에 통과해 본 적이 있는 지리산 새재에서 조개골을 통과하여 치밭목산장을 거쳐 유평 쪽으로 내려오는 코스를 취하게 되는 듯하므로, 우리 부부는 아침에 회옥이를 대전의 국립과학관에서 열리고 있는 어린이공룡캠프로, 진주 YMCA 주관 1박 2일 코스의 여행에 참가시켜 떠나보내 준 다음, 모처럼 둘만의 별도 여행에 나섰다.

오전 11시경에 舊 農專 앞 정류소를 출발하여, 우선 하동으로 가서 재첩국으로 점심을 든 다음, 거기 松林 옆에서 섬진강을 가로질러 근년에 새로 난 다리를 건너 전라남도의 광양군으로 접어들었고, 순천에서 다시 해남 행 버스로 갈아타서, 해남에서는 군내 버스로 송호리 해수욕장을 지나 한반도의 남쪽 끄트머리인 갈두리의 땅끝(土末)에 이르렀다. 갈두리 선창에서 한 시간 이상 연착된 배를 기다리다가 마침내 그 날의 마지막 화물선을 얻어 타고서 반시간 남짓 항해하여 노화도의 산양진에 이르렀고, 상륙한 후에는 택시로 갈아타고서 다도해해상국립공원 甫吉島를 마주 보는 노화읍 소재지인 이포리에 닿았다. 보길도로 건너가는 배는 이미 끊어지고 없었으므로, 배가 떠나는 지점이 내려다보이는 부두가 여관 2층에 오늘 밤의 숙소를 정했다. 둘이서 밖으로 나가 항구의 밤경치를 둘러보고, 의류점에 들러 바다 바람의 추위를 막기 위해 긴 소매 남방셔츠도 하나 산 다음, 복어 국을 안주로 소주 한 병을 기울이기도 했다.

6 (월) 맑음, 현충일 -보길도, 보림사
어제 사 둔 과일로 조식을 때우고, 아침 일곱 시의 渡船을 타고서 이번 여행의 주 목적지인 보길도의 청별 항에 이르렀다.

거기서 도보로 孤山 尹善道가 병자호란 직후 은둔을 결심하고서 제주도로 향해 가다가 풍랑을 만나서 처음 보길도에 정박했다고 하는 黃源浦를 지나, TV 등에서 몇 차례 본 적이 있는 부황리의 유명한 정원 洗然亭에 이르렀고, 거기를 관람한 다음 다시 얼마간 걸어가다가 길가의 간판을 따라 옆길로 들어가서 민박집 白鹿堂을 둘러보고서, 돌아 나와 孤山이 주로 거처하면서 '漁父四時詞' 등의 시가를 창작했던 부용리에 이르렀다. 고산은 51세에 이곳 부용동으로 들어와 85세를 일기로 이곳에서 죽었으니 햇수로는 35년이 되는 셈이지만, 실제로 이곳에서 기거했던 기간은 14~5년쯤으로 추정된다고 한다.

먼저 부용리 앞산의 洞天石室에 올라 이 마을의 全景을 내려다보고, 마을 사람들에게 묻고 물어서 간신히 고산이 거처하던 집인 樂書齋 터를 찾았지만, 여기저기 헤매던 끝에 산 중턱의 숲속 어두컴컴한 곳에서 집터 흔적과 약간의 기와 조각, 그리고 집터 뒤편의 이른바 小隱屛인 듯한 바위를 찾아냈을 따름이요, 고산의 아들 학관이 살았다고 하는 曲水堂의 유적을 찾아보기 위해 다시 여기저기서 묻고 또 찾아가 보았지만, 마을에서는 확실히 아는 사람을 만나지 못해 끝내 단념할 수밖에 없었다.

세연정이 있는 부황리까지 다시 걸어 나와, 공중전화로 택시를 불러서 섬의 반대쪽에 있는 예송해수욕장에 잠시 들른 다음, 정오에 출발하는 페리 편으로 완도 항에 이르렀다. 완도에서 버스로 丁茶山의 유배지인 다산초당과 백련사가 있는 만죽산 뒤편의 국도를 통과하여 강진에 이르렀다. 강진에서 장흥 가는 버스로 갈아타고, 장흥에서는 다시 군내 버스로 갈아타, 九山禪門의 하나인 가지산 寶林寺를 찾아 본 다음, 장흥 읍내로 돌아 나와 순천행 버스로 갈아탔고, 순천에서 진주행 버스로 갈아타 밤 여덟 시가 넘어서 집에 당도했다.

여행 중 버스 안에서는 휴대용 이어폰으로 중세의 그레고리안 聖歌나 팔레스트리나 등 르네상스시기에 이르기까지의 서양 음악 카세트테이프 하나를 거듭거듭 되풀이하여 들어, 가지고 간 소형 알칼리 건전지 두 개가 다 소모될 정도였다.

12 (일) 흐림 -거제도 옥녀봉, 거제포로수용소 기념관

아내와 함께 망경산악회의 거제도 옥녀봉 등반에 참가하였다. 옥포조선소 뒤편의 야산으로서, 해발 554m 정도였다. 귀가 길에는 지세포·구조라 해변을 지나, 구천계곡을 경유하여 고현의 거제포로수용소 기념관에도 들렀다.

14 (화) 맑음 -지리산 장단골

오전 아홉 시 법대 세미나실에서 晉社連의 금년도 일 학기 마지막이 되는 제68회 세미나가 있었다. 무역학과 김의동 교수가 Fernando Claudin의 *The Communist Movement: from Comintern to Cominform*(Monthly Review, 1975)의 제3장, Monolithicity를 발제하였고, 이에 관한 토론이 이어졌다. 세미나를 마친 후에는 지리산 장단골계곡으로 들어가 땅거미가 질 무렵까지 개고기 음식과 술을 들고, 발가벗고서 목욕을 하기도 하다가 돌아왔다. 법학과의 이창호 선생이 대학원생 제자 두 명을 데리고, 서부시장에서 산 개 한 마리와 닭 한 마리 및 기타 재료와 취사도구들을 가지고서, 행정학과 유낙근 선생의 코란도 지프차로 아침에 먼저 들어가 개고기 요리를 맛있게 장만해 놓고서 대기하고 있었으므로, 우리는 가서 먹고 놀기만 하면 되었다.

晉社連 회원 총 24명 중 박종수·송기호·강수택·백종국·채혜연·장원철 교수는 내가 가입한 이후 한 번도 세미나에 참석하지 않았으며, 백좌흠 교수는 작년 이래 인도에 장기 출장 중에 있는데, 나머지 회원 중 지승종·김준형·최문성 선생을 제외한 전원이 이번 종강 모임에 참석했다.

매주 화요일 모임이 있을 때마다 함께 식당에서 저녁을 들고, 세미나가 끝난 후에는 뒤풀이로 술집에 들르는 것이 관례로 되어 있기 때문에 근자에는 만성적인 적자를 면치 못하고 있었던 터이다. 그래서 이번 달부터는 월 회비를 만 원에서 이만 원으로 배로 인상하게 되었고, 또 오늘은 일 년 중 가장 큰 행사를 치르는 날인 셈이므로 특별 회비 이만 원씩을 별도로 내었다.

26 (일) 흐리고 오후에 개임 −금전산

망경산악회 회원들과 함께 全南 昇州郡 樂安面에 있는 해발 569m의 金錢山 등반을 다녀왔다. 오전 여덟 시 반 무렵에 역 광장에서 모여, 우리 아파트 뒤편 반짝시장 옆에서 출발하였다. 열아홉 명의 회원이 미니버스 한 대에 동승하여 남해고속도로를 따라가다가 승주 인터체인지에서 선암사 쪽으로 접어들어, 선암사 입구에서 다시 승평호를 따라 한참 더 간 지점의 산허리에서 내려 등반을 시작하였다. 올라갈수록 안개구름에 가려 주위의 경치를 조망할 수가 없었으나, 등반 도중 바로 아래의 들판에 樂安邑城 민속마을이 내려다 보였다. 그러나 오랜 가뭄 탓인지 정상 아래쪽의 암자에서도 물을 구할 수가 없어, 반대 방향으로 거의 다 내려온 지점의 계곡에서 겨우 물을 만나 점심을 지어 먹을 수가 있었다. 아내도 함께 갔었다.

7월

3 (일) 맑음 −오봉계곡

망경산악회 회원들과 함께 山淸郡 今西面 五峰里의 오봉계곡에 다녀왔다. 우리 부부까지 합해서 모두 열네 명이 봉고차와 자가용 승용차 각 한 대씩에 분승하였다.

아침 여덟 시 반까지 MBC 로터리에 모이기로 하여, 산청군 생초면소재지를 조금 지난 지점에서 강 위에 걸친 콘크리트 다리를 지나 임천강을 따라서 꼬불꼬불 한참을 들어간 후, 芳谷里 쯤에서 차를 내려 걷기 시작했다. 오봉리는 집이 불과 열 채도 안 되는 작은 마을이었는데, 예전에는 화전민들이 살고 있었다고 한다.

그 마을에서 조금 더 올라간 지점의 숲속에 있는 어느 아담한 계곡에서 머물렀다. 남자들은 옷을 벗고 계곡물에 몸을 담그기도 하고, 例에 따라 주위에서 뜯어온 두릅이며 도라지 등을 삶아 술안주로 삼기도 했다. 내려오는 길에 다시 방곡천 냇물에 들어가 한 차례 목욕을 하고, 가야국 구형왕릉 입구 부근을 지나 강 하나를 건너서 함양군과의 경계를 이루는 산청군 花溪里에 이르러서는, 정자나무 아래서 임천강을 내려다 보며 다시 그 마을에서 사 온 돼지고기를 버너 불에다 구운 불고기를 안주로 막걸리를 마셨다.

집에 도착했을 무렵에는 대취하여 제대로 걷기가 어려울 지경이었다. 아내가 산에 가는 것은 좋은데, 술 때문에 안 되겠다고 잔소리 하는 말을 들으며 옷을 아무렇게나 벗어 두고서 잠자리에 들었다.

17 (일) 맑음 -거림계곡

처와 함께 망경산악회의 산행에 참가하여, 지리산 거림계곡에 다녀왔다. 괌 및 사이판島 여행에서 돌아온 김현조 교수와 얼마 후 중국에 가게 되는 강신웅 교수도 오랜만에 함께 갔다. 지난번 철쭉제를 지낸 웃거림에서 세석고원 쪽으로 약 반 시간 남짓 걸어 올라가다가, 지난주에 회원들이 와서 놀았다는 폭포와 물이 좋은 계곡에서 목욕을 하고 준비해 간 음식들을 나누어 먹으며 하루를 별로 더운 줄 모르고 지냈다.

김현조 선생이 술을 과음하여, 이럴 때면 늘 그랬던 바와 같이 돌아오는 길의 차 속에서 계속 입에 담을 수 없는 욕지거리를 늘어놓으며 추태를 부렸다. 근자에는 자신의 약점을 알고서 과음을 하지 않기 위해 꽤 자제하는 모습을 엿볼 수가 있었는데, 이로써 또 물거품이 되고 교수 망신을 톡톡히 시켜준 셈이다.

갈 적이나 돌아오는 도중에 차량의 혼잡으로 길이 막혀 밤 열 시가 넘어서야 집에 당도했는데, 회옥이가 늘 같이 노는 꽃집 아이들 가족과 함께 지리산 어느 계곡에 가서 물놀이를 하며 놀다 돌아와, 그 시간까지 자지 않고서 우리 레인의 경비실에서 경비원 아저씨와 놀면서 부모가 돌아오기를 기다리고 있었다.

8월

27 (토) 맑음 -내소사

귀가한 후, 오스트리아 출신의 명지휘자 칼 뵘 生誕 100주년을 기념하는 특집 프로 가운데서, 그의 생애와 예술 세계를 다룬 다큐멘터리를 시청하다가, 장터목산장의 제17차 안내 산행 집합 시각에 맞추어, 간호학과의 최미애 교수가 운전하는 차에 동승하여 오후 3시까지 멋-거리 회원인 김양배 씨가 경영하는 등산장비점 장터목산장으로 갔다.

두 대의 대절버스에 분승한 일행은 함양 인터체인지에서 88고속도로에 올라, 지리산휴게소에서 먼저 떠난 1호차와 뒤에 오는 2호차가 합류하여, 고창을 거쳐서 목적지인 전북 변산반도의 來蘇寺 입구에 당도하였다. 가는 도중 버스 안의 비디오를 통해 산악인 영화인 〈K2〉와 실베스터 스텔런 주연의 액션 영화 〈클리프행어〉를 시청하였다.

내소사 一柱門 안쪽으로 난 전나무 숲길을 따라 큰절 쪽으로 가다가, 관음봉 쪽 등산로 입구에 있는 야영장에서 텐트를 치고서 一泊했다. 성락건 씨의 등산장비점 덕유산장이 문을 닫으며 재고품을 처리할 때, 텐트 등 부족했던 등산 장비 일체를 일단 갖추어 두기는 하였으나, 그 동안 야영하는 일이 전혀 없었기 때문에 직접 써 보기는 이번이 처음이다.

다음 주가 아내 생일인지라, 생일 선물 조로 학교 구내매점에서 등산용 배낭 하나와 수통을 사서 선사하였고, 아울러 신형 버너도 새로 하나 구입하여 처음 써 보았다. 땅거미가 진 후 텐트 치는 작업을 다 마치고서, 이웃 텐트의 父女 등과 어울려 밤늦게까지 함께 저녁식사를 들며 술을 마셨다.

28 (일) 오전 중 비온 뒤 오후에 개임 -관음봉, 변산해수욕장, 채석강

날이 새기 전 새벽부터 비가 내리기 시작하였다. 텐트를 거두어서 짐을 절 입구에 있는 버스 안으로 옮겨 두고 한동안 기상 상태를 살피다가, 비가 그치고 어느 정도 개일 듯하므로, 일단 관음봉 쪽을 향하여 등산을

시작하였다. 원래의 예정으로는 내변산을 관통하여 남여치 쪽으로 하산할 계획이었는데, 관음봉 위쪽 갈림길쯤에 당도하였을 때 다시 소나기가 내리기 시작하였으므로, 포기하고서 세봉을 거쳐 내소사로 내려왔다.

다섯 시간 정도로 잡고 있던 등산을 포기하여 시간이 많이 남게 되었으므로, 변산해수욕장과 간척지에 들렀다가, 채석강에서 세 시간 정도 머물며 점심을 마친 다음, 내장산과 순창·남원을 거쳐 진주로 돌아왔다.

처가에 맡겨 둔 회옥이를 데리고서 평소보다 다소 이른 여덟 시경에 집에 당도하여 샤워를 하고, 대하드라마 〈花亂〉을 시청하다가 도중에 취침하였다.

9월

4 (일) 흐리다 오후에 개임 -선운사, 경수산, 선운산

간밤에는 큰 처남의 딸 예은이가 우리 집에 놀러와 회옥이와 같이 잤는데, 오늘 아침 둘이 집에서 놀게 두어두고서 아내와 함께 망경산악회의 전북 고창 경수산·선운산 도립공원 산행에 따라갔다. 진주역 광장에서 모여, 참가자 12명이 봉고 한 대에 타고서, 남해고속도로와 호남고속도로를 거쳐 장성에서 국도로 접어들어 고창으로 향했다.

禪雲寺에 들렀다가, 그 부속 암자인 懺堂庵에서 중참을 들며 얼마 동안 쉰 후, 낙조대를 거쳐 그 건너편 너럭바위 벼랑 옆에서 점심을 들었다. 지름길을 취하여, 밧줄을 타고 내리며 도솔암 아래쪽으로 하산하였다. 하산하는 길에 등산로가 갈라지는 지점에 있는 상점에 들러, 친정이 마산인 주인아주머니로부터 친절한 접대를 받으며 동동주를 들었다.

귀가할 때는 고창에서 도로포장공사가 진행 중인 전라남북도의 경계가 되는 산 고개를 넘어, 담양에서 88고속도로에 올라 도중에 지리산휴게소에서 정거하여 또 맥주 등을 좀 마신 후, 노래를 부르면서 즐겁게 돌아왔다. 오늘 산행에는 방학 중 괌島 및 만주에 다녀온 김현조 교수와 중문과의 어학 연수생들을 인솔하여 北京에서 한 달 반쯤 체재하다 돌아

온 강신웅 교수도 모처럼 같이 갔고, 아내는 오늘 귀가 길에 나오는 별도의 입회비와 회비를 내고서 이 산악회의 정식 회원으로 가입하였다.

18 (일) 맑음 -함양 오봉산

아내와 함께 망경산악회의 산행에 참가하여, 함양의 인산농장 맞은편에 있는 오봉산에 다녀왔다. 등산 도중 밤 밭을 지나가며 여기저기에 떨어져 있는 밤알들을 주워 씹어보기도 하였고, 돌아오는 도중에는 단성의 두부공장에 들러 막 만들어낸 두부를 썰어서 김치와 함께 막걸리 안주로 집어먹기도 하였다.

21 (수) 맑음 -선학산

점심을 든 후 회옥이를 데리고서 남강 건너편 仙鶴山에 올랐다. 법원 뒤 蓮庵圖書館 아래로 하여 과수원들을 지나서 골짜기의 길이 끝나는 지점에서 능선을 향해 더듬어 올랐는데, 이때는 힘들다고 불평을 하며 잘 따라오지 않던 회옥이가 玉峰洞 쪽 정상 부근에 오르자 제법 길이 잘 나 있으므로, 이후로는 재잘거리며 잘 따라왔다.

이 골짜기의 건너편 능선으로 하여 도서관 근처로 도로 내려와, 마을의 상점에서 맥주 및 음료수를 마시고 얼음과자도 사먹었다. 망경산을 비롯한 우리나라 대부분의 야산들이 그러한 것처럼 여기저기에 공동묘지나 개인 무덤이 많아 산의 풍취를 크게 손상케 하고 있었다.

25 (일) 맑음 -광점동, 얼음골, 쑥밭재, 새재

아내와 함께 망경산악회의 지리산 주말 산행에 참가하였다. 평소처럼 MBC 로터리에서 모여 두 대의 봉고 버스에 남녀가 나누어 타고서 출발하였다. 산청읍에서 금서면 쪽의 국도로 접어들어 花溪里에 이르렀고, 거기서 돼지고기 등을 좀 산 후 休川계곡을 따라 마천 쪽으로 향하다가, 義灘에서 옆길로 접어들어 七仙계곡 입구인 추성리로 향했다. 추성리 삼거리에서 碧松寺 쪽의 가파른 산길로 접어들어서는 笡店洞에서 차를 내려 등산을 시작했다.

책으로만 읽었던 얼음골을 지나 목적지인 下峰 쪽으로 향하는 도중, 산길 주변에 도토리가 마치 쏟아 부은 듯이 지천으로 널려 있어, 다들 그것을 줍느라고 제법 많은 시간을 소비하였으므로, 하봉 쪽은 포기하고서 바로 새재 쪽으로 방향을 정하여, 쑥밭재로 향하는 도중의 능선 길에서 점심을 지어 먹었다. 쑥밭재를 지나 五峰里로 통하는 외고개에서 새재 마을 쪽으로 하산하였고, 능금이 한창 무르익어 가고 있는 그 동네에 미리 와 대기하고 있던 봉고 차를 타고서 유평 마을로 내려 와서, 욕쟁이 할매집에서 산채와 도토리묵 등을 안주로 막걸리를 좀 마시고는 어두워진 후에 진주에 당도하였다.

오늘 달렸던 길들은 불과 한두 해 전까지만 해도 대부분 비포장이던 것이, 휴천계곡의 몇 킬로 구간을 제외하고서는 그 사이 모두 포장되어 있었고, 지리산 골짜기 한 모퉁이의 막다르고 외진 마을이었던 새재까지도 제법 큰 차들이 다닐 수 있도록 확포장 및 교량 가설 공사가 거의 마무리 단계에 접어들어 있었다. 대원사 쪽 등산 기점인 유평 마을의 작으면서도 유명한 가랑잎국민학교도 그 사이 학생 수가 더욱 줄었는지, 이미 폐교되어 있었다. 이 학교의 정식 명칭은 유평국민학교로서, 불과 두세 개의 교실과 운동장으로 이루어져 있다. 나는 고등학교 시절 결핵으로 마산 가포리의 요양소에 입원해 있었을 때, 당시 마산간호고등학교 학생이었던 산청읍 출신의 애인 장영숙 양을 통하여 이 가랑잎국민학교의 이름을 처음 듣고서 그 아름다운 이름에 깊은 인상을 받은 바 있었다. 유평 마을의 명물로서, 토속 음식을 팔며 민박도 받던 시골집들은 이제 보니 대부분 현대식 건물로 개조되어 가고 있었다.

10월

1 (토) 맑음 −설악산 행

오후 다섯 시에 아내와 함께 멋−거리산악회의 제74차 안내등반에 참가하여 설악산 12선녀탕계곡으로 향해 출발했다. 장터목산장 앞에 집결해서 대절버스 두 대에 분승하여, 예에 따라 거창을 지나 김천 가까운 송죽휴게소에서 늦은 저녁을 사 먹었고, 김천서는 경부고속버스에 올라 밤을 도와 달렸다.

2 (일) 맑음 -12선녀탕, 대승폭포, 낙산

예정대로 새벽 다섯 시 무렵 설악산 서북쪽의 鱗蹄郡 북면 남교리에 도착하였다. 진주 칠암동 출신이라는 아주머니가 경영하는 식당에 들러 아침을 사 먹고, 여섯 시 40분경에 산행을 시작했다. 12선녀탕계곡을 지나 물이 있는 마지막 지점인 샘터에서 점심을 들고, 분기 지점인 대승령에서 남한에서는 제일 높다는 大勝폭포가 있는 쪽 내리막길로 접어들어, 오후 세 시 무렵에 장수대로 하산했다. 설악산의 高地帶에는 제법 단풍이 들어 있었다.

교통 혼잡을 피해 미시령 쪽으로 돌아서 속초 시내로 가 사우나탕에서 목욕을 하였고, 이 산악회의 설악산 등반 때에는 으레 들르는 양양 洛山寺 입구 낙산유스호스텔에서 일박을 하게 되었다. 저녁 일곱 시에 석식을 마치고 난 후, 아내와 함께 낙산해수욕장으로 나가 산책을 하다가, 밤 아홉 시 반경에 일찌감치 잠자리에 들었다.

3 (월) 맑음, 開天節 -낙산사, 동해안

새벽 여섯 시 25분 예정인 일출을 보기 위해, 일찌감치 일어나 아내와 함께 낙산사 경내에 들어가 義湘臺 부근을 배회해 보았으나, 새벽 일기가 청명하지 못하여 끝내 일출을 보지 못하고 말았다. 모처럼 낙산사 경내를 산책하고서, 유스호스텔로 돌아와 일곱 시 반경에 조반을 든 다음 귀가 길에 올랐다.

예에 따라 동해안을 따라서 내려왔는데, 포항까지는 비교적 교통 소통이 무난했으나, 경주 시내에서 우리가 탄 1호 버스가 교통규칙 위반에 걸려 젊은 경찰관과 승강이를 벌이다가 경찰서에까지 끌려가는 통에 2호

버스와는 노선이 달라져, 우리는 양산을 거쳐 남해고속도로를 경유해 왔고, 2호차는 합천 쪽으로 간 모양이었다. 양산에서 김해 쪽으로 향하는 도중 교통정체가 심하여, 거의 밤 10시 가까운 무렵에야 집에 당도하였다.

엊그제 진주 부근 지역을 통과할 때만 해도 누런 들판에 추수를 마친 곳은 이따금씩 보일 따름이었으나, 오늘 동해안을 따라 내려오면서 보니, 불과 이틀 사이인데도 불구하고 거의 절반 정도의 논은 거의 추수를 마쳐 두고 있었다. 이즈음은 시골에서도 거의 콤바인을 사용하고 있으므로, 하루가 다를 정도로 빠른 속도로 작업이 이루어지고 있는 모양이다.

16 (월) 흐리다가 비 -내장산

《신경남일보》를 통하여 산산산악회라는 단체가 내장산으로 단풍놀이를 간다는 광고를 보고서 신청해 둔 바 있으므로, 오늘 아침 회옥이까지 포함한 우리 가족 전원이 집결 장소인 상대파출소 앞으로 나갔다. 알고 보니 이 산악회는 넉 달쯤 전에 만들어진 것이었는데, 회장은 없고 사무장이라는 사람이 사실상의 설립자였다. 그는 도동의 공단로터리 부근에서 산울림산악회를 하다가, 그 후 환경보호협회 진주지부를 하던 사람으로서, 이전에 내가 각각 한 차례씩 그 단체들에서 주관하는 지리산 義神 및 거창 가조면 의상봉 산행에 동참한 적이 있어 안면이 있는 사람이었다. 그는 그때나 지금이나, 스스로는 일정한 직장도 없이 경상대학병원에 근무한다는 아내에게 가계를 맡겨 두고서, 자신은 사회봉사를 한답시고 산악회를 조직하여 수입금 중 남는 돈이 있으면 집으로 가져가지 않고서 고아원이나 양로원으로 가져다준다고 한다. 오늘도 대절버스 안에서 참가한 회원들에게 집에 있는 헌 옷가지들을 모아다 주면 충청도 음성에 있는 꽃동네라는 사회복지 시설에 가져다주겠으니, 그런 물건이 있으면 버리지 말고서 자신에게 연락해 줄 것을 신신당부하고 있었다.

서른네 명의 일행이 낡은 버스 한 대에 함께 타고서, 함양을 지나 88고속도로를 경유하여, 담양에 이르러서는 다시 지난 번 변산반도에서 돌아올 때 통과한 바 있는 길을 따라 내장산 뒤 절벽 길로 접어들었다. 그러나 도중부터 조금씩 내리던 비가 우리 일행이 內藏寺 입구에 당도했을 무렵에는 소나기가 되어 쏟아지기 시작했으므로, 등산은커녕 한 번 내려 절까지 걸어가 보지도 못하고서 차를 돌려 돌아오고 말았다. 절벽 고개 마루에 있는 휴게소에서 차 안에 앉은 채로 점심을 들었고, 식사를 마친 후 나 혼자서 방수복에다 우산을 받쳐 쓴 채 능선 길을 따라 산을 타서, 내장사 계곡의 전경이 내려다보이는 지점까지 가 보고서 돌아왔다. 가고 오는 길 주위의 풍경으로는 들판의 수확도 거의 끝나갈 무렵이어서 가을이 절정에 이른 듯하였는데, 능선에서 내려다보기로는 아직 내장사 단풍이 그다지 화려한 것 같지는 않았다. 언젠가 관광열차를 타고 왔을 때는 이미 단풍철이 지난 무렵이었는데, 오늘은 또 이런 식으로 헛걸음을 하게 되었으니, 전국 제일이라는 내장산 단풍은 나와는 인연이 적은 모양이다.

돌아오는 길에 이런 종류의 산악회에서는 으레 그렇듯이 시끄러운 음악을 틀어 놓고서 춤과 노래판을 벌이는 통에 괴로웠다. 등산도 하지 않았으므로 내장산에서는 오후 한 시 반경에 일찌감치 출발히였으니, 院旨 부근의 교통 정체로 말미암아 어두워질 무렵에야 귀가하였다.

22 (토) 흐림 -오대산 행

밤 아홉 시 전까지 장터목산장 앞으로 나가, 아내와 함께 강원도 오대산의 노인봉과 청학동 소금강 안내 산행에 참가했다.

23 (일) 맑음 -노인봉, 소금강

밤새 대절버스를 타고 달려 새벽 네 시 반 무렵에 오대산 진고개산장에 도착하였고, 간단히 조반을 든 다음 한 시간 후 쯤에 출발하여 등산을 시작하였다. 해발 1,338m의 老人峰에 오르고 내릴 무렵까지만 해도 산에는 나뭇잎이 모두 지고 눈이 제법 쌓여 하산 길에는 등산화에다 아이젠을 부착해야 할 정도였으나, 소금강계곡으로 내려오니 거기는 가을이 절정이었다. 이 계곡 일대는 원래 靑鶴山이라 불렸는데, 율곡이 와서 거주하며 그 모양이 금강산을 방불케 한다 하여 소금강이라 고쳐 이름 지었다고 안내판에 적혀 있었다. 예상했던 것보다 훨씬 더 아름다워 아내는 시종 감탄을 금치 못했다.

귀가 길에는 혼잡을 피해 동해안 길을 택하지 않고서 간밤에 왔던 길을 따라 진고개산장-소사-원주-문막-충주-청주-경부고속도로-김천-거창 코스로 하여 귀가하였는데, 그럼에도 불구하고 곳곳의 교통 체증으로 자정이 지나서야 집에 당도할 수가 있었다.

29 (토) 맑음 -서울 행

오후 1시 50분 고속버스로 서울로 향했다. 서울에서 기독교방송국에 근무하고 있는 제자 조평래 군이 북한산 등반을 가보자면서 여러 차례 전화를 걸어 온 바가 있었기 때문에, 오늘 마침내 출발하게 된 것이다. 다섯 시간 반 걸린다던 버스가 도중의 교통 정체로 일곱 시간도 넘게 걸려서 밤 아홉 시경에야 서울의 강남고속버스터미널에 당도하였다. 마중 나오기로 되어 있던 조평래 군이 눈에 띄지 않으므로, 잠시 바깥으로 나와 중고등학교 동창인 조기화 군에게 전화를 걸어보았더니, 반가와 하면서 자기가 사는 방배동 카페골목의 토토스라는 경양식점으로 오라는 것이었다.

얼마 후 조평래 군을 만나, 함께 택시를 타고서 기화가 말하던 장소로 가보았는데, 기화네 집은 그새 이사를 하여 토토스 바로 맞은편 골목에 있었다. 기화는 서울로 올라온 후 한 동안 사업상의 실패를 거듭하여 고전을 면치 못하고 있었는데, 여주에서 도자기 굽는 사업을 시작한 이후로는 번창일로에 있는 모양으로서, 몇 년 전 내가 그곳에 들렀던 이후 새로 공장을 옮겼다 한다. 어릴 때 보았던 딸 아라도 많이 커서 중학생인가 되어 있었다. 모처럼 기화를 만나 함께 부근에 있는 음식점으로 가서 꽃게를 안주로 여러 가지 술을 마셨다. 기화의 부인인 우리들의 대학시절 친구 박미란 씨도 얼마 후 외출에서 돌아와 밤 열한 시 무렵까지 함께 어울렸다.

30 (일) 맑음 -이화장, 북한산

종로구 이화동의 이승만 전 대통령 관저인 梨花莊 뒤편 정원에 맞붙어 있는 조평래 군의 전셋집에서 조 군과 한 방에서 잤다. 조 군이 사는 곳은 예전 서울법대생들이 많이 하숙을 하던 동네인데, 2층으로 된 가정집 건물의 옥상에다 한 층을 더 달아 낸 것이었다. 주위의 전망이 그런대로 괜찮고 방도 두 개, 화장실 겸 세면장도 딸려 있었으나, 난방이 안 되는지 전기담요를 깔고서 잤고, 수세식 변기도 고장이어서, 안락한 아파트 생활에 익숙해 있는 나에게는 을씨년스러워 보이기 짝이 없었다.

이화장 주위를 잠시 둘러보고 온 다음, 조 군이 지어 주는 아침밥을 같이 들고서, 나오는 길에 모처럼 내가 학부 본과 3년 동안 공부한 대학로의 옛 서울문리대 자리로 가서 기념사진도 찍어 보았다. 지하철과 택시를 갈아타서, 아홉 시 무렵 우이동 우이산장 부근의 6번 버스 종점으로 갔다. 여기서 오전 열 시에 성균관대 강사인 권인호 씨 및 나의 서울대 후배들과 만나기로 되어 있었는데, 권 씨는 오늘 새벽에 외출에서 돌아와 조 군과 통화를 하더니, 결국 반시간이 지나도 나타나지 않았다.

서울대 철학과의 조교로 재직하고 있는 정원재 군과 박사 과정을 마친 후 규장각에서 한국 문집 해제 작업에 참여해 있는 의령 출신의 신정근 군이랑 넷이서 등반을 시작했다. 도선사를 거쳐 인수산장 앞을 지나가는 가장 일반적인 코스로 올랐는데, 정상인 백운대 부근은 너무 사람이 붐비어 오르내리는데 시간이 무척 많이 걸렸다. 백운대에서 점심을 들고서, 구파발 쪽으로 하산하기로 작정했다. 일반적인 계곡 코스로 내려가지 않고서, 그보다 시간은 좀 더 많이 걸리지만 조망이 좋다는 조 군의 말에 따라 노적봉을 지나 북한산성 성문을 좀 더 지나간 곳으로 하여 하산하는 코스를 택했다.

도중에 위험한 코스를 다 벗어난 지점에서 萬山紅葉을 바라보며 준비해 간 술과 안주를 들기도 하였다. 노적봉을 바라보며 내려올 때는 사람이 별로 없어 雅趣는 있었지만, 버스를 탄 때부터는 엄청난 교통 혼잡으로 말미암아 걷는 것과 다름없는 정도였으므로, 결국 진주행 마지막 고속버스 출발 시간인 여섯 시 반에 구파발역을 출발할 수조차 없었다.

강남고속터미널에 당도하여 밤 10시 50분 발 우등고속 버스표를 구입한 다음, 터미널 건너편 쪽에 있는 빌딩 지하 식당가의 紫禁城이라는 중국집으로 가서 늦은 저녁을 들고 술을 마셨다. 청주 출신의 후배 조남호 군도 전화 연락을 받고서 뒤늦게 나타나 함께 어울렸다. 자금성을 나온 후 가족이 있는 신정근 군은 먼저 가고, 나머지 네 명이 택시를 타고서 내가 카드로 결제를 할 수 있는 日食 집으로 가서 함께 술을 마시다가, 간신히 우등고속의 출발 시간에 맞추어 터미널로 돌아올 수가 있었다. 서울에 체재하는 동안, 내가 마지막 술을 산 것 이외의 거의 모든 경비는 조평래 군이 한사코 부담한다고 하므로 그냥 맡겨 두었다.

11월

6 (일) 맑으나 저녁 무렵 강한 바람 -보경사, 천령산

등산 장비점 장터목산장의 안내 산행에 따라 경북 영일군의 내연산 산행을 다녀왔다. 아내와 함께 아침 일곱 시까지 장터목산장 앞에 집결하여 버스 한 대에 가득 찰 정도의 일행과 함께 출발하였다. 남해고속도로를 따라 부산 방면으로 가다가, 구포에서 양산 쪽으로 접어들어 경주 가는 고속도로에 올라 포항을 거쳐서 목적지인 寶鏡寺에 당도하였다. 몇 년 전 겨울에 이 절에서 한국동양철학회의 연구발표회가 개최되기도 하는 등, 몇 번 들러본 적이 있는 터이지만, 언제나 겨울이어서 유명한 12 폭포의 진가를 음미해 보지 못했던 것이었다.

보경사를 지나 폭포를 차례로 따라 올라갔지만, 오대산의 소금강에 비길 정도는 아니었다. 연산폭포에서부터 로프를 타고서 옆의 언덕길로 접어들어 등산을 시작하였는데, 인도자의 실수로 목적지인 영일군 죽정면 內延山과는 정반대 쪽에 있는 청하면의 천령산(775m)에 오르고 말았다. 준비해 간 점심을 들고는 별 수 없이 왔던 계곡 길로 도로 내려왔다. 오후 다섯 시가 지나서 보경사 입구를 출발하여 올 때의 코스로 하여

돌아왔는데, 아내는 처가에 들러 회옥이를 데려오고, 목욕을 하고 나니 자정 무렵이었다.

20 (일) 맑음 ―고인돌공원, 조광조 적거지, 운주사

　오전 여덟 시 반에 우리 아파트 앞으로 큰처남 황광이가 처가 식구들을 태운 황 서방네 봉고를 몰고 와, 우리 가족 및 창환이를 태우고서 함께 소풍을 떠났다. 이번에도 내가 전라남도 화순군 운주사로 목적지를 정했다. 남해고속도로를 경유하여 가다가 전라남도의 주암 인터체인지에서 松廣寺 쪽 국도로 접어든 후, 승주호(혹은 주암호)의 수려한 경관을 끼고서 계속 내려갔는데, 때마침 국도 주변에는 가는 곳마다 가을 억새풀이 한창이었다. 호수를 가로지르는 다리를 지나 광주 쪽으로 향하는 국도로 접어들어 조금 더 간 곳에 있는 고인돌공원에서 내려, 잘 손질된 공원 구내를 돌아보며 댐을 만들 당시 수몰 지구로부터 이곳으로 옮겨다 놓은 각종 고인돌들과 선사시대 사람들의 복원된 주거지 및 전시관들을 참관하였고, 우리 집에서 준비해 간 음식으로 점심도 들었다.

　화순군에 이르러서는 국도 주변 여기저기에 널린 탄광들을 바라보며 읍내에서 능주 쪽으로 방향을 잡았다. 옛 牧使 고을이었다는 綾州에서 향교와 이곳에 유배되었던 靜庵 趙光祖가 귀양살이 하던 집을 둘러보았다. 운주사는 거기서 얼마를 더 간 곳에 있었다.

　운주사는 조선 초기의 문헌인 『東國輿地勝覽』에 千佛千塔이 있다는 기록이 있으므로, 현재 남아 있는 수십 기의 탑과 불상들은 대개 고려시대 말기에 조성된 것으로 추정하고 있는 모양인데, 그 형태가 매우 소박한 것들이어서 지방화 된 민중 신앙을 반영하는 것으로 간주되고 있는 것이다. 회옥이와 큰처남의 딸 예은이는 창환이와 내가 각각 하나씩 거꾸로 들거나 무등을 태우기도 하면서 데리고 다녔다.

　귀가하는 길에는 보성으로 내려와서 벌교·순천을 지나 남해고속도로에 올랐다. 이미 어두워진 후인 여섯 시 반 무렵에 진주에 당도하여, 우리 아파트 부근 동성한식뷔페에서 저녁을 들었다. 오늘 소풍에 참가하지

않은 장인도 이곳으로 나오셨는데, 창환이가 오늘 중으로 친구가 있는 해운대 한국콘도까지 가야 하므로 나는 창환이를 데리고서 먼저 아파트로 돌아왔다. 고속터미널에 나가 보니 차표가 이미 매진되었는지라, 우리 부부가 준 용돈 20만 원 중 2만 원을 들여서 택시에 합승하여 태워 보냈다. 일요일 밤이라 교통 정체가 매우 심했던 모양이어서, 밤 12시 반경에 창환이로부터 그제야 한국콘도에 도착했다는 전화를 받았다.

종일 친척들과 함께 다니며 말을 하고 담배를 피우기도 했더니, 오후에는 목이 꽉 잠겨 버려 남들이 거의 내 말을 알아들을 수가 없는 지경이 되었다.

12월

4 (일) 맑음 －수도산

아내 및 창환이와 셋이서 아침 일곱 시까지 장터목산장으로 나가, 이 등산장비점에서 기획하는 제21차 안내등반에 참가하였다. 오늘의 목적지는 경남 거창군 가북면과 경북 금릉군 증산면의 경계에 걸쳐 있는 해발 1,316.8m의 修道山이었다. 덕유산에서 뻗어 내린 힘찬 지맥이 동쪽으로 가야산에 이르는 내륙 1,200~1,300m의 장쾌한 산맥 한가운데에 있어, 그 정상에 올라서면 덕유산·지리산·가야산·의상봉·기백산·금원산·황석산의 능선이 한눈에 펼쳐지는 곳이다.

관광버스 두 대에 분승한 일행이 일곱 시에 진주를 출발하여 열 시경에 거창군 가북면 중촌리에 다다랐다. 거기서 버스를 내려서 산행을 시작하여 수재마을 옆과 불석을 지나 정상에 다다른 다음, 신라 말 도선국사가 창건하고 근자에 입적한 해인사 방장 性徹 스님이 수행하던 곳이라는 修道庵 입구에서 점심을 들었고, 다시 골짜기 길로 하여 地藏臺를 지나, 지난날 조평래 군과 함께 한 번 온 적이 있는 승가대학이 있는 비구니 사찰 靑巖寺에 들렀다. 이 절 입구에서 오후 네 시경에 출발하여 우두령 고개를 거쳐 밤 일곱 시 무렵에 진주에 당도하였는데, 그 무렵 새로 만들고 있었던 청암사까지의 산복도로가 지금은 2차선으로 멋지게 포장되어 있었다.

11 (일) 흐리고 저녁 무렵 빗방울 ―구형왕릉, 왕산

서울대 동문회의 등산모임에 참가하여, 산청군의 王山에 다녀왔다. 아내는 처가의 김장을 돕느라고 함께 가지 못하였다. 도립문화예술회관 앞 광장에서 동문회장인 정경태 내과 원장, 제일병원장, 김현조·김용조·강신웅·신윤식 諸敎授와 나까지 합해 일곱 명이 모여, 제일병원장 및 신 교수의 차에 분승하여 출발했다. 우리가 탄 차는 今西面 花開里의 늘 들르는 식육점에서 똥돼지 고기를 좀 산 후, 왕산 등산로 입구의 가야 마지막 임금인 仇衡王(讓王)陵 앞에서 다시 합류했다.

왕릉 바로 옆길을 따라 정상에 올랐더니, 본교의 양희석 교수 등 세 명도 거기에 와 있었다. 筆峰 쪽으로 하산하는 양 교수 일행과 작별하여 우리는 왔던 길로 조금 내려와 어느 무덤가에서 점심을 지어 먹었다. 새로 산 프라이팬을 처음 사용해 보느라고 아내가 쇠고기와 채소 등을 준비해 주었기 때문에, 내가 맛있는 음식을 많이 가져왔다고 칭찬이 자자하였다.

진주까지 돌아와 강변의 태평양횟집에 들러 2차를 하고 난 후, 일부는 천전시장 옆의 무랑루즈라는 노래방으로 가는 모양이었지만, 나는 그쯤에서 집으로 돌아와 트럼페터 近藤等則이 페루의 잉카 문명 유적지들을 배경으로 하여 펼치는 라이브 연주를 시청하였다.

15 (목) 맑으나 추움 ―거림

오후 한 시부터 인문대 세미나실에서 '신경영 전략과 노사관계'라는 주제의 사회과학연구소 학술토론회가 있어, 거기에 잠시 참석하여 경남대 사회학과의 임영일 교수가 발표하는 「신경영전략의 사회적 의의」라는 제1주제를 청취하여 보았다. 토론자로서 동서산업의 노조위원장이 초청되어 있었는데, 그래서 그런지 진주 시내의 각 기업체 노조 지도자들이 꽤 많이 참석해 있었다.

오후 네 시 남짓 되어 다시 세미나실로 내려가 종합토론의 마지막 부분을 청취하다가, 이 모임에 초청되어 온 임영일 교수 및 임호 부산대 사회학과 교수, 그리고 사회과학연구소장인 사회학과의 최태룡 교수를 비롯한 다른 晉社連 회원들과 함께 지리산 거림으로 들어가 망년회를 가졌다. 작년에도 진사연의 연말 모임은 이처럼 사회과학연구소의 학술 토론회가 있은 후 이곳에 들어와 망년 파티를 가지는 형식으로 치러졌다고 한다.

지난번 지리산철쭉제 행사가 있었던 거림 매표소 부근의 巨林酒幕 주인이 경영하는 민박집 솔바구산장이라는 곳에서, 최태룡 소장이 자신의 판공비를 가지고서 염소를 한 마리 잡고 소주나 머루주 등도 준비하였으므로, 밤늦게까지 마시고 추운 날씨임에도 불구하고 마당에 나가 캠파이어도 가졌다. 열두 명이 들어와서 간사인 경제학과 양희석 교수와 행정학과의 유낙근 교수는 먼저 내려가고, 나머지는 모두 이곳에서 합숙하게 되었다. 다른 사람들은 다음 날 새벽 네 시 무렵까지 화투를 치고 그 후에도 바둑을 두는 사람들이 있었으나, 나는 이러한 놀이에는 흥미도 없고 할 줄도 모르므로 옆방에서 일찌감치 잠자리에 들었다.

16 (금) 맑으나 추움 −귀가 길
지리교육과의 김덕현 선생이 아침 첫 비행기로 서울에 가야 한다면서 새벽 여섯 시 반경에 일어나 진주로 떠난다고 하므로, 나도 그 차에 동승하기 위해 하늘에 반짝이는 별들을 바라보며 솔바구산장을 나섰다. 사회학과의 정진상 선생 등은 우리가 나올 무렵에야 눈을 부친 모양이므로, 느지막이 일어나 아침 식사를 들고서 나올 모양이었다. 경남대의 임영일 교수와 어제 고등학교 입시를 마친 김덕현 선생의 아들까지 보태어 모두 다섯 명이 함께 거림을 떠났는데, 운전대를 잡은 지리교육과의 이전 선생은 새 학기부터 서울의 이화여대로 옮기게 된다고 한다.

거림 골짜기 입구의 황점 마을에 다다랐을 무렵 날이 점차 밝아 오기 시작하였으므로, 거기서 잠시 정거하여 전화를 걸고 자동판매기에서 커피도 뽑아 마셨다. 거기서 바라다 보이는 천왕봉과 중봉의 하얀 눈에 덮여 있는 모습이 제법 신비롭기까지 하였다.

18 (일) 맑고 포근함 -벽방산

오랜만에 망경산악회 회원들과 함께 고성군과 통영군의 경계 지점에 있는 벽방산(一名 碧鉢山)에 다녀왔다. 16명 정도가 봉고 한 대와 승용차 한 대에 분승하여 떠났다.

가까운 곳이고 산도 해발 650m 남짓 정도의 높이 밖에 되지 않으므로, 아침 여덟 시 남짓에 출발하여 산 아래 安靜寺 입구 주차장에다 차를 세워 두고서 산행을 시작하여, 隱鳳庵을 거쳐서는 산복도로를 따라 좀 걷다가 다시 등산로를 택해 정상 쪽으로 올랐는데, 오전 열한 시 무렵에 벌써 꼭대기에 닿았다. 이 산은 행정구역상으로는 통영군에 속하는지라, 가까이에 내려다보이는 고성 읍내는 물론이고 멀리 다도해와 충무에서 거제로 건너가는 견내량의 거제대교까지도 바라볼 수가 있었다. 加葉庵을 지나 義湘庵 아래쪽에서 점심을 지어 먹고, 귀로에는 금곡과 문산·금산을 지나 말티고개를 넘어서 진주 시내로 진입하였는데, 출발 장소인 MBC 로터리에 당도해도 오후 세 시 정도 밖에 되지 않았다.

1월

8 (일) 아침에 짙은 안개 –여항산

아내와 함께 망경산악회 회원들을 따라 義昌郡 鎭田面과 咸安郡 咸安面의 사이에 정상이 위치해 있는 해발 744m의 艅航山에 다녀왔다. 마산 가는 2번 국도를 따라 가다가 진전면 良村里 조금 못 미친 곳에서 함안군 군북면 쪽으로 통하는 샛길로 접어들어 산기슭의 艅陽里에서 마이크로 버스를 내려 등반을 시작했다.

眉山嶺에 올라 정상 쪽을 향해 정상에까지 갔다가 도로 미산령 쪽으로 돌아 나와 헬기장에서 점심을 지어 먹고, 군북으로 통하는 고갯마루인 비실재에서 산복도로를 따라 여양리 쪽으로 내려왔다. 여항산은 6.25 때 임시수도인 부산 서쪽의 최후 방어선으로서, 국군과 인민군 간의 치열한 공방전이 벌어졌던 현장이다. 이 지방 출신의 조평래 군에게서 들었던 바에 의하면, 미군도 당시 엄청난 함포사격을 퍼부었다고 하는데, 그래서인지 일명 갓때미산이라고 불리기도 한다.

아버지보다 두 살 위인 동행했던 林 영감의 증언에 의하면, 50년대에 그가 군북 일대를 지나가노라니 논밭에 사람의 뼈가 마치 거름 무더기처럼 여기저기 쌓여 있더라고 한다. 사실인지는 알 수 없으나, 부회장인 차 선생이 들려 준 바에 의하면, 진전면 일대는 고려 시대에 일본 정벌을 위해 몽고군이 주둔해 있던 지역이라, 이 주변의 지명에는 아직도 몽고 말이 많이 남아 있다고 한다.

15 (일) 맑음 -함양 백운산

아내와 함께 망경산악회 회원들을 따라 경남 함양군과 전북 장수군의 경계에 있는 해발 1,278.6m인 白雲山 등반을 다녀왔다. 아침 여덟 시 반에 MBC 로터리에서 집결하여, 함양읍과 栢田面 소재지를 거쳐서 백운산 아래에 당도하였다. 상연대에서부터 정상까지는 가파른 능선 길을 계속 타올라야 했는데, 꼭대기 부근에는 제법 눈이 무릎까지 쌓여 있고, 나무 가지들이 눈꽃을 달고 있으며, 때때로 바람에 불려 안개처럼 날아오는 눈가루도 자연 속에 들어온 멋을 느끼게 해 주었다.

정상 옆에서 눈밭을 다듬어 그 위에서 점심을 지어먹고, 白雲寺 쪽 계곡 길로 하여 내려왔다. 눈길이 미끄러워 엉덩방아를 찧는 사람들이 속출하였고, 나는 하산 도중 山竹 가지에 왼쪽 콧구멍을 찔려 제법 피를 흘렸다. 거의 다 내려올 무렵까지 한동안 휴지를 콧구멍에다 큼직하게 끼우고서 걸었다. 하산한 이후 다시 산기슭 주막에서 막걸리와 소주 등을 마셨다. 유춘식 전임 회장이 모처럼 출석하였는데, 김현조 교수가 지난 번 산행 때 유 회장이 재임 중에 회비를 착복했다고 발언한 문제와 관련하여, 이번에 그 일로 특별 감사를 실시한 결과에 대한 보고 및 사후 처리 방침에 대한 말들이 있었다. 김 교수는 현재 베트남·태국을 거쳐 인도 여행을 떠나 있는데, 귀국한 이후 이 문제가 어떻게 수습될 것인지 다소 걱정스럽다.

집으로 돌아오니, 오늘도 회옥이가 입구의 경비실 안에서 우리를 기다리고 있었다. 아내가 보여주는 회옥이의 일기를 읽어 보았더니, '엄마 아빠가 산에 가지 말았으면 좋겠다' '만약 산에서 사고를 만나 엄마 아빠가 다 돌아가시면 나는 어떻게 되나' 라는 등의 구절이 보였다. 우리 부부가 거의 매주 일요일마다 등산을 갈 때는 회옥이를 외갓집에 데려다 맡겨 두곤 했는데, 외가에는 외할아버지 외할머니 외에는 친구가 될 만한 어린이가 없고, 우리도 번번이 데려다 주고 데리러 가곤 해야 하므로 번거로운지라, 이즈음은 거의 집에서 혼자 놀게 하고 있다. 비록 TV도 있고 아파트에 자기 또래 아이들도 있다고는 하지만, 온종일 부모와 떨어져 있자면 어찌 심심하고 외롭지 않겠는가?

16 (월) 맑음 -선진

오전 중 同壻인 황 서방네 가족이 우리 가족 전원과 함께 내 연구실을 방문하였다. 본교 구내의 컴퓨터 매점에서 국민학교에 다니는 그의 두 아들 상호와 규호를 위한 컴퓨터를 한 대 구입하기 위해서였다. 함께 매장에 들러서 명 컴퓨터점의 주인을 만나 제품의 사양에 관해 상의해 보았다. 황 서방은 처음 486기종의 광고를 보고서 그것을 구입하고자 왔던 것이지만, 이미 586인 펜티엄 기종이 나와 있는 것을 알고서 그것을 구입하기로 예정을 바꾸었을 뿐 아니라, 모니터도 보통 쓰는 14인치보다 훨씬 큰 17인치로 하고, 기타 노래방과 영화 및 각종 게임들까지 포함한 최신의 설비들로써 조립해 주도록 주문했다.

주문을 마친 후 황 서방이 운전하는 처제의 차로 晋泗工團으로 가서, 거기 3,000평 규모의 대지 위에 새로이 짓고 있는 황 서방네 공장의 신축 현장을 구경하였다. 황 서방은 그의 부친 대부터 기아자동차의 부품을 납품하는 하청공장을 경영하고 있는데, 근년 들어 진사공단이 새로이 마련됨에 따라 진주 시내의 도동에 있는 공장으로부터 이곳의 넓은 부지로 이전할 계획을 세우고서, 목하 공사가 마무리 단계에 들어가 있는 터이다.

공장에 가 본 후, 거기서 차로는 불과 5분 이내의 거리에 있는 船津으로 가서 황 서방이 사 주는 생선회와 대합 죽으로 점심을 들었다. 선진에는 오랜만에 와 보는 셈인데, 그 사이 횟집도 더 많이 들어섰고, 공원을 한 바퀴 두르는 포장도로도 개설되어 있었다. 日本 京都에 있는 임진왜란 당시 조선인의 귀와 코를 베어다 묻어 놓은 耳塚이 이곳 진입로 가에도 朝明聯合軍의 무덤으로서 세워져 있는 모습을 지나가는 차 안에서 바라보았다. 선진은 壬亂이 발발한 직후 李忠武公의 泗川海戰이 벌어졌던 현장으로서, 여기서 거북선이 처음으로 사용되고 충무공은 당시 왜군의 조총에 맞아 어깨에 관통상을 입었던 것이다. 정유재란이 거의 끝나

갈 무렵 이 전쟁을 마무리한 최후의 露梁海戰이 있기 직전에, 이곳 현재의 공원 자리에 구축된 倭城 주변에서 朝明연합군이 島津義弘이 거느린 九州 薩摩藩의 군대를 포위해 있다가, 軍中의 화약고 폭발 사고로 말미암아 경황이 없던 중에 기습을 당해 여지없이 蹂躪당하여, 수천 명의 병사를 잃고 진주까지 추격당했던 것이다.

22 (일) 부슬비 온 후 흐림 −금원산, 기백산

아내와 함께 제25차 장터목산장 안내 등반에 참가하여 거창군에 있는 金猿山(1,352.5m)과 箕白山(1,330.8)에 다녀왔다. 아직 날이 새기 전인 새벽 일곱 시까지 멋−거리산악회 회원인 김양배 씨가 경영하는 등산장비점 장터목산장에 집결하여, 약 마흔 명이 대절버스 한 대로 출발하였다. 鄭桐溪의 고향 마을인 위천면 소재지를 지나 등산 기점인 상천리로 가는 도중에 차가 공사 중인 도로의 흙더미 속에 빠져 움직이지 않으므로, 처음에는 남자들이 차를 밀기도 하여 어떻게 해보고자 했으나 안 되어, 마침내 그 지점에서부터 걸어 등반을 시작했다.

米瀑을 지나 지재미골로 접어들어, 자운폭포와 유안청폭포를 거쳐서 정상으로 향했는데, 얼어서 길이 미끄러운 데가 많아 구두에다 아이젠을 부착해야 했다. 날씨가 궂어 안개가 낀 탓으로 나아가는 등산로 주변의 모습이 약간 보일 뿐 아무런 경치를 구경할 수가 없었고, 이 골짜기는 평소 폭포로 유명한 곳이지만 폭포도 거의 다 얼어붙어 있었다. 정상에 올라 한 숨을 돌린 후, 바람을 피하여 기백산 쪽으로 조금 내려간 곳의 골짜기에서 점심을 지어 먹고서 다시 산행을 시작하였다. 아내를 포함한 대부분의 일행은 기백산 정상에서 약 반 시간 남짓 못 미친 지점에서 시영골 쪽으로 하산하였지만, 나는 다른 다섯 명과 함께 안개 속으로 계속 걸어 기백산 정상에 올랐고, 도수골 쪽으로 하산하여 龍湫寺 입구의 一柱門 앞에서 다른 일행과 합류하였다.

진주로 돌아와, 처가에 가서 오늘 큰처남이 운전하는 차로 南海 錦山의 보리암에 작은처남의 고시 합격을 기원하는 기도를 다녀온 장인 내외로부터 절에서 얻어 온 떡을 나누어 받고, 다시 上鳳西洞의 큰처남 집에 들러 거기에 맡겨 둔 회옥이를 데려왔다. 회옥이는 처남의 딸인 예은이와 사이가 좋기 때문에, 데리러 가자면 우리에게 다소 불편한 점이 있기는 하지만, 처남 집에 부탁하기로 한 것이다.

29 (일) 맑으나 때때로 가는 눈발 —보해산

망경산악회 회원들과 함께 거창군 가북면에 있는 보해산(912m) 등반을 다녀왔다. 아침 여덟 시까지 MBC 로터리에 모이게 되어 있었지만, 그 동안 산악회 사무실의 전화가 불통이었던지라, 일부 회원들은 예정을 바꾸어 지리산 천왕봉 등반을 가기로 작정하고 있었다. 그러나 예정된 스케줄대로 하자는 나의 의견에 따라, 하영문 씨는 비회원인 친구 몇 명과 더불어 천왕봉 쪽으로 가고, 우리 부부를 포함한 나머지 회원 일곱 명이 봉고차 한 대에 합승하여 출발했다. 안의에 들러 돼지고기 등을 좀 사서, 가조면 소재지를 거쳐 가북면 소재지인 우혜마을에서 郭勉宇가 만년을 보낸 茶田, 즉 中村里 방향으로 접어들어, 陽岩이라는 마을에서부터 등반을 시작했다.

마을 사람에게서 들은 산길은 처음부터 가시나무 숲이 우거져 자꾸만 엎드려서 배낭에 걸리는 가지들을 헤치며 나아가야 했는데, 마침내 그나마도 길이 끊어져 버려 정상 쪽 능선을 향해 무작정 나무 가지와 바위를 의지하여 오르게 되었다. 정상에서 고기를 굽고 국을 끓여 술과 점심을 들고는 능선 길로 하여 내려왔다. 바위가 매우 가팔라 자일이 없이는 위험한 곳도 적지 않았다.

귀가 길에는 합천군 봉산면 소재지인 김봉에서부터 합천댐 서쪽 방향을 따라 봉계·柳田을 지나 대병면 소재지에 가까워진 지점에서 내려 빙어 회를 들었다. 내가 한 턱 내는 것으로 했다. 진주에 도착해서는 아내와 함께 스포츠용품점을 몇 군데 들러 청학산장이라는 곳에서 13만 원짜리 내 스키복 바지를 한 벌 샀고, 처남 집에 가서 회옥이를 데리고 돌아왔다.

2월

1 (수) 맑음 -선학산

점심을 든 후 혼자서 도동의 仙鶴山에 산책을 다녀왔다. 버스를 타고서 도동 현대아파트 입구 부근에서 내린 후, 아파트 안으로 해서 선학산 산책로에 접어들었고, 정상 부근에서 옥봉동 쪽으로 내려온 후, 활쏘기 놀이를 하는 覽德亭 쪽으로 해서 다시 정상 부근의 공동묘지에 오른 다음, 능선을 따라 연암도서관 구내로 내려왔다. 다시 처음 왔던 코스 쪽으로 오르기 위해 과수원에 닿아 있는 막다른 길목에까지 왔을 때, 그곳 승용차 안에서 카섹스를 즐기고 있던 젊은 연인 한 쌍과 부닥뜨리기도 했다.

산책로의 시민 체육장에 다시 올라 일신아파트 쪽으로 가는 제법 길고 한적한 능선 코스로 접어들어, 시내버스를 타고서 귀가하였다.

5 (일) 맑음 -비봉산, 선학산

점심을 든 후 혼자서 飛鳳山에 올랐다. 상봉아파트 쪽의 왼쪽 끄트머리에서 산책로도 아닌 人家의 마당 옆으로 난 길을 따라 올라 가서 능선을 따라 정상으로 향했다. 알고 보니 그 부근에서도 정상까지는 산책로가 잘 닦여져 있었다. 능선에서 바라보이는 시내 및 반대편 골짜기의 풍경이 신선한 감동을 주었다. 정상에서부터 동쪽 방향으로는 능선을 따라 차가 다닐 수 있을 만한 비포장 農路가 나 있었으므로, 그 길을 따라 계속 걸으니 말티고개에 이르렀다.

고갯마루에서 仙鶴山 쪽으로 건너가, 지난 번 설날 연휴 마지막 날에 걸었던 능선보다 더 서쪽, 말티고개를 넘어 진주 중심가에 이르는 국도 바로 옆 능선을 따라 걸어서, 그때처럼 류왕표 선생 동네인 일신아파트 쪽으로 내려왔다.

19 (일) 맑음 -구봉산

우리 부부를 포함한 망경산악회 회원 열네 명이 언제나처럼 회원이자 현재의 부회장인 강 씨가 운전하는 봉고 버스 한 대에 함께 타고서 전라북도 진안군 주천면과 정천면의 경계에 있는 운장산의 지봉인 해발 990m의 九峰山에 다녀왔다.

이쪽 방향으로 갈 때면 늘 들르는 안의의 光風樓 옆 푸줏간에서 돼지고기를 사서, 花林溪谷과 六十嶺을 거쳐 전라북도 땅으로 접어들었고, 장수군 長溪에 있는 朱論介의 고향 동네 부근을 지나, 진안읍을 경유하여 구봉산 아래에 새로 지어 놓은 별장 같은 양옥집 옆에서 하차하였다. 바위산 봉우리가 아홉 개라 하여 구봉산인데, 임원진이 바뀐 이후 늘 그렇듯이 이번에도 출발 며칠 전부터 감사 김형견 씨 등은 작년에 들렀던 이 산의 코스가 바위 낭떠러지 위로 너무 가파르게 오르므로 위험하다 하여 다른 산으로 가자는 의견을 주장했었던 모양이지만, 일단 확정 통보된 산행 계획을 즉흥적으로 바꾸는 것은 바람직하지 못하다는 나의 의견에 따라, 지난 달 말에 우송된 월중 산행계획표대로 이 산에 오게 된 것이다.

그러나 김형견 감사의 의견도 참작하여 정작 가파른 바위 봉우리 코스는 피하고서 비교적 평범한 산복 길을 택했는데, 그것도 능선에 가까워질 무렵에는 대단히 가팔랐다. 정상에서 올라왔던 코스로 도로 조금 내려온 지점의 눈이 없는 양지바른 곳에서 점심을 들었다. 우리 부부는 이즈음 매번 산행 때마다 불고기용 쇠고기와 야채 쌈을 준비해 가고 있으며, 오늘은 최근에 구입한 휘발유 버너도 처음으로 선을 보였다. 산에 오르는 날마다 늘 포식을 하고 술도 많이 마시게 되기 때문에, 이런 날은 귀가 후 저녁 식사를 거르고 있다. 하산 길은 天皇寺 쪽으로 내려오는 코스를 취하였다.

천황사에서 내가 가진 TDS 측정기로 0의 수치가 나타날 정도로 순수하고도 맛있는 절의 생수로 잠시 목을 축이면서 쉬다가, 출발하여 귀가 길에 올랐다. 돌아오는 길에 전임 회장인 유춘식 씨가 목이 마르다면서 장계에 차를 세워 막걸리를 좀 마시고 가자고 했지만, 기사인 강 씨가 못들은 척 무시하고서 그냥 장계를 지나쳐 버렸으므로, 육십령을 향하여 한참 올라온 무렵에 내가 운전하는 강 씨에게 장계에서 차를 세우라는 말을 못 들었는지 정색하여 묻고, 왜 이렇게 질서가 없느냐고 한 마디 꼬집어 주었다. 유 회장이 팔 년 남짓한 기간 동안 이 산악회를 이끌어 오늘날의 정도로까지 만들어 놓았는데, 회장의 직에서 물러나고 보니 日當을 받고서 운전하는 기사조차가 전임 회장의 말을 무시하는 것이 괘씸했던 것이다. 내 말을 듣고서 찔끔했는지, 화림계곡의 서상면소재지에서 차를 세워 막걸리 도가에 들렀다.

26 (일) 맑으나 다소 강한 바람 -둔철산
망경산악회 회원들과 함께 산청군에 있는 屯鐵山(812m)에 다녀왔다. 나환자 마을 좀 못 미친 곳에서 등반을 시작하여, 폭포를 거쳐 정상에 오른 다음, 단계 마을 쪽으로 내려왔다. 물론 아내도 동행했다.

3월

1 (수) 맑음 -청학동, 외삼신봉
3.1절 휴일이라 망경산악회 회원들과 함께 지리산 외삼신봉 등반을 다녀왔다. 아내는 모처럼 회옥이와 더불어 휴일의 시간을 보내기 위해 참가하지 않았다. 고로쇠 물이 많이 나는 곳이라는 안내가 있었던 까닭에, 참가자는 평소보다 훨씬 많아 봉고차 두 대를 동원해야 했다.
평소처럼 여덟 시까지 MBC 앞에 집결하여, 서부시장에서 돼지고기를 산 다음, 새 댐 옆 판문동 다리에서 남강을 건너 河東 가는 舊道路를 경유하여 橫川에서 黙溪 골짜기 방향으로 접어들었다. 靑鶴洞 道人村에 당도해 보니, 그 사이 민속전시관을 비롯하여 새로운 건물들이 제법 여럿 눈에 띄었다. 도인촌 마을 안으로 하여 三聖宮 입구를 지나 상불재 골짜기 쪽으로 오르기 시작했다. 엊그제 밤에 내렸던 비가 지리산에서는 눈이 되었던 모양으로, 아직 아무도 밟지 않은 눈 속으로 길을 내어 가며 나아갔다. 아마도 금년 들어 마지막 밟아 보는 눈이 되지 않을까 한다.

佛日瀑布와 雙磎寺 방향으로 이어지는 상불재에서 남부능선에 올라 지리산 주능선을 한 눈에 바라보며 내삼신봉(1,354.7m) 쪽으로 향하는 도중에 있는 헬기장에서 점심을 지어 먹고, 제법 술도 얼근히 되어 다시 등산을 시작했다. 상불재로 오르는 도중이나 진주암 쪽으로 내려가는 도중 여기저기의 고로쇠나무 둥치에 수액을 채취하기 위해 비닐봉지를 매달아 놓은 것이 눈에 띄었다. 회원들은 눈에 띄는 데로 모두 거두어서 고인 수액을 자기네 수통에다 담거나 마시고 있었는데, 나도 진주암으로 내려오는 도중에 두어 개 거두어 마셔 보았다.

하산을 마치고서 청학동 입구의 매점에서 막걸리를 마셨는데, 회원 중에 고로쇠 물을 사겠다고 돈을 빌려 달라는 사람이 있어 오만 원을 꾸어 주었다. 이럭저럭 술이 거나하여, 점점 어두워져 오는 가운데 진주로 돌아오는 차 안에서는 계속 졸았다.

12 (일) 맑으나 산 위에는 한 때 싸락눈 -천주산, 마금산온천

아내 및 망경산악회 회원들과 함께 함안군 칠원면에 있는 천주산(750m) 등반을 다녀왔다. 邱馬고속도로와 남해고속도로의 분기점에서 칠서 쪽으로 난 舊도로를 따라 얼마간 더 들어간 지점에서 구고사 입구 방향으로 꺾어들어, 절 입구까지 차가 들어갔다.

하차하여 등반을 시작했지만, 이미 능선에 거의 다 올라온 지점이라 실제 산을 타고서 걷는 시간은 얼마 되지 않았다. 마산시의 전경이 한 눈에 바라다 보이는 정상에서 가져간 음식물로 고기를 굽고 술을 마시며 이른 점심을 들고 난 후, 거기서 그다지 멀지 않은 거리에 있는 창원군 북면의 마금산온천으로 가서 목욕을 했다. 원탕이라 쓰인 곳에 들어갔는데, 시설이 낙후하여 약 10년 전에 왔을 때에 비해 별로 나아진 바가 없었다.

마산 뒤쪽 檜原區를 관통하는 새로 난 국도를 따라 진동을 거쳐 진주로 오면서, 양촌 부근의 여항산 입구 마을 음식점에 들러 돼지고기를 구워서 안주로 하여 다시 술을 마시며 놀았다.

19 (일) 맑음 -망운산

　망경산악회 회원 26명이 봉고차 두 대에 분승하여 함께 南海郡의 望雲山(785.9m) 등반을 다녀왔다. 원래는 전라남도의 재암산으로 가게 되어 있었으나, 남해군 출신자들이 많이 들어 있는 자유산악회 측이 오늘 이 산에서 始山祭를 지낸다고 하므로, 이에 동참하기 위해 목적지를 바꾼 것이다. 지난여름 처가 식구들과 함께 파라다이스콘도에서 일박했다가 귀가하는 도중에 들렀던 적이 있는 남해읍 부근의 花芳寺에서부터 산행을 시작하여, 망운암을 거쳐 오전 11시 무렵 정상에 올랐다. 정오경에 祭禮가 시작되었는데, 우리 망경산악회 회원으로서 현재 경남산악연맹 회장, 경남 도의회 부의장을 맡아 있고, 다가올 진주시장 선거에도 출마할 것이라고 하는 회계사 어정수 씨도 와서 축사를 하고 아헌관으로서 祭酒를 올렸다.

　음복을 마친 후, 우리 회원들은 다른 능선 코스로 향할 예정이었으나, 자유산악회 측에서 준비해 둔 음식을 꼭 들고 가라는 간곡한 당부가 있어, 다른 산행은 포기하고서 화방사 가까운 곳에 위치한 극락암까지 내려와, 이 암자에 부탁하여 마련한 푸짐한 해물과 술로써 포식을 하였다.

　귀가 길에 남해군 내의 어느 자연농원 운동장에 들러 망경산악회의 회원들끼리 축구 시합을 하기도 하였다. 돌아올 때 우리 부부는 어떤 분의 그랜저 승용차에 동승하였는데, 과음으로 말미암아 집에 도착했을 무렵에는 걸음도 제대로 걷지 못하고 혀 꼬부라진 소리를 하더라고 한다.

4월

2 (일) 맑음 -재암산

　아내와 함께 망경산악회의 주말 산행에 참가하여, 전라남도 보성군과 장흥군의 경계에 위치해 있는 재암산(807m)에 다녀왔다. 봉고차 하나로는 부족할 정도인 17명 정도의 사람들이 참가하였으므로, 우리 부부는 회원이 가져온 승용차에 동승하였다.

재암산 기슭은 난초가 많기로 유명하다는데, 때마침 춘란이 피기 시작할 무렵이라, 등산로 주변 잡목 속에는 새로 피어나는 난초가 지천이었다. 나이든 회원 김형견 씨는 산에 오를 무렵부터 난초 캐는데 정신이 없더니, 내려올 무렵에는 회원들 대부분이 난초를 캐기 시작하여, 거의가 배낭이나 비닐봉지에 가득할 정도로 담아 가는 것이었다. 우리 부부는 그런 데 별로 관심이 없어 남보다 먼저 내려와 산 아래의 첫 마을 부근에서 쑥과 나물을 캐었다. 그 사람들은 오늘 캔 난초들을 대부분 죽여 버리고 말 것이라 생각하니 아쉽기 짝이 없었다. 그들이 가져가다 흘린 난초 한 포기를 주워 오다가, 집에까지 들고 갈 자신이 없고, 가져와도 집에는 이미 춘란 화분이 여러 개 있어 별로 필요가 없는지라 결국 버리고 말았다.

5 (수) 맑음 -망경산
망경산악회 회원들은 매년 식목일마다 망경산에 올라 무궁화를 심고 퇴비를 주며 가지치기도 하고 있는데, 올해는 우리 가족 일동도 처음으로 참가하였다.

열 시에 총림사 입구 주차장에서 모이게 되어 있는데, 출발 직전에 아내가 밖에 나가서 사 온 김밥 도시락 세 개를 내가 맨 백에다 넣으라고 하지만, 작년에 멕시코에서 사 온 이 가죽 백에는 이미 그런 것이 들어갈 여유가 없었다. 그렇게 말하는 아내 자신은 조그만 회옥이 가방 하나만을 달랑 메고 가려고 하면서, 남자가 그런 서비스도 하지 않으려 한다면서 짜증을 내므로, 부아통이 치밀어 머슴을 데렸느냐면서 고함을 지르며 거실 옆에 비스듬히 열려 있는 서가의 아래쪽 문을 걷어찼더니, 그 문이 대번에 떨어져나가고 말았다. 식목이고 뭐고 집어치우려고 했는데, 회옥이를 데리고서 먼저 내려간 아내가 경비실 전화로 부르므로 마지못한 듯 따라나섰다.

두어 시간 동안 총림사에서부터 능선의 헬기장 부근에 이르기까지의 등산로 주변 무궁화나무들을 손질해 주었다. 새로 심는 나무들은 시청에다 신청하여 받아 온 것이라고 한다. 우리 산악회에서 매년 이런 일을 하고 있다는 소문이 언론 기관에까지 전해져 있는지, 어제 진주 MBC에서 유춘식 전 회장과 인터뷰한 내용이 오늘 오후에 라디오를 통해 방송되기도 하였다.

송신탑과 체육 시설이 있는 정상에서 나동 쪽 방향으로 내려가는 도중의 어느 무덤 옆에서 준비해 간 술과 고기 및 도시락 등으로 점심을 들며 놀다가, 아내와 회옥이를 비롯한 일부 참가자들은 귀가하고, 나머지 열 명 남짓 되는 회원들은 거기서 남강 댐까지 남강 옆의 야산 능선을 따라 산행을 하였다. 숭상 공사를 하고 있는 새 댐 水門 앞의 다리에서 학교에 나갔다 차를 몰고서 돌아오는 인문대의 이영석·장원철 교수를 만나 김현조 교수랑 넷이서 맥주를 몇 병 마셨고, 진양호 입구의 닭요리 집에서 참가한 회원 일동은 닭고기와 술로써 저녁을 든 다음 귀가하였다.

16 (일) 맑음 -추월산

아내와 동반하지 않고서 모처럼 혼자 망경산악회의 주말 산행에 참가하여, 전남 담양군의 秋月山(731m)에 다녀왔다. 담양호 옆의 위락시설 지구에서부터 등반을 시작하였는데, 정상 부근에 위치한 菩提庵 입구의 암벽에는 金德齡 장군의 부인이 丁酉再亂 때 친정인 담양으로 피난 왔다가 倭軍을 피해 투신자살한 지점이라는 刻字와 비석이 눈에 띄었다. 하산할 때는 다른 능선 길을 택하여 담양호 쪽으로 내려왔다.

일행은 도중에 순창에 들러 전통 고추장 담기로 유명하여 TV에도 자주 나온다고 하는 문옥례 할머니의 점포에 들러 고추장과 더덕 고추장 무침을 좀 사기도 했다. 봄이 한창이어서 도로 가에는 개나리와 복사꽃 자두꽃 등이 절정이었다.

23 (일) 맑음 -월출산 종주

장터목산장의 제27차 안내 산행에 참가하여 전라남도 영암의 月出山 (812.7m) 종주등반을 다녀왔다. 이 산에는 道岬寺까지 두 번 와 본 적이 있고, 멋-거리산악회 회원들과 함께 천황사를 거쳐 정상인 천황봉까지 올라 본 적도 있었으나, 이번에는 천황사-천황봉-구정치-도갑사를 잇는 풀 코스였다. 아내는 2박 3일간의 예정으로 모교인 연세대학교 종합관에서 열리는 미국에서의 가정간호 세미나에 참가할 겸 장인의 문병도 겸하여 내일 상경하게 되므로, 이번 산행에는 동반하지 않았다. 밤에 귀가하니, 회옥이도 돌아와 있었다.

5월

5 (금) 맑음 - 할미산

어린이날 휴일이라, 아내는 황 서방네 가족과 함께 회옥이를 데리고서 부곡온천으로 가고, 나는 망경산악회 회원들과 함께 일행 열한 명으로 함양군 西上面에 있는 할미산(1,026m) 등반을 다녀왔다. 서상면 소재지에서 남덕유산 아래 공무원연수원 쪽으로 접어 들어가, 연수원에서 한 정거장 못 미친 지점에 내려 등반을 시작했다. 할미산 중턱의 채석장을 피해 길도 없는 오른편 능선을 더듬으며 잡목 숲을 헤치면서 올라갔다. 몇 주 만에 산에 오르니, 겨울 내내 앙상했던 나무들이 일제히 신록을 띠고 있어 자연의 변화가 무척 빠름과 봄기운의 왕성함을 느낄 수 있었다.

바위로 된 정상에서 점심을 들고서, 전라북도와의 경계인 六十嶺고개 쪽으로 난 능선 길로 하산했다. 도중의 헬기장 부근에 할미꽃이 많아 일행 중의 여러 사람들은 또 그 꽃을 눈에 띄는 대로 뽑아 배낭에 담아 오며, 약에 쓰려고 그러는지 소나무 잎을 가지채로 꺾어 오는 사람들도 있었다. 육십령고개 휴게소에서 맥주와 막걸리를 마시며 차를 기다리다가, 네 시 반 가까운 무렵에 타고 왔던 봉고차가 도착하여 귀가 길에 올랐다.

14 (일) 부슬비 - 장곡사, 칠갑산

혼자서 알프스산악회의 一日 안내 산행에 동참하여 忠南 靑陽郡에 있는 七甲山에 다녀왔다. 아침 여덟 시 반경에 도동에 있는 공단로터리 부근 제일예식장 앞에서 관광버스 한 대로 출발하여, 함양 부근에서 88고속도로에 올랐고, 남원에서부터는 다시 전주 가는 국도를 따라 가서, 전주를 지나서는 호남고속도로에 올라 논산 인터체인지까지 갔으며, 연무대-은진-논산-부여를 지나 長谷寺 입구에서 하차하였다. 장곡사는 그리 큰 사찰은 아니지만, 국보와 보물이 여러 점 있었고, 大雄殿이 上下로 두 개 있어서 모두 보물로 지정되어 있었다.

오후 한 시경 사찰 입구 주차장에서 나누어 주는 도시락으로 점심을 들고서, 사찰로로 하여 해발 560m인 정상에 올랐으며, 하산 길에는 산장로로 하여 勉庵 崔益鉉의 동상이 있는 칠갑산장 쪽으로 내려왔다. 돌아올 때는 호남고속도로의 여산 인터체인지 부근으로 빠져, 왔던 코스로 하여 밤 열 시 반경에 집에 당도하였다.

나는 《신경남일보》에 난 광고를 보고서 신청하였던 것이지만, 알고 보니 이 산악회는 예전에 한두 차례 참가해 본 적이 있는 메아리산악회, 산산산악회의 멤버들이 명칭을 바꾸어 운영하고 있는 것이었다. 우리 아파트 5동의 경비원을 하던 노인도 요즈음 이 산악회에 단골인 모양으로, 차 안에서는 그와 시종 나란히 앉았다.

21 (일) 흐리고 오전 한두 차례 빗방울 -월봉산

망경산악회 회원들과 함께 일행 열 명이 함양군 西上面과 거창군 北上面의 경계에 있는 月峯山(1,279m) 등반을 다녀왔다. 아내는 오늘 오후에 장인이 서울에서 내려오시므로 공항에 마중을 나갈 예정인데다 집에 일도 벌여 놓고 있는지라 참여하지 않았다.

늘 하듯이 일행이 도중에 안의에 들러 푸줏간에 돼지고기를 사러 가는데, 우리 산악회의 회장인 김영기 병원장이 등산복 차림으로 그 부근을 걷고 있는 모습이 눈에 띄었다. 허리가 아파서 오늘 산행에 참가하지 못한다는 것은 꾀병이었던 것이다. 여성부장이기도 한 차희열 부회장의 부인이 짓궂게도 말을 건네 본 모양인데, 무주구천동 쪽으로 간다는 대답이었다고 한다. 김 원장은 회장이 된 이후 이 산악회의 주말 등산에 별로 참석하지도 않고, 산악회의 사무는 거의 전적으로 총무인 진주고등학교 후배 강신웅 교수에게 맡겨 두고 있으며, 그렇다고 해서 별로 금전적으로 기여하는 바도 없으므로, 전임 회장으로서 강 교수를 도와 실질적인 산악회 운영 계획에 여전히 깊이 관여하고 있는 유춘식 씨의 불만이 적지 않았다.

지난번 할미산 등반 때 갔던 코스를 경유하여 남덕유산 아래 靈覺寺 입구에 주차하여 수통에다 물을 채우고, 두 군의 경계인 덕유산 줄기의 藍嶺에서부터 등산을 시작하였다. 신록이 한참인 데다 비온 후라, 수목의 바다를 이룬 주위 경관에서 생명력의 약동을 느낄 수가 있었다. 햇볕이 없어 날씨도 등산하기에 알맞으며, 이 산은 평소에 별로 오르는 사람도 없어 멋있는 산행이 되었다. 정상인 깎아지른 듯한 바위 봉우리에는 내가 제일 먼저 올랐는데, 거기서는 덕유산의 주능선과 금원·기백산의 모습이 한 눈에 들어왔다. 하산 길에 숲 속에서 점심을 지어 먹고 산나물도 뜯으며 농장 쪽으로 내려왔다. 농장 나무그늘에 앉아 쉬면서 산 속 개울에서 잡아 온 가제를 구워먹고, 풀뿌리를 캐어 씹기도 하였다. 어릴 적 주례에 살 때 지금 형무소가 들어서 있는 곳 부근의 앞산 중턱에 우리 집 밭이 있어, 아버지가 밭일을 하시다가 나에게 뜯어 주신 적이 있는 딱지라는 이름의 풀뿌리도 씹어 보았다.

돌아오는 길에는 거창군 쪽으로 하여 황점·월성·갈계·搜勝臺를 지나서 鄭桐溪의 고향인 위천리에 들러 식당에서 막걸리를 마셨다. 내가 산두루치기 안주가 남아 그것을 비닐봉지에 담아 오다가 산청 부근의 도로변 휴게소에서 다시 정거하여 어둑어둑할 무렵까지 막걸리를 마시기도 하였다.

6월

4 (일) 흐리다가 개임 -산성산

아내와 함께 송암산악회의 안내 산행에 참여하여, 전북 순창군의 군립 공원으로 지정되어 있는 山城山에 다녀왔다. 대절버스로 세 대나 되는 많은 인원이었다. 선거철이라 前 市長인 白承斗, 고려병원장으로서 시장 선거에 출마한 문병옥 씨와 도의원 선거에 출마한 사람 등이 출발 전에 차에 올라 와 인사를 하였다. 알고 보니 이 산악회의 회장 되는 사람도 옥봉동 지구의 시의원에 출마해 있었다.

함양에서 88고속도로에 올랐는데, 아내는 제1 등산로의 현수교를 지나 팔각정 전망대가 있는 곳까지 올라갔다 내려와, 제2 등산로 입구에서 자기는 쉬고 싶다고 하므로 차 있는 곳으로 먼저 돌아가고, 나 혼자서 계속 올라가서 능선에 이르러 연대산성을 따라 걸으며 건너편 담양의 추월산과 담양댐 등이 이루는 수려한 경치를 바라보다가, 제2 강천댐 있는 곳으로 하여 내려왔다. 전라도에는 높은 산이 별로 없는 줄로 알고 있었는데, 산성이 있는 능선에서 바라보니 사방 모두가 첩첩산중이었다.

6 (화) 맑음 -내원사계곡

현충일이라 하루를 쉬었다.

장모와 황 서방 및 서울에 사는 막내처남 황광이네 가족을 제외한 처가 식구와 우리 가족 전원이 함께 山淸郡 三壯面에 있는 內院寺계곡으로 가서 오후 세 시 무렵까지 놀다 왔다. 아이들이 물놀이를 하면서 그렇게 좋아할 수가 없었다. 아마도 이것이 장인을 모신 마지막 야유회가 아닐까 싶다. 의사는 장인이 치료를 받더라도 일 년을 넘기시지 못할 것이라고 말한 바 있다는데, 장인은 치료의 결과 현재로서는 혈소판의 수치가 정상으로 되돌아오고, 다소 활동할 만하니까 거의 회복이 되어 가는 줄로 알고 계시는 모양이다. 그래서 장모가 묘소나 壽衣를 마련해 두자는 말을 꺼내면 마구 화를 내신다고 한다.

11 (토) 흐리다 개임 -낙안읍성, 선암사, 정령치

우리 가족 전원이 장터목산장의 제30차 안내등반에 참가하여 다도해 해상국립공원인 거문도-백도 여행에 떠났다. 새벽 다섯 시 반에 산장을 출발하는 것으로 되어 있었기 때문에 그보다 약 한 시간 먼저 일어나야 했다. 대절버스로 진주를 떠나 도중에 순천에서 아침 식사를 하고, 여수 항에 도착하니 거문도행 쾌속선이 출발하기로 되어 있는 아홉 시보다는 한 시간 이상 여유가 있었으므로, 대교를 건너 突山島에 들어가서 회옥이랑 함께 그곳 선착장 부근에 만들어 둔 관광용 거북선 안에 들어가 보기도 했다.

진주를 출발할 시점까지 날씨에 이상이 없었으므로 모두들 다행으로 여겼으나, 우리가 여수에 도착한 이후 출항 약 반 시간 전에 파도 관계로 거문도행 쾌속선이 떠나지 못한다는 결과가 되었으므로 다들 낭패하였다. 별 수 없이 여정을 바꾸어서, 벌교 부근의 樂安邑城 민속마을과 승주의 仙巖寺를 둘러보고, 도중에 점심을 들고서 구례에 새로 생긴 지리산 게르마늄 온천탕에 들러 목욕을 한 다음, 남원군의 구룡계곡을 거쳐 지리산 정령치에 올랐다가, 달궁-인월-함양을 거쳐 땅거미가 질 무렵에 진주로 돌아왔다. 오늘 비용은 장터목산장의 김양배 씨가 부담하겠다고 했지만, 약 백만 원 정도가 들 터이라 희망자에 한해 일인당 만 오천 원 정도씩 추렴을 하여 61만여 원을 만들어 주었다.

18 (일) 흐리고 낮 한 때 부슬비 -목통, 화개재, 뱀사골

거문도와 백도 여행은 어제 장터목산장 주인 김양배 씨로부터 기상 관계로 못 간다는 연락이 있었으므로, 창환이랑 둘이서 망경산악회의 민주지산 등반에 참가할 예정이었지만, 아침 여덟 시까지 집합 장소인 MBC 옆으로 나가 보았더니, 회장인 김영기 씨 외에는 아무도 나와 있지 않았다. 오늘 회원 댁의 결혼식이 두 건 있어 유춘식 前會長과 간사가 모두 거기에 참석하게 되므로, 산행이 이루어지기 어려울 것이라는 말을 듣고서, 장터목산장에 들러 그쪽 회원들의 산행 계획을 들어 보았다가,

결국 우리 둘이서 지리산에 가기로 작정하였다.

장대동 터미널에서 하동 가는 버스를 탔다가, 하동에서 다시 의신 가는 군내 버스로 갈아타, 신흥에서 내렸다. 七佛庵 올라가는 포장길로 얼마간 걸어가다가, 도중에 언덕 위의 어떤 민박집 같은 곳에 들러, 화개재로 하여 뱀사골로 가는 길을 물었다. 내가 대학생 시절 방학 때면 곤양 다솔사의 曉堂 崔凡述 스님 절에 종종 와 있곤 했었는데, 그 당시 효당의 부인이었던 채원화 보살이 이 근처에서 茶苑을 운영하고 있다는 말을 효당의 조카인 동양화가 友峯 崔永國 형으로부터 들었던 적이 있었거니와, 공교롭게도 바로 그 집이었다. 이 집은 제법 널찍한 대지에다 운치 있는 정원을 꾸미고, 토종벌도 치고 차도 제조 판매하는 모양이었다. 소유주는 부산 서면에 살던 중년 부인이고, 원화 보살은 매년 5월경에 내려 와서 스무날 정도 체재하며 근처의 산에서 채취해 온 야생 찻잎들로써 독특한 방식으로 차를 제조하여 상경한다고 한다. 자녀들을 객지로 내보내고서 혼자 사는 주인아주머니로부터 차를 대접 받으며 한 시간 정도 대화를 나누었다.

거기서 좀 더 올라간 곳에서 왼쪽으로 난 포장도로를 따라 들어가면 목통 마을이고, 목통 끝에서 계곡을 따라 난 산길로 계속 올라갔다. 버스에서 내리던 무렵부터 조금씩 내리기 시작한 부슬비가 산을 오를수록 점점 빗발이 세어졌는데, 이 길은 거의 다니는 사람이 없어 화개재에 다 오를 때까지 우리 외에는 다른 아무도 만나지 못했다. 골짜기는 깨끗하고 시종 바위 길 위에 떨어진 흰 꽃잎을 밟으며 걸었다. 화개재에서 반대편 계곡으로 200m 정도 내려간 곳에 위치한 뱀사골산장에 들러, 산장 처마 밑에서 아내가 준비해 준 쇠고기와 보온 도시락 등으로 점심을 들고서, 다시 하산 길에 오르니 비는 이미 그쳐 있었다. 반선 버스 정거장에서 동동주와 파전을 들며 잠시 쉬다가 인월로 나와 진주 가는 버스로 갈아탔다.

25 (일) 흐리고 오후 한 때 비 -은신치

망경산악회 회원들과 함께 함양군의 안의면과 서상면 사이에 위치한 은신치(1,116.3m) 등반을 다녀왔다. 龍湫寺와 사평을 지나 새로 난 山道를 따라 거창군 북상면 쪽으로 넘어가는 수망령 고개까지 봉고차를 타고서 올랐다가, 능선을 따라 등산하여 은신암 쪽으로 내려왔다.

7월

2 (일) 비 -천관산

아내와 함께 장터목산장의 제32차 안내등반에 참여하여 전남 장흥의 天冠山(723m)에 다녀왔다.

용전리에서부터 등반을 시작하여 천관사를 거쳐서 기암괴석이 즐비한 능선에 올랐다가 고려 毅宗 때부터 비롯되었다고 하는 頂上의 봉수대 옆에서 비를 맞으며 점심을 들었다. 하산 길에는 長興魏氏의 齋室인 長川齋가 있는 쪽으로 내려왔다. 혼자서 재실 안에 들어가 記文과 板上韻 등을 둘러보았는데, 실학자인 存齋 魏伯珪도 이 집안 출신으로서, 이 재실에서 강학하기도 하였다고 한다. 회옥이는 어제부터 1박 2일 동안 학교의 어린이적십자단 야외 캠프에 참여하여 함안의 여항산에 갔다가 오늘 오후에 돌아왔으므로, 아내가 처제 집으로 가서 데려왔다.

9 (일) 흐리고 낮 한 때 비 -산수리계곡, 마학동유허비

망경산악회 회원들과 함께 모두 일곱 명이 居昌郡 北上面 山水里 鶴峴 마을 위쪽에 있는 덕유산 골짜기로 들어갔다. 여러 해 전에 趙平來 군과 더불어 林葛川 형제가 공부하던 장소를 찾아 여기까지 들어왔다가, 결국 찾지 못하고서 山水川계곡의 폭포가 있는 넓은 바위 위에서 놀다가 돌아간 적이 있었다. 오늘도 골짜기를 따라 오솔길이 끝나는 지점의 金鑛이 있던 곳까지 들어왔다가, 거기서 주능선 쪽으로 다시 얼마간 더 올라가 보았지만, 결국 길을 발견하지 못하고서 도로 내려와야 했다. 광산 터

부근 계곡의 웅덩이 곁 나무 아래에서 비를 피하며 점심을 든 다음, 하산 길에 결국 葛川 林薰과 그의 仲弟인 處士公, 季弟인 瞻慕堂 林芸이 공부하던 磨學洞遺墟碑를 찾아낼 수가 있었다. 지난번 조 군과 함께 왔을 때는 조 군이 따주는 다래를 처음으로 맛보았었는데, 오늘도 아직 철이 이르기는 하지만, 다래와 오미자 등이 사방의 수풀에 지천으로 널려 있는 것을 발견할 수가 있었다.

돌아오는 길에는 덕유산의 하나 건너편 골짜기에 있는 병곡횟집에 들러 무지개잉어라고 하는 누런 색깔의 생선회와 소주를 들었고, 생초에서는 막걸리 도가에 들러 동동주를 맛보기도 하였다.

13 (목) 맑음 -울진 도통사

한국동양철학회 하계 수련회 및 학술발표회에 참가하기 위해 오전 아홉 시경에 집을 나섰다. 금년 여름의 모임은 慶北 蔚珍郡 蔚珍邑 古城里 山城마을 道統祠 및 울진읍의 군청 강당에서 가지게 되었다. 남해고속도로를 경유하여 울산 가는 시외버스로 부산의 동래에서 내려 포항 가는 버스로 갈아탔다가, 포항에서 다시 울진 행 무정차 버스를 탔다.

그런데 울진읍에 내려 보아도 도통사에 대해서 아는 사람은 거의 없을 정도였다. 별로 멀지 않다고 가리켜 준 사람이 있었으므로, 처음에는 산책삼아 걸어볼까 했지만, 얼마간을 걸어가다가 물어 보니 길을 잘못 든 것임을 알게 되어, 도로 돌아 나와 읍내에서 택시를 잡았다. 그러나 택시 기사도 그곳에 대해 알지를 못하고, 산성마을에 가서 주민들에게 물어 보아도 아는 사람이 거의 없었다. 학마을 뒷산에 일 년쯤 전 朱氏들이 일억 원 정도의 비용을 들여 齋閣을 새로 지었다고 알려주는 사람이 있어, 오천 원의 비용을 들여 그곳까지 도로 돌아 나와 산길을 얼마간 걸어 올라가 보았더니, 역시 그곳이 맞았다. 道統祠란 朱子의 후예임을 자처하는 新安朱氏네가 그들이 初祖로 받드는 朱熹, 朱子의 曾孫으로서 南宋이 망하자 고려조에 처음 건너왔다는 韓國始祖 朱潛, 고려조의 명신이라고 하는 朱悅의 三位 위패와 1932년에 中國 曲阜의 大成至聖先師奉

事官府로부터 모사해 받았다는 朱子影幀을 모셔 놓은 곳으로서, 1935년에 처음 건립하였던 것을 94년도에 郡宗親會가 주축이 되어 8천만 원의 비용을 들여 개수해 놓은 곳이었다.

발표회를 마친 후, 송석구 회장이 내는 회식 모임에 들어가서, 바닷가 부두의 어느 횟집에서 자정 무렵까지 생선회를 안주로 술을 마시다가, 茫茫大海가 바라다 보이는 국도 변의 호텔에 들어, 나는 趙駿河 동국대 교수, 鄭炳連 전남대 교수랑 함께 607호실에 들었다.

14 (금) 대체로 맑으나 지역에 따라 비 −덕구온천, 성류굴, 불영계곡

간밤에는 늦게까지 한 방 사람들과 더불어 대화를 나누고, 또 새벽에 일어났기 때문에 두세 시간 정도밖에 수면을 취하지 못했다. 새벽에 바닷가로 나가 바위 위에 앉아 회원 몇 명과 더불어 대화를 나누고 기념 촬영을 하였다. 원래는 2박 3일로 일정이 잡혀 있었으나, 나머지는 관광 밖에 별다른 계획이 없으므로, 오늘 중으로 돌아가자는 의견이 있어, 하루를 단축하게 되었다.

호텔에 딸린 식당에서 군수가 내는 조반을 든 다음, 동국대 스쿨버스로 德邱溫泉에 들러 목욕을 하고, 대학 일학년 시절에 한 번 와본 적이 있는 聖留窟에도 들렀으며, 佛影溪谷을 경유하여 태백산맥을 관통해서 봉화·영주에 이르렀다. 영주에서 점심을 든 다음, 나는 일행과 작별하여 대구행 무정차 버스로 예천 등을 경유하여 대구의 고속버스 북부주자장이 있는 로터리 부근에서 내렸다. 진주행 고속버스로 갈아타서 집에 당도하니, 밤 여덟 시 반 무렵이었다.

23 (일) 흐리고 오후에 태풍 −칠연폭포, 주촌

두어 달 만에 아내를 대동하여 망경산악회의 덕유산 등반에 참가하였다. 안의와 花林계곡, 60령 고개를 거쳐 전북 무주군 안성면 소재지인 장기리에서 덕유산 쪽으로 접어들어, 용추폭포와 자연학습원을 지나 매표소 입구에서 차를 내렸다.

거기서 오늘의 목적지인 七淵瀑布까지는 거리가 얼마 되지 않기 때문에, 일행 중 희망자는 북덕유산 정상인 香積峯을 거쳐 경남 거창군의 송계사 쪽으로 하산하여, 칠연폭포에서 놀다오는 다른 일행과 합류하자는 의견도 있었지만, 일행 중에는 보행이 불편한 奉 여사 같은 사람도 있고, 회장인 김영기 씨가 폭포 근처에서 간단히 놀고서 함께 돌아가자는 의견이어서, 결국 남자들만 한 시간 정도 더 올라갔다가 도로 내려와 함께 식사를 하고서 하산하였다.

돌아오는 길에, 비를 무릅쓰고서 장수군 계남면 주촌 마을의 朱論介 고향을 방문하기도 하였다. 여수 및 남해 지역으로 상륙하여 동북 방향으로 진로를 잡은 태풍을 정면으로 만나 질풍과 호우를 뚫고서 차를 달렸는데, 그것도 장관이었다. 곳곳에 가로수가 넘어진 가운데, 군데군데의 휴게소에 정차하여 술을 마시다가, 진주에 도착한 후 또 회원이 경영하는 식당에 들러 맥주를 마시고서 헤어졌다.

30 (일) 흐림 -도장골
아내와 나를 포함한 망경산악회 회원 여섯 명이 수곡·덕산·내대를 지나 지리산 도장골로 들어가, 폭포 있는 곳 부근의 계곡에서 돼지고기를 구워 먹고 목욕도 하며 놀다 왔다.

8월

6 (일) 맑으나 낮 한 때 비 -운암
아내와 함께 망경산악회의 주말 산행에 참가하여, 지난주에 갔었던 지리산 거림 골의 반대편 골짜기인 운암 쪽으로 들어가, 계곡 가 반석 위에서 점심을 지어 먹고 술을 마시며 놀다가 밤 아홉 시경에 돌아왔다.
역시 水谷 쪽을 경유하여 오고 갔지만, 지난주보다 교통 정체가 심했다. 특히 돌아오는 길에 수곡의 어느 도로변 정자나무 아래에서 덕산 동동주를 마시며 놀다가 날이 저물어 다시 출발하니, 이 시골 길도 차가 꽉 들어차 진주까지 가는데 얼마나 시간이 걸릴지 감을 잡을 수 없었다. 완사에서 마을 뒤 비포장도로로 접어들어 어둡고 꼬불꼬불한 산골길을 이리저리 한참 달려 축동면 가산에 가까운 곳에서 남해고속도로에 진입해, 개양을 거쳐서 돌아왔다.

20 (일) 흐리고 때때로 비 −무등산, 광주박물관

건너편 5동의 경비원으로 있던 金鳳完 씨가 몇 달 전 알프스산악회의 忠南 칠갑산 산행에 동반했을 때 사진을 우리 棟의 경비원에게 맡겨 놓았다면서 간밤에 전화를 걸어 왔었는데, 오늘은 광주의 무등산 등반을 떠난다고 하기에 다시 동행하게 되었다. 오전 여덟 시경에 시내의 동명극장 앞에서 晉山會의 대절버스 한 대에 동승하여, 남해고속도로를 경유하여 광주로 갔다. 진산회란 진주산우회를 줄인 말인데, 댓 개 정도의 작은 모임들이 하나로 합한 것이라고 하며, 김봉완 씨는 그 중에서 가장 많은 숫자를 차지하는 남자 그룹의 대표 격이나 되는 위치에 있었다.

오늘 산행에 동행한 것은, 내가 무등산에는 일찍이 몇 번 올라가 본 적이 있었으나 아직 정상에까지 가보지 못했으므로, 이번 기회에 호남의 명산인 瑞石의 정상에 한 번 올라 볼까 해서였다. 그러나 이 모임은 산악회라기보다는 일종의 친목회여서, 중년 이상의 남녀들이 어울려 관광과 놀이를 하는 것이 주목적인 탓인지, 가고 오는 길에 시종 노래와 춤으로 신명 풀이를 하고 땀을 뺄 뿐 자기 발로 산을 오르는 일은 없었다. 무등산에 이르러서는 전에도 올라가 본 적이 있었던 元曉寺와 全尙毅의 忠愍祠, 金德齡의 忠壯祠를 다시 방문하였고, 지산유원지에서 리프트를 타고서 위로 올라가 다시 모노레일을 타고서 전망대인 팔각정까지 가서, 우리 대학의 박물관 등에 서무직원으로 근무하다가 몇 년 전에 정년퇴임한 成鍾宅 씨와 더불어 음료수를 마시며 대화를 나누었다.

오후 네 시경에 무등산을 떠나 돌아오는 도중에, 광주박물관에 한 시간 남짓 들르기도 하였다. 이 박물관에도 몇 번 와 본 적이 있었기는 하지만, 小癡 許鍊의 그림들과 신안해저유물들이 꽤 많이 전시되어 있는 점이 새삼 인상적이었다. 88고속도로를 경유하여, 밤 아홉 시 40분경에 집에 도착하였다.

9월

3 (일) 흐리다가 개임 -천성산

아내와 함께 일출산악회의 정기산행에 참여하여 양산군의 內院寺 뒤에 있는 千聖山(825m) 등반을 다녀왔다. 내원사 입구 주차장의 매표소가 있는 尋聖橋에서 왼편 계곡 쪽으로 꺾어들어 얼마간 걸어가다가, 천성공룡능선이라고 불리는 가파른 北西稜 길로 접어들었다. 정상까지는 가지 않고 두 번째로 높은 봉우리를 지나 成佛庵 쪽 계곡으로 하여 출발했던 지점으로 돌아왔다. 천성산의 원래 이름은 圓寂山이었는데, 원효대사가 천 명의 중생을 교화하여 성불케 한 고사에 따라 개명되었다고 한다.

17 (일) 맑음 -칠연계곡, 동엽령, 병곡횟집

엊그제 오후에 망경산악회 회원인 이일호 한약사로부터 전화가 있었고, 어제 밤에는 같은 회원인 명신그룹의 이덕자 회장 부인으로부터도 전화가 있어, 우리 부부가 등산모임에 다시 나올 것을 권했었다. 오늘 아침 처와 함께 모처럼 망경산악회의 산행에 다시 참여하여, 새로운 기사가 운전하는 대형 봉고 버스로 기사를 포함한 17명이 타고서 덕유산 등반을 다녀왔다.

안의 읍과 화림계곡을 거쳐 육십령을 넘어서 안성에 이르렀고, 지난여름에 한 번 간 적이 있는 용추폭포와 칠연계곡 쪽으로 접어들어, 칠연폭포 조금 못 미친 곳에서 동엽령 쪽으로 오르는 산길을 취해 나아갔다. 동엽령 부근의 능선 길에서 점심을 먹고, 반대편의 거창군 쪽으로 하산하여 역시 지난여름 산수리 갔던 길에 들른 바 있는 북상면 병곡리의 병곡횟집에서 기사가 차를 몰고 오기를 기다리며 무지개잉어회를 안주로 술을 마시며 놀았다.

10월

1 (일) 오전 중 비온 후 흐림 -지리산 일주

날씨가 흐려 학교에 나갔지만, 연구실에서 컴퓨터 앞에 앉아 작업을 시작한지 얼마 되지 않아서 정전이 되어 버려, 저녁 여섯 시까지 이러한 상태가 계속된다는 것이었다. 집에 오려고 가방을 챙겨 나서는 참에, 강원도 제천에 있는 대학에 취직한 부인 및 아이들과 떨어져 진주에서 학교 부근의 주공아파트에 전세 들어 혼자 거처하고 있는 중문과의 권호종 교수가 어디론가 함께 가서 점심이나 들고 오자고 권유하는 바람에, 국문과의 류재천 교수가 운전하는 차로 셋이서 지리산을 한 바퀴 도는 긴 드라이브에 나섰다.

수곡 쪽의 국도를 따라 하동을 거쳐서 구례에 들러, 류 선생이 들른 적이 있다는 우체국 부근의 어느 음식점에 들러 정식을 시켰다. 반찬이 스물 댓 가지나 나오고 그것들이 하나같이 맛이 있음에도 불구하고 가격은 일인당 6천원에 불과하였다. 천은사 입구를 지나 성삼재로 올라, 뱀사골 입구의 상가에서 권 선생과 둘이서 松葉酒라는 술을 한 병 마시고, 근자에 새로 포장한 휴천계곡과 화계리를 경유하여 산청군 금서면의 王山 아래쪽으로 하여 진주로 돌아왔다.

우리 아파트 입구에 당도하여, 류 선생이 단골로 다니는 영남식당에 들러 소주를 마시다가, 그 부근의 지난번에 류 선생이랑 함께 들렀었던 상점 앞 옥외 탁자에서 다시 맥주를 마셨고, 권 선생이 안다는 醫大 앞 실비집에 들렀다가, 마지막에는 우리 집으로 와서 자정 무렵까지 맥주를 마시는 등, 모두 합해 5차나 한 셈이다.

15 (일) 비 오다가 오후 늦게 그침 -망경산악회 총회

망경산악회의 정기총회가 있는 날이라, 아홉 시에 역 광장에서 모여 방어산 아래의 지수 마을로 가서 그곳 새마을회관을 빌려 총회를 가졌다. 임기 2년의 김영기 회장이 1년 만에 사의를 표명함에 따라 임원 개선

이 있었고, 아울러 회칙 개정이 결정되었다. 망경산악회의 이름을 망진산악회로 개정하는 건과 회장의 임기를 1년으로 하되 연임할 수 있게 하며, 이사회의 권한을 강화하는 등의 회칙 개정이 통과되었고, 원로 회원 김형견 씨가 신임 회장에, 그리고 나는 이사의 한 사람으로 선임되었다. 회의를 마친 후 그 자리에서 술과 음식을 들며 얼마간 놀았고, 일부는 시내의 법원 앞에 있는 회원이 경영하는 실비집으로 가서 2차를 하는 모양이었지만, 아내의 권유에 따라 나는 2차 모임에 참가하지 않고 일찍 돌아왔다.

22 (일) 맑으나 오전 한 때 전라도 지방은 짙은 안개 -왕시리봉
아내와 함께 망진산악회의 지리산 왕시리봉(1,243m) 등반에 참가하였다. 해가 짧아 정상까지는 오르지 못하고, 외국인 선교사 별장이 있는 곳에서 놀다가 돌아왔다. 별장지기인 지리산의 전설적 인물 함태식 씨도 보았다.

29 (일) 맑음 -재약산, 천황산
철학과 학생 열두 명과 함께 학생이 운전하는 봉고 렌터카로 밀양 표충사 뒤편의 載藥山(1,108m)과 天皇山(1,189.2m) 등반을 다녀왔다. 나까지 합해 열 명이 오전 여덟 시 반에 진주역을 출발하였는데, 獅子坪 마을에 올라 표충사 부근에 사는 구자익 군 및 창원에서 온 여학생 두 명과 합류하였다. 돌아올 때는 모두가 함께 오후 여섯 시 쯤에 표충사 입구를 출발하였는데, 심한 교통 정체로 자정이 지나 다음날 밤 한 시경이 되어서야 진주에 당도하였다.

11월

5 (일) 맑음 -진악산
처와 함께 송암산악회의 산행에 참가하여 忠南 錦山郡에 있는 進樂山

(750m)에 다녀왔다. 들판에는 이미 추수가 끝났으나, 산에는 단풍이 아직 남아 있었다. 육십령을 지나 장계·안성·금산을 거쳐 寶石寺 入口에서 산행을 시작하였다. 이 절은 壬亂 때의 의병장 靈圭를 祭享 하던 곳으로서, 영규가 거처했다는 毅禪堂이라는 집이 있고, 절 입구의 일주문 옆에는 영규를 기념하는 비각도 있었다. 일제 말기에 비문을 지우고서 땅에 파묻었던 것이라 비석 글씨는 쪼아서 판독하기가 어렵게 되어 있었다.

돌아오는 길에는 회장인 망경동의 시의원 김두찬 씨가 탄 승용차에 동승하여, 진안·장계를 거쳐 왔으며, 안의에서는 할매갈비집에 들러 갈비탕으로 함께 저녁 식사를 하기도 하였다. 산청 부근에 이르렀을 때는, 교통 정체로 말미암아 차를 돌려 차황·단계 쪽으로 둘러왔다.

11 (토) 맑음 -새재, 왕등재

오전 11시에 류왕표·정병훈을 제외한 철학과 교수 5명과 철학과 일반대학원 및 교육대학원 철학교육전공 학생들이 인문대학을 출발하여 지리산 유평계곡의 새재 마을로 들어갔다. 지난번 본교에서 영남철학회를 개최하였을 때 학과에서 책정했던 예산에 비하여 인문대 지원금이나 학회 측으로부터 전해 받은 참가비 수익 등이 많아서 오히려 흑자를 내게 되었으므로, 당시 수고했던 대학원생들까지 포함하여 지리산에 들어가 1박 2일로 학과의 친목을 도모하는 모임을 가지기로 한 것이다. 지리산의 유평 골짜기 도로가 확장되고 콘크리트로 포장이 된 이후, 끝 마을인 새재까지도 제법 고급스런 민박집과 식당을 겸한 러브호텔까지 두어 채 들어서게 된 것이다.

준비해 간 덕산 동동주와 김밥 등으로 간단히 점심을 때운 다음, 일행은 오봉리 쪽으로 통하는 새재에 올라 외고개를 거쳐 왕등재가 내려다보이는 언덕에까지 이르렀다. 그러나 더 이상 산길도 보이지 않고 하여 모두들 왔던 길로 되돌아가고, 나만 혼자서 왕등재에 남아 있다는 가야시대의 성터를 구경하기 위해 계속 나아갔다. 그러나 왕등재에서도 성의 흔적 같은 것은 눈에 띄지 않았다. 왕등재 아래 외곡 마을의 끝집인 녹색의 2층 양옥에 다다랐더니, 일반대학원 1회생인 안명진 군이 별장 관리인 집에서 전화를 걸고 있었고, 얼마 후 나머지 일행도 외고개 분지를 거쳐 그리로 내려왔다. 함께 내려오다가 안 군의 전화를 받고서 뒤늦게 도착한 대학원생들이 승용차 두 대를 몰고서 외곡 마을로 마중 오는 것을 만나, 숙소인 조개골산장까지 편안히 돌아올 수가 있었다.

메기어탕으로 저녁을 들고, 맥주와 소주, 그리고 내가 일본에서 사 온 산토리 로열 위스키 등을 마시며 밤늦게까지 놀았다. 나는 과음했던 탓으로 자정 무렵에 자신도 몰래 쓰러져 잠이 들고 말았다.

12 (일) 맑음 -쑥밭재, 대원사

조개골산장에서 아침 식사를 마친 후, 간밤에 거의 다 돌아가고 일부 남은 일반대학원생 세 명과 학과장 배석원 교수를 제외한 교수 네 명이 함께 쑥밭재를 향하여 산책을 떠났다. 나와 다른 학생들과는 쑥밭재에서 하봉과 치밭목산장을 거쳐 무재치기폭포에서 장단골 쪽으로 내려오기로 간밤에 약속이 이루어져 있었던 터이지만, 조개골로 접어드는 갈림길 부근의 시내 가에서 얼마간 쉬다가, 함께 내려가자는 다른 교수들의 권고에 마지못해 아쉬움을 남기고서 갔던 길로 도로 내려올 수밖에 없었다.

진주로 돌아오는 도중에 大源寺에 들러 보았고, 덕산에서는 덕천서원을 지나 중산리 쪽으로 조금 올라간 곳에 있는 물레방아집에 들러 피리조림으로 점심을 들었다. 진주에 도착하여 덕산아파트 12층에 있는 권오민 선생의 자택에 들러 다과를 들면서 잠시 머물다가, 일행과 작별하여 내가 탄 차는 박선자 교수가 사는 판문동의 현대아파트에 들렀다가 우리 아파트로 향했다.

26 (일) 맑음 -도봉산

아침 일곱 시 29분발 고속버스 편으로 상경하여, 12시 20분 무렵에 강남고속버스터미널에 당도했다. 지하철로 갈아타고서 충무로에서 내려, 장기려 박사가 입원해 계신 인제대학교 백병원으로 찾아갔다.

장 박사는 1102호실에 입원해 계시는데, 병실에는 근년에 장 박사를 돌보고 있는 노송순 씨와 한국에 있는 장 박사의 유일한 아들로서 서울대학교 의과대학 해부학 교수이며, 나의 대학 시절 연건동의 의대 구내에 있었던 서울대 우등생들의 기숙사인 正英舍 사감으로서 나와는 색다른 인연이 있기도 했던 장가용 박사가 있었다. 장기려 박사는 나의 아버지보다 열 살이 많으시므로 금년으로 만 86세가 되시는 셈인데, 코 등에 링거를 꽂고 계셨다. 틀니를 빼어 버려 발음이 정확하지 못하기는 하셨지만, 정신은 또렷하셔서 나를 금방 알아보셨다. 두리로부터는 석 달 동안 아무것도 못 잡수셔서 피골이 상접하다고 들었지만, 최근에는 죽도 좀 드신다고 하는데, 생각했던 것보다는 여위지 않으셨고 얼굴빛도 맑으셨다. 한국의 슈바이처라고 불리는 하나님의 사람 장 박사가 결국 북한에 두고 온 부인과 자녀들을 두 번 다시 만나지 못하시고서 이렇게 죽음을 기다리고 계신 것이다.

두리는 오전에 병원에 있다가 점심 들러 나갔다고 하는데, 숙소인 명동성당 맞은편의 로열호텔 1817호실로 찾아가 보아도 부재중이고, 다시 백병원으로 돌아와 미스 노에게 물어 보니, 오후 네 시경에 돌아오겠다고 하더라는 것이다. 그때까지 병실에서 기다리고 있을 수도 없고 하여, 다시 지하철과 국철을 갈아타고서 도봉산에 올라 보았다. 석굴암 쪽으로 하여 해발 739.5m인 紫雲峰 정상을 한 바퀴 돌아 만월암 쪽으로 하여 내려왔다.

12월

10 (일) 맑음 -함양 삼봉산
아내와 함께 望晉山岳會의 일요산행에 참가하여, 경남 함양과 전북 운봉의 경계에 위치한 三峰山(1,187m)에 다녀왔다. 仁山農場의 뒷산이다. 유춘식 고문과 김형견 회장을 위시하여, 운전기사까지 합해 일곱 명에 불과한 적은 인원이었는데, 그나마 시내에서 秋思樓라는 음식점을 경영하고 있는 부인 한 사람은 처음 얼마간 산을 오르다가 컨디션이 좋지 않다면서 포기하고 혼자 돌아가 버려, 더욱 적은 사람이 산행을 함께 하게 되었다.

경남과 전북의 경계인 八良재의 흥부 마을 옆에다 타고 온 중형 봉고차를 세워두고서, 산복도로를 따라 한참 걸어가다가 본격적인 등산을 시작하였다. 평소 산꾼들이 거의 찾지 않는 곳인데다, 산림 재배 관계로 출입이 통제되어 있는 곳이기도 하여, 거의 길을 찾기도 어려울 정도로 한적한 곳이었다. 눈 덮인 산의 곳곳에 노루 같은 짐승 발자국이 눈에 띄었다. 끊어졌다 이어졌다 하는 산길을 찾아 헤매며, 정상 근처의 옆 봉우리에 다다라 점심을 지어 먹고 따뜻한 햇볕을 쬐며 낙엽 위에 드러누워 쉬다가, 내려올 때는 산복도로까지의 미끄러운 급경사를 내가 앞장서서 길을 찾아가며 걸었다. 산봉우리에서 바라본 건너편의 지리산 주능선 모습이 아름다웠다.

17 (일) 맑음 -벽소령

망진산악회 회원들을 따라, 우리 부부도 지리산 벽소령산장 건립 반대 궐기대회에 참가하였다. 진주역 광장에서 한 시간을 기다리다가, 차량 고장 관계로 오전 아홉 시 반쯤에야 마산으로부터 도착한 대절버스에 동승하여 진주역 광장을 출발했다. 생초에서 산청 화계리 쪽으로 접어들어, 새로 포장된 휴천계곡 길로 하여 마천에 이르렀고, 삼정산 등반 기점인 양정 마을 앞에서 하차하여, 새로 산중턱에 위락 시설이 건설되고 있는 지점을 거쳐 두 시간 정도를 걸어서 최단 코스로 벽소령에 도착하였다.

전남산악회에서 寶海소주를, 전북산악회에서 돼지고기 머리 눌린 것을 준비하였고, 경남산악회에서는 플래카드를 준비하였다. 산 위에서 간단한 식사를 마친 다음, 약 200명 정도의 산악인들이 새해에 지하 1층 지상 2층의 대규모 산장이 들어서기로 예정되어 있는 장소에서 궐기대회를 가졌다. 서울의 경실련이나 우이령보존시민모임, 그리고 부산산악회에서도 대표자들이 와 있었고, KBS에서 기자가 와서 촬영하고 있었다. 대회를 마친 다음, 이미 나 있는 군사용 작전도로를 따라 양정 마을까지 내려왔다.

30 (토) 맑음 -오대산 행

회옥이를 치가에 맡겨 두고서, 우리 내외는 밤 여덟 시 무렵까지 멋-거리산악회원 김양배 씨가 경영하는 시내의 등산장비점 장터목산장으로 나가 이 점포가 주관하는 제36차 안내산행에 참가하여 강원도 오대산 및 청학동 소금강 등반길에 나섰다. 대절한 최신형의 뉴명신 관광버스 한 대로 마흔 여 명이 동행하였다.

31 (일) 흐리고 산 위에는 약간의 눈발 -상원사, 비로봉, 상왕봉, 월정사

버스는 늘 경유하는 거창 코스를 지나 다음날 한밤중에 소사에 잠시 정거하였고, 오전 다섯 시가 좀 못되어 오대산의 상원사 입구 주차장에 당도하였다. 캄캄한 한밤중에 헤드라이트를 켜고서 산행을 시작하여, 中臺庵에 들러 수통에다 식수를 채웠고, 또 한참을 올라가다 도중에 寂滅寶宮 부근의 어느 안부에서 간단한 아침 요기를 하였다. 우리 내외는 조식을 마친 후 다른 사람들보다 다소 먼저 출발하여 오전 일곱 시 반쯤에 정상인 毘盧峰(1,563.4m)에 당도하였다. 일행인 서이석 씨와 그의 애인인 40대 중년 부인에 이어 두 번째였다.

정상에 당도할 무렵에는 이미 날이 완전히 밝아졌는데, 다소 눈발이 날리는 흐린 날씨였지만 지난번처럼 산 위에 눈이 많이 쌓여 있지는 않았다. 인적이 없는 능선의 눈길을 우리 네 사람이 처음으로 길을 내어 가며 동쪽으로 나아가 象王峰(1,493m)을 거쳐서 北臺의 미륵암 부근에 있는 도로에 다다랐고, 도로를 벗어나 샛길을 취하여 내려오다가 다시 도로를 만나, 큰길을 따라서 상원사 입구 주차장의 새벽에 하차한 지점에 다다랐을 때는 오전 10시 반 정도의 시각이었다.

간밤에 있었던 나의 건의에 따라, 일행이 모두 하산하기를 기다려 月精寺를 관광하였고, 절 입구의 식당가로 가서 제각기 자유로이 점심을 들었다. 원래는 중식 후에 다시 산행을 시작하여, 東臺山을 넘어서 진고개 쪽으로 하산하기로 되어 있었지만, 식후에 다시 등산하기를 바라는 사람이 거의 없어서 바로 차로 진고개산장으로 향하였다. 그러나 산장은 춥고 비좁아서 아내를 위시한 여자 두어 명은 내일의 산행을 포기하고서 운전기사를 따라 마을로 내려가 민박을 한다고 하므로, 결국 일행 모두가 예약을 취소하고서 민박촌으로 내려가 숙박하게 되었다.

이 민박집은 방바닥이 뜨거울 정도로 군불이 잘 들어 훈훈할 뿐 아니라, 부엌에는 수도에서 따뜻한 물도 나오고, 김양배 씨가 준비해 보내준 쇠고기와 술들로 除夜의 밤을 보내기에도 아주 적합한 장소였다. 우리 방에는 비교적 나이 든 사람들 대여섯 명이 함께 들었는데, 방 안에다 버너 두 개를 켜 두고서 음식물을 굽고 데우며 밤 아홉 시 무렵까지 배가 부르도록 먹고 마시다가 취침하였다. 내 바로 옆에 누운 동명고등학교 영어 교사인 육 선생의 몸부림이 심해 여러 차례 팔로 내 얼굴을 치므로, 보다 못해 그의 산 친구인 智水農協의 박양일 전무가 그와 눕는 자리를 바꾸어 나를 보호해 주었다.

1월

1 (월) 快晴 -노인봉, 청학동

아침 일찍 일어나는 데는 습관이 되어 있는 터라, 네 시 십 분 쯤에 기상하여 남 먼저 부엌에 들어가서 더운 물로 머리를 감고 면도하고 세수를 하여 출발 준비를 갖추었다. 네 시 반경에 초롱초롱한 하늘의 별들을 바라보며, 민박집을 떠나 어제의 진고개산장 옆길로 하여 노인봉−청학동의 산행 길에 나섰다. 아내는 감기 기운이 있다면서 오늘 산행에는 참가하지 않았다.

추운 날씨에 제각기 머리나 손에다 랜턴을 가지고서 캄캄한 산길을 더듬어 한 발짝 한 발짝 앞으로 나아갔다. 도중에 날이 새어, 오전 일곱 시 반 무렵 老人峰(1,338m) 정상에서 새해의 첫 일출을 바라보았다. 오늘로서 나는 만 마흔일곱, 우리 나이로 마흔여덟 살이 되었으며, 나보다 다섯 살 아래인 아내는 마흔세 살을 맞이하였다.

노인봉산장으로 내려와 준비해 간 김밥 및 다른 음식물들로 아침 식사를 마치고, 여기서부터는 계속 내리막길로 기나긴 계곡 코스의 얼음길을 걸어 정오가 채 못 되어 하산을 완료하였다. 이번 산행의 대장인 남노인과 젊은 양영규 씨 등 일행 중 일곱 명은 오늘 산행에 참가하지 않았다고 하며, 이 두 사람은 택시를 대절하여 주문진으로 나가 물오징어 횟감을 구입해 와서 청학산장 휴게소 앞의 작은 언덕에다 술과 음식을 마련해 놓고서 일행의 하산을 기다리고 있었다. 아내도 구룡폭포까지 걸어 올라와 우리 일행을 기다리다가, 오늘도 선두로 도착한 서 씨와 그 애인을 만나고서 도로 내려와 여기서 우리를 기다리고 있었다.

오후 한 시 무렵에 내동을 출발하여, 다시 진고개를 거쳐서 진주로 돌아오는 도중에 어느 휴게소의 식당에 들러 선지국밥으로 점심 겸 저녁 식사를 들었고, 강원도의 평창군·영월군·단양군, 그리고 경북의 예천· 점촌 및 김천 등을 경유하여 밤 열한 시 반 무렵에 진주에 당도하였다. 돌아오는 차 안에서도 계속 맥주 등을 마시고 가라오케 노래자랑을 하면 서 놀기도 하고 졸기도 하였으므로 별로 지루한 줄 몰랐다. 진주 도착 시간이 너무 늦어 시내버스도 이미 끊어졌는데, 회옥이는 외가에서 하룻 밤을 더 자게 하였다.

7 (일) 흐림 ―단지봉

아내와 함께 望晉山岳會의 일요산행에 참가하여 거창 가북면 수도산 과 가야산 능선의 도중에 위치한 단지봉으로 향하였다. 거창군 가조면을 거쳐, 가북면의 명동이라는 마을에서 차를 내려 등반을 시작했다. 마을 사람들에게 단지봉의 위치를 물어 보았고, 유춘식 고문 등이 여러 차례 올라 본 산인데도 불구하고, 산 위에는 안개가 자욱하여 10m 앞을 분간 할 수가 없는지라, 능선에서 방향감각을 잃고 헤매다가, 결국 도중에 하 산할 수밖에 없었다.

내려오는 도중에 어느 무덤 옆에서 점심을 지어 먹고, 좀 더 내려 온 곳의 처음 넓은 길에서부터 오솔길로 꺾어진 위치에 이르러서는, 회원들 의 일부는 산중의 외딴 마을로 올라가서 따지 않고 버려 둔 감나무의 언 감을 따기도 하고, 나머지 대부분은 도랑에서 바위를 들추어 동면중 인 개구리를 잡기도 하였다.

귀가하는 도중에 가북저수지 부근의 도로 가 식당에 들러 빙어회를 안주로 술을 마셨다. 돌아올 때는 거창 신원면을 거쳐 산청군의 차황·단 계·원지 코스를 경유하였다. 신원면 소재지에 못 미친 곳의 善山金氏들 이 그 선조인 江湖 金淑滋를 기념하는 一源亭과 神道碑를 세워 둔 강 가 언덕에 이르러서는, 차를 세워 산에서 잡은 개구리 열댓 마리를 기름에

다 구워먹기도 하였다. 우리 부부는 개구리 잡기나 그것을 요리해 먹는데 관여한 바가 없었지만, 나는 한약사인 이일호 씨의 권유에 못 이겨 개구리 다리 한 쪽을 먹어 보기도 하였다.

13 (토) 맑음 -태백산 행
오늘 밤 0시에 우리 부부는 장터목산장의 제38차 태백산(1,567m) 안내 산행에 참가하여 1박 2일 예정으로 진주를 떠날 예정이므로, 큰처남 집의 두 자녀인 민국이와 예은이가 우리 집으로 와서 놀고 있으며, 오늘 밤 회옥이와 함께 우리 집에서 하룻밤을 잘 예정으로 있다.

14 (일) 부슬비 -소백산
대절버스가 죽령을 지나 단양군에 이르렀을 무렵, 도로가 結氷 상태여서 매우 미끄러워 제대로 운전을 할 수가 없어, 기사가 조심을 하노라고 했지만 결국 다른 차와의 가벼운 충돌로 앞 측 승강구 옆의 백미러 하나가 부서지고 마는 사태에 이르렀다. 그래서 더 이상 전진을 못하고서 날이 밝도록 그 위치에서 정거해 있다가, 이럭저럭 임시방편으로 백미러를 다른 것으로 교체하여 단 후 간밤에 갔던 길로 되돌아오게 되었다.
이런저런 의견들이 있었지만, 죽령 휴게소에서 정거하여 얼마간 휴식하는 동안, 태백산 대신 소백산에 오르기로 낙착을 보았다. 아내를 비롯한 일부 참가자는 죽령 휴게소에 그냥 남아 있고, 희망자 서른 명 가량은 휴게소에서 소백산 천문관측소에 이르기까지 능선 길을 따라 난 차도를 걸어올라, 제2연화봉에서 희방사 쪽으로 하산하였다. 산길이 매우 미끄러웠지만, 아이젠을 착용하지 않은 나는 조심조심 발걸음을 떼어 놓아, 희방사 폭포를 경유하여 맨 선두로 차가 이동해 대기하고 있는 희방사 입구의 국립공원 관리사무소에 이르렀다.
밤 아홉 시경에 진주에 당도하여, 귀가한 이후에는 대하드라마 〈秀吉〉 제2편 '桶狹間의 奇蹟', 다큐멘터리 〈갠지스, 죽음을 기다리는 집의 기록〉을 시청하였다.

21 (일) 맑음 -황석산, 거망산

아내와 함께 망진산악회의 황석산(1,190m)·거망산(1,184m) 산행에 참여하였다. 오전 여덟 시 반에 MBC 옆에서 모여, 함양군 안의면 화림계곡의 居然亭 옆 주차장 뒤로 난 산길로 접어들어 계속 올라가다가, 마을이 끝난 지점에서 15인승 봉고버스를 내려 등산을 시작하였다. 오늘은 기사까지 합해 열다섯 명으로서, 버스 하나 가득 차는 인원이었는데, 기사도 회원이기는 하지만 우리들의 하산에 대비하기 위하여 등반에 동행하지는 않았다.

예전에 조평래 군과 더불어 黃石山城에 올라 尋眞洞 쪽으로 내려 온 적이 있었는데, 이번은 등산 기점부터 그때 코스와 달라서, 산성 정문 쪽으로 들어가 분지인 성터 안을 가로질러, 정상에서 다소 비킨 북쪽 봉우리를 지나 거망산 가는 능선 길로 접어들었다. 눈길이 미끄러워 여러 번 엉덩방아를 찧기도 하였다. 거망산까지 거의 다 간 지점에서 도중의 눈길에 퍼질러 앉아 점심을 지어 먹고, 거망산 정상을 지난 곳에서 또 한참 능선 길을 따라 걷다가, 용추계곡의 이미 폐교가 된 대지국민학교 사평분교 쪽으로 하산하였다.

28 (일) 흐림 -수인산

망진산악회 회원들과 함께 전남 장흥군과 강진군의 사이에 위치한 修仁山(561.2m)에 다녀왔다. 아내는 단식에 들어가 있기 때문에 나 혼자 참가하였는데, 나와 기사까지 합쳐 회원 11명이 같이 갔다. 장흥 쪽의 은행나무·두충나무 등 수목재배장 쪽에서 오르기 시작하여, 백제 때부터 있었을 것이라고 하는 길로 6km 정도의 수인산성 입구를 지나 산 위의 정상 아래 재 있는 곳에서 점심을 들고, 수인사 쪽으로 하산하여 강진군 병영면 소재지로 하여 돌아왔다.

진주로 돌아와, 참가자의 절반 정도는 출발 지점인 MBC 부근의 해장국 집에서 대구탕을 안주로 술을 좀 더 들다가 돌아왔다.

2월

4 (일) 立春. 흐리고 산 위에는 다소 눈보라 -소백산

간밤 10시경에 멋-거리산악회의 제79차 안내등반에 참가하여 小白山으로 떠나기 위해 시내의 장터목산장을 출발하였다. 아내는 일주일간의 단식을 마치고서 어제부터 보식 단계에 들어갔기 때문에 함께 가지 않았다. 이번은 일 년에 네 차례 있는 멋-거리산악회 주최의 산행이기 때문에 이 산악회의 낯익은 회원들이 거의 다 참석하였고, 그 외의 단체 참가자들도 있어 관광버스 두 대로 일행 약 90명이 함께 갔다.

남해고속과 구마고속, 경부고속도로를 거쳐, 밤 세 시경에 소백산 입구의 천동리에 당도하였다. 깜깜한 밤중에 산행을 시작하여, 아직 어두운 가운데 북부관리사무소에서 간단한 아침을 들고, 소백산 주능선에 도착할 즈음에 날이 완전히 밝아졌다. 관리사무소가 있는 주목군락지를 지나, 눈보라와 살을 에는 듯한 바람을 맞으며 정상인 비로봉(1,439.5m)과 국망봉(1,420.8m)에 올랐고, 석륜암계곡으로 하여 하산하는 도중 큰 바위 아래에서 점심을 들었는데, 그때 시각이 아직 오전 열 시 정도 밖에 되지 않았다. 草庵寺를 지나, 미끄러운 얼음판 도로를 따라 경기체가 '죽계별곡'의 무대가 되었다고 하는 竹溪九谷을 경유하여 우리를 실어 온 버스가 기다리고 있는 배점리 정거장에 당도하였다. 간밤에 장터목산장에서 35,000원을 주고서 오스트리아제 등산용 지팡이를 하나 샀었는데, 미끄러운 길을 걷는데 상당히 도움이 되었다.

일행이 모두 하산하기를 기다려 오후 두 시경에 배점리를 출발하여, 상주·김천을 지나 구 송죽휴게소 부근의 송강휴게소에서 저녁을 들고, 거창을 거쳐서 진주로 돌아왔다.

11 (일) 맑음 -팔공산

단식을 끝낸 아내와 함께 장터목산장의 제40차 안내산행에 참가하여, 대구시의 鎭山인 八公山(1,192m) 등반을 다녀왔다. 회옥이는 이 달부터

개학이 되어 학교에 다니고 있는데, 큰처남 자녀인 민국이 예은이와 함께 문화예술회관에서 하는 공연을 참관하고 우리 집에서 함께 놀았다.

관광버스 한 대로 출발하여 남해 및 구마고속도로를 경유한 일행이 팔공산의 수태골에서부터 산행을 시작하여, 오도재를 거쳐 정상인 비로봉 옆의 西峰에 당도한 다음, 서봉 아래쪽의 샘터에서 점심을 들었다. 식사를 마치고서 다시 산행을 시작하여 서쪽을 향해 가파른 바위 능선을 몇 번이고 넘었는데, 눈과 얼음으로 비탈길이 꽤 미끄러운지라 여러 차례 넘어지기도 하였다. 파계재에 가까워 온 무렵에야 팔목에 차고 있던 시계가 어디론가 사라져 버리고 없음을 알았다. 넘어질 때의 충격으로 말미암아 줄의 이음새 부분이 벗겨져 떨어진 모양이었다. 작년 여름인가 가을의 산행에서 십여 년을 차고 지내던 일제 세이코 시계를 허리띠에 차고 다니다가 잃어버린 이후, 이번 시계는 새로 산 지 반 년 정도 밖에 되지 않는 터이다.

내일부터 1박 2일에 걸쳐 한국동양철학회의 冬季修鍊會 및 定期總會가 열리게 되어 있는 把溪寺를 지나 절 아래의 집단시설지구에서 일행이 다 내려오기를 기다리며 음식점에서 파전과 빈대떡을 안주로 농주를 마시고 있다가, 합천 쪽의 국도를 경유하여 밤 아홉 시가 못 되어 집에 당도하였다.

25 (일) 흐리고 산 위에는 다소 눈 -민주지산

아내와 함께 망진산악회의 일요 산행에 참가하여, 전북 무주군과 충북 영동군, 경북 금릉군의 경계에 위치한 민주지산(1,241m)에 다녀왔다. 참가 신청한 회원이 평소보다 많아 중형 봉고 한 대로는 부족하였는데, 지난 번 기사가 봉고 한 대를 더 가지고 나오기로 하고서는 약속을 지키지 않았으므로, 거기서부터 일정이 어긋나기 시작하여 종일 이런저런 우여곡절이 있었다.

秋思樓라는 한식집을 경영하는 권 여사의 자가용을 한 대 더 동원하여 두 차에 분승해서 반시간 정도 늦게 출발하였다. 도중에 다른 한 대를 기다리느라 시간을 지체하기도 하고, 하마터면 차량 간의 충돌 사고를 겪을 번도 하였으며, 또 두 차간에 서로 길이 어긋나 거창 쪽에서 무주구천동으로 향하다가 왔던 길을 도로 돌아 나와 덕유산을 두르는 비포장도로를 경유하여 羅濟通門에서 다시 합류하기도 하였다. 무주 쪽에서 산행을 시작하여 능선 길로 하여 정상에 올랐더니 그곳은 산꾼들로 제법 붐비고 있었다. 석기봉 쪽으로 향하다가 도중에 한 지맥으로 빠져나와, 인적이 없는 능선에서 설을 치른 이후의 첫 산행을 기념하는 始山祭를 지내고 함께 점심을 들었다.

거기서부터 하산할 때는 일행이 골짜기 쪽으로 내려가는 사람들과 능선 쪽으로 가는 팀, 그리고 그 중간으로 향하는 팀 등 셋으로 나뉘었는데, 술이 얼근하여 맨 뒤에서 따라가던 나는 망설이던 끝에 제일 많은 사람들이 내려간 것으로 보이는 골짜기 코스를 택하였다. 그러나 앞서 가던 사람들의 발자국도 도중에 끊어져 버리고, 길은 보이지 않으며, 술기운도 있고 하여 혼자서 상당히 고생을 하며 골짜기를 거의 다 내려왔더니 비로소 산길이 보이기 시작하였다. 혼자서 터벅터벅 그 길을 따라 오전 중 하차한 지점까지 내려와 보았더니 아직 아무도 도착해 있는 사람이 없었다. 좀 더 위쪽에 등산객들에게 토속주를 파는 조립식 주택이 하나 서 있었는데, 뒤에 오는 일행이 혹시 거기에 들러 시간을 지체하지나 않을까 하여 그곳까지 도로 올라가 얼마를 더 기다렸더니 기사 등 몇 명이 앞서 내려왔다.

일행은 내가 보이지 않는다며 산 속에서 약 반 시간 정도나 체재하여 호루라기를 불어대면서 찾고 있으며, 남자 세 명은 나를 찾으러 점심 먹은 지점을 향하여 도로 올라갔다는 것이었다. 이번에는 내가 일행에게 폐를 끼친 결과가 되었다. 나도 하산하는 도중에 지난번 팔공산 산행 때 산 등산용 지팡이를 잃어 버렸다. 밤 아홉 시경에 귀가하였다.

29 (목) 흐리고 낮 한 때 비 -하동청소년수련마을
오후 네 시 남짓 되어 1학년 지도교수를 맡은 권오민 교수와 함께 권 교수의 차로 河東 辰橋에서 南海島로 가는 도중의 국도 옆에 근년 들어 새로 지어진 하동청소년수련마을로 찾아가, 이곳에서 금년도의 철학과 신입생을 위해 마련되어 있는 예비대학에 참여하였다. 철학과 학생 예순 명 남짓이 어제부터 2박 3일의 일정으로 이곳에 들어와, 본교 독문과 학생들과 더불어 아래 위층을 나누어 쓰며 같이 지내고 있다.

저녁 식사를 마친 후 식당에서 철학과 학생들이 조별로 나누어 장기 자랑 하는 것을 지켜보면서 권 선생과 더불어 심사원 노릇을 하였으며, 그것을 마친 후에는 밤늦게까지 그 자리에서 학생들과 어울려 술을 마시다가, 나는 醉氣가 돌아 권 선생보다 먼저 일어나 우리의 숙소로 배정된 103호실로 돌아와서 잠자리에 들었다.

3월

2 (토) 맑음 —태백산 행

밤 아홉 시에 장터목산장이 주관하는 제41차 태백산 안내산행이 출발하므로, 조금 후 집을 나설 예정이다. 원래는 아내와 함께 신청해 두었던 것이지만, 아내는 단식 후에도 계속 위장의 상태가 좋지 못하여 이번 산행은 포기하였다.

3 (일) 맑음 —태백산

밤 두 시 반경에 태백산의 유일사 입구 매표소에 당도하였는데, 시간이 너무 일러 버스 속에서 두 시간 정도 수면을 취하다가 네 시 반경에 등반을 시작하였다. 나는 상점에 들러 소주를 한 병 사고 스패츠와 아이젠을 착용하느라고 뒤에 쳐졌다. 도중의 갈림길에서 유일사 방향으로 접어들었기 때문에 일행과는 헤어져 시종 혼자 걸어가다가, 장군봉 (1,566.7m) 옆의 천제단(1,560.6m)에 다다랐을 때에야 이곳 제단 안에서 시산제를 지내고 있는 일행과 합류할 수가 있었다. 이 두 곳과 여기서 조금 떨어진 문수봉의 세 곳에 돌을 쌓아서 단군을 제사하는 천제단이 설치되어 있었다. 천제단에서 일출을 맞이하였다. 이 태백산은 남한강과 낙동강의 발원처라고 한다.

천제단 아래의 망경사에서 아침 식사를 했다. 한문학과의 崔錫起 교수가 이번 산행에 참가해 있어 그와 함께 식사를 하였다. 하산 길에 端宗碑閣에도 들러 보았는데, 呑虛 스님이 쓴 비문에는 이웃 영월에서 죽은 단종이 이 태백산의 산신령이 되었다는 전설이 전해 온다고 적혀 있었다. 문수봉(1,517m)에 올랐다가 올랐던 길로 도로 내려와 삼거리·병풍바위를 거쳐 檀君聖殿이 있는 당골 마을로 내려왔다. 이곳의 단군성전은 80년대에 세워진 것이었다.

돌아오는 길에 봉화 부근의 한 휴게소에서 점심을 들었다. 안동·대구를 거쳐 구마고속도로로 진주에 당도하였을 때는 아직 오후 다섯 시 반 정도 밖에 되지 않았다.

10 (일) 맑음 –왕시리봉

아내와 함께 장터목산장의 제41차 안내산행에 참가하여 지리산 왕시리봉에 다녀왔다. 대절버스 한 대에 탄 일행이 새벽 여섯 시 남짓에 진주를 출발하여, 생초-휴천계곡-뱀사골입구를 거쳐 성삼재에서 하차하였다. 거기서부터 산행을 시작하여 노고단의 송신탑 부근에 당도하니, 입산금지구역이라 등산로 입구에 철사로 얽은 벽이 쳐져 있었고, 문을 열어 주기로 약속해 두었다던 관리인은 나와 있지 않았다. 별 수 없이 울타리를 타고 넘어서 눈과 얼음으로 덮인 미끄러운 길을 전진하여 돼지령 부근에 이른 다음, 주능선에서 벗어나 왕시리봉으로 향하는 좁다란 소로로 접어들었다.

거기서 일행은 질매재를 지나 문바우등(1,198m)으로, 다시 계속 나아가서 예전에 가을 무렵 조평래 군과 함께 한번 이르렀다가 여기서 피아골 쪽으로 빠져 내려간 적이 있었던 느진목재에 다다랐다. 이 재에서 바로 쳐다보이는 왕시리봉(1,243m)은 마치 평지에서 새로 올라야 할 듯이 아득하게 높아 보이기만 한데, 숨을 헐떡이며 악착같이 올라 드디어 정상에 오르니, 거기에 있는 바위 위에서 세석평전 以西의 지리산 주능선이 환하게 바라다 보였다.

정상 아래쪽의 외국인 선교사 별장에 이르러, 그곳 교회 옆 풀장의 제방 위에서 술과 불고기를 들며 점심시간을 가졌다. 여기까지는 지난번에 망진산악회 회원들과 함께 올라와 본 적이 있는 터이니, 이번으로 왕시리봉 코스에 세 번째 올라 비로소 전 코스를 답파하는 셈이다. 산장지기 함태식 씨와 그와 함께 사는 누렁개도 다시 한 번 만날 수 있었다.

점심을 든 후 다시 하산 길에 올라, 지난번에 올랐던 全南 求禮郡 土旨面 五美里 쪽이 아니라 곧장 토지면 사무소 쪽으로 내려왔다. 토지식당에 들러 대아고등학교 국어교사인 조병화 씨 내외 및 조 씨의 동료 한 사람과 어울려 이곳 명물이라는 개고기 요리를 안주로 또 한 차례 술자리를 가졌다. 그곳 국민학교 구내를 둘러 본 다음, 일행이 다 내려올 때까지 버스 안에서 기다리다가 잠이 들었는데, 돌아오는 도중 계속 잠을 자서 밤 일곱 시경 진주에 도착할 즈음에야 눈을 떴다. 오늘의 행정이 산길로 거의 20리가 넘는 터이라 꽤 고단했던가 보다.

16 (토) 비 -두타산, 청옥산 행

장터목산장의 제43차 안내등반에 참여하여 강원도 동해시 부근의 頭陀山(1,352.7m)과 靑玉山(1,403.7m)에 다녀오기 위해 오후 여덟 시까지 멋-거리산악회 회원 김양배 씨가 경영하는 등산장비점으로 나갔다. 아내는 참가하지 않았다. 일기불순 관계로 신청했던 사람들이 많이 빠져, 서른다섯 명 정도가 함께 갔고, 천황산 얼음골에서의 빙벽 등반 사고로 다리가 불편한 김양배 씨도 모처럼 동행하였다. 고속도로를 경유하여 밤을 도와 목적지로 달렸다.

17 (일) 밤 새 비온 후 흐리고 하산하고서는 개임 -두타산, 청옥산

출발할 때부터 밤 내내 내리던 비가 오전 네 시 남짓에 우리가 목적지인 천은사 입구에 도착할 즈음에는 그쳐 있었다. 천은사 뒤편을 거쳐

캄캄한 가운데 헤드랜턴을 켜고서 등반을 시작하였다. 낙엽 밑에 얼음이 남아 있어 꽤 미끄러웠다. 등반 도중에 점차로 날이 밝아지기 시작하였는데, 쉰움산(五十井山, 688m)을 지나 얼마를 더 올라가자 주위가 점차 밝아지면서, 雲海 속에 모습을 드러낸 連峰들의 장엄하고 순결한 모습에 모두들 감탄을 금치 못했다. 그러나 좀 더 높은 곳에 오르자 다시 안개 속에 들어가 사방으로 아무런 조망도 없는 단조로운 산행이 계속되었다.

산 위에는 아직 눈이 많아 도중에 스패츠와 아이젠을 착용하고서 두타산에 올랐고, 이어서 박달재를 지나 최고봉인 청옥산에 올랐다. 두타산 정상에는 돌로 된 제법 그럴듯한 표지 탑이 서 있었으나, 그보다 50m 정도가 더 높은 청옥산에는 나무로 된 방향 안내 표지 하나가 달랑 서 있을 따름이었다.

연칠성령을 지나 망군대 부근에서 바른골 쪽으로 접어들어 하산 길에 오르니 다시 안개 속을 벗어나 조망이 넓어지면서 주위 경관이 보이기 시작하였다. 두타산 바위 절벽들의 수려한 모습과 용추폭포·학소대 등의 장관을 바라보며 무릉계곡으로 하여 三和寺로 내려왔다. 삼화사는 원래 이보다 더 아래쪽에 있었다가 시멘트공장의 석회 채석광에 밀려 현재의 위치인 중대사 터 쪽으로 옮겨 온 것이라 하는데, 고려 충렬왕 무렵 動安居士 李承休가 이곳 무릉계곡에 은거하여 『帝王韻記』를 저술한 것으로 이름이 나 있다. 절 입구의 무릉반석에는 蓬萊 楊士彦이 썼다고 하는 '武陵仙源 中臺泉石 頭陀洞天'이라는 글씨가 草書大字로 새겨져 있었다.

오후 세 시 반 무렵 삼화사 입구를 출발하여 동해안을 따라 내려오다가, 후포에서 김양배 사장이 대접하는 생선회와 매운탕으로 저녁을 들고서, 다시 밤을 도와 달려 11시 반 무렵에 진주에 당도하였다. 이번 산행에는 산에 미친 사람이라는 개인 출판사를 하고 있는 奇人 성락건 씨도 참여하였다. 그는 술 담배를 하지 않는데다 일 년쯤 전부터 채식주의를 실천하고 있다고 한다. 인도에 자주 왕래하면서 그곳의 영향을 받은 모양인데, 녹차는 매일 상당한 양을 마시는 모양이었다.

24 (일) 흐리고 산 위에는 약간의 눈발 -지리산 916봉, 새우섬

아내와 함께 망진산악회의 지리산 등반에 참가하였다. 유춘식 고문은 괌에 사는 딸네 집에 다니러 갔고, 김형견 회장은 아들의 직장 관계로 서울에 간 까닭에 기사와 두 명의 부회장을 비롯한 회원 12명이 동행하였다.

산청읍을 거쳐, 王山 아래의 今西面 산복 도로를 지나서 함양군 휴천 계곡에 접어들었고, 龍遊潭 조금 못 미친 곳에 있는 송전교에서 엄천강을 건너, 지리산 산중턱에 위치하며 비교적 근자에 확장 보수 공사를 한 듯한 여승들의 사찰인 文殊寺 입구 주차장에서 차를 내렸다.

문수사 옆의 개울을 건너 산행을 시작하였는데, 사람이 별로 다니지 않는 곳인지라, 정상인 916봉에 이르기까지 길다운 길이 별로 없었다. 수북한 낙엽을 밟으며 정상에 오르니, 바위 위의 전망도 전망이려니와 그 부근에는 나무 가지마다 눈과 얼음 꽃이 하얗게 맺혀 마치 만개한 벚꽃 숲을 연상케 하였다. 정상 근처의 동굴 앞에서 점심을 들고서, 회원들이 음담이 섞인 노래를 피로하며 재미있게 노는 것을 지켜보다가, 이웃한 708.2봉을 거쳐 하산 길의 나무줄기에 매달린 비닐 주머니에서 동네 사람이 받아 둔 고로쇠 물을 훔쳐 먹기도 하며 하차했던 곳으로 내려왔다.

진주로 돌아오는 도중에 세조의 동생으로서 錦城大君의 단종 복위 운동에 가담했다가 세조 원년에 이곳으로 귀양 와 수년 후 여기서 죽은 漢南君의 유배지인 함양군 휴천면 南湖里 한남동의 새우섬과 신라 헌강왕 때 세워진 사찰로서 조선 성종 때 함양군수로 온 佔畢齋 金宗直의 차 재배 사적 및 濯纓 金馹孫의 '續頭流綠'에 기록된 경유지로서 알려진 엄천사가 있었던 東湖 마을을 지나, 아침에 돼지고기를 샀던 산청군 화개리 장터에 다시 들러 막걸리를 조금 마신 다음, 생초를 거쳐서 평소보다 다소 이른 시각에 귀가하였다.

4월

7 (일) 맑고 완연한 봄 날씨 -천태산

아내와 함께 일심산악회의 월례 산행에 참가하여, 충청북도 영동군 양산면과 충청남도 금산군의 사이에 위치한 天台山(714.7m)에 다녀왔다. 이곳 양산면 일대에는 이른바 양산팔경이 유명한데, 천태산 아래 양산면 누교리에 위치한 寧國寺는 그 중 제1경으로 되어 있다. 안내판에 의하면, 이 절은 신라 문무왕 때 창건되어, 고려대에는 大覺國師 義天에 의해 松都에 있는 것과 더불어 國淸寺라 일컬어졌다가, 공민왕이 홍건적의 침입을 피하여 이곳에서 國泰民安을 빌어 국난을 극복했다 하여 영국사로 개명되었다고 한다.

A 코스 등산로로 올라가서 D 코스로 하산하였는데, 돌산이라 곳곳에서 밧줄을 타고 올라야 했다. 등산로 입구 안내판에 宋判書墓라는 것이 있어 가보았더니, 뜻밖에도 尤庵 6대손인 剛齋 宋穉圭의 것이었다.

이 조그만 절에는 여러 점의 보물과 천연기념물 223호로 지정된 수령 600년이 넘는 은행나무가 있어 두루 둘러보았다. 하산 길에 그 보물들 중 일부인 고려시대 승려의 비석과 부도를 구경하러 갔다가, 거기서 우연히 서울대 국사학과의 최병헌 교수 부부를 만나 함께 사진을 찍기도 하였다. 편도에 세 시간 남짓이 걸려, 밤 일곱 시 반경에 진주에 당도하였다.

11' (목) 맑음 -적석산

제15대 국회의원 총선 날이라 출근하지 않았다.

오전 11시에 역 광장에서 망진산악회원들과 합류하여, 진주에서 차로 약 반 시간 정도의 거리에 있는 마산시(작년까지는 경남 의창군 지역)의 積石山 등반을 다녀왔다. 해발 700m도 못되는 야산인데, 우리 부부와 비회원 두 명을 포함하여 모두 열한 명이 참가했다.

적석산 능선을 일주하여 卞氏네의 재실인 誠久祠 쪽으로 하산하여, 양촌리에서 온천욕을 하고 동동주와 파전을 들기도 하였다. 우리 산악회의 최고령자로서 여든 살이 넘은 임 노인도 모처럼 참가하였는데, 산 위에서 점심을 들 때 고기를 먹고서 체했는지 상태가 좋지 않아, 아내가 손가락 위를 세 군데 따 드리고 기사와 함께 지름길로 먼저 하산하게 하였으나, 돌아올 때까지도 계속 상태가 좋지 않은 모양이었다.

14 (일) 흐리고 낮 한 때 약간의 빗방울 ―달마산, 미황사, 땅끝

아내와 함께 장터목산장의 제47차 안내등반에 참여하여, 전남 해남군에 있는 達磨山(489m)에 다녀왔다. 아침 일곱 시 남짓에 늘 이용하는 뉴명신관광버스 한 대로 시내의 장터목산장 앞을 출발하여, 순천-보성-장흥-해남 등을 거쳐, 해남군 북평면 닭골재에서 내려 등반을 시작하였다. 달마산은 일찍부터 산 위에서의 전망이 기가 막힌다는 소문을 듣고 있었다. 그다지 높지는 않으나 길게 뻗은 능선 하나가 온통 바위산으로 되어 있어 산 자체의 경관도 수려하고, 능선에서 완도 및 그 섬과 해남반도와의 사이에 위치한 灣 등을 계속 바라다보며 걷는지라 지루한 감이 조금도 없었다.

달마산 정상의 봉화대까지 갔다가 미황사 쪽으로 하산하였다. 미황사 위쪽의 헬기장에서 점심을 들고서 절 구경도 하였는데, 이 절의 대웅전이 보물에 지정되어 있었다.

미황사 입구에 대기시켜 둔 버스에 다시 올라, 해남 반도 서쪽 해안의 송호리 쪽으로 하여 한반도의 남쪽 끄트머리인 땅끝, 즉 土末 전망대 아래에 이르렀고, 거기서 차를 내려 전망대와 토말비, 그리고 토말탑 등을 구경하고서, 바닷가의 절벽 사이로 난 오솔길을 따라 걸어서, 예전에 아내와 함께 보길도 가는 배를 탔던 토말 마을까지 걸어 나왔다. 멋-거리 회원 등과 함께 산 낙지를 안주로 잠시 술잔을 기울이다가 멸치젓을 한 통 사서, 해남 반도 동쪽 해안의 관광도로를 따라 귀가 길에 올랐다. 세 시간 반 정도 차를 달려, 밤 여덟 시 반경에 우리 아파트 맞은편의 고려병원 옆에서 내렸다.

21 (일) 맑음 —서대산

아내와 함께 산울림산악회의 산행에 참가하여, 충청남도 금산군 추부면에 소재한 西大山(903.7m)에 다녀왔다. 오전 여덟 시 10분경에 남강다리목의 남강카바레 앞에서 출발하여, 安義 花林洞과 60령 고개, 전북의 長溪를 거쳐, 지난번 천태산에 갈 때 지났던 금강 가를 지나, 열한 시 반 무렵부터 산행을 시작하였다.

元興寺 쪽에서 등산을 시작하여, 織女彈琴臺를 거쳐 정상에 올랐고, 능선을 따라 가다가 서대산 유원지 쪽으로 하산하였다. 서대산은 충남에서 가장 높은 산이라고 하는데, 바위로 이루어진 독립된 암산이었다.

귀가할 때는 충북 옥천에서 고속도로에 올랐다가, 김천에서 다시 국도로 접어들어, 거창을 거쳐서 밤 여덟 시 반 무렵에 집으로 돌아왔다. 목감기 기운이 남아 있었던 터에 산행을 하고, 돌아오는 차 안에서 주위 사람들이 권하는 대로 맥주를 자꾸만 받아 마셨더니, 몸살 기운이 겹쳐 심한 오한이 들었다. 귀가 길에 아파트 입구에서 약을 사와 복용하고, 샤워를 한 후 땀을 내기 위해 배에다 전기 보온기를 대고서 취침하였다.

28 (일) 흐림 —대야산

아내와 함께 장터목산장의 제41차 안내등반에 참여하여, 慶北 聞慶郡 加恩邑과 忠北 槐山郡 靑川面의 경계에 위치한 大耶山(930.7m)에 다녀왔다. 새벽 여섯 시 남짓에 등산장비점 장터목산장 앞을 출발하여, 거창·김천·상주를 거쳐 예전에 속리산 문장대를 등반할 때 지났던 길로 속리산을 왼쪽으로 바라보면서 좀 더 北上하여, 괴산군의 농바위 마을 앞에서 하차하여 산행을 시작하였다. 이곳 대야산은 華陽九曲과 九山禪門의 하나인 曦陽山 鳳巖寺의 사이에 위치하여, 웬만한 등산안내서에는 모두 올라 있을 정도인, 이른바 족보 있는 산이다.

도중에 밀재에서 점심을 들고 정상에 오르려 한 것이 길을 잘못 들어 조왕골 오른편의 능선을 따라 가파르고 별로 길도 보이지 않는 곳을 힘겹게 올라, 정오 무렵에 정상에 다다랐다. 정상에서 점심을 들고서, 반대편의 문경 선유동계곡 쪽으로 하산하여, 다시 상주·김천·거창을 경유하여 밤 여덟 시 남짓에 진주에 당도하였다. 桃李滿發이라더니, 길 가의 각처에 복사꽃 등이 바야흐로 절정을 이루고 있었다.

5월

12 (일) 맑음 -거문도, 백도

장터목산장의 제49차 안내 관광에 참여하여 다도해 해상국립공원 巨文島·白島에 다녀왔다. 아침 여섯 시에 진주를 출발하여, 아홉 시 반에 여수에서 쾌속여객선 데모크라시 3호를 타고서 11시경에 거문도에 도착하였고, 이어서 백도 행 유람선에 옮겨 타고서 백도의 上·下島를 한 바퀴 두른 다음, 거문도로 돌아와 새길식당에서 점심을 들었다. 오후 세 시에 거문도를 출발하여 네 시 반경에 여수로 돌아왔고, 돌산반도의 거북선 전시장 부근으로 가서 거문도에서 사 온 해삼을 안주로 소주를 마시다가, 일곱 시 남짓에 진주로 돌아왔다.

이미 두 차례 가족들과 이 여행에 참여하였다가, 두 번 다 日氣不順으로 여수까지 왔다가 배를 타지 못하고 말았었는데, 오늘은 날씨가 청명하였지만 회옥이의 건강 상태로 말미암아 나 혼자서 오게 되었다. 지리산 치밭목산장의 管理人인 민병태 씨도 이번 유람에 동행하였다.

19 (일) 흐림 -운장산

아내와 함께 산울림산악회의 월례산행에 참가하여, 전북 진안군 정천면에 있는 雲長山(1,125.9m)에 다녀왔다. 오전 8시 10분경에 출발하여 밤 아홉 시경에 귀가했는데, 봉곡저수지 옆으로 해서 西峰으로 올라 東峰과의 사이 지점에 있는 大三角點 정상에서 올라온 쪽 방향으로 뻗어 있는 작은 능선을 타고서 하산하였다.

24 (금) 맑음 -삼정산, 영원사, 상무주암, 실상사

석가탄신일 휴일을 맞아 아내와 함께 장터목산장의 제50차 안내등반에 참가하여 지리산 삼정산에 다녀왔다. 영원사를 거쳐 상무주암에서 절 음식으로 점심을 들고난 후, 한문학과의 최석기 교수와 나는 실상사까지 산길로 걸어가기 위해 먼저 떠났다. 둘이서 도마동 뒷길로 하여 약수암에 들른 다음 약수암 옆의 새로 난 차도를 따라 실상사로 내려왔다. 한 시간쯤 후에 멋-거리 회원 김정선 씨가 문수암에서 얻은 오미자술을 가지고서 내려왔으므로, 실상사 정문 부근의 주춧돌만 남은 옛 법당 터 그늘 밑에 앉아서 그것 한 병을 다 마셨다. 오후 다섯 시 무렵에 실상사를 출발하여, 갈 때와 같이 88고속도로를 경유하여 수동으로 빠져서 진주로 돌아왔다.

26 (일) 흐리고 산에서는 낮 한 때 비 -바래봉, 덕두산

혼자서 만세산악회의 정기 산행에 동참하여, 지리산 바래봉(1,165m) 철쭉제에 다녀왔다. 만세산악회의 산행은 ≪신경남일보≫에서 알았지만, 안내산행이 아니고 회원들끼리 가는 것인데, 불청객이 끼어든 셈이다. 그 회원들은 예전에 나와 함께 남명에 관한 시리즈를 제작하다 뜻이 맞지 않아 몇 차례 방영하고 난 후 도중에 중단하고 만 적이 있는 당시의 MBC 편성국장 許正基 씨가 현재 회장을 맡아 있고, 당시 그 일로 나와 함께 작업을 한 적이 있는 MBC 직원도 회원으로 들어 있었으며, 중앙로 타리에서 竹軒書室을 경영하고 있는 이, 신임 문산파출소장 등이 포함되어 있었다.

오전 여덟 시 진주시청 제1 청사 앞에 집결하여, 자가용 네 대에 분승하여 함양의 인산농장 앞 국도를 거쳐 운봉농장 부근에 이르렀더니, 예상과는 달리 전라도를 비롯한 전국 각지에서 온 승용차들이 도로 변에 길게 행렬을 짓고 있고, 농장에서 바래봉으로 오르는 農路도 사람들이 저자처럼 길게 줄을 이루어 올라가고 있었다. 우리도 도로 변에 차를 세워 두고서 목장의 草地를 가로질러 올라가다가 산복도로에 합류하였

다. 지리산의 아래쪽은 철쭉이 이미 다 져 버렸지만, 능선 일대에는 지금이 절정이었다.

1착으로 능선에 올라 능선과 삼거리에서 일행을 기다리다가, 나 혼자 바래봉을 거쳐서 지리산 서북능의 끄트머리인 德頭山(1,149.9m)까지 다녀왔고, 바래봉에서 부운치 부근에 이르기까지 약 4km에 걸쳐 펼쳐지는 능선 위의 철쭉 밭 가운데 가장 장관을 이룬 중간 지점에서 일행과 함께 점심을 들었다. 다들 그 부근에서 사진을 찍고 하산하는 모양이었지만, 나와 또 한 사람의 MBC 직원은 부운치 부근 철쭉 밭이 끝나는 지점까지 다녀왔다.

운봉목장 왼쪽 끄트머리의 철망 바깥쪽으로 하산하여, 저녁 여섯 시가 채 못 되어 진주로 돌아왔다.

6월

2 (일) 맑음 -하봉, 치밭목, 장단골

본교 철학과 및 일반대학원 철학과 석사과정을 졸업한 후 박라권 군이 하고 있는 대명인쇄소의 컴퓨터 출판 작업을 돕고 있는 안명진 군, 병역을 마치고서 복학한 후 철학과 3학년에 재학하고 있으면서 이번의 논문 인쇄를 비롯하여 여러 모로 나의 일을 도와주고 있는 최재성 군과 더불어 지리산 등반을 다녀왔다.

장대동 시외버스터미널에서 이들과 합류하여 7시 25분 발 大源寺 행 버스를 타고서 종점에 내렸고, 매표소 부근에서 다른 사람의 승용차에 동승한 후 산행 출발 지점인 새재에서 내렸다. 거기서 김철수·조병화 씨 등 멋-거리산악회원들을 만나 같은 下峰 쪽 코스로 등반을 시작하였으며, 그들과는 하봉 위의 헬기장 부근에 있는 샘터에서 다시 합류하여 함께 점심을 들었다. 치밭목산장에서 원두커피를 마신 후 그들과 작별하여 우리 일행 세 명은 무재치기폭포 옆에서 장단골 쪽으로 접어들어, 경상대 연습림관리사무소를 거쳐 內院寺 뒤편을 지나 산청군 삼장면 大

浦 마을로 내려왔다.

이미 막차가 끊어진 후였으므로, 덕산에서 택시를 불러 원지까지 나왔고, 원지에서 버스로 갈아타서 진주로 돌아왔다.

6 (목) 맑음 - 노자산

현충일이라 쉬었다. 모처럼 아내와 더불어 우리가 회원으로 가입되어 있는 망진산악회의 주말 산행에 참가하여 거제도의 노자산에 다녀왔다.

아침 여덟 시에 역 광장에서 모여, 고성을 거쳐 옛 거제읍을 경유하여 노자산 중턱의 포장도로에 이르렀다. 원래는 그 옆 해금강 부근에 있는 가라봉에 오를 예정이었는데, 길도 잘 보이지 않는 산속을 더듬어 간신히 정상에까지 오르고 보니 학동 뒤편에 있는 노자산이었다.

학동 쪽으로 하산하여, 돌아올 때는 舊巨濟에서 성포 쪽으로 나와 거제대교를 건넜고, 고성에서 진주시의 금곡 방향으로 접어들었다.

9 (일) 흐림 - 경주 남산

아내와 함께 영남통일산우회의 6월 정기산행에 참가하여 경주 南山에 다녀왔다. 오전 여덟 시에 귀빈예식장 앞 고수부지에 모여 관광버스 다섯 대로 출발하였다. 구마고속도로로 대구를 경유하여, 경주의 남산 아래 三陵에서 계곡을 따라 등반을 시작하였다. 上禪庵을 거쳐 金鰲山(471m) 정상에 올랐고, 금오정 전망대로 하여 統一殿으로 내려왔다.

돌아올 때는 언양을 거쳐 昌寧의 釜谷온천 옆으로 하여 구마고속·남해고속도로를 경유하여 밤 열 시경에 귀가하였다.

16 (일) 흐림 - 하동 금오산

아침 여덟 시경에 丁垣在 군을 개방대학 입구의 시외버스 정거장까지 전송해 주면서, 나는 남강 변의 도립문화예술회관 광장으로 가서, 민주산악회의 6월 정기산행에 참가하여 하동군 진교에 있는 金鰲山(849m)에 다녀왔다. 아내는 동행하지 않았다. 이 산은 정상에 대형 방송송신탑이 있고, 예전에는 그 옆의 주봉에 미사일 기지도 있었던 까닭에, 정상까지 차가 다닐 수 있는 콘크리트 포장도로가 이어져 있어 그리로 올랐다.

진주의 산악회들은 정치와 밀접한 관계가 있는 것들이 여러 개인데, 민주산악회도 그 중 대표적인 것으로서, 그러한 까닭으로 현재 같은 이름의 산악회가 두 개 존재하고 있다. 국회의원 하순봉 씨가 회장으로 있는 민주산악회 진주지부가 있고, 오늘 내가 따라간 민주산악회는 지난 번 선거에서 하순봉 씨에게 패배한 육군 중장 출신의 前 수도경비사령관 안병호 씨가 회장으로 있는 것이다. 또한 지난 번 선거 무렵에 이 산악회에서 떨어져 나가 다른 산악회를 만든 일부의 사람들은 법관 출신의 전 국회의원 조만후 씨가 중심이 된 자유산악회에서 떨어져 나온 사람들이 만든 산악회와 연합하여, 지난 번 경주 남산 산행을 주도한 영남통일산악회를 이루고 있다. 오늘은 그다지 참가자가 많지 않았음에도 불구하고 관광버스 세 대가 동원되었고, 회장인 안병호 씨가 직접 참가하여 정상식에서 인사를 하였다. 등산 도중 두 대의 승용차가 뒤에 처진 사람들을 정상까지 부지런히 실어다 나르고 있었고, 돼지고기 등을 비롯한 음식도 푸짐하게 마련되어 있었다.

하산할 때는 조선 시대의 금오산 봉수대 자리에 봉수군의 거처를 개조하여 만든 8부 능선의 석굴암을 거쳐, 임란 시의 鄭起龍 장군 출생지임을 기념하는 景忠祠 옆의 지난번 철학과 학생들이 거기서 며칠을 머무른 바 있었던 하동군 청소년수련회관 쪽으로 내려 와, 경충사 조금 위에 있는 저수지 가에서 식사를 하였다. 식사 후 저녁 다섯 시 반 무렵까지 거기서 노는 모양이었지만, 나는 우리 아파트 5동의 경비원을 했던 김봉환 씨와 더불어 점심을 든 후 곧바로 출발하여, 경충사 부근에서 다른 사람의 승용차에 동승하여 진교까지 나온 후, 버스로 갈아타고서 오후 세 시 남짓에 집으로 돌아왔다.

23 (일) 오전 중 흐렸다가 개임 -달마산, 땅끝
망진산악회의 회원들과 함께 전남 해남군의 달마산 산행을 다녀왔다.

아내는 동행하지 않았다.

이 산에는 지난번 장터목산장의 안내 산행 때 한번 오른 적이 있었지만, 그 당시 하산했던 미황사에서부터 산행을 시작하여 능선에 오른 다음, 그때 가보지 못했던 땅끝 방향의 나머지 코스를 향하여 걸었다. 암벽이 험준하고 코스가 길어, 땅끝까지 가려던 애초의 계획을 포기하고서 도중에 산골 마을 쪽으로 하산하였다.

그 마을 어귀의 길거리에 주저앉아서 차를 기다리다가, 타고 갔던 봉고 버스를 불러 와 땅끝에 이르렀을 때는 이미 어둑어둑한데다 안개가 제법 짙었다. 아침 일곱 시 반에 역전 광장에서 모여 여덟 시경에 출발했었는데, 귀가하니 밤 열한 시경이었다.

8월

4 (일) 맑으나 곳에 따라 낮 한 때 비 -장안산

내가 중국 여행을 갔던 이래 처음으로 아내와 함께 등산을 다녀왔다. 지난날의 송암산악회가 한 달쯤 전에 대봉산악회로 이름을 바꾸었다고 하는데, 이 산악회에서 마련한 관광버스 세 대에 분승하여 전북 장수군의 장안산(1,210m)에 다녀왔다.

장대동의 산악회 사무실 앞에서 여덟 시 반쯤 출발하여, 휴일이라 교통 체증이 심할 것을 예상하여, 버스가 도동 쪽에서 둘러서 生比良·端溪·正谷으로 하여 산청·함양 간의 국도로 접어들었고, 육십령고개를 넘어 장계에서 장수읍을 지나 또 한참을 더 내려간 끝에 芳花洞 가족휴가촌에서 하차하여 산행을 시작하였다. 그러나 이처럼 둘러온 데다 약간의 교통 체증도 있었던 탓인지, 예상보다는 시간이 많이 걸려 정오 무렵에야 도착하였으므로, 정작 산 정상에까지 올라간 사람은 몇 명 되지 않았고, 대부분이 덕산계곡의 물가에서 쉬다가 돌아왔다. 나도 아내의 반대를 무릅쓰고서 끝까지 정상에 올라가고자 덕산계곡이 끝난 지점의 관리사를 지나 좀 더 나아갔으나, 우리보다 앞에 갔던 사람들이 남은 산길이

5.5km나 된다면서 도중에 포기하고 돌아오는 통에, 그들과 함께 갔던 길로 도로 내려와 버리고 말았다.

8 (목) 흐리고 경기도 지역은 낮 한 때 비 -용인 충렬서원, 정몽주 무덤

아침 7시 20분발 일반고속버스로 서울로 향했다. 동양철학회의 수련회에 참석하기 위해서였다. 집합 장소에 모인 몇 명의 교수들과 승용차 몇 대에 나누어 타고서 분당의 아파트 단지를 지나 수련회 장소인 용인의 충렬서원으로 향했다.

부근에 있는 圃隱 鄭夢周의 무덤에 들렀다가, 그 지역 농협은행 2층 강당에서 학술발표회 및 토론을 가졌다. 밤늦게 학술 발표를 마치고서 연세가 많은 학자들은 포은 종택에서, 비교적 젊은 연구자들은 그 부근의 다른 집에서 합숙을 하게 되었다.

9 (금) 맑음 -정몽주 영정, 심곡서원, 조광조 묘소

아침에 포은 종택으로 가서, 김충렬 교수 등과 어울려 대화를 나누다가, 종택의 사당에 모셔져 있는 국보로 지정되었다는 포은 영정을 참관하였다. 이 집 주인인 포은의 종손은 그 부친 때 중국 연변으로 들어가 거기서 태어났는데, 韓中 간에 국교가 수립됨에 따라 약 7년 전에 귀국하였다. 중국과의 무역 사업에 손을 대어 비교적 젊은 나이임에도 불구하고 꽤 많은 재산을 이루어 있었다.

어제의 초원가든에서 조반을 든 후, 충렬서원에서의 포은 위패에 대한 참배에 참여하였다. 포은 묘소 참배도 있었지만, 나는 이미 어제 오후에 가 본 터이라, 신도비각 부근에서 몇몇 교수들과 어울려 대화를 나누며 기다렸다.

귀가 길에 거기서 그다지 멀지 않은 거리의 같은 龍仁郡內에 있는 靜庵 趙光祖를 모신 深谷書院과 靜庵의 묘소를 참배하였다. 참배를 마친 후, 묘소 입구에서 일행과 작별하여, 나는 이 학회의 회장인 연세대 李康洙

교수와 함께, 北京大 연수를 거쳐 작년 12월에 연대 철학과에서 王弼 역학에 관한 주제로 박사학위를 받은 林采佑 씨가 운전하는 차에 동승하여 공항 쪽으로 향했다. 임 씨는 이강수 교수를 부천의 아파트로 모셔다 드린 후, 나를 공항까지 전송해 주었다.

중국 여행 때 마카오로부터 서울로 돌아와 서울에서 진주로 귀가하는 연결 편 비행기 표를 당시 대한항공 비행기의 이착륙 시간 관계로 사용하지 못했었는데, 그 표를 이용하여 진주까지 무료로 비행기를 탈 수가 있었다. 두 시 반 무렵 사천 공항에 당도하여 학교로 돌아온 다음, 연구실에서 『포은집』과 『정암집』을 들추어 보았다. 포은은 개성 선죽교에서 살해된 후에 다른 곳에 묻혀 있었다가 조선 태종 때 贈職이 이루어진 후 현재의 장소로 이장되었고, 영정은 공양왕 때 공신으로 책록되면서 影閣에다 비치하기 위해 그려졌다가 임진왜란으로 소실된 후, 그 후 다시 그려져서 몇 부가 모사되어 분산 안치된 것임을 알았다. 정암의 경우는 서울에서 태어나, 부친의 무덤을 용인으로 모시면서 지금 서원이 있는 자리 부근에다 집을 짓고서 거처하였고, 전라도 능주에서 賜死된 후 그 시신을 이리로 옮겨와 부친의 묘 부근에다 장사한 것임을 확인하였다.

11 (일) 맑음 −토옥동계곡, 서봉
아내와 함께 오랜만에 망진산악회의 주말산행에 참가하여 덕유산에 다녀왔다. 여덟 시 무렵 MBC 옆에서 집합하여, 기사까지 합쳐 모두 여덟 명이 출발하였다. 언제나처럼 안의에 들러 돼지고기 등을 산 후, 화림동과 60령 고개를 지나 전북의 장계읍에서 북쪽 무주 방향으로 꺾어들어, 계북면의 원촌에서 덕유산 쪽의 토옥동계곡으로 진입하였고, 陽岳저수지를 지난 차도의 끄트머리 지점에다 차를 세워두고서 산행을 시작하였다.

우리는 원래 월성재를 지나 경남 거창군의 황점 쪽으로 하산할 예정이었으나, 도중의 갈림길이 되는 쇠로 만든 다리에서 방향을 잘못 잡아, 오른편 계곡을 따라서 한참 오르다 보니 도중에 길이 끊어지고 말았다.

이주세 기사는 먼저 차 있는 곳으로 내려가고서, 우리들끼리 한참을 더 오르다가, 두 시 반 무렵에 속칭 전라도 남덕유산, 즉 서봉(1,492m) 부근에서 점심을 들었다.

식사를 마친 후 다시 한참을 걸어 올라서 서봉 능선에 당도해 주변의 산세를 살펴본 후에야 방향이 크게 틀려 있음을 알게 되었다. 거기서 가까운 하산 길을 택해 장계면의 논개 고향인 주촌의 저수지가 보이는 방향으로 하산하여 땅거미가 질 무렵 어느 농장에 도착한 후, 삐삐를 쳐서 기사와 연락하였다. 연락이 이루어 진 후 다시 한참을 걸어 내려와, 장계에서 60령으로 통하는 국도의 주촌 입구 부근인 장수면 명덕리에서 우리가 타고 온 봉고차를 만나게 되었다. 진주로 돌아오는 도중 다시 두어 차례 정거하여 막걸리와 수박 등을 든 후, 밤 10 시 반 무렵에야 집에 당도할 수가 있었다.

나는 오늘 산행에서 등산화를 신지 않고, 시종 며칠 전에 산 슬리퍼 비슷한 여름용 신발을 신고 다녔다.

15 (목) 맑음 -신흥, 칠불사, 쌍계사

광복절 휴일이라 남명학연구원의 김경수 사무국장이 운전하는 차로 劉廣和 교수 부부 및 우리 집 회옥이랑 함께 하동의 쌍계사에 다녀왔다. 몇 달 전 劉 교수가 김 국장과 나를 자신의 사택으로 저녁 식사에 초대해 준 데 대한 답례로서, 그 날 김 국장이 劉 교수를 자신이 살고 있는 河東으로 한 번 초대할 뜻을 표명했었는데, 그 동안 김 국장의 일정이 바빠 이루어지지 못했다가, 劉 교수 내외의 귀국 날짜가 가까워 오는 오늘을 택하게 된 것이다.

아침 아홉 시경에 김 국장이 최근 큰 사고를 만나 약 보름간 수리 중에 있었던 자신의 프린스 승용차를 몰고서 우리 집으로 와 나와 회옥이를 태운 다음, 도동 촉석아파트의 劉 교수 댁으로 가서 그들 내외를 태워서, 진주-하동 간의 국도를 따라 하동읍에 당도하여, 섬진강을 거슬러서 花開 쪽으로 향했다.

먼저 지리산 대성리 입구의 신흥 마을에 이르러 南冥의 詩文에 가끔 나타나는 神凝寺의 遺址와 그 앞의 洗耳洞계곡 및 崔致遠이 썼다는 三神洞이라는 岩刻 된 글씨를 둘러 본 다음, 七佛寺로 올라갔다. 유명한 亞字房과 근년에 새로 완공된 대웅전 안의 금빛 찬란하게 조각된 불상 등을 둘러본 다음, 하산하는 도중에 梵旺里의 어느 여관 마당 끄트머리에 있는 평상에서 토종닭 찜과 백숙으로 점심을 들고서, 그 바로 옆에 있는 지난번에 미국의 조카 창환이와 더불어 화개재 쪽으로 등산하는 도중에 우연히 들렀었던 찻집을 방문하여, 주인아주머니로부터 그 집에서 생산하는 갖가지 전통차들을 대접 받았다.

모처럼 쌍계사에도 올라가 최치원의 眞鑑國師碑 등을 둘러본 다음, 돌아 나오는 도중에 화개리에서 길 가의 식당에 들러, 내가 이곳 특산인 은어회 및 재첩국 등을 주문하여 劉 교수 내외를 대접하였고, 김 국장과 나도 더불어 술을 두 병 마셨다.

귀가 길에는 남해고속도로를 경유하여, 먼저 劉 교수 내외를 사택으로 바래다 드리고, 그 다음 우리 아파트 입구까지 온 다음, 김 국장은 다시 하동으로 돌아갔다.

18 (일) 맑음 -큰새개골

아내와 함께 망진산악회의 주말 산행에 참가하여, 지리산 대성골의 큰새개골에 다녀왔다. 아침 8시 20분경 14명이 봉고차 한 대에 타고서 역전 광장을 출발하여, 남해고속도로를 경유하여 쌍계사 뒤편 의신 마을 아래의 대성교에 당도하였고, 그 부근에서 산행을 시작하여 대성마을을 한참 더 지난 지점에서 오른쪽으로 조금 꺾어든 곳이 큰새개골인 모양이었다. 거기는 들어가는 길을 찾기가 힘들어 대성골 중에서도 인적이 없고, 바위가 넓으며 몇 군데 큰 소와 폭포도 있어 수영하며 놀기에는 좋은 곳이었다.

가지고 간 수영 팬츠로 갈아입고서 물에 몸을 담그기도 하며 먹고 마시면서 놀다가, 내려올 때는 대성 마을의 상점에서 다시 담아둔 막걸리를 사 마시기도 하였다. 최화수 씨의 『智異山 365日』제2책에도 삼림왕으로 소개된 바 있는 이 집의 주인 임봉출 옹은 이미 여러 해 전에 작고하여 내일 모레가 그 제사 날이라고 했다. 그 집 주위에 임 옹이 심어 놓은 후박나무들이 커다란 전봇대처럼 우람하게 자라 있었다. 올라올 때와는 달리 절터에서 의신마을 쪽의 갈림길로 접어들어 하산하였다.

돌아올 때는 하동군의 악양 부근에 정거하여 배를 사 먹기도 하였다. 북천 쪽의 국도로 접어들었다가, 완사 마을 부근에서 교통 체증으로 시간을 끌어 밤 아홉 시 무렵에야 집에 당도하였다.

25 (일) 흐리고 낮 한 때 부슬비 -함양 영취산

아내와 함께 망진산악회의 주말산행에 참가하여 西上의 영취산(1,075.6m)에 다녀왔다. MBC 옆에서 모처럼 나온 명신그룹 회장 부인 이덕자 여사와 강신웅 본교 인문대학장을 포함한 여덟 명이 출발하여, 도중의 안의에 들러 돼지고기와 커피를 산 다음, 화림계곡으로 하여 서상면 소재지에 조금 못 미친 지점의 국도에서 부전골 쪽으로 접어들었다. 마을이 끝난 지점쯤의 어떤 무덤 옆에다 타고 간 봉고차를 세워두고서, 부전골을 따라 등산을 시작하였는데, 도중에 길이 끊어져 인적 없는 산속을 주로 계곡을 따라서 계속 올랐다.

오후 세 시경 능선에 다다른 다음, 거기서 늦은 점심을 들고서 옆에 있는 봉우리로 올라가 보았더니, 우리가 있는 지점은 이 산의 정상이 아니고 서상 쪽 방향으로 흘러가는 산맥의 한 중간 지점이었다. 정상까지 가는 것은 포기하고서 지맥의 능선을 따라 길도 없는 곳으로 나무숲을 헤쳐 가며 내려오다가 계곡을 따라왔고, 도중에 벌에 쏘여 손가락이 제법 붓기도 하였다.

이 산의 계곡에는 오미자가 지천으로 자생하고 있었다. 나는 올라갈 때는 흥미가 없어 참여하지 않았는데, 내려오는 도중에 마침내 끼어들어 아내보다도 오히려 더 많이 땄다. 아직 덜 익긴 했지만 오미자 밭이라 해도 과언이 아닐 정도로 많았다. 차 있는 곳까지 거의 다 내려온 지점에

서 바위계곡의 물에 들어가 멱도 감았고, 귀가 길에는 화림계곡의 東湖
亭 옆에서 맥주를 마시기도 하였다. 밤 열 시가 가까워 오는 시각에 집에
당도하였다.

9월

1 (일) 맑으나 바람 한 점 없음 -금원산, 기백산

아내와 함께 망진산악회의 금원산(1,353m) 기백산(1,330.8m) 산행에
참가하였다. 지난 번 겨울에 멋-거리산악회 회원들과 함께 한 번 와 보
았을 때의 코스로, 거창군 위천면 소재지에서 유안청폭포를 거쳐 금원산
정상에 올랐고, 기백산까지의 종주 능선을 따라 용추사 입구의 일주문
쪽으로 하산하였다.

8 (일) 흐리고 저녁 무렵부터 비 -운장산

아내는 새벽 네 시경에 기차를 타고서 집으로 돌아왔는데, 나의 권유
에 따라 함께 다시 망진산악회의 주말 산행에 참가하여, 전북 진안군에
있는 雲長山(1,125.9m)에 다녀왔다. 이 산에는 예전에도 아내와 함께 오
른 적이 있었다. 이번에는 구봉산 앞을 거쳐 운일암반일암계곡을 지나서
반대쪽인 내처사동으로부터 동봉으로 올랐고, 정상과 서봉을 거쳐 칠성
단을 지나 봉곡저수지 쪽으로 내려왔다. 돌아오는 길에 산청군 院旨 부
근에서 심한 교통 정체로 말미암아 경호강을 건너 江樓 마을 쪽으로 둘
러 왔으나 역시 시간이 많이 지체되었다.

15 (일) 맑음 -삼랑진 천태산

아내와 함께 일출산악회의 월례산행에 참가하여 三浪津의 天台山
(632m)에 다녀왔다. 천태사 쪽에서 등반을 시작하여, 계곡을 따라서 능
선 부근에 위치한 1986년에 만들었다는 양수 댐에 올랐다. 거기서 다시
능선을 따라 정상에 올랐다가 천태공원 쪽으로 하산하여, 타고 간 버스

를 타고서 양수발전소 및 천태댐 옆으로 하여 나왔다. 정상에서는 건너 편 쪽으로 펼쳐진 영남알프스의 풍경을 조망할 수가 있었다.

귀가 길에 차량의 정체를 피하여 부곡온천 옆으로 하여 구마고속에 진입하였는데, 고속도로의 경우에도 남해고속도로에 접어들기까지에는 몹시 정체되고 있었다. 밤 여덟 시 무렵에 집에 당도하였다.

22 (일) 맑음 -천왕봉, 중봉, 하봉, 국골

인문대 국문과의 류재천·최용수 및 사범대 국어과의 김지홍 교수와 함께 지리산 국골 코스로 다녀왔다. 새벽 여섯 시에 역전 광장에서 모여 택시를 대절하여 출발하였는데, 수곡 쪽으로 돌아서 중산리에 이르렀다.

칼바위를 거쳐 천왕봉에 이르렀을 때 혼자서 올라온 한문학과의 최석 기 교수와 우연히 만나, 그도 우리 일행에 합류하게 되었다. 중봉을 거쳐 하봉에서 점심을 들었고, 그 아래 쪽 오솔길에서 국골 코스로 접어들었 다. 그 길은 여러 해 전에 혼자 와서 길을 잃고 헤매다가 도로 올라와 치밭목 쪽으로 하여 내려온 적이 있는 곳이었다.

국골을 다 내려 온 지점인 추성동에서 군내 버스를 타고서, 휴천계곡 과 유림·목현을 거쳐 함양 읍내에 이르렀고, 함양에서 시외버스로 갈아 타 진주에 이르렀다. 서부시장에서 최석기 선생이 내는 돼지곰탕과 소주 로 저녁 식사를 한 다음 귀가하였다.

29 (일) 흐림 -월여산

아내와 함께 망진산악회의 주말 산행에 참가하여 거창군 신원면에 있 는 월여산(862m)에 다녀왔다. 평소보다 참가자가 많아 15인승 봉고차 외에 회원의 승용차 한 대를 더 동원하였다. 산청군 원지에서 신등면 쪽으로 접어들어 단계마을에서 차황을 거쳐 거창 쪽으로 진입하였다.

신원면의 소야마을에서 차를 내려서 산행을 시작하여, 오전 열한 시 무렵에 정상에 올랐다. 정상에서는 합천댐과 남명의 '沐浴' 詩의 무대가 된 감악산이 앞뒤로 바라보였다. 능선을 따라 더 가다가 어느 무덤에서 점심을 들고 전원이 노래도 한 곡씩 불렀으며, 신원면 소재지 쪽으로 내려오다가는 길을 잃어 남의 밤 밭으로 들어가 밤 서리를 하기도 하였다.

돌아오는 길에 단계마을에서 청주와 맥주로 입가심을 하였는데, 차희열 전 부회장이 맥주를 마셨다고 잔소리 하는 유춘식 고문을 가리켜 고성을 지르며 비난하는가 하면, 임 노인이 귀가 도중 쓸데없는 일로 운전 중인 이 기사에게 차 안에서 싸움을 기는 통에, 일행의 인전을 度外視하고 眼下無人 격인 임 노인의 소행을 보다 못해 내가 호통을 쳐서 조용히 하라고 했더니 이번에는 나에게 삿대질을 하며 대드는 것이었다.

벼와 곡식들이 도처에 누렇게 무르익어 가을의 정취를 즐길 수가 있었으며, 산청군의 문태마을과 신원면 소야마을 부근에서는 이미 추수를 끝낸 논도 두 군데 눈에 띄었다.

10월

3 (목) 아침 한 때 비 온 후 개임 - 오도산

개천절 휴일이라 망진산악회의 회원들과 함께 합천군과 거창군의 경계 지점에 있는 오도산(1,134m)에 다녀왔다. 아침에 흐리다가 비가 오기 시작하는지라 이런 날씨에는 출발하지 않을 것으로 알고 집에서 책이나 보며 하루를 보낼 작정이었는데, 아홉 시 무렵에 김형견 회장으로부터 전화가 걸려 와 나오라고 하므로, 아내는 새벽에 내 침대로 와서 아직도 자고 있는 회옥이를 두고서 떠나기가 안쓰러워 그냥 집에 있고 나 혼자서 출발하였다.

모두 아홉 명이 합천을 거쳐 묘산면 소재지에서 거창 방향으로 접어들어 가다가, 반포마을의 안마을에서부터 산행을 시작했다. 오도산 정상에 송신탑이 있는 까닭에 정상까지 시멘트로 포장된 차도가 잘 나 있었지만 일부러 오솔길을 취했던 것인데, 이즈음은 나무하러 산에 오르는 사람도 거의 없기 때문인지 산길은 도중에 끊어져 버렸다. 길도 없는 숲속을 누비고 올라가던 중에 차도를 만나 그 길로 걷다가 또다시 지름길을 택해 길도 없는 산비탈을 타오르기도 했다.

송신탑 부근에서 주위의 산세를 조망한 후 점심을 들었고, 하산할 때는 지실 방향의 능선으로 하여 채석장이 있는 골짜기로 내려왔다. 정상 부근을 오를 무렵에 이번 여름의 중국 여행 때 四川省 眉山의 三蘇祠에서 산 대나무 지팡이를 부러트렸고, 하산할 때는 나뭇가지에 걸렸던지 江西省 廬山의 毛澤東記念館에서 산 회중시계를 잃어 버렸다. 귀가할 때는 권빈에서 합천댐 동쪽 길을 취해 합천·삼가·집현 쪽으로 하여 왔다.

13 (일) 快晴 —단지봉

아내와 함께 실크산악회의 창립 5주년 기념 제61차 정기산행에 참여하여 거창의 단지봉에 다녀왔다. 역전 광장을 오전 아홉 시에 출발하여, 함양에서 88고속도로로 접어들어 거창군 가북면 중촌리의 俛宇 郭鐘錫이 만년을 보낸 茶田에서 하차하였다. 茅谿 文緯의 묘소가 있는 골짜기보다 하나 위인 고비마을 방향의 골짜기로 접어들어 능선에 오른 다음, 수도산에서 가야산 쪽으로 이어지는 능선을 따라 그 중간 지점쯤에 있는 단지봉(1,326.7m)에 이르렀다. 가을이 한창이어서 들판의 논에는 절반 정도 수확이 끝났고, 산에는 단풍이 한창이었다.

하산 길에는 도중에 산복도로 쪽으로 접어들어 용암리 위쪽의 혼감마을 입구로 내려왔다.

20 (일) 맑음 —청량산

민주산악회의 월례산행에 참여하여 아내와 함께 경북 봉화군의 淸凉山(870.4m)에 다녀왔다. 오전 여덟 시 반 무렵에 귀빈예식장 앞 강변을 출발하여, 남해·구마고속도로를 거쳐서 대구에서 중앙고속도로로 접어들어 南安東에서 국도로 들어섰다. 安東·禮安 및 도산서원 옆과 퇴계의 고향인 온혜마을을 거쳐 정오가 지나서야 목적지인 청량산에 당도하였다.

應眞殿·김생굴을 거쳐 탁필봉에 오른 다음, 하산하면서 청량사와 퇴계가 은거하던 吾山堂, 즉 淸凉精舍를 둘러보았다. 이 산은 퇴계의 시조

"淸涼山 六六峰을 아는 이 나와 白鷗"로 시작되는 이른바 '淸涼山歌' 등을 통해 어려서부터 그 이름을 들어 왔던 터인지라 한 번 가보고 싶었던 곳이다. 단풍이 절정인 무렵에 그 소원을 이룬 셈인데, 들에는 추수가 절반쯤 진행되어 있었다.

27 (일) 맑음 ─신불산, 취서산(영취산), 비로암, 통도사

아내와 함께 장터목산장의 안내등반에 참가하여 영남알프스의 神佛山(1,208.9m)과 鷲捿山(一名 靈鷲山, 1,092m)에 다녀왔다. 한문학과의 최석기 교수도 이번에 또 우연히 동행하게 되었다. 버스 한 대로 아침 일곱 시 반 무렵에 등산장비점 장터목산장 앞을 출발하여, 남해고속도로를 거쳐 김해에서 새로 뚫린 고속도로를 따라 남양산을 거쳐 경주 가는 고속도로에 접어들었고, 아홉 시 반 남짓에 언양의 등억신리에서 산행을 시작하였다.

홍류폭포를 지나 가파른 산길을 한참 오르니 신불산까지는 또 날카로운 바위능선 길이 길게 이어져 있었다. 신불산 정상에서 취서산까지는 넓디넓은 억새 들판이 펼쳐져 있어 산책하는 기분으로 걸을 수 있었다. 샘이 있는 갈림길의 신불재에서 오후 한 시경에 점심을 든 다음, 아내와 둘이서 먼저 출발하여 통도사 뒤의 산길을 내려오다가, 백운암을 지나쳤다는 표지를 보고서는 아내와 헤어져 혼자서 200m쯤 도로 올라가 백운암을 구경하였고, 내려오면서는 25년 전인 1971년 여름부터 72년 늦은 겨울 무렵까지 반 년 남짓 내가 머무르고 있었던 毘盧庵과 당시 경봉스님이 거주하던 극락암을 둘러보았다.

당시는 이 일대가 귀가 쩡할 정도로 고요하였고, 온종일 다른 외부 사람의 출입이 드물었지만, 지금은 포장된 차도가 암자 문 앞까지 이어져 있고, 오늘 같은 날에는 등산객 또한 줄을 이어 오르내리고 있었다. 비로암에서는 당시 이 암자의 주지이면서 本寺에 가서 宗務所의 무슨 부장 일을 맡아 보고 있었던 圓明스님을 만났다. 그는 그때로부터 별로 늙은 것 같지도 않았으나, 당시 실질적으로 이 암자의 일을 맡아 보던

그의 양어머님은 십여 년 전에 이미 돌아가시고, 두 명 있던 상좌 가운데 한 명은 대학을 마친 후 아직 이 암자에 있다고 한다. 암자는 여러 곳에 수리를 가하고 새로 선 건물들도 눈에 띄었으나, 당시 내가 거주하던 누각 옆방은 아직도 남아 있어 반가웠다.

다섯 시 남짓에 통도사로 내려와 내가 스물 몇 살이었던 당시 이후 처음으로 이 절을 다시 둘러보게 되었다. 여기저기에 새로 들어선 건물들이 있긴 하나 고색창연한 옛 절의 자취는 여전하였고, 주위에 순환도로가 뚫리고 못 보던 주차장도 눈에 띄었지만 절 입구의 명물인 긴 소나무 길은 아직도 보존되어 있었다. 다섯 시 반 무렵부터 한 시간 정도 다른 사람들이 다 내려오기를 기다려 山門 옆의 대형버스 주차장 부근에서 멋-거리산악회의 전 회장이나 최석기 선생 등과 술을 마시며 놀다가, 주위가 완전히 어두워진 후에야 歸途에 올랐다.

11월

3 (일) 快晴 −석기봉, 삼도봉

아내와 함께 망진산악회의 주말산행에 참가하여, 경상북도·전라북도·충청북도의 경계 지점에 있는 石奇峰(1,200m)과 三道峰(1,176)에 다녀왔다. 지난번 산신제를 올렸던 민주지산의 근처에 있는 같은 소백산맥의 봉우리들에 속하므로, 그때와 같은 코스로 안의와 거창군 마리면·고제면을 지나, 전북의 무주군 무풍면 소재지를 거쳐서 羅濟通門을 통과하였고, 민주지산 가는 길로 접어들어 지난번에 하산했던 지점인 雪川面 중고개의 장승이 있고 등산객을 위한 토속 주점이 있는 곳에서 하차하여 산행을 시작하였다.

먼저 석기봉으로 향했는데, 도중에 길을 잘못 접어들어 숲속을 헤치며 길도 아닌 곳을 나아가다가 능선으로 나 있는 소로를 찾아 힘겹게 올라갔다. 석기봉 정상 좀 못 미친 곳에 부처님 머리가 세 개 있는 磨崖佛이 있고, 그 바위 아래에 맑은 샘이 있었는데, 거기서 점심을 들고서 석기봉과 그 옆의 삼도봉에 올랐다.

하산 길에는 김천군 부항면 해인리로 내려왔다. 그 마을에는 새로 위락 시설이 건설 중이고, 한국에서 제일 크다는 天下大將軍과 地下女將軍이 서 있었다. 돌아오는 길에는 知禮面 사무소 옆으로 빠져나와 김천·거창 간의 국도를 따라왔다. 들에는 추수가 이미 거의 다 끝났으나 아직도 단풍은 볼만하였다.

10 (일) 맑음 -내장산

통일산악회의 제14차 산행에 참가하여 아내와 함께 전북 정읍군의 내장산에 다녀왔다. 아침 아홉 시 무렵에 귀빈예식장 앞 강턱을 출발하였는데, 내장산이 원래 단풍으로 유명한 데다 오랜만의 맑은 날씨를 만나 그런지 참가자가 엄청 많아 관광버스 여덟 대에다 유치원 통학 버스 한 대까지를 동원하여도 다 앉지 못하고서 돌아가는 사람들이 있을 정도였다. 이 산악회(영남통일산우회)도 역시 정치권과 관련이 있어, 국회의원 하순봉 씨가 아침에 나와 인사를 하고 있었다.

남해고속도로를 경유하여, 광주와 정읍을 거쳐 내장산 호수 옆의 제3주차장에서 하차하였다. 목표지인 西來峰(622m)은 이곳의 連峰들 가운데서 가장 높은 곳은 아니나, 바위 절벽이 깎아지른 모습이 가장 볼 만한 곳인데, 원래는 그 바위들 모습이 農器具인 써래를 닮았다 하여 붙여진 이름이 후에 난데없이 인도의 달마가 서쪽으로부터 와서 수도하던 곳이라는 뜻으로 이렇게 바뀌어졌다.

정상에서 식사를 하고, 石蘭亭址와 碧蓮庵을 거쳐 일주문 쪽으로 내려왔다. 아내는 서래봉 부근에서 먼저 하산하고, 나 혼자 내장사를 구경하고서 정거장까지 걸어 내려왔다. 내가 내장산에 와 본 것은 모두 세 번이었던 모양인데, 세 번 모두 가을이었으나 두 번은 너무 늦고 한 번은 우천이어서 절로 진입하지도 못하고 돌아간지라, 한 번도 소문난 단풍의 眞價를 감상하지는 못했다.

밤 아홉 시 반 무렵에 집에 당도하였다.

17 (일) 오전 중 흐리고 빗방울 듣은 후 오후는 개임 −거제도 계룡산, 김영삼 생가

아내와 함께 메아리산악회의 월례 산행에 동행하여, 거제도의 主山인 鷄龍山(555m)에 다녀왔다. 남강카바레 앞에서 출발하여 두 시간 남짓 걸려 古縣의 포로수용소 자리 부근 공설운동장 옆에서 하차하여 산행을 시작하였다. 지난주까지는 가고 오는 차 안에서 아직 추수가 끝나지 않은 논들을 이따금 볼 수가 있었는데, 오늘은 완전히 허허벌판이었다. 거제의 계룡산은 별로 높은 것은 아니지만, 꼭대기에 오르면 능선 약 500m 정도가 암벽으로 되어 있어 바위를 오르내리는 묘미가 있고, 주위의 바다를 비롯한 사방 풍경이 그런대로 좋았다. 송신탑을 지나 능선을 완전히 주파한 다음 반대편 골짜기로 내려왔다.

돌아오는 길에는 장목면 대계에 있는 김영삼 현 대통령의 생가도 방문하였다. 생가는 전혀 꾸밈이 없어 이 마을의 여느 집과 별로 다를 바가 없었다. 대통령의 모친이 共匪의 총탄에 맞아 돌아가실 당시 총탄이 파고들어간 농의 탄환 자국이 지금도 선명하게 남아 있었고, 마을 앞 바닷가의 야산에 그 모친의 묘소가 바라보였다.

玉浦 읍내로 하여 갔던 길로 도로 돌아와 진주에의 귀로에 접어들었다. 멋−거리나 망진산악회를 제외한 다른 산악회의 산행에 참가할 경우에는 돌아오는 길에 으레 차 안에서 디스코 파티가 벌어지는 법이며, 오늘의 경우는 차 안에 사이키델릭 조명 시설까지 갖추어져 있었다. 우리 부부는 아직 한 번도 그네들과 어울려 차 안에서 춤을 추어 본 적은 없다.

12월

1 (일) 아침까지 눈 온 후 개임 −거제도 계룡산, 선자산

망진산악회의 회원들과 함께, 두 주 전에 갔었던 거제도의 계룡산에 다시 다녀왔다. 아내는 부산에서 열리는 간호학회 모임에 참가하기 위해

어제부터 집을 비우고 있으므로 모처럼 나 혼자서 참가하게 되었다. 역전 광장에 오전 7시 40분까지 집결하여 원래는 전라남도 화순군에 있는 백아산으로 가기로 예정되어 있었지만, 간밤에 눈이 제법 많이 내려 차량의 통행이 순조롭지 못하므로, 가까운 곳으로 계획을 변경하여 다음 주에 가기로 되어 있었던 거제 쪽과 순서를 바꾸게 된 것이다.

거제도로 향하는 봉고 버스 안에서 박정희 전 대통령을 암살한 김재규 당시 중앙정보부장이 군법회의 법정에서 최후진술 한 것과 비공개법정에서의 진술, 그리고 김구 선생을 암살한 안두희 씨가 근자에 살해당하기 전 녹음해 둔 것들을 육성 테이프로 청취하였다. 이것들은 주간 『新東亞』의 별책부록으로서 배포된 것이라고 한다.

지난번 산울림산악회를 따라 왔었을 때와 마찬가지로 고현의 인민군 포로수용소 터에 있는 공설운동장 옆에서 하차하여 같은 코스로 능선을 종주하였고, 정상 아래에 있는 의상대라는 절터에서 점심을 들었다. 계룡산 능선을 다 주파한 이후에, 다시 그 옆에 이어져 있는 선자산 능선을 따라 구천동저수지 쪽으로 하산할 예정이었는데, 도중에 해가 저물어 가고 있어 선자산 정상을 지난 지 한참 후에 거제읍 방향으로 하산하였다.

유춘식 고문의 무례하고도 眼下無人 격인 전횡이나 성에 관한 농담뿐이라고 할 수 있는 회원들의 저속한 대화에는 식상할 따름이지만, 달리 혼자서 산행을 하기에는 여러 가지로 불편한 점이 있고, 산행 외에 휴일을 보낼 적당한 방법도 없으므로 마음에 들든 말든 산악회를 따라다니는 수밖에는 별 도리가 없다. 봉고 버스 안에서 시종 내 옆 자리에 앉아 있던 67세의 행정서사 金宗伯 씨는 이 산악회의 창립 멤버인데, 그의 증언에 의하면 우리 망진산악회의 전신인 망경산악회는 약 30년 전인 60년대 후반에 진주에서는 배건너라고 불리는 망경산 주위의 망경동·주약동·강남동·칠암동 주민들에 의해 望京山(일명 望晉山)에서 창립된 것으로서, 당시는 매일 망경산에 오르고, 한 달에 두 번 정도 지리산을 비롯한 인근의 다른 산들에도 오르고 있었다고 한다. 현재까지 지리산 철쭉제를 주관하고 있고, 진주에서 최초로 생긴 산악회로서 일반적으로 알려져 있는 진주산악회(多率寺 뒤의 鳳鳴山에서 창립식을 올렸다 함)보다도 1년 앞서 창립된 것이므로, 진주뿐만이 아니라 아마 경남 도내에서도 가장 먼저 생긴 산악회일 것이라고 한다.

8 (일) 맑음 -백아산

아내와 함께 망진산악회의 주말 산행에 참가하여, 전남 화순군 북면에 있는 白鵝山(810m)에 다녀왔다. 자연휴양림 쪽에서 산행을 시작하여 팔각정을 거쳐 능선을 따라 정상에 올랐고, 정상에서 점심을 든 다음 방화초소 부근까지 되돌아 나와 다른 코스를 택해서 차를 세워 둔 휴양림 쪽으로 돌아왔다. 전라도 쪽에는 눈이 제법 많아 산에는 약 30cm 정도나 쌓여 있었으므로, 올해 들어 처음으로 아이젠을 착용해 보았다.

갈 때처럼 同福面 경내를 지나 주암에서 고속도로에 올라 비교적 일찍 진주로 돌아왔다. 도동에서 회원 중 한 사람인 김병호 전 부회장이 자기 딸의 결혼식을 무사히 치르게 된 것을 감사하는 뜻에서 우리를 실비집으로 안내하여 술을 샀다.

새벽에 일어나자 거실의 내가 늘 앉아 TV를 보는 소파 앞 탁자 위에 회옥이가 색종이로 접어 만든 크리스마스카드 격인 편지가 놓여 있었다. 그 내용을 옮겨 적어 둔다.

> 아빠께
> 아빠, 안녕하세요?
> 아빠 등산할 때 꼭꼭 조심하세요.
> 그리고 술 좀 드시지 마시구요.
> 그리고 그런 일은 없겠지만 바람피우지 마세요.
> ♡해요.
> 아빠 술 드시지 말구 건강해서 만수무강해야 되요.
> 1996.12.7.토

편지의 오른쪽 옆에는 자신의 모습인 듯한 인물 만화가 그려져 있다. 아내의 방문 앞에도 유사한 내용의 색종이 편지가 붙어 있었다고 한다.

15 (일) 맑음 싯갓봉(덕태산)

망진산악회의 회원들과 함께 전라북도 長水郡 天川面과 鎭安郡 白雲面의 경계에 위치한 싯갓봉(일명 덕태산, 1,114m)에 다녀왔다. 평소보다 참가자가 적어 기사까지 합해도 여덟 명에 불과하였다.

안의와 육십령고개를 지나, 장계에서 새로 조성되고 있는 중인 臥龍里 자연휴양림 쪽으로 들어가, 상와룡에서부터 산행을 시작하였다. 그러나 별로 유명한 산이 아닌데다 눈이 쌓여 있어 곧 길을 잃고 말았으므로, 잡목들을 헤치며 눈과 낙엽에 미끄러지기도 하면서 기를 쓰고 전진하였다. 정상을 지난 안부에서 눈이 좀 적은 장소를 골라 점심을 들었다. 하산길은 골짜기를 택한 탓에 어떤 곳은 발이 푹푹 빠질 정도로 눈이 깊었다.

22 (일) 흐리고 강한 바람에 暴雪 깃대봉

망진산악회원들과 함께 함양군 서상면과 전북 장수군의 사이에 있는 깃대봉(1,014.8m)에 다녀왔다. 아내는 며칠 전 서울에 다녀왔으므로 오늘은 집에서 편히 쉬고 싶다면서 참여하지 않았다.

열 명 남짓 되는 인원으로 출발하여, 西上의 論介 무덤 부근에서부터 봉고 버스를 내려 걷기 시작하였다. 여기저기의 밭에 전혀 추수하지 않고서 밭떼기 채로 버려둔 배추들이 눈에 띄었다. 산행하는 동안 날씨가 거의 밤중처럼 어두워지더니 싸락눈이 마구 쏟아지기 시작했다. 제법 강한 바람까지 곁들여 두려운 마음이 들었으므로, 깃대봉 정상에 오르자마자 가장 가까운 코스를 취해 하산하기 시작했다.

제법 내려온 지점에서 도중에 눈도 멎고 날씨가 좀 좋아진 듯하므로, 비탈의 바람을 피할 수 있는 움푹한 장소를 골라 점심을 들었다. 하산을 마칠 무렵부터 다시 사방이 컴컴해지며 폭설이 쏟아져 장관이었다. 진주 부근에서는 눈을 볼 수 없었는데, 아내의 말에 의하면 비가 조금 온데서 그쳤다고 한다.

25 (수) 맑음 -보해산

크리스마스 휴일이라, 아내와 함께 망진산악회의 회원들 및 1일 회원들까지 더불어 모두 16명이 거창군에 있는 普海山(912m)에 다녀왔다. 작년쯤인가 가북면 쪽으로 하여 이 산에 한 번 오른 적이 있었지만, 오늘은 그 반대편인 주상면 쪽으로 올라 같은 방향으로 내려왔으므로, 마치 처음 와 보는 산처럼 신선한 느낌이 있었다.

29 (일) 맑음 -비슬산

아내와 함께 망진산악회의 회원들 모두 17명이 경북 현풍군에 있는 琵瑟山(1,083m)에 다녀왔다. 남해고속도로와 구마고속도로를 거쳐 瑜伽寺 입구의 주차장에서부터 산행을 시작하였다. 이 산은 몇 년 전에 다른 산악회를 따라 한번 오른 적이 있었는데, 이번에는 도성암 위쪽 능선을 따라 정상에 올랐고, 다시 산꼭대기의 능선 길을 따라 한참 걷다가 조화봉 아래의 大見寺址에서 오후 두 시 무렵에 다소 늦은 점심을 들었다. 이 절터에는 고려 초기의 것으로 추측되는 삼층석탑이 근자에 재건되어져 있고, 바위 동굴 앞에는 岩刻畵도 눈에 띄었다.

하산할 때는 고견사지에서 바로 능선을 타고 내려와 유가사 구내로 하여 원래 위치로 돌아왔다. 정상 부근에서는 우리 산악회의 신입회원으로서 등반부장의 역할을 하고 있는 문산 공군교육사령부의 양 준위가 마련해 온 제물로 금년도의 마지막 정기 산행을 기념하는 山祭를 지내기도 하였다.

1월

1 (수) 흐리고 비, 북쪽은 눈 -문경온천

신정 연휴를 맞아 회옥이까지 포함한 우리 가족 전원이 망진산악회 회원들 다섯 명과 함께 경북 문경군과 충북 중원군의 사이에 있는 문경새재도립공원으로 출발하였다. 오전 아홉 시에 MBC 옆문 앞에서 유춘식 고문 및 차희열 선생, 유재호 前洞長, 박원숙·강희남 여사 등이 집결하여, 이 기사가 운전하는 봉고 버스로 거창과 김천·상주·점촌 등을 경유하여 문경으로 향하였다. 도중 함창에서 중국집에 들러 점심을 들었는데, 문경 읍내에 도착하여도 아직 오후 세 시 정도 밖에 되지 않았다.

주흘장여관의 2층에다 남여가 각각 방 하나씩 얻어 숙소를 정하고서 남자들은 술을 마시며 좀 시간을 보내다가, 저녁 네 시 무렵에 개관한 지 40일 정도 밖에 되지 않았다는 문경온천으로 가서 일행 모두가 목욕을 하였다. 이 온천의 물은 황토 물처럼 누런 것이 비누를 묻혀도 억세기는 마찬가지이고, 머리를 감으면 금방 뻑뻑해지는데, 무좀 등에 효험이 있다고 했다. 나는 다섯 시가 조금 못되어 제일 먼저 나왔다. 마지막으로 나온 유 동장 같은 이는 여섯 시가 넘도록 탕 안에 남아 있는지라, 아직 아무도 나오기 전의 약 반 시간 정도는 혼자서 밖으로 나가 눈이 펄펄 날리는 바깥 정경과 문경새재 부근 산들의 설경을 둘러보며 시간을 보냈다. 학창 시절에 어릴 때부터의 친구인 辛進 군이 이곳 문경여고의 국어교사로 부임하여 있는 지라 그를 방문해 와서 하루 정도 그의 하숙에서 자고 간 기억이 나는데, 그는 시인으로서 지금은 모교인 동아대 국문과의 교수가 되어 있다.

여관으로 돌아와서는 방 안에서 버너로 저녁밥을 지어 먹고, 불고기 등을 안주로 술을 마시다가 취침하였다.

2 (목) 강추위 -주흘산

간밤에 전국적으로 한파가 몰아닥쳐 주위가 온통 흰 눈으로 덮이고 꽁꽁 얼어붙었다. 역시 여관방 안에서 아침을 지어 먹고서, 오전 여덟 시 무렵에 主屹山(1,075m) 산행 길에 나섰다. 간밤에 새로 산 체인을 감은 차가 털털거리는 소리를 내며 눈길을 기어가듯이 달려서 새재 입구의 주차장에 정거하였는데, 李 기사는 차의 기관이 얼어붙지나 않을까 염려하여 지켜본다면서, 그리고 아내와 회옥이는 이런 날씨의 산행이 무리라면서 새재 구경이나 하겠다고 해 그들을 남겨 둔 채 여섯 명 만으로 출발하였다. 아침의 새재 부근은 바람이 매우 쌀쌀하여 홑바지 안으로 스며들어온 추위가 사타구니를 얼게 할 정도였다. 날씨도 추운데다 귀가 길의 교통 문제도 고려하여, 정상까지 오르는 것은 포기하고서 도중의 惠國寺까지만 갔다 오기로 하였다.

조령 제1관문인 주흘관 옆으로 하여 여궁폭포를 지나 혜국사에 이르렀고, 일행 중 일부는 법당에 들러 신년 예불을 드렸다. 절의 부엌으로 들어가 잠시 몸을 녹이며 술을 마신 다음, 하산할 때는 혜국사까지 이어져 있는 차도를 따라 내려왔다. 산으로 올라올 무렵부터 날씨는 맑아졌고, 눈 덮인 주위의 경관이 꽤 壯麗하였다. 주차장으로 돌아와 보니 아내와 회옥이는 제1 관문까지만 갔다 왔다고 하며, 공룡전시장에도 들어가 본 모양이었다. 회옥이는 모처럼 부모와 더불어 여행을 하게 된지라 어제부터 기분이 좋아 마구 까불어대었다.

어제 왔던 코스를 경유하여 되돌아가는 도중에 상주를 좀 지난 지점에서 정차하여 부근의 산비탈에 들어가 점심을 지어 먹었다. 예상했던 것보다도 도로 사정이 좋아 차가 제대로 달릴 수 있었으므로, 저녁 다섯시 반쯤에는 진주에 도착할 수가 있었다.

12 (일) 흐리고 밤 한 때 부슬비, 산에는 눈 -광양 백운산

망진산악회의 주말 산행에 참가하여, 이주세 기사까지 합해 모두 16명이 전남 광양군의 白雲山(1,217.8m) 등반을 다녀왔다. 7시 50분에 역 광장에서 집결하였고, 남해고속도로를 경유하여 백운산 동곡리의 광양 제철 수련원 입구에서 하산하여 산행을 시작하였다.

노랭이재에 올라 억불봉 옆의 비교적 평평한 능선을 따라 한참을 걸어가다가 어느 헬기장 부근에서 점심을 들었다. 백운산 정상에 오른 다음, 갔던 길로 다시 좀 돌아와 상백운암·백운사를 경유하여 먹장 쪽으로 하산하였다. 그런데 일행 중 연탄 제조업에 종사하는 조 씨는 백운산 정상에서 돌아 나오던 도중에 일행으로부터 처져 나와 함께 아이젠을 착용하였는데, 내가 먼저 착용을 마치고서 일행을 뒤따라 간 사이에 샛길인 병암계곡 방향으로 빠져 진틀 쪽으로 하산한 모양이었다. 일행은 능선의 점심을 든 헬기장 부근에서 그를 한참이나 기다리다가 할 수 없이 하산하였다. 어두워질 무렵 산 아래에 도착하여서도 조 씨 비슷한 사람이 내려왔다는 소문은 들었으나 그인지 확인할 길이 없어 논실에서 동곡리의 광양제철 수련관까지를 왕복하며 그를 찾았고, 진주로 돌아오는 도중에 광양역과 광양 시외버스정류장 등에도 들러 보았지만 모두 허사였다.

진주에 거의 다 도착할 무렵에야 휴대폰으로 조 씨의 자택과 전화 연락이 이루어져 그가 무사히 하산해서 혼자 귀가한다는 소식을 접해 안심하였는데, 우리가 출발지인 진주역 광장에서 해산할 무렵 등산복 차림의 그가 비로소 나타났다.

19 (일) 快晴 -못봉

아내와 더불어 망진산악회의 일요 산행에 참가하여, 회원 여덟 명이 북덕유산의 한 支脈인 못봉(池峰, 1,342m)에 다녀왔다. 거창의 북상면 소재지인 葛溪 마을을 지나 송계사 입구 주차장에서 봉고차를 내렸고, 수리덤 아래의 계곡으로 하여 중봉 및 백련사 쪽으로 통하는 지봉 안부

에 오른 다음, 길이 잘 나 있지 않은 능선을 따라 정상에 올랐다. 날씨가 맑고 포근하며 바람이 전혀 없어 주변의 名山들이 한 눈에 바라다 보였다. 정상에서는 아무도 프라이팬을 가져 온 사람이 없어 안의의 슈퍼에서 사 온 쇠고기를 코펠에다 넣고서 구워먹었다.

하산 길에는 곳에 따라 발 하나가 거의 다 빠질 정도로 깊게 쌓인 눈을 헤치며 달음재 쪽으로 내려 온 다음, 당산마을 방향으로 하산하였다. 이 주세 기사는 간밤에 화투 노름을 하느라고 거의 눈을 붙이지 못했다고 하여 등산에는 참여하지 않았다가, 무를 수확하지 않고서 그냥 많이 버려 둔 밭들을 지나며 우리가 마을을 향하여 터벅터벅 걷고 있으니 차를 몰고서 우리 쪽으로 올라오고 있어 도중에 만났다.

마을에서는 모처럼 이덕자 여사가 정상에서 만세삼창을 先唱한 턱으로 일행에게 맥주를 샀다. 이 여사는 진주를 대표할 정도로 큰 재벌의 부인인데, 너무나 재물에 인색하여 회원들 간에 소문이 나 있는 사람이다.

26 (일) 맑음 -적상산, 무주리조트

아내 및 망진산악회 회원들과 함께 모두 12명이 전북 무주군의 赤裳山 (1,034m) 등반에 다녀왔다. 안의·육십령을 거쳐 西倉마을에서부터 산행을 시작하였다. 예전에 올랐던 등산로는 철제 장애물로 가로막혀 있어, 계곡을 따라 將刀바위 방향으로 바로 쳐 오르는 코스를 택하였다. 성터의 서문으로 들어가 정상인 향로봉에 올랐다가, 호국사 쪽으로는 가지 않고 安國寺址 방향으로 내려와, 이제는 완공되어 물이 차 있는 양수발전소의 댐 옆에서 점심을 들었다.

귀로에는 지난 24일부터 내달 2일까지 제18회 동계 유니버시아드대회가 열리고 있는 무주리조트에 들렀다가, 거창군 고제 방면을 경유하여 귀가하였다.

30 (목) 맑음 -광양 서울대 연습림

오후 한 시 반에 인문대 앞에서 학교 버스를 타고 금년도의 인문대 교수 세미나 장소로 출발하였다. 근년에는 인문대 교수들의 친목 모임에 전혀 참가하지 않고 있었으므로, 참으로 여러 해 만이다. 남해고속도로를 경유하여, 전라남도 광양읍 칠성리에 소재하는 서울대학교 부속 남부 연습림 추산연수원에 도착한 것은 세 시 남짓 되어서였다.

배정된 방에다 가방을 놓아두고서, 연습림 구내의 산복도로를 한 바퀴 돌며 한 시간 정도 신책을 하였다.

31 (금) 맑음 -서울대 연습림

오전 여덟 시에 연수원 구내식당에서 역시 이 지방의 특미인 재첩국으로 아침식사를 하였다. 식사 전에도 연수원 주위를 한 바퀴 산책했었는데, 조반을 마친 후에는 우리 방의 원로교수 두 명 및 국문과의 류재천, 러시아학과장 홍상우 교수랑 더불어 어제 걸었던 연습림 구내의 산복도로를 따라 다시 한 바퀴 돌다가, 나는 일행과 헤어져 추산리 일대의 골짜기 전체를 두 시간 남짓 걸려서 두루 답파하고 돌아왔다. 정오 무렵에 서울대 연습림을 떠나, 귀로에 광양읍에 있는 대성식당에 들러 역시 특미인 해물 요리로 점심을 들었다.

2월

2 (일) 맑음 -악견산, 의룡산

망진산악회 회원들과 함께 합천군 대병면의 陜川湖 옆에 있는 岳堅山 (634m)에 다녀왔다. 단계와 가회를 거쳐, 합천댐 주차장이 있는 곳 부근에서 산행을 시작하였다.

가파른 바위산으로서 정상 부근에 옛 城의 유적이 남아 있는데, 근자에 월간 『山』誌와 《신경남일보》 등에 소개된 탓인지 생각 밖으로 등산객이 많았다. 악견산성은 안내판에 의하면 임란 당시 來庵 문인인 權濬 등 의병들의 의해 건설되어 왜병과 격전이 벌어졌던 곳으로 되어 있다. 그러나 내가 『孤臺日錄』에서 읽은 바에 의하면, 이는 河東 玉宗 부근의 鼎蓋山城, 安義의 黃石山城 등과 더불어 임진·정유의 兩亂 사이에 官에서 수많은 백성을 동원하여 건설해 놓고서는 막상 정유재란이 터지자 한 번 싸워 보지도 않고서 성을 포기해 버린 것으로 되어 있었던 것이다. 오늘 올라 보니, 산이 낮은데다 정상 부근에만 좁다랗게 돌담이 축조되어 있고, 산 위에는 전혀 물이 나는 곳도 없어, 적의 대군을 맞아 지구전을 벌일 만한 지형이 아닌 듯하였다.

정오 무렵에 이미 산행이 거의 끝나 버렸으므로, 그 옆으로 이어진 야산을 따라 용주면 쪽으로 한참 더 걷다가, 儀龍山(485m)을 거쳐 城里 3區의 오동골 쪽으로 하산하였다. 아내는 장모의 수술 이후, 처제와 더불어 교대로 밤을 새워 가며 장모의 병실을 지키고 있는 까닭으로 오늘 산행에는 참여하지 않았다.

21 (금) 맑음 -한국프레스센터, 법련사
서울대 철학과 출신 동양철학 전공자들의 모임인 동철연(동양철학사상연구회) 97년도 동계 학술발표회 및 수련회에 참가하기 위해, 평소 출근 시간 무렵에 집을 나서 서울행 고속버스를 탔다. 점심시간이 지나서 강남 고속터미널에 당도하였다.

우선 지하철로 태평로 1가의 한국프레스센터 19층 회의실에서 열리는 한국유교학회 97년도 학술대회에 참가하였다. 유교학회 모임이 끝난 후, 거기에 참석했던 劉明鍾·金弼洙 교수와 더불어 부근의 음식점에 들러 삼계탕으로 저녁을 들고, 다시 다방에서 커피를 마시며 대화를 나누었다. 그들과 헤어진 후, 걸어서 경복궁 建春門 앞 東十字閣 부근에 있는 法蓮寺로 가 동철연 모임에 참석하였다. 일동이 토론을 하며 밤 한 시 무렵까지 어울려 있다가, 가장 연장자인 나와 이광호 씨는 2층에 있는 普賢室이라는 방으로 가서 취침하였다.

22 (토) 맑음 -백제고분군, 삼전도비, 남한산성, 삼릉공원
아침 일곱 시 무렵에 기상하여 조반을 들고 난 후 총회를 가졌다. 총회

를 마친 후 뿔뿔이 헤어졌는데, 나는 이광호 씨와 함께 안국동에서 전철을 타고 가다가 교대역에서 헤어져 나 혼자 잠실역에 내렸다. 송파의 三田渡碑를 구경하기 위해서인데, 석촌호수를 지나는 무렵부터 여기저기에 물어 보았지만 아는 사람이 없었다. 그러다가 거리의 청소부가 일러주는 곳으로 가보니 바로 百濟古墳群이 있는 공원이었다. 이 일대는 溫祚王 이래 백제의 초기 400년 정도의 수도인 河南위례성이 위치해 있었던 곳으로서, 이는 아마 그 왕릉에 해당하는 것일 텐데, 고구려의 積石古墳과 유사한 면이 있었다. 그곳 경비실에 물어 그 부근에 있는 三田渡碑를 찾아갔다. 두 개의 비석 중 하나는 龜趺만 남아 있었다. 큰 길로부터 떨어져 어린이 놀이터 한가운데에 위치해 있으니, 사람들이 잘 모를 법도 하였다.

그 부근에서 다시 전철을 타고 가다가 남한산성역에서 내렸다. 지하철역 부근의 식당에서 점심을 든 후, 시내버스로 갈아타고서 남한산성으로 향했다. 산성 한가운데까지 길이 뚫려져 있었는데, 우선 枕戈亭을 둘러본 후 가파른 산길을 걸어서 守禦將臺에 올랐고, 성을 따라 南門까지 걸었다가 주차장으로 돌아왔다. 다시 호텔 뒤의 평지에 있는 行宮 터를 둘러보고, 丙子胡亂 당시의 기록화 전시관에 들렀다가 東門까지 가보고서 원래 내렸던 버스 주차장으로 돌아왔다.

버스를 타고서 원위치로 돌아온 다음, 다시 지하철로 바꿔 타고서 선릉역에서 내렸다. 그 부근의 宣靖陵을 둘러보기 위해서인데, 宣陵은 이조 제9대 成宗 및 그 繼妃인 貞顯王后 尹氏의 무덤이며, 靖陵은 성종의 둘째 아들인 中宗을 모신 곳이다. 능이 모두 세 개이므로 三陵公園이라고도 부르는 모양이었다. 성종은 38세에, 그리고 중종은 57세에 승하하였다고 한다.

지하철로 강남고속터미널로 돌아와서, 오후 5시 40분발 우등고속으로 출발하여 자정 무렵에 진주의 우리 집에 당도하였다.

23 (일) 맑음 -광대봉
아내와 함께 망진산악회의 주말산행에 참가하여, 전북 진안군에 있는 광대봉(608.8m)에 다녀왔다. 참가자가 많아 회원의 승용차를 한 대 더 동원하였다. 馬耳山 뒤쪽으로 이어져 있는 산줄기인데, 별로 높지는 않으나 콘크리트 같은 바위 타기도 아기자기한 재미가 있고, 그런대로 길이 잘 닦여져 있었다. 능선을 따라 성터 있는 곳을 지나서 산 능선의 끝까지 걸었다.

돌아오는 길에 거창 서상면 소재지에 들러 강희남 씨의 친구가 경영하는 식당에서 막걸리를 마셨는데, 우리 산악회의 봉고차 기사인 이주세 씨가 난데없이 곧 속세를 떠나 의령에 있는 절로 들어가게 되어 다음 주부터는 운전을 할 수 없게 되었다는 인사말을 하였다. 아들이 둘 있으나 하나는 聾啞이고 또 하나는 도무지 쓸모없는 인간이라 여생을 의지할 수가 없으므로, 양로원을 겸한 절의 시설로 들어가 노역으로 봉사하며 거기서 여생을 마치고자 한다는 것이었다.

3월

1 (토) 맑음 −비봉산
삼일절 공휴일이라 집에서 동환이가 보내 준 미국 열차여행 시각표 등을 검토하며 하루를 쉬었다. 점심을 든 후, 온 가족이 함께 산책에 나서, 택시를 타고서 鳳谷洞의 晋陽姜氏 齋閣인 鳳山祠 앞에서 내려 우선 이곳을 둘러보고, 산책로를 따라 飛鳳山에 올랐다. 정상에서부터 잘 나 있는 비포장도로를 따라 말티고개 방향으로 가다가, 도중에 과수원 사이 길로 접어들어 건너편의 산들을 한 바퀴 빙 돌아서 상봉아파트 입구까지 걸어 내려왔다. 그 일대는 온통 과수원이었는데, 식물들이 봄기운을 알아서 머지않아 꽃망울을 틔울 준비가 다 되어 있었다. 상봉동에서 다시 택시를 타고 중앙시장으로 가, 이곳저곳을 기웃거리며 쇼핑도 하고 군것질도 하다가 세 시 반 쯤 되어 돌아왔다.

2 (일) 맑음 -비계산

아내와 함께 망진산악회의 일요산행에 참가하여 居昌郡 加祚面의 飛鷄山(1,125.8m)에 다녀왔다.

합천군 지경까지 들어갔다가 봉고 버스를 도로 돌려 海仁農場 건너편 88올림픽고속도로변에 차를 세우고서 산행을 시작하였다. 정상에 오른 다음, 의상봉 방향으로 가다가 뒷들재에서 점심을 들고, 高見寺 입구 주차장 쪽으로 하산하였다. 왕복 모두 단계·차황·신원 길로 다녔는데, 특히 돌아올 때는 道里를 거쳐 합천댐 방향으로 가다가 다리를 건너 신원 방향의 국도로 접어들었다.

16 (일) 흐림 -상산(오봉산)

아내와 함께 망진산악회의 일요 산행에 참가하여 함양군의 상산(오봉산, 871m)에 다녀왔다. 이주세 기사가 그만둔 후 지난주부터 이용하고 있다는 봉고 차는 아주 신형으로서 차 내에 가라오케 설비까지 갖추어져 있는 고급스런 것이었는데, 하루 세내는 차비는 전보다 2만 원이 더 비싸 십만 원이라고 한다. 근자에 며칠 간 비가 왔을 때 그 지방의 산에는 눈이 내렸던 모양으로서, 나무들이 온통 雪花를 뒤집어쓰고 있어, 아마도 금년으로서는 마지막이 될 눈 구경을 만끽할 수가 있었다.

임 영감과 김현조·강신웅 교수도 모처럼 참가하였다. 원래 예정으로는 능선을 따라 옥녀봉과 천령봉을 거쳐 함양읍의 冠洞 쪽으로 내려오는 것으로 되어 있었지만, 길을 잘못 들어 옥녀봉은 비켜서 지나쳐 버렸고, 천령봉 부근에서 회원들이 인솔하는 공군교육사령부의 양 준위 말을 듣지 않고 곧바로 하산하자고 주장하므로, 그 부근의 어느 무덤에서 점심을 든 후 큰 길을 따라 熊谷 마을로 하산하였다.

지난주 산행에서는 귀가 길에 鳴石 부근의 차 안에서 국민학교 교사를 하는 차 선생이 유춘식 고문의 독재적인 전횡을 비판하는 발언을 하여 대판 싸움이 벌어졌었다고 한다.

21 (금) 맑음 -마리나콘도

오후 여섯 시에 구내 우체국 옆에서 동아고등학교 재직동문 교수들과 합류하여, 두 대의 승용차에 분승하여 統營으로 갔다. 숙소인 통영 미륵도의 마리나콘도에서 통영의 본교 수산대학에 근무하는 동문들과 합류하여, 그 제자가 경영한다는 횟집으로 가서 저녁을 들었다. 노래방에 들러 노래도 불렀으며, 콘도로 돌아와 밤 두 시 남짓까지 캔 맥주를 마시면서 대화를 나누다가 나와 법대의 김종회 교수는 먼저 취침하였다.

22 (토) 맑음 -미륵도 일주

김종회 교수와 나는 남들보다 먼저 기상하여 콘도 2층으로 내려가 사우나를 하였고, 돌아와서는 다시 아홉 시 무렵까지 좀 더 눈을 부쳤다. 느지막이 통영 부두로 나가 호동식당이라는 곳에서 복어국으로 아침을 들었다. 나는 식사 전에 부근에 있는 농협은행에 들러 최근에 새로 발급받은 신용카드의 등록 수속을 마쳤다.

콘도로 다시 돌아와 각자의 승용차에 분승한 다음, 미륵도가 있는 산양면을 한 바퀴 도는 드라이브를 하였다. 도중에 연극배우가 경영한다는 아침의나라라는 찻집에 들렀다가, 觀海亭에 올라 한산도와 唐浦 일대의 바다 풍경을 감상하며 기념사진을 촬영하기도 하였다. 거기서 통영의 동문들과 작별하고서 당포를 거쳐 귀가 길에 올랐다. 진주 부근에 이르러서는 예하리의 두량못 아래 두량횟집에 들러 어제 나의 학위 취득을 축하하여 기념패를 만들어 준 것에 대한 답례 조로 내가 붕어찜과 어탕으로 점심을 샀다.

4월

6 (일) 아침까지 비 오다가 개임 -남해도 벚꽃놀이

황 서방 내외와 함께 우리 가족 전원이 장인 장모를 모시고서 봄 벚꽃 구경을 나섰다. 아홉 시 무렵에 집을 출발하여 처가에 이르렀고, 황 서방 내외가 모는 차 두 대에 남자와 여자들이 각각 분승하여 대아고등학교 부근에서 근자에 새로 생겨 진주 주변의 일부 구간만 개통한 통영-대전 간 고속도로를 따라 남해고속도로로 진입하였다.

하동 쌍계사 쪽으로 갈 예정이었는데, 악양을 지나 화계로 접근하는 도중에 교통 정체가 심해 차를 돌려서 남해로 향했다. 이순신 장군이 戰歿한 觀音浦 부근에서 바닷길로 난 포장도로를 따라 해변을 일주하다가 남면과의 경계에서 읍으로 들어갔고, 이어서 이동면의 상주해수욕장을 조금 지나 해변에 있는 횟집에 들러 점심을 들었다. 점심으로 든 생선회는 우리 내외가 부담하는 것으로 했다.

귀가하는 길에도 교통 정체가 심하여 나는 李落祠 못 미친 지점에서부터 차를 내려 걸어서 남해대교를 넘어와 기다리고 있다가 노량에서 다시 합류하였다. 이즈음은 지방 행정단위에서 정책적으로 가로수를 거의 벚나무로 교체하고 있는지, 노량에서 남해 일대를 거쳐 진교에서 다시 고속도로로 진입할 때까지 국도 주변이 온통 벚꽃이어서 꽃구경이 따로 없었다. 하동읍을 지나 악양 부근에서는 배꽃도 실컷 볼 수가 있었고, 매화는 다 져버리고 없으며, 개나리나 목련도 이미 한 물 가고 있었다.

13 (일) 쾌청 -거창 삼봉산

아내와 함께 망진산악회의 주말 산행에 참가하여 경상남도 거창군 고제면과 전라북도 무주군 무풍면의 경계 지점에 있는 三峰山(1,254m)에 다녀왔다. 안의와 거창군 마리면을 거쳐 무주구천동 쪽으로 빠지는 삼거리가 있는 지점에서 羅濟通門 방향으로 직진하여, 쌍봉초등학교 입구에서 산길로 진입해 정상에서 그다지 멀지 않은 지점에 위치한 金鳳庵의 주차장에서 하차하였다. 일행 12명이 투구봉을 거쳐 정상에 오른 다음, 능선을 따라 걷다가 전라도와 경상도의 경계 표지판이 있는 부흥동 쪽으로 하산하였다.

그런데 부흥동 앞의 국도에서는 오전 11시 50분경에 교통사고가 일어나 28세의 청년이 운전하여 굴(石花)을 잔뜩 싣고서 서울로 향하던 대형 트레일러가 산모퉁이의 경사 지점에서 길 가의 콘크리트 전주를 들이받아 운전사는 현장에서 즉사하고, 싣고 가던 굴 상자들이 국도 가의 밭 위에 어지러이 쏟아지는 사태가 발생해 있었다. 우리가 그리로 내려왔을 때에는 기사는 이미 운반되어 간지 오래였고, 동네 사람들이 몰려와 비닐봉지와 상자에 든 채 땅에 떨어져 있는 굴들을 줍고 있었는데, 우리 일행 중에서도 몇 명이 거기에 참가하여 우리 부부도 그 중 한 봉지를 나누어 받았다.

20 (일) 맑음 -모악산, 금산사

아내와 함께 민주산악회의 월례산행에 참가하여 전북 김제군 금산면과 완주군 구이면에 걸쳐 있는 母岳山(793.5m)에 다녀왔다. 같은 망진산악회 회원인 琴山의 공군교육사령부 양 준위도 내외가 함께 참가해 있었다. 함양을 거쳐 88고속도로와 남원·오수를 경유하여 원기리의 구이중학교 부근에서 하차한 후 등반을 시작했다.

大院寺·水王寺를 경유하여 방송송신탑이 있는 정상에 올랐고, 이 탑으로 물자를 실어 나르는 케이블카를 바라보며 金山寺로 하산하였다. 벌써 여러 해 전 내가 유학을 마치고서 귀국한지 그리 오래되지 않았을 적에 서울대 동양철학연구회의 모임이 금산사에서 있어, 내가 여기서「南冥學資料叢刊 解題 緖論」을 가지고서 발표한 적이 있었고, 아울러 동창들과 더불어 모악산에 오른 적이 있었으니, 이번 등반은 두 번째가 되는 셈이다.

모처럼 다시 금산사 경내를 둘러본 다음, 오후 다섯 시 남짓에 출발하여 호남고속·남해고속도로를 경유해 진주로 돌아와서 밤 아홉 시가 조금 못된 시각에 집에 당도하였다.

27 (일) 맑음 -금성산

아내는 회옥이를 데리고서 진주여고의 동문 체육대회에 나가고, 나 혼자서 석류산악회의 산행에 참가하여 합천댐 부근의 악견산 옆에 있는 錦城山(422m)에 다녀왔다. 오늘이 이 산악회의 제4회 산신제가 있는 날이었다. 우리 내외가 소속되어 있는 망진산악회도 오늘 제10회 방어산 제를 거행하는데, 나로서는 그보다도 안 가본 산에 가고 싶어 이리로 따라오게 된 것이다.

가까운 곳이라 등산을 마치고서도 시간이 남아돌아, 오는 길에는 거창 가조의 온천에 들렀다. 나는 온천장에 들어가지 않고 그 부근 노점에서 봄나물들을 사서 돌아와 아내에게 선사하였다.

5월

3 (토) 맑음 -백두대간 제20차 행

아내와 함께 밤 열 시에 도동의 시청 제2청사 부근에 있는 등산장비점 白頭大幹으로 가서 이 점포의 주인인 본교 영문과 80학번 출신 정상규 씨가 회장으로 있는 백두대간산악회의 제20차 백두대간 구간종주 산행에 참가하였다. ≪신경남일보≫를 통하여 이 산행 모임을 알게 되었는데, 가보니 예전 멋-거리산악회에 참가하던 박양일 농협 전무나 영어 교사인 육윤경 선생, 서 여사 등 낯익은 얼굴들이 있었고, 예전 내가 이 대학에 처음 부임해 와서 국민윤리교육과에 소속되어 있었을 당시 국민 윤리교육과의 대학원 학생이었던 김종문 씨가 이제는 60세의 장학사가 되어 이 모임의 최고 고참으로 있었다. 멋-거리산악회가 내부 사정으로 흐지부지되고 장터목산장도 영업실적 부진 때문인지 양말점으로 업종 전환을 하고 난 이후부터, 거기에 모이던 사람들의 일부가 이 산악회에 나오고 있는 모양이다.

4 (일) 흐리고 이따금 빗방울 -버리미기재(불란치재), 장성봉, 봉암사

밤을 도와 대절버스를 달려 일행 25명 내외가 새벽 네 시경에 경북 문경군과 충북 槐山郡 延豊面의 경계 지점인 소백산맥의 버리미기재(불란치재)에 당도하였다. 백두대간 운행계획표에 의하면, 이 산악회는 이미 제1 지구인 지리산 지구와 제2 지구인 덕유산 지구를 完走하고서, 제3 속리산 지구의 끄트머리에 가까운 지점에 이르러 있는 것이다. 제4 소백산 지구, 제5 태백산 지구, 제6 설악산 지구를 포함하여 총45회로서 목표를 답파할 예정으로 있다. 날씨를 불구하고 매달 1·3주는 백두대간으로 향하는데, 진주로부터의 거리에 따라 1·2 지구는 일요일 새벽 6시에 출발하고, 3·4 지구는 토요일 밤 10시, 5·6 지구는 토요일 밤 8시에 출발하여 일요일 밤 늦게 진주로 돌아오는 것으로 되어 있다.

새벽 4시 30분에 헤드랜턴을 켜고서 산행을 시작하여, 소백산맥의 주능선을 따라 長城峰(916.3m)·824봉·은치재·九王峰(879)을 지나 거름티재에서 점심을 들었다. 도중의 풍경이 신록과 어우러져 그저 그만이었다. 식사 후 일행은 오늘의 주목표인 曦陽山(998m)을 지나 배너미재(시루봉)를 거쳐 총 13.2km를 주파하고서 하산하게 되어 있었는데, 아내가 피로하다며 하산을 원하고, 나 자신 新羅 九山禪門의 하나이고 최치원의 四山碑銘 중 하나가 있는 곳으로도 유명한 희양산 아래의 鳳巖寺를 구경하고 싶기도 하여 다른 세 명의 일행과 함께 다섯 명은 대피로로 빠져 봉암사 쪽으로 내려왔다.

봉암사는 조계종단의 특별 수련사찰로 지정되어 있어 등산객을 비롯한 외부인의 출입이 엄격히 통제되어 있는지라, 도중 토굴에 거처하는 늙은 衲子를 만나 문책을 당하기도 했지만, 이럭저럭 그 일대의 수려한 바위계곡과 봉암사를 둘러보고서 오후 두 시 반 무렵에 대절버스가 기다리고 있는 통문정까지 무사히 하산하였다.

나머지 일행은 오후 다섯 시 무렵에 하산하여 그 부근에서 술을 마시고 돌아오는 도중에 또 식당에 들러 저녁밥을 드느라고 시간을 지체하였으므로, 집에 당도했을 때는 자정 가까운 시각이었다. 회옥이는 어제 오후 대전 엑스포 박물관 등지에서 열리는 어린이 과학실습여행에 참가하였다가 오늘 밤에 귀가하여 자고 있었다.

11 (일) 부슬비 -상황봉

회옥이는 어제 오후 자기가 다니는 진주교대부속국민학교의 보이스 카우트 활동에 참가하여 산청군 삼장면의 솔밭 숲으로 야영을 떠났고, 우리 부부는 오늘 오전 8시 30분에 진주역 광장에서 실크산악회의 제68차 정기산행에 참가하여 전남 완도군 완도의 주봉인 상황봉(644.1m)에 다녀왔다.

순천·보성·강진 등을 지나, 도중에 타고 간 관광버스의 정비 불량으로 수리하느라고 약 한 시간을 지체하기도 하면서 완도에 들어갔다. 산중의 고개 마루에 있는 전남청소년수련원 신축공사장 사무소에서 점심을 들고, 거기에다 배낭을 놓아 둔 후 빗속을 걸어서 산 중턱에 있는 현대식 건물의 庵子까지 걸어갔는데, 거기서부터 등반부장이 길을 잃어 하산하고 말았다. 밤 아홉 시 무렵에 진주에 도착하였다.

17 (토) 맑음 -백두대간 제21차 행

밤 열 시까지 아내와 함께 도동의 시청 제2청사 부근에 있는 백두대간 등산장비점으로 가서 이 산악회의 제21차 백두대간 종주 산행에 참가하였다. 오늘의 참가자는 평소보다 다소 많아 총 36명이었다. 대절버스로 국도와 고속도로를 경유하여 밤을 도와 달렸다. 자정 무렵에야 消燈이 되므로, 새우잠이라고 하지만 그나마 실제 취침 시간은 서너 시간 밖에 되지 않는 셈이다.

18 (일) 맑음 -이만봉, 백화산, 조봉, 이화령

상오 세 시 남짓에 충청북도 괴산군 연풍면 분지리에 도착하여 세수·면도하고 식수를 준비하며 조반을 드느라고 한 시간 정도 지체한 이후, 날이 희끄무레 새기 시작할 네 시 반 무렵에 등반을 시작하였다. 두 주 전에 하산한 鳳巖寺 입구 방향과는 능선 건너편의 반대쪽 계곡으로부터 시루봉(914.5m)을 지난 지점의 안부로 올랐고, 거기서부터 말발굽 모양으로 크게 구부러진 능선을 따라 본격적인 산행이 계속되었다. 말발굽의 바깥쪽은 경상북도 문경군 가은읍과 문경읍이요, 안쪽은 충청북도 괴산군 연풍면이니, 우리는 두 도의 경계 지점을 걷는 셈이다.

이만봉(989)을 지나 이 코스의 한중간 구부러진 말발굽의 가운데 지점에 위치한 최고봉인 白華山(1,063.5)에서 정상식을 올렸고, 황학산 능선에 당도하여 점심을 들었다. 넓적하게 그늘지고 바람도 시원한 그곳에서 좀 쉬다가 오후의 행정을 시작하여, 백화산 쪽으로 향하던 때와는 달리 평탄하게 이어진 코스를 따라 산책하는 기분으로 걸어서, 조봉(873)을 경유하여 오후 두 시 반 무렵에 오늘의 종착점인 이화령에 당도하였다. 이화령은 수안보에서 문경읍으로 향하는 국도 중에 있는 언덕으로서 경상도와 충청도의 경계 지점이다. 여기까지 오늘의 행정은 대략 16km에 해당한다고 한다.

오늘로서 6개 지구 45차에 걸친 전체 일정 가운데서 절반에 해당하는 제3 속리산 지구까지의 행정이 끝났으므로, 그것을 기념하여 문경군내의 바위 절벽과 그 아래를 흐르는 강으로 유명한 관광지 입구의 폐지된 탄광용 철로 부근에서 준비해간 고기와 과일 등으로 돼지 불고기 파티를 즐기다가, 밤 아홉 시 무렵에 집에 도착하였다.

6월

1 (일) 흐리다가 갠 후 오후에 천둥과 폭풍우 -조령산, 마패봉, 하늘재, 미륵사지

새벽 네 시 5분 무렵부터 이화령에서 산행을 시작하였다. 일행은 모두 42명이었다. 조령산(1,017m)을 지나서부터는 험난한 바위절벽 코스가 이어졌고 곳곳에 돌로 쌓은 성벽들도 눈에 띄었다. 풍경은 기가 막힐 정도로 아름다웠다. 문경새재 제3관문(鳥嶺關)에 이르러 부근의 언덕 위에 있는 토속주점에서 일행과 어울려 막걸리를 좀 마신 다음 아내는 다른 여자 두 명과 함께 소조령 쪽으로 하산하였고, 나는 나머지 일행과 함께 산행을 계속하였다.

마패봉(940m)에서 점심을 든 다음 정상제를 지냈고, 경상북도와 충청 북도의 경계를 이루고 있는 능선 길을 계속 걸어 주흘산으로 연결된다는 釜峰 입구에서 왼쪽 방향으로 꺾어들었다. 이 무렵부터 한낮임에도 불구 하고 마치 저녁 무렵처럼 날씨가 흐려지기 시작하였는데, 월악산국립공 원 내 미륵사 뒤쪽의 탄항산(월항삼봉)에 이르렀을 무렵부터 빗방울이 듣더니 마침내 천둥과 더불어 폭풍우가 되어 쏟아지기 시작했다. 방수복 상의를 꺼내 입고 접는 우산도 받쳐 들었지만, 길이 좁아 나뭇가지에 우산이 자주 걸리고 또한 오솔길이 경사지고 미끄럽기도 하여 몇 번 넘 어졌다. 가도 가도 끝이 없는 산 능선을 이루 헤아릴 수 없을 정도로 오르내리며 기진맥진하였는데, 녹초가 될 무렵에야 마침내 하늘재에 이 르러 차가 다닐 수 있을 정도의 도로를 만났다.

거기서 또 미륵사까지는 상당한 거리가 남아 있었다. 회장인 등산장비 점 주인의 뒤를 따라 지름길로 간다며 다시 숲속으로 접어들었다가, 길 도 끊어지고 젖은 바짓가랑이도 어딘가의 나뭇가지에 걸려 찢어져 버렸 다. 천신만고 끝에 미륵사로 내려와 오랜만에 미륵사지와 경내의 미륵불 입상 등을 다시 둘러보았고, 주차장까지 나와서는 일행과 함께 토속주를 마시기도 하였다. 다섯 시 반쯤에 하산하였으니 열세 시간 이상을 걸은 모양이다. 지도상의 거리는 16~17km 정도 되는 모양이지만, 오르막과 내리막을 고려하면 실제로는 30km 이상을 걸은 셈이라고 한다. 아내는 여섯 시간 이상 어느 식당 안에서 보내다가 귀가하는 우리들과 무선으로 연락해서 합류하여, 자정 무렵에 집에 도착하였다.

5 (목) 흐림 –설악산 행
밤 여덟 시까지 백두대간 등산장비점으로 가서 이 점포의 전용 봉고 차로 설악산 등반 여행을 떠났다. 아내는 참가하지 않고 나 혼자서 갔는 데, 평소 백두대간 구간종주 산행에 참가하고 있는 사람들 중 가장 노장 층인 김 장학사, 육 선생, 박양일 농협 전무, 서 여사 등, 그리고 장비점 주인인 정 사장과 그 또래의 장년층 두 사람을 합하여 모두 여덟 명이 동행하였다. 우리는 봉고차 뒤편의 좌석들을 눕혀서 평평하게 만들어 거기서 자고, 정 사장과 초전동에서 나무 재배 농사를 하고 있다는 사람이 번갈아 운전하여 밤을 도와 北上하였다.

6 (금) 맑음 -백담사, 수렴동, 구곡담, 백운폭포

현충일 휴일 아침, 강원도의 인제·원통을 지날 무렵 날이 밝아 오기 시작하였다. 내설악 진입로 입구에 있는 용대리의 주차장에다 차를 세우고, 그 옆의 식당에서 조반을 든 다음, 오전 여덟 시 무렵부터 운행이 시작되는 셔틀버스로 백담사 아래 3km 지점까지 들어가 차를 내려서 걷기 시작하였다.

백담사계곡에 이어 수렴동계곡을 걸어 구곡담계곡과 가야동계곡이 갈라지는 수렴동 대피소에서 구곡담 방향으로 진입하여, 도중에 백운동계곡과 갈라지는 지점의 개울가에서 점심을 들었다. 오후에 다시 길도 거의 보이지 않는 원시림 속의 계곡을 계속 걸어 곡백운계곡으로 접어들었고, 백운폭포를 지나 약초 캐는 사람들이 산 속에서 밤을 새우기 위해 온돌까지 만들어 놓은 모덤터라는 곳에서 개울가에 텐트 두 대를 치고서 야영하였다. 마른 나뭇가지를 모아 모닥불을 피우고서 술을 나누어 마시다가, 나는 졸음이 와서 먼저 잠자리에 들었다.

7 (토) 맑음 -곡백운, 귀떼기청봉, 대청봉, 봉정암

조반을 든 후 曲白雲계곡을 따라 西北主稜의 귀떼기청봉 쪽으로 오르려다가 방향을 잘못 들어 밀림 속에서 나뭇가지에 배낭을 끌어 당기우기도 하며 갖은 고생을 한 끝에 귀떼기청봉에서 좀 더 지난 지점의 능선으로 올라, 오랫동안 사람이 다니지 않아 잡목 속에 덮여버려서 보일락 말락 한 산길을 따라 서북릉의 주봉인 귀떼기청봉(1,577.6m)으로 올랐다.

거기서 다시 서북능을 따라 동쪽으로 향해 가다가 한계령 쪽으로부터 올라오는 등산로와 만나는 지점에서 점심을 들고, 끝청봉을 거쳐 중청봉의 안부에 있는 설악산장에 들러 깡통맥주를 든 다음, 거기다 짐을 내려

두고서 설악산의 주봉이자 남한에서 세 번째로 높다는 대청봉(1,707.9m)에 올라 주위의 산세를 조망하였다.

대청봉을 내려와 설악산장에서 뒤에 온 일행과 합류하여, 소청봉을 거쳐서 어스름할 무렵에 오늘의 목적지인 鳳頂庵에 당도하였다. 이 암자는 龍牙長城稜의 初入에 위치해 있는데, 얼마 전까지만 해도 한적한 암자였던 것이 근년에는 석사모니불의 진신사리를 모셨다는 탑을 미끼로 신도들을 모아 대규모의 불사를 일으켜서 건물도 많이 새로 지었고, 매일 천 명 이상의 기도객이 숙박을 할 정도로 대성황을 이루고 있는 모양이었다. 절에서 주는 일반 기도객들을 위한 공양 밥과 미역국을 우리들이 가지고 간 밑반찬과 함께 곁들여 늦은 저녁식사를 때운 다음, 야영지를 물색하기 위해 한 동안 우왕좌왕하다가 결국 주위가 깜깜해진 다음에야 처음 내가 점찍어 두었던 봉정암으로 내려오기 조금 전의 절벽 위에 큰 바위가 두 개 병풍처럼 막아서 있는 곳에다 텐트를 쳤다.

8 (일) 흐리고 오후에 때때로 빗방울 -용아장성, 백담사, 용대리

예정보다는 상당히 늦은 시각에 텐트를 걷고서 출발하여 용아장성 코스에 접어들었다. 그러나 초입에서부터 길을 잘못 들어 엉뚱한 절벽 아래를 헤매다가 우리나라에서는 설악산에서만 자생한다는 에델바이스의 흰 꽃들을 여기저기의 바위 틈새에서 발견하기도 하였다. 우리말로는 솜다래라고 한다는데, 한두 포기만 자라고 있는 경우도 있고, 무리를 지어 떨기를 이루고 있는 곳도 있었다.

일행 중에는 예순이 넘은 김 장학사도 있고, 여성인 서 여사도 있어서 곳곳에서 쉬는 바람에 매우 속도가 느려 예정된 시각인 정오에 수렴동대피소에 당도하여 오후 두 시에 용대리를 떠나 진주로 향하기에는 도무지 무리였다. 나는 대체로 일행보다 앞서 가다가 적당한 곳에서 멈추어 주위를 조망하며 나머지 일행이 오기를 기다려서 다시 나아가는 식의 산행을 계속하였다. 이번 산행에서는 내설악의 전경을 한 눈에 바라볼 수 있는 코스를 택했었는데, 특히 용아장성 능은 내설악의 가운데 지점에

위치해 있어 주위를 조망하기에는 가장 적합한 곳이며, 또한 그 자체가 남한에서는 가장 험난한 코스라 위험한 곳이 곳곳에 널려 있었다. 개구멍바위와 뜀바위를 끝으로 위험한 지점들을 모두 지나서 옥녀봉을 거쳐 수렴동대피소로 하산하여, 냇물에서 대충 묵은 땀을 씻고 막걸리를 한 잔씩 들이켰을 때에는 이미 오후 다섯 시 무렵이었다.

오후 여섯 시에 용대리로 나가는 셔틀 버스가 끊어진다 하므로 다시 서둘러 계곡 길을 내려왔는데, 대피소에서 백담사까지만 해도 이미 용아장성 능 전체보다도 더 긴 거리인데다, 백담사에서 셔틀버스 주차장까지는 다시 3km가 더 있어 시간 안에 도착하기에는 아무래도 무리였다. 나는 일행으로부터 떨어져 부지런히 걸어서 도중에 백담사 경내에도 한 번 들렀지만, 백담계곡의 차도를 따라서 일행 중 가장 먼저 주차장에 당도하여 휴일이라 연장 운행을 하고 있는 셔틀버스에 간신히 올라탈 수 있었다. 뒤이어 김 장학사와 봉고 버스를 운전해 온 젊은 사람이 백담사의 농업용 불도저를 얻어 타고서 당도하여 버스에 합류하여 어두워지기 전에 용대리에 도착하였다.

열쇠가 없어 차 안에는 들어가지 못하고, 식당에서 산채백반으로 저녁을 시켜 들고서 김 장학사와 나는 감자 술도 두 병 들었는데, 나머지 일행은 그 후로 반시간 더 연장 운행하는 셔틀버스에도 타지 못하고 걸어서 백담계곡을 통과해 깜깜해진 다음에야 도착하였다. 나머지 일행이 저녁 식사를 마칠 때까지 기다려 밤 열 시 무렵에야 용대리를 떠나 귀가길에 올랐다.

9 (월) 맑음 -귀로
갈 때처럼 젊은 두 사람이 밤을 새워 봉고차를 운전하여 아침에 구마고속도로변 남지의 부곡온천에서 가까운 지점에 이르렀을 때 차에서 이상한 소리가 계속 나므로 고속도로변에 정거하여 점검해 보았다. 무슨 부품을 하나 갈아 끼워야 되는 모양인데, 얼마나 시간이 걸릴지 몰라 나이든 일행 네 명은 지나가던 택시로 정 회장을 영산의 자동차 수리점 앞에다 내려준 후 먼저 진주로 돌아왔다.

14 (토) 맑음 −제23차 행

밤 열 시에 백두대간 등산장비점으로 나가 제23차 구간 산행에 참가하였다. 아내는 내일 회옥이와 더불어 지리산으로 스카우트 모임에 나가게 되므로 동행하지 않았다.

15 (일) 맑음 −하늘재, 포암산, 대미산, 차갓재

새벽 네 시 반 무렵부터 지난번에 하산한 충청북도 미륵리 쪽과는 반대 방향인 경상북도 문경시의 포함 마을에서부터 산행을 시작하였다. 하늘재에 올라 布巖山(961.6m)을 거쳐 오전 11시 무렵에 大美山(1,115m)에 이르러 정상식을 겸하여 중식을 들었다. 중식 후 반 시간 정도 수면을 취한다기에 나무 그늘 속에 들어가 잠시 눈을 붙였는데, 깨고 보니 다들 떠나고 없었다. 약 15분 정도 뒤져서 일행을 좇아가 도중에 다시 합류하였다. 오늘 산행은 거의 조망이 없는 숲속을 계속 걸어 경북과 충북의 경계 지역을 시종 따라간 셈이다.

오후 세 시 무렵에 차갓재로 하산하여 문경군의 생달리 쪽으로 내려왔는데, 도중에 산딸기가 지천으로 늘려 있었고, 생달리에서는 오디를 따 먹기도 하였다. 마을에서 옥수수로 빚었다는 술을 사와서 마시기도 하여 귀가 길에는 제법 취기가 올랐다.

22 (일) 흐림 −관촉사, 갑사, 계룡산

아내와 함께 망진산악회의 주말 산행에 참가하여 충남 공주군과 논산군의 경계에 위치한 계룡산에 다녀왔다. 아침 여섯 시에 MBC 옆에서 집결하였는데, 오늘은 평소보다 참가자가 많아 봉고 버스 두 대를 동원하였다. 함양에서부터는 88고속도로를 따라가다가 남원에서 국도로 접어들었고, 전주에서는 다시 고속도로에 올랐다. 도중에 灌燭寺의 恩津彌勒을 구경하기도 하여, 魯城의 明齋 尹拯 묘소 입구를 지나 甲寺 입구

쪽에서부터 산행을 시작하였다.

먼저 갑사를 둘러보고서 계곡을 따라 안부에 올라, 짐을 두고서 연천봉(738.7)까지 갔다 왔고, 문필봉(756)에서 점심을 들고 난 후 전망대가 있는 관음봉에 올랐다가 자연성능을 따라 삼불봉(775.1)에 올라보았으며, 남매탑을 거쳐 동학사 아래로 하산하였다.

귀가할 때는 유성과 대전 주변을 거쳐 금산·무주로 하여 밤 10시가 넘어서 진주에 당도하였다. 회옥이는 자기네 학교에서 주관하는 산행에 참가하여 현풍의 화왕산에 다녀왔다고 한다.

29 (일) 흐리다 개임 -흑석산

망진산악회의 주말 산행에 참가하여 전라남도 해남군과 영암군의 경계에 위치한 黑石山(650.3m)에 다녀왔다. 아내는 간호학과 평가 관계로 서울에서 평가단이 내려오기 때문에 그들을 접대하기 위해 참가하지 않았다.

오전 7시 40분까지 역 광장에 집결하여, 남해고속도로를 따라 가다가 다시 목포로 가는 새로 4차선으로 확장한 국도로 접어들었다가 중간부터는 또 옛 2차선 국도로 갔다. 강진에서 성전을 거쳐 흑석산에 진입하였다. 흑석산 수도원에서부터 산행을 시작하여, 加鶴峰을 거쳐 능선 삼거리로 접근하였고, 그 부근 정상 방향의 언덕 위에서 점심을 든 다음, 칼날 같이 날카로운 바위들로 이어진 동남쪽 지능선을 따라 가릿재를 거쳐 학계리 쪽으로 하산하였다. 16명 정도가 참가하였다. 예에 따라 귀가 길에 몇 차례 술집에 들렀다가 밤 열 시가 넘어서 집에 당도하였다.

7월

5 (토) 흐림 -제24차 행

밤 열 시에 백두대간산악회로 가서 제24차 백두대간 구간산행에 참가하였다. 아내는 일기 예보에서 중부 지방에 폭우가 온다고 하므로 참가하지 않았다.

6 (일) 비 -차갓재, 황장산, 저수재

새벽 3시 반경에 대절버스가 목적지인 문경의 차갓재 입구 지난번 하산했던 마을에 닿았으나, 아직 깜깜한데다 밖에서는 폭우가 쏟아지고 있으므로 버스 안에서 좀 더 잠을 청하다가 다섯 시 반 무렵부터 산행을 시작하였다.

빗발은 굵어졌다 가늘어졌다 하지만 간단없이 쏟아져 내려 폭우 속의 산행이 되었다. 나는 우의가 신통찮아 우산을 하나 더 받쳐 들었으나, 나무에 걸려 오히려 불편하므로 나중에는 접어버렸다. 해발 1077.4m의 黃腸山에서 산악회의 창립 1주년을 기념하는 산신제를 올리고, 벌재를 거쳐 경북과 충북을 잇는 포장도로가 통과하고 있는 低首재 휴게소에 당도하여 산행을 마쳤다.

귀가하는 길에는 안동의 하회마을 부근에서 헛제사밥으로 점심 겸 저녁을 들고, 산신제를 위해 준비해 간 돼지고기 삶은 것도 썰어서 술과 함께 나눠 들었다. 밤 열 시가 넘어서 진주의 집에 당도하였다.

13 (일) 흐리다가 개임 -대야산

백두대간산악회의 주말산행에 참가하여 경북 문경군 가은읍과 충북 괴산군 청천면의 사이에 위치한 大耶山(930.7m)에 다녀왔다. 회옥이는 어제부터 하동군의 어느 국민학교 校舍에서 열리는 소년단 모임에 참가하고 있고, 아내는 모처럼 교회에도 나가고 회옥이네 같은 반 학우의 집 초상에도 참가하느라고 함께 가지 않았다.

봉고 버스로 오전 일곱 시 남짓에 도동의 백두대간 등산장비점 앞을 출발하였는데, 주인이자 기사인 정상규 씨와 등반대장인 오두환 씨를 제외하고서는 나까지 합쳐 다섯 명이 참가하였다. 거창·김천·점촌을 거쳐 북상하였는데, 가은읍에서 길을 잘못 들어 충청도 쪽으로 빠져 버린 탓에 宋尤庵의 華陽洞 입구와 충청도의 괴산 선유동계곡 및 불란치재를 지나 대야산 주변을 한 바퀴 빙 돌아서 원래의 목적지인 문경 선유동계곡에 당도하였다. 시각이 이미 정오를 지나 있었으므로 주차한 장소 부근의 계곡 반석에서 점심을 들고 술도 몇 잔 걸치고 나서부터 등산을 시작하였다. 정상에 올랐다가 밀재를 거쳐 월영대에 이르러 올랐을 때 경유했던 코스와 합류하여 원래 출발했던 장소로 하산하였다. 이 산은 예전에 이평리 쪽에서 올라 문경 선유동계곡 쪽으로 하산한 적이 한 번 있었다. 집에 도착했을 때는 밤 11시 무렵이었다.

19 (토) 맑음 −제25차 행

밤 열 시에 아내와 함께 제25차 백두대간 구간종주 산행에 참가하여 문경 쪽으로 출발하였다. 회옥이는 학교에서 행하는 지리산에서의 야외 학습에 참가하여 1박 2일 간의 일정으로 집을 비웠다가 저녁에 귀가하였다.

20 (일) 맑거나 흐림 −저수재, 묘적봉, 도솔봉, 죽령

평소보다 한 시간 정도 빠른 두 시 반 무렵에 대절버스는 두 주 전에 하산했던 장소인 저수재에 닿았다. 경북 예천군 용문면과 충북 단양군 대강면의 경계에 위치한 곳이다. 헤드 랜턴을 착용하고서 세 시 반부터 산행을 시작하여, 약 12시간 산길을 걸어서 죽령 휴게소로 내려왔다. 도중에 1,000m가 넘는 봉우리들이 많이 있었는데, 싸리재, 뱀재, 묘적봉(1,148)을 경유하여 최고봉인 도솔봉(1,314.2)에서 점심을 들었다. 안동을 거쳐 구마고속도로로 귀가하였다.

8월

16 (토) 흐림 −제27차 행

밤 열 시에 백두대간산악회로 나가 제27차 구간종주 산행에 참가하였다. 아내는 집에 남겠다고 하여 나 혼자 갔다.

17 (일) 흐림 ―고치령, 선달산, 박달령

새벽 3시 40분 무렵부터 산행을 시작하여 고치령·馬鉤嶺·늦은목이·
先達山·박달령을 거쳐 약수로 유명한 어전리로 내려왔다. 이제까지는
대체로 경상북도와 충청북도의 경계 지역을 걸어 왔는데, 우리가 점심을
든 해발 1,236m의 선달산에서부터는 드디어 경상북도와 강원도의 경계
지역으로 접어들게 되었다.

귀가 길에는 봉화·안동을 경유하였는데, 의성 부근에서부터 고속도로
에 차들이 많이 밀려 정체가 심하였으므로, 밤 11시경에야 집에 당도하
였다.

22 (금) 맑음 ―단천

오후 두 시에 중문과의 黃國營 교수를 동반하여 국민윤리교육과의 손
병욱 교수 및 철학과 4학년생인 최재성 군과 함께 손 교수가 운전하는
차로 지리산의 하동군 쌍계사 위 의신 마을 못 미친 곳에서 오른쪽 골짜
기로 접어들어 약 2km 들어간 지점에 있는 단천 마을의 손 교수 별장으
로 놀러갔다. 손 교수는 처남과 더불어 이 마을에다 115평의 땅을 사서
건평 15평 정도의 조립식 집을 지어 금년 2월에 완공하였는데, 작년 무
렵부터 완공되면 같이 한 번 놀러가자는 말이 있었던 것이다. 이 마을은
아직 차도가 확포장 건설 중에 있어 외부인의 출입이 별로 없는지라,
지리산의 秘境이라고 할 수 있을 정도로 한적한 곳이었다.

마당의 커다란 산수유나무 아래에다 평상을 펼쳐 두고서 손 교수가
진주의 자택에서 가져온 부인이 담근 토속주를 마시다가, 저녁식사를
마친 후에는 오솔길을 약 십 분 정도 걸어간 지점에 있는 손 교수가 즐겨
이용하는 계곡에서 벌거벗고 목욕을 하였고, 별장으로 돌아와 다시 밤까
지 화개 마을에서 사 온 막걸리 등을 마시며 대화를 나누었다.

23 (토) 맑음 ―외삼신봉, 거림, 도장골

두 개 있는 방 중 하나에서 교수들 세 명이 누워 자다가 새벽에 잠이

깨었는데, 어제 과음을 한 까닭으로 아침 내내 머릿속이 제법 얼떨떨하였다. 조반을 마친 후, 집에서 쉬겠다고 하는 최재성 군만 남겨 두고서 교수들 셋은 함께 지리산 三神峰 등반길에 나섰다.

어제 저녁 목욕했던 장소에서 돌아올 때 마시기 위해 막걸리 몇 병을 찬물에다 담가 두고 호젓한 숲속의 오솔길을 걸어 올라갔다. 외삼신봉(1,284m) 정상에 오르기까지 도중에서는 사람 하나 만나지 못했다. 손 교수도 별장을 마련한 이후로 이 봉우리에는 처음 올라 보는 모양이었다. 도중에 길을 잘못 들어 올라올 때 택하려고 했던 능선 길이 아니라 하산할 때 택할 예정이었던 계곡 길로 접어들었고, 그러고도 여러 차례 길을 잃기도 하였다.

하산할 때는 올라오려고 했던 길을 찾아 내려갈 예정이었는데, 또다시 길을 잘못 들어 거의 다 내려오고서 보니 능선의 정반대 방향인 산청군의 거림 마을 부근이었다. 별 수 없이 우선 식당에 들러 산채비빔밥과 맥주 두 병으로 점심을 들고서 부근의 도장골로 올라가 잠시 목욕을 하였다. 거림에서 내려가는 버스는 한 시간 이상 후인 오후 4시 5분에야 있으므로, 슬슬 걸어 내려오다가 내대 마을에서 다른 사람의 승용차 뒤 칸에 얻어 타고서 덕산에 도착하였다. 덕산에서는 입석 버스로 갈아타 진주에 이르렀고, 진주 시내에서는 다시 택시로 갈아 타 학교의 사범대학 앞에 이르렀다. 거림에서의 전화 연락을 받은 최재성 군이 손 교수의 스포티지 지프차를 운전하여 20여 분 전에 이미 당도해 있었다.

최 군이 운반해 온 각자의 소지품들을 전해 받고서 그들과 헤어져 인문대 교수휴게실에 들렀더니, 방학 중 강원도 제천의 처자들 곁으로 가 있었던 중문과의 권호종 교수가 돌아와 바둑을 두고 있었다. 권 교수가 내일 중국으로 돌아가는 黃國營 교수를 위해 전별의 저녁 식사 자리를 마련하고자 하니 함께 갈 뜻이 없느냐고 하므로, 그들과 어울려 동성아파트 뒤편의 일식집 漁田으로 가 셋이서 배가 부르도록 술과 음식을 들었고, 역전 부근 제일병원 앞에서 그들과 작별하여 귀가하였다. 黃 교수는 내일 아침 중문과 학과장인 박추현 교수가 운전하는 차로 김해공항으로 향하여, 오전 11시 비행기로 부산을 출발하여 北京으로 돌아가게 된다고 한다. 그의 가족들은 이미 淸華大學 구내의 교수 아파트로 이사를 완료한 모양이었다.

9월

14 (일) 흐리고 저녁 한 때 빗방울 -산수리계곡

모처럼 아내와 함께 망진산악회의 주말 산행에 참가하여 거창군 북상면 덕유산 자락의 산수리계곡에 다녀왔다. 프로그램에는 근처의 덕유산 능선 중 무룡산에도 등반하는 것으로 되어 있었지만, 작년에 林노인이 독사에게 물렸던 葛川 林薰의 遺墟碑 부근 골짜기에서 몇 시간동안 오미자를 따다 돌아왔다. 다른 사람들이 이미 다녀간 뒤끝이라 예전보다 많지는 않았지만, 그래도 나는 혼자서 다른 골짜기로 들어가 제법 많은 양을 딸 수가 있었다.

18 (목) 맑음 -망진산악회 탈퇴

지난 일요일 망진산악회의 유춘식 고문과 화해하였다고는 하나, 그의 안하무인격인 독재 체제 하에 있는 이 산악회에 계속 몸담고 있다가는 교수로서의 체면을 유지하기가 어려울 듯하여, 퇴근 후 총무의 자택으로 전화하여 우리 부부의 탈퇴 의사를 표명하였다. 이 산악회와의 약 3년에 걸친 인연은 오늘로써 끝난 셈이다.

20 (토) 맑음 -제29차 행

밤 여덟 시까지 백두대간 등산장비점으로 가서 제29차 안내산행에 참가하였다. 지금부터 시작되는 제5 태백산지구에서부터는 모이는 시간이 종전의 밤 10시에서 두 시간이 당겨졌다.

21 (일) 맑음 -태백산, 화방재

밤 두 시 남짓 된 시각에 대절버스가 경상북도 봉화군 춘양면 실두동에 닿아, 헤드랜턴을 켜고서 산행을 시작하였다. 한참을 걸어올라 백두대간의 주능선에 이르렀고, 거기서부터 본격적인 산행을 시작하여 경상북도 봉화군과 강원도 영월군의 경계선을 이루고 있는 백두대간을 따라 태백산(1,567m)에 이르렀으며, 마지막 제단 부근에서 산신제를 지내고 점심을 든 다음 계속 능선을 따라 하산하여 오후 두 시경에 종점인 화방재에 이르렀다.

귀로에는 봉화·안동을 거쳐 밤 아홉 시 남짓에 진주에 당도하였다. 들판에는 황금빛 벼가 한창 아름다웠는데, 개중에는 추수를 마친 논도 이따금 눈에 띄었다. 아내는 큰처남 황광이와 더불어 운전연습을 하느라고 산행에는 참가하지 않았다.

28 (일) 맑음 -중수봉, 삼정봉, 대아자연휴양림

신화산악회의 월례 산행에 참가하여 전라북도 완주군 동상면에 위치한 해발 670m의 중수봉과 삼정봉에 다녀왔다. 아내는 운전 연습 관계로 동행하지 않았다. 대절버스로 안의의 화림계곡과 육십령을 지나, 전북의 장계와 진안을 거쳐서 완주군에 들어갔다. 우리의 목적지는 대아 댐을 거의 다 지난 곳에 위치한 대아자연휴양림의 일부였다.

도중의 논들은 한 주 전에 비해 추수를 마친 곳이 훨씬 많아져 있었고, 가을 산은 조금씩 물들어 가고 있었다. 등산 도중 어름 열매를 따서 먹기도 하였다. 오늘도 밤 열 시 남짓에 진주에 도착할 때까지 술은 한 방울도 입에 대지 않았다.

10월

5 (일) 맑음 -단석산, 신선사 마애석불군

아내는 운전 연습을 위해 집에 남고, 혼자서 일심산악회의 월례산행에 참가하여 경북 경주군 乾川邑과 산내면 사이에 위치한 경주국립공원의 일부인 斷石山(827.2m)에 다녀왔다. MBC 앞에서 오전 8시 30분경에 대절버스 한 대로 출발하여, 남해고속도로로 김해까지 가서, 대동 쪽으로 새로 난 고속도로를 따라 경부고속도로에 접어들어 건천에서 국도로 빠져나왔다.

산내리 쪽에서 등반을 시작하였는데, 神仙寺를 향해 난 도로를 따라 올라가다가 나는 일행과 떨어져 계곡 길을 버리고 신선사로 가서 국보로 지정되어 있어 있는 이 절 경내의 磨崖石佛群을 구경하였다. 이 석불들은 식물원 모양의 특수 유리 지붕으로 덮인 채 斷崖의 안쪽에 새겨져 있었는데 미륵불인 모양이다. 그 중 아래쪽에 새겨진 두 명의 신라인 모습은 버선을 거꾸로 쓴 듯한 모자며 풍덩한 바지저고리 등이 일본 고대의 인물들 복장과 너무나 흡사하였다. 신선사 마애석불군을 지나 정상으로 올라 나무 밑에서 혼자 점심을 들었으며, 뒤이어 도착하기 시작하는 일행보다 먼저 정상을 떠나 대절버스가 기다리고 있는 건천읍 방내리 쪽으로 내려오다가 또 절벽에 새겨진 마애석불 한 구를 구경하기도 하였다.

맨 먼저 내려와, 산행에서 몇 차례 만난 부산대 무역학과 출신의 사람이 부근의 절에서 물을 떠오려는데 동행하여 저수지 쪽으로 걸어가 보기도 하였으며, 오후 다섯 시 무렵 다른 일행이 다 내려오기까지 방내리 일대의 농촌을 산책하며 양송이나 사과, 서양사슴 등을 재배하는 이곳 농촌의 정경을 둘러보았다. 갈 때의 코스를 거쳐 밤 여덟 시 남짓에 진주에 당도하였다.

12 (일) 맑음 -경주 남산

사재명 군을 따라 그가 회원으로 있는 향토문화사랑회의 금년도 10월 답사 일정에 동참하여 慶州 南山에 다녀왔다. 오전 8시 반에 칠암동의 경남문화예술회관 광장에서 모여 대절버스로 출발하여, 창원에서 창원 및 마산 지역 회원들을 싣고서 지난주에 단석산 갈 때 거쳤던 고속도로를 따라 경주에 이르렀다.

大陵園 입구 부근에 있는 민속박물관 모양의 삼포쌈밥집에서 점심을

들고, 토함산 쪽 방향으로 가다가 오늘의 답사 예정지인 남산의 東南麓에 당도하였다. 화랑교육원 쪽으로 난 길로 접어들어 서천교를 건너 갯마을에서 하차한 후, 먼저 보리암의 미륵골 석조여래좌상을 구경하고, 황룡사 9층탑으로 전해지는 두 개의 목탑 선각 등이 새겨진 탑골의 부처바위, 부처골의 龕室如來坐像 등을 둘러보고서, 다시 버스 있는 곳으로 돌아와 차를 타고서 남산동 절터의 雙塔(일명 부부탑)을 둘러보았다. 烽火골 七佛寺址의 마애삼존불과 사면석불, 그리고 신선암 터의 磨崖菩薩遊戱坐像 등까지 둘러볼 예정이었으나, 그곳은 남산의 최고봉인 수리산(혹은 고제산, 494m) 정상 부근에 위치하여 상당한 거리가 있으므로 포기하고, 통일전 앞 주차장 뒤편의 書出池를 보고서 돌아왔다.

예전에 산악회 사람들을 따라 처음 경주 남산에 올랐을 때는 포석정 부근의 三陵 옆에서 출발하여 유물·유적이 제일 많다는 냉골을 따라 金鰲山(468m) 정상에 올랐다가 이 서출지 쪽으로 내려왔었던 것이었다.

이 모임에는 회장인 황명수 씨가 가이드를 겸하고 있었는데, 사전 답사를 하고 차트까지 만들어 설명하고 있는 품이 열성이 예사가 아니었고, 전 회장으로서 내가 잘 아는 진주의 향토사학자 梧林 金相朝 씨 등 40여 명이 참가해 있었으며, 창원에 사는 李正漢 前 본교 총장의 맏딸 일가족도 동참해 있었다. 이 모임은 내년이면 창립 10주년을 맞게 된다는데, 종래에는 회원들의 승용차로 스무여 명씩 다니다가 대절버스를 동원하게 된 것은 금년에 새 회장이 취임하면서부터라고 한다. 1년에 한 차례씩 『鄕土文化』라는 잡지 모양의 회지도 발간하여 제9집에 이르고 있었다.

18 (토) 맑음 -제31차 행

밤 아홉 시까지 백두대간산악회로 나가 태백산 지구 제31차 구간산행에 참여하였다. 며칠 전 학교 안에서 산 방수·방한용 등산복과 새 배낭을 처음으로 사용해 보았다. 아내는 내일까지 처남과 함께 운전 연습을 하게 되어 있는지라 동행하지 못했다.

19 (일) 맑음 -수리봉, 함백산, 금대봉, 매봉산, 피재

대절버스로 밤을 도와 달려 새벽 세 시 무렵에 지난번 하산했었던 강원도 태백시의 화방재에 당도하였다. 세 시 반 무렵부터 헤드랜턴을 착용하고서 산행을 시작하였다. 고산지대에는 나뭇잎이 거의 다 져 버려 하늘의 달과 별이 아름다웠다. 수리봉(1,214m)과 만항재를 지나 두 시간 남짓 걸어서 오늘 산행 중의 최고봉인 함백산(1,573)에 당도하였고, 그로부터 얼마 후에 일출을 볼 수가 있었다. 정상에는 공군의 레이더 기지가 있어 부근의 참호 같은 봉우리에서 산신제를 지냈는데, 그 아래 초소에 군인이 주둔하고 있어 우리에게 하산을 재촉하는지라, 거기서 내려와 도로 가에서 아침 식사를 하였다.

다시 중함백(1,507)·은대봉(1,142.3)을 지나 싸리재에 이르니 그 부근 지역의 군수와 도의원 등이 나와 자연보호 산행을 위한 산신제를 거행하고 있었다. 그들 일행과 작별한 후 금대봉(1,418)에 오르니 그 정상에 '兩江發源峯'이라는 흰색 4각 팻말이 보였다. 이 봉우리로부터 북동 방향에 있는 검용소에서 漢江이 발원하고, 남동 방향에 있는 태백시의 黃池에서 洛東江이 발원하고 있는 것이다.

나뭇잎들이 지고 나니 주위의 풍경도 더 잘 보여서 여름처럼 온종일 조망이 별로 없는 숲 속만을 걷는 단조로움이 없었다. 쑤아밭령(1,233)과 비단봉(1,279)을 지나니 그 일대의 고원은 온통 고랭지 채소밭이었는데, 대부분 배추를 재배하고 있었다. 이 지역에서는 평지보다 배추를 더 일찍 출하할 수 있다고 한다. 채소밭 가 산 능선의 돌들로 움푹 파여 바람을 피할 수 있는 장소에서 일행의 절반 정도는 함께 모여 점심을 들었고, 식사를 마치고서 매봉산(1,303.1)에 오른 다음 그 아래로 나 있는 도로를 따라 오늘의 종착지인 피재에 이르렀다. 이 피재는 일명 三水嶺이라고도 하는데, 낙동강·한강 및 동해 방향으로 흘러가는 五十川이 갈라지는 곳이라는 의미라고 한다.

돌아오는 코스는 태백시와 경북의 봉화군 춘양면을 거쳐, 영주·예천을 경유하였고, 상주의 예전에 여러 번 들렀었던 식당에서 저녁을 들었

으며, 진주에 도착하였을 때는 이미 자정이 넘어 있었다. 차 안에서는 과음하여 추태를 벌이는 사람도 있었으나, 나는 오늘도 술 한 방울 입에 대지 않았다.

26 (일) 맑음 -오동도, 돌산도 향일암
일본에서 박사학위를 취득한 본교 전·현직 교수들의 친목 모임인 玄士會의 가족 모임에 처음으로 참여하여 전라남도 여수의 오동도와 그에 인접한 돌산도에 다녀왔다. 이 모임의 명칭은 玄海灘의 玄과 博士의 士를 취한 것으로서, 1982년도에 7인의 회원으로써 창립하였다고 하는데, 현재는 명예교수 5명에 현직교수 29명으로써 회원 총수가 34명이고, 오늘 참가한 사람은 그 중 15명의 회원과 그 가족들이었다. 대부분이 농대 및 이공 계통이고, 그 중 문학박사는 나와 지금 東京大學에 연수차 나가 있는 朴宗玄 교수의 두 명 밖에 없다.

먼저 오동도에 들러 섬 안의 동백 숲 아래를 산책하고, 해변에서 해물 잡탕으로 점심을 든 다음, 열차 모양의 유람차를 타고서 방파제 입구까지 돌아 나왔다. 돌산대교를 건너 지난번에 한번 구경한 적이 있었던 거북선에 다시 들어가 보았고, 突山島 끝의 바위 벼랑에 위치하여 예전에 여수 興國寺에서 한국동양철학회 겨울 모임이 있었을 때 그 회원들과 함께 와 본 적이 있었던 向日庵까지 가서 툭 터인 남해 바다의 풍경을 구경하였다. 해 진 후에 진주로 돌아와 상평교 부근 한일병원 뒤편의 가야숯불갈비에 들러 저녁을 먹고서 헤어졌다. 나는 斷酒를 결심한 이후 오늘에 이르기까지 술이라고는 전혀 입에 대지 않았다.

11월

1 (토) 맑음 -제32차 행
두 시간의 대학원 수업을 마치고서 귀가하여, 짐을 챙겨서 아내와 함께 백두대간 구간종주에 참가하였다. 밤 8시 15분쯤에 진주를 출발하였다.

2 (일) 맑음 −풋대봉, 덕항산, 황장산

오전 4시 30분경부터 강원도 삼척군 태백시의 三水嶺(피재)에서 등산을 시작하였다. 보석의 바다를 이룬 밤하늘을 바라보며 헤드랜턴을 켜고서 산행을 시작하였다. 오늘의 산행은 피재에서 댓재까지 곧바로 북쪽을 향하여 태백산맥의 본줄기를 타고서 올라가는 코스이다. 圖上 거리는 약 24km이나 굴곡과 고저가 심한 산길이라 실제 거리는 약 35km 이상이 될 것이라 한다.

여섯 시 반 무렵 건의령(일명 한의령)에 도착하여 아침식사를 하고, 풋대봉(1,009.9m)·구부시령을 지나 오늘의 行程 중 최고봉인 군립공원 덕항산(1,070.7)에 이르러 산신제를 지냈고, 거기서 좀 더 걸어 대이리 쪽에서 올라오는 철 계단이 끝난 지점인 안부에서 점심을 들었다. 오늘 코스는 매우 높은 봉우리는 없지만 1,000m 전후의 수많은 이름 없는 봉우리들을 넘어야 하는 것으로서, 평소보다 1/3 정도는 더 긴 행로였다. 오후부터는 처음으로 멀리 동해 바다를 바라보며 걸을 수가 있었다. 평소에 남보다 앞서가는 편이던 아내도 힘이 부치는지 계속 처지므로 내가 늘 서서 기다려주어야 했다. 광동 댐 이주단지인 고랭지 채소밭 동네에 들러 식수를 공급받고 화장실에도 좀 다녀온 후, 다시 힘을 내어 1,000m 이상의 봉우리를 댓 개쯤 지나서 마지막 고비인 황장산(1,057)을 넘어 버스가 기다리고 있는 댓재에 도착했을 때는 오후 네 시 반경이었다. 백두대간 안내 책자에는 이 코스를 답파하는데 17시간 이상 걸린다고 되어 있는데, 우리 일행은 12시간 정도로 모두 하산하였으니 역시 프로급에 가깝다고 하겠다.

청옥산 산신각 옆에서 옷을 갈아입고, 삼척 쪽으로 내려가는 무릉계곡을 바라보며 버스로 하산하여 동해안 도로를 따라 귀가 길에 올라서 도중 망양휴게소에서 된장찌개로 저녁을 들었다. 진주의 집에 도착하였을 때는 다음날 새벽 두 시경이었다.

16 (일) 흐리고 대체로 부슬비 -두타산, 청옥산, 고적대

혼자서 백두대간산악회의 제33차 구간 산행에 참가하여, 상오 3시 30분 무렵에 강원도 삼척시의 미로면과 하장면 사이에 위치한 댓재(竹嶺, 810m)에 도착하여 산행을 시작하였다. 오늘의 목표는 원래 동해시와 정선군 임계면 사이에 있는 이기령까지였는데, 이기령을 통과하는 도로가 비포장이라 대절버스가 진입하기 용이하지 않다 하여 10km를 더 연장한 강릉시 옥계면과의 경계 지점인 白茯嶺까지로 변경되어, 총 연장 약 31.45km로서 지금까지의 백두대간 구간 산행 중 기록적인 장거리가 되었다. 게다가 이것은 아마도 도상거리인 모양이니, 실제로는 이보다 훨씬 더 멀 것이다.

두타산 산신각 앞에서부터 산을 오르기 시작하였다. 헤드랜턴을 착용하였지만 주위가 그다지 어둡지는 않고, 간밤에 내린 비 탓인지 山竹 잎 등이 달빛 속에서 반짝이고 있었다. 하늘의 별은 전혀 보이지 않고, 멀리 동해시나 삼척시로 보이는 바닷가 민가의 불빛들이 점점이 바라보였다. 목통령과 1,000m 이상의 봉우리를 세 개 넘어서 오전 6시 30분경 頭陀山(1,352.7m) 정상에 도착하여 조반을 들었다. 여기서 일출을 볼 예정이었지만, 흐린 날씨 탓으로 전혀 해 뜨는 기척도 느낄 수가 없었고, 주위는 온통 안개에 가려 풍경을 감상할 수도 없었다. 다시 출발하여 박달령·청옥산(1,403.7)·연칠성령·망군대를 지나 고적대(1,353.9)에 도착하여 頂上祭를 지냈다. 고적대에 오르는 도중은 경사가 가팔라 매우 헐떡였는데, 정상제를 지내는 도중부터 마침내 빗방울이 듣기 시작하여 하산할 무렵에 가까워질 때까지 계속 부슬비가 내렸다. 다시 갈미봉과 1,142.8봉을 지나 이기령에 내려서는 차도를 따라 얼마간 걷다가 다시 백두대간의 등산로가 시작되는 지점에서 앞서 온 일행을 발견하고서 멈추어 빗속에서 함께 점심을 들었다.

다시 오후의 산행이 시작되어 상월산·원방재를 지났는데, 도중에 멀리 백복령의 차도가 바라보여 얼마 안 남았을 줄로 생각하였으나, 실제로 걸어 보니 가도 가도 끝이 없는 산길이어서 정말 젖 먹던 힘까지 다

낸다는 말이 실감날 정도였다. 산 너머 또 산이 한없이 계속되는지라 도중에 숲 속으로 들어가 아침부터 참았던 변을 보았다. 그때부터 일행과 떨어져 혼자서 계속 걷다가 사방이 어두워질 무렵인 오후 5시 30분경 백복령 고개로 하산하였다. 비도 오고 조망도 없고 하여 식사 시간과 정상제 시간을 제외하고서는 거의 쉬지 않고 계속 걸었음에도 불구하고 모두 14시간이 걸린 셈이다. 정말 지루한 산길이었다.

고개 마루에 서 있는 간이음식점에 들러 먼저 내려온 일행과 더불어 오뎅을 들었는데, 오두환 등반대장의 권유로 한 달 정도 지켜온 금주의 룰을 깨고서 소주를 몇 잔 받아 마셨고, 내친 김에 반 년 정도 지켜 온 금연의 결심까지 깨고서 두 대를 얻어 피웠다. 마지막 일행이 내려 온 것은 여섯 시 무렵이었다. 스무여 명의 일행이 모두 하산하고 소주 몇 잔씩 걸치기를 기다려 마을로 내려와서 저녁 식사를 하였다. 동해안 도로로 하여 밤을 도와 달려왔는데, 집에 도착했을 때는 다음날 오전 2시경이었다.

23 (일) 오전에 짙은 안개 후 개임 -조항산

아내와 함께 석류산악회의 정기 산행에 참가하여 전북 무주군 적상면과 부남면 사이에 위치한 鳥項山(799.3m)에 다녀왔다. 관광버스 한 대를 대절하여 오전 8시 30분경 진주 남강변의 귀빈예식장 앞을 출발하여 육십령 고개를 넘어서 전라북도 땅으로 들어갔고, 안성을 지나서 세 시간 쯤 후에 부남면 소재지인 대소리에 닿아 산행을 시작하였다.

저수지 및 문바위골의 계곡을 따라서 올라갔는데, 우리 일행 중 멋-거리나 백두대간에서 자주 만나던 고교 영어교사인 陸 선생도 끼어 있어 그는 다른 한 명과 더불어 옥녀봉 쪽으로 먼저 갔다가 뒤늦게 조항산 정상으로 왔다. 백두대간 등으로 단련된 우리 부부에게는 이 정도의 야산은 그야말로 워밍업 정도에 지나지 않는지라, 올라갈 때도 제일 먼저 정상에 도착하였고, 하산할 때도 계곡에서 길을 잃어 우왕좌왕하는 일행을 떠나 원래 예정되었던 능선 길을 찾아 편안히 하산한 관계로 남들보다 반시간 이상 먼저 출발 지점으로 돌아왔다.

올라가는 도중의 계곡 여기저기에 간혹 보이는 인가에는 거의 사람이 살고 있지 않았는데, 집 근처 감나무들에는 紅柿가 조롱조롱 열려 있어 쉬는 참에 그것들을 좀 따 먹기도 하였다. 조항산 정상은 헬기장으로 되어 있었으며, 굽이쳐 흐르는 금강이 내려다 보였다. 며칠 전 학교 구내의 스포츠용품점에서 방수용 고급 등산화를 하나 샀는데, 목이 높고 가죽이 두꺼워 걷기에 불편할 뿐만 아니라, 무엇보다도 신발이 작아 연말연시의 연휴 때 백두대간 산행에 사용하기에는 도무지 무리였다. 귀가할 때는 진안을 경유하여 밤 여덟 시경에 진주에 당도하였다.

12월

6 (토) 비 –제34차 행

雨中임에도 불구하고 밤 여덟 시까지 혼자서 백두대간산악회로 나가 백두대간 區間山行에 참가하였다. 날씨 탓인지 평소보다 참가자가 적어 서른 명이 채 못 되었다. 창원을 거쳐서 동해안 도로를 거슬러 올라 밤을 도와 北上하였다.

7 (일) 비, 진눈깨비, 그리고 첫눈 –자병산, 석병산, 두성봉

대절버스의 기사가 바뀐 까닭에 한밤중에 강원도 강릉시 옥계면과 정선군 임계면의 경계지점에 있는 백복령을 지나쳐서 정선군 지경으로 상당히 들어가 버리고 말았으므로, 평지에까지 이른 다음 다시 차를 돌려 백복령의 백두대간 산행 기점으로 되돌아왔다. 새벽이라고는 하지만 아직도 주위가 깜깜한 한밤중인데다 비가 제법 내리고 있음에도 불구하고, 여섯 시 좀 못 미친 시각에 헤드랜턴 및 우의를 착용하고서 산행을 시작하였다.

첫 번째 통과 지점인 자병산(872.6m)은 석회석 개발로 말미암아 훼손되고 출입이 통제되어 있으므로, 暗中摸索 끝에 그 경계선인 철조망을 따라서 送電鐵塔들이 서있는 지점을 통과하여 간신히 주능선 길에 진입할 수가 있었다. 오늘의 산행 구간인 백복령에서 삽당령까지의 거리는 배부 받은 자료에 의하면 "도상거리 총 16.2km로 단번에 종주할 경우 휴식시간을 빼고 약 6시간이 소요된다."고 인쇄되어 있으므로, 간밤의 버스 속에서 주최 측은 넉넉잡아도 정오까지는 하산할 수 있을 것으로 설명하였는데, 출발 지점까지의 도착 자체가 지연되었을 뿐만 아니라 출발 직후부터도 사정은 그렇게 안이한 것이 아니었다.

생계령을 지나 오늘의 정상식 예정 지점인 석병산(1,055m)까지는 1,000m 이상의 봉우리가 없고 비교적 평탄한 野山 길 같은 느낌이었지만, 계속 비가 내리다 진눈개비로 바뀌는 악천후이므로 길이 젖은 데다 낙엽 아래 군데군데 얼음까지 있어 미끄러우며, 주위의 조망이 없고 잡목이 많아 진행이 그다지 순조롭지 못해서, 길을 잘못 접어들었다가 되돌아오는 경우도 몇 차례 있었다.

석병산에 도착했을 때에는 이미 정오에 가까워진 시각이었는데, 진눈개비가 마침내 눈으로 변했다. 그 이전까지는 주위에 전혀 눈의 자취가 눈에 띄지 않았던 것으로 미루어, 이 태백산맥에서도 첫눈이 되는 셈이었다. 날씨가 춥고 일기가 불순한지라 정상식은 취소하고서 대부분 앞길을 서둘러 두성봉(1,033m) 쪽으로 나아갔지만, 나는 등반대장인 오두환 씨의 권유에 따라 그가 쳐 둔 방풍막 아래서 국을 끓여 둘이서 점심을 들고, 우리 뒤의 일행이 도착하기를 기다려 커피를 끓여 마시기도 했다. 등산화에 물이 스며들어 오래 정지해 있으면 발가락이 얼듯이 시렸다.

삽당령까지는 예상했던 것보다도 꽤 멀어 마침내 氣盡脈盡하였으며, 오른쪽 사타구니에 통증이 있고 감기가 남아 있어 계속 기침도 하며 점점 깊이 쌓여 가는 흰 눈 속으로 죽을 판 살 판 전진하였다. 예정 시간보다 엄청 늦은 오후 네 시 무렵에야 오늘의 목적지인 삽당령에 당도하였는데, 석병산에서 우리보다 먼저 출발했던 일행은 아직 점심도 들지 않고 있었다.

동해안을 따라 내려오는 도중에 식당에 들러 설렁탕으로 저녁을 들었고, 다시 출발한 이후에는 버스 바닥에 깔아둔 자리에 누워 일찌감치 잠을 청했다. 진주의 출발지점인 백두대간 등산장비점에 도착하여 상점 주인인 정상규 회장으로부터 등산용 속옷 및 그 위에 껴입을 수 있는 방한복 상하의를 외상으로 30만 원에 구입하였다. 집에 도착하여서는 샤워를 하고서 자정이 훨씬 지난 상오 1시 무렵에 취침하였다.

14 (일) 맑음 -다솔사, 봉명산
  우리 가족 전원과 간호학과의 권인수 교수 모녀가 함께 향토문화사랑 회의 12월 답사에 동참하였다. 오전 10시까지 진주성지 안의 국립진주 박물관에서 모이기로 되어 있었으나, 박물관을 가야 유물 중심으로부터 임진왜란 중심으로 전환하게 되면서 그 실내 공사가 아직 진행 중에 있 는지라, 모임 장소를 진주극장 옆 舊진주상호신용금고 3층 강당으로 옮 겨 이내웅 진주박물관장으로부터 이 박물관의 성격 전환과 관련된 강연 을 들었다. 진주박물관은 84년에 가야유물전시를 중심으로 하여 설립되 었으나, 김해에 같은 성격의 국립박물관이 새로 생김에 따라 임란박물관 으로 전환하여 내년 1월 15일에 오픈할 예정이라고 한다.
  이어서 사재명 군이 운전하는 우리 차에 모두들 타고서 곤양 읍내 부근 의 軍部隊 옆에 있는 비둘기 토종닭집으로 자리를 옮겨 닭찜으로 점심을 들었다. 점심을 들고 난 후에는 각자가 자유로이 행동하게 되었다. 우리 일행은 이 달의 답사 안내에 원래 예정되어 있었던 대로 多率寺를 둘러보 고서, 사재명 군과 나는 둘이서 절 뒤의 鳳鳴山 정상에 오르고, 고려시대 의 석굴암자가 있는 다솔사의 末寺인 普安寺까지 갔다가 돌아왔다.
  다솔사는 내가 대학 시절에 이 절 주지인 曉堂 崔凡述 스님을 찾아 여러 번 와서 방학을 보내곤 했었던 나와 인연이 깊은 절인데, 오랜 법정 분쟁 끝에 이 절이 조계종으로 넘어간 후로는 최근에 대대적인 공사를 하여 옛 모습을 거의 찾아볼 수가 없게 되었다. 이 절의 명물인 大陽樓도 아직 남아 있기는 하지만, 원래의 위치에서 좀 옮겨진 것이 아닌가 하는 느낌이 들고, 법당은 완전히 새로 지어 寂滅寶宮이라는 현액을 걸어 두었으며, 뒤에는 사리탑 같은 石物이 있었다. 아내와 권 교수는 절 입구에 새로 크게 만들어진 주차장에서 토산품 농산물들을 제법 많이 사서 차에 싣고 왔다. 갈 때는 고속도로를, 돌아올 때는 국도를 이용하였다.

20 (토) 맑음 -제35차 행
밤 아홉 시에 혼자서 백두대간산악회로 가서 제35차 구간산행에 참가하였다.

21 (일) 산에는 細雪, 들에는 가랑비 -석두봉, 화란봉
동해안을 거쳐 밤새 북상하여, 새벽 다섯 시 반 무렵 강원도 강릉시와 정선군 임계면을 잇는 2차선 포장도로인 삽당령에서부터 등산을 시작하였다. 오늘의 산행은 두 차례 분을 합하여 대관령까지 도상거리 25km, 실제거리 37~38km를 주파할 예정이었지만, 내일이 동지이듯이 일 년 중 낮이 가장 짧은 시기인데다 산에는 눈이 내려 계획한 정도의 속도를 낼 수가 없었으므로, 도중에 1차분인 닭목재까지 도상거리 12.5km로 바꾸어 잡았다. 이 구간에는 석두봉을 지나 종점에 가까운 화란봉이 1,069.1m의 높이일 뿐 나머지는 모두 1,000m 이하의 비교적 완만한 능선이었다. 새로 바꾼 중등산화를 처음 신었으나 발에 맞아서 별 탈은 없었는데, 다만 스패츠의 구두 밑창 아래쪽으로 연결된 끈 부분이 고무가 아닌 탓인지 거기에 자꾸만 눈과 얼음이 엉겨 붙어서 보행에 지장을 주었다.

정오 무렵에 닭목재로 하산하여 어느 창고 앞에서 일행과 함께 점심을 들고, 동해안을 따라 귀가하는 도중에 경북 영덕의 해안에 있는 기사식당에서 매운탕으로 저녁을 들었다. 일행 중 발명에 소질이 있어 두 개의 특허를 낸 사람이 있었는데, 그가 관광버스의 복도 양측 좌석을 합판으로 연결하여 양쪽의 두 사람이 서로 반대방향으로 그 위에 발을 뻗고서 잘 수 있도록 하는 장치를 고안하여 만들어 왔으므로, 차 안에서도 비교적 편안하게 잠을 이룰 수가 있었다.

밤 11시 반쯤에 진주에 도착한 후 백두대간 등산장비점에서 60리터 들이 중형 배낭과 고어텍스 제품인 새 스패츠를 사서 귀가하였고, 이럭 저럭 자정 무렵에 취침하였다.

1998년

1월

3 (토) 맑음 -제36차 행

밤 여덟 시에 도동의 백두대간산악회로 나가 백두대간 구간산행에 참
가하였다. 아내는 동행하지 않았고, 평소보다도 참가자가 적어 모두 22
명에 불과하였다.

4 (일) 맑으나 다소 강한 바람 -고루포기산, 능경봉, 대관령

동해안 도로를 통해 밤을 도와 달려서 오전 다섯 시 남짓에 지난번
산행의 하산 지점인 강원도 강릉시 왕산면과 평창군 도암면의 경계 지점
에 위치한 닭목재에 당도하였다.

헤드랜턴을 켜고서 등산을 시작하였는데, 모처럼 초롱초롱한 별들을
바라볼 수가 있었다. 나는 지난번에 백두대간 등산장비점에서 구입한
60리터 들이 중형 배낭을 메고, 집에서 여러 차례 왁스를 먹여 까맣게
된 겨울용 가죽 구두를 신었으며, 스틱은 바킹 부분의 고장으로 길이
조정이 되지 않으므로 정 회장으로부터 다른 것을 하나 빌렸다. 깜깜한
가운데 고랭지채소 재배지의 경계 구역을 지나 도중에 일출을 보았으며,
도상거리 12.5km의 중간 지점에 위치한 고루포기산(1,238.3m)도 두 시
간 정도 만에 지나쳐 버렸다. 도중에 아이젠을 착용하고서 그다지 깊지
않은 눈길을 계속 걸어 능경봉(1,128.1m)에 올라 頂上祭를 지냈다. 내가
새해 첫 산행의 祭主가 되었다.

능경봉 부근에서 스키장으로 유명한 용평리조트가 바라다 보이며, 얼

마간 더 내려가면 오늘의 목적지인 대관령인데, 두 곳 모두 스키장으로 서 전국적으로 이름이 알려진 곳이지만, 불경기라 그런지 스키어나 리프 트가 움직이는 모습은 전혀 눈에 띄지 않았다.

정오 무렵에 대관령에 당도하여 박정희 대통령 때 세운 거대한 영동 고속도로 건설 기념비를 보고 난 후, 거기를 출발하여 동해안 국도로 내려오던 도중 강원도 임원 해안의 횟집에서 참가자들끼리 추렴한 돈으로써 점심 겸 저녁으로 생선회와 매운탕을 시켜서 식사를 하였다. 이곳은 지난번 백두대간산악회의 설악산 지구 등반 때 귀가 길에 저녁식사를 했었던 곳이라고 하는데, 화장실에 가던 도중 구경한 납새미(넙치?) 말린 고기가 믿기지 않을 정도로 싸므로 만 원 주고서 열 마리 정도를 받아 배낭 안에 넣어 왔다.

평소보다도 진주 도착이 꽤 빨라, 집에 돌아와 샤워를 하고 취침했을 때는 밤 11시 무렵이었다.

11 (일) 흐리고 부슬비 - 해남 금강산

아내와 함께 산울림산악회의 월례산행에 참가하여 전남 해남군 해남읍의 금강산(481m) 등반에 다녀왔다. 52명 정도의 인원이 관광버스 한 대를 전세 내어 갔던 것이지만, 비가 내려 산에 올라간 사람은 그 중 1/3도 못될 것이다.

금강저수지 옆의 竹山朴氏 선산과 재실이 있는 곳에서부터 정상 쪽으로 올랐다. 산 자체는 높이가 얼마 되지 않는 읍 뒤의 야산에 불과하지만, 바위 능선으로 이어진 길이 꽤 길어 하루 산행으로는 적당할 정도였다. 죽산성터를 따라 팔각정이 있는 공원 아래의 해남고등학교 쪽으로 남 먼저 내려왔는데, 관광버스가 대기하고 있지 않아 하산 방향을 잘못 잡았는가 싶어 택시를 타고서 해남공설운동장 있는 곳까지 둘러보았지만 눈에 띄지 않고, 원위치로 돌아와 보니 다른 사람들도 우리가 내려왔었던 곳에 더러 도착해 있었다.

17 (토) 흐리고 오후에 비 -제37차 행

밤 아홉 시까지 백두대간산악회로 가서 대관령~진고개 구간종주 산행에 참가하였다. 영동지방의 폭설로 말미암아 구마-경부-영동고속 코스를 취해 밤을 도와 달렸다. 최근 이 지역은 수십 년 만에 최대의 폭설이 내려 하루의 적설량이 160cm나 되고, 영동고속도로의 통행이 두절되었다는 보도들이 있었으므로, 참가자는 모두 19명에 불과하였다.

18 (일) 맑음 -대관령

오전 5시 반 무렵에 대관령 휴게소에 도착하였으나, 날이 새기를 기다려 오전 일곱 시부터 산행을 시작하였다. 폭설로 말미암아 산행로 입구를 찾지 못해 우왕좌왕하느라고 제법 시간이 경과하였다.

마침내 산행을 시작하였으나, 눈밭에서 처음으로 길을 내며 진행하므로, 계속 손발이 눈에 빠져 헤엄치다시피 허우적거리며 나아갔다. 능선에는 몸이 날아갈 듯한 엄청난 눈보라가 휘몰아쳐 더욱 진로를 방해하였다. 우선 선자령까지 나아가고 가능하다면 매봉까지 갔다가 돌아온다고 목표를 수정하였지만, 國師城隍堂을 지나 방송송신탑 및 무슨 기밀기지인 듯 지도에도 올라 있지 않고 쇠로 된 울타리에 전자경보장치가 시설된 지역을 지나 선자령 가는 도중에 있는 어느 봉우리까지 올랐다가, 더 이상은 무리라고 판단하여 되돌아 내려왔다. 출발 지점에서부터 불과 2km 정도 나아가는데 불과했던 모양인데도 세 시간 정도의 시간이 걸렸다. 그러나 우리가 내놓은 길을 따라 연이어 등산객들이 줄을 서다시피 하며 대대적으로 올라오고 있었다.

성황당에서 점심을 들고서 오후 두 시 무렵에 대관령휴게소를 출발하여, 귀가 길은 동해안 해안도로를 따라 내려왔는데, 지난 번 산행 때 들렀던 강원도 임원의 그 횟집에서 문어회 등으로 저녁을 들었다. 그 맞은편 상점들의 건어물이 믿어지지 않을 정도로 너무 싸서 이번에도 옥돔 10마리와 오징어 20마리를 각각 만 원씩 주고서 사 왔다. 밤 11시 반 무렵에 진주에 당도하였다.

25 (일) 맑고 포근함 -팔공산 갓바위

아내와 함께 一松會의 정기산행에 참가하여 대구 팔공산 갓바위에 다녀왔다. 강변의 귀빈예식장 앞에서 8시 30분에 집합하여 남해 및 구마고속도로를 거쳐 경북 慶山市 河陽邑을 지나 와촌면 대한동의 자동차 도로 끝부분 주차장에서 하차하여 등산을 시작하였다.

갓바위에 올라 소문으로 듣던 藥師如來石像을 구경하고 주위를 조망한 다음, 반대편인 대구광역시 경내의 관암사를 거쳐 갓바위시설지구 쪽으로 내려왔다. 산 위에서 점심을 들고서 내려왔음에도 불구하고 하산이 너무 일러 집합시간인 오후 3시 30분까지는 두세 시간이 더 남아 있었으므로, 남들을 따라 동화사 쪽으로 걸어가 보다가 좌석버스를 타고서 도로 올라왔다. 모처럼 망진산악회 회원인 공군교육사령부의 양 준위를 이 모임에서 만나 함께 대화를 나누다가, 동화사 입구를 경유하여 오후 6시 30분쯤에 진주에 도착하였다.

2월

1 (일) 맑음 -삿갓골, 무룡산, 동엽령

아내와 함께 백두대간산악회의 안내산행에 참가하여 덕유산에 다녀왔다. 백두대간 구간종주는 이제 여섯 구간이 남아 있는데, 지난 번 대관령 구간에서 그러했듯이 적설로 말미암아 어려운 점도 있고, 무엇보다도 참가자 수가 많이 줄어 3월 중순까지 연기하기로 했다.

오전 여덟 시까지 산악회 앞에 모여 늘 대절하던 버스로 거창군 북상면 월성리 황점마을에서 내렸다. 스패츠와 아이젠을 하고서 삿갓골을 따라 올라 삿갓골재에 이르고, 거기서 점심을 들었다. 날씨가 너무나 화창하여 마치 봄처럼 포근하고, 사방으로 눈에 덮인 영호남의 명산들이 펼쳐져 장관이었다. 식사를 마친 후, 능선 길을 타고서 정상인 향적봉 방향으로 가다가 오늘 산행의 최고봉인 무룡산(1,491.9)에 올라 정상제를 지냈다. 다시 능선을 따라 동엽령에 도착한 다음 눈이 더욱 깊게 쌓인

지능선 길을 따라 내려오다가 상여덤계곡으로 빠져, 송어양식장을 지나 빙기실의 새로 생긴 횟집 부근에 대기하고 있는 차를 탔다. 동엽령에서 이리로 내려온 것은 예전에 멋-거리산악회 및 망진산악회 회원들과도 한두 차례씩 와 본 기억이 있다. 땅거미가 진후에 귀가 길에 올랐는데, 집에 도착하니 밤 아홉 시 무렵이었다.

10 (화) 흐림 -도고온천

충남 도고온천 한국콘도에서 열리는 韓國日本思想史學會 워크숍에 참가하기 위해 오전 아홉 시 시외버스 편으로 대전으로 향했다. 버스 안에서 우연히 충남대학교에서 열리는 한국고고학회의 평의원회에 참석하기 위해 대전으로 가는 본교 사학과의 조영제 교수를 만나 대화를 나누면서 갔는데, 대전 동부시외버스터미널에 당도하여서는 조 교수가 여기 올 때 늘 들른다는 부근의 식당으로 가서 민물새우탕으로 함께 점심을 들고서 헤어졌다. 나는 다시 버스를 갈아타고서 온양으로 갔다가, 거기서 시내버스로 갈아타고서 도고온천 한국콘도 앞에서 내렸다. 오후 네 시 가까운 시각이었는데, 회장인 경북대학교 국민윤리학과의 송휘칠 교수가 입구에서 대기하고 있다가 나를 맞아 713호실로 안내해 주었다.

우선 1층으로 다시 내려와 대중탕에서 온천욕을 한 다음, 거기에 모인 20여 명 정도의 회원들과 대화를 나누다가 이사회를 가졌고, 다음날 오전 2시 무렵까지 준비된 술과 고기 등을 들며 대화를 나누다가 714호실로 가서 취침하였다.

서울의 자형 대리인인 김대홍 씨 댁으로 전화 연락하여 작은누나 내외가 이미 오늘 오후 다섯 시 무렵에 제주도로부터 돌아와 서울올림픽파크텔 1709호실에 들어 있음을 확인하고서, 자형과 누님 및 수원에 있는 이종사촌 누이 김영실의 남편 강봉철을 삐삐로 불러 연락하여, 내일 오후 두 시 반에 파크텔의 1층 커피숍에서 다 함께 만나기로 약속하였다.

11 (수) 맑음 -올림픽공원, 몽촌토성

좀 느지막이 일어나 1층 식당에서 조반을 들고는 나머지 일행과 헤어졌다. 심경호 교수와 함께 송휘칠 소장이 운전하는 차로 오전 열 시 무렵에 근처의 기차역에 갔다가 좌석 표를 구할 수가 없어 다시 송 회장의 차로 안병주·한예원 씨와 함께 온양으로 나와 다방에서 커피를 마시며 잠시 대화를 나누다가 우등고속버스로 서울로 올라왔다.

강남고속터미널에서 지하철로 갈아타고서는 그들과 작별하여 나는 약속 장소인 송파구 방이동의 올림픽공원 구내에 있는 88년 서울올림픽 당시의 임원 숙소를 개조한 올림픽파크텔로 향했다. 오후 한 시 무렵에 당도하여 다소 시간 여유가 있었으므로, 잠실역에서 내려 걸어서 올림픽 공원 입구 평화의 문으로 들어가, 식당에서 늦은 점심을 들고서 몽촌토성 안을 산책하며 시간을 보내다가 두 시 반이 조금 못되어 호텔 커피숍으로 갔다.

15 (일) 맑고 포근함 -동리산(봉두산), 태안사

아내와 함께 자유산악회의 산행에 참가하여 全南 谷城郡 竹谷面 元達里에 있는 桐裏山(일명 鳳頭山, 753m)에 다녀왔다. 오전 8시 30분까지 귀빈예식장 앞에 집결하여 전세 낸 관광버스 세 대에 나뉘어 타고서 남해고속도로와 호남고속도로를 경유하여 주암휴게소를 지난 지점에서 국도로 접어들어, 석곡면 소재지를 거쳐 泰安寺 입구 정거장에서 하차하였다. 동리산 태안사는 이른바 禪門九山의 하나로서 이미 두 번 정도 와 본 적이 있었으며, 우리 철학과의 朴善子 교수가 방학만 되면 찾아오는 곳인데, 이번에도 여기에 들어와 있다는 말을 들었지만 큰절에서는 그녀에 대해 아는 사람이 없었다.

11시 무렵부터 산행을 시작하여 태안사를 중심으로 왼쪽에서 오른쪽으로 세 시간 정도 걸려 한 바퀴 돌았고, 정상을 지난 곳에 있는 묘지에서 점심을 들고서 외시리재를 거쳐서 내려왔다. 한 시간 반 정도 정거장에서 쉬다가 오후 네 시 무렵에 출발하여 올적의 코스를 경유하여 저녁 여섯 시 반 무렵에 진주에 당도하였다.

22 (일) 맑고 포근함 -미륵산, 미륵사지

아내와 함께 석류산악회의 월례산행에 참가하여 전북 익산군에 있는 미륵산에 다녀왔다. 아침 여덟 시에 남강 변 귀빈예식장 앞에 집결하여, 대절버스 한 대로 함양에서 88고속도로로 진입하고, 남원·전주를 거쳐 네 시간 만에 미륵산 뒤편 深谷寺 입구에 당도하여 등산을 시작하였다. 심곡사에서 절 뒤편 숲 속으로 난 오솔길을 취하여 오르다가 방송송신탑을 향하여 난 포장도로를 만나 따라 올라갔고, 송신탑 입구에서 왼쪽으로 난 산길을 둘러 頂上인 430.2m 고지에 도착하였다. 정상 조금 아래의 무덤에서 일행과 더불어 점심을 들고서 아내와 나는 먼저 彌勒寺 쪽으로 내려왔다.

백제 최대의 절이었다고 하는 이 미륵사지에는 몇 년 전 여름 한국사상사학회 모임 때 당시 그 모임의 회장이었던 원광대학교 총장의 안내로 한 번 와 본 적이 있었는데, 遺址가 훨씬 더 정비되고 입구에는 최신식 시설을 갖춘 박물관도 하나 들어서 있었다. 이 절은 百濟 武王 때 건설되어 미륵신앙에 입각하여 3塔 3金堂 형식으로 배치되었는데, 후일 백제 武王이 된 薯童과 신라 진평왕의 딸 善化公主와의 사랑 이야기가 서린 곳이다.

이 益山郡 金馬面 일대는 백제 이전 마한의 중심 세력이 존재했었던 곳으로서, 무왕이 어린 시절을 보낸 곳이라고 하는 미륵사 아래쪽 서동설화의 현장인 오금산에는 이 두 사람의 무덤으로 추측되는 雙陵과 土城이 있고, 이웃한 王宮面 王宮里는 역시 무왕이 별궁을 세운 터라고 하는데, 지금은 보물 44호로 지정된 5층 석탑이 남아 있다. 미륵산의 원래 이름은 龍華山이었으나 절이 들어선 이후 미륵산으로 불리게 되었다고 하며, 정상에 오르면 부근의 넓은 평야를 조망할 수가 있다.

오후 네 시에 박물관 입구 광장을 출발하여 올 때와 같은 코스를 거쳐 밤 여덟 시 무렵에 진주에 당도하였다.

3월

1 (일) 맑음 -팔공산 종주

아내는 집에서 쉬고, 혼자서 백두대간산악회의 안내산행에 참가하여 대구의 팔공산(1,193m)에 다녀왔다. 7시까지 등산장비점 앞에 집결하여 남해 및 구마고속도로와 칠곡을 거쳐 把溪寺 입구에 도착하였다. 아침 아홉 시 반 무렵부터 등산을 시작하여, 파계재·파계봉을 거쳐 서봉(1,041) 아래의 지난번 점심식사 했던 곳에서 점심을 들고, 현재의 정상인 동봉(1,155)에서 일행을 기다리다가 다시 먼저 출발하여 염불봉(1,121)·신령재를 지나 갓바위(冠峰)까지 잇달아 주파하였다.

오후 여섯 시 남짓 되어 지난번에 내려왔던 중마을로 내려와 그곳 버스종점 휴게소 식당에서 일행 중 나보다 먼저 하산한 세 사람 및 얼마 후에 뒤따라 내려온 몇 명과 어울려 술과 저녁을 들고, 밤 여덟 시 지나서 출발하여 자정 무렵에 집에 당도하였다. 이번 산행에는 52명이나 참가하여 성황을 이루었는데, 남 사장을 비롯하여 망진산악회의 양 준위 부부, 굴비장사라는 별명을 가진 강해주 씨 등도 보였다.

8(일) 흐림 -내장산 종주

혼자서 경상대학교 총동창회 산악회의 제6차 산행에 참가하여 전북 정읍의 내장산국립공원 종주를 하고서 돌아왔다. 오전 8시까지 시청 제1청사 앞에 있는 총동창회 사무실 부근에서 집결하여 관광버스 한 대를 대절하여 출발하였다. 백두대간 등산장비점 앞에서 또 상당수의 회원들이 참가하여 모두 64명이 되었는지라, 백두대간의 봉고차를 하나 더 운행하였다. 백두대간의 주인 정상규 씨가 총동창회산악회의 등반부장을 맡아보고, 또한 부회장도 백두대간의 회원인지라, 이번 산행도 실제로는 백두대간산악회가 중심이 되어 꾸리고 있다고 하겠다.

남해고속도로와 호남고속도로를 경유하여 오전 11시 반경 내장산의 추령에서부터 등반을 시작하였고, 우군이재를 지나 장군봉·연자봉·문필봉을 경유하여 최고봉인 신선봉(763m)을 지나 조금 내려간 지점에서 점심을 들었다. 다시 행진을 계속하여 까치봉·연지봉·망해봉·불출봉·서래봉을 지나, 일행은 대개 백련암 터로 하여 내장사 쪽으로 내려갔다. 그러나 나는 예전에 그쪽으로 가 본 적이 있었기 때문에 혼자서 계속 능선을 타고서 월영봉·송이바위를 지나 길도 없는 곳으로 하여 오후 다섯 시 반 무렵에 절 안쪽 주차장으로 통하는 도로로 내려왔다.

내장사 입구 주차장까지 걸어 나와서 두어 시간을 기다렸으나, 산행에 익숙지 못한 사람들이 지체를 하는 통에 날이 깜깜해진 후인 밤 여덟 시경에야 출발하였다. 곡성 인터체인지에서 고속도로로 접어들어 밤 11시 무렵에 진주에 당도하였다.

15 (일) 맑음 -성주, 구미, 선산 지역 고적답사

아내와 함께 향토문화사랑회의 금년도 첫 답사에 참가하였다. 오전 아홉 시까지 도립문화예술회관으로 나가 창원에서 버스 한 대를 대절하여 오는 마산지역 회원들과 합류해서 출발하였다.

도동에서 丹牧골 河氏齋閣 옆으로 하여 미천리로 빠지고, 합천·고령을 거쳐 성주의 檜淵書院에 이르렀다. 여기서는 내가 주최 측의 요청에 의해 寒岡 鄭逑에 대해 설명하였다. 이어서 성주 지역에 있는 地氣塔이라고도 불리는 통일신라시대의 동방사터 7층 석탑, 월량면 인촌리에 있는 禪石寺와 세종대왕 자손 胎室群을 둘러보았다. 구미로 빠져나가 상모리에 있는 박정희 前대통령의 생가를 둘러본 후, 동락서원, 인동향교, 보물 1122호인 황상동 마애여래좌상, 阿道和尙이 세운 신라 최초의 절인 桃李寺, 진한 신라시대의 竪穴式古墳 206基가 모여 있는 낙산리 고분군, 義狗冢, 안동 임하댐의 수몰 지구에 있었던 古家들을 이전해 놓은 一善里 문화재단지, 아도화상이 숨어서 포교했다고 하는 毛禮長者의 집 우물터로 전해 오는 곳을 참관하였고, 선산으로 들어가서는 死六臣의 한 사람인 丹溪 河緯地선생 유허비, 국보 130호인 죽장동 오층석탑을 둘러보았다.

21 (토) 맑음 -계방산 행

밤 아홉 시에 아내와 함께 공설운동장 동문 앞으로 나가 등불산악회의 무박산행에 참가하여, 대절버스로 강원도 洪川郡 오대산 부근에 있는 桂芳山(1,577.4m)으로 향했다.

22 (일) 오전 중 흐림 -계방산, 이승복기념관

새벽 네 시 남짓 되어 계방산 아래 해발 1,089m의 운두령에 버스가 당도하였다. 차안에서 좀 더 눈을 붙이고 있다가 다섯 시 무렵부터 헤드랜턴을 착용하고서 산행을 시작하였다. 능선을 타고서 오르기 시작하였는데, 이 부근의 산들은 아직 눈과 얼음이 많이 남아 있어 춥고 위험했다. 정상에 도착했을 때는 이미 날이 새었지만 해가 구름 속에 가려 있어 추웠으므로, 기념촬영을 마친 후 하산을 시작하여 1,462.3고지를 거쳐 울진·삼척 공비사건 때의 희생자인 이승복 군 생가 터 아래로 내려와서 오전 아홉 시 반경에 대기하고 있는 대절버스를 탔다.

일행이 다 내려오기를 기다려 버스가 출발하여, 도중에 이승복이 다니던 속사분교 자리에 설치된 이승복기념관을 둘러보고서, 영동고속도로 및 경부고속도로를 거쳐 귀가 길에 올랐다. 충청도 沃川에서 국도로 접어들어 전북 무주 경내로 접어들었고, 羅濟通門을 지나 무풍군과 고제면 소재지를 지나 안의·수동을 거쳐서 진주에 도착했을 때는 오후 여섯 시 반 무렵이었다.

4월

5 (일) 비 -산방산

아내와 함께 대봉산악회의 산행에 참가하여 거제군 둔덕면에 위치한 산방산(507.4m)에 다녀왔다. 마침 이 산악회의 정기총회가 있는 날이라 산기슭의 체육공원에 천막을 쳐 둔 곳에서 술과 음식을 포식하였다. 부슬비가 내리는 가운데 산에 올라, 나와 또 한 사람만이 안개 속의 바위 정상에까지 다다라서 반대편 쪽 골짜기로 내려왔다. 귀가할 무렵에는 빗줄기가 거세졌다.

12 (일) 부슬비 -벌교, 고흥반도 일대

아내와 함께 향토문화사랑회의 4월 답사에 참가하여 전남 筏橋와 高興半島 일대를 다녀왔다. 아홉 시에 경남문화예술회관 앞 광장에서 마산 창원 지역에서 오는 회원들을 실은 관광버스와 합류하였다. 오늘은 雨中이라 그런지 부활절이라 그런지 참가자가 버스 한 대의 절반 정도밖에 되지 않았다. 먼저 남해고속도로를 따라가다가 광양에서 국도로 접어들어 순천을 경유하여 벌교 시외버스터미널 앞에 도착하였다.

거기에는 전남대학교 농대를 졸업하고서 농사를 지으면서 ≪고흥일보≫ 기자도 하고 있다는 30대 정도의 선 씨 성을 가진 젊은이가 나와 우리 일행을 趙挺來의 소설 『태백산맥』의 무대가 된 곳들로 안내해 주었다. 먼저 터미널 바로 부근에 있는 소설 속에서 정하섭과 소화가 사랑을 속삭이던 곳이라고 하는 현 부잣집으로 향했다. 일제시기에 박 씨 성을 가진 대지주의 재실이자 별장이었던 곳이라고 하며 일본에서 재료를 수입 해다가 일본식을 가미하여 지었다는데, 지금은 퇴락하여 관리하는 이도 없이 방치되어 있었다. 해방 직후 여순반란사건 때 이곳을 반란군이 점령하고 또한 좌익 빨치산이 蠢動하면서 많은 사람들이 공개 처형된 현장이라고 하는 일제시기에 콘크리트로 만든 소화다리, 벌교의 상징이 된 조선조 숙종 때 뗏목다리를 돌다리로 개축했고 斷橋라는 별명을 가지고 있기도 하며 보물 304호로 지정된 虹橋, 소설 속에서 김범우의 집으로 나오는 돌담으로 둘러싼 부잣집 가옥 등을 둘러보았고, 그 집 부근 다리 건넌 곳에 위치한 식당에서 이곳 명물인 꼬막과 고동 요리로 점심을 들었다.

선 씨와 헤어진 후, 우리 일행은 고흥반도로 들어갔다. 고흥군 일대에는 신석기시대로부터 금석병용기시대에까지 걸치는 남방식 지석묘가 104곳 1,505基나 산재하고 있어 현재 유네스코에다 인류문화유산 지정을 신청해 두고 있다고 한다. 차도 주변의 여기저기에도 산재해 있었지만, 우리가 들른 운대리의 고인돌群은 도로확장공사로 말미암아 상당 부분이 이미 파괴되어 있었다. 거기서 고흥읍으로 내려가 현재의 군청 경내에 있는 조선시대의 관아 정문과 수령이 정무를 보던 동헌인 存心堂, 그리고 邑城의 遺構와 성의 水門이었던 두 군데의 虹橋 등을 둘러보았고, 돌아 나오면서는 다시 운대리에서 2.5km 정도 옆길로 들어간 지점에 있는 가마터를 구경하였다.

고흥군에는 11개 지역에 225개의 가마터가 있어 전라도에서 가장 많은데, 이곳 운대리의 것은 분청사기 2대 유적지로서 21개의 가마터가 산재해 있으며, 운대리 19호는 지방기념물 802호로 지정되어 있다고 한다. 이 일대는 15-16세기의 제품이 주류를 이루고 있으며 11-12세기의 가마터도 두 곳 있어 일상생활 용기로서의 분청사기 등이 생산되던 곳이다. 임란 때 이곳 도공들이 많이 잡혀가 일본 도자기의 발전에 큰 영향을 미쳤으므로 해마다 일본 사람들이 단체로 여러 차례 견학을 온다고 한다. 일본의 국보급 찻잔인 '고바키'의 고향이므로 일본 관광단이 일제 때부터 이곳을 다녔다는 것이다. 우연히 면에서 문화재 관계를 담당한다는 꼽추인 젊은이를 만나 그 일대에 널려 있는 가마터를 둘러볼 수가 있었는데, 숲 속 여기저기에 그릇 파편들이 지천으로 흩어져 있었다.

26 (일) 대체로 맑으나 때때로 흐림 ―구병산

아내와 함께 가람뫼산악회의 제2차 산행에 참가하여 충북 보은군 내 속리면과 마로면의 경계에 있는 九屛山(876.5m)에 다녀왔다. 이 산은 아홉 개의 봉우리로 이루어져 있으므로 九峰山이라고도 불려 왔는데, 예로부터 보은 지방에서는 俗離山을 지아비 산(夫山), 구병산을 지어미 산(婦山), 金積山을 아들 산(子山)이라 하여, 이 셋을 報恩의 三山이라 불러오고 있다. 『남명집』에서 成大谷이 살고 있는 보은을 三山이라고도 부르고 있는 것도 이에서 연유한 것이다.

남해·구마 및 경부고속도로를 경유하여 영동 부근에서 국도로 접어들어 官基 마을을 지나 土氣幕이라고도 불리는 赤岩里에서부터 산행을 시작하였다. 11시 무렵에 오르기 시작하여, 토골을 따라 주능선에 올랐고, 아홉 개의 깎아지른 바위 봉우리가 있는 능선을 따라가다가 오후 두 시 무렵에 정상에 올랐으며, 정상을 서쪽으로 좀 더 지난 지점에서 점심을 들었다. 온 산이 신록으로 단장하여 새로운 생명이 무르익는 듯하였다.

다시 서쪽으로 산행을 계속하여 758봉을 지난 지점의 배너미재에서 물탕골로 하여 葛坪里로 하산할 예정이었으나, 그 재를 보지 못하고서 지나쳐 버렸으므로 한실골로 하산하여 水門里 방향으로 진행하다가, 도중에 농로를 발견하고서 갈평 저수지 위쪽을 지나 대절버스가 기다리고 있는 갈평리에 도착하였다. 일행 중에는 수문리 쪽으로 바로 내려간 사람들도 많았으므로, 그 사람들과 모두 합류하기 위해 시간이 지체되어 오후 여섯 시 반 정도나 되어서야 출발할 수가 있었다. 귀가 길은 경부고속도로를 따라 내려오다가 知禮·居昌 쪽 국도로 접어들어 밤 11시 무렵에 진주에 당도하였다.

가람뫼산악회는 고등학교 영어교사를 하는 육윤경 씨가 회장이 되어 매달 넷째 주에 안내산행을 하며 지난달에 첫 산행을 하였다는데, 육선생은 예전부터 멋-거리·장터목이나 백두대간산악회의 산행을 통해 우리 부부와는 익히 아는 사이다. 회옥이도 오늘 보이스카우트 모임을 따라 합천의 모산재 산행에 다녀온 모양이다.

5월

2 (토) 흐림 -백두대간 행

밤 여덟 시까지 아내와 함께 백두대간산악회로 나가 백두대간 종주 산행에 참가하였다. 모두 24명이 동행하였는데, 아내와 나는 복도 양쪽의 의자와 의자 사이에 합판으로 만든 널빤지를 깔아 연결하고서 그 위에 야영용 매트리스를 얹고 반대편 방향으로 각각 누워 자면서 갔다.

3 (일) 흐리다가 快晴 -구룡령, 갈전곡봉, 조침령

새벽 네 시경에 목적지인 강원도 洪川郡의 구룡령에 도착하였다. 겨울의 눈 관계로 2월초에 대관령 구간 산행이 실패로 끝난 이후 두 달 정도를 중단했다가 지난달부터 다시 구간종주가 시작되었으나, 나는 첫째 일요일과 셋째 일요일에 모두 손님이 있어 참가하지 못하였기 때문에 사실상 석 달 만에 처음 참가하는 셈이다. 이곳은 오대산을 지나 설악산으로 北上하는 도중에 위치해 있다. 헤드랜턴을 착용하고서 산행을 시작하였다.

얼마 후 동이 터 오기 시작하였는데, 오늘 구간 중 최고봉이며 襄陽郡·麟蹄郡과의 경계 지점인 갈전곡봉(1,204m)에 올라 준비해 간 빵으로 조반을 들었다. 거기서부터는 양양군과 인제군의 경계가 되는 능선을 따라 계속 올라가게 되는데, 다시 산행을 시작하여 얼마 동안 가는 도중에 오랜 비구름을 헤치고서 날이 개어 오기 시작하였다. 이 일대는 북쪽이라 진주보다는 봄이 한 달 정도 늦게 오는 모양이어서, 나무에는 새순들이 돋아나고 있고, 분홍색 진달래 등의 꽃들이 한창 피고 있었다. 봄을 맞아 바야흐로 새 생명의 약동을 느낄 수가 있었다. 도중에 우리 부부는 일행과 떨어져 비탈의 山竹 속으로 들어가 얼마간 시간을 보내기도 하였다.

아내는 열 시간 정도 산길을 걸은 후, 다른 여자 대원 두 명과 더불어 원래 계획표 상 오늘의 목적지였었던 쇠나드리에서 탈출로로 빠져 양양군의 현서국민학교 쪽으로 먼저 내려가고, 나는 일행과 함께 계속 걸어 차도가 지나는 조침령에 이르렀다가, 잡목 속 좁은 능선 길을 따라 더 걸어 1136봉 근처에서 양수발전소 상부 댐 건설현장 쪽으로 내려왔다. 무려 열세 시간 정도를 걸었고, 마지막은 거의 길도 없는 계곡을 헤매며 내려왔기 때문에 많이 지쳐 버렸다.

올 때는 경부고속도로의 정체를 우려하여 양양으로 빠져서 동해안고속도로를 따라 내려왔다.

4 (월) 맑음 -귀가

진주에 도착하니 새벽 세 시 무렵이었다. 집으로 돌아와 샤워를 하고서 출근 무렵까지 늦잠을 잤다.

10 (일) 부슬비 -봉화산

아내와 함께 박정헌 프로가이드의 제10차 안내산행에 참가하여 전라북도 남원군 아영면과 장수군 번암면의 경계에 위치한 烽火山(920m)에 다녀왔다. 오전 여덟 시까지 동성상가아파트 앞에 집결해 출발하였는데, 일기가 불순한데다 그다지 알려지지 않은 산인 까닭인지 가이드 두 명을 합하여 모두 18명이 출발하였으므로, 오늘 거둔 참가비 이만 원으로는 대절버스 비용 35만 원도 커버하지 못할 정도였다.

팀 리더인 박정헌 군은 예전에 장터목산장의 안내산행 때 여러 차례 그가 등반 안내를 맡은 적이 있었고, 그 외에도 오늘 참가한 사람들 가운데는 농협의 박양일 전무를 비롯하여 평소 여러 차례 산행을 함께 한 사람들이 포함되어 있었다. 박정헌 군은 삼천포에 집이 있는데, 아직 미혼이지만 히말라야를 비롯한 세계 유수의 산들을 많이 다닌 프로 산악인이라고 할 수 있으며, 금년에는 조만간 또 유럽 알프스에 갈 것이라고 한다. 그의 말에 의하면 진주의 산악인 수는 인구 비례로 보아 서울·울산 다음으로 전국에서 세 번째로 많다고 한다.

함양 입구에서 88고속으로 접어들어 얼마간 달리다가 다시 국도로 바꾸어서 흥부마을을 거쳐 아영면 성리 부근에서부터 열 시 반 무렵 산행을 시작하였다. 오늘 코스는 백두대간의 주능선 중 한 구간을 따라가는 것인데, 치재에서 꼬부랑재·나리재를 지나 정상에 올랐지만, 안개와 부슬비로 주위의 전망은 별로 시원스럽지 못했다. 계속 북쪽으로 진행하여 무명봉과 844봉을 지난 지점의 안부에서 점심을 들었고, 광대치에서 경상남도 함양군 백전면 대안리 윗안골 大安亭 쪽으로 하산하였다. 비도 오고하여 진행이 빨랐으므로, 예정 시간보다 세 시간 정도 빨리 하산하여, 진주의 집에 도착하니 네 시 반 무렵이었다.

16 (토) 흐리고 때때로 부슬비 -백두대간 행

아내와 함께 밤 여덟 시까지 백두대간산악회로 나가 대절버스로 밤을 도와 北上하였다. 이번에는 참가자들이 좀 많아 34명 정도 되었으므로, 의자를 뒤로 젖힌 채 잠을 청할 수밖에 없었다.

17 (일) 부슬비 내리고 흐리며 때때로 햇볕 -조침령, 점봉산,
      망대암산, 한계령

새벽 다섯 시 남짓에 우리가 탄 대절버스는 江原道 麟蹄郡 진동리를 지난 어느 산골 도로에 닿았다. 그 이상 계속 도로가 나 있기는 했지만, 비포장인데다 비로 말미암아 차바퀴가 진흙탕에 빠질 우려가 있다 하여 거기서부터는 내려서 걷기로 했다. 아내는 서 여사와 더불어 차에 남아 있으면서 설악산 남부의 오색약수에서 우리의 진행 코스에 있는 점봉산으로 올라오겠다면서 거기서 만나자고 했다. 한 시간 정도 조침령을 향해 걸어가는 도중에 어느 갈림길의 목재를 쌓아 둔 공사 현장에서 조반을 들었는데, 나는 아내가 넣어준 빵을 억지로 두 개나 먹었으므로 속이 거북하였다.

백두대간의 능선에 있는 조침령에서부터 지난번 통과한 길을 다시 얼마간 걸어 양수발전소 공사 현장 위 능선을 지나쳤고, 북암령과 단목령을 지나가는 도중에 다른 사람들과 어울려 산길 주위에 난 두릅을 따서 날것으로 씹어 먹었는데, 그것이 좋지 못했던지 속이 매우 거북하여 결국 여러 차례에 걸쳐 모두 토하고 말았다. 식욕이 없어 점심 도시락도 들지 않고서 커피 한 잔 정도 얻어 마셨을 따름인데, 그것조차 또 토하고 말았다. 대열의 맨 마지막에 처졌고, 기운도 빠져 도저히 20km가 넘는 전체 구간을 답파할 자신이 없었으므로, 도중에 오색약수 방향으로 탈출할까 생각하였으나, 후미를 맡은 공군 병사 젊은이가 자신이 가진 스포츠 음료와 豆乳 등을 주며 격려하므로 힘을 내어 계속 가게 되었다. 오늘 코스 중 최고봉인 점봉산(1,424.2m) 및 망대암산, 1157.6봉 등을 지나갔지만, 거의 안개 속을 걸어 주위의 풍경을 감상할 상황이 아니었고, 무엇

보다도 극도의 피로로 말미암아 젖 먹던 힘까지 내었다고 하는 표현이 적당할 것이다.

12시간 남짓 걸어 오후 다섯 시가 지나서 어느 골짜기로 내려왔고, 거기서부터는 산복 포장도로를 따라 걸어 오늘의 목적지인 설악산 한계령 휴게소에 당도하였다. 아내와 서 여사는 산길을 몰라 결국 한계령 부근의 산을 몇 시간 타다가 내려왔다고 한다. 한계령에서 양양 쪽으로 내려오다가 도중에 어느 산장 같은 음식점에 들러 순두부와 산나물, 비지찌개 등으로 저녁식사를 마쳤고, 밤을 도와 동해안 코스로 귀가 길에 올랐다.

18 (월) 맑음 -귀가
밤 세 시 남짓 되어 진주에 당도하였다.

24 (일) 흐리다가 저녁 무렵 빗방울 -갈기산, 월영산
아내와 함께 가람뫼산악회의 제3회 안내산행에 참가하여 충북 영동군 양산면과 학산면의 사이에 있는 갈기산(595m)과 충북 영동군 양산면과 충남 금산군 제원면의 사이에 위치한 月迎山(528.6m)에 다녀왔다.

오전 여덟 시까지 진주역 광장에 집결하여 40여 명이 대절버스 한 대에 타고서 함양군 수동과 거창군 마리면을 지나 고제면의 무주구천동 쪽 갈림길에서 곧바로 진행하여 羅濟通門을 통과하여 목적지에 도착하였다. 虎灘橋 부근의 주유소에서 하차하여 능선을 따라 갈기산 정상에 오른 다음, 바위 절벽 아래로 굽이쳐 흐르는 錦江을 내려다보며 말갈기처럼 생긴 바위능선을 따라 진행하였다. 소골 쪽으로 내려가는 탈출로가 있는 차갑재에서 점심을 들었고, 계속 진행하여 월영산(10만 분의 1 지도에는 월향산이라 표시되어 있다)에 오른 다음, 川內里의 원골 쪽으로 하산하였다.

오후 네 시 반 무렵에 출발하여 무주구천동계곡을 통과하여 밤 아홉 시 무렵에 집에 돌아왔다. 부부 동반한 네 쌍에게는 참가비 오천 원을 감해 주었으므로, 귀가 길에 농협의 박양일 전무 내외와 우리 부부가 답례의 뜻으로 각각 맥주 한 박스씩 찬조하였다.

31 (일) 맑음 -칠현산

아내와 함께 박정헌 프로가이드의 제13차 안내산행에 참가하여 사량
도 아래 섬인 칠현산(349m)에 다녀왔다. 오전 8시 30분까지 동성가든타
워 앞에서 집결하여 삼천포로 출발하였고, 삼천포에서는 그곳에서의 참
가자들과 합류하여 반시간 정도 엔젤 부두 부근의 어시장을 둘러보다가
오전 11시 발 전세 배로 출항하였다. 한려수도를 한 시간 정도 항해한
후에 사량도 아래 섬의 읍덕 마을에 당도하여 산행을 시작하였다.

이번 산행에도 가람뫼산악회의 회장직을 그만둔 육윤경 선생과 농협
의 박양일 과장, 멋-거리산악회의 전임 회장 두 명 등 낯익은 사람들이
여러 명 참가하였다. 진주에서 영어를 가르치고 있는 미국인 및 캐나다
인 청년 남녀 네 명도 동참하였는데, 그 중 한 사람은 알고 보니 교대부
속국민학교에서 우리 회옥이를 가르치고 있는 사람이었다.

칠현산 정상과 봉수대를 지나 등대 쪽으로 내려가다 작살금 도로를
향해 하산하였는데, 날씨도 맑고 푸른 바다와 수많은 섬들이 절경을 이
루고 있었다. 오후 네 시 남짓에 동강나루를 출발하여 귀로에 올랐다.
나는 산에서부터 조금씩 술을 마시기 시작하여 동강나루에서도 마시고
배 안에서는 멍게 등을 안주로 막걸리도 마셔서, 과음의 탓인지 모르지
만 머리가 지끈거리며 아팠다.

6월

7 (일) 맑음 -미시령, 상봉, 신선봉, 마산, 진부령

간밤에 백두대간산악회 앞에서 대절버스 두 대로 출발하여 동해안을
거쳐 북상하였다. 우리 부부가 탄 1호 차에서는 내가 교육방송에서 녹화
해 가지고 간 〈백두대간 자연생태 이정표〉를 차내 TV를 통해 방영하기
도 하였다.

오전 네 시 남짓에 설악산 미시령에 당도하여 20분 무렵부터 산행을 시작하였다. 오늘 구간 중에서 가장 높은 상봉(1,239m)을 지나 신선봉(1,204) 아래에서 조반을 들고, 강원도 고성군 토성면과 간성읍의 경계를 이루는 능선을 따라서 대간령을 지나 목적지인 진부령과 군사시설지역이어서 더 이상 갈 수 없는 향로봉이 바라보이는 마산(1,051.9)에서 점심을 들었다.

일행 중 일부는 마산 정상의 군사시설물 폐허 지역을 지나 백두대간 능선도 아닌 곳으로 계속 가 버렸지만, 우리 내외는 나머지 일행들과 함께 점심을 든 후 마산에 오르기 50m쯤 앞에서 왼쪽으로 난 갈림길 능선을 따라 알프스스키장으로 내려 왔고, 거기서부터는 차도를 따라 陳富嶺에 당도하였다.

진부령에 옮겨둔 향로봉 지구 전적기념비 앞에서 남한 쪽 백두대간 종주 대단원의 막을 내리는 산신제를 올리고 기념행사를 한 다음, 준비해 간 음식을 나누어 먹고서 오후 네 시쯤에 출발하여 귀가 길에 올랐다. 도중에 낙산해수욕장 옆의 별미횟집에 들러 물오징어회로 저녁식사를 때우고, 동해안 도로를 따라 밤을 도와 달려 언양을 지나서 8일 새벽 세 시 남짓에 진주에 당도하였다.

14 (일) 부슬비 -화순, 장흥, 영암, 강진 지역

향토문화사랑회의 6월 답사에 참가하여 전라남도 지역 백제풍 사찰들의 특성을 조사하고서 돌아왔다. 오늘은 회옥이를 포함한 우리 가족 전원이 참가하였고, 간호학과의 권인수 교수와 그녀의 입양한 딸도 참가하여 40여 명이 대절버스 하나로 출발하였다.

먼저 남해고속도로를 거쳐 화순군 이양면 중리 계당산(일명 중조산) 기슭에 위치한 雙峰寺에 들렀다. 이 절은 신라 경문왕 때 澈鑑禪師 道允이 창건한 것으로서 현재 건물은 조선 경종 때 중창한 것이다. 목탑형 사모지붕으로 된 대웅전은 속리산 법주사 팔상전과 더불어 전국에서 두 개 뿐이라고 하는데, 1984년 신도의 失火로 소실된 것을 1986년에 원형

대로 복원하였다. 역시 새로 지은 명부전 안의 지장삼존상·十王像·인왕상 등의 조각이 우수하였다. 구내에 있는 철감선사 부도는 국보 제57호로서 국내의 현존 석조물 가운데서 가장 우수한 작품이라고 하며, 그 옆의 부도비는 보물 제170호인데 귀부와 이수 부분만 남아있었다. 철감선사는 강원도 영월에 있는 九山禪門 중 하나인 獅子山派의 개조이기도 하다. 쌍봉사로 가고 오는 도중 절에서 2.7km 쯤 떨어진 위치의 도로변에 있는 학포당을 지나쳤다. 이곳은 정암 조광조가 능주에서 사약을 받아 죽었을 때 그 시신을 수습한 문인 梁某를 기념하는 건물로서, 그 앞마을은 양씨의 집성촌이라고 한다.

이어서 몇 년 전에 혼자서 한 번 다녀간 적이 있는 九山禪門 중 迦智山派의 중심 사찰인 장흥군 유치면 봉덕리 가지산의 寶林寺에 들러, 거기서 준비된 김밥 도시락으로 점심을 들었다.

그 다음으로는 영암 월출산 주변 지역을 한 바퀴 돌았다. 먼저 예전에 몇 차례 들른 바 있었던 도선국사와 인연이 깊은 道岬寺, 도선국사와 왕인박사의 출생지라고 하는 靈巖郡 郡西面 東鳩林里에 새로 조성된 王仁廟를 둘러보았고, 끝으로 강진군 성전면 월하리 월출산 동남쪽 기슭에 위치한 無爲寺를 다녀왔다. 무위사는 신라 진평왕 39년(617)에 원효대사가 창건한 것으로 사적지에 적혀 있다고 한다. 국보 13호로 지정된 맞배지붕을 한 극락전을 보수 공사할 때 그 벽화 30여 점을 떼 내어서 따로 보존한 벽화보존각, 그리고 극락전 내부의 아미타삼존도·水月觀音圖 등이 일품인데, 이 그림들은 조선 성종 7년(946)에 이루어진 것이라 한다.

21 (일) 오전 중 흐리고 빗방울 듣다가 개임 −성삼재, 임걸령, 심원계곡

아내와 함께 박정헌 프로가이드의 안내산행에 참가하여 지리산 심원계곡에 다녀왔다.

아침 일곱 시 반까지 강남동 동성가든타워 앞에 집결하여 삼천포로부터 대절버스를 타고 오는 일행과 합류하여 약 40명 정도가 출발하였다.

함양 입구에서 88고속도로로 진입하여 전북 남원군의 인월로 빠진 다음, 운봉 읍내를 거쳐 지방도로로 고기리 쪽으로 나아가 지리산 구룡계곡을 경유하여 정령치에 이르렀고, 이어서 성삼재에서 하차하여 산행을 시작하였다.

노고단산장을 지나 종주능선을 따라 가다가 임걸령 샘 있는 곳에서 점심을 들었고, 오후 한 시경에 거기를 출발하여 심원계곡 대소골 쪽으로 내려왔다. 이 계곡은 안식년 기간 중이라 함부로 출입할 수 없게 되어 있는데, 주최 측이 관리사무소 쪽과 연락하여 특별히 허락을 받아둔 것이라 한다. 그래서 반야봉 입구의 노루목 쪽에서 흘러내리는 대소골 주계곡에 이르기까지는 길을 거의 판별하기 어려울 정도로 숲이 자연 상태를 회복해 있었고, 대소골에서부터는 마을 사람들이 고로쇠 수액을 채취하기 위해 설치해 둔 흰색의 굵은 폴리에틸렌 파이프들이 한도 없이 계속 이어져 있었다.

심원 마을은 이미 개발되어 대체로 장사 집들로 바뀌어 있었다. 마을에서부터 대절버스가 대기하고 있는 마을 입구의 2차선 도로까지 꼬불꼬불한 길을 걸어서 올라오는 도중에 길가의 야생 뽕나무들을 만나 검게 익은 오디를 따먹느라고 아내나 나나 모두 입과 손가락이 빨갛게 물들었다. 일행 중 일부는 그 아래 달궁 마을까지 계속 계곡을 따라 내려오는 모양인지라 우리가 탄 버스도 달궁 마을로 향했는데, 그들과 합류한 후에도 두 명이 행방불명이라 그 사람들을 기다리느라고 꽤 시간이 지체되었다. 그 동안 마을 상점에서 일행이 사 마시는 음양곽으로 담근 소주를 몇 잔 얻어 마셔보기도 하였다.

돌아올 때는 경남 함양군 마천과 휴천계곡을 거쳐 생초에서 진주행 국도로 접어들었다. 오늘이 夏至라 출발 지점에 도착한 시각이 오후 여덟 시 반 무렵이었는데도 아직 날이 어둡지는 않았다.

25 (목) 비 -충무 마리나리조트
오후 네 시에 인문대 앞에서 靑泉會 총무인 화공과 최주홍 교수 및 행정학과 최용부 교수와 합류하여 총무의 차로 통영을 향해 출발하였다. 충무 마리나리조트 콘도에서 10여 명의 부산 동아고 동문 회원들 및 의대 정형외과의 송해룡 동문이 데리고 온 인도인 의사 아자이 푸리 씨와 합류하였다. 푸리 씨는 봄베이에 있는 LTM 종합병원의 외과의사이고 LTM 의대의 임상 강사라고 한다.

다 모이기를 기다려 세 대의 승용차에 분승하고서 唐浦를 지나 海岸 길의 언덕 위에 있는 식당으로 가서 바닷장어구이를 비롯한 해산물들로 저녁 식사와 술을 들었다. 돌아오는 길에 나는 법대의 강대성·김종회 교수와 더불어 충무대교 부근의 한 달 전에 개업한 실비식당에 2차로 들러 술을 마셨는데, 안주는 계속 들어왔지만 이미 배가 불러 별로 먹을 수가 없었다. 콘도로 돌아와 자정이 넘도록 다른 일행과 함께 프랑스에서 열리고 있는 월드컵 축구대회에서 한국 팀이 벨기에와 싸워 1 대 1로 비기는 것을 마저 시청한 다음에 취침하였다.

26 (금) 비 -남망산공원

느지막이 일어나 작년에 들렀었던 선창가의 호동식당에 들러 복어국으로 아침식사를 하고 두 시간 정도 잡담을 하며 놀다가, 南望山공원으로 올라가 그 아래의 다방에 들러 커피를 마셨다. 알고 보니 본교 통영캠퍼스의 해양과학대학으로부터 인문대 사학과로 전출해 온 김상환 교수 댁이었다. 마담인 그 부인은 대구에서 교편을 잡던 분이라고 하며, 김 교수의 부친은 수석과 사진에도 조예가 깊은 향토사학자로서, 다방 안팎이 온통 정원과 수석 등으로 운치 있게 꾸며져 있었다.

돌아오는 길에는 고성 玉泉寺 입구를 지나 문산에 들러서, 나의 안내로 지난번 김경수 군이나 사재명 군 등과 두어 차례 들른 적이 있었던 귀빈식당으로 가서 아귀 수육과 아귀 탕으로 늦은 점심 겸 저녁을 들었다.

28 (일) 오전 중 빗방울 듣다가 흐림 -백악산

시내 명신고등학교 영어 교사인 육윤경 씨가 근자에 새로 조직한 등산모임에 참가하여 충북 괴산군과 경북 문경시의 경계 지점 속리산국립공원 구역 북쪽에 있는 百岳山(858m)에 다녀왔다. 우리 부부를 포함하여, 기사를 제외하면 모두 아홉 명이었는데, 거창 농협에 근무하는 박양일 전무 내외 및 백두대간 종주등반에서 자주 만난 사람들도 포함되어 있었다. 우리는 남중학교 앞에서 대기하고 있다가 오전 일곱 시 삼현여중 앞을 출발하여 오는 15인승 대절 봉고 차에 합승하여 떠났다. 원지 못 미친 지점에서 단계 쪽으로 빠져 차황·신원을 지나 거창·김천·상주를 거쳐 화양천을 따라 괴산으로 향하는 32번 국도의 입석리에서 하차하여 산행을 시작하였다.

물안이골을 따라 수안재에 오르고, 800m의 삼각 지점에서 점심을 든 다음, 그 부근의 819.1m 고지까지 갔다가 도로 돌아 나와 정상 쪽으로 향하였다. 하산 길은 玉樑골을 따라 내려오다가 외폭을 구경하고 석문사 입구를 지나 옥량폭포를 구경한 후 옥량 버스정류장으로 내려왔다.

하산 지점의 상점에서 막걸리 등을 마시다가 올 때의 코스로 도로 돌아왔다. 거창에서 박양일 전무가 돼지불고기와 소주로 늦은 저녁을 샀고, 진주에 도착했을 때는 이미 자정을 조금 넘긴 시각이었다. 앞으로는 이 모임 사람들과 더불어 거의 매주 산행을 할 예정이다.

7월

2 (목) 흐리고 밤 한 때 비 -산청 외송리

학과 교수들과 함께 권오민 교수가 산청군 외송리의 산골짝에 새로 마련한 별장을 구경하러 오전 10시에 인문대 앞에서 모여 류왕표 교수와 나의 차에 분승하여 출발하였다. 대전까지의 고속도로 중 이미 완공된 구간을 따라 달리다가 덕산아파트 쪽으로 빠져 나와 슈퍼에 들러 고기와 음료수 등을 사고, 다시 달려서 외송리에서부터 산길을 따라 한참 올라갔다.

전에 본교 철학과 강사를 하던 양희규 씨가 운영하는 간디학교를 내려다보며 좀 더 올라간 지점이었는데, 천 평 정도의 임야와 전답을 개간하여 제법 잘 정돈이 되어 있었다. 땅 값이 약 육천만 원에다 거기에 있던 농가를 옮겨서 고쳐짓는데 약 삼천만 원이 들었다고 하니 모두 일억 원이 든 셈이다.

집 옆의 원두막에서 사 온 불고기를 구워먹으며 담소를 나누다가, 나는 덕천서원에서 열리는 남명학연구원 연구위원 전체세미나에 참가하기 위해 오후 한 시 반경에 자리를 떠서 먼저 내려왔다.

5 (일) 맑음 -대궐터산(투호봉)

아내와 함께 육 선생의 등산모임에 참가하여 경상북도 상주시 화서면에 있는 대궐터산(일명 鬪虎峰, 877m)에 다녀왔다. 아침 일곱 시에 기사까지 포함하여 열 명이 역전 광장을 출발하여 지난주 일요일과 똑같은 코스로 북상하여 상오 11시경에 속리산 아래쪽에 있는 葛嶺(470m)에 닿아 등산을 시작하였다.

대궐터산은 국도의 오른편으로 능선을 따라 올라가는데, 상주 쪽에서는 능선 아래쪽에 있는 746.3봉을 대궐터산이라 부르기도 하는 모양이다. 오늘 산행은 계속 능선을 따라 가는 것이어서 주위의 산들을 두루 조망할 수가 있었으며, 국도 건너편으로는 鳳凰山에서부터 兄弟峰을 거쳐 속리산에 이르는 백두대간의 능선을 조망할 수가 있었다. 746.3봉 부근에서는 성터, 즉 진선성의 유허를 구경할 수가 있었다. 화북면의 속리산 문장대 아래쪽 국도 부근에는 견훤성이라 불리는 곳도 있으며, 이 산도 후백제의 견훤이 대궐을 지었던 곳이라 하여 이런 이름으로 전해 온다는 말이 있다.

極樂精舍를 거쳐 절 입구로 난 시멘트 포장도로를 따라 극락정사 안내석이 있는 동관리로 내려와 산골의 계곡물에서 목욕을 하였다. 갈 때의 코스로 돌아오는 도중에 김천에서 기사식당에 들러 식사를 하였고, 또 한참 가다가 거창 가까운 지점에 정거하여 해물찌개를 안주로 소주를 마신 다음, 밤 11시경에 출발지점에 당도하였다.

12 (일) 간밤에 소나기 온 후 흐리고, 북쪽 지방은 맑음 -월이산
    (달이산)

아내와 함께 육윤경 선생 등산모임을 따라 충북 영동군 심천면에서
옥천군 이원면에 걸쳐 있는 월이산(일명 달이산, 556.4m)에 다녀왔다.
이 모임은 매주 일요일 역전 광장에서 출발하기로 되어 있는데, 오늘도
오전 일곱 시에 기사 및 박양일 거창농협 전무 부부를 포함하여 아홉
명이 출발하였다.

함양군 수동면과 거창군 마리면을 거쳐 고제에서 무주구천동 쪽으로
접어들어 백두대간이 지나가는 빼재 휴게소에서 잠시 휴식을 취한 다음,
501번 국도를 따라 二院面 美洞里 중산마을 쪽으로 진입하여 등산을 시
작하였다. 초입에서 길을 잘못 접어들어 길도 없는 바위 절벽을 한참
기어올라 507봉에 이르렀고, 거기서부터는 능선 길을 따라 투구봉이라
불리는 460봉을 거쳐 정상에 올랐다.

정상에서 점심을 든 후, 서재마을을 내려다보며 일부 산불로 말미암아
나무들이 없어져 버린 능선을 따라 400m대의 봉우리를 몇 개 지나서
深川面 쪽으로 내려왔다. 하산 지점에 영동 천화원인가 하는 天桃仙法의
氣 수련원과 일반인을 위한 단식 도장 건물들이 넓게 펼쳐져 있어 대학
생 정도 연령의 젊은이들이 득실거리고 있었다. 얼굴에다 붉은 물감으로
화랑이라 쓰거나 '우리는 화랑이다'라고 인쇄된 셔츠를 입고서 안내원인
듯한 젊은이의 인도에 따라 단체로 서서 눈을 감고 있기도 하였고, 골짜
기 여기저기에서 산이 떠나가라고 고함을 지르거나 노래를 부르고도 있
었다. 명소인 玉溪瀑布까지 곳곳에 그런 풍경들이 이어지고 있었는데,
입구에는 부산 등지에서 온 관광버스들과 한양대·인하대 등의 스쿨버스
들이 눈에 띄었다.

高塘里 옥길동으로 나와 玉溪橋 아래에서 잠시 씻고 옷을 갈아입은 다
음, 상점에서 맥주를 몇 잔 마시고서 출발하여 안성·장계·육십령을 거쳐
화림동계곡을 따라 안의에 도착하여, 모처럼 할매갈비집에 들러 갈비탕
으로 저녁 식사를 하였다. 밤 아홉 시 남짓에 출발지점에 도착하였다.

14 (화) 맑음 -미리벌민속박물관, 부곡온천

오후에 아내와 함께 향토문화사랑회의 총무인 성재정 씨가 밀양시 초동면 범평리 406번지의 구 범평초등학교에다 개설한 미리벌민속박물관의 개관식에 참석하였다. ≪신경남일보≫의 논설실장인 하종갑 부회장 사무실에서 다른 회원 몇 명과 합류하여 승용차 두 대로 출발하였다. 국민학교의 교실 여섯 개를 전시실로 꾸몄고, 김용갑 국회의원과 밀양시장을 비롯한 하객들도 많이 참석해 있었다.

돌아오는 길에 부근의 부곡온천에 들러 사우나를 하였다. 불황으로 말미암아 입욕료를 6,000원에서 3,000원으로 절반 내렸음에도 불구하고 손님이 거의 없었다.

17 (금) 흐리고 북쪽은 快晴 -회문산

제헌절 휴일이라 아내와 함께 육 선생 모임을 따라 전북 순창군의 북쪽 임실군 및 정읍시와의 경계 지점에 있는 回文山(830m)에 다녀왔다. 열 명이 역전 광장에서 오전 7시 30분 남짓에 출발하여, 함양 인터체인지에서 88고속도로로 접어들어 순창까지 간 다음, 국도를 따라 임실 쪽으로 향하여 지금은 자연휴양림으로 되어 개발 중에 있는 회문산에 당도하였다.

이곳은 李泰가 쓴 회고록인 『南部軍』의 전반부에 6.25 직후 약 5개월 동안 공산빨치산의 전북도당 사령부가 있었던 곳으로서 당시의 상황이 아주 상세하게 설명되어 있으므로, 내가 제안하여 와 보게 된 것이다. 그러나 지금은 개발이 너무 진척되어 당시의 상황을 짐작하기조차 어렵게 되어 있었다. 이 회문산은 구한말에 勉庵 崔益鉉이 칠갑산에서 항일 의병을 일으켜 이곳을 주 무대로 전투 활동을 했었던 곳이기도 하고, 동학농민혁명의 두 지도자인 김개남과 전봉준도 각각 이 산 서북쪽 宗聖里의 원종성 마을과 서쪽 쌍치면의 금성 마을에서 체포되었던 것이라고 한다.

장군봉 또는 큰지봉이라고도 불리는 회문산의 정상 바로 옆 봉우리인 작은지붕(780m) 아래에까지 도로가 닦여 차가 올라갈 수 있게 되어 있었다. 우리 일행은 安亭里의 좃박골로 올라가 주차장에서 하차한 다음, 거기서부터 걸어 무학바위와 예전에 빨치산의 아지트가 있었던 곳으로서 지금은 작은 댐이 들어서 있는 골짜기까지 올라가 본 다음, 무학바위 부근까지 도로 내려와 도로를 따라 가기도 하고 산길을 걷기도 하여 도로가 끝나는 작은지붕 아래 鞍部에까지 올랐다.

정상아래 무덤 앞에서 식사를 한 다음, 산태극수태극 능선을 따라 투구봉까지 갔다 오려던 계획은 포기하고서 바로 귀염받날 능선을 따라 천마봉에 오른 다음, 능선 길로 一中里에 내려왔다. 귀염받날 능선 이후는 별로 사람들이 오지 않는지 길이 山竹과 넝쿨들로 뒤덮여 있는 곳이 많았고, 마을 부근 내리막길의 赤松 숲이 일품이었다. 일중리보다 조금 위쪽 마을의 개울에서 땀을 씻고 막걸리에다 사이다를 타서 마신 다음, 갈 때의 코스로 밤 여덟 시 반 남짓에 출발지점으로 돌아왔다.

19 (일) 흐리다가 快晴 -숙성산

육 선생 모임을 따라 거창군 가조면과 합천군 묘산면의 사이에 위치한 宿星山(898.9m)에 다녀왔다. 아내는 비가 온다는 일기예보로 말미암아 동참하지 않았고, 남자들만 여섯 명이 회원의 상점 봉고 차로 직접 운전하여 왕복했다. 오전 여덟 시에 역전 광장을 출발하여 거창 쪽으로 갈 때 주로 이용하는 코스를 따라 단계-차황-신원을 거쳐 북상하다가, 오른편의 거창군 남하면 소재지 쪽으로 접어들어 월평리에서 또 農路로 꺾어 들어서 지산리를 지나 해발 330m 산 중턱의 학산 마을에서 하차하여 등산을 시작하였다.

봉화재를 거쳐서 능선 길로 정상인 聖睡壇으로 향했는데, 이 산은 뱀이 많은지 일행 중 거창 농협의 박양일 전무는 지름길로 접어들었다가 두 차례나 뱀을 만나고서 도로 돌아왔고, 나도 어느 무덤 앞으로 오르다가 방심하고 있던 중 바로 코앞의 흙 구멍에서 꿈틀거리는 붉은 색 뱀을 만나 소스라치게 놀라서 저도 모르게 비명을 지르고 말았다. 산 남쪽의 지실 마을에 목장이 있어 소를 방목하고 있는 까닭으로, 능선 길은 정상 부근까지 온통 쇠똥 천지였다. 오늘쯤으로 장마도 끝나는 모양이어서 능선 곳곳과 정상에서는 바로 옆의 미녀봉·오도산을 비롯하여 사방의 산들을 멀리까지 두루 조망할 수가 있었다.

시리봉(846m) 좀 못 미친 지점의 안부에서 길을 잘못 들어 북쪽을 향해 내려왔는데, 한참 동안 길도 없는 잡목 숲을 헤치고서 내려와 계곡에서 간신히 길을 발견했는가 하면, 얼마 후에 다시 길을 잘못 잡아 차를 세워둔 학산 마을 쪽으로 길도 없는 산 속 비탈을 헤치고 내려오다가 계곡물에서 목욕을 하기도 하였다.

갈 때의 코스로 돌아오는 도중에 남하면 소재지에서 식당에 들러 풋고추를 안주로 사이다 탄 막걸리를 마셨고, 진주에 도착하여서는 도동의 촉석아파트 부근 실비집에서 맥주를 마시며 대화를 나누다 헤어졌다.

26 (일) 흐리고 때때로 가랑비 -낙영산

아내와 함께 육 선생 모임에 참가하여 충북 槐山郡 靑川面의 속리산국립공원 북쪽 구역에 있는 落影山(684m)에 다녀왔다. 아침 여섯 시 반에 역전 광장에서 아홉 명이 모여, 늘 다니는 단계-차황-신원-거창 국도로 하여 김천-상주를 거쳐 백두대간을 넘어 경북에서 충북 지역으로 들어갔고, 오전 11시 반 무렵 上新里의 새내 마을에 당도하여 등산을 시작하였다. 마을 뒤쪽으로 난 小路를 따라 먼저 鳥鳳山(680m)에 오른 다음, 거기서 능선 길을 따라 쌀개봉(652m)을 지나 낙영산 정상에 올랐다.

낙영산 다음의 660봉에는 헬기장이 있으며 거기서부터 하산 길 능선이 갈라지게 되는데, 그 헬기장에 커다란 아파치 헬기가 여러 차례 오고 가며 착륙하기도 하는 모습이 보였다. 우리가 거기에 도착하여 주변의 경관을 바라보고 있을 때에도 헬기가 한 대 날아왔는데, 그것이 엄청난 바람과 모래 폭풍을 일으키며 헬기장 위에 야트막하게 떠서 한참을 떠나지 않으므로, 우리 일행은 모두 몸을 구부리고서 나뭇가지를 잡고 간신히 몸을 지탱하였다. 마침내 그 헬기가 떠나고 난 후에 보니, 헬기장에는 얼굴에다 위장 색칠을 하고 완전무장한 미군 여덟 명이 착륙해 있었다. 지능선 길을 따라 내려오다가 公林寺 뒤편 계곡으로 빠졌더니 거기에는 또한 한국 군인들이 완전무장을 하고서 서성거리고 있었다. 한·미군 합동군사훈련 중으로서 한국군이 산상에 침투한 적군을 잡아낸다는 줄거리인 모양이었다.

오후 다섯 시 무렵에 공림사를 출발하여 귀가 길에 올랐다. 도중에 절 아래 沙潭里 사담 마을의 국도 옆 정자에서 막걸리를 마셨고, 왔던 길을 거쳐 거창에 이르렀을 때는 거창농협의 박양일 전무가 안내하는 대로 별미식당이라는 곳에 들러 갈비탕으로 늦은 저녁을 들었다. 자정 무렵 진주역 광장에 도착하였다.

8월

2 (일) 밤중에 천둥 번개와 폭우, 북쪽 지방은 흐림 -도락산

아내와 함께 육윤경 선생 모임을 따라 모두 열 명이 충청북도 단양군 월악산국립공원 구역의 동북쪽 끄트머리에 있는 道樂山(964.4m)에 다녀왔다.

새벽 6시 5분까지 역전 광장에 나가 대기하고 있다가, 도동 쪽에서 오는 일행과 합류하여, 늘 지나다니는 단계-차황-신원-거창-김천-상주 코스로 하여 문경 시청이 있는 점촌에서 북쪽으로 꺾어들어, 단양군 단성면에 있는 上仙庵 입구에서 하차하여 산행을 시작하였다. 이 도락산 주변에는 上仙巖·中仙巖·下仙巖·舍人巖 등 단양팔경의 명소들이 點在해 있는데, 그 중 上仙巖은 암자로 올라오기 직전에 있어 구경할 수가 있었다.

오전 11시 30분 무렵부터 등산을 시작하여, 上仙庵에서 북쪽 능선 길을 취하여 상선상봉·형봉을 거쳐 넓은 바위가 있는 신선봉에서 점심을 들었고, 거기에다 배낭을 놓아둔 채 정상까지 갔다가 도로 돌아 나와, 형봉에서 남쪽 능선 길을 따라 채운봉-검봉-범바위-큰선바위-작은선바위를 거쳐 도로 상선암 입구로 하여 절 아래의 개울가로 하산하였다.

이번 장마 기간 동안에 우리는 비를 맞으며 출발할지라도 묘하게 산에서는 한 번도 비를 만나지 않았는데, 오늘도 다소 전망이 넓지 못한 흠은 있었으나, 등산하기에는 마침 좋을 정도로 흐린 날씨여서 다행이었다. 이 도락산은 암봉이 많아 특히 경치가 다채로웠다.

올 때와 같은 길을 취하여 김천의 기사식당에서 늦은 저녁 식사를 들고서, 거창에서부터는 수동-생초 쪽을 경유하는 일반 국도를 취하여 자정 무렵에 진주에 당도하였다.

9 (일) 흐림 -추도, 신수도

아내와 함께 석류산악회의 해양수련회에 참가하여 삼천포 앞바다에 있는 추도 및 신수도에 다녀왔다. 오전 여덟 시 반까지 역전 광장에 집결하기로 하여 아홉 시 무렵에 대절버스 한 대로 출발하였는데, 삼천포 항에서는 대절한 배로 갈아타서 바로 맞은편에 바라다 보이는 추도해수욕장으로 건너갔다. 추도는 신수도의 북쪽 끄트머리에 붙은 작은 바위섬인데, 밀물 때는 따로 떨어진 섬이었다가 썰물 때가 되면 다시 신수도와 이어져 하나의 섬을 이루므로, 추도해수욕장이란 실제로는 신수도에 속해 있는데도 불구하고 맞은편의 추도와 통칭하여 이렇게 부르는 것이었다.

이 추도해수욕장 일대는 조그만 모래톱이 있어 위락시설이 이 지역에 밀집해 있었다. 그러나 나는 그런 것들에 별로 취미가 없어 해수욕복 차림으로 아내와 함께 신수도 일대의 산책에 나서 남쪽 끝의 대구 마을까지 다녀왔고, 점심을 들고서는 천막 아래에 깐 자리에 누워 낮잠을 한숨 자기도 하였다.

오후에는 잠시 물에 들어가 보기도 했으나, 역시 모래톱이 작고 어린이들 천지인데다 물도 깨끗하지 못하여, 금방 나와서는 주변의 추도 부근으로 혼자서 산책하였다. 바다 건너편 북쪽에는 삼천포 화력발전소 옆에 남일대 해수욕장이 빤히 건너다보인다. 왕년에 미국에서 경자누나의 딸인 명아가 처음으로 한국에 나와 외삼촌인 나를 방문하여 왔을 때, 마침 한국에 나와 계셨던 아버지랑 미화와 함께 노산공원에서 통통배를 타고는 거기로 가서 하루 놀다온 기억이 있다.

오후 다섯 시에 우리를 태우러 오게 된 배를 여섯 시로 한 시간 늦추었다고 하므로, 오전 중 아내와 함께 산책했던 신수도 남쪽의 대구마을까지 다시 한 번 혼자서 산책하고서, 동사무소가 있는 신수 마을로 되돌아와서 이 섬에서 제일 큰 마을 모습을 둘러보고 있었는데, 난데없이 이 마을 앰프를 통하여 나를 찾는 방송이 들려오므로, 서둘러 추도해수욕장으로 돌아오다 나를 찾으러 왔던 젊은이 두 명을 길에서 만났다. 여섯 시에 오라고 한 배가 처음 약속했던 다섯 시에 와버렸으므로, 반시간 정도나 지체하며 나를 찾다가 배와 우리 일행은 먼저 출발해 버렸다는 것이었다. 남아 있는 임원 몇 명과 더불어 쾌속정 모터보트를 타고서 노산공원 옆에 착륙하여, 중심가의 큰길에서 일행이 탄 버스를 기다리다 합류하여 진주로 돌아왔다.

15 (토) 흐리고 낮 한 때 소나기 -문익점기념관, 배산서당, 이동서당
오전 아홉 시 무렵에 李崇興 교수가 우리 집으로 와서 우리 내외와 함께 지리산에 놀러갔다. 내가 운전하는 차로 院旨를 경유하여 山淸郡 丹城面 培養마을에서 작년에 새로 개관한 문익점 목화시배지 기념관과 眞庵 李炳憲의 培山書堂을 둘러보았고, 南沙里에서는 내가 지난번에 별장 터로서 검토한 바 있는 『남명집』沙隱本의 소장자인 星州李氏의 집터 및 俛宇 郭宗錫의 출생지에 세워진 尼東書堂을 구경한 후, 덕산을 지난 지점의 물레방아집에 들러 보리밥과 피리조림으로 점심을 들고, 천왕봉 아래의 中山里까지 가보았다. 중산리에서는 매표소 앞까지 산책한 후 錦濤園인가 하는 전통찻집에 들러 차를 한잔씩 마시고는 왔던 길을 되돌아 七汀에서 水谷 쪽으로 꺾어들어 진주로 돌아왔다.

16 (일) 비 -어류산
아내와 함께 육 선생 산악회의 주말 산행에 참가하여 충북 영동군 심천면에 있는 御留山(480m)에 다녀왔다. 오전 일곱 시에 역전광장으로

나가 봉고 기사를 제외한 일곱 명이 합류하여 출발하였다. 함양군 수동을 거쳐 거창군 마리면에서 북쪽 길을 취하여 고제면에서 무주구천동 쪽으로 빠져 경상도와 전라도의 경계를 이루는 백두대간 아래의 빼재 휴게소에서 잠시 정거한 후, 전북의 적상산 터널을 경유하여 충북 경내로 들어갔다. 도처에 강물이 크게 불어 누런 황토물이 넘실거리고 여기저기에 논밭과 葡萄園 등이 침수된 모습을 볼 수가 있었다.

오전 11시쯤에 錦江 가 도로변에 위치한 者湖里의 태소마을에서부터 산행을 시작하였다. 부슬비를 맞으며 마을 뒤쪽으로 난 농로를 따라 올라가다가, 폭포를 좀 지난 지점에서부터는 길도 없는 가파른 산 속을 치고 올라가 몇 개의 봉우리를 지난 뒤 한참만에야 정상에 당도할 수가 있었다. 원래는 능선을 따라 양산면과 이원면의 경계 지점에 위치한 摩尼山 (639.8m)으로 갔다가 노고산성을 거쳐 관광농원 쪽으로 하산할 예정이었는데, 짙은 안개로 말미암아 사방의 지형을 파악할 수가 없었다. 어류산은 고려 공민왕이 외적의 침입을 피해 남쪽으로 몽진하였다가 歸京하는 길에 잠시 머물렀다 하여 이런 이름이 붙었다고 한다. 정상에서 점심을 들며 안개가 좀 걷히기를 기대하였으나, 오히려 빗줄기가 조금 더해지기까지 하므로 예정된 코스가 아닌 줄로 짐작하면서도 희미하나마 길이 보이는 북쪽 방향으로 진행하여 잡목 속을 헤치며 기슭으로 내려왔다. 개울의 강물이 불어 달리는 건널 방법이 없으므로, 별 수 없이 손에 손을 잡고서 급류 속으로 들어가 모두 무사히 내를 건널 수가 있었다.

지난번에 그리로 하산한 적이 있었던 영동의 丹學수련원 천화원 쪽으로 통하는 도로를 따라 금강 변으로 걸어 나와, 다리 위의 낚시꾼이 몰고 온 소형 트럭을 빌려 타고서 우리 차가 대기하고 있는 관광농원 쪽으로 향했다. 羅濟通門 휴게소에서 雨中이라 차안에 둘러앉아 아이스박스에 넣어 가지고 간 막걸리를 사이다에 타서 나눠 마시고는 무주구천동을 경유하여 돌아왔다.

23 (일) 흐리고 때때로 비 ―마야계곡, 천왕봉

간밤에 내가 취침한 후 육윤경 선생으로부터 오늘 가기로 예정된 경북 문경시의 天柱峰·功德山 일대에는 호우 예보가 있어 산행을 취소한다는 연락이 있었다고 하므로, 모처럼 아내와 함께 백두대간산악회의 월례산행에 참가하여 지리산 마야계곡 일대를 다녀왔다. 백두대간산악회의 산행에는 백두대간 종주가 끝난 이후 처음으로 참가해 본 셈인데, 매주 셋째 일요일에는 지리산의 인적이 드문 비경들을 찾아가고, 다른 주 일요일에는 지리산 이외의 지역을 다닌다고 한다.

오전 일곱 시까지 백두대간 등산장비점에 집결하여 스무 명이 채 못되는 인원으로 대절버스를 타고서 출발하였다. 아홉 시경에 중산리에 도착하여 매표소에서 봉고 버스로 갈아타고서 순두류의 자연학습원 입구까지 갔고, 거기서부터는 로터리산장으로 가는 등산로를 따라 올라가다가 도중에 오른편 계곡 쪽으로 빠졌다. 이 계곡은 천왕봉에서 중산리에 이르는 직등 코스와 황금능선이라고 불리는 써리봉에서 九谷山까지의 능선 사이에 끼인 것으로서 순두류계곡·중봉골 등으로 불리는 것이 보다 일반적인 듯한데, 마야계곡이라 함은 중간에 摩耶獨女湯이라는 沼가 있는 데서 유래한 모양이다.

산길이 있긴 하지만 인적이 드문 곳이라 그다지 분명하지 못하고, 게다가 비로 말미암아 나무 잎에 쓸려 옷을 적시게 되므로 주로 계곡의 바위 위를 걸어 올라가게 되니 곳곳의 소와 폭포들을 실컷 구경할 수가 있었다. 오르는 도중에 한 때 큰 천둥 번개와 더불어 폭우가 쏟아지기도 하였으나 대체로는 그만저만한 비였고, 이 며칠은 비가 내리지 않아 계곡물도 많이 붙지는 않았다. 그러나 비에 젖고 이끼 낀 바위에는 아슬아슬한 곳이 많아 일행 중 더러는 바위에서 미끄러져 소에 빠지거나 일부러 물속에 뛰어드는 사람도 있었지만, 이렇다 할 사고는 없었다. 계곡 윗부분에서는 써리봉 쪽과 中峰 쪽으로 골짜기가 갈라지게 되는데, 우리는 왼편의 중봉 쪽을 택하여 중봉샘을 거쳐 천왕봉과 중봉 사이에 위치한 鞍部로 올랐다. 거기서부터는 능선 길을 따라 천왕봉(1,915m)에 다다랐고, 정상에서 다소 늦은 점심을 들었는데, 사방이 점점 개어 구름 덮인 주위의 산들 모습이 일품이었다.

하산 길은 法界寺와 로터리산장을 거쳐 문장대 능선으로 내려오게 되어 있었는데, 우리 내외는 崔致遠이 놀았다는 문장대가 법계사 안에 있는 것으로 착각하여, 등산객이 주로 많이 이용하는 칼바위 코스로 내려왔다. 오후 다섯 시 무렵 중산리에 도착해 보니 우리보다 먼저 온 사람이 아무도 없었다. 옷을 갈아입고서 세 번째로 내려온 사람 및 산에 오르지 않은 이 산악회 고문인 김 장학사와 더불어 근처의 식당에서 동동주를 마시다가, 산악회원인 서 여사가 약 한 달 전에 이 마을에 개업했다는 민박 겸 식당인 대나무집으로 가서 우리 내외가 장어구이와 북한소주 등을 샀다. 뒤이어 몇 사람의 일행이 오고, 서 여사도 장어국과 밥, 삶은 감자 등을 서비스로 내놓았다. 오후 일곱 시 무렵에 중산리를 출발하여 진주로 돌아왔다.

30 (일) 맑음 -주행봉, 백화산(포성봉)

아내와 함께 육 선생 모임에 참가하여 충북 영동군 황간면과 경북 상주시 모동면의 경계에 위치한 舟行峰(874m)과 白華山(일명 抱城峰, 933m)에 다녀왔다. 아침 7시 5분에 역전 시계탑 앞으로 나가 도동 쪽에서 오는 일행과 합류하여, 기사 정영채 노인을 제외하고서 동명고등학교 영어 교사인 육윤경, 거창 농협의 박양일 부부, 총무인 탁우견 씨, 우리 부부, 삼천포 화력발전소에 근무하는 경청용 씨, 상평동에서 자동차 정비점인 쌍용배터리를 경영하는 이대영 씨, 그리고 남해도의 미조중학교 교사인 이병환 씨 등 모두 아홉 명이 참가하였다. 우리 모임은 오늘로서 여덟 번째 산행이 되는데, 참가자가 가장 많을 때도 열 명을 초과한 적은 없었다고 한다. 육 선생이 오늘 처음으로 98년 9월/10월 산행계획표를 만들어 와 나눠주었다.

늘 다니는 수동-마리-고제-빼재-구천동-적상터널-무주를 지나 영동-황간을 경유하여 오전 11시 무렵 황간면 우매리에서 하차하여 등산을 시작하였다.

　석천이라고 부르는 탁한 물줄기의 내를 건너서 주행봉에서 뻗어 내린 백화산맥의 능선을 따라 올라갔는데, 그러다 보니 도중에 길을 버리고서 잡목 숲을 헤치며 한참 나아가기도 하였다. 주행봉에 이르러 정상에 있는 널찍한 무덤에서 주위의 경치를 조망하고 점심도 들었다. 거기서부터는 기복이 심한 바위능선을 따라 포성봉 쪽으로 나아갔는데, 일행 중 박양일 씨 부인과 탁 선생은 컨디션이 좋지 못하여 도중에 탈출로로 하산하고, 나머지 일곱 명만 계속 나아갔다. 포성봉 주위는 숲에 가려 별로 조망이 없었다. 그 북쪽에 금돌산성이 있는데, 백제와 신라가 치열한 싸움을 벌인 곳으로서 무열왕이 김유신과 함께 직접 이곳까지 와서 독전했다고 한다.

　처음에는 산성을 지나 경북 모동면 수봉리 쪽으로 하산할까 했으나, 이미 시간이 상당히 지나 저녁이 되었으므로, 거기서 신라 선덕여왕 19년에 창건되었다는 般若寺 쪽 능선 길을 따라 내려와 오후 여섯 시 무렵에 하산을 완료하였다. 육 선생과 이병환 씨는 정상 부근에서 코스를 잘못 들어 계곡 길로 내려갔다. 常例에 따라 계곡물로 목욕을 하고 옷을 갈아입은 다음 막걸리를 나누어 마셨고, 올 때의 코스를 경유하여 적상산 댐 부근에서 늦은 저녁을 들고서 자정 무렵에 진주역전에 당도하였다.

9월

6 (일) 맑음 -내동산

　아내와 함께 육 선생 모임에 참가하여 全北 鎭安郡 聖壽面과 白雲面 사이에 위치한 萊東山(887.4m)에 다녀왔다. 일곱 명이 오전 일곱 시 남짓 역전 광장에 모여 봉고 버스로 산청 가는 국도를 따라 올라가다가 함양 인터체인지에서 88고속도로로 진입하여, 장수 인터체인지에서 19번 국도로 접어들었고, 국포리에서 지방도를 따라가다가 산서면 소재지에서 721번 국도를 만났으며, 효촌에서 30번 국도로 접어들었다.

해발 350m인 백운면 동산마을에서부터 전주에 산다는 이 마을 출신 젊은이의 안내를 받으며 산을 오르기 시작하여, 약수암과 내동산폭포를 지나 더 오르다가 도중에 오미자 등을 채취한다는 젊은이와 헤어지고, 얼마를 더 가니 능선이었다. 정상에 올라 1주일 만에 제법 누렇게 변한 들판과 馬耳山을 비롯한 주변의 산세를 둘러보다가 북쪽으로 뻗은 능선을 따라 좀 더 올라가 도중에 점심을 들었다. 840峰에서 오른쪽으로 난 능선 길을 따라 740봉과 625봉을 지난 다음, 안부에서 조미골을 따라 지동 쪽으로 하산하였다. 안부로부터 내려오는 길은 바위너덜지대가 많고, 군데군데 길이 끊어져 있었다.

우리가 타고 온 차는 洑가 있는 옆의 바위 위에 세워진 정자 부근에서 대기하고 있었다. 준비해 간 막걸리를 나누어먹고, 돌아오는 길에 장수 온천에 들러 쑥탕에서 목욕을 하기도 하였다.

13 (일) 맑음 -부산 구포지구

우리 가족 전원과 간호학과의 權仁守·朴玉姬 교수 및 권 교수가 입양하여 키워 온 딸 연경이가 함께 향토문화사랑회의 9월 모임에 참가하여 부산 구포지구 문화재를 답사하고 왔다. 이 모임은 정회원의 1년 회비가 15만 원이고, 1년 중 추운 1·2월과 무더운 8월을 제외하고서 매 달 둘째 주 일요일에 답사를 행하며, 7월에는 1박 2일 코스로 좀 먼 곳으로 가는데, 우리 가족으로서는 6월 모임 이후 처음 참가하는 셈이다.

안내문에 의하면 진주 팀은 오전 7시 50분까지 도동의 ≪신경남일보≫ 주차장에서 모여 개인 승용차로 출발하게 되어 있었으나, 8시 40분에 마산·창원 팀과 합류하게 되어 있는 마산역까지 가려면 시간이 부족할 것이라는 아내의 말에 따라, 우리들은 권인수 교수 및 내가 운전하는 승용차 두 대에 분승하여 한주아파트 앞에서 바로 남해고속도로를 경유하여 마산역 광장으로 향했다. 뒤에 알고 보니 진주 팀은 버스 한 대를 조달하여 뒤이어 도착하였다.

9시 10분발 통일호 완행열차로 10시 10분 무렵 龜浦驛에 내렸더니 구포에 소재한 釜山洛東文化院長이 출구에서 우리를 기다리고 있다가 영접하여 안내해 주었다. 1930년대에 쌓아졌다는 낙동강 제방을 따라 걸어 조선시대 甘洞津 나루터와 漕倉인 甘東倉이 있던 곳에 위치한 구포의 舊 장터(仇浦 甘東場)와 제방이 건설된 후 철길 건너편으로 옮겨진 새 장터를 둘러보고 거기 식당에서 돼지국밥으로 점심을 들었다. 시내버스로 이동하여 만덕터널 입구에 위치한 북구 만덕동 543번지 寺基마을 일원의 萬德寺址 및 1965에 도로가 개통되고, 1973에 만덕 제1터널, 88년에 제2터널이 잇달아 개통되자 절터 한가운데를 관통하게 된 대형 포장도로로 말미암아 지금은 도로 건너편 470-7번지에 위치하게 된 萬德寺 幢竿支柱를 둘러보았다. 그런데 우리 일행 중 1960년대에 경상남도 문화국장으로서 이 절터를 처음으로 답사했던 梧林 金相朝 翁의 견해에 의하면, 이 石柱는 1基만 남아있을 뿐 아니라 杆孔이 없어 깃대를 세울 수가 없으므로 당간지주로 보기는 어렵다고 한다.

만덕사는 고려 태조 연간에 신라 화랑 출신으로서 개국공신인 盧康弼의 시주로 利嚴禪師가 창건했다고 하는데, 일본 大德寺 소장 『朝鮮征伐記』에 의하면 임란 때 四溟大師가 8도 승병을 이 절에다 집결시켜 왜병에 대항하다가 패하여 절도 소실되었다고 적혀 있다 한다. 『高麗史』宗室列傳 및 권38 恭愍王世家 즉위년 12월조에 보면 '十二月辛卯, 髮永陵藤子釋器, 置萬德寺'라는 기사가 있고, 『高麗史節要』에 '十二月, 忠惠王藤子釋器, 髮置萬德寺'라는 기록이 있어, 이를 통해 고려 28대 忠惠王의 庶子로서 후일 31대 공민왕 5년에 親元派의 추대를 받아 反元政策을 실시하는 공민왕을 축출하려는 음모에 관련되었다가 여러 곳에 유배되어 마침내 살해당한 釋器 왕자가 공민왕 즉위 초에 왕위 계승 문제와 관련하여 머리를 깎여 승려가 되어 만덕사에 유폐되었던 것을 알 수 있으나, 이 만덕사가 어디에 있는지에 대해서는 아무런 기록이 없다.

1971년의 동아대 박물관에 의한 지표조사 및 90년·96년 2차에 걸친 부산시립박물관의 발굴조사에 의해 이 절이 고려시대의 것으로서 금당의 크기가 현재 梵魚寺의 네 배에 달하고 높이 1m가 넘는 鴟尾(망새)가 출토되는 등 거대한 규모의 사찰이었음이 입증되어, 『고려사』 등에 나오는 만덕사가 바로 이 절이 아닐까라고 추정되고 있다고 한다. 그런데 출토유물 중 祗毘寺라는 銘文 기와도 나왔는데, 『新增東國輿地勝覽』에 其比峴이라는 현재의 만덕고개를 지칭하는 지명이 보이며, 또한 만덕의 지명 유래에 임란 때 만 명이나 되는 사람들이 피난 왔다는 전설이 있는데, 이는 많은(萬) 승병(大德)들이 집결한 것을 말하는 것으로 풀이되고 있다고 하니, 『고려사』에 보이는 만덕사가 바로 이 절이라고 단정하기는 어렵지 않을까 하는 생각도 들었다.

金堂址를 중심으로 반경 500m 이내에는 대형 石築들이 시선을 끌고, 국내 최대 규모라고 하는 대형 八角座臺石을 비롯한 발굴 유물 중의 일부는 현장에 전시되어 있었다. 그 절터에다 임시 법당을 세우고서 복원 불사를 추진하고 있는 스님의 설명과 음식 대접을 받고난 다음, 산길을 걸어서 만덕동 산의 2번지 金井山 上鷄峰 屛風巖에 있는 石佛寺를 둘러보았다. 이 절은 1930년대에 曹容善 스님이 창건하였는데, 석굴 같이 생긴 바위절벽에다 새긴 마애불상들은 모두 1940~50년대의 것이지만, 국내 최대 규모라고 한다.

원래는 金井山城 남문까지 가 볼 예정이었으나, 무더운 여름 날씨에 거기까지 산길을 올라가려는 사람이 별로 없어 도로 만덕사지로 내려왔다가, 우리 일행은 먼저 출발하여 沙上 서부터미널에서 시외버스로 갈아타고 마산에 도착하여, 역 광장에 세워둔 승용차를 몰아 고속도로로 진주에 돌아왔다.

20 (일) 흐리고 오후에 비 -천생산, 베틀산, 박정희 생가

아내와 함께 육 선생 모임을 따라 경북 구미시 장천면에 있는 天生山(406.8m) 및 구미시 해평면과 산동면 사이에 있는 베틀산(369.2m)에 다녀왔다. 아침 여섯 시 반에 역전 광장에 나가, 기사를 제외하고서 여덟 명이 늘 이용하는 15인승 봉고차로 도동을 경유하여 삼가를 지나 합천 입구에서 초계 방향으로 진입하였다가 도중에 고령 쪽으로 접어들었고, 성주군

운수면을 지나 왜관 철교에서 강을 따라 올라가 구미시에 이르렀다.

천생산 중턱 천룡사에서부터 산행을 시작하여, 천생산성 표지석이 있는 정상 부근의 米得巖에서 주위의 풍경을 조망하였다. 천생산의 바위는 진안의 마이산이 그러한 것처럼 콘크리트 같은 巖質에 군데군데 자갈이 섞여 있는 것이 대부분인데, 지면의 융기로 말미암아 서쪽 일대는 높은 절벽을 이루고 있고 윗부분은 평지처럼 널찍하므로 천연의 요새가 되어 지금도 조선시대에 축조한 산성의 모습이 비교적 잘 남아있다. 忘憂堂 郭再祐가 임란 이후 전라도 靈巖으로 귀양 갔다 풀려 돌아와 53세 되던 해인 1604년(甲辰) 봄에 察理使로 다시 임명되어 南路 城池의 형세를 순찰하며 다닐 적에 이곳 仁同의 天生城이 險固하여 지킬만함을 보고서 石城을 증축하였던 것이다. 이로 말미암아 이 산성에는 망우당과 관련된 전설이 많이 전하여 와 지명을 이루고 있는데, 미득암은 산 아래에 진을 친 왜군에게 산성 안에 물이 많음을 과시하기 위해 쌀로 말을 씻었다는 곳이며, 통신바위(일명 할매바위)라는 것도 있고, 망우당의 愛馬를 묻었다는 말 무덤도 있다. 말 무덤을 지나 성벽의 북문을 통과해 보았는데, 성문 안쪽에도 건물이 있었던 흔적인지 돌로 쌓은 축대가 많이 보였다. 고분군을 지나 능선을 따라서 장천면의 과수원 동네로 내려왔다.

다시 차를 타고서 북상하여 지난번 향토문화사랑회의 답사 때 지났던 길을 따라 해평면에 이르렀고, 좌베틀산 아래의 동화사 입구에서 하차하여 걷기 시작하였다. 아내는 기사와 더불어 차에 남고, 남자 일곱 명만 부슬비를 맞으면서 천생산의 천룡사와 마찬가지로 암자 정도 규모의 동화사에 올랐는데, 그 부근의 거대한 마애약사여래입상 등을 둘러보고서 이 산의 최대 볼거리라고 하는 상어동굴에도 가보았다. 이 역시 천생산과 마찬가지 암질로 된 바위인데, 지질학적으로는 원래 바다 밑이었던 것이 융기한 것이라고 하며 大小 두 개의 커다란 암굴은 원래 해변의 모래톱에 위치해 있던 것이어서 바닷물의 침식에 의해 생긴 海蝕窟이라고 한다. 비가 점점 굵어져 소나기로 되었으므로, 산정에 오르는 것은 포기하고서 도로 내려왔다.

귀로에 박정희 대통령 생가에 들렀는데, 나로서는 세 번째가 되는 셈이다. 고속도로에 올랐다가 차량의 정체로 말미암아 도중에 왜관으로 빠져나와 성주·고령을 거쳐서 진주에는 밤 여덟 시 반 무렵에 당도하였다.

27 (일) 흐림 –주흘산

아내와 함께 모처럼 프로가이드의 안내산행을 따라 경북 문경군의 월악산국립공원 남서쪽에 위치한 主屹山(1,106m)에 다녀왔다. 아침 일곱 시 반까지 동성아파트 앞에 집결하여 삼천포에서 오는 관광버스에 합류하여 약 50명 정도의 인원이 함께 진주를 출발하였다. 거창–김천–상주를 거쳐 11시 반 무렵에 문경읍 지곡리에서 하차하여 산행을 시작하였다. 몇 년 전 겨울에 망진산악회 회원들과 함께 주흘산 등반을 온 적이 있었으나, 당시는 문경시에서 1박하며 溫泉浴도 즐기고 鳥嶺 제1관문에서부터 女宮폭포를 거쳐 惠國寺까지 올랐더니 눈이 깊어 더 오르기가 어려웠으므로, 도중에 포기하고서 절로 통하는 차가 다닐 수 있을 정도로 넓은 산길을 따라 하산한 적이 있었다.

이번에는 산 건너편 쪽으로부터 오르기 시작한 것인데, 안모시골의 月福寺를 거쳐 지도상에 주흘산이라고 표시되어 있는 1,075m 봉우리의 아래쪽 안부에서 점심을 들었으며, 다시 그 봉우리를 지나 上峰이라고 부르는 사실상의 정상을 거쳐서 돌을 쌓아 만든 벌통 모양의 石像들이 많이 세워져 있는 꽃밭서들계곡을 경유하여 조령 제2관문 쪽으로 내려왔고, 제1관문 밖의 주차장까지 또 한참을 계속 걸어 내려오며 산머루즙을 사 마시기도 하였다. 밤 일곱 시 무렵에 조령관문 주차장을 출발하여 11시 무렵에 진주에 당도하였다.

10월

11 (일) 흐리고 밤에 빗방울 –함양, 남원 지역

향토문화사랑회의 10월 답사에 참가하여, 경남 함양과 전북 남원 지역을 다녀왔다. 지난번 때늦은 태풍으로 말미암아 들판의 벼들이 많이 드러누웠고, 그래서인지 농부들이 추수를 서둘러 이미 논의 절반 가까이는 수확을 마쳐 있었다.

오전 아홉 시까지 도립문화예술회관에 나가 마산 창원 지역에서 버스를 대절하여 오는 회원들과 합류하였는데, 평소보다 숫자가 적어 기사를 제외하고서는 23명에 불과하였다. 산청의 금관가야 제10대 왕의 무덤으로 전해오는 仇衡王陵, 함양 휴천계곡의 단종 폐위를 반대하다 4년간 귀양 와서 죽은 세종의 제12왕자 한남군 이어의 귀양지였다고 하는 새우섬 및 龍遊潭을 둘러보고, 實相寺의 부속 암자인 百丈庵의 국보 제10호 삼층석탑 등에 들렀다가는 함양군 마천마을로 되돌아와서 대성식당이라는 곳에서 석이버섯에다가 산채백반으로 풍성한 점심을 들었다.

중식 후 실상사에 들렀는데, 백장암과 더불어 이곳도 발굴조사가 한창 진행 중이었다. 남원시에서는 교룡산성 아래의 萬人義塚과 조선시대의 舊 市街 자리에 위치한 『金鰲神話』에 나오는 「만복사저포기」의 배경이 되었고 고려 문종 때 창건되었다고 하는 萬福寺 遺址를 둘러보았다. 오늘 답사한 곳들은 내가 이전에 모두 다녀본 곳들이어서 일정 중에 들어있는 교룡산성에 가볼 것에 대해서만 기대를 걸었는데, 이 산성은 만인의총에서 쳐다보고만 말았다. 돌아올 때는 88고속도로를 경유하였다. 아내는 실상사 부근에서 큰 호박과 둥굴레차를 구입하였다.

18 (일) 맑음 -삼정산 능선, 실상사, 금대암

육 선생 모임에 참가하여 경남 함양군 마천면과 전북 남원군 산내면의 경계에 위치한 지리산의 지맥인 삼정산 능선 종주 산행에 다녀왔다. 우리 부부와 박양일 전무 부부를 포함하여 기사를 제외하고서 모두 아홉 명이 참가하였다.

驛前 광장에서 오전 일곱 시 반 남짓에 출발하여 산청읍에서부터는 금서면 쪽 도로를 따라 구형왕릉에 다다른 다음 지난주에 지났던 휴천계곡을 따라 마천에 이르렀고, 벽소령을 향해 올라가는 중간지점의 삼정리

에서부터는 큰길을 벗어나 군데군데 비포장인 채 남아 있는 산길을 따라 靈源寺까지 차로 올라갔다. 영원사 주차장에서 뒤따라 소형 트럭으로 올라온 포수를 만나 영원령으로 올라가는 도중까지 길 안내를 받았다. 그 포수는 마천에 살고 나이가 71세라고 하며 주로 산돼지를 잡는다고 하는데, 사냥개 네 마리를 데리고 있었다.

말수가 많은 그 포수 영감과 헤어진 후 지리산 주능선의 연하천산장 옆 삼각고지에서부터 뻗어 내리는 능선 중간의 영원사에서 가깝고 해발 1,147m 지점인 영원령에 올라, 거기서부터는 대체로 능선을 타고서 동북쪽 방향으로 계속 나아가 1286봉 및 영원사와의 최단지점인 비티재(1,110)를 지났고, 上無住庵 바로 옆에서 헬기장 쪽 갈림길을 택해 삼정산 정상(1,210)에 오른 다음 그 부근에서 점심을 들었다. 식사 후에는 1000봉을 지나 큼직큼직한 소나무 숲이 울창한 비탈길을 따라 역시 지난주에 들렀었던 實相寺 뒷문으로 들어서 절 경내를 다시 한 번 둘러보았다.

실상사 주차장에 대기하고 있는 우리의 봉고차를 타고서 다시 반대편 산 위로 난 도로를 2.5km 정도 올라 마천면 소재지 뒤의 금대산 정상 부근에 있는 金臺庵에 이르러 주변 경관을 조망하였다. 이 금대암은 김일손의 '續頭流錄'에도 나오며, 고려시대에는 普照 知訥의 傳法 제자인 眞覺 慧諶이 상당 기간 체제한 곳이기도 하다고 책에서 읽은 기억이 있다. 현재의 절 자체는 새로 지은 지로부터 그다지 오래 되지 않은 것이었으나 지눌이 깨달음을 얻었다는 상무주암보다도 오히려 여기서 바라보는 지리산 주능선의 조망이 더욱 장쾌하였다.

올랐던 산길로 도로 내려와 마천면 소재지의 역시 지난주에 들렀었던 대성식당에서 석이버섯을 안주로 막걸리를 마셨고, 다시 휴천계곡을 거쳐 산청군 화개리에 이른 다음 생초 쪽으로 빠져서 수동에서 내려오는 국도를 따라 돌아와, 아직 날이 완전히 어두워지기 전에 진주에 당도하였다.

25 (일) 맑음 -대구 팔공산

아내와 함께 육 선생 모임에 참가하여 대구의 鎭山인 八空山에 다녀왔다. 오전 7시 반 무렵 역전에서 여섯 명이 모여 회원 중 한 사람인 이대영 씨가 경영하는 쌍룡배터리의 영업용 밴을 타고서 출발하였다. 삼가를 거쳐 합천 입구에서 초계 쪽으로 빠져 고령 인터체인지에서 88고속도로로 진입하였고, 오전 10시 무렵에 팔공산의 서편 능선인 한티재 휴게소에 도착하여, 거기다 차를 세워 두고서 능선을 따라 파계재 방향으로 산을 타기 시작하였다.

파계봉과 1020봉을 지나 1060봉 정상쯤에 다다르니 정오 무렵이 되었으므로, 거기서 점심을 들고서 서봉을 지나 정상 부근의 오도재에서 석조마애약사여래 좌상 및 입상을 둘러보았다. 다른 사람들은 동봉(1,165m)에 올랐으나 나는 지난번에 오른 적이 있었으므로, 약사여래 입상이 있는 재에서 기다리고 있다가, 일행이 내려오기를 기다려 선두에 서서 眞佛庵 방향으로 뻗어 내린 지능선을 따라 永川郡 쪽으로 하산하기 시작하였다.

진불암 아래에서 능선을 내려와 계곡으로 빠져 단풍이 한창인 계곡 길을 따라 내려오면서 팔공산에서 제일 크다는 공산폭포(일명 팔공폭포)도 구경하였고, 修道寺까지 내려오니 먼저 도착한 일행 중 이대영 씨는 거기로 놀러 온 유람객의 무쏘 승용차 타이어 터진 것을 갈아 끼워주고 있었다. 그 덕분에 이 씨와 총무인 탁우견 씨, 그리고 아내는 그 차 뒷좌석을 얻어 타고서 한티휴게소에 정거해 둔 우리 차를 가지러 갔고, 진주 동명고등학교 영어 교사인 육윤경 씨와 남해 미조중학교 사회과 교사인 이병환 씨 및 나는 이미 어두워진 밤길을 터벅터벅 걸어 영천군 신녕면 치산리까지 내려와서, 신령서부국민학교 부근의 사거리에서 막걸리와 소주잔을 기울이며 차가 돌아오기를 기다렸다.

귀가 길은 역시 왔던 코스를 취하여, 고령에서 기사식당에 들러 정식과 맥주 및 소주로 늦은 저녁식사를 들고서 밤 11시 무렵에 진주에 당도하였다.

11월

1 (일) 맑음 -거창양민학살사건 희생자묘역, 합천댐, 유전리,
   영암사지

일본에서 박사학위를 받은 본교 前·現職 교수들의 모임인 玄士會 추계
총회가 있는 날이라, 우리 가족 전원을 대동하여 오전 10시까지 집합
장소인 칠암동 의대 정문으로 나갔다. 총회라고는 하지만 가족동반 야유
회인 셈이다. 현사회의 현재 회원은 모두 38명이라고 하며 가족을 동반
한다면 약 150명 정도가 된다고 하는데, 오늘 모인 인원은 대절한 관광
버스 한 대에 뒷좌석이 조금 남을 정도의 숫자였다.

총무는 있지만, 농대의 김병택 교수가 진행을 맡고, 답사 현장의 설명
은 김 교수의 위촉에 따라 내가 맡게 되었다. 먼저 산청군 단계와 차황을
지나 거창군 신원면 신원읍에 이르러 거창 양민학살사건의 희생자 공동
묘지 옆에서 정차하여, 내가 이 사건이 일어난 1951년 당시의 상황과 공
산 빨치산의 생성 및 활동 배경에 대한 설명을 하였다. 신원에서 합천군
鳳山面으로 접어든 지점의 합천댐 모서리에 당도하여 그곳 저수지의 둑
에서 준비해 간 도시락과 술 및 음료 등으로 점심을 들었다. 하늘은 구름
한 점 없이 맑고, 들에는 추수가 거의 다 끝났으며, 마을마다 곳곳에 감들
이 익고, 산의 수목이 붉게 물들어 가을의 정취를 한껏 느낄 수 있었다.

점심 식사를 마친 후 봉산면 소재지를 지나 봉산교를 건너서 거창 가
는 국도를 따라 서쪽으로 가다가 합천댐이 거의 끝난 지점에서 다리를
건너 건너편 도로 변의 사과밭을 구경하였다. 그 쪽 길을 따라 도로 합천
댐으로 돌아와서 유람선 선착장에서 한동안 바람을 쐬다가, 大幷面 嶧坪
里로 내려와서는 댐 공사 관계로 이웃의 柳田里에서 그곳으로 옮겨 온
恩津宋氏네 古家들을 둘러보았고, 유전리에서 대병면 소재지인 幷木里를
거쳐 댐 주위를 서쪽과 남쪽 방면으로 일주한 후 嘉會面으로 내려왔다.

삼가 쪽으로의 갈림길에서 가회면 소재지인 德村 마을 쪽으로 조금
내려온 지점의 개울가에 위치한 산장식당에 들러 우리 일행의 저녁식사

를 주문해 둔 다음, 덕촌 마을과 오도리를 지나 통일신라시대의 고찰인 靈巖寺址에 들러 보물로 지정된 雙獅子石燈과 삼층석탑 및 龜趺 등을 구경하였다. 이곳에는 나의 건의로 오게 된 것인데, 영암사지 주변은 지난 번 그 뒤편의 황매산 줄기인 모산재에 오르기 위해 들렀을 때보다는 많이 개발되어 제법 모습이 달라져 있었고, 현재 이 절의 재건 불사도 진행되고 있었다. 원래는 등산에 흥미 있는 사람들은 이 절 뒤편 해발 700여 m의 바위산인 모산재에도 올라볼 예정이었으나, 이미 시각이 다섯 시를 넘어 머지않아 어두워질 것이므로, 절터만 구경하고서 산장식당으로 되돌아왔다.

식당에다 토종닭 아홉 마리로 닭찜 등을 만들도록 주문해 두었었지만, 한 시간 정도 지나 도착해 보아도 우리를 못미더워한 까닭인지 아직 요리를 시작하지도 않고 있는 상태였으므로, 우선 식당 옆의 부설 노래연습장에 들러 한 시간 정도 노래를 부르며 놀다가 닭찜과 닭죽 및 소주 등으로 저녁식사를 시작하였다. 도동 방면으로 하여 진주에 도착했을 때는 밤 아홉 시가 넘어 있었다.

7 (토) 맑음 -해금강, 외도, 당항포

인문대학 교수친목회에서 주관하는 야유회에 참가하여 巨濟島 및 固城 일대에 다녀왔다. 오전 8시 50분까지 인문대학 앞 광장에 집결하여, 한국인 교수 약 서른 명 정도와 러시아·독일·중국인 교수 각 한 명, 그리고 직원 한 명 및 조교 두 명 등이 대절한 관광버스 한 대에 동승하여 출발하였는데, 나는 시종 중국인 董爲光 교수와 나란히 앉아 대화를 나누면서 다녔다. 추수가 끝난 가을 들녘의 풍경을 바라보면서 사천과 고성, 통영을 지나 거제대교를 건너서는 지름길을 취하여 둔덕면·거제면 및 동부면의 구천계곡 군립공원을 지나 한려해상국립공원 지역에 속하는 鶴洞해수욕장 쪽으로 내려왔고, 유명한 동백 숲길을 지나 바로 海金剛 입구에 닿아 하차하였다.

해금강 앞에서 세낸 배를 타고서 이 섬을 한 바퀴 두른 다음, 거기서 배로 약 15분 걸리는 거리에 위치하며 서울에 사는 어떤 사람이 무인도를 사서 아열대식물원으로 개발했다는 外島, 즉 밖섬으로 향하면서 배 안에서 도시락으로 점심을 들었다. 외도가 좋다는 소문은 아내로부터 여러 번 들었지만, 내가 직접 와보기는 이번이 처음인 셈이다. 길을 따라 섬 안의 여기저기를 둘러보고는 제일 높은 곳에 위치한 전망대에서 一望無際로 트인 바다를 바라다보며 커피를 들었다.

오후 2시 15분에 다시 배를 타고 해금강으로 나와서는, 버스를 타고서 갈 때와 같은 코스로 돌아 나오다가, 고성에서 마산 방향의 길을 취하여 고성군 회화면 배둔리 부근에 있는 이순신 장군의 전적지인 唐項浦에 닿아 저녁 식사를 들었다. 당항포는 국민관광지로 개발되어 있으나, 매표소 안으로는 들어가지 않고서 바깥의 횟집에서 술과 음식을 들며 놀았는데, 일주일간 중국에 갔다가 뒤늦게 도착한 허권수 교수의 사회로 차례로 노래를 부르기도 하였다. 밤이 되어 돌아오는 차안에서도 가라오케의 반주에 맞추어 노래를 불렀다.

8 (일) 맑음 -경주 남산

아내와 함께 육 선생 모임에 참가하여 경주 남산에 다녀왔다. 오전 11시 반까지 역전 광장에 모여 이대영 씨의 쌍룡배터리 영업용 밴 차로 여섯 명이 출발하였으며, 운전은 이 씨와 총무인 탁우견 씨가 교대로 하였다. 남해고속도로로 김해에 이른 다음, 대동 쪽 고속도로로 접어들어 다시 양산 부근에서 경주로 향하는 고속도로에 합류하였는데, 마침 경주에서 세계문화엑스포가 열리고 있는 중이어서 그런지 경주 입구의 톨게이트에서부터 많이 붐비고 있었다.

남산은 이번으로 세 번째로서, 어떤 산악회를 따라 첫 번째 왔을 때 아내와 함께 오른 적이 있었던 三陵(냉)골 코스로 하여 상사바위(388m)에 오른 다음, 오른 쪽으로 능선을 따라 금오산(468m) 정상에 올랐고, 지난번의 경우처럼 여기서 점심을 들었다. 경주 남산에는 보물 13점, 사적 12개소, 중요민속자료 1점, 지방유형문화재 10점 등 모두 36점의 문화재가 산재해 있어 야외박물관으로도 일러지고 있으나 일반에게는 비교적 잘 알려져 있지 않은 터인데, 오늘은 웬일인지 산길에 사람의 행렬이 끊이지 않아 마치 주말에 서울 근교의 산에나 오른 듯한 느낌이었다.

금오산에서부터는 근년의 산불로 다 타버린 능선 길을 따라 아직 오른 적이 없는 새로운 코스를 취하여 茸長寺址로 향해 그곳의 삼층탑(보물 186)과 三輪臺座佛(보물 187), 마애여래좌상(보물 913)을 구경하였는데, 냉골의 석불좌상(보물 666)과 더불어 오늘은 모두 네 점의 보물을 둘러보게 되었다. 용장사는 남산에서 가장 규모가 큰 절이었다고 하며, 신라 시대에는 大賢을 중심으로 하는 法相宗의 사찰이었다고 안내판에 적혀 있었으나, 내가 알기로는 대현은 원측 계통의 唯識學이었으므로 법상종이라고 하기에는 적절하지 않을 듯하다. 뭐니 뭐니 해도 이 절은 근세조선의 세조 때 생육신의 한 사람인 김시습이 환속하기 전 마지막 승려 생활을 보내며『金鰲神話』를 저술한 곳으로 알려져 있는데, 그의 호인 梅月堂도 이 절에서 지은 漢詩에서 유래하는 모양이다.

절터에서 용장골로 내려온 다음 다시 바위 능선을 타고 올라서, 雙峰(352m)을 지나 김시습이 머물렀다는 隱寂庵 터가 근처에 있는 368봉을 거쳐 남산의 최고봉인 고위산(수리봉, 494.6m)에 올랐다. 거기서부터는 육윤경 선생과 둘이서 은적골·열반골의 사이에 있는 377봉·334봉을 거쳐 가파른 바위 능선을 따라 천우사 쪽으로 내려왔다. 아내 등 나머지 사람들은 앞서 가다가 원래 예정했던 능선 코스가 아닌 열반골계곡으로 빠져 내려갔다.

용장마을에 도착하여 가게에서 막걸리를 사서 사이다와 섞어 마시며 육 선생이 도착하기를 기다렸다. 귀가 길에 경주 톨게이트를 빠져나오고부터는 붐비는 부산 쪽 고속도로를 버리고서 대구 쪽으로 향해 화원에서 88고속도로에 진입하여 고령 인터체인지에서 국도로 접어들었고, 경상남도의 쌍책, 초계, 합천, 삼가를 경유하여 밤 아홉 시 남짓에 진주의 도동 방면으로 진입하였다. 회원 중 박양일 거창농협 전무 내외가 오늘 첫아들 결혼식을 치렀으므로, 하대동 성창아파트 310호실의 자택으로 찾아가 잔치 음식과 매실주를 대접받은 다음 밤 11시쯤에 택시를 타고서 우리 집에 당도하였다.

15 (일) 오전 중 짙은 안개 후 개임 -남해도 지구
아내와 함께 향토문화사랑회의 11월 답사에 참가하여 南海島에 다녀왔다.

오전 9시까지 도립문화예술회관 앞에 집결해서 마산 창원 지역에서 학교버스 한 대를 동원하여 오는 회원들과 합류하여, 진교에서 남해고속도로를 버리고서 국도로 진입하여 鄭起龍 장군 사당이 있는 금오산 아래를 지나 남해도에 진입하였다.

먼저 李落祠 뒤편 이내기끝 언덕에다 전두환 정권 때 세운 누각에 들러 안개 속의 觀音浦와 李落坡 일대를 조망하며 황만수 회장으로부터 이순신 장군의 마지막 해전 당시 상황에 대한 설명을 들은 다음, 노량 마을로 돌아 나와 忠烈祠와 自庵 金絿 謫廬遺墟碑를 둘러보았다. 忠武公은 관음포에서 전사한 뒤 이락사 부근 갯가에 며칠간 안치된 후 현재 충렬사가 있는 이곳 노량마을로 옮겨져 몇 달간 가매장되었고, 靈柩가 이곳에서 發靷하여 고향인 牙山으로 옮겨졌다고 하는데, 충렬사 안에는 지금도 假墓가 있고, 그 사당 앞에는 宋尤庵의 글에 同春堂의 글씨로 새겨진 廟庭碑가 서 있었다. 충렬사 입구에서 얼마 떨어지지 않은 곳에 自庵의 후손이 이곳의 수령으로 부임해 와서 세운 유허비가 있었는데, 자암은 기묘사화로 말미암아 이곳에 유배되어 와서 13년을 지낸 후 떠났다고 한다. 安平大君, 양사언, 한호와 더불어 朝鮮前期 四大名筆의 한 사람으로서 仁壽體를 연 文人이기도 한 자암은 이곳에서 귀양살이를 하면서 講學하고 景幾體歌로 된 '花田別曲'을 짓기도 하였으므로 예전에는 이곳에 그의 서원이 있었고, 바로 옆 충렬사 입구에도 충무공을 기념하는 서원이 있었다고 한다. 노량 마을에서는 대원군의 斥和碑도 볼 수 있었다. 노량에서 황 회장이 대접하는 생선회를 곁들인 점심을 들었고, 이락사 입구에서 이 고장 명물인 柚子를 산 데 이어 노량에서는 말린 가오리

를 좀 사기도 하였다.

錦山으로 가서 중턱의 주차장에서부터 절 버스로 갈아타 菩提庵 입구까지 오른 다음, 일행이 다 모이기를 기다려 보리암 塔臺의 觀音菩薩立像 옆에서 황 회장으로부터 錦山 38景에 대한 설명을 들었다. 거기서부터는 바위굴인 雙虹門을 지나 산길을 걸어서 尙州 쪽으로 내려왔고, 그 쪽 주차장으로 옮겨와 대기하고 있는 버스를 타고서 섬의 남쪽 끝인 미조항으로 빠지는 초전 삼거리에서부터 다시 북상하여 동쪽 해안의 북한에서 망명한 김만철 씨 일가가 세운 평화의 집 기도원을 지나 물미관광도로를 따라 올라가다가, 황 회장의 처가가 있는 은점 마을 조금 못 미친 지점의 산중턱에 있는 제일식품 공장에 들러 견학하였다.

황 회장은 마산에서 컴퓨터 관련 사업을 하고 있으나 멸치잡이 배도 다섯 척을 가지고 있어 그 배로 잡아온 멸치를 이 공장에서 가공하여 액젓과 마른 멸치 등을 만들고 있다. 공장의 규모가 큰데다 모든 시설이 현대식으로 되어 있어 위생적이었다. 그 공장에 거주하고 있는 황 회장의 처남댁으로부터 술과 음료 및 마른 멸치 안주 등을 대접받고서, 원하는 회원들은 액젓과 마른 멸치를 공장도 가격으로 구입하기도 하였다.

어두워진 후에 昌善島로 빠지는 知足 마을과 二東面을 거쳐 남해읍을 경유하여 진주로 돌아왔다. 남해가 유배지이며 西浦 金萬重이 상주 해수욕장 부근의 노도에 귀양 와 『九雲夢』을 짓고 거기서 죽었다는 등의 말은 익히 듣고 있었지만, 앞서 언급한 金綏를 비롯하여 서포의 사위라고 하며 景宗代 老論四大臣의 하나이기도 한 李頤命도 남해로 귀양 왔고, 고려 말에 성리학을 수입하여 본격적으로 연구한 최초의 인물인 白頤正은 시문리의 蘭陰 부근 난곡사 자리로 귀양 와 있었다는 사실 등은 이제야 알았다.

그리고 남해읍 부근의 해안 마을인 선소리에는 對馬島主 宗義智가 쌓은 倭城과 明의 장수 장량상의 마애비가 남아있는 모양이다. 관음포가 임란 당시에는 지금의 도마재 부근까지 내륙으로 길게 이어져 있었다가 지금은 그 일대가 대부분 매립되어 농지로 바뀌었는데, 이런 특이한 지형 관계로 倭船團은 한밤중에 시작된 전투에서 출구가 없는 줄을 모르고서 이곳으로 잘못 들어와 朝明聯合軍의 함대에 의해 포위되어 버렸으므로, 퇴로를 열고 또한 이를 막기 위해 필사적으로 근접전을 벌이는 과정에서 충무공이 적의 총탄을 맞기에 이르렀으며, 이 싸움에서 왜적은 200여 척의 전함을 잃었다고 한다. 이 관음포는 또한 그보다 앞서 고려 말 禑王 때 鄭地 장군이 合浦로부터 왜구 선단의 출현 급보를 받고 전라도 지역으로부터 이동해 와 이 앞바다에서 火砲 등을 사용한 해전으로 왜구를 크게 격파하여, 이성계·최영 등의 업적과 더불어 왜구 토벌의 4대 전적지 중 하나라는 것도 비로소 알았다.

22 (일) 간밤에 첫눈 온 후 맑음 -논개 생가, 지리산온천랜드
아내와 함께 금산산악회에 동참하여 전남 장수군의 장안산 산행에 따라갔다. 아침 8시 30분까지 옥봉북동 새마을금고 앞에 집결하기로 하여 50분쯤에 출발하였다. 첫눈이 제법 많이 내렸고, 특히 장수 지역은 降雪量이 가장 많아 15cm 정도 된다는 보도가 있었다고 한다.
산청 가는 국도를 따라가다가 안의를 지나서 화림계곡 쪽으로 접어들었고, 육십령고개를 지나서 논개 생가 마을인 朱村으로 꺾어들었다. 주촌을 지나서 무령고개를 향하여 한참 더 올라가다 보니 도로가 산중턱으로 자꾸만 굴곡을 이루며 이어지는데, 우리 일행 34명이 탄 관광버스는 스노체인도 준비해 오지 않은지라 위험하여 더 이상 올라갈 수가 없었다. 차가 언덕길에서 후진하여 내려오는 것도 또한 상당한 어려움이 있었는데, 우리는 눈길을 터벅터벅 걸어서 논개 생가 마을 쪽으로 먼저 돌아오다가 길가 언덕바지에 있는 어느 민가에 들러 버스의 본사에다 연락한다고 하는 것이 전화 연락을 취한 후 그대로 거기에 눌러앉아 칠면조 훈제를 안주로 술을 들고 있었다. 한참 후 차를 돌려 내려온 나머지 일행과도 합류하여 그 집 마당에서 점심을 들었다.
이리하여 등산은 이루어지지 못했지만 그냥 돌아가기도 싱거운지라, 도중에 논개 생가를 참관하고 구례에 생긴 지리산온천랜드에도 들러 그 중 가장 큰 대중탕에서 온천욕을 하였다.

12월

6 (일) 맑으나 산 위는 흐리고 몇 차례 빗방울 -가야산

아내와 함께 모처럼 백두대간산악회의 안내등반에 참가하여 합천 가야산에 다녀왔다. 우리 모임의 육윤경 선생과 박양일 전무도 이에 참가하였다. 오전 일곱 시까지 등산장비점 앞에 집결하여 대절버스 한 대로 출발하였는데, 출발에 앞서 아내가 이 달 중에 있을 나의 생일 선물 조로 체코에서 만든 독일제 레키 지팡이와 새 아이젠을 사 주고, 자기도 새 등산화를 하나 구입하였다.

갈 때는 삼가·합천·야로를 거쳐 해인사 조금 못 미친 지점인 來庵 鄭仁弘의 고향 야천리(가야)에서 오른쪽으로 난 갈림길을 따라 산을 넘어서 경북 성주군 수륜면 백운리로 가 거기서부터 등산을 시작하였다. 가야산 정상인 상왕봉(1,450m)에는 내가 젊은 시절 룸펜 생활을 하고 있을 무렵이었던가, 겨울을 해인사의 암자에서 지내기 위해 들어왔다가 있을 곳이 마땅치 않아 금선암에서 며칠을 보내다가 그냥 돌아간 적이 있었는데, 그때 눈이 많이 내린 다음날 혼자서 오른 적이 있었다. 당시의 느낌으로는 너무 산길이 평탄하여 소문으로 듣던 것보다는 싱겁다는 편이었는데, 암벽이 많기로 유명한 星州 쪽에서 오르기는 이번이 처음이다.

백운리 주차장에서부터 바로 산길을 따라 오르기 시작하여 용기폭포 부근의 대피소에서 오른쪽으로 동성재와 동성봉을 끼고서 가파른 급경사를 헐떡이며 간신히 올랐고, 능선에서부터는 험준한 바위들을 타고 넘으며 칠불봉을 지나 상왕봉이 바로 앞에 바라다 보이는 지점에서 점심을 들었다. 식사 후에는 정상으로 향하지 않고 바로 그 아래 지점에서 경상남북도의 경계선이 되는 능선을 취해 가야산성과 서성재·서장대를 거쳐 왔다. 점심 때 술을 별로 많이 마신 것 같지 않은 데도 불구하고 오늘따라 유난히 피로하여 힘들었고, 한 번은 일행이 進路를 찾느라고 한참 머뭇거리는 동안 돌 위에 앉아서 쉬다가 배낭을 잊고서 그냥 내려와 후미를 맡은 가이드가 날라다 주기도 하였다. 능선 부근은 안개가

자욱하여 주위를 별로 조망할 수가 없었는데, 높다란 바위 위에 앉아서 배낭이 도착하기를 기다리는 동안 잠시 안개가 벗겨진 틈을 타 만물상이라 불리는 바위 능선을 구경하기도 하였다.

내림 길이라고는 하지만, 계속 바위 능선을 오르락내리락하며 두세 시간을 힘들게 진행하였으며, 원래는 性徹 스님이 생전에 거주하던 해인사 백련암 쪽으로 내려올 예정이었으나 우리 내외를 포함한 대부분의 일행은 코스를 잘못 잡아 그보다 수백 미터 아래의 능선 반대 방향인 지족암으로 하산하였다. 절 입구를 향해 내려오는 도중에 소형 트럭의 짐칸을 얻어 타기도 하였고, 귀가 길은 88고속도로와 지난 추석 무렵에 개통된 충무−함양 구간의 대전행 고속도로를 경유하여 비교적·이른 시각에 진주에 당도하였다.

13 (일) 맑음 −영산, 무안 일대

아내와 함께 향토문화사랑회의 12월 답사에 참가하여 창녕군 靈山 일대와 밀양군 무안면 일대를 다녀왔다. 12월에는 가까운 지역을 답사하는 선례에 따라, 진주에서는 오전 여덟 시까지 도립문화예술회관 주차장에 집결하여 각자의 승용차로 출발하였다. 우리는 승용차를 몰고 갔지만, 우리 차는 주차장에 그냥 세워둔 채 ≪신경남일보≫의 하종갑 국장이 운전하는 차에 동승하여 출발하였다.

남해고속도로 및 구마고속도로를 경유하여 오전 아홉 시 남짓에 부곡온천 가는 입구쯤에 있는 영산 萬年橋(보물 제564호) 앞에 도착하였다. 그곳의 집결 시각인 오전 열 시 남짓까지 영산호국공원 안의 만년교를 비롯하여 全霽 장군을 기리는 임진왜란 호국영령비와 탑, 삼일운동 기념비, 6.25 당시 두 차례에 걸친 영산지구 전적비, 비각 밭, 물레방아 및 硯池못 등을 둘러보았고, 마산 지구 회원들이 도착하기를 기다려 황만수 회장의 설명을 들으며 공원 일대를 다시 한 번 둘러보았다.

밀양에다 미리벌 민속박물관을 개관한 이후 한 번도 월례모임에 참석하지 못했던 성재정 총무가 모처럼 참석하여 우리 일행을 영산 읍내의

東里 101번지에 있는 중요무형문화재 101호 누비匠으로 지정된 金海子 씨의 水山傳統染色工房으로 안내하였다. 김 여사는 누이동생과 함께 그 공방을 운영하고 있었는데, 누이동생이 茶菓로 우리를 접대하고 언니로 부터는 누비옷과 염색에 대한 설명을 들었다. 김 여사는 1979년 무렵 통도사 극락암에서 鏡峰스님을 모시고 주방 일을 하며 1년 정도 지낸 적이 있었다. 절의 스님들이 입고 있는 누비옷에 관심을 가지고서 속세로 내려온 이후로도 혼자 그것 및 전통 염색에 관해 연구하였고, 그 이후 누비 기능을 지닌 사람에게서 기술을 전수 받기도 하였는데, 그 기술을 전수해 준 사람은 조선 왕조 말기 궁중 기술의 흐름을 이은 사람이었다고 한다.

김해자 씨는 뒤에 듣고 보니 아직 나이가 40대라고 하는데, 얼굴은 매우 맑으나 마치 예순을 넘은 사람처럼 보였으며, 누비옷을 만드는 일은 자신의 마음 수양 정도로 생각하고 계속할 뿐 영리를 도모할 줄 모른다고 한다. 아내는 즉석에서 누비로 만든 조끼 한 벌을 외상으로 구입하였다. 방안의 경봉 스님 글씨와 더불어 그 공방 마루에 김충렬 교수의 서예가 걸려 있었으므로 물어보았더니, 김 교수가 극락암으로 경봉스님을 뵈러 왔다가 자기의 얼굴이 맑다며 칭찬해 준 후 돌아가서는 몇 점의 글씨를 써서 보내 준 것이라고 한다.

김 여사 및 그 누이와 더불어 조선시대에 만든 靈山 石氷庫를 둘러본 후, 부곡온천 지역을 지나 인접한 밀양 지역으로 들어가서, 밀양시 무안 면 무안리에 있는 도유형문화재 제15호이며 나라에 큰 일이 있을 때 땀을 흘리는 것으로 유명한 사명대사의 表忠碑를 참관하였다. 거기 무안면 소재지의 제일식당에서 땅콩을 섞은 두부 및 돼지수육과 국밥으로 점심을 포식한 후, 사명대사의 생가 일대를 복원하여 성역화 작업이 진행되고 있는 현장을 둘러보았다. 四溟堂은 속성이 任氏, 字는 離幻, 법명이 惟政, 호는 松雲으로서 諡號가 사명당인데, 1544년에 이곳 무안리에서 출생하였다고 한다.

거기서 돌아 나오는 길에 부산 大覺寺의 鏡牛 스님이 자신의 고향인 이곳에다 승려의 舍利를 중심으로 전시하는 불교박물관의 건립 현장 및 무안면 연상리에 있는 도유형문화재 제190호인 밀양박씨 齋室과 書院으로서 조선 초기의 무신 朴坤 장군 생가 터라고 하는 魚變堂을 둘러보았다.

마지막으로 다시 미리벌박물관에 들러 관장인 성 총무의 안내를 받으며 전시실의 물품들을 참관하고, 차도 대접받고서 귀가 길에 올랐다. 도립문화예술회관에 도착한 이후 우리 차로 봉곡동 처가에 가서 장모가 새로 담은 김치를 얻어서 집으로 돌아왔다.

20 (일) 맑고 포근함 —송림사, 군위삼존석불, 환성산

모처럼 육윤경 선생 팀과 함께 대구 팔공산의 支脈인 環城山(811.3m) 등반을 다녀왔다. 아내와 함께 오전 일곱 시까지 역전광장에 나가, 정 기사가 운전하는 봉고 차로 도동의 촉석아파트 옆으로 가서 다른 일행이 모이기를 기다렸는데, 기사를 빼고 모두 여덟 명이 참가하였다. 합천을 거쳐 팔공산 동남쪽의 경북 칠곡군 동명면 구덕리에 있는 松林寺에 들러 그 절 마당에 있는 보물 189호로 지정된 5층 塼塔과 조선조 숙종의 어필로 전해진다는 대웅전 현판을 둘러보고서, 팔공산과 가산을 연결하는 한티재를 넘어 군위군에 있는 제2석굴암의 군위삼존석불도 구경하였다. 바위 절벽에다 감실 모양의 굴을 파고서 阿彌陀三尊을 세웠으며 굴 벽에도 화염 무늬를 조각하였는데, 경주 석굴암의 부처보다도 약 1세기 앞선 것이라고 한다.

도로 한티재로 돌아 올라와 원래 오늘의 목적지였던 가산에 오르고자 하였는데, 차를 보내고서 능선 길에 오르려고 하자마자 산불감시초소의 경비원에게 저지당하였고, 일행 중 이 선생은 신분증도 압수당해 얼마간 시간이 지체되었다. 그 동안 휴대폰으로 연락하여 정 기사로 하여금 다시 한티재로 돌아오게 하였다. 재를 내려와 팔공산 전면의 대구광역시 동구 지역을 통과하여 경상북도와의 경계를 이루는 능성고개를 넘어서 경북 경산시 와촌면에 이른 다음, 하양읍의 佛窟寺 입구 주차장에서 차를 내려 산행을 시작했다. 불굴사에도 보물로 지정된 석탑이 있었는데 당시는 그것을 알지 못했으므로 절에 들어가지 않고서 그냥 쇠로 만든

가파른 계단을 따라 절 뒷산의 바위 절벽에다 조성한 석굴로 올라가 근자에 만든 것으로 보이는 불상들을 둘러보고 내려와서는, 쇠 계단의 중간에서부터 팔공산 갓바위로부터 흘러내린 지맥이 이룬 능선을 따라 동쪽으로 舞鶴山(574.5m)을 바라보며 환성산을 향해 나아갔다.

능선 길 도중에서 점심을 들고난 후 정상에 올랐는데, 그 능선에서는 팔공산을 비롯하여 慶山市 일대까지 사방의 조망이 좋았다. 환성산 정상에서부터 서쪽으로 문암산을 향해 뻗어 내린 능선 길을 따라가다가 도중에 북쪽 지능으로 접어들어 대구광역시 동구 진인동으로 내려왔으며, 그 길이 능성고개로 향하는 국도와 만나는 모서리의 잡화점에 들러 막걸리와 두부를 들며 정 기사와 전화 연락하여 차가 도착하기를 기다렸다.

돌아올 때는 대구 시내를 경유하여 88고속도로로 고령에 이른 다음, 일반국도를 따라 합천을 경유하여 밤 아홉 시 무렵에 진주의 우리 아파트에 당도하였다. 오늘이 음력으로 내 생일에 해당하는 날이라, 집에 남아 있던 회옥이가 나를 위해 거실의 천장에다 수많은 고무풍선을 붙이고 'HAPPY BIRTHDAY'라고 쓴 색종이와 내 머리에 씌울 圓錐 모양의 종이 모자를 스스로 만들었고, 자기 용돈으로 생일 케이크와 우유도 장만해 놓고 있어, 거실에서 조촐한 생일 파티를 가졌다.

27 (일) 쾌청 -도장골, 촛대봉, 연하봉

아내와 함께 백두대간산악회의 테마 산행에 참가하여 지리산에 다녀왔다. 백두대간산악회에서는 백두대간 종주를 끝내고 난 후 수년간 예정으로 지리산의 잘 알려지지 않은 코스를 집중 등반하고 있는데, 오늘로서 10여 차례에 해당한다고 한다.

아직 날이 채 밝지 않은 오전 일곱 시 무렵에 도동 명신예식장 앞의 등산장비점이자 산악회 사무실인 곳으로 집결하여 지리산 도장골을 향하여 출발하였다. 모처럼 이쪽에 와 보니 양수발전소 공사가 꽤 진척되어 우리들이 버스에서 하차한 거림 마을 바로 아래까지 온통 땅을 파헤치고서 공사를 진행하고 있어 차량 진입에 꽤 시간이 걸렸다. 그리하여 오전 아홉 시 무렵부터 등산을 시작할 수가 있었다. 거림계곡과 도장골이 갈리는 지점에는 물론 경비 초소가 있어 입산을 통제하고 있었지만, 정 회장이 교섭하여 주소 성명을 적어 놓은 후 무사히 입산할 수가 있었다.

이곳 도장골은 지리산 중에서도 비교적 깊고 넓으며 사람의 발길이 적게 미치는 곳인데, 이러한 지형적 특성 때문에 李泰의 『南部軍』 등에는 빨치산의 환자 트 이야기를 비롯하여 빨치산의 식량을 비장했던 곳으로, 또는 지휘부를 포함한 대규모 병력의 은신처로 이용되는 등 많은 사연이 기록돼 있는 곳이기도 하다. 와룡폭포까지 오른 후 촛대봉 쪽으로 접어들어 가파른 산길을 한참 올라 비로소 시루봉에 이르렀고, 거기서부터 비교적 평탄한 길을 따라 좀 더 가니 주능선 상의 촛대봉(1,703.7m)에 다다랐다. 촛대봉 아래 초원의 샘이 있는 곳에서 점심을 들었다. 우리 부부는 한문학과의 최석기 교수 및 지난 번 진주시장 선거에 출마하였다가 차점으로 낙선한 강대승 변호사와 동석하여 식사를 하고 술도 좀 마셨다.

세석평전을 내려다보는 촛대봉을 출발하여 주능선을 따라 동쪽으로 한참 가서 건물을 새로 지은 장터목산장 바로 못 미친 지점의 연하봉(1,667m)에서 다시 도장골과 법천계곡 사이 남쪽 방향으로 뻗어 내린 능선을 탔다. 날씨가 맑아서 바로 건너편의 천왕봉(1,806m)은 물론이요 지리산 주릉 및 그 주변의 산들과 멀리 진주 시내와 月牙山, 광양만의 바다까지 바라볼 수가 있었다. 그 支陵은 아래 부분에서 청내골을 사이에 두고서 다시 거림 방향과 내대 방향의 능선으로 갈리게 되는데, 우리는 거림 쪽으로 방향을 잡아 山竹 숲을 헤치며 능선을 따라 한없이 나아갔다.

오늘도 점심을 들고 난 이후로는 컨디션이 그다지 좋지 못하여 무척 힘이 들었다. 땅거미가 지고 어둑어둑해 질 무렵에야 기진맥진하여 우리들이 대절해 온 관광버스가 대기하고 있는 거림의 버스 종점에 다다랐다. 몇 사람은 뒤에 쳐져서 출발 예정 시간으로부터 한 시간도 더 지나고 사방이 깜깜해 진 밤 일곱 시 가까운 무렵에야 하산하였다. 오늘 산행은 여덟 시간 반 정도가 소요되었고, 주행 거리는 20km가 넘을 것이라고 한다.

1월

3 (일) 맑고 포근함 -창암산, 한신지계곡

아내는 학교 일로 집에 남고, 나 혼자서 백두대간산악회의 안내등반에
참가하여 지리산 창암능선과 한신지계곡에 다녀왔다. 육윤경 선생을 위
시한 우리 모임의 사람들도 몇 명 이 산행에 참가하였다. 오전 7시 15분
남짓에 대절버스 한 대로 도동의 등산장비점 앞을 출발하여, 새로 개통
된 함양행 고속도로를 경유하여, 생초에서 국도로 산청군 화계리를 경유
해 엄천강을 지나서 함양군 유림면 소재지로 건너가 휴천계곡 쪽으로
빠졌다. 함양군 마천면 소재지를 지나 지리산 삼정리와 백무동 쪽으로
가는 도중의 가채동에서 하차하여, 냇물을 건너서 칠선계곡과 한신지계
곡 사이로 뻗은 창암능선의 등반을 시작하였다. 바위가 더러 물에 얼어
미끄러우므로 나를 포함한 몇 사람은 내를 건너다 미끄러져 신발 안에
찬물이 들어가기도 하였다.

별로 길이 없는 산언덕을 무작정 치고 올라가 한참 후에 窓岩山
(923.3m) 정상에 이르렀고, 거기서부터는 비교적 평탄한 능선 길을 따라
제석봉 방향으로 자꾸만 오르내리며 걸어 올랐다. 점심을 들고서 한참을
더 걸으니, 참샘 쪽에서 올라오는 백무동-장터목 간의 비교적 넓고 잘
다듬어진 등산로를 만나, 그 길을 따라서 소지봉을 지나 계속 올랐다.

장터목산장이 바라다 보이는 어느 봉우리에서 오른쪽으로 길도 없는
수풀을 무조건 치고 내려가니 결국 한신지계곡 상의 제일 위에 위치한
폭포인 내림폭포로 나왔다. 이 한신지계곡은 내가 오래 전부터 한 번

답파하고 싶었던 곳인데, 폭포를 위시한 계곡물은 온통 얼음으로 덮여 있었다. 가내소에서 세석평전으로부터 흘러 내려오는 한신계곡의 본류와 만나 백무동 마을로 내려왔더니, 이 마을도 그새 제법 달라져 여기저기에 큰 주차장이 생겨 있었다.

2월

3 (수) 흐리고 추움 -공주대학교

충남 공주대학교에서 개최되는 한국동양철학회의 제32차 정기학술회의 및 동계수련회에 참석하기 위해 아침 출근시간에 산업대학교 앞 시외버스 정류장으로 나갔다. 찬바람을 맞으며 한 시간 정도 기다린 후에 9시 10분발 버스를 타고서 대전에 당도하였고, 대전 동부터미널 구내에서 가락국수로 점심을 때운 후 시외버스를 갈아타고서 공주로 향했다.

학술회의는 공주대학교 본부 건물 3층 대회의실에서 정오부터 등록이 시작되어 오후 1시에 개회되었다.

4 (목) 흐리고 오후 한 때 함박눈 -한원진 유적지

어제의 식당에서 조반을 마친 후 수련회의 일정이 시작되어 충남 홍성군에 있는 南塘 묘소 답사에 나섰다. 대절버스 한 대로 公州를 출발하여 공주시 우성면에 있는 면암 최익현의 출생지 慕德祠 부근을 지나 칠갑산이 바라보이는 靑陽邑에 들어섰고, 새우젓으로 유명한 廣川邑과 만해 한용운 및 백야 김좌진 장군의 생가가 있는 홍성군 결성면 소재지를 지나 서부면 賜谷里에 있는 남당의 사당 賜谷祠를 참배하였다. 거기서 별로 멀지 않은 곳에 남당을 향사하던 서원 터가 있고, 그 부근의 산중턱에 남당과 그 두 부인을 합장한 무덤이 있어 역시 눈길을 걸어 올라가 참배하였다.

묘소에 들른 후, 후손의 인도에 따라 바로 앞의 바다 건너로 安眠島가 길게 가로막고 있는 浦口인 서부면 남당리 남당마을로 가서 종손 등 문

중 측으로부터 해산물로 점심을 대접받았다. 남당 한원진은 그 조상대에 남당마을로 이주하여 내려와 여기서 태어나고 어린 시절을 보냈다. 고택은 전하지 않으나 그 터에다 새로 세운 집에서 지금도 종손이 살고 있으며, 남당이란 지명도 그의 號로 말미암아 붙여진 것이라고 한다.

점심을 마치고서 왔던 길을 따라 광천읍으로 나와서 기차 편으로 서울로 돌아가는 일행과 작별하고서, 나머지 회원들은 공주로 도로 나와 작별하였다. 나는 어제 모임에서 사회를 맡아본 공주대학교 한문교육과 송석준 교수가 운전하는 차로 88세의 원로인 鄭縱 교수 및 차기 회장으로 내정된 충남대 남명진 교수, 그리고 어제 토론에 참가했던 원광대 철학과의 김학권 교수랑 함께 대전으로 나와, 오후 다섯 시 무렵 동부시외버스터미널 앞에서 마지막으로 송석준 교수와 작별하였다.

14 (일) 맑음 -따리봉(또아리봉), 도솔봉

육윤경 선생과 둘이서 전남 광양군에 있는 백운산에 다녀왔다. 오전 8시 우리 아파트 입구에서 대기 중인 육 선생의 승용차를 타고서 남해고속도로를 경유하여 光陽郡 玉龍面의 白雲山 아래 끝 마을인 논실에 도착한 다음, 거기에다 차를 세워두고서 등산을 시작했다. 오늘 코스는 백운산의 연봉이면서도 그 건너편에 있는 산들로 정했다.

먼저 걸어서 백운산과 따리봉(또아리봉, 1,127.1m) 사이에 위치한 한재(850)에 오른 다음, 따리봉을 거쳐서 도솔봉(1,123.4)에 이르렀고, 거기서 점심을 들고서 원래 예정했던 형제봉 쪽으로 가기에는 차와 시간 사정이 마땅찮을 듯하여 옥룡면과 鳳岡面의 경계를 이루고 있는 능선을 따라 내려와 960봉을 지나 812.1봉에 못 미친 鞍部에서 옥룡면 쪽으로 능선과 계곡의 잡목들을 헤치면서 내려와 저녁 무렵 深院 마을에 다다랐다.

육 선생이 차를 가지러 약 1.5km 정도 떨어진 논실 마을로 올라간 사이 나는 그 마을 도로 가의 다리에서 배낭을 지키며 기다리다가, 그 도로 가 상점에 산다는 두세 살 정도 되어 보이는 계집아이가 말을 걸어오므로 그 애와 더불어 말장난을 하며 놀았다. 산 아래에서 보기에는 산 위에 눈이 없는 듯하므로 아이젠과 스패츠는 차안에다 두고 올랐었지만, 막상 산에 올라보니 능선 길은 대개 눈이 쌓여 있어 결국 등산화 아래 양말까지 젖고 말았다.

21 (일) 맑음 -월악산

아내와 함께 박정헌 프로가이드의 제39차 안내산행에 동참하여 충북 제천시 한수면과 덕산면에 걸쳐 있는 국립공원 月岳山(1,094m)에 다녀왔다. 아침 일곱 시 남짓에 진주 강남동의 동성가든타워 상가아파트 앞을 출발하여, 진주-함양 간 고속도로와 88고속도로를 경유하여 거창 부근에서부터 일반국도로 접어들어, 김천과 문경새재 이화령을 지나서 월악산 아래로 접근하였다.

오전 11시 무렵 한수면의 송계초등학교 부근 송계휴게소에서부터 등산을 시작하여 월악 삼거리를 거쳐서 頂上인 靈峰에 올랐다. 정상 부근은 온통 바위로 이루어져 있고, 길이 덕산면 쪽의 응달진 서쪽 암벽을 경유하도록 되어 있어 도중부터 아이젠을 착용하지 않으면 안 되었다. 정상에서 잠시 충주호를 바라보다가 그 부근에서 박양일 거창농협 전무 부부와 더불어 점심을 들었다. 하산 길은 다시 삼거리를 지나 보물 406호로 지정된 德周寺址磨崖佛과 德周山城을 경유하였으며, 산 아래쪽의 덕주사 입구에서는 男根石 세 개를 구경하기도 하였다. 정거장 부근에서 박 전무 내외와 더불어 두부를 안주로 동동주를 한 잔씩 마셨다.

예정보다 한 시간 정도 늦은 오후 여섯 시 반 무렵에 덕주사 입구 휴게소를 출발하여 밤 11시 무렵 집에 당도하였다. 지난주 산행에는 등산화 안에 눈 녹은 물이 스며들었으므로 오늘은 이중 가죽으로 된 동계용 특수 등산화를 착용하였는데, 등산화가 무거운데다 웬일인지 작년에도 신고 다녔던 구두가 내 발에 맞지 않아 하산 길에 특히 고생하였다. 집에 돌아와 양발을 벗고 보니 양측의 새끼발가락 피부가 벗겨져 있었다.

27 (토) 맑음 -만수봉 행

밤 열 시에 백두대간 등산장비점으로 가서 충북 제천시 한수면의 만수봉에서 월악산으로 이어지는 능선 산행에 참가하였다. 10시 20분 무렵에 출발해서 진주-함양 간 및 88고속도로를 경유하여 밤을 도와 북상하였다. 아내는 12시간을 걷는다는 말에 자신이 없다면서 참가를 포기하였으므로, 박양일 전무와 더불어 대절버스의 제일 앞자리에 나란히 앉아서 갔다.

28 (일) 맑음 -만수봉 능선

버스가 한밤중의 텅 빈 도로를 달린지라, 약 네 시간 만에 목적지인 월악산국립공원 구내의 만수봉 아래 닷돈재 휴게소에 닿았다고 한다. 시간이 너무 일러 버스 안에서 좀 더 눈을 붙이고 있다가 네 시 반 무렵에 헤드랜턴을 켜고서 등산을 시작하였다. 어두워서 출발 무렵부터 길을 찾지 못해 한참을 우왕좌왕하며 지체하였는데, 아마도 용암봉(860m)인 듯한 뾰족한 봉우리에 이르렀을 때 또다시 내려가는 길을 찾지 못해 이리저리 헤매다가 결국 만수봉에서 일출을 보기로 한 계획을 포기하고 그 부근에서 아침식사를 하며 날이 밝기를 기다렸다.

주위가 밝아짐에 따라 사방의 바위 절벽과 산봉우리들이 마치 거대한 산수화처럼 수려한 풍광을 빚고 있는 모습이 점차로 눈에 들어왔다. 이 월악산국립공원 주변엔 만수봉(983.2) 바로 남쪽에 있는 포암산(961.7)을 거쳐 白頭大幹이 뻗어 있는 것을 비롯하여 한국의 명산들이 집중적으로 포진하고 있는 터라 특별히 감동을 주는 풍경이었다. 가파른 바위능선을 타고 오르면서 892봉을 거쳐 오늘 산행의 남쪽 기점인 만수봉에 이르렀고, 그 부근의 갈림길에서 목적지 방향으로 향하는 길에 등산로 아님이란 표지가 있는 것을 보고서 엉뚱한 길로 잘못 들어섰다가 도중에 또다시 돌아오는 해프닝이 있었다. 월악산으로 향하는 길을 제대로 찾아 들면서부터 암릉의 기복이 심하여 마치 설악산의 공룡능선이나 용아장성을 방불케 하는 험한 길이 이어졌고, 우리는 점심시간 무렵까지 다른 등산객을 거의 만나지 못한 채 가파른 산길을 계속 전진하였다.

지난주에 우리가 하산했었던 마이태자와 덕주공주의 전설에서 그 이름이 유래하는 德周寺 쪽 지능선이 잘 바라보이는 지점에 10여m 높이의 깎아지른 암벽이 있어 로프를 걸치고서 일행 30여 명이 모두 거기를 내려가는데 한 시간 가까운 시간이 걸렸으므로, 먼저 그 지점을 지나온 나는 근처의 전망 좋은 바위 절벽 위에 앉아 점심을 들었다. 거기서 약 20분 정도 더 가면 덕주사 쪽 지릉이 갈라지는 960.6봉에 이르는데, 거기로 향하는 도중 길가에 누워 다른 일행이 올 때까지 잠시 눈을 붙이기도 하였다.

960.6봉에서 월악산 정상까지는 지난주 일요일에 이미 답파하였던 길이므로, 나를 포함하여 지난주의 산행에 참가하였던 사람 네 명은 정상인 영봉(1,093)에는 오르지 않고서 바로 중봉과 하봉을 거쳐 하산 길에 접어들었다. 도중에 또 길을 잘못 들어 두 차례나 갔던 길을 되돌아오는 사태가 있었지만, 이럭저럭 普德庵에 도착해서 잠시 石間水를 마시며 휴식을 취한 다음 수산리로 향하는 큰길을 버리고서 절 뒤편의 능선으로 이어진 산길을 따라 걷다가 계곡 쪽으로 빠져서 오늘 산행의 종착점인 忠州湖 댐의 松溪2橋 옆 통나무휴게소에 이르렀을 때는 이미 땅거미가 지기 시작하는 오후 여섯 시 반 무렵이었다. 오늘은 열네 시간쯤을 산 속에서 보낸 셈이다.

나머지 일행들이 도착하기를 기다리고, 또한 제일 먼저 간 일행 여섯 명이 수산리 쪽으로 빠졌으므로 호수 가의 도로를 따라 윗말까지 가서 그들을 버스에 태운 다음, 깜깜한 밤이 되어서야 귀로에 오를 수가 있었다. 도중에 충청도 어딘가의 길가 식당에서 된장찌개로 늦은 저녁 식사를 들고 나를 포함한 몇 사람이 포켓머니를 털어 술을 마시기도 하였다. 버스 속에서도 동갑내기 등산 친구와 더불어 몇 사람이 맨 뒷좌석에서 소주를 마셨는데, 술이 꽤 과했던지 나도 모르는 새 잠이 들었는데, 누가 깨워서 눈을 뜨고 보니 시각은 자정 남짓이요 진주에 도착할 무렵이었다.

3월

7 (일) 흐리다 개임 -황매산 천황재, 박치복 유허비

아내와 함께 진주동부산악회의 창립 7주년 기념 산행에 참가하여 합천군 황매산 천황재에 다녀왔다. 오전 아홉 시 장대동 제일은행 앞에서 대절버스 일곱 대로 출발하였는데, 그럼에도 불구하고 좌석이 없어 서서 가는 사람들이 있었으니, 줄잡아 약 350명 정도의 인원이 참가한 것이 아닌가 한다.

10시 30분경에 중촌리에 있는 어느 국민학교 운동장에서 정기총회를 가졌는데, 10분 정도라고 하던 총회가 지루하게 자꾸 계속되므로 도중에 사람들이 계속 빠져나가 저절로 산행이 시작되었다. 영암사와 모산재를 향해 난 포장도로를 따라 조금 올라가다가 묵방사 쪽으로 빠지는 옆길을 하나 더 지나서 계곡으로 접어들었다. 천황재 코스도 모산재와 마찬가지로 별로 높지 않은 바위 능선을 따라 올라가는 것이었다. 그다지 길다고 할 수 없는 코스임에도 불구하고 도중 여기저기에서 사람들이 주저앉아 버려, 우리처럼 761m 고지를 지나 목적지인 천황재까지 다다른 사람은 얼마 되지 않았다. 하산할 때는 모산재와의 사이에 있는 계곡 길로 내려왔다.

오후 한 시 반쯤에 총회가 있었던 국민학교에 도착하니 건물 안에서는 푸짐한 잔치판이 벌어져, 따뜻한 점심과 술 및 돼지고기가 얼마든지 준비되어 있었고, 운동장에서는 벌써부터 일부 사람들이 춤판을 벌이고 있었다. 그들은 여기서 오후 여섯 시 무렵까지 오락을 즐긴다고 하므로, 그런 데 취미가 없는 우리 내외는 점심 식사를 포식한 후 왔던 길을 따라 터벅터벅 걸어 내려오다가, 오도리에서 지나가는 택시를 공짜로 얻어 타고서 진주 가는 시외버스 정류소가 있는 가회면 덕촌 마을로 내려왔다.

오후 세 시 반의 버스가 도착할 때까지는 아직 반시간 남짓 여유가 있었으므로, 차를 타고 내려왔던 도로를 도로 걸어 올라가 舊韓末 이 마을의 名儒인 后山 許愈가 거처하던 后山齋 옆 淵洞 마을로 접어드는 길의

입구에다 근년에 새로 세운 晩醒 朴致復 遺墟碑를 둘러보았다. 비문은 李憲柱가 짓고 진주에 사는 鄭直敎 翁이 쓴 것으로서 함안 출신의 朴晩醒이 만년을 淵洞에서 보내다 죽은 것을 기념하기 위한 것인데, 后山과 晩醒은 모두 동시대의 선비로서 내 논문에서도 언급되는 사람들이다.

14 (일) 비 -여수 지방

회옥이를 포함한 온 가족이 함께 향토문화사랑회의 3월 답사에 참가하여 전남 여수 지방을 다녀왔다. 진주에서는 오전 아홉 시까지 도립문화예술회관에 집결하여 창원·마산지역에서 버스 한 대를 대절하여 오는 사람들과 합류하였는데, 간호학과의 권인수 교수와 그 입양한 딸도 동참하였다.

먼저 여수반도의 입구 광양만에 있는 해룡 마을 언덕 위 이충무공을 모신 사당인 忠武祠 및 그 맞은편 순천시 해룡면 신성리에 있는 정유재란 당시 小西行長 군의 주둔지인 新城里 倭城을 둘러보았다. 小西行長은 朝明연합군에 밀려 남해안으로 철수해 1597년(선조 30) 9월 2일에서 12월 2일까지 3개월에 걸쳐 이 성을 짓고서 1년간 주둔하다가 본국으로 철수하였다. 바다에 면한 작은 야산을 의지하여 3중으로 성을 쌓고, 육지에 면한 쪽에는 垓字를 파고서 개폐식 다리를 놓았다고 하나, 지금은 지휘소인 천수각이 있던 本陣 일부의 성채가 남아 있을 따름이었다. 그 주변 일대는 바다를 매립하여 큰 공장이 들어서 있는가 하면, 당시 이순신 장군이 진을 치고서 小西 군의 출구를 지키고 있었다는 작은 섬 장도까지도 매립공사가 진행되고 있었다. 이곳에서의 두 장수의 對陣이 마침내 노량 해전으로 이어져 이순신 장군의 장렬한 전사와 더불어 동아시아의 역사를 크게 바꾼 임진·정유의 戰亂이 대단원의 막을 내리게 되었던 유서 깊은 장소인 것이다.

이어서 여천공단을 지나 여수시 중흥동에 있는 興國寺에 들러, 비를 맞으며 보물로 지정된 무지개다리(제563호)와 대웅전(369호), 대웅전 안의 後佛 탱화인 영산회상도(578호) 및 관세음보살을 모신 圓通殿 등을 둘러보았다. 이 흥국사에는 예전에 한국동양철학회의 겨울 모임이 있어 한 번 와 본 적이 있었다.

여수시의 진남루 앞쪽에 있는 노래미식당 2층에 들러 노래미라는 생선국을 주로 하는 정식으로 점심을 들었고, 이어서 보물 324호로 지정된 鎭南館에 들어가 보았다. 이는 전라좌수영의 중심건물이었던 진남루가 정유재란으로 불타고 난 후 선조 32년(1599) 통제사로 부임한 李時言이 客舍로서 건립하였고, 그 후에도 여러 차례 중수하여 오늘에 이른 것이라고 한다.

진남관을 나온 후 돌산도로 가서 그 끝의 靈龜庵(向日庵)을 둘러보았고, 무술포를 지나 돌아오는 길에 돌산도 입구의 거북선 전시장 매표구에 있는 상점에서 미역과 돌김을 좀 샀다.

21 (일) 흐리고 부슬비 내리며 낮 한 때 눈발도 흩날린 후 개임
 ─내변산, 격포

아내와 함께 백두대간산악회의 월례안내산행에 참가하여 전북 부안군의 변산에 다녀왔다. 오전 7시 20분쯤에 출발하여, 남해고속도로와 호남고속도로를 경유하여 11시경에 내소사 입구에 당도하였고, 절 구경을 마친 후 관음봉을 거쳐 직소폭포 앞에서 점심을 든 후, 선녀탕-월명암-낙조대-쌍선봉을 거쳐 남녀치로 내려와 다시 대절버스에 올랐다.

돌아오는 길에 格浦港에 들러 滿潮를 맞아 물보라가 치는 방파제를 끝까지 걸어 등대까지 가서 물에 잠긴 채석강의 풍경을 바라보았고, 항구로 돌아와서 저녁식사를 든 다음 갔던 길을 경유하여 돌아왔다. 밤 아홉 시 반 무렵에 진주에 당도하였다.

24 (수) 부슬비 ─남원, 익산, 전주, 고부 일대

99학년도 인문대학 인문학부·사학과의 춘계 고적답사에 인솔교수로서 참가하여, 2박 3일간 전라도 지역을 다녀오게 되었다. 8시 반경에 아내가 운전하는 차로 가좌캠퍼스의 인문대학 앞 광장에 도착하였다. 사학

과에서는 서양사를 전공하는 황영국 교수와 한국고고학을 전공하는 조영제 교수가 인솔교수로서 참가하고, 철학과에서는 이성환 교수와 내가 참가하기로 예정되어 있었으나, 이성환 교수는 감기가 심해진 것을 이유로 어제 받은 자기 분의 출장비 10만 원이 든 봉투를 내게 맡기며 참가하지 않았다.

고적답사는 사학과 1, 2학년생들의 연례행사로서 봄·가을에 걸쳐 두 차례 있고, 3학년생들은 소규모로 따로 봉고 한 대 정도를 빌려 테마답사를 한다고 들었다. 금년부터는 종전의 철학과와 사학과를 합친 정도 숫자인 90명의 신입생이 인문학부라는 이름으로 진입하였으므로 사학과의 연례행사로는 볼 수 없게 되었지만, 사학과장이자 인문학부장인 정현재 교수가 불과 며칠 전 인문학부 첫 교수회의 때 이 문제를 거론하면서 철학과의 참가를 요청하였으므로, 철학과로서는 얼떨결에 이를 수용하게 된 것이었다.

인솔교수와 기사를 제외하고서 125명의 학생이 세 대의 대절버스에 분승하여 오전 여덟 시경에 출발하게 되었는데, 그 중 1학년은 80명이며, 그 외에는 대부분 사학과 2학년의 휴학생들이고, 사학과 3학년으로 학사편입 및 전과한 학생들도 몇몇 있었다. 학생들의 숫자가 많으니 만치 이미 여러 달 동안 사전답사 및 준비를 진행하여 93페이지에 이르는 자료집을 만들었고, 스무 명이 한 조를 이루어 조별로 현장 설명 등을 행하는 것으로서, 사실상 모든 준비가 사학과를 중심으로 이루어진지라 나는 손님으로서 끼어 가는 격이 되었다. 학생들은 1인당 8만5천 원 정도의 참가비를 부담하였다고 들었다.

먼저 남해고속도로와 진주―함양 간 고속도로 및 88고속도로를 거쳐 남원의 實相寺에 들렀고, 이어서 전북 익산 왕궁리의 오층석탑과 미륵사지를 둘러보고서 학생들은 준비해 온 김밥으로 점심을 들고 우리 세 명의 인솔교수와 버스 기사 세 명은 학생 대표와 더불어 미륵사지 앞의 순두부집에서 순두부정식을 들었으며 교수들은 동동주도 좀 들었다. 교수들은 점심식사에 시간이 소요되어 미륵사지에는 들어가 보지도 않았다.

점심을 든 후 전주 시내로 들어가 국립전주박물관을 참관하였는데, 2층을 둘러보던 도중에 불려서 사학과 교수들과 함께 관장실로 들어가 조영제 교수와 아는 사이인 이영훈 관장 및 학예실장과 인사를 나누고서 녹차를 마시며 잠시 대화를 나누었다. 다시 동학혁명의 현장을 찾아서 고부의 萬石洑址 및 동학군이 첫 승리를 거둔 황토현, 그리고 전봉준 고택을 둘러본 후, 내장사 입구에 있는 여관에 숙박하였다. 여관에서 저녁 식사와 더불어 또 술을 제법 마신데다가 학생들이 황영국 교수와 내가 들어 있는 방에도 술상을 들여왔으므로, 이럭저럭 꽤 취하도록 마신 셈 이다.

25 (목) 흐리고 저녁 무렵부터 부슬비 -고창, 광주, 화순 일대

조반을 든 후, 먼저 고창으로 가서 牟陽城이라고도 불리는 邑城과 그 입구의 桐里 申在孝 고택을 둘러보았다. 이어서 광주로 가서 광주박물관을 참관하였고, 박물관을 나와서는 기사들의 안내에 따라 광주 시내를 한참 달린 후 李朝뚝배기라는 음식점에 들러 꼬리곰탕 정식으로 점심을 들었다.

오후 시간에는 광주의 월계동 고분에 들러 長鼓形古墳이라고 하는 일본식 前方後圓墳 2基를 둘러보았는데, 한국에서는 근년에 일본의 前方後圓墳 쇠퇴기에 속하는 백제시대에 전남지역에서 집중적으로 이러한 고분이 20여 基 정도 발견되어 있다고 한다. 이어서 광주광역시 북구 운정동 산34번지에 있는 5.18묘지에 들렀다. 이미 여러 해 전 전남대학교에서 제2회 한국철학자연합학술대회가 개최되었을 때 다른 교수들과 더불어 전남대 스쿨버스를 타고서 당시의 이른바 '망월동묘지'에 참배한 적이 있었다. 그곳은 지금 5.18 舊墓地로 불리고 있었고, 구묘지 주위의 공원묘지에는 새로운 무덤들이 매우 많이 들어서 옛 모습을 알아보기 힘들 정도였다. 운정동의 5.18묘지는 1994년도부터 성역화사업이 추진되어 1997년에 완공되자 구묘지에 있던 광주민중항쟁 및 그 이후의 정치적 사태와 관련하여 죽은 이른바 '烈士'들의 무덤을 이 성역화 된 구역

으로 이장하고서 구묘지는 옛 모습대로 보존하고 있었다.

이어서 화순의 운주사를 둘러보고서, 두 시간 반 정도 빗속을 달려 밤 여덟 시 무렵에 해남의 대흥사 입구에 있는 해남유스호스텔에 당도하여 늦은 저녁식사를 들었다. 나는 오늘도 황영국 교수와 같은 방을 쓰게 되었다. 밤 열 시 반 무렵에 강당에서 평가회와 여흥이 있었다. 황 교수와 나는 한 시간 정도 후에 자리를 떠서 먼저 방으로 돌아와 취침하였는데, 복도에서는 학생들이 새벽 무렵까지 웅성거리는 소리가 들려오고 있었다. 조영제 교수는 발굴현장에서 생활하는 직업을 가진 자기를 스스로 노가다패라고 부르고 있듯이 師弟의 도리라는 명분으로 학생들을 군대식으로 휘어잡고 있었는데, 간밤에는 상오 두 시 남짓에 취침했다고 하더니 오늘밤도 새벽 네 시 무렵까지 학생들과 함께 어울려 카드놀이를 했다고 한다.

26 (금) 비 -해남, 강진, 순천 일대

아침 여덟 시 반 무렵에 출발하여 먼저 해남 연동의 海南尹氏 宗家인 綠雨堂으로 가서 孤山 尹善道와 그 증손자인 恭齋 尹斗緖 등의 유품을 진열하고 있는 기념관을 둘러보았다. 그 다음은 강진의 茶山草堂과 大口面에 있는 고려청자 陶窯址를 둘러보았고, 돌아오는 길에 장흥의 버스 정거장에 있는 식당에서 점심을 들었다.

그 다음은 순천 주암댐 지역의 고인돌공원 및 송광사를 둘러보았는데, 못 가 보았던 몇 년 사이에 송광사의 보물전이 완공되어 있어 사진으로만 보았던 普照 知訥과 眞覺 慧諶의 초상화를 비롯한 이 절 소장의 국보 및 보물들을 처음으로 직접 참관할 수 있었다.

남해고속도로를 경유하여 오후 일곱 시 무렵에 진주의 개양 검문소 부근 버스 정거장에 당도하였다. 사학과의 교수들은 답사 팀의 영접을 겸하여 신성곤 교수의 중국 환송 모임 차 많이 나와 있었다. 그들과 헤어져 시내버스를 타고서 사흘 만에 집으로 돌아와 보니 아내는 야간 수업이 있고 회옥이는 수학 과외수업 관계로 아직 돌아오지 않아 집에 아무도 없었으므로, 혼자 아파트 입구의 영남식당으로 가서 갈비탕으로 저녁 식사를 들고서 돌아왔다.

28 (일) 맑음 −웅석봉

아내와 함께 백두대간산악회의 제3회 始山祭에 참가하여 지리산 熊石峰(1,088m)에 다녀왔다. 오전 여덟 시 남짓에 대절버스 한 대로 등산장비점 앞을 출발하여, 고속도로를 경유하여 산청군 배양마을의 문익점 면화시배지 앞에 도착해 잠시 커피 타임을 가진 다음, 남사리를 지나 길리에서 사이 길로 접어들어 立石里와 雲里의 斷俗寺址를 지나, 근년에 개통되고 포장된 청계리 산길의 언덕 고갯마루에서부터 차를 내려 걷기 시작하였다. 비포장 山腹道路를 따라 한 시간 남짓 걷다가 차도를 버리고서 능선 길로 얼마간 오르니 웅석봉 정상에 닿을 수 있었다.

산에서 제사를 지내고 그 음식을 나누어 먹은 다음, 다시 반대 방향으로 능선 길을 따라 내려와 밤머리재에서 대절해 온 버스를 타고서 산청군 삼장면 석남리의 槐陰亭(지금은 改名하여 松亭) 마을에 이르러 그곳 주차장에서 점심 식사를 하였다. 진주에 돌아오니 오후 다섯 시 반 남짓한 시각이었다.

4월

3 (토) 맑음 −설악산 행

밤 아홉 무렵 백두대간 등산장비점으로 나가 2박 3일간의 南雪嶽 종주 산행에 참가하였다. 아내는 같이 참가하기로 하여 짐까지 챙겨 놓고서는 출발할 무렵이 되어 아랫배가 아프다며 참가를 단념하였다.

일행 24명이 삼가에 회사가 있다는 늘 이용해 온 매화관광버스를 한 대 대절하여 아홉 시 반 무렵에 출발하였다. 남해 및 구마고속도로를 경유해 북상하였는데, 漆西 휴게소에서 반시간쯤 정거한 후로는 消燈을 하고서, 통로를 가로질러 양쪽 좌석 사이를 연결한 합판 위에 발을 펴고

누워 달리는 차 속에서 취침하였다.

4 (일) 맑으나 강한 바람 -곰배령, 작은점봉산, 점봉산, 망대암산

새벽의 날이 밝아올 무렵에 목적지인 강원도 인제군 기린면 鎭東里에
도착하였다. 예전에 백두대간 종주산행 때에는 이 진동리의 아래쪽 갈림
길이 있는 마을에서 내려 빗속의 야외에서 아침식사를 마친 다음 아마도
북암령 쪽으로 올라간 적이 있었는데, 이번에는 거기서 얼마간 더 올라
간 지점인 설피밭에서 하차하였다. 나는 차안에서 빵과 우유 및 참외
하나로써 조반을 마쳤고, 나머지 사람들은 雪被찻집인가 하는 간판이
걸려 있는 통나무집으로 들어가 거기서 밥을 지어먹었다.

여섯 시 무렵부터 차가 다닐 수 있을 정도로 제법 넓은 도로를 따라
걷기 시작하여, 등산객을 위한 하늘찻집이 있는 삼거리에서부터 왼쪽
방향의 소로로 접어들어 강선골계곡을 따라 걸어 들어갔다. 외딴 집에
몇 마리의 개가 있는 강선리에서 잠시 휴식을 취한 후, 다시 한참을 걸어
서 곰배령에 오르자 건너편 곰배골 쪽으로부터 불어오는 세찬 바람에
부딪쳐 몸이 날려갈 정도였다. 거기서부터는 계속 능선 길이므로 찬바람
과 싸우며 나아가지 않으면 안 되었다. 작은점봉산(1,293.5m)을 지나 오
늘 산행의 최고봉인 점봉산 기슭 양지바른 곳에서 점심을 들고 점봉산
(1,424.2)에 오르니, 몇 년 전에 통과한 바가 있는 백두대간 능선과 마주
치게 되었다.

건너편 북쪽에 펼쳐지는 설악산 서북능선의 장대한 풍경을 조망하며
망대암산(1,236)을 지나 한계령 방향으로 좀 더 걷다가, 도중에 백두대
간 능선을 버리고서 십이담계곡 쪽으로 내려갔다. 이 계곡 주변은 만물
상이라고도 불리는 깎아지른 암봉들이 林立해 있어 경치가 매우 수려하
였다. 갈림길이 있는 鑄錢골에서 오른쪽 계곡으로 접어들어 내려오다가
제2약수가 있는 成國寺에 들러 보물로 지정된 석탑을 구경하고 화장실
에 잠시 들르기도 하였다.

오늘의 목적지인 오색마을에 도착하여, 계곡 물가의 巖盤 구멍에서

솟아나는 오색약수의 탄산수 같은 물맛을 두어 모금 맛보기도 하고서 우리 버스가 대기하고 있는 주차장에 당도하였는데, 일행 중 내가 제일 먼저 도착한 모양이었다. 일행이 모두 이르기를 기다려 오색 마을에서 속초 방향으로 1~2km 정도 더 내려간 지점에 있는 대청봉에서 흘러내린 관터골 아래의 관대 마을에서 한식 기와지붕의 민박집에다 숙소를 정했다. 우리 일행 중 1/3에 해당하는 여덟 명은 여자인데, 대개 다섯 명씩이 한 방을 쓰도록 배정되었다.

나를 포함한 일행 중 일부는 민박집의 지프 형 승용차로 도로 오색마을로 올라가서 호텔에 딸린 탄산온천과 알칼리성온천이 함께 있는 대중탕에서 온천욕을 하였다. 목욕을 마친 후 그 구내의 매점에서 내가 생맥주를 샀고, 예전에 산울림산악회 총무를 하던 사람이 역시 구내식당에서 우리들을 위해 산채비빔밥 13인분의 대금을 지불하였으며, 飯酒로서 따라 나온 머루주를 몇 잔 맛보기도 하였다.

두 시간쯤 거기서 지낸 후 여섯 시 반의 호텔 버스를 이용하여 숙소로 돌아온 다음에, 우리 방 사람들은 내일의 산행에 대비하여 밤 일곱 시 남짓에 일찌감치 취침하였다.

5 (월) 식목일, 오전 열 시 무렵까지 짙은 안개 낀 후 개임 -가리봉, 주걱봉

오전 세 시 무렵부터 우리 방 사람들은 불을 켜고서 들락날락하기 시작하였는데, 네 시에 전원이 기상하여 조반을 들었다. 일행은 밥을 지어 먹는 모양이었으나, 나는 평소의 습관에 따라 집에서 준비해 온 호박죽과 빵, 참외 하나로 아침을 때웠다.

식사를 마치고서 날이 어슴푸레 밝아올 무렵에 대절버스에 올라 한계령으로 이동하였고, 새벽 여섯 시 무렵부터 아직 어두운 가운데 등산을 시작하였다. 한계령에서 길도 보이지 않는 山腹을 기어올라 능선에 다다랐고, 거기서부터는 가리능선을 따라 매양 서쪽으로 진행하였다. 1082.3봉을 지난 무렵부터 길은 계속 오르막 일변도였으므로 매우 힘이 들었

다. 급경사가 이어지는데다가 산 위에는 여기저기 눈과 얼음이 남아 있어 위험하였지만, 일행은 거의 다 베테랑인지라 별로 쉬지도 않고 계속 오르기만 하는 모양이어서 폐활량이 부족한 나로서는 죽을 고생이었다. 오전 열 시 남짓에 오늘의 최고봉인 加里峰(1,518.5)에 올랐다. 이 산(현지 주민은 가리산으로 부르고 있고 大東輿地圖에도 그렇다)은 설악산 서북능선에서 바라보면 남쪽에 피라미드처럼 홀로 우뚝 솟아 있는 것인데, 오를 때까지는 짙은 안개로 말미암아 주위의 경관을 조망할 수가 없었으나, 우리가 정상에 오른 무렵부터 안개가 걷히기 시작하여 얼어붙은 대승폭포와 구름에 덮인 대청봉 일대도 손에 잡힐 듯하였다.

정상에서 점심을 들고서 또다시 가파르고 위험한 산길을 지나 암벽에 로프를 걸치고서 건너기도 하여 주걱봉(1,401) 쪽으로 내려왔으며, 주걱봉 아래를 지나 삼형제봉(1,225)과의 사이에 있는 鞍部에서 느이우골로 접어들었다. 여기도 계곡길이 한참 길고 미끄러워 여러 번 넘어지기도 하면서 목적지인 옥녀탕휴게소에 도착했을 때는 오후 두 시 무렵이었다.

두 시 반쯤에 대절버스로 옥녀탕을 출발하여, 한계리와 원통·인제를 지나 물이 말라 바닥에 강물만 흐르고 있는 소양댐을 따라 원주 쪽으로 내려왔는데, 버스 뒷좌석에서는 술판이 벌어져 나도 여러 차례 권유를 받고서 마침내 그들과 어울리게 되었다. 몇 사람이 찬조금 조로 돈을 내었다 하므로, 나도 뒤늦게 오만 원을 백두대간 등산장비점 주인으로서 이 산악회의 전 회장인 정상규에게 주었다. 그 자리에는 대학시절 내 교양 강의를 들었다는 경상대학교 총동창회산악회의 부회장 이병윤과 그의 친형으로서 진주성 부근에서 西將臺라는 술집을 경영하는 李炳國 씨도 있었으며, 나의 권유에 따라 같은 海州吳氏인 가람뫼산악회의 총무도 합석하게 되었다. 나보다 열 살 연하인 정상규 군도 본교 영문과 출신으로서 지금까지는 나를 교수님으로 호칭해 왔었는데, 오늘부터는 나를 형님으로 모시겠다고 하므로, 나는 부득이 그 또래인 대부분의 젊은 사람들에게 반말을 쓰게 되었고, 이병국 씨와 나는 동갑이라 친하게 지내자는 뜻에서 서로 반말을 쓰게 되었다.

권하는 대로 소주잔을 받아 마시느라고 꽤 취했던지 이럭저럭 내 자리로 돌아와 잠이 든 모양인데, 다른 사람들은 도중에 내려서 식당에 들러 저녁 식사를 한 모양이지만 나는 그랬던 기억도 없다. 원주로 향하는 도중의 교통 정체 때문인지 예정 시간보다 꽤 늦은 다음날 오전 한 시 반 남짓에야 진주에 당도하였다.

8 (목) 맑음 –남해도 벚꽃
오전 중 아내로부터 전화가 걸려왔다. 어제 간호학과의 가정간호사 양성 과정 수업에 나오고 있는 사람으로부터 초대를 받아 간호학과 교수들 몇 명이 南海島에 다녀왔는데, 벚꽃 풍경이 너무나 아름답더라고 하면서 오늘 다시 나와 함께 거기로 드라이브해 가서 생선회로 점심도 들고 마른 생선도 사 오자고 하는 것이었다. 처음에는 바쁘다면서 사절하였다가 점심만 들고서 돌아오기로 작정하여 승낙하였고, 이어서 장인 내외와 처제도 동행할 것을 내 쪽에서 제의하였다.

오전 11시 반쯤에 인문대 앞에서 처제의 차에 동승해 오는 上記 일행 네 명과 합류하여, 국도 및 사천과 진교 사이의 남해고속도로를 경유하여 진교에서부터는 남해 섬까지 가로수 벚꽃이 만발해 있는 1002번 해안도로를 따라 노량나루에까지 이르렀고, 大橋를 건너기 전 하동 쪽으로 좀 더 가서 바닷가 학동 마을에 있는 우리와 같은 아파트에 거주하는 장모님 친구가 경영한다는 진주횟집에 들러 생선회와 매운탕으로 우리 내외가 점심을 샀다.

장인은 이미 오랫동안 백혈병 치료 중이심에도 불구하고 정상인과 별로 다름이 없을 정도로 상태가 좋아 최근에는 농촌지도소장 출신자 모임에 합류하여 부부 동반으로 중국의 上海·蘇州·杭州 지역으로 관광여행을 다녀오셨고, 다음 달에는 역시 부부동반으로 북한의 금강산에 다녀오실 예정이라고 한다.

점심을 든 후 남해도로 들어가서, 忠烈祠가 있는 대교 아래의 노량마을에 들러 생선을 샀고, 벚나무 가로수가 이어진 설천면 일대를 돌아

벚꽃 아래에서 기념촬영도 한 후, 갔던 길로 되돌아왔다.

아침부터 설사가 계속되는 데다 점심을 들 때 나 혼자서 소주 한 병을 비우기도 하여 컨디션이 그다지 좋지 못하였으므로, 오후 세 시 넘어서 연구실로 돌아온 후에는 소파에 누워 한동안 눈을 붙이기도 하였다.

11 (일) 맑음 -진해 지역

향토문화사랑회의 4월 답사에 참가하여 진해 지역을 다녀왔다. 아내 및 아내와 같은 학과의 두 교수도 참가하였다.

진주 팀은 오전 여덟 시까지 도립문화예술회관 앞에 집결하여 각자 승용차로 출발하였는데, 나도 우리 승용차를 몰아 아내와 권인수 교수를 태우고서 마산 지역의 집결 장소인 창원 충혼탑 앞에 아홉 시 반 무렵 도착하였다. 거기서 마산·창원 지역의 회원들과 합류하여 모두 35명이 역시 승용차로 이동하였다. 우리 내외는 황만수 회장의 회사 차에 동승하였다.

몇 달 전에 새로 완공되었다는 터널을 지나 진해 지역으로 넘어가 오늘의 가이드를 맡아 줄 黃正德 진해향토문화연구회장과 합류하였다. 황 씨는 1927년생으로서, 56년에 건국대학교를 졸업한 후, 진해시를 비롯한 경남도내 중·고등학교의 교사, 교감을 거쳐 92년에 교장으로서 정년퇴임하였고, 97년 이래로 경상남도향토사연구협의회 부회장의 직책을 맡아 있기도 하며, 86년부터 98년까지 사이에 진해 지역의 향토사에 관한 저서도 7권을 발간한 바 있는 이 지역 향토사 연구의 대표적 존재이다.

그의 인도에 따라 우선 熊川으로 가서 임란 당시 해발 184m의 南山 위에 小西行長이 쌓았던 倭城에 올랐다. 이 일대에는 예전 웅천에서 종들의 모임 집회가 있었을 때 내가 와서 혼자 둘러보고 왜성 터에도 올라본 바 있었는데, 이번에 전문가의 안내를 따라와 보니 북쪽을 통해 정상까지 길이 잘 나 있고, 당시의 성터도 제법 온전하게 남아 있음을 확인할 수가 있었다. 이곳은 小西行長의 本陣으로서 임란 당시 왜군이 남쪽 해안에 쌓은 18개의 倭城 가운데서 규모에 있어서는 西生浦에 있는 加藤淸正의 성

다음으로 두 번째로 큰 것이나, 짜임새는 가장 잘 된 것이라고 한다. 天守閣이 있었던 자리에서 남해 바다를 조망하며 설명을 들었고, 동쪽의 전망대로 가서도 건너편 용원 지역 충무공의 閑山島大捷 직후 임란 중 5대 해전의 하나로 손꼽히는 安骨浦 해전이 있었던 灣을 바라보았다.

왜성 바로 아래 북쪽 지역에 지금은 매립되어 건물들이 들어선 자리가 예전에는 邑城까지 바다로 연결되어 있어 이른바 熊浦였는데, 이곳을 통해 우리나라에서는 최초로 스페인 출신의 천주교 신부인 세스페데스가 상륙하여 남산왜성에서 미사를 올렸다. 안골포 해전이 있은 다음 倭 수군이 남은 兵船들을 여기에다 숨겨두고 있었으므로, 다음해 이순신이 이끄는 조선 수군이 여러 차례 공격을 시도하였으나, 南山 위에서 총으로 엄호해 오는 왜군으로 말미암아 결국 성공하지 못했던 것이라고 한다. 임란 당시의 해전 터로는 이 두 곳 말고도 玉浦 해전 직후에 行岩洞의 鶴浦에서 왜의 大船 다섯 척을 침몰시킨 바 있다고 한다.

성에서 내려 온 후, 薺德山土城이 있었던 언덕으로 올라가 조선 성종 17년에 쌓아 水軍僉使가 주둔하고 있었던 薺浦鎭 성터 및 조선시대의 對日開港場인 三浦의 하나였던 薺浦와 倭館 터·倭里 등을 바라보았다. 이 포구의 원래 이름은 냉이가 많이 자란다 하여 냉이개라고 불렸던 것으로서, 우리 발음에 따라 乃而浦라 적기도 했던 것인데, 후에는 냉이에 해당하는 한자인 薺字를 쓰는 것이 일반화되었던 모양이다. 이곳은 三浦倭亂의 진원지로서, 왜선의 접근을 막기 위해 제포 掘江 200m 전방에 통나무를 연결하여 쇠사슬로 개폐할 수 있게 했던 방어시설 터도 근년에 발견된 바 있다고 한다.

제포에서 나온 후 熊川邑城 동문 옆의 식당으로 가서 갈비탕으로 점심을 들고, 읍성의 동쪽 벽 일대를 둘러본 후 진해시 용원동의 寶盖山 중턱 점골에 위치한 熊川陶窯址를 방문하였다. 이곳은 주로 粉靑沙器를 생산하던 곳인데, 일본 측에서 그 파편들을 모아 조사한 결과 京都 大德寺에 소장된 일본 국보 喜佐衛門井戶茶碗의 産地로 고증되었다 한다. 임란 당시 이 일대에서 125명의 陶工들이 왜장 松浦鎭信에 의해 그 領地인 九州

동북부 長崎縣 內의 平戶 섬으로 끌려갔고, 후에 그 후예들이 陶土를 찾아 옮겨 지금은 같은 長崎縣 내 佐世保市의 三川內町에 많이 거주하고 있다고 한다. 이곳 용원의 도요지 현장에는 지금은 한정덕 씨의 노력에 의해 안내판이 하나 서 있을 따름이었다.

용원에서 진해로 향해 돌아오는 도중 대동중공업의 조선소를 지나 봉수대와 왜성이 있었던 沙火郎山 아래 明洞의 三浦라는 바닷가에 있는 해금강횟집에 들러 생선회를 들었고, 거기서 일행과 작별하여 우리는 회장 차로 진해 시내로 들어와 황정덕 씨를 자택 앞까지 바래다주고, 그의 저서로서 韓日對譯으로 되어 있는 『鎭海市의 文化遺産』(진해향토문화연구회, 1998)을 한 권 구입하였다. 다시 출발장소인 충혼탑 앞으로 돌아와 황만수 회장과 작별하고서, 우리 부부는 내가 우리 차를 운전하여 남해고속도로를 경유하여 밤 일곱 시 반 무렵에 진주의 우리 집에 당도하였다.

18 (일) 맑음 -반야봉

아내와 함께 백두대간산악회의 월례산행에 참가하여 지리산 般若峰 (1,732m)에 다녀왔다. 오전 7시 남짓에 대절버스 한 대로 등산장비점 앞을 출발하여 도중에 몇 군데서 사람을 태우고 보니 모두 35명이 되었다. 대전 가는 고속도로를 경유하여 생초에서 국도로 접어들었고, 휴천계곡을 거쳐 달궁에 이르렀다.

5월까지는 지리산의 대부분 지역이 입산금지로 되어 있고, 또한 쟁기소에서 얼음골을 거쳐 반야봉에 이르는 구간은 휴식년제 적용구간이기도 하여 2중으로 금지된 산행이므로, 백두대간 팀에서는 신문광고도 내지 않고서 아는 사람들끼리만 연락하여 이 코스에 오르게 된 것이다. 나로서는 달궁에서 반야봉으로 오르는 코스에 대해 예전에 어디서 읽고는 언젠가 꼭 한 번 올라보리라고 마음먹고 있었는데, 이런 기회에 그 뜻을 이루게 되었다.

이런 까닭에 이 코스는 쟁기소에서 쇠다리를 건너 진입하는 것이 일반적임에도 불구하고 거기에 좀 못 미친 지점의 커브 진 도로 모퉁이에 차를 세우고서 바위를 놓아 징검다리를 만들어서 계곡물을 건너 산비탈을 좀 치고 올라 쟁기소에서 오는 길과 합류하였다. 반야봉까지의 전체 거리는 약 8km인데, 얼음골을 따라 건너편의 반야봉을 바라보면서 한참 올라 심마니능선을 만나서는 반야봉 쪽으로 능선 길을 탔다. 지리산에서 두 번째로 높다는 반야봉에서 500m 정도 못 미친 지점의 어느 무덤에서 점심을 먹게 되었다. 나는 거기에다 짐을 두고는 정상까지 걸어가 보았다가 돌아왔다. 이미 여러 해 전 가을에 趙平來 군과 둘이서 칠불암 影池에서 텐트를 치고서 1박하고는 토끼봉·삼도봉을 거쳐 반야봉으로 올랐다가 노루목을 지나 노고단으로 향해 산장에서 다시 1박한 적이 있었는데, 그때는 비가 오고 짙은 안개가 끼어 주위의 풍경은 아무 것도 구경할 수가 없었던 것이다.

오전 9시 반 무렵에 등산을 시작하여 오후 1시 무렵에 정상에 이르렀고, 점심을 든 후 뱀사골계곡과 달궁계곡 사이로 뻗은 심마니능선을 타고서 반선 쪽으로 향했다. 이 능선은 빨치산 대장 김지회가 사살 당한 곳이라고 한다. 내 키만 한 山竹 숲을 헤치며 나아가다가 두 군데서 봉우리를 지난 이후 계속 내리막길이었다. 반선의 전적기념관에 이르기 얼마 전에 역시 감시원의 눈을 피하기 위해 왼쪽의 지능선으로 빠져, 우리가 타고 온 버스가 기다리고 있는 정거장으로 향했다.

2주 전 남설악 등반 때 시내에서 西將臺라는 고급 술집을 경영하는 李炳國 씨와 진주로 돌아오는 버스의 뒷좌석에 앉아 같이 술을 마시다가 동갑이라 하여 서로 말을 놓기로 하였었는데, 오늘도 이 씨가 뱀사골 입구의 술집에서 맥주를 마시는 자리에 동참하기를 권하여 다른 동갑 두 사람 등과 어울려 술을 마셨다. 그들 세 사람은 오늘도 버스 뒷좌석에서 함께 어울리고 진주에 도착한 이후에도 따로 술판을 벌이는 모양이었지만, 나는 아내의 만류도 있어 그들과는 더 이상 어울리지 않았다. 진주로 돌아올 때는 인월에서 88고속도로에 올라 함양에서 진주-대전 간 고속도로로 접어들었으며, 밤 8시 반 무렵에 집에 당도하였다.

25 (일) 흐림 -마복산

아내와 함께 금산산악회의 월례산행에 참가하여 전남 고흥군 동남쪽 바닷가에 있는 마복산(538.5m)에 다녀왔다. 정상에 오르니 어렴풋한 안개 너머로 大·小나로도가 내려다보였다. 우리 내외는 마복사를 거쳐 꼭대기에 오른 뒤, 정상 능선을 따라 몇 개의 봉우리를 지나서 산복도로에 내려서서는 그 도로를 따라 한참을 걸어서 등산 출발지점인 주유소 앞으로 돌아왔다. 봄이 시작된 지 그다지 오래되지 않음에도 불구하고 여름을 방불케 하는 더위였다.

차 속에서 아내가 내 휴대폰으로 집에 있는 회옥이와 두 차례 통화하였으며, 그 화면에 시각이 표시되므로 시계는 차고 가지 않았다. 이럴 때 휴대폰이 유용함을 실감할 수가 있었다.

5월

2 (일) 맑음 -상황봉

아내와 함께 동부산악회의 5월 정기산행에 참여하여 전남 완도군에 있는 상황산 상황봉(644m)에 다녀왔다. 장대동 제일은행 앞에서 오전 7시 반에 출발하기로 되어 있었으나, 다섯 대 오기로 예정되어 있었다는 버스가 세 대 밖에 오지 않아 다른 회사를 통해 두 대를 더 대절하느라고 꽤 오랜 시간을 지체하였다.

네 시간 반 정도의 시간을 소요하여 완도까지 간 다음, 지난번에 왔다가 일기불순으로 말미암아 頂上에는 오르지 못하고서 중턱의 어느 절쯤에서 되돌아갔던 대문리 쪽과는 반대 방향인 청해진 터 부근 대야리에서 하차하여 산행을 시작하였다. 도중에 차도를 버리고서 숲 속의 오솔길을 따라 건드렁바위·황장사바위·관음사터를 지나, 정상 조금 못 미친 곳에서 도시락으로 점심을 들었다. 하산할 때는 우연히도 같이 이 모임에 참가한 육윤경 선생 및 망진산악회의 梁 准尉랑 앞서거니 뒤서거니 하며 남쪽 화흥리 쪽으로 내려와 화흥초등학교 앞 도로에서 차에 올랐다.

이런 모임은 으레 그러하듯이 돌아오는 버스 안은 춤과 음악으로 매우 어수선하고 시끄러웠다. 그러한 가운데서도 아홉 시가 넘어서는 좀 눈을 붙였다가 밤 열 시 반경에 집에 도착하였다.

9 (일) 맑음 -원효산, 석남사

아내와 함께 청록회의 정기산행에 참여하여 경남 양산의 원효산 등반과 언양의 石南寺에 다녀왔다. 여덟 시 반까지 제일예식장 옆에 집결하여 대절버스 두 대로 출발하였다. 이 모임의 경우는 진주에 거주하는 하동 출신의 중년남녀가 중심으로서, 2년 전에 하동에다 현대제철소를 건설하려는 움직임이 있었을 때 그 유치를 지원하고, 또한 某氏의 도의원 출마를 지원하기 위한 목적으로 결성되었다고 한다. 그런데 남해고속도로를 경유하여 양산 쪽으로 가는 도중부터 음악을 틀고서 춤판을 벌이기 시작하더니, 그 중 한 중년 여자는 내가 앉은 좌석의 복도 쪽 팔걸이를 몇 번씩이나 한사코 젖혀 올리고서 엉덩이를 내 무릎 위에 올린 채 흔들어대는 것이었다.

목적지인 원효산(922.2m) 아래에 도착하여서는 대석저수지 부근에서부터 등산을 시작하여 계곡을 따라 원효암에까지 올랐다가, 거기서 점심을 들고서 갔던 코스로 도로 내려왔다. 정상은 레이더 시설이 있는 군사작전지역이어서 일반인의 접근이 금지되어 있었다.

오후 세 시 남짓 된 무렵 아직 버스가 원효산 아래를 출발하기 전에 오전의 그 여자가 내 좌석 복도 건너편에 앉아 어떤 남자에게 오빠 운운하며 수작을 부리더니, 일어나 뒤쪽으로 가면서 난데없이 손바닥으로 내 뺨을 밀어 상체가 아내 있는 창문 쪽으로 크게 젖혀지게 만드는 것이었다. 우리가 늘 그렇듯이 가만히 앉아만 있어서 그들과 어울려 함께 춤을 추지 않는 데 대한 장난이라고는 생각되지만, 처음 보는 남자의 얼굴에다 손을 댄다는 것이 심히 불쾌하여, 그 여자가 다시 옆자리로 돌아오자 내가 같은 방식으로 그 여자의 얼굴을 밀며 무례한 행동에 대해 꾸짖었다. 그랬더니 그 여자는 내가 자기를 쳐서 선글라스가 부러질

뻔했다고 억지를 부리면서 시비를 걸어오는 것이었다. 아내의 권유에 따라 2호차 뒷좌석으로 옮겨 그 자리를 피했는데, 2호차에까지 따라와 이번에는 아내와 싸움판을 벌이려는 것을 주위 사람들이 만류해 떼어놓아 이럭저럭 무마되었다.

귀로에 언양의 석남사에 들러 젊은 시절 몇 번 들렀던 적이 있는 이 비구니 사찰 경내를 아내와 더불어 오랜만에 산책하였고, 입구에서 푸른 산나물도 한 묶음 사서 밤 열 시 무렵 진주에 도착하였다.

16 (일) 흐림 -운제산, 문무왕 수중릉

아내와 함께 자유산악회의 산행에 참가하여 경북 포항시 烏川邑에 있는 雲梯山(혹은 雲帝山, 478m)에 다녀왔다. 오전 아홉 시경에 버스 네 대로 귀빈예식장 앞을 출발하여 남해고속도로를 경유하여 김해 대동에서 양산·언양·경주·포항 시내를 거쳐 12시 반 무렵 목적지인 운제산 아래의 吾魚池라는 댐 옆에 위치한 吾魚寺 주차장에 당도하였다.

자장암을 거쳐 운제산 정상과 대왕암에 올랐고, 내릴 때는 육윤경·이병환 선생과 더불어 서쪽의 급경사를 따라 계곡 쪽으로 하산하였다. 오후 네 시 남짓에 하산을 완료하여 귀가 길에는 장기읍을 지나 바닷가를 따라 난 국도로 甘浦 대본리에 있는 萬波息笛의 故事가 전해오는 利見臺를 지나 대본해수욕장에서 약 20분간 정차하여 文武王 水中陵을 바라보았고, 거기서 感恩寺址를 거쳐 929번 국도와 大鐘川을 따라 덕동호 및 경주 시내의 보문호를 지나, 왔던 코스로 되돌아왔다.

22 (토) 맑음 -둔철산 에덴농원

석가탄신일 휴일이라 동아고등학교 동문인 간호학과 권인수 교수의 남편 김 선생 가족과 그의 同期인 법대 김종회 교수 가족 및 우리 가족을 합하여 모두 열 명이 김 선생과 내가 운전하는 승용차 두 대에 분승하여 산청군 신안면 둔철산 속에 있는 에덴농원으로 놀러갔다. 지난번에 갔었던 권오민 교수 별장이 있는 골짜기인데, 이 농원은 안식교회의 신도가 운영하는 곳이며, 그 소유주의 동생 내외가 그 아래쪽에서 농사를 지으며 뉴 스타트式 자연식품을 취급하고 있다. 동생의 부인되는 사람이 과거 우리 집에다 자기네가 자연농법으로 재배한 식품들을 공급해 주고 있었던 인연으로, 아내가 주선하여 거기서 주말의 연휴를 보내게 된 것이다.

오전 아홉 시 반쯤에 우리 아파트 입구에서 합류하여 舊도로를 거쳐 산의 정상 가까운 위치에 있는 에덴농원에 도착하였고, 차를 거기다 세워두고서 오솔길로 교회까지 걸어 내려와 교회 옆의 개울에서 남자들은 준비해 온 동동주를 마시며 잡담을 나누었다. 정오가 지나서 그 보다 더 아래쪽의 농원에서 500m 이상 떨어진 위치에 있는 비닐하우스에 살고 있는 에덴농원 주인댁 동생 내외를 방문하였다. 그 남편은 나보다 몇 살 아래로서 충청도 사람이고 아내는 전라도 광주 사람인 모양인데, 형이 여기에다 30만 평가량 되는 땅을 구입하여 내려왔으므로, 그들 내외도 그 부근에 천 평 가량의 땅을 마련하여 농사를 짓고 있는 것이었다.

부인이 정성 들여 준비해 준 자연식품의 순菜食 요리로 점심을 들고난 다음, 우리들은 남편 되는 사람을 따라서 에덴농원 뒤편의 바위로 이루어진 정상인 시루봉까지 등산을 하였고, 농원으로 내려와서는 주인 집 뒤편 벚나무에 흐드러지게 열린 새빨간 버찌를 따먹으며 행복한 한 때를 보냈다. 이 농원의 주인은 과거에 정원을 만드는 造景사업을 하고 있었으며, 한 때 여기에다 자기네 집 외에도 몇 동의 건물을 더 지어서 외부의 환자들을 입주케 하여 뉴 스타트式 자연치유법을 실시하고 있었던 모양인데, 그 일이 뜻대로 되지 않았던지 농원은 아들 내외에게 맡겨두고서 가족이 많이 살고 있는 미국으로 들어가 지내다가 근자에 도로 나와 다시 여기에 살고 있다고 한다. 나의 권유에 따라 우리들 세 가정의 가장인 남자 세 명은 내가 운전하는 차로 거기서부터 동북쪽 산꼭대기의 넓은 분지에 위치해 있는 둔철마을을 거쳐 대성산 중턱에 있는 사찰인 정취암까지 다녀왔다.

에덴농원으로 돌아온 다음, 우리들 가족 일행은 차로 비닐하우스에 내려와 저녁식사를 들고서, 간디 학교 아래쪽 內松 마을에 있는 安東權氏 齋閣인 雲靖齋에서 하룻밤을 보내게 되었다. 그 齋閣은 근자에 새로 지은 것인 듯하여 시설이 좋았다. 회옥이와 김 선생네 수양딸 연경이는 실내의 마루에다 친 텐트에 들어가 슬리핑 백 속에서 잠을 잤고, 어른들은 준비해 온 소주와 맥주를 마시며 밤늦게까지 대화를 나누었다.

23 (일) 흐리고 저녁 무렵부터 가랑비 -단속사지

아침에 일어나 나는 한 시간 정도 내송 마을 일대를 산책하여 권오민 교수 별장까지 가보았다가 간디 학교 옆을 지나서 돌아왔다. 비닐하우스로 올라가 조반을 들고서, 우리 일행은 나의 권유에 따라 오전 중 그 일대의 드라이브를 떠났다.

鏡湖江 휴게소에서 길을 물어 강을 건너 어천마을을 지나서 지리산 熊石峰 부근의 지난번 백두대간산악회 산신제 때 차에서 내려 등산을 시작했던 재를 넘어서 淸溪里로 들어갔고, 雲里의 斷俗寺址와 政堂梅, 그리고 부근의 '廣濟嵒門' 石刻과 南沙 마을의 沙隱翁 古宅 터를 둘러보고서, 정오 남짓에 비닐하우스로 돌아왔다. 그 집 아래 텃밭의 화학비료를 치지 않고서 재배하는 딸기를 따먹기도 하였고, 아이들은 어제부터 계속 닭장 부근에 모여 수십 마리의 닭과 병아리들에게 모이를 주며 놀고 있었다. 오후 두 시가 지나서 늦은 저녁을 들고난 후, 그 댁에서 먹고 남은 음식들을 싸서 나누어 가지고 현미 쌀도 좀 사서 진주로 돌아왔다.

30 (일) 맑음 -지리산 서북능선

아내와 함께 가람뫼산악회의 월례 산행에 참가하여 지리산 서북능선에 다녀왔다. 오전 여덟 시까지 역전에 모여 대절버스 두 대로 출발하였는데, 거기서 모처럼 우리가 예전에 회원으로 들어 있었던 망진산악회 사람들을 만났다. 그들도 역전에서 모여 남해 망운산에서 열리는 자유산악회의 산신제에 참여하러 가는 길인 모양이었다.

진주-대전 간 고속도로를 경유하여 생초 인터체인지에서 국도로 접어들어, 지리산을 낀 휴천계곡을 따라 山內와 노루목·반선·달궁을 거쳐 목적지인 정령치(1,172m)에 도착하였다. 수통에 물을 채우기 위해 모처럼 정령치 부근의 巖刻畵를 찾아가 보았는데, 거기에는 이미 안내판이 설치되어 開嶺庵址磨崖佛이라고 설명되어 있었고, 놀랍게도 그것이 보물로 지정되어 있었다. 예전에는 큰 인물상 하나인 줄로만 알았는데, 16개의 불상이 있다고 적혀 있어 주위를 유심히 살펴보니 아닌 게 아니라 그 부근 바위 벼랑에서 몇 개의 작은 불상들을 더 발견할 수가 있었다.

거기서 안쪽으로 계속 이어지는 오솔길이 있으므로 능선으로 향할 것이라고 짐작하고서 시험 삼아 그리로 따라가 보았는데, 그것이 일행이 통과한 능선 길로는 이어지지 않고 도중에 흐지부지 사라져버려, 길을 찾다가 실패하고서 능선 길까지 잡목을 헤치며 올라오느라고 제법 고생을 하였다. 덕분에 일행으로부터 뒤쳐져서 우리 내외만이 호젓하게 산책하는 기분으로 산길을 걸을 수가 있었다.

고리봉(1,304) 세걸산을 지나 도중의 나무 그늘에서 파리를 쫓으며 점심을 들었고, 세동치·부운치·팔랑치를 지나 운봉목장 뒤편의 철쭉능선으로 접어들었다. 철쭉은 이미 철이 지나 피고 남은 꽃들만 조금 볼 수 있었을 따름이었지만, 거기서는 다른 잡목들이 없어 오른쪽으로 지리산의 주능선 전체를 조망할 수가 있고, 왼쪽으로는 남원군 일대를 바라볼 수 있었다. 바래봉(1,165) 덕두산(1,148.9)을 거쳐 능선 길을 계속 걸어 오후 다섯 시 무렵에 종착지인 舊 引月 마을까지 내려왔다. 오늘 코스 중 덕두산까지는 이전에도 여러 차례 와 본 적이 있었으나, 인월까지 답파하기는 이번이 처음이다.

타고 간 관광버스 중 한 대는 남았다가 실상사를 구경하고서 돌아오고 또 한 대는 먼저 출발한다 하므로, 우리 내외는 먼저 떠나는 차에 옮겨 타고서 88고속도로와 진주-대전 간 고속도로를 경유하여 오후 일곱 시 무렵에 출발지인 진주역전에 도착하였다.

6월

6 (일) 흐리고 오후 한 때 부슬비 -내연산 문수봉

아내와 함께 진주교직원산악회의 월례산행에 참가하여 경북 영일군과 영덕군의 경계에 위치한 寶鏡寺 뒷산에 다녀왔다. 오전 여덟 시까지 중안초등학교 옆에 집결하여 산청에서 대절한 버스 한 대를 꽉 채운 인원이 출발하였는데, 참석자는 대부분 초등학교의 교사이거나 교장·교감 혹은 그 배우자였다. 남해고속도로와 부산-경주행 고속도로를 경유하여 경주박물관 부근을 지나서 11시 반쯤에 보경사 입구 주차장에 당도하여 등산을 시작하였다.

모처럼 보경사 경내를 둘러보고서 바위 협곡의 여러 폭포들을 구경하여 그 중 대표적인 延山瀑布를 지나 은폭포 부근에서 준비해 간 도시락으로 점심을 들었다. 조피골로 하여 정상인 내연산(710m)으로 오르기로 되어 있었는데, 아내와 나는 둘이서 출발하여 대체로 맞게 코스를 잡았으나, 도중에 아내가 코스가 틀릴까봐 걱정하는 바람에 갔던 길을 되돌아와 일행 여러 명이 가고 있는 큰길을 따라 올랐다. 그러나 처음 길이 옳은 것이었고 뒤에 우리가 택한 길은 넓기는 하지만 조피재로 이르는 것이었다. 정상까지의 왕복은 거기서 또 반시간 정도 더 걸려야 한다고 하는데, 오후 4시 40분의 출발장소 재집결까지는 시간이 부족할 듯하여 포기하고서 능선 길로 문수샘을 지나 보경사 뒤편으로 내려왔다.

일행이 다 모이기를 기다리느라고 한 시간 정도 더 지체되어 오후 다섯 시 반쯤에 보경사 입구를 출발하였다. 절 입구의 상점에서 파는 칼국수 5인분과 竹篦 하나를 구입하였다. 이 산악회는 21년의 역사를 가진 것이라고 하는데, 교육자들의 모임이어서 그런지 돌아오는 차안에서도 비교적 조용하였다.

13 (일) 맑음 -갑장산

진주서민산악회의 산행에 동참하여, 아내와 함께 경북 상주의 낙동면에 있는 甲長山(806m)에 다녀왔다. 오전 여덟 시 반 무렵 관광버스 두 대로 장대동의 방범초소 앞을 출발하여, 진주-대전 간 고속도로와 88고속도로를 경유하여 거창에서부터 국도로 접어들어 김천을 지나서 상주에 접근했다.

갑장산은 상주시에서 正南 방향으로 6km쯤 떨어져 있는데, 아마도 상주를 대표하는 산인 듯했다. 龍興寺 아래쪽 도로에서 차를 내려, 용흥사를 지나 잠시 차도를 따라가다가 다시 오솔길로 올라 정상에까지 이르렀다. 내려올 때는 정상에서 반대쪽 능선을 타고 조금 가다가 아래로 내려가는 등산로를 따라 甲長寺에 이르렀고, 절로 통하는 큰길을 따라 내려왔다.

갔던 코스로 되돌아왔는데, 진주에 도착하니 밤 아홉 시 무렵이었다.

20 (일) 맑음 -와운골, 연하천, 빗점골
아내와 함께 백두대간산악회의 6월 정기산행에 동참하여 지리산에 다녀왔다. 아침 7시까지 등산장비점 앞에 모여 8시경에 대절버스 한 대로 출발하였다. 진주-대전 간 고속도로와 88고속도로를 경유하여 인월 인터체인지에서 국도로 접어들어, 지리산 뱀사골 입구의 반선 전적기념관 앞에서 하차하였다.

오전 아홉 시 반경에 일행 44명이 등산을 시작하여, 뱀사골로 난 큰길을 따라가지 아니하고 입구에서 바로 산중턱 길을 취하여 와운 마을로 향하였다. 와운 마을은 몇 채의 새로 지은 집들과 도단으로 지붕을 이은 집, 그리고 한 채의 초가집이 서로 섞여 있었다. 그 마을에서 잠시 휴식을 취한 후, 곧바로 와운골로 해서 계곡산행을 시작하였다. 이쪽은 일반 등산객이 거의 오지 않는 곳이라, 길은 보이다 끊어지다 하다가 결국 아주 사라져 버리고, 우리는 원시림 속을 더듬으며 앞으로 나아갔다. 다만 원시림이라 하기 어려운 것은 계곡을 따라서 고로쇠 물 채취를 위해 설치해 놓은 호스가 꽤 멀리까지 이어져 있는 까닭인데, 그것도 굴밭골 정도에 이르니 마침내 끊어지고 완전히 인적 없는 산 속이 되었다.

도중에 점심을 들고서, 연하천 대피소의 쇠로 된 울타리가 이어진 주 능선 길로 올랐고, 거기서부터는 삼각봉 쪽을 향해 조금 전진하다가 '등산로 아님' 표지판이 있는 곳에서 반대편 계곡을 향해 난 소로를 따라 절터골로 내려갔다. 그 길도 보이다가 사라졌다가 하며 이어지고 있었는데, 세 골짜기의 물이 만나는 合水 지점인 빗점은 과거 지리산 빨치산의 중요한 아지트로서, 그 총대장 격인 전설적 영웅 이현상이 국군에 의해 사살된 현장이기도 하다.

빗점을 조금 벗어난 곳에서부터는 벽소령으로 이어지는 차도가 나 있었으므로, 그것을 따라 삼정 마을을 지나 의신 마을로 내려왔다. 지난번 서울대 및 京都大學 동창인 농경제학과의 김병택 교수와 역사교육과의 박종현 교수가 내 박사학위 취득을 축하하는 뜻에서 여기까지 데려와 닭찜 등으로 대접해 준 의신 마을의 그 통나무집 식당 옆에 우리의 대절 버스가 대기하고 있었으므로, 그 주차장에 면한 대나무 평상에서 맥주와 동동주 등을 마시며 일행이 다 내려올 때까지 기다렸다.

오후 일곱 시 반 무렵에 거기를 출발하여 쌍계사 입구를 거쳐 화계로 내려왔고, 섬진강을 따라 하동 쪽으로 내려오다 강가에 새로 지어진 미리내호텔에 정차하여 주위의 경관을 조망하기도 하였다. 곧 어두워져, 남해고속도로를 경유하여 진주로 돌아오는 동안에는 계속 졸았다.

27 (일) 흐림 -유학산, 다부전적기념관, 일붕사
아내와 함께 가람뫼산악회의 월례산행에 참가하여 경북 칠곡군 가산 면에 있는 6.25의 격전지 遊鶴山(839m)에 다녀왔다. 오전 8시에 우리 아파트 부근의 역전 광장에서 부산교통의 관광버스 두 대로 출발하여, 남해·구마·중부고속도로를 경유하여, 다부리에서 국도로 접어들어 학산 리까지 가서 하차하였다.

정상 아래의 깎아지른 바위 절벽을 배경으로 하고 있는 도봉사까지는 포장된 차도가 나 있어 그것을 따라 걸어 올라갔고, 절에서부터는 오른 쪽 오솔길을 취하여 능선까지 올랐다. 정상은 거기서부터 왼쪽 길로 조금 나아가야 하는데, 우리는 모르고서 등산객들이 달아 놓은 헝겊 표지가 있는 오른쪽 길을 택했기 때문에 결국 정상에는 오르지 못하고 말았다. 오른쪽 능선 길을 따라 산불감시소와 신선대를 지나 자꾸만 나아가다가, 다부리 쪽으로의 하산길이 갈리는 지점에서 점심을 들었다. 오늘 산행에는 예전 망진산악회 시절 같은 회원이었던 공군교육사령부의 양 준위 부부와 우성건설의 부인 이덕자 씨도 참여하였으므로, 그들과 함께 점심을 들며 이덕자 씨 내외가 북한의 금강산에 다녀온 이야기도 들었다. 금강산은 나무나 물이 별로 없고 남한의 지리산보다도 훨씬 못하더라고 했다.

400년 묵은 느티나무가 있는 원정 마을을 경유하여 하산한 후에는 다부리의 고속도로 아래 그늘에서 주최 측이 준비해 간 막걸리 등을 마시며 일행이 다 내려오기를 기다렸다가, 다부전적기념관을 둘러보았다. 이 유학산 일대는 6.25 당시 대구 방어의 전초기지였기 때문에 1950년 8월과 그 후에도 쌍방이 각각 수만의 희생자를 내어가며 뺏고 뺏기는 혈투를 거듭했던 대표적인 격전장의 하나요, 여기서 행해진 미군의 융단폭격 모습은 영화에서도 더러 보았던 터이다.

낮이 길어 그래도 아직 해가 많이 남았으므로, 귀가 길에 현풍 휴게소를 지나서 의령 가는 국도로 빠져 나와 의령군 궁유면 평촌리에 있는 一朋寺와 일붕경로복지회관을 둘러보았다. 일붕사는 세계 초대법왕을 자칭하는 일붕 서경보 스님이 세운 절로서, 세계 최대의 동굴법당으로 기네스북에 기재되어 있다는 석굴로 된 대웅전이 있고, 3년 전 이 절에서 일붕의 다비식이 거행되었다고 한다. 그 경내에 있는 경로복지회관은 96년 4월에 개관하여 100실의 단독세대와 노인들을 위한 각종 시설물이 갖추어져 있다는 곳인데, 1인당 3500만 원을 내면 누구나 입주할 수 있고, 입주 후에 추가로 내는 돈은 없다고 한다. 망진산악회의 봉고차 기사였던 이주세 씨도 한 때 여기에 들어와 있다가 도로 나온 바 있었다.

7월

3 (토) 맑음 -동강 행
　아내와 함께 백두대간산악회의 강원도 영월 白雲山 및 東江 래프팅에
참가하여, 일행 36명이 밤 여덟 시에 도동의 명신예식장 앞 백두대간
등산장비점 앞을 출발하여 남해고속도로 및 구마고속도로를 경유하여
北上하였다. 밤이라 현풍 휴게소에서 네 개로 배정된 조별로 모임을 가
진 후, 그곳을 지나고서는 차안의 불을 끄고 잤다. 이 버스는 경북 醴泉에
서 백두대간의 저수재를 경유하여 강원도 땅으로 접근한다고 한다.

4 (일) 흐리고 오후 한 때 비 온 후 개임 -백운산, 동강, 장릉
　새벽 두 시경에 대절버스가 동강 부근에 접근했지만, 갈림길에서 길을
잘못 들어 외진 비포장 길로 들어가 버리고 만지라, 무리하게 차를 돌려
나오느라고 한 시간 이상 지체하였다. 旌善郡 신동읍 운치리에 도착하여
한 시간 정도 차안에서 수면을 취한 후, 다섯 시 무렵에 예미국민학교
운치분교 부근의 대형 천막으로 지은 가설 음식점에 들러 아침 식사를
하였다. 날이 밝아지니, 굽이쳐 흐르는 동강과 더불어 강 건너편에 수직
으로 깎아지른 절벽들로 이루어진 백운산(882.5m)의 수려한 모습을 바
라볼 수가 있었다.
　식사를 마친 후, 점재 나루에서 쇠줄을 따라 건너는 나룻배를 타고서
건너편 백운산 기슭의 마을에 도착한 후, 가파른 산길을 따라 등산을
시작하였다. 능선 부근은 짙은 구름이 바다처럼 펼쳐져 있고, 그 구름
위로 마치 남해 바다의 다도해에 뜬 섬들처럼 주위의 산들이 펼쳐져 있
어 경치가 장관이었다. 정상에 가까워진 무렵부터는 가스가 조금씩 걷히
기 시작하여 발아래의 까마득한 절벽 아래로 굽이굽이 감돌아 흐르는
동강의 모습을 내려다 볼 수가 있었다.
　우리 일행은 정상을 지나 능선을 따라서 이어지는 다섯 개의 작은 봉
우리를 건너서 동강 가 덕천리의 제장나루에 당도하였는데, 도착하고서

야 일정상에 혼선이 생겨 있음을 알 수가 있었다. 원래의 일정으로는 마지막 봉우리를 넘기 전 칠족령(529.5m) 갈림길에서 平昌郡 미탄면의 문희나루로 내려가게 되어 있었던 것인데, 산 위에서 내려다보는 동강의 경치가 매우 아름다우므로, 좀 더 긴 구간을 고무보트로 저어 내려가기 위해 참가자 중 비교적 연장자인 李炳國 씨가 제안하여 도중에 상류에 있는 제장 쪽으로 방향을 바꾸었던 것이지만, 업소 측과의 연락이 제대로 되지 않아 우리를 태울 고무보트와 짐들은 이미 문희 나루로 운반되어 있었던 것이었다. 그런 까닭에 제장에서 막걸리를 마시며 한 시간 이상 지체한 다음, 결국 힘이 약한 여자들과 남자 두 명을 포함한 열 명 남짓한 인원을 거기서 고무보트로 내려오도록 남겨두고서, 나머지는 건너왔던 산을 도로 넘어 문희 쪽으로 내려왔다.

그 마을에서 몇 시간을 기다리다가, 보트 하나는 먼저 내려가고, 우리는 문희에서 주먹밥으로 준비된 점심을 들며 제장에서 떠난 사람들이 도착하기를 기다려, 다시 보트 두 대로 출발하였다. 아내는 제장에서 보트로 내려 와 문희에서부터는 나와 같은 보트를 탔다. 그러니까 모두 해서 고무보트 네 대를 빌린 셈인데, 우리가 탄 보트는 순조롭게 내려와 늘 앞장을 섰고, 다른 보트와 물싸움을 벌이기도 하였다. 동강의 풍경이 가장 아름답다는 어라연과 댐 건설 예정지를 지나 寧越郡 거운리 섭새마을의 거운교 아래에서 배를 내렸다.

대기하고 있던 버스에서 짐을 내려 옷을 갈아입고서, 다른 일행이 모두 도착하기를 기다렸다가, 영월의 端宗陵인 사적 제196호 장릉 바로 옆에 있는 장릉보리밥집으로 가서 비빔밥과 동동주로 저녁 식사를 들었다. 단종이 귀양 왔던 청령포도 거기서 얼마 떨어지지 않은 거리에 있다고 한다.

귀가 길에 올랐을 때는 이미 날이 어두워지고 있었다. 돌아오던 도중에 대절버스의 앞 편 오른쪽 바퀴 부근에 있는 충격 완충 장치가 부러져버려 차가 충격이 있을 때마다 덜컥거리는 소리를 내므로, 속도를 줄여마치 완행열차를 탄 듯한 기분이 들 정도로 천천히 주행하였다. 그런저런 까닭에 자정 무렵에 진주에 도착하기로 예정되어 있었던 것이 다음 날 오전 세 시 반 무렵에야 당도하였다.

11 (월) 흐리다가 개임 -운일암반일암계곡

아내와 함께 서민산악회의 월례 산행에 참여하여 全北 鎭安郡 朱川面에 있는 국민관광지 雲日巖半日巖계곡(일명 주천계곡)에 다녀왔다. 오전 8시 30분에 관광버스 두 대로 장대동 방범초소 앞을 출발하여, 대전행 고속도로와 88고속도로를 경유하여 전북 長水에서 국도로 접어들었고, 장수·장계·진안을 거쳐 구봉산 아래를 지나 주천계곡으로 접어들었다. 朱川은 또한 朱子川이라고도 하며, 운장산 동북쪽 명도봉과 명덕봉 사이를 약 5km에 걸쳐 굽이쳐 흐르는 시내를 지칭하는 것인데, 운일암반일암은 그 중에서 집체만한 수많은 바위가 널려 있는 지역을 말하는 것이었다. 이 계곡에는 28景으로 알려진 것이 있다고 하여, 여기저기에 그와 관련한 안내판이 보였다.

우리 내외는 차가 시내를 건너 기도원 쪽으로 향하는 다리 위에 정거한 후, 계곡의 상류 쪽으로 걸어 올라가서 점심을 들었다. 거기서 더 올라가니 시내 가운데 武夷巖이라고 쓴 바위가 있고, 그 옆에 新安朱氏 문중에서 돌로 새긴 설명서가 있어 읽어보았다. 朱子의 증손자 되는 사람이 南宋이 元에 의해 멸망당할 무렵 고려로 정치적 망명을 와서 이곳에 정착했는데, 바위에 남겨진 이 세 글자는 그가 고향인 福建省의 武夷山을 그리워하여 새긴 것으로서 이 문중의 중요한 유적이라는 내용이었다.

거기서부터 더 상류 쪽으로는 별 풍경이 없는 듯하여, 도로 내려와 다리를 건너서 기도원을 지나 비포장 山腹道路를 걸어서 등산하려고 하는데, 뒤에서 다가오던 소형 트럭이 클랙션을 울리며 정지시키더니, 전방에 댐 공사 현장이 있어 출입이 금지되어 있다는 것이었다. 되돌아 나와, 계곡의 하류 일대를 둘러보다가 아내는 돌아가고, 나 혼자서 28경 중 제3경이 있는 입구 부분까지 걸어갔다. 도로 올라올 때는 계곡 건너편의 바위들을 건너뛰면서 물가에서 노는 수많은 관광객들 사이를 걷다가, 아무도 없는 조그만 폭포 아래 바위에서 위통을 벗고 배낭을 베개 삼아 잠시 눈을 붙이기도 하였다.

귀가할 때는 계곡 상류 쪽을 경유하여 운장산과 연석산 입구를 지나 완주군으로 빠져서, 진안의 마이산 휴게소 등에 정차했다가 밤 10시가 지나서 진주에 도착하였다.

18 (일) 흐림 -명덕봉

아내와 함께 일출산악회의 월례 산행에 참가하여 지난주에 갔었던 전북 진안군 주천면의 운일암반일암계곡 북쪽에 있는 명덕봉(846m)에 다녀왔다. 관광버스 한 대로 귀빈예식장 앞을 오전 여덟 시 정각에 출발하여, 진주-대전 간 고속도로를 따라가다가 생초 인터체인지에서 국도로 접어들어 안의의 화림계곡과 육십령을 지나 마이산 휴게소 및 구봉산 아래를 거쳐서 주자천에 진입하였다.

운일암반일암 매표소를 지나 제1주차장 건너편 도로에서 하차하여 산행을 시작하였다. 우리 일행 중에는 망진산악회의 梁 准尉 부부와 이덕자 여사도 포함되어 있었다. 오후 한 시 무렵에 정상에 올랐고, 그 조금 아래편에서 점심 식사를 든 다음, 사거리 안부에서 운일암반일암의 에로스산장 쪽으로 하산하였다. 도중에 혼자 산속 계곡에서 목욕을 하고 집합 장소인 살롬기도원 입구의 다리 쪽으로 와 보니 우리가 타고 온 버스가 교통 혼잡 관계로 무이암 쪽으로 빠져나가고 있는 모습이 보였다. 나도 그 쪽으로 걸어가 배낭을 무릉리 휴게소에 주차해 있는 버스 짐칸에다 넣어두고서 무릉리 쪽으로 산책을 갔다가 집합 시간인 오후 네 시 반경에 기도원 입구로 돌아와 보니, 버스가 나를 찾아 계곡 아래위로 돌아다니고 있었다.

갈 때의 코스로 하여 오후 여덟 시경 아직 어둡기 전에 진주에 당도하였다. 산악회 회장의 설명에 의하면, 명덕봉은 운장산에 속해 있는데, 조선시대의 유학자 宋翼弼의 號가 九峰, 字가 雲長인 것은 모두 이 부근의 山名에서 유래하는 것이라고 한다.

8월

11 (수) 맑음 -아산 그랜드호텔

오늘·내일 이틀 동안 충남 아산시의 그랜드호텔에서 열리는 한국동양
철학회 제33차 정기학술회의에 참가하기 위해 오전 아홉 시 무렵 집을
나섰다. 대전 행 시외버스가 얼마 전에 출발해 버렸는지라 한 시간 이상
정거장의 나무 벤치에 앉아 어제 회의에서 받아 온 『南冥院報』 제15호
(1999.8.10.)를 훑어보았다. 열 시 반 무렵의 버스를 타고서 진주-대전
간 도속도로로 함양까지 가서 88고속도로를 경유하여 거창서부터는 국
도로 김천까지 갔고, 경부고속도로 상의 교통사고로 말미암아 또 국도로
얼마간 북상하다가 고속도로에 올라 대전으로 향하였다. 대전 동부터미
널에서 다시 반시간 정도 대기하였다가 온양 행 시외버스를 타고서 고속
도로로 천안까지 가서 국도로 아산시의 터미널에 당도하였다.

당초 회의 장소는 아산시청 상황실로 통보되어 있었는데, 어제 서울서
온 권인호 씨로부터 아산관광호텔로 변경되었다는 소식을 들은 바 있었
으므로 택시로 관광호텔까지 가보았으나, 거기가 아니고 그랜드호텔이
라는 안내의 말을 듣고서 걸어서 아산 역 부근에 있는 그랜드호텔까지
갔다.

12 (목) 맑음 -외암민속마을, 호서대학

오전 아홉 시에 대절버스 한 대로 호텔을 출발하여 거기서 얼마 떨어
지지 않은 곳에 위치한 巍巖里의 외암 묘소를 참배하였고, 그곳 외암민
속마을에서는 외암의 종택과 사당 및 외암 고택과 정원 등을, 그리고
거기서 조금 떨어진 곳에 위치한 講堂寺 遺址도 답사하였다. 외암 고택
에서는 주인의 안내에 따라 실내에 보관된 추사 김정희, 어사 박문수,
외암 친필 등의 글씨와 鄭謙齋·許小痴의 글씨 등을 참관하기도 하였다.
講堂寺는 외암이 강학하던 곳으로서, 근세의 서원 훼철령 시기에 즈음하
여 그 수호를 위해 중들로 하여금 거주하게 하였던 연유로 현재는 절로

변해 있었는데, 그 안에 외암을 기념하는 공간을 마련하기 위해 현재 건축 공사가 진행 중에 있었다.

답사 일정을 마친 후, 호서대학으로 가서 이 대학 교수식당에서 철학과 김교빈 교수가 주선한 점심식사 대접을 받았고, 그 위층의 휴게실에서 차를 마시며 한 동안 대화를 나누었다. 그 자리에서 소광희 교수 후임으로서 서울대 철학과의 형이상학 전공 교수로 부임하게 된 이 대학 철학과의 박 교수와 인사를 나눈 바 있다.

호서대학을 나와, 대절버스를 타고 온양터미널로 돌아와서 대전행 버스를 탔고, 대전서는 오후 다섯 시 무렵에 고속버스 편으로 출발하여 올 때의 코스를 경유하여 밤 여덟 시 반쯤에 진주에 당도하였다.

9월

5 (일) 비 -채미정, 허위 기념비, 금오산

아내와 함께 봉우리산악회의 월례산행 동참하여 경북 구미시에 있는 금오산(976.6m)에 다녀왔다. 오전 여덟 시 반 남짓에 대절버스 한 대로 진주중학교 앞을 출발하여, 구마고속도로를 경유하여 구미 시가지를 지나서 금오산 아래쪽 저수지 위의 남통동에 있는 버스터미널에 당도하였다.

아침부터 계속 비가 내리고 있었으므로, 화장실에 가서 방수복으로 갈아입고 나오니 아내는 어디로 갔는지 보이지 않았다. 혼자서 冶隱 吉再의 유적이라고 되어 있는 採薇亭에 모처럼 다시 들렀다가, 그보다 조금 위쪽에 있는 저명한 儒學者 舫山 許薰의 동생으로서 구한말 을사보호조약 이후에 의병을 조직하여 서울 동대문 밖까지 진격하였다가 후에 日警에게 체포되어 생애를 마친 旺山 許蔿의 기념비도 둘러보았다. 케이블카를 타고서 海雲寺 부근까지 올랐는데, 이미 정오가 지난 데다 빗방울도 굵어져 소나기로 되었으므로, 절 아래 약수터에 있는 정자에서 도시락으로 점심을 들었다.

더워서 일단 벗었던 비옷을 다시 꺼내 입고서 이 산의 명물인 명금폭포를 지나 정상까지 걸어 올랐다. 산중턱부터 위쪽은 비안개에 가려 거의 조망이 없고, 정상 일대에는 이동전화 송신탑 등이 서 있었다. 내려올 때는 혼자서 비를 맞으며 정상 부근에 위치한 약사암에서 동쪽 방향으로 난 오솔길을 따라 비교적 근자에 새로 선 법성사라는 절이 있는 쪽으로 하산하였다가, 차도를 따라서 정거장으로 돌아왔다. 아내는 명금폭포 부근까지 갔다가 내려와 채미정과 금오산 저수지도 둘러보며 혼자서 산책하였다고 한다. 밤 아홉 시 남짓에 집에 도착하였다.

12 (일) 맑음 -양산, 울산, 서생포 일대

향토문화사랑회의 9월 답사에 참가하기 위하여 아내가 운전하는 차로 오전 일곱 시 반 무렵에 우리 아파트 앞을 떠나 남강변의 도립문화예술회관으로 향했다. 대절버스 한 대로 여덟 시경에 거기를 출발하여 남해고속도로를 경유해서 마산 역전으로 향했고, 역전 광장의 아리랑호텔 커피숍 앞에서 창원·마산 지역의 회원들과 합류하여, 김해를 거쳐 경부고속도로를 따라 양산 통도사로 향했다. 지난 5월의 총회에서 회장이 황만수 씨로부터 사천에서 사법서사 사무실을 운영하고 있는 성종복 씨에게로 바뀐 이후 처음으로 참석하는 셈이다. 그러나 황 前회장이 자료조사로부터 현지답사에 이르기까지의 실무를 여전히 맡아보고, 가이드의 역할도 맡고 있었다.

통도사에서 황 씨의 인도에 따라 사찰 구내를 둘러보고서, 금년 봄에 낙성·개관한 입구의 聖寶博物館도 관람하였다. 이 박물관의 최대 특징인 600여 점에 달하는 불교 회화를 전시한다는 2층의 불교회화실은 개방시간대와 맞지 않아 입장하지 못하였고, 박물관 옆에 새로 개관되어 月下 方丈의 물건들을 보존하고 있다는 老天遺物館에도 들어가 보지 못했다. 통도사는 내가 대학에 입학하기 전 해, 그러니까 1971년 겨울에서 72년 여름 무렵까지 약 반년 간 뒷산의 極樂庵 옆 毘盧庵에 머물러 있었던 까닭에 비교적 잘 아는 셈이지만, 절 주변의 모습이 그때와는 많이 달라졌고, 입구의 일주문 현판에 大字로 적힌 '靈鷲山通度寺'라는 여섯 글자가 대원군의 친필이라는 것도 오늘 비로소 들은 듯하다.

통도사를 나온 이후, 언양 읍내로 가서 버스정류장 부근에 있는 어느 식당에서 그곳 명물이라고 하는 돼지곱창 국밥으로 점심을 들었다. 점심 식사 후, 원래는 거기서 조금 북쪽 신라 박제상의 유적지 및 망부석으로 유명한 치술령으로 향하는 도중의 고속도로 부근에 위치한 국보 147호로 지정된 川前里 바위그림과 국보 285호인 반구대 바위그림을 먼저 보러 가기로 예정되어 있었으나, 근년에 이 모임을 통해 이미 갔었던 적이 있다 하여 원로인 梧林 金相朝 翁이 반대를 한 까닭에, 그 쪽은 취소되고 곧바로 울산 시내로 향하였다.

울산에서는 공업탑을 지나 먼저 중구 학성동에 있는 鶴城公園을 둘러보았다. 이곳은 島山城이라고도 칭하는 그리 크지 않은 산성으로서, 공원 안의 비석에는 三丸城이라고도 새겨져 있었다. 그러나 성의 흔적은 정상 부근의 길가에 조금 쌓여 있는 돌 더미를 제외하고서는 이렇다 할 것이 남아 있지 않았다. 丁酉再亂 때 왜장 加藤淸正의 저 유명한 蔚山城 전투의 현장인데, 이 성은 원래 加藤이 부근에 위치해 있었던 蔚山邑城과 慶尙左兵營의 城을 허물어 그 돌을 옮겨다가 쌓은 것으로서, 미처 완공되기도 전에 수만 명에 달하는 朝明聯合軍 대군의 공격을 받아 1597년(丁酉) 12월 23일부터 이듬해 1월 4일까지의 11일간과 1598년 9월 21일부터 약 100일간의 두 차례에 걸쳐 惡戰苦鬪의 치열한 공방전을 벌였던 곳이라고 한다. 특히 이 싸움으로 말미암아 加藤淸正은 일본에서 거의 모르는 사람이 없다고 할 수 있을 정도로 전설적인 영웅이 되어 있는 것이지만, 대군을 투입하여 이렇다 할 전과를 거두지 못하고서 큰 손실만 입은 아군 쪽에서는 이 싸움이 그다지 알려져 있지 않은 것이다.

이 성 꼭대기의 광장 한쪽 모서리에는 1962년에 발견되어 이리로 옮겨져 온 보물 제441호 太和寺址 十二支神像浮屠가 있었고, 공원에서 동남쪽으로 내려다보이는 장소에 태화강 하류의 매립지로서 현재는 현대자동차 공장이 들어서 있는 곳이 조선조의 對倭開港場 三浦 중 하나인 鹽浦

이며, 예전에는 염포의 바닷물이 바로 이 倭城 아래에까지 들어와 있었다고 한다.

학성공원을 떠나 현대자동차·현대강관·현대상선·현대미포조선소 등 현대그룹의 공장지대가 이어진 곳을 따라가다가, 방어진의 일산해수욕장을 내려다보며, 방어진 동쪽 끝의 울기등대공원으로 가서 그 구내를 산책하였다. 울기등대는 노일전쟁 무렵 일본에 의해 건립된 것으로서, 우리나라에서는 가장 오래된 등대 중 하나라고 한다. 이 공원 일대는 海松의 고목이 울창하게 들어서 있었는데, 예전에는 군부대가 위치하고 있어 일반인의 출입이 허용되지 않았다고 한다. 그 곳의 끄트머리에 스테인리스 같은 쇠로 만든 난간과 다리가 이어져 있어, 신라 文武王의 散骨處라고 하는 대왕암으로 이어져 있었다. 그 외에도 이 일대에는 과거에 捕鯨이 성했던 것을 기념하여 거대한 고래의 턱뼈 두 개를 세워서 만든 탑과 기암괴석으로 이루어진 바닷가 바위의 명소들이 있고, 灣의 건너편에는 신라왕의 놀이터였다고 하는 御風臺가 있는데, 지금은 그 꼭대기에 현대중공업의 연수원이 들어서 있었다.

방어진을 떠나 장생포 부근을 거쳐서 신라 49대 憲康王 때 용왕과 그 아들인 處容이 처음 나타났던 곳이라고 하는 開雲浦의 處容巖을 둘러보았다. 이 개운포는 고대로부터 水軍의 요새로서 선조 25년(1592) 이전까지는 慶尙左水營과 萬戶城이 위치해 있었다고 하며, 선암동의 SK석유화학공업단지 부근 산이 營城 터라고 한다.

아래로 내려오면서, 남창리를 거쳐 서생리의 진하해수욕장 부근에 加藤淸正의 本陣이 있었던 西生浦城을 둘러보았다. 진하해수욕장에는 내가 부산에 살던 시절 여름에 더러 와 보았고, 이 성에도 오른 적이 있었다. 실제의 성은 건너편 산에까지 이어져 임란 당시 조선의 동남부와 남해의 해안선 일대에 위치해 있었던 왜성들 가운데서는 가장 규모가 큰 것이라고 한다. 월내를 지나 해안선을 따라 더 아래쪽으로 내려오다가 바닷가의 횟집에 들러 생선회 등으로 저녁 식사를 하느라고 세 시간 정도 소비하여, 거의 자정 무렵에야 집에 도착하였다.

19 (일) 흐리고 곳에 따라 비 -가산산성, 군위삼존석불

아내와 함께 청림산악회의 정기산행에 참여하여 경상북도 칠곡군 가산면에 있는 架山山城(740m)에 다녀왔다. 8시 무렵 공설운동장 정문 부근에서 출발하였는데, 육윤경 선생과 양 준위 내외 및 이덕자 여사도 우연히 동참하였다.

남해고속도로와 구마고속도로를 경유하여 가산 남쪽의 해원정사라는 새로 들어선 절 입구 주차장에 당도하였고, 거기서부터 얼마간 차도를 따라 올라가다가 지름길을 취해 산성의 東門에 이르렀다. 동문에서 안내판을 따라 조금 더 오른 곳에 산성 중 제일 높은 지점인 듯한 용바위가 있었는데, 일행은 그 부근에서 점심을 들었다. 우리 내외는 양 준위 내외 및 이덕자 여사와 함께 용바위 위에 앉아 도시락을 들었다.

식사를 마친 후 그 바로 옆에 있는 바위 전망대에까지 가보았다가, 다른 일행과 함께 성벽 위로 난 길을 따라 한티재 방향으로 내려가니 얼마 못 가서 아까 지나온 동문에 이르렀다. 정상에 오른 것도 아니고 성터를 다 둘러본 것도 아니어서 그냥 내려가기는 싱거웠지만 일행을 따르지 않을 수도 없었는데, 나는 같은 길을 도로 내려가기가 싫어 혼자서 일부러 차도를 따라 구불구불 평지를 산책하듯이 걸어 내려왔다.

주차장에 도착해 보니 아직 내려와 있는 사람은 몇 명 안 되었고, 한 시간 남짓 후인 오후 네 시에 차가 출발한다고 하므로, 혼자서 해원정사 경내도 둘러보고, 그 부근의 산 속을 이리저리 걸어 다니기도 하였다. 돌아오는 길에는 한티재 건너 팔공산 뒤편 석굴암의 軍威 三尊佛을 다시 한 번 둘러보기도 하였다.

10월

10 (일) 비 -사천, 하동 지역, 개천예술제

아내와 함께 향토문화사랑회의 월례답사에 참가하여 사천·하동 지역을 다녀왔다. 아내의 직장 동료인 간호학과의 강영실 교수 등 두 명도

참가하였다. 오전 아홉 시 무렵 남강변의 도립문화예술회관 주차장에서 대절한 관광버스 한 대로 출발하였는데, 오늘은 진주 지역 회원의 참가가 많아 한두 좌석이 부족할 정도였다.

먼저 사천군 곤양면 흥사리 산48번지에 있는 보물 제614호 흥사리 埋香碑를 둘러보았다. 높이 1.6m, 가로 및 두께는 각 1.2m의 자연석 前面에다 204개의 문자를 陰刻 15행으로 새긴 이 비석은 원래 발굴된 논에서 조금 떨어진 위치의 길가 비각 안에 보관되어 있었는데, 1977년에 동아대학교 강용권 교수 팀에 의해 조사·발굴될 당시는 우리 모임의 원로 회원인 梧林 金相朝 翁이 깊이 관여하였다 한다. 이 비석은 고려 말 우왕 13년(1387)에 세운 것으로서, 당시 覺禪이라는 이름의 승려가 중심이 된 불교 신도 4,100명이 香契를 맺고서 이곳에다 沈香木을 묻고 비석에다 미륵보살에게 내세의 복을 축원하며 國泰民安을 기원하는 뜻의 글을 새긴 것이라 한다.

埋香碑는 현재까지 전국적으로 10여종이 발견되어 있다고 하는데, 매향하는 지역은 바닷물과 산의 계곡물이 맞닿는 지역으로서, 이곳도 예전에는 그러한 곳이었을 터인데 일제시기인 大正 연간에 간척되어 지금은 논으로 변해 있는 것이라 한다. 현장에서 梧林 선생으로부터 발견 당시의 상황에 대한 설명을 들었다.

다음으로는 경남 하동군 辰橋面 白蓮里 사기마을 샘문골에 있는 경남 문화재 제24호 도요지를 방문하였다. 이곳의 산26-3번지에는 조선시대인 16세기에서 17세기 전반 무렵에 분청·백자·상감백자·철화백자 등을 굽던 가마터가 세 군데 널려 있다. 아내의 전 시아버지이기도 하며 대아고등학교의 설립자이자 그 前 교장인 박종한 씨가 이곳을 일본 井戶茶碗의 본고장으로서 소개함에 따라 세상에 알려지게 되어, 1974년에 경남 문화재로 지정되고 1983년에는 도요지가 복원되었다 한다.

지금은 사천 출신의 어떤 중년 여성이 이곳에서 도자기를 생산하여 전시관도 꾸며놓고 있었으며, 전남 광양 출신이라고 하는 도예가 鄭雄基 씨의 河東窯(前 駕洛窯)에 들러 정 씨로부터 직접 작품 제작 試演 및 설명을 듣고서 차 대접도 받았다.

들판에 벼가 무르익어 추수가 절반쯤이나 진행되어 있고 감이 빨갛게 익어 가을 정취가 한창인 들판을 달려, 다음은 하동군 고전면 고하리에 위치한 경상남도 기념물 제217호 河東邑城으로 향하였다. 이는 조선 태종 17년(1417)에 축성된 옛 하동현의 縣城으로서, 성곽 길이가 1,400m이고, 성내 면적은 123,017㎡(37,212평)로서, 외성은 토성, 내성은 石城으로 쌓았다. 양경산이라는 야산을 중심으로 한 산성 형태이며, 성의 한쪽 면은 섬진강 입구로 흘러드는 주교천에 접해 있고, 옛날에는 이곳까지 바닷물이 들어와 배가 드나들었다고 한다. 축성의 목적은 고려 말에서 조선 초에 이르는 시기에 남해안과 섬진강을 따라 왜구의 침입이 잦아 그 피해가 심한 관계로 이를 방비하기 위함이었다 한다.

임진왜란 때는 왜장 加藤淸正이 침입하여 성내가 燒失되었으나, 임란 후 다시 복원되어 유지되어 오다가, 숙종 30년(1704)에 하동읍을 현재의 위치인 진답으로 옮기자 그 기능을 상실하였다고 한다. 이 읍성은 축성 후 3백년 가까이 하동을 지켜왔을 뿐 아니라, 보존 상태도 양호하다고 하는데, 비로 말미암아 현장까지 가보지는 못하고 마을 입구에서 버스를 내려 성터 쪽을 바라보면서 설명을 듣고 돌아섰다. 그 부근에는 임란 당시 이순신 장군이 다녀갔음을 알리는 '충무공 이순신 백의종군 행로지'란 표지석도 있다고 한다.

남해고속도로에서 하동읍 쪽으로 접어드는 어귀에 위치한 전도리의 한 음식점에서 전어회와 섬진강 특산인 재첩국으로 점심을 들고서, 하동군 옥종면 북방리의 해발 185.3m인 高城山에 있는 동학군 전적지 高僧堂(속칭 고시랑당)에 들렀다. 오늘의 마지막 답사지이지만, 역시 비로 말미암아 내리지는 않고 차안에서 바라보기만 하였다. 이곳에는 예전에 혼자서 와 본 적이 있었는데, 지금은 근자에 선 기념탑이 산등성이에 우뚝 솟아 있었다.

끝으로 근년에 개발된 옥종의 불소유황온천에 들러 온천욕을 하고서, 오후 네 시 반 무렵에 거기를 떠나 진주로 돌아왔다. 이 온천은 소문만 듣고 있다가 오늘 처음 들렀는데, 알고 보니 다름이 아니고 바로 知足堂 趙之瑞의 고향인 桐谷 三壯里 입구였다.

버스가 출발 장소인 도립문화예술회관 앞에 닿자, 때마침 開天藝術祭 기간 중이라 아내와 함께 회관 안팎의 전시장들을 두루 둘러보았다.

17 (일) 맑음 -간월산

아내와 함께 한백산악회를 따라 울산광역시 경내에 있는 영남 알프스 중 하나인 肝月山(1,083m)에 다녀왔다. 아침 여덟 시 반 무렵까지 공설 운동장 제1 정문 앞에 집결하기로 되어 있었는데, 웬일인지 참가자가 적어 대절버스의 좌석이 절반도 훨씬 못 찰 정도의 인원수였다. 대아고 등학교 옆에서 대전-통영 간 고속도로에 진입하여 남쪽으로 향하다가, 인터체인지에서 남해고속도로로 접어들어 부산 쪽을 향하였으며, 다시 진영 부근에서 국도로 접어들어 수산과 밀양 및 얼음골과 석남터널을 지나 내리막길을 얼마간 나아간 이후, 살터 부근에서 골짜기를 따라 산 마루 쪽으로 난 포장도로를 타고 올랐더니 얼마 후 고개 마루에 당도하 였다.

능동산 아래에 있는 고개인데, 우리는 여기서부터 차를 내려 걷기 시 작하여 반대편의 산등성이를 타고 오른 지 얼마 후에 능선에 당도하였 고, 거기서부터는 길이 대체로 평탄하였다. 억새꽃이 한창이며 주변으로 영남 알프스의 여러 名峰들이 바라보이는 산길을 산책하는 기분으로 터 벅터벅 걸어가다가, 우리 부부는 둘이서 언양과 울산 및 동해의 풍경이 바라보이는 바위 절벽 위에서 도시락을 들었다.

간월산과 神佛山 사이에 위치한 간월재로 내려온 다음, 산복도로를 따 라 터벅터벅 걸어서 하산하였다. 길이 꾸불꾸불하여 예상외로 시간이 많이 걸리므로, 간월마을 근처까지 내려온 다음에는 다른 등산객들과 함께 지나가는 봉고 차를 얻어 타고서 집결지인 등억마을로 내려왔다. 등억에서는 지금 온천호텔 조성 공사가 진행 중이었다. 우리 내외는 신 라 진덕여왕 때 慈藏律師가 창건했다는 肝月寺址에 들러 거기에 남아 있는 특이한 陽刻의 인물 조각이 있는 두 석탑과 조그만 金堂址, 그리고 그 아래 암자의 법당에 안치되어 있는 보물 370호 석조여래좌상을 둘러보았다.

우리 차가 정거해 있는 도로 옆 주차장에 오전 중 진영휴게소에서 만난 바 있는 공군교육사령부의 梁 准尉 부부와 대아고등학교의 조병화 교사 부부가 참가한 신불·간월산 등산 팀의 버스도 주차해 있어, 다시 그들과 상봉하여 잠시 대화를 나누었다. 돌아올 때는 경주-부산 간 고속도로를 따라 내려오다가, 大同에서 김해로 접어들어 남해고속도로를 따라 진주로 돌아왔다.

24 (일) 맑음 -황악산, 직지사

아내와 함께 경북 김천시 대항면과 충북 영동군 상촌면·매곡면 사이에 있는 黃岳山(1,111m)에 다녀왔다. 오전 여덟 시까지 역 광장에 집결하여, 관광버스 한 대에 50명의 인원이 타고서 출발하였다. 이 모임의 총무 김종삼 씨와 단짝이었던 오세철 씨가 보이지 않기에 물어보았더니, 그는 몇 달 전부터 발에 중풍이 와서 거동이 불편하며, 앞으로도 회복의 가능성이 희박할 것이라고 한다. 그는 나에게 퍽 친절하였는데, 대동공업사에 근무하다가 퇴직한 이후로 시내의 도립의료원 뒤편에 3층 건물을 지어 주로 아내가 경영하고 본인은 이렇다 할 직업이 없이 지내고 있었다고 한다. 불과 나이 마흔여덟에 중풍이라니 기가 찰 일이다.

대전 가는 고속도로와 88고속도로를 경유하여, 거창서부터는 국도로 김천으로 향했다. 경상북도와 충청북도의 경계를 이루는 궤방령에서부터 등산을 시작하여, 백두대간 능선을 타고서 남측으로 향하여 백운봉을 지나 황악산 정상인 비로봉 부근의 헬기장에서 오후 두 시 무렵에 점심을 들었다. 하산 길은 그대로 백두대간을 따라 형제봉(1,040m)까지 나아갔다가, 급한 경사를 타고서 直指寺로 내려왔다. 절 부근의 내원계곡에는 단풍이 제법 곱게 물들어 있었다. 아내와 함께 모처럼 직지사 경내를 둘러보았다. 여러 해 전 여기서 한국동양철학회의 겨울 수련회를 가졌을 때와는 분위기가 사뭇 달라 절이 매우 크고 화려해 보였다.

다섯 시 반 무렵 사찰 입구 광장의 파크 호텔 부근 버스 주차장을 출발하여 올 때의 코스로 밤 아홉 시 무렵 진주에 당도하였다.

30 (토) 맑음 -화왕산성, 석빙고

인문대학 교수친목회에서 주관하는 야유회에 참가하여 昌寧邑의 史蹟 64호 火旺山城(756.6m)에 다녀왔다.

오전 아홉 시 반 남짓에 대절버스 한 대로 스무 명 남짓 되는 교수와 인문대 행정실 직원 한 명 및 조교 세 명이 인문대를 출발하였다. 외국인으로는 중문과의 蔚遲治平 교수와 러시아학과의 여교수 및 모스크바에서 고교를 졸업하고는 근자에 그 어머니에게로 와서 같이 살고 있는 딸 줄리아 양이 참가하였다.

남해고속도로와 구마고속도로를 경유하여 창녕에 이르렀다. 오는 도중 들판의 논에는 추수가 이미 거의 끝나 있었고, 들판 여기저기에 흰 억새꽃이 한창이었다. 교통 혼잡으로 산성 입구의 도로 가에다 차를 세우고는, 각자 점심 도시락을 받아서 등산을 시작하였다. 나는 주로 蔚遲 교수 및 중문과의 柳應九, 한문학과의 尹浩鎭 교수와 더불어 대화를 나누면서 올랐다. 모처럼 와 보니 등산길이 예전과는 많이 달라 보였고, 올라가는 입구 부분의 길이 새로 난 것인지 校洞의 古墳群이나 眞興王巡狩碑가 뜰에 서 있었던 박물관도 눈에 띄지 않았으며, 내려오는 도중 길 건너편에 보물로 지정되어 있는 石氷庫를 볼 수 있었다.

한 시간 남짓 등반을 하여 꼭대기의 산성에 도착해 보니, 거기에 장사꾼들이 제법 많이 올라와 음료수와 술, 지짐 등을 팔고 있었고, 이곳 명물인 억새꽃은 이미 한물가고 있었다. 억새가 우거진 양지바른 언덕에서 준비해 온 도시락과 술로 점심을 들고서 하산하였다.

하차한 장소에서 일행이 모두 모이기를 기다려 출발하여, 구마고속도로와 西마산을 거쳐 창원군에 속하는 鎭東面 진동리 바닷가의 횟집에 이르러 모둠회를 안주로 술을 마시다가 생선매운탕으로 저녁을 들었다.

술기운이 제법 오르고 어두워진 이후에 거기를 떠나 국도를 경유하여 진주로 돌아오면서, 차안에서 내내 가라오케 반주로 노래를 부르며 놀았다. 나는 18번 레퍼토리인 '맨발의 청춘' 이외에도, 제법 신명이 올라 다른 사람들이 부르는 노래도 따라 부르며 손으로 창틀을 두드리면서 장단을 맞추기도 하였다.

학교에서 교수회장의 차에 동승하여 밤 아홉 시 조금 못미처 집에 당도하니, 아내가 향토문화사랑회 간사로부터 전화가 와서 내년 1월 11일부터 16일까지 5박 6일 일정에다 1인당 120만 원의 참가비로 일본 九州 남부 지방 및 沖繩 지역 답사 여행에 참가하겠느냐고 물었다고 하므로, 우리 가족 3인의 참가를 신청하게 하였다.

11월

7 (일) 맑음 -입암산

아내와 함께 동부산악회의 11월 정기산행에 동참하여, 전북 정주시 입암면과 전남 장성군 북하면의 경계에 위치해 있으면서 내장산국립공원 구역 내의 서쪽 끄트머리쯤에 속하는 笠巖山(626.1m)에 다녀왔다. 오전 8시 30분까지 장대동 제일은행 앞에 집결하여 대절버스 네 대로 출발하였다. 대전 가는 고속도로와 88고속도로를 경유하여 일반 국도로 담양, 백양사 입구 및 장성호를 지나서 정오 가까운 시각에 목적지인 장성군 쪽 신성리 남창골의 정거장에 당도하였다.

거기서부터 산행이 시작되어 전남대학교 수련원을 지나, 고려 시절 몽고군과의 전투 및 임진왜란 때 일본군과의 전투가 벌어졌다는 입암산성 남문을 거쳐서, 고원 모양의 넓은 골짜기 여기저기에 억새가 우거진 평지의 오솔길을 산책하듯이 계속 걸어서 북문에 이르렀고, 거기서 다시 왼편으로 한참 가서 이 山 이름 및 정읍시 입암면의 유래가 된 갓바위(笠巖)에 이르렀다. 정상의 바위 위에서 사방으로 주위를 조망한 다음, 거기에 앉아 준비해 간 도시락으로 점심을 들고서 거북바위를 거쳐 은선동계곡 쪽으로 하산하였다. 가을이 한창 무르익어 이리로 오는 도중의 들판에는 이미 추수가 완전히 끝나 있었는데, 이 산에는 유달리 단풍나무와 삼나무가 많아 풍경이 수려하였다.

하차했던 넓은 정거장으로 돌아와 아내와 함께 행상 아주머니로부터 곶감 한 줄기를 사서 부근의 시냇가에 가서 나누어 먹기도 하면서 나머지 일행이 다 내려오기를 기다렸다. 오후 다섯 시 가까운 무렵에 거기를 출발하여 밤 여덟 시 반쯤에 진주에 도착하였다.

14 (일) 맑음 -대구 팔공산 주변

아내는 오늘 대구의 동산병원에서 정신간호학 관계 모임이 있어 거기에 갔으므로, 혼자서 오전 8시까지 도립문화예술회관 앞 광장으로 나가 향토문화사랑회의 11월 답사에 참가하였다. 대절버스 한 대로 진주를 출발하여 9시 무렵에 마산역전 아리랑호텔 커피숍 앞에서 마산·창원 지역 회원들과 합류하였다. 오늘은 이 모임이 생긴지 10여 년 만에 가장 참석자가 많아 관광버스 한 대에 의자마다 사람이 꽉 차고서도 모자라 회원의 승용차 한 대를 동원해야 할 정도였다.

이 달의 테마는 대구 八公山 주변의 문화유적지인데, 남해·구마·중앙 고속도로를 경유하여 칠곡 인터체인지에서 시원하게 뚫린 908번 국도를 따라 먼저 칠곡군 동명면과 가산면에 걸쳐 소재한 가산산성에 도착하였다. 지난번 등산 왔을 때 산행의 기점이 되었던 해원정사 앞에서 차를 내려, 그 절 아래쪽에 복원되어 있는 外城의 南門 일대를 둘러보았다. 알고 보니 가산산성은 내성·중성·외성의 세 부분으로 구성되어 있었는데, 지난번 산에 올라서 보았던 포곡식의 산성은 조선 인조 17년에 경상 도관찰사 李命雄의 上奏로 1639년에 준공된 내성인 모양이고, 숙종 26년 (1700) 이세제 관찰사에 의해 태뫼식인 이 외성이 건설되었고, 영조 17 년(1741)에 鄭益河 관찰사에 의해 중성이 설치되었으며, 1640년부터 80 년간 칠곡도호부가 이 산성 안에 설치되어져 있었다고 한다. 嶺南第一關 이라는 현판이 걸린 南門樓와 성곽은 1977년에서 80년 사이에 복원된 것인데, 그 바로 위쪽에 위치한 해원정사도 숙종 27년(1701)에 건립되어 승창미를 보관하고 있었던 천주사 터에다 새로 지어진 것인 모양이다.

　그 다음은 대구광역시 중구 중대동에 소재한 把溪寺에 이르렀다. 이 절 역시 등산 도중에 몇 번 들렀던 적이 있는 곳인데, 오늘은 날씨도 청명하고, 곱게 물든 낙엽이 우수수 떨어지고 있어 晩秋의 정취를 느끼기에는 가장 좋은 시기인 듯했다. 파계사는 신라 애장왕 5년(804) 왕족 출신인 심지王師에 의해 건립된 것으로서, 임란 때 소실되었다가 1605년부터 41년간 계관법사에 의해 중창된 것이다. 숙종 대에 현응스님이 삼창하여 왕실의 願堂이 된 이래로 官으로부터 특별한 보호를 받아온 절이라 한다. 본당 앞의 鎭洞樓 아래에 못이 있는데, 이곳은 아홉 갈래의 물줄기를 모아 地氣가 흘러내리는 것을 방지하기 위한 목적에서 판 것으로서, 把溪라는 절 이름도 이러한 풍수적 의미를 내포하고 있는 것이라고 한다. 이 절은 祈福的 신앙을 주로 하는 곳이어서 그런지 법당이 보통 보는 대웅전이 아니고 관세음보살을 모신 圓通殿이었다.

　파계사 입구의 식당에서 점심을 들고서, 다시 고려 현종 때 만든 초조대장경판을 보관하다가 몽고의 제2차 침입 때 방화 소실된 바 있는 符仁寺에 이르렀다. 이 절은『신증동국여지승람』『대구부읍지』등 조선시대의 기록에는 夫人寺라고 되어 있다. 신라 선덕여왕 대에 창건된 여왕의 願刹로서, 경내에는 여왕의 초상화를 모신 崇慕殿도 있었다. 나로서는 학창 시절 국사 교과서에서 이 절 승려가 몽고의 장수인 살례탑인가를 암살한 것으로 배운 것이 기억에 남아 있다. 지금 절은 현대식 건물로 중창하고 있는 도중이어서, 이렇다 할 문화재는 별로 없었다.

　마지막으로 대구시 동구 도학동의 팔공산 자락에 위치한 桐華寺에 들렀다. 이 절에는 대학 1학년 시절이었든가 당시 서울대 철학과 종교전공의 상급생으로서 지금은 인천의 인하대학교에서 한국사를 가르치고 있는 대구 출신의 徐永大 교수 집에 놀러와, 그를 따라 한 번 와 본 적이 있었다. 절은 그 당시보다도 훨씬 규모가 커져 있는 듯했고, 절 이름 때문인지 오동나무와 관계가 있는 봉황새의 石物이 여기저기 눈에 띄었다.

이 절 역시 신라 흥덕왕의 아들로서 15세에 출가한 심지王師가 흥덕왕 7년(832)에 창건했다는 설도 있고, 그보다 앞선 소지왕 15년(493) 극달대사가 유가사라는 이름으로 창건했다는 설도 있다는데, 진표율사에 의해 금산사·법주사와 더불어 법상종의 근본도량이 되었고, 고려의 보조국사, 조선의 사명대사 등 여러 승려들에 의해 前後로 여덟 차례에 걸쳐 중창되었다고 한다. 또한 절 입구는 고려의 왕건과 후백제의 견훤이 싸운 棟藪大戰의 전장으로서, 이 싸움에서 신숭겸·김낙 등 왕건의 부장들이 전사했다고 한다. 이 절에는 여섯 점의 보물이 있는데, 오늘은 그 가운데서 제254호인 당간지주와 절 입구의 제243호 마애불좌상을 구경하였다. 노태우 대통령 때에 서의현 총무원장의 발원에 의해 건립된 세계 최대 규모라고 하는 石造 統一大佛도 둘러보았다.

오후 다섯 시 무렵에 동화사를 출발하였으나, 심한 교통정체로 말미암아 칠곡까지 빠져 나오는데 한 시간 반이 소요되었고, 도중에 현풍 휴게소에서 저녁식사를 들기도 하여, 밤 아홉 시 반쯤에야 진주에 당도하였다.

28 (일) 맑으나 쌀쌀함 −주왕산

아내와 함께 일송회의 정기산행에 참가하여 경북 靑松의 周王山(720.6m)에 다녀왔다. 오전 8시 반 남짓에 관광버스 세 대로 귀빈예식장 앞을 출발하여, 남해·구마 및 공사 중인 중앙고속국도를 경유하여 북상하다가 일반국도로 빠져, 의성·청송을 거쳐서 네 시간 만에 주왕산 아래 터미널에 당도하였다. 주왕산에는 과거에 두어 차례 와 본 적이 있었지만, 주로 이곳 명물인 폭포들과 사이다 맛이 나는 달기약수를 둘러보고서 돌아왔고, 산 정상에 올라본 적은 없었으므로, 이번은 등산을 목표로 잡았던 것이다.

계곡 입구의 大典寺 안에서 오른쪽으로 난 길을 취할까 말까 하다가 아내의 의견에 따라 많은 사람들이 가는 계곡 길로 따라갔는데, 결국 그것이 오늘 등산이 실패로 끝난 원인이 되고 말았다. 폭포 쪽으로 향하는 계곡 길을 따라가다가 팔각정 매점이 있는 데서 남쪽 산길로 접어들어 周王庵과 周王窟·武藏窟을 둘러보았다. 이쪽은 응달진 곳이라 벌써 얼음이 많았다. 이곳은 신라 말에 중국에서 당나라에 대해 반란을 일으켰다가 실패하여 우리나라로 도망쳐 와 周王窟에서 신라 장수에게 죽었다는 자칭 後周天王의 전설이 어린 곳이다. 우리가 버스 안에서 받은 안내도에는 주왕이 군사를 숨겨두었다는 무장굴에서 정상을 향하여 오르는 등산로가 표시되어 있었지만, 웬만한 산길은 죄다 입산금지로 되어 있었으므로, 주왕암 아래에서 오른쪽 산 중턱을 따라 연결된 오솔길을 택해 汲水臺를 지나서 제1폭포 아래의 시루봉·학소대가 있는 계곡으로 내려왔다.

그 부근의 매점에 들어가 도시락을 들고서 어묵과 補陽茶 두 잔을 사마신 다음, 제일·제삼·제이 폭포를 차례로 둘러보았다. 제2폭포 입구에서도 사창골을 따라 주왕산 능선에 오를 수가 있었지만, 약속된 다섯 시까지 주차장으로 돌아가기에는 시간이 모자랄 듯하므로 포기하고서 계곡 길을 따라 돌아 내려왔다. 그리고 보니 한 시간 이상 시간의 여유가 있었으므로, 입구 근처에서 북쪽으로 이어진 다른 계곡을 따라 白蓮庵과 光嚴寺까지 둘러보았다. 돌아 내려와 대전사 경내를 거쳐서 걸어오다가 매표소 바깥 상점가의 끄트머리 부근에서 동동주와 파전을 들며 반시간 정도를 보내었다.

오후 다섯 시 남짓에 주왕산을 떠나, 다섯 시간 이상 걸려서 같은 코스로 진주에 돌아왔다.

12월

5 (일) 흐리고 때때로 빗방울 ―백암산
단성중학교 동창회산악회의 월례산행에 참가하여 全南 長城郡 北下面과 全北 井邑市, 淳昌郡 福興面의 경계에 있는 백암산(741.2m)에 다녀왔다. 아내는 어제부터 대구에서 열리는 전공 관계 모임에 참석해 있는 관계로 나 혼자서 갔다. 단성중학교는 역사가 40년 정도 된 남녀 공학으로서, 산악회가 만들어진 지는 불과 반 년 정도밖에 되지 않는 모양이다. ≪신경남일보≫의 등산안내 欄에 백암산으로부터 내장산까지 이어지는 산행을 한다고 되어 있었으므로, 전화하여 회원 아닌 사람도 참가할 수 있는지 물어보고서 온 것이다. 그러나 버스 한 대에 다 앉을 수 없을 정도로 많이 모인 사람들은 거의가 다 이 학교 졸업생들이고, 비회원이 네 명이라고 하나 나를 제외한 나머지 세 명은 모두 회원의 친구들이었다.

오전 8시 남짓에 공설운동장 1문 앞을 출발하여 대전행 고속도로와 88고속도로를 경유하여 담양에서 국도로 진입하였고, 장성군의 白羊寺 입구에서 내려 등산을 시작하였다. 약수동계곡 길을 걸어가다가 오른쪽 옆으로 난 가파른 오솔길을 따라 오르며 지금 신축중인 약사암과 그 주변의 자연 동굴들을 둘러본 다음 천길 절벽을 이룬 백학봉에 이르렀다. 명찰 백양사는 이 험준한 바위 절벽을 배경으로 하여 세워진 절이었다. 백학봉을 지나서부터는 대체로 평탄한 능선 길이었는데, 일행에서 쳐져 호젓하게 혼자 걷다가 헬기장을 지나서부터 무심코 길을 잘못 들어 약수동계곡을 향해 제법 내려가다가 도로 올라왔다. 그 부근에 큼직한 무덤들이 몇 개 있고, 개중에는 鄭寅普가 글씨를 쓰고 吳世昌이 篆額을 쓴 河西 金仁厚의 후손 것도 있었다. 이 집안은 호남재벌로 일컬어지는 仁村 金性洙의 일족인 것이다.

원래는 정상인 象王峰에서부터 내장산 쪽으로 나아갈 예정이었다 하나, 시간 관계로 백암산 일대만 두르기로 일정을 변경했다고 한다. 사자봉으로 향하는 도중에 있는 재에서 일행과 합류하여 점심 식사를 하고, 사자봉(722.6)을 거쳐서 내려왔다. 원래 예정에는 능선을 계속 타서 청류암을 경유하여 매표소 쪽으로 하산하기로 되어 있었지만, 등반부장이 도중의 갈림길에서 거리가 가까운 백양사 쪽 길을 택하였으므로, 약수동계곡 쪽으로 내려와 벽돌로 포장된 길을 따라 하산하다가, 지나가는 트럭에 다른 회원 두 명이 얻어 타고 있다가 나더러도 타라고 하므로 함께 차로 내려왔다.

백양사에서 내려 모처럼 다시 이 절 구경을 한 다음, 오후 네 시 가까운 시각에 주차장을 출발하여 같은 코스로 돌아왔다. 갈 때 지리산 휴게소에서 고려원이 발행한 책들을 모두 권당 3천 원씩에 판매하고 있는 것을 보고서, 그 중 세 책으로 된 李志綏 원작, 송풍삼 번역 『毛澤東의 私生活』(1995)를 구입하였다. 이 책은 1954년 이래 모택동의 죽음에 이르기까지 20여 년간 그의 주치의였던 저자가 1994년에 쓴 회고록 『THE PRIVATE LIFE OF CHAIRMAN MAO: THE MEMOIRS OF MAO'S PERSONAL PHYSICIAN』을 번역한 것인데, 毛의 문란한 성생활과 北京 中南海에 사는 중국 고관들의 생활 내막을 생생하게 폭로하여 큰 파문을 초래하였던 것이다. 돌아오는 길에는 다시 같은 장소에서 작가 司馬遼太郎과 일본학자 도널드 킨의 대화를 1992년 일본 中央公論社에서 출판한 『世界の中の日本』을 가지고서 1994년에 서석연 씨가 번역한 『세계 속의 일본, 일본 속의 세계』를 구입하였다.

12 (일) 맑음 —진주, 산청 지역

아내와 함께 향토문화사랑회의 12월 답사에 참여하여 진주 인근과 산청군 지역을 다녀왔다. 오전 9시 무렵 경상남도 문화예술회관 앞 광장에서 마산·창원 지역의 회원들과 합류하여, 대절버스 한 대 정도의 인원으로 출발하였다.

먼저 산청군 단성면 사월리에 소재한 三憂堂 文益漸의 면화 始培地 및 전시관을 둘러본 후, 강 건너에 인접한 묵곡리 上묵곡 소재 性徹스님의 생가 터를 방문하였다. 생가 터는 대전행 고속도로의 橋脚 바로 아래에 위치해 있는데, 성철스님이 출가 전에 낳은 딸로서 지금은 역시 출가하여 언양 石南寺에 소속되어 있다는 不必 스님의 노력으로 그 장소에다가 성철 스님의 기념관과 절을 짓는 작업이 한창 진행되고 있었다. 그 절의 규모가 꽤 웅장하였고, 뜰에는 白松 같은 희귀한 식물들도 심어져 있었으며, 이즈음은 주로 여기서 거주하고 있다는 중년의 不必스님도 만나볼 수 있었다.

다음으로는 같은 단성면의 雲里 塔洞에 소재한 斷俗寺址를 둘러보았고, 되돌아 나와 단성면 창촌리 칠정부락에서 된장찌개로 점심을 들었다. 식사를 마친 후 이웃한 식당으로 자리를 옮겨 근자에 ≪신경남일보≫의 논설실장에서 편집국장으로 승진한 하종갑 씨 등과 어울려 피리무침을 들면서 소주잔을 기울였으며, 그 대금은 내가 지불하였다.

칠정에서 진주시 수곡면 지역으로 남하하면서 백곡마을을 거쳐 원계리의 이충무공이 백의종군 중 삼도수군통제사의 교지를 새로 받고 군사훈련을 한 바도 있는 孫景禮의 집터와 진뱀이 遺址 및 덕천강 건너편의 당시 쌓았던 산성이 남아 있는 鼎蓋山(소두방산)을 바라보았다.

진주 시내로 향해 돌아오는 도중에 수곡면 효자리에 있는 보물로 지정된 고려시대 삼층석탑을 둘러보았고, 진주시내에서는 남강 다목적댐의 물 홍보관과 진주성 앞의 진주문화원 건물 2층으로 이전하여 새로 개관한 苔井박물관 및 그 1층의 실크 제품 전시실을 둘러보았다.

16 (목) 흐리고 오후 한 때 비 –수안보 사조마을 스키장

회옥이와 함께 1999년도 2학기 본교 교직원 스키 스쿨에 참가하여, 오전 일곱 시까지 우리 차를 몰고서 집결지인 가좌동캠퍼스의 체육관 앞에 도착하였다. 이번 스키 교실의 담당 교수는 사범대학 체육교육과의 河南吉 씨이며, 같은 학과에 근무하는 하 교수의 은사이자 현재 사범대학장의 직책을 맡아보고 있는 權判根 교수도 동참하였다. 2박 3일의 일정에 1인당 참가비가 12만 원인 이번 모임의 경우는 참가 신청자가 모두 87명인데, 그 중 25명은 전공 수업의 일환으로서 참가하는 체육과 학생들이며, 31명은 교양체육으로 스키를 신청한 학생들, 그리고 나머지 31명이 교직원과 그 가족 및 일반 학생이라고 한다. 교양 체육으로 스키를 신청하는 학생의 수는 꽤 많아 올해의 경우에는 우리보다 며칠 앞서서 또 한 그룹이 경기도 용인에 있는 스키장으로 출발했다고 한다.

체육관 안에서 대개 네 명이 한 조가 되는 조 편성을 마친 다음, 우리 일행은 두 대의 대절버스에 분승하여 출발하였다. 회옥이와 나는 다른 조에 속하지만 같은 2호 버스에 나란히 앉아서 가게 되었다. 대전행 고

속도로를 경유하여 거창에서 국도로 김천으로 향했고, 다시 문경을 지나 정오 무렵에 충청북도의 수안보온천에서 고개 하나 더 건너서 있는 사조 마을 스키장에 당도하였다.

그곳에는 스키 하우스 외에 숙박시설이라고는 사조마을리조트 한 棟 밖에 없고 각 조별로 방을 배정 받았다. 회옥이는 조교 등 법학과 소속의 언니 세 명과 함께 211호실을, 나는 12세 연장자인 권판근 교수와 함께 두 명이 220호실 하나를 배정 받았다. 우리 방에서 회옥이와 함께 준비해 간 도시락으로 점심을 든 후, 오후 1시 무렵부터 스키 복장으로 갈아 입고서 스키 하우스로 이동하여 장비를 대여 받았다. 나는 예전에 무주리조트에서 처음으로 강습을 받은 지가 이미 5년은 넘었을 듯하므로, 부츠 신는 법조차 잊어버렸을 정도였다.

회옥이는 아직 겨울방학이 시작되지 않았으나 스키에 흥미가 있어 학교에다 사흘간 결석을 신청하고서 왔으므로, 다른 초보자들과 함께 스키 스쿨에 입교하고, 나는 자신은 없었으나 하 교수의 결정에 따라 바로 리프트를 타고서 초보자 코스에서 활강을 시작하였다. 그러나 리프트에서 내려서자마자 중심을 잃고서 자빠진 것을 비롯하여 스키장 주변에 쳐 놓은 비닐 망의 바깥으로 튀어나가는 등 실수연발이었다.

오후 4시 반에 1일차 실습을 끝내고서, 스키는 일정한 곳에다 함께 보관하고서 호텔로 돌아와 샤워를 하고 저녁 식사를 들었다. 오늘 저녁부터는 호텔 1층의 식당에서 식사를 하게 되었다. 내가 들어 있는 방이 일행 중 가장 고령자가 있는 곳인데, 밤중에 호텔 지배인이 술과 안주를 가져왔으므로, 교직원들이 우리 방에 모두 모여 서로 인사를 나누고 맥주와 소주잔을 기울이며 대화를 나누다가 11시 가까운 무렵에 헤어졌다. 경기도 용인으로 학생들을 인솔하여 갔었던 체육교육과의 鄭成浩 교수도 가족을 대동하고서 수안보온천까지 내려와서, 우리 자리에 합석하였다.

17 (금) 맑음 -스키 실습
7시 30분에 식당에서 조식을 든 후, 8시 반 무렵부터 다시 리프트를 타고서 실습에 들어갔다. 그러나 역시 뜻대로 되지 않기는 마찬가지였다. 한 번은 회옥이가 강습을 잘 받고 있는지 궁금하여, 그쪽에 있는 중·상급자 코스의 리프트를 타고 올랐다가 가파른 코스에서 계속 엎어지고 자빠지며 간신히 아래까지 내려오기도 하였다. 예전에 참가했을 때는 비록 처음이었지만 그런 대로 모든 코스를 두루 지쳐볼 수도 있었던 터이므로, 기술의 퇴보가 이만저만이 아닌 것이다.

정오 무렵 장비를 지정된 장소에다 비치해 두고서 호텔로 돌아와 식사를 마친 다음, 다시 오후의 실습으로 들어갔다. 회옥이도 오늘 오후부터는 초보자 코스로 들어와 배운 내용에 따라 실습을 시작하였는데, 주변에서 이런저런 사람들이 잠깐씩 지도해 주기도 했으나, 계속 넘어지기만 할 뿐 도무지 자신이 없는지 도중에 스키를 벗고서 서 있기도 하고 나중에는 아예 아래로 내려와 있으면서 포기해 버릴 생각인 모양이었다.

나도 초보이기는 마찬가지라 처음에는 지도해 볼 엄두를 내지 못했으나, 오늘 오후부터 차차 본래의 페이스를 찾아가기 시작하였으므로, 저녁 무렵에는 중·상급자 리프트 터미널 부근에 우두커니 혼자 서 있는 회옥이를 격려하여 두 차례 함께 리프트를 타고 올라서 직접 전 코스를 함께 내려가며 지도하기 시작하였다. 그랬더니 한결 나아져서 차츰차츰 두 다리를 크게 벌리고서 삼각형으로 에지를 주어 속도를 조절하는 법이며, 커브 도는 법 등이 제대로 되어가기 시작하는 듯했다. 이에 회옥이도 자신을 내어 아래쪽의 경사가 더욱 완만한 곳에서는 제대로 스키를 지쳐서 혼자 내려올 수 있게 되었다.

오늘도 오후 4시 반경에 스키 장비를 보관하고서 호텔로 돌아왔는데, 같은 방의 권판근 교수는 내가 욕조에서 머리를 감고 있는 동안 한 잔하고 온다면서 어디론가 가서 몇 시간동안 돌아오지 않았다. 간밤에 하교수가 하던 말로 미루어 수안보로 간 듯하므로, 나도 회옥이와 함께 수안보에 가서 온천을 하고 맛있는 것도 좀 사먹고 돌아올까 생각했으나, 회옥이가 피곤하여 쉬고 싶다고 하므로 그만두었다.

집에서 가져간 『毛澤東의 사생활』을 계속 읽어, 제2부를 마치고서 제3

부(1957~1965)의 20장 '백화제방·백가쟁명의 올가미'를 읽기 시작하였다. 그러나 안경이 없어 눈이 매우 피로하므로 읽기를 그만두고서 잠을 청했는데, 권 교수가 수안보에서 체육과 팀과 더불어 온천을 하고 모임을 가지고서 돌아온다면서 맥주를 가져 왔고, 얼마 후 하 교수와 체육과 조교도 우리 방으로 왔으므로, 또 함께 맥주를 나누어 마시며 얼마간 대화를 나누었다.

18 (토) 맑음 -스키 지도

오전 아홉 시 무렵부터 12시 반 무렵까지 회옥이와 계속 함께 있으며 스키를 지도하였다. 그 결과 회옥이도 이제 기술이 크게 나아져 한 번도 넘어지지 않고서 아래로 내려 온 적도 몇 번 있었다. 이제 기본은 거의 익힌 것이니, 나머지는 혼자서 연습하며 체득하는 일이 남았다 하겠다. 우리 가족 모두가 일단 스키를 모두 배운 셈이니, 이제부터는 가족끼리 놀러 와도 될 터이다. 장비를 반납하고서, 스키 하우스 2층에 있는 식당으로 올라가서 나는 생맥주, 회옥이는 코코아를 각각 한 잔씩 마시고서 호텔로 돌아왔다. 식당에서 마지막 식사를 마치고서 체크아웃 하여, 올 때 이용했었던 전세 버스 두 대로 오후 두 시 무렵에 사조마을을 출발하여 같은 코스를 경유해 진주로 돌아왔다.

학교 체육관 입구에 세워둔 차를 몰아서 밤 일곱 시 가까운 시각에 모처럼 집으로 돌아왔다.

26 (일) 맑음 -무량사, 만수산

아내와 함께 석류산악회의 월례산행에 동참하여 충남 부여군 외산면과 보령시 성주면의 경계에 위치해 있는 만수산(575.4m)에 다녀왔다. 오전 8시에 칠암동 남강변의 귀빈예식장 앞에서 버스 한 대로 출발하였는데, 가람뫼산악회의 임원진과 회원들도 참가하여 좌석이 많이 부족하였기 때문에, 우리 부부는 좌석 있는 곳을 택하여 모처럼 따로 앉아서 갔다.

대전행 고속도로와 88고속도로를 경유하여 지리산 휴게소에 버스가 10분간 정거하였을 때, 다시 고려원의 책을 판매하는 곳으로 가서 河瑾燦의 中國古典大河小說『金瓶梅』5권 한 질을 구입하였다. 그런데 1992년에 초판이 간행되고 94년에 11쇄가 나온 이 책은 원래 ≪한국경제신문≫에 연재되었던 것으로서 明代에 나온 中國四大奇書 중 하나인 원작에 근거했다고는 하겠으나, 저자 미상인 원작은 총 100회의 이야기들로 이루어진 世態小說인데, 이 책은 그 중에서 마음에 드는 것들만을 일부 발췌하여 장면의 구체적인 묘사와 등장인물들의 심리, 성격 같은 것까지 표현해 가면서 현대소설의 수법으로 재구성한 것이므로, 번역본이라기보다는 제1권 서두 '작가의 말' 끝 부분에 적힌 바와 같이 "원전『金瓶梅詞話』의 改稿本인 셈이어서『私說金瓶梅』라고 하는 편이 옳을 것 같다."

우리가 탄 차는 일반국도로 접어들어 남원군 임실을 지나 전주를 거쳐서 다시 호남고속도로를 따라 익산·논산을 거쳤고, 또 일반국도로 접어들어 부여 읍내의 백마강을 지나서 外山面 소재지에서 2km 정도 더 들어간 지점에 있는 無量寺 입구에서 하차했다. 우리 내외는 다른 사람들로부터 떨어져 먼저 무량사로 들어가 보물로 지정되어 있는 조선시대의 희귀한 중층건조물 중 하나인 極樂殿과 역시 각각 보물로 지정되어 있는 고려시대의 건조물로서 극락전 앞마당에 위치한 5층 석탑과 석등, 그리고 천왕문 앞에 위치한 고려시대의 당간지주를 둘러보았다. 극락전 옆 별채 건물에는 梅月堂 金時習의 초상화 원본이 안치되어 있었는데, 이 그림은 책을 통해 익히 보던 것으로서 그의 전기에 나오는 老少 시절 두 개의 자화상 중 하나라는 설도 있는 모양이었다. 이 절은 알고 보니 김시습이 入寂한 장소로서, 천왕문으로 들어오는 도중의 언덕에 鄭漢模가 짓고 金東旭이 글씨를 쓴 매월당 詩碑도 서 있고, 洞口에서 산행로를 따라 조금 올라간 지점에는 매월당의 부도도 있었다.

우리 부부는 절 구경을 마치고서 동구의 식당으로 내려와 점심을 들었다. 매월당의 부도가 있는 無盡庵을 경유하여 눈 위의 발자국을 따라 계곡 쪽으로 향했다가, 그 발자국이 도중에서 끊어지는 바람에 길도 없는 산언덕을 헐떡이며 치고 올라 능선에 다다라서 등산로를 찾아내었고, 미끄러운 눈길을 따라 만수산 정상까지 올랐다가 무진암 쪽으로 능선 길을 따라 도로 내려왔다. 우리 일행이 처음 무량사 입구에 닿았을 때가 오후 한 시경이었으므로 약 다섯 시간을 버스로 달려온 셈인데, 오후 네 시가 지나서 돌아갈 때에는 더욱 시간이 많이 걸려 밤 열 시 반이 넘어서야 집에 당도하였다. 88고속도로에서 북쪽으로는 제법 눈이 쌓여 있었다.

31 (금) 맑으나 울릉도의 날씨는 변화가 심함 -울릉도

새벽 다섯 시 반까지 진주역 광장에 집결하여, 아주관광의 대절버스 한 대로 울릉도로 향해 출발하였다. 부산 가야1동에 본사를 둔 발해투어 라는 여행사에서 기획한 새천년 해맞이 울릉도 2박 3일 패키지여행에 참가한 것이다. ≪신경남일보≫에 여러 차례에 걸쳐 난 광고에는 모집인 원에 대해 선착순 80명이라고 되어 있었으므로 제법 참가자가 많을 줄 로 예상했으나, 정작 진주 역전에 모인 사람은 우리 부부를 포함하여 15명에 불과하였고, 버스가 부산의 동래 전철역을 경유할 때 또 한 명이 합류하여 모두 16명이 되었다.

아홉 시가 채 못 되어 포항 부두에 도착해서, 근처 식당에서 아내의 권유에 따라 다시 한 번 된장찌개로 조식을 들었고, 쾌속 여객선인 썬플 라워호 2층의 1등실에 승선한 다음 오전 열 시에 출항하였다. 배가 출항 한 다음은 주로 3층의 우등실 후미에 있는 조망 칸에 올라가 바다 풍경 을 바라보며 시간을 보냈다.

오후 한 시경에 울릉도의 道洞港에 도착하니, 발해투어의 현지 가이드 역할을 맡고 있는 김인식 씨가 마중을 나와 있었다. 그는 우리가 도착하 자말자 현지의 기상 상태를 언급하면서, 며칠 전의 적설로 말미암아 우 리 여행의 주된 목적인 성인봉에서 일출을 보고 나리분지를 경유하여 천부로 하산해서, 섬목에서 배를 타고 도동으로 돌아오기로 예정되어 있는 내일의 코스가 사실상 불가능함을 누누이 설명하는 것이었다. 그가

운전하는 봉고 차를 타고 鬱陵邑 남쪽의 沙洞 2리 285-3번지에 있는 해산장여관으로 가서, 방 배정을 받은 다음 점심 식사를 하였다. 배 안에서 휴대폰으로 내가 인터넷을 통해 출력해 둔 자료에 나타나 있는 문의처 전화번호로 전화를 걸어보았더니, 오늘 오후의 울릉도 일주 유람선이 세 시에 출항한다 하며, 우리 일행 중에는 나 외에도 그 배를 타보고 싶어 하는 사람이 많았으므로, 오후 일정을 변경하여 다시 도동 부두로 나가 1인당 11,000원씩의 추가 비용을 내고서 유람선을 탔다.

맑았던 날씨가 변하여 배를 탈 무렵에는 우박이 내리기 시작하더니, 얼마 후에 부슬비와 더불어 무지개가 떠서 우리가 나아가는 쪽으로 계속 따라 오며, 또 얼마 후에는 제법 굵은 소나기가 되기도 하였다. 파도의 사정도 시시각각으로 달라져 남양·구암을 지날 무렵까지는 그런 대로 잠잠한 편이었는데, 북쪽으로 향할수록 점점 거칠어지기 시작하더니, 나중에는 나뭇잎처럼 크게 요동을 치며 파도가 들이닥치는 바람에 船首의 갑판에 나가 있다가 선실 안으로 들어왔다. 배 안에는 멀미로 말미암아 바닥에 아예 드러누워 있거나 꽥꽥 소리를 지르며 토하는 사람도 있었다. 배가 파도가 거친 北面 앞 바다를 다 지나 동쪽의 울릉읍 쪽으로 돌아드니, 섬이 파도를 막아주는지라 다소 물결이 잦아들었다.

여관으로 돌아와 저녁식사를 들고서 소주도 몇 잔 마셨다. 여관의 시설이 육지에서라면 여인숙 정도의 수준을 지나지 않고, 종업원이나 가이드의 서비스도 만족스럽지 못하여 두 번 다시 울릉도에 오지 않겠다면서 불평을 하는 사람이 많았다. 부부가 2인 1실의 방을 쓰려면 하루에 2만 원씩 추가 요금을 지불해야 한다고 하므로, 나는 다른 남자 세 명과 더불어 같은 방에 자게 되었다.

가이드 김 씨의 설득에 따라 다른 사람들은 대체로 등반을 포기하는 듯했으나, 나는 울릉도에 온 주된 목적이 성인봉과 나리분지를 경유하는 등반에 있었으므로, 기상 상태에 관계없이 원래 예정된 코스대로 가고 싶다는 뜻을 밝혔고, 경희대학교를 졸업하고서 내외가 각각 진주에서 한의원을 경영한다는 5인 가족 팀의 젊은 가장도 그렇게 할 뜻을 밝혔다. 원래의 일정에는 내일 오전 4시에 기상하여 등산을 시작하는 것으로 되어 있었으나, 가이드의 말로는 도동에서 출발하는 다른 팀은 일출을 보기 위해 2시에 출발한다 하므로, 우리도 그들과 합류하기 위해 그 시각에 기상하기로 합의하였다.

2000년

1월

1 (토) 흐림 -성인봉, 용암 해변, 약수공원

한밤중에 몇 차례 일어나서 시각을 확인하고서 다시 잠들곤 하였는데, 새벽 2시 15분전쯤에 가이드가 와서 깨워주었다. 등산을 하겠다는 사람은 뜻밖에도 한의사 가족 다섯 명 全員과 김해농고 교장선생 및 진주의 젊은 남자 두 명을 포함하여 모두 아홉 명이나 되었다. 이 정도 인원이면 구태여 다른 팀과 합류할 필요가 없겠다 하여, 우리는 사동 쪽 등산 기점인 안평전의 기독교방송국 근처에서부터 차에서 내려 눈밭을 걸어서 산에 오르기 시작하였다. 도중에 아이젠과 스패츠를 고쳐 신느라고 우리 일행으로부터 떨어져 뒤쳐졌다가, 한의사 가족 다섯 명과 함께 길을 잘못 들어 KBS 송신탑이 있는 막다른 지점에 이르렀다가 되돌아 내려오기도 하였다. 그렇게 하여 한참을 더 가니 도동 쪽으로부터 올라오는 등산로와 만나게 되었고, 거기서부터는 새천년의 일출을 보러 가는 등산객이 제법 있었다.

일출 예정 시간은 일곱 시 25분경으로서, 聖人峰(983.6m)은 울릉도의 부속 도서인 독도보다도 오히려 일출 시각이 빨라 전국에서 가장 먼저 해돋이를 볼 수 있는 곳이라고 한다. 눈밭에 발을 헛디뎌 빠지기도 하면서 산을 올라오는 도중에는 아랫마을들의 불빛을 환히 내려다 볼 수가 있었는데, 정상 부근은 짙은 안개에 가려 있었다. 산꼭대기의 추위를 막기 위해 배낭에 든 옷이라는 옷은 모두 꺼내 입고서 배낭을 깔고서 눈밭에 웅크리고 앉아 일출 예정 시각까지 한 시간 이상을 기다렸으나, 결국 가망이 없어 내려오기 시작하였다. 정상에서 조금 아래쪽에 있는 나리분지 방향으로 가는 갈림길은 눈 위에 한두 사람의 발자국밖에 보이지 않았고, 겨울철 전국에서 눈이 많기로 널리 알려진 울릉도에서도 나리분지는 예년의 적설량이 가장 많은 곳이며, 한의사의 두 아들은 운동화밖에 신지 않아 도저히 눈밭을 7km 정도 더 걸을 수 있는 상황이 아니었으므로, 그쪽은 포기하고서 눈길이 비교적 잘 다져진 도동 쪽으로 하산하였다.

산 위에서는 가이드와의 통화가 잘 되지 않았고, 한의사의 휴대폰 전화의 배터리가 다 되어 내 것을 빌려주었는데, 이러한 통신 불량 지역에서는 배터리의 소모가 더욱 심하여 내 휴대폰도 더 이상 사용하기 어려운 상황이 되었다. 중턱쯤 내려와서부터 통화가 되기 시작하여, 하산을 완료한 후 도동의 대원사 입구 부근에서 대기하고 있다가 가이드가 몰고 온 차를 타고서 여관으로 돌아와 조반을 들었다. 아내를 포함한 우리 일행 중 다른 사람들은 아침에 가이드를 따라 도동읍 북쪽의 내수전이라는 바닷가 언덕바지 마을로 가서 울릉군이 주최하는 새천년 해맞이 행사에 참석했었던 모양인데, 거기서 떡이나 다른 음식물도 얻어왔고, 아내는 회옥이에게 주기 위해 鳶도 얻어와 있었다.

조식 후 가이드는 오후 한 시 무렵까지 휴식을 취하자는 것이었지만, 일행 중 계속해서 관광하기를 원하는 사람도 있어 억지로 가이드를 부추겨 울릉읍 苧洞의 봉래폭포를 보러갔다가, 차 닿는 지점에서부터 한 시간 이상 눈길을 걸어서 올라가야 한다는 말에 포기하고서 도로 돌아와, 西面의 通九味마을을 거쳐 南陽마을까지 가서 화산의 용암이 굳어져 이루어진 해변의 기이한 바위들을 구경하였다. 울릉도 전체는 화산의 폭발로 이루어진 것이며 나리분지는 그 분화구에 생긴 칼데라에 해당한다. 같은 화산도인 제주도가 완만한 경사로 이루어진 데 반하여 울릉도는 해안이 거의 다 깎아지른 절벽으로 되어 있어 사람이 살 만한 땅은 매우 드물며, 그래서 오늘날까지도 전체 인구가 만 명 남짓밖에 되지 않는 것이다.

중식을 마친 후에는 원래 어제 오후의 일정에 들어 있었던 도동의 약수 공원을 관람하였다. 조선왕조 숙종 대에 미천한 신분 출신으로서 당시 일본인들에 의해 점거되어 있었던 울릉도에 대한 조선의 영유권을 확보하는데 공이 있었던 安龍福 將軍碑와 靑馬 柳致環의 '울릉도' 詩碑를 둘러보면서, 철분의 함유량이 많고 김빠진 사이다 맛이 나는 약수터로 가서 그 물을 試飮해 보았고, 이어서 鄕土史料館과 1997년에 개관한 독도박물관을 둘러보았다. 거기서 케이블카를 타고서 독도를 바라볼 수 있다는 전망대까지 올라가 보았으며 다시 그 아래 깎아지른 절벽 위의 조망대까지도 내려가 보았으나, 일기가 청명하지 못하여 독도를 보지는 못했다. 아내는 어제 유람선을 탔다가 혼이 난데다 평소에 高所恐怖症도 있어, 일행 중 혼자만 케이블카를 타지 않았다.

약수공원을 나온 후 도동의 선착장 부근에 있는 해안의 鎔巖 절벽을 따라 만든 산책로를 걸어보았고, 어둑어둑해진 거리의 상점가를 다니며 기념품 삼아 덜 말린 오징어와 호박엿 및 호박 잼 등을 사기도 하였다. 여관으로 돌아와서는 저녁 식사 때 내가 소주 여섯 병을 샀다.

내 나이 이제 쉰둘이 되었고, 생일까지 따진 만으로는 아직 쉰이다.

2 (일) 흐리고 아침에는 부슬비 -사동 해변, 봉래폭포

오늘 새벽 다섯 시에 출발하는 썬플라워호로 울릉도를 출발하여 귀로에 오르기로 되어 있었으므로 새벽 네 시쯤에 기상할 준비를 하였는데, 그때가 되어도 가이드로부터는 아무 연락이 없고 여관의 주인 방 창문도 깜깜하기만 하여 배가 출항하지 못하게 된 것을 알았다.

날이 밝아져서야 가이드가 나타나, 풍랑으로 말미암아 어제 배가 포항에서 들어오지 못했다는 소식을 들려주었다. 조식 후 아홉 시 반 무렵부터 혼자서 한 시간 정도 사동 해변을 산책하여 가두봉 등대가 있는 울릉읍과 서면의 경계 지점까지 갔다가 돌아왔다. 한 시간 만에 돌아올 예정이었던 것이 등대가 있는 곳 건너편의 통구미 해안이 바라보이는 지점까지 가보느라고 5분 정도 더 나아갔기 때문에, 돌아올 때는 결국 도중에 지나가는 화물차를 얻어 타고서야 제 시간 안에 여관으로 돌아올 수가 있었다.

가이드가 우리들이 타고 갈 배는 이미 포항을 출발하여 울릉도로 오고 있으며, 오후 한 시에 도착하여 두 시 반에 그 배가 다시 돌아갈 것이고, 우리 일행은 그것을 탈 수 있다고 알려주었으므로 다들 그런 대로 안심하였다. 오전 시간을 메우기 위해 어제 가보려다가 그만둔 저동의 봉래폭포로 다시 갔다. 성인봉에서 흘러내리는 주사곡 골짜기의 눈길을 따라 苧洞川을 거슬러서 걸어 올라가면서 일명 천연에어컨이라고 하는 風穴에도 들르고, 삼림욕장의 삼나무 숲을 지나서 봉래폭포에 이르렀다. 전망대에 올라보니 3단으로 된 폭포가 제법 볼만하였다. 이 폭포의 물은 성인봉 중턱에서 솟아나는 湧出水로서, 저동 일대의 상수원이 된다고 한다. 폭포 구경을 마치고서 돌아 내려오는 길에, 눈길 옆으로 10m쯤 들어간 지점에 세워져 있는 울릉도 특유의 투막집도 둘러보았다.

사동의 여관으로 돌아와 점심 식사를 들었고, 남자 한의사의 제안에 따라 여관집에 추가로 지불하는 오늘 두 끼의 밥값 1만 원 외에 가이드 김 씨에게도 1인당 5천 원씩 팁을 거두어서 주었고, 부엌에서 일하는 아주머니에게도 따로 만 원의 팁을 주었다. 어제까지만 하더라도 다들 불평이 대단하더니, 이럭저럭 떠날 마당이 되어서는 이번 여행에 대해 그런 대로 만족스럽게 생각하는 모양이었다.

작은 봉고 차 하나에 늘어난 짐을 가진 우리 일행이 모두 타기는 무리이므로 두 차례에 걸쳐 나누어서 이동하였는데, 먼저 도동항에 도착한 우리 부부 등은 오후 두 시 무렵까지 제각기 자유 시간을 가졌다. 나는 노래방에 가서 시간을 보내자는 권유를 사양하고 배낭을 맨 채로 혼자서 도동 뒷골목을 산책하였다. 내수전까지 갔다 올까하고 저동 쪽으로 넘어가는 고갯길로 접어들었다가 포기하고서 도로 내려와 기념품 상점을 기웃거리고 있자니, 근처의 대우다방 2층에서 아내가 나를 발견하고서는 불렀다. 그리로 가보니 대부분의 일행이 거기 모여 있었다.

오후 두 시 반에 출항하는 썬플라워호의 1층에 올라타고 보니 주변에 창이 전혀 없는지라 준비해 간 울릉도에 관한 인터넷 자료 등을 거듭 읽으며 시간을 보냈고, 한참 후에 다시 3층의 조망 칸으로도 올라가 보았으나, 실내 온도가 높아서 유리창이 흐려 바깥의 바다 풍경을 보기도 어려운지라 도로 1층으로 내려와 계속하여 이런저런 글을 읽었다. 보통 세 시간쯤 소요되는 뱃길이 풍랑으로 말미암아 40분 정도 더 걸려 저녁 6시 10분경에야 포항에 당도하였다.

어둠을 헤치며 주차장에 대기하고 있는 아주관광버스를 찾아 타고서 저녁식사도 거른 채 올 때의 코스로 귀가 길에 올랐는데, 연휴 끝 날이라 부산으로 향하는 고속도로의 정체가 심하여 밤 열 시 반 무렵에야 집에 당도하였다. 서울에 온 창환이로부터는 우리가 없는 사이에 집으로 다시 전화가 걸려왔는데, 이번에는 진주에 올 시간이 없겠다고 했다 한다. 짐을 정리하고 밀린 우편물과 신문을 읽고서 샤워를 한 후 자정 가까운 시각에 취침하였다.

23 (일) 간밤에 비 온 후 오전 중 흐렸다가 개임 -최정산

아내와 함께 금산산악회의 정기산행에 참가하여 慶北 達成郡 嘉昌面에 소재한 最頂山(905m)에 다녀왔다. 오전 8시 30분까지 향교 부근의 산악회 사무실 앞에서 집결하여 대절버스 두 대로 출발하였다. 남해 및 구마고속도로를 경유하여 창녕에서 국도로 접어들어 校洞의 가야 고분군 및 그리로 이전된 박물관 앞을 지나갔는데, 집행부가 길을 잘 몰라 이리저리 헤매면서 차를 세워 주민들에게 묻기도 하다가, 청도군 각북면 금천리의 두 개의 저수지가 있는 마을 중 왼쪽 편 저수지 부근에서부터 북쪽으로 등산을 시작하였다. 일반적인 등산지도에 나와 있는 것과는 전혀 다른 코스인데, 근자에 부산의 ≪국제신문≫ 취재팀이 달아 놓은 노란 표지 리본을 따라 계속 걸었다.

최정산 남쪽의 능선 일대는 경사가 완만하여 넓은 평지 같은 느낌을 주며 인공적으로 심은 듯한 잔디로 뒤덮여 있는데, 아마도 정상 근처의 주리 내주마을에서 소를 방목하고 있는지 온통 쇠똥이 널려져 있었다. 군 시설인지 사일로인지 판단하기 어려운 둥근 돔형 지붕들을 가진 높은 건물이 있는 내주마을을 지나, 최정산 및 그 조금 건너편의 주암산

(846.1m)쪽으로까지 차가 다닐 수 있는 아스팔트 포장도로가 놓여 있었다. 우리는 북쪽의 최정산 및 주암산과 서쪽 구름 속의 현풍 비슬산을 건너편으로 바라보기만 하면서, 내주마을 남쪽 능선을 따라 신라시대의 고찰이라고 하는 南地藏寺 부근 백련암 쪽으로 내려왔다.

그 일대는 달성군과 청도군의 경계지점으로서 우리는 청도군의 이서면과 풍각면을 지나 경남의 영역인 창녕읍으로 들어와서, 갈 때의 코스로 돌아와 밤 여덟 시 무렵 집에 도착하였다.

25 (화) 맑음 -배방사지

새해부터 ≪新慶南日報≫라는 舊名에서 '新'자를 떼고서 창간 당시의 원래 이름을 회복한 ≪경남일보≫의 오늘자 全面 기획특집 시리즈 '그 인물 그 흔적'에 강동호 기자가 쓴 고려 8대 임금 顯宗의 부친 유배지와 관련된 답사기가 실려 있었다. 이에 관하여는 과거에 이 신문의 現 편집국장이자 향토문화사랑회의 부회장이기도 한 하종갑 씨의 저서 『향토사기행』 속에서 읽고, 가까운 곳이므로 한 번 찾아가 보고 싶었던 터라, 점심 식사 후에 현장에 가보기로 마음먹었다.

마침 교직원식당에서 나와 친한 농경제학과의 김병택 교수를 만나 그에게 같이 가보겠느냐고 물었더니 기꺼이 동의해 주었으므로, 내 차에 동행하여 함께 떠났다. 먼저 현종의 부친이 유배 왔다가 죽어서 묻혔던 장소라고 하는 歸龍洞, 즉 현재의 泗川市 泗南面 牛川里를 찾아가 보았다. 우천리의 우천마을로 가서 물어보아도 아는 사람이 별로 없었고, 같은 우천리이면서도 도로 건너편의 동쪽으로 좀 떨어진 위치에 있는 능화마을인 듯하다는 정보를 얻었다. 우천마을 안에서 좁은 콘크리트 다리를 건너 느티나무 아래 빈터의 소형 트럭 옆에다 차를 세우다가 내 차의 뒷바퀴 덮개 부분이 트럭과 스쳐서 덮개의 칠이 벗겨지고 다소 상하는 사태가 발생하였다.

다시 차를 몰고서 陵花마을로 찾아가 욱의 무덤 터가 있는 그 동남쪽 뒷산 꽃밭등의 위치를 물었는데, 이럭저럭 그 곳 지형을 얻어듣기는 하였으나, 그 근처 농로로 차를 몰고 들어가서 세워두고서, 산을 헤매며 돌아다녀 보아도 사천문화원이 세웠다고 하는 무덤 표지석을 찾을 수는 없었다.

현종의 아버지 郁은 태조 왕건의 여덟 번째 아들로서, 왕건의 셋째 아들이자 4대 임금인 光宗의 아들 5대 경종이 죽고 난 후 조카며느리에 해당하는 경종의 왕비 皇甫氏씨와 私通하여 후일 현종이 된 아들 詢을 임신시키게 되었는데, 이 일로 말미암아 6대 成宗 11년(992) 7월에 郁이 현재의 泗川市인 泗水縣으로 귀양 오게 되었고, 황보 씨는 욱이 귀양 간 직후 아들을 출산하고서 사망하였다고 한다. 그리하여 詢은 유모의 품에서 자라게 되었으나, 成宗이 父子가 떨어져 외롭게 지냄을 가엽게 여겨 아직 아기인 詢을 그 아버지가 귀양 가 있는 장소에게 그다지 멀지 않은 곳에 위치한 절로 보내어 서로 자주 만날 수 있게 하였다는 것이다. 욱은 귀양 온 지 4년 만인 996년(성종 15)에 타계하고, 詢(字 安世)은 우여곡절 끝에 1009년에 穆宗의 뒤를 이어 즉위하였는데, 현종은 유배지에서 죽은 아버지 욱을 孝穆大王으로 追尊하고 시호를 安宗이라 하였으며, 무덤을 옮겨 가 乾陵에 모셨다고 한다. 현종이 재위 중이던 1012년 7월의『高麗史』에 어릴 적 사천에 와 있던 당시 자신을 도와 준 사람들을 포상한 기록과 1018년에 진주목에 속했던 泗水縣을 泗州로 승격시킨 사실에 대한 기사가 있다고 한다.

김 교수와 나는 가시밭과 잡풀더미들을 헤치며 郁의 무덤 터를 찾아 꽃밭등 일대의 산비탈을 헤매다가 결국 뜻을 이루지 못하고서, 그 대신 욱이 아들 순을 만나기 위해 넘어 다니던 길인 건너편의 正東面 鶴村里 고자실 마을로 내려가는 고개 마루인 顧子峰으로 짐작되는 곳의 어느 무덤 위에 앉아서 쉬다가 산을 내려왔다. 욱은 죽을 무렵에 금붙이를 주면서 유언하기를 그 재물로 地官을 사서 이 꽃밭등의 장소에다 자신의 시신을 엎어진 자세로 매장하게 하였다는데, 그것은 풍수지리상으로 아들인 순이 왕이 되는 시기가 빨리 도래하도록 돕기 위함이었다고 한다.

다시 차를 몰고서 詢이 와 머물러 있었다고 하는 신라시대 이래의 고찰 排房寺가 위치했던 장소라는 泗川市 正東面 獐山里 垈山마을 북서쪽으로 찾아갔다. 장산리의 33번국도 가에 차를 세워두고서 이런저런 사람들에게 묻고 물어 배방골이라는 산골짜기 마을로 찾아갔는데, 거기에는 현재도 배방사라고 하는 이름의 간판도 없는 절이 하나 있기는 하였으나, 신문에 실린 사진에서 본 표지석은 눈에 띄지 않았다. 그냥 돌아오려고 하였는데, 김 교수가 산책 삼아 아래쪽 골짜기에 보이는 저수지 옆길을 경유하여 돌아가자고 하므로, 대산저수지가 있는 쪽으로 내려가다가 또 가시덤불 속에서 꽤나 고생을 했다.

아래쪽에 있는 별장처럼 지은 집에서 그 집 위쪽에 무슨 절이 있었다는 말을 듣고서 그 골짜기로 갔다가 찾지 못하고서 도로 내려왔다. 그러나 오토바이를 타고서 우연히 지나가는 사람에게 다시 그 위치를 물어, 방금 내려왔던 좁은 골짜기 길을 도로 올라가서, 촘촘히 들어선 넓은 대나무 숲속을 헤치며 간신히 그 위치 부근의 산중턱에 다다라 여기저기를 둘러보다가, 마침내 1988년 5월 30일에 사천문화원이 세운 배방사지 표지석을 찾아내었다. 거기에 새겨진 비문을 통하여 우리가 들렀던 能花가 바로 郁의 유배지임도 확인하였다. 이 자리에는 배방사라는 절이 있었다가 그다지 오래지 않은 예전에 소실되었는데, 신라 이래의 원래 절 이름은 蘆谷이었고, 나중에 왕이 된 사람이 거처하던 곳이라 하여 陪王寺라고도 불렀다고 한다.

두어 시간 정도로 예상하고서 점심 식사 후 산보 삼아 다녀오리라고 마음먹었던 것이 뜻밖으로 시간이 많이 들어 퇴근 시간인 오후 다섯 시가 가까워진 무렵이 되었으므로, 처자를 외국에 두고서 혼자 사는 김병택 교수와 그냥 작별하기도 무엇하고 하여 모처럼 더불어 저녁식사를 하자고 권하였다. 내 차는 학교에다 세워 두고서 김 교수의 차에 동승하여 그가 좋다는 칠암동 세무서 부근의 장어구이 집으로 갔다. 저녁식사를 대접하고서 귀가할 작정이었는데, 김 교수가 중국 瀋陽에서 온 예쁜 조선족 아가씨가 있다는 단란주점으로 가자고 권하여 별 수 없이 그를 따라 구 윤양병원 뒤편의 식당 골목 2층에 있는 그 집으로 가보았다.

2월

10 (목) 맑음 -마리나리조트

1999학년도 인문대학 교수 동계 세미나에 참가하여, 오후 한 시 무렵 스쿨버스 한 대에 교수·직원·조교들이 동승하여 인문대학 앞을 출발해 통영으로 향하였다. 두 시 반 무렵에 충무 마리나리조트에 도착하여 14층과 15층의 여덟 개 룸에 나누어 배정 받고서 방에다 짐을 둔 다음, 오후 세 시부터 별관 3층 세미나실에서 세미나를 개최하였다.

오후 네 시 반 무렵에 대형버스 한 대로 통영시 미수동에 있는 태양횟집으로 이동하여 생선회를 안주로 술을 마시며 저녁식사를 들게 되었는데, 나는 바지의 지퍼에 이상이 있어 부학장 김석근 교수의 친구로서 오늘 식당으로 이동할 수 있는 대형버스를 제공해 준 통영의 사업가 한 사람이 운전하는 차에 동승하여 통영시 향남동에 있는 통영닥스골프라는 의상점으로 가서 새 바지를 한 벌 샀다. 나로서는 아무 것이나 임시변통으로 한 벌 구입한 셈인데, 바지 길이를 내 몸에 맞추어 裁斷해 가지고 온 다음 가격을 물어보니 무려 15만 원으로서 내가 예상했던 것보다 무려 다섯 배 정도나 비싼지라 좀 놀랐지만, 이미 어쩔 수 없는 시점이라 신용카드로 결제해 줄 수밖에 없었다. 뒤에 알고 보니 LG패션에서 운영하는 이 연쇄점의 물건들은 최고급품이라는 것이었다.

11 (금) 맑음 -미륵도 일주, 달아공원, 당포

아침에 잠을 깨고 보니 우리 룸에는 건넌방에 든 독문과의 최종만 교수와 나 두 명뿐이었다. 일출을 보라는 최 교수의 목소리에 따라 15층 창가에서 한산도 앞바다의 섬들 위로 떠오르는 붉은 태양을 구경하였다. 느지막이 2층에 있는 한식당 동백으로 내려가 통영 앞바다에 정박해 있는 본교 해양과학대학 소속의 실습선을 바라보며 사골우거지탕으로 조반을 들었다.

우리 방에서는 다시 바둑판이 벌어졌으나, 나는 가지고 간 『수호지』

제4권을 꺼내어 소파에 앉기도 하고 방바닥에 드러눕기도 하면서 그것을 읽어나갔다. 오전 11시 반 무렵에 리조트 정문 앞에 어제 타고 왔었던 본교의 스쿨버스가 대기하였으므로, 그것에 승차하여 콘도식 호텔인 마리나리조트를 떠나 歸途에 올랐다. 리조트가 위치한 彌勒島를 일주하는 山陽관광도로를 따라가다가 達牙공원에 정거하여 장쾌한 다도해의 풍경을 조망하였고, 이순신 장군의 戰迹地인 唐浦를 지나, 통영시 도남동에 있는 축협식육식당에 들러서 소 등심 불고기로 점심 식사를 하였다. 오후 두 시 반 무렵에 다시 승차하여 네 시쯤에 출발지인 인문대학에 도착하였는데, 나는 점심때의 술기운으로 말미암아 돌아오는 도중 버스 안에서 내내 졸았다.

27 (일) 맑음 ―지리산 일주

며칠 전 진주의 유명한 산악인으로서 '산에 미친 사람' '지리산 도사' 등으로 불리고 있는 성락건 씨가 내 연구실로 전화를 걸어와 자기가 앞으로 약 3년간에 걸쳐 지리산을 주제로 한 테마 여행을 실시하고자 기획하고 있는데, 그 첫 번째로서 지리산 팔백리 일주를 떠나고자 하니 참가하지 않겠는가라고 권유한 바가 있었다. 어떤 여행인지 호기심도 있어 아내와 함께 오늘 오전 여덟 시 무렵 출발 장소인 공설운동장 앞으로 나가보았다.

지난주에 成 씨가 진주의 MBC TV 방송에 나와 이 여행에 관해 10분 정도 인터뷰 한 적이 있었다고 하는데, 그래서인지 대절버스 한 대로는 좌석이 부족할 정도로 제법 많은 사람들이 모였고, 특히 어린이를 동반한 가족 모임이 많았다. 여덟 시 20분 무렵에 공설운동장 앞을 출발하여 9시 20분 무렵 박경리 대하소설 『토지』의 무대인 하동 평사리 부근의 섬진강 백사장에 도착하였다. 그 일대에는 최근 강변공원을 조성하고 있어 제법 큰 주차시설도 마련되어 있었다. 거기서 준비해 간 꽃들을 섬진강 물위에 띄워 보내고, 조약돌을 강물 위로 던져 여러 차례 수면 위로 퉁겨 올리는 수제비 따먹기 놀이도 하고, 강물을 향해 제 이름 부르기, 남녀로 나뉘어 자기소개를 하고서 티베트 식 인사, 인도 뿌나의 라즈니쉬 아슐람에서 실시하는 식의 한참동안 서로 포옹하고 있는 인사법 등도 배웠다.

다음으로는 전남 구례군 토지면 오미리에 있는 한국 최고의 명당 터로서 풍수상 金環落地 등으로 불리는 중요민속자료 제8호 雲鳥樓에 도착하여 그 경내를 관람하였다. 예전에 한두 번 왔을 때는 내부에 들어갈 수가 없었고, 집도 꽤 頹落해져 있었는데, 지금은 깨끗이 수리하여 입장료를 받고서 공개하고 있었다. 이 집은 조선 영조 52년(1776)에 당시 삼수부사를 지낸 柳爾胄가 지은 것으로서 99칸(현존 73칸)의 대규모 주택인데, 풍수의 덕분인지 그 이후 5대에 걸쳐 무과급제자가 배출되었다고 한다. 雲鳥樓란 陶然明의 '歸去來辭' 중 "구름은 무심히 산골짜기에 피어오르고, 새들은 날기에 지쳐 둥우리로 돌아오네."라는 문구에서 첫머리 두 글자를 취해 이름을 지었다고 한다.

화엄사 부근 구례의 온천휴양지 건물 2층 식당에서 모임 측이 준비한 송편 및 미역수제비와 김밥 등으로 점심을 들고서, 남원 측의 지리산 입구인 九龍계곡 들머리에 있는 六茅亭에 들러 春香墓와 이 지역의 전설적인 명창을 배출했다는 폭포를 구경하기도 하였다.

이어서 오후 한 시 반쯤에 경남 함양군 마천의 칠선계곡 입구 부근에 있는 碧松寺 西庵에 들러 근년에 바위벽과 석굴암에다 조각한 수많은 불상들을 둘러보고, 그곳 토굴 위에서 천왕봉·제석봉·촛대봉 등 지리산의 주능선과 여러 골짜기들을 조망하기도 하였다. 그 아래쪽 휴천계곡의 龍遊潭에서는 鄭一蠹·金濯纓·曹南冥의 杖屨所라 새겨진 바위를 찾아가 보았고, 돌아오는 도중 가야국 멸망 이후의 전설이 서린 德讓殿과 仇衡王陵에 들러보기도 하였다.

구형왕릉은 이즈음 제법 중요한 문화재나 되는 듯이 경내에 외부인의 출입을 금하고 있었고, 그 부근 王山으로 오르는 산중턱에는 허준의 스승이라고 하는 류의태가 병 치료에 썼다는 약수터 안내판도 서 있었다. 이 모든 것이 근년에 소설과 TV 드라마로서 유명해진 『東醫寶鑑』에서

기인하는 것인데, 안내판에 의하면 허준의 스승인 류의태는 지금의 산청
군 신안면 하정리 상정 마을에서 태어났다고 하며, 덕양전 아래 화개
마을에는 그가 지리산에서 나는 약초를 가지고 의약 활동을 한 것을 기
념하는 건물도 지어져 있다. 그러나 신문에서 읽은 바에 의하면 류의태
의 출생연대는 허준보다 약 100년 후로 되어 있었다.

산길로 산청읍에 이르러 대전 가는 고속도로의 산청 인터체인지에 진
입하여 단성 인터체인지를 거쳐 국도로 덕천강이 바라보이는 칠정 마을
에 이르렀고, 거기서 다시 오후 여섯 시 무렵까지 덕천강 서쪽 길을 달려
하동군 옥종면 소재지에 이르러, 일부는 옥종 불소유황온천에 들어가
온천욕을 하고, 나머지는 진양군 수곡면과의 경계인 창천 다리 위에서
차를 내려 반시간 정도 자유 시간을 가졌다. 나는 아내와 더불어 건너편
하동군 옥종면 쪽의 강둑을 따라 지리산 능선을 바라보며 어두워져 가는
德川江邊을 산책하였다.

해가 져 깜깜해진 후인 일곱 시 무렵에 온천장으로 와서 나머지 일행
을 태우고서는, 진주의 출발장소로 돌아와 밤 여덟 시 무렵에 집에 도착
하였다.

3월

5 (일) 맑고 포근함 -팔영산

아내와 함께 비전산악회의 산행에 참가하여 전남 고흥군에 위치한 八
影山(608.6m)을 다녀왔다. 오전 8시 반까지 진주교 옆 남강변의 舊 남강
나이트 앞에 집결하여 반시간쯤 후에 버스 세 대로 출발하였는데, 남해
고속도로를 따라가다가 광양에서부터 국도로 진입하여 순천을 거쳐서
고흥반도로 들어갔다.

팔영산에는 이미 여러 해 전에 멋-거리산악회 사람들과 함께 한 번
와 본 적이 있었다. 11시 무렵에 산행을 시작하여 대웅전 보수공사 중인
능가사에 들러 식수를 담고 사찰 경내를 둘러본 다음 마당바위 쪽을 경

유하여 능선에 올랐고, 1봉에서 8봉까지 여덟 개의 바위봉우리로 이루어진 험한 산길을 오르내린 후 8봉 꼭대기 부근에서 아내와 함께 점심을 들었다. 영남 각지에서 모여든 사람들이 많아 산길에 계속 이어졌을 뿐 아니라, 암벽 부근에서는 꽤 정체가 심했다. 내려올 때는 절골과 앵갱터를 거쳐 능가사로 돌아왔고, 능가사 입구에서 길가에 봄나물 등을 내다 놓고 파는 아주머니들로부터 냉이를 좀 샀다.

다섯 시 무렵에 출발하여 밤 여덟 시쯤에 집에 도착하였다.

12 (일) 맑음 -김해 지역

아내와 함께 향토문화사랑회의 금년도 첫 답사에 참가하여 김해 지역을 다녀왔다. 오전 7시 50분까지 칠암동 남강변의 도립문화예술회관 앞에 집결하여, 전세버스 한 대로 목적지로 향하는 도중에 마산·창원에 정거하여 그 지역의 회원들을 태웠다.

장유를 거쳐 김해시에 도착하여서는 먼저 안동 685-1번지에 있는 유형문화재 제78호로 지정되어 있는 招仙臺 磨崖佛을 구경하였다. 큰 바위의 평평한 측면에다 높이 5.1m, 폭 2.5m의 線刻으로 새긴 것인데, 바위들로 이루어진 초선대는 가락국의 제2대 거등왕이 칠점산의 신선을 초대하여 바둑을 즐긴 곳이라 이러한 이름이 되었다고 하며, 일설에는 이 불상이 거등왕의 肖像이라고도 하는 모양이다.

그 다음으로는 인제대학교와 대형 어린이 유원지인 가야랜드 입구 부근을 지나 神魚山에 올랐다. 남명의 詩에 나오는 영구암으로 오르는 도중의 산중턱에 있는 東林寺와 가락국의 시조 수로왕 때 왕비 허황옥의 오빠인 장유화상이 西林寺 터에 중건했다고 하는 삼방동 882번지의 유형문화재 제238호 銀河寺를 둘러보았다. 이 두 절은 모두 상당한 규모이기는 하지만 대부분의 건물들이 근자에 지어진 것이었다.

그 다음으로는 김해시 동상동 161번지의 산 중턱에 위치한 기념물 제99호인 四忠壇과 그 구내에 있는 松潭書院을 방문하고, 거기서 준비해 간 도시락으로 점심을 들었다. 이곳은 임진왜란 때 金海城을 지키다가 전사한 김해 고을의 선비 宋賓·李大亨·金得器·柳湜 네 사람을 祭享하는 곳인데, 원래는 고종 때인 1871년에 동상동 873번지에 건립했었던 것을 도시계획으로 말미암아 현 위치에 이전한 것이라 한다.

　점심 식사 후에 아내와 함께 그 맞은편 어방동 산9번지에 있는 사적 제66호 盆山城에 올라보았다. 김해를 달리 盆城이라고도 하는 것은 이 성터에서 유래하는 모양이다. 가야시대의 태뫼식 산성 터에 고려 우왕 3년(1377) 김해부사 박위가 왜구 방어용으로 축성했으며, 임란 때 파괴된 것을 고종 8년(1871)에 개축한 것이라 한다. 산 정상에는 봉수대가 재건되어 있고, 그곳 바위에는 대원군의 글씨라고 하는 萬丈臺라는 글자가 새겨져 있었다. 내려오는 길에는 800m 정도의 꽤 긴 성벽 한쪽 위를 걸어보기도 하였다.

　다음으로는 금관가야의 마지막 왕궁 터라고 전하는 봉황동 158번지의 문화재자료 제87호인 鳳凰臺로 이동하였다. 이곳은 나지막한 언덕 위에 평평하게 다듬어진 지형으로서, 봉황이 날개를 펼친 모양이라 하여 김해 부사 정현석이 그 정상 부근의 바위에다 봉황대라고 刻字를 하고 나서 이러한 이름으로 불리게 되었다고 한다. 거기에는 가락국 시대의 귀족 출신인 黃洗라는 남성과 出如意라는 처녀의 사랑에 얽힌 전설이 깃든 바위가 있고, 또한 사랑을 이루지 못하고서 죽은 出如意의 影幀을 모신 如意閣도 보였다.

　여의각에서 북쪽으로 언덕길을 내려오면 거기가 바로 사적 제2호로 지정된 會峴洞貝塚인데, 이곳은 1920년에 발굴 조사가 이루어진 우리나라 초기 철기시대의 대표적인 조개무지 유적으로서, 일본인 학자의 주도에 의한 것이었지만 국내에서는 최초의 괄목할 만한 考古學的 성과였다고 한다. 출토품으로는 김해식 토기와 炭化 쌀 및 銅鏡과 중국 王莽 시대의 화폐인 貨錢 등이 나왔다고 한다. 지금은 패총 터에 잔디를 입히고 그 주위에는 쇠사슬로 울타리를 쳐 공원으로 만들어 두고 있었는데, 잔디 사이로는 흰색으로 변한 수많은 조개껍질들과 도자기 파편 등이 아직도 눈에 띄었다.

이 일대는 시내 중심부라 교통이 복잡하여 봉황대에서부터는 버스를 버리고 계속 걸어서 이동하였다. 예전에도 와 본 적이 있는 서상동의 사적 제73호 首露王陵과 그 부근 崇善殿 등의 祭享 공간, 구산동의 사적 제74호 首露王妃陵 및 龜旨峰과 '龜旨峰石'이라고 새긴 上面의 글씨가 韓石峰의 것이라고 전해 온다는 남방식 지석묘 등을 둘러보았다. 왕비 허황옥이 인도 아유타국으로부터 긴 항로의 파도를 잠재우기 위해 배에다 싣고 왔다는 婆娑石塔은 예전에는 무덤 바로 옆에 있었으나 지금은 무덤 앞쪽에 새로 지어진 비각 형식의 건물 속으로 옮겨져 있었고, 일본인이 도로 건설을 위해 地脈을 끊었다고 하는 허왕후능과 구지봉 사이에는 포장도로 위로 다리 모양의 陸路가 건설되어 걸어서 이동할 수 있도록 되어 있었다.

왕비능이 있는 구산동 일대와 구지봉 아래쪽 대성동 일대의 야산에 있는 고분들에 대해서는 1990년대에 여러 차례에 걸쳐 대대적인 발굴조사가 이루어져 가야문화의 실체와 韓·中·日 삼국의 문화교류 양상을 해명할 수 있는 많은 유물들이 출토되었다. 특히 그 중에는 철제가 많아, 대성동 437번지의 사적 제341호 부근에 1998년 7월로써 개관한 가야 유물 전문연구기관인 국립김해박물관 건물은 철의 왕국 가야를 상징하기 위하여 일부러 철 성분을 포함시켜 그 색깔을 낸 회청색 벽돌 건물로 이루어져 있었다. 여기에 소장된 5,000여 점의 유물들은 그 대부분이 촉석공원 안에 있는 국립진주박물관으로부터 옮겨져 간 것이므로 우리로서는 낯익은 것이었다.

이럭저럭 폐관 시간 전까지 박물관 관람도 무사히 마치고서, 그 앞쪽에 569m에 걸쳐 새로 건설되고 아직도 하천의 정비 공사가 진행 중인 '문화의 거리'에서 다시 대절해 온 버스를 타고서, 왔던 코스를 경유하여 제법 어두워진 무렵에 진주에 당도하였다.

19 (일) 맑음 -중산리, 선유동
황 서방 내외가 장인을 모시고서 산청 덕산의 물레방아집으로 피리조림을 먹으러 간다고 우리 내외에게 동참 의사를 물어 왔으므로, 황 서방이 운전하는 차에 동승하여 함께 가게 되었다. 다섯 명이 물레방아집에서 점심을 들고 난 후, 황 서방이 즐겨 가는 중산리의 지리산 국립공원 매표소 부근에 있는 광장까지 올라가 바람을 쐬다가, 돌아오는 길에는 처제가 가보았다면서 선전하는 산청군 신안면 안봉리 298번지 세칭 수월부락의 수월황토촌이라는 황토찜질 집으로 가서 찜질을 하였다. 그곳은 후미진 산골에 위치한 데다 아는 사람 정도만 찾아오는 곳이라 한적하고 분위기가 있었다.

나는 샤워를 하고 난 후 거기서 주는 옷으로 갈아입고서 두 번 정도 찜질방으로 들어가 바닥에 드러누워서 땀을 내 보았으나 엉덩이가 뜨겁고 갑갑한 게 별로 취미에 맞지 않았다. 그보다는 오히려 근처의 산속을 산책하는 편이 나을 듯하여, 녹차를 몇 잔 부어 마신 후 와이셔츠 바람에 밖으로 나와서는 거기서 얼마간 더 올라간 지점에 있는 仙遊洞계곡으로 가서 그 바위계곡을 따라 이미 오래 전에 혼자서 한 번 올라가 본 적이 있었던 '吳德溪先生杖屨所'라는 글씨가 刻字된 바위 있는 곳에 이르렀고, 거기서 다시 길도 제대로 나 있지 않은 계곡을 계속 거슬러 올라가, 폭포가 그치고 물이 평지처럼 흐르는 鞍部에까지 이르렀다가 돌아왔다.

여섯 시경에 찜질방으로 돌아오니, 우리 일행은 이미 다 나와 거실에서 저녁식사를 거의 마쳐가고 있었으므로, 나도 뒤늦게 그 자리에 끼었다. 진주로 돌아와서는 장인을 처가까지 모셔다 드리고서 황 서방 내외와 우리 내외는 도동의 큰처남 황광이네가 경영하는 안스베이커리로 가서 빵을 사서 귀가하였다. 황광이네 상점은 4월의 총선을 앞두고 있는 지금이 선거운동 철이라 빵은 없어서 팔지 못할 정도라고 한다.

22 (수) 맑음 -고령, 선산, 문경 지역

인문학부 1, 2학년 학생들의 봄철 답사에 인솔교수로서 동참하여 경북·충북 지역으로 2박 3일간의 여행을 떠났다. 답사는 봄과 가을에 걸쳐 일 년에 두 번씩 있는데, 이번에는 사학전공에서 황영국·김상환 교수가,

그리고 철학전공에서는 나와 학부장인 정병훈 교수가 총 92명의 학생들과 함께 대절버스 두 대로 출발하였다.

오전 여덟 시 남짓에 인문대학을 떠나, 먼저 경북 高靈郡에 들러 사적 제79호로 지정되어져 있는 산 위의 大伽倻 유적 池山洞古墳群 및 같은 池山里에 있는 대가야유물전시관을 둘러보았고, 고령읍 장기리로 가서 보물 제605호로 지정된 선사시대의 유적인 良田洞 岩刻畵를 참관하였다. 나로서는 이 암각화에 두 번째로 와 보는 셈이다.

그 다음으로는 선산군 해평면에 이르러 신라 불교의 發祥地인 桃李寺를 관람하고, 거기서 점심을 든 다음 문경에 이르러 이화령을 지나 이화여대의 시설들 옆을 지나서, 조령 제3관문에서부터 제1관문에 이르기까지 두 시간 정도 산길을 걸어 내려왔다. 사방이 어두워진 무렵에 산책을 마치고서 충북 괴산군의 수안보온천에 도착하여 1박하였다. 나는 나이가 많은 축이라 버스에서 우리 일행 중 최고령인 황영국 교수와 시종 동행하였고, 여관에서도 같은 방에 들었다.

23 (목) 흐리고 때때로 부슬비 -월악산, 충주, 단양, 영주, 안동 지역

새벽에 황영국·김상환 교수와 더불어 상록관광호텔의 대중탕으로 가서 온천욕을 하고 돌아왔다. 오전 여덟 시 무렵 수안보를 출발하여, 그 근처 월악산 국립공원 구역 내에 있는 彌勒寺址와 보물 제96호 彌勒里 石佛立像을 둘러보았고, 충주로 가서 남한강을 따라 彈琴臺 옆을 지나서 충주시 가금면 탑평리에 있는 흔히 한반도의 한복판에 위치해 있다 하여 중앙탑이라 불리고 있는 국보 제6호 탑평리 7층 석탑 및 그 옆에 있는 충주박물관 제2관인 중원향토민속자료전시관을 둘러보았다. 이어서 조금 더 북쪽으로 올라가 가금면 용전리에 있는 국보 205호 중원고구려비를 둘러보았다. 이 비는 1979년 단국대 학술조사단에 의해 비로소 국내에서는 유일한 고구려의 비라는 사실이 밝혀지게 된 것인데, 장수왕의 손자인 문자왕 때 조성된 것이라고 한다.

다시 월악산 국립공원 쪽으로 내려와 충주호를 따라 단양으로 향하는 도중 휴게소에 정거하여 구담봉·옥순봉의 수려한 풍광을 구경하기도 하였다. 원래 일정으로는 단양읍 하방리 성재산 정상에 있는 국보 198호 신라적성비를 둘러보기로 되어 있었으나, 비가 오는 데다 그 산길은 비탈이 가파르고 비오는 날이면 진흙 밭을 이루므로 포기하고서 버스로 지나치는 길에 그 위치만을 확인하였다. 이 적성비도 1978년 단국대 학술조사단에 의해 발견된 것인데, 진흥왕 시대에 신라가 한강 유역을 차지한 직후 건립된 것이며, 비석의 대부분이 땅 속에 파묻혀 있었던 까닭에 보존상태가 양호하여 비문의 대부분을 판독할 수가 있는 모양이다.

다시 죽령을 넘어서 경북 지역으로 들어와, 풍기의 희방사 부근을 지나 영주시 순흥면의 紹修書院과 부석면의 浮石寺를 둘러보았다. 여기는 사상사적인 의의가 큰 곳이므로 학생들의 발표에 이어 내가 보충설명을 하였다.

부석사 아래에서 점심을 들고, 사찰 및 그 부속 시설들을 관람한 후 안동으로 향하여 陶山書院에 들렀으며, 거기서도 내가 보충설명을 하였다. 도산서원에서 안동 시내로 나온 후, 국도 5호선을 따라 서북쪽으로 향하던 중 제비원에 잠시 정차하여 보물 제115호 泥川洞石佛像을 구경하였다. 큰 자연암벽에다 간단하게 胴體를 새겨 넣고 그 위에다 2.43m 높이의 머리 부분을 조각하여 얹은 미륵불인데, 고려시대의 마애불이라 한다.

거기서 더 북쪽으로 올라가다가 국도를 벗어나서 왼편으로 얼마간 들어간 지점인 안동시 서후면 태장리의 天燈山 기슭에 위치한 鳳停寺에 이르렀다. 682년에 의상대사에 의해 창건되었다고 하며 절 이름에 얽힌 창건 설화도 전하고 있는 곳이다. 이 절의 극락전은 우리나라에서 현존 최고의 목조 건물로 알려져 있으며, 최근의 신문 보도에서는 대웅전이 그보다 더 오래되었고, 이 절 부근에서 국내에서는 가장 큰 벽화가 있는 바위굴도 발견되었다고 한다. 이 절은 규모에 비해 많은 국보 및 보물 건축물들을 보유하고 있으며, 작년인가에 영국의 엘리자베스 2세 여왕도 다녀간 바 있는 곳이다. 한국 건축의 진수를 맛볼 수가 있어서, 나도 몇 번씩이나 거듭거듭 경내를 둘러보며 그 간결하면서도 예술적인 아름다움에 감동을 금할 수가 없었다.

어두워진 후에 봉정사를 떠나, 안동시에서 남쪽 의성 방향으로 내려가는 도중에 있는 암산유원지 부근의 岩山모텔에서 두 번째 밤을 묵게 되었고, 그 근처의 식당으로 가서 저녁 식사를 겸한 여흥 모임도 가졌다. 오늘 밤 교수들은 각자 독방을 쓰게 되었다.

24 (금) 맑으나 다소 차고 강한 바람 -하회, 안동, 의성, 군위 일대
아침 여덟 시 가까운 시각에 암산모텔을 출발하여 부근에 위치한 어제 밤의 그 식당에서 조반을 든 다음 하회마을로 향하였다. 모처럼 와보는 하회마을은 그 입구에 대형 주차장과 엘리자베스 여왕의 방문을 기념하는 건물이나 탈 전시관이 건립되어 있는 등 다소 변화한 모습이 눈에 띄었다. 西厓 柳成龍의 종손이 사는 忠孝堂과 그곳의 유물전시관을 둘러보았는데, 안동시에서 파견 근무를 나와 있다는 공무원이 설명을 해 주었다. 하회마을 입구에서부터 서애의 후손 되는 사람이 안내를 맡아 우리 일행을 사적 제260호인 屛山書院까지 인도하여 설명해주었다.

다시 안동 시내로 돌아와 국내 최대 규모라고 하는 新世洞七層塼塔을 둘러보았다. 안동과 의성 일대는 국내에서 塼塔이 가장 많이 모여 있는 지역이라고 한다. 다음으로는 중앙고속도로를 따라서 義城으로 내려와 塔里의 오층석탑을 구경하였는데, 국보 제77호로 지정된 이 模塼塔은 塼塔에서 石塔으로 넘어가는 과도적 양식을 보여주는 좋은 예라고 한다. 이어서 국보 제109호로 지정된 軍威郡 부계면 남산리 팔공산 북쪽 기슭의 비로자나 三尊石窟로 향하여 그 입구의 식당에서 늦은 점심을 들었다. 나는 여기에 이미 여러 번 와 본 적이 있는지라 식당 안에서 황영국 교수 및 학생 대표 몇 명과 더불어 소주잔을 기울이며 남아 있었다. 제2 석굴암으로 통칭되는 군위삼존석굴을 끝으로 답사여행의 모든 일정을 마치고서 구마고속도로를 경유하여 진주로 돌아왔다.

여섯 시 반 무렵에 개양에 도착하여 일행과 작별하고서, 정병훈 교수

와 나는 마중 나온 철학과 조교 최재성 군의 차에 동승하여 인문대학으로 돌아온 후, 나는 학교 안에 주차해 둔 내 차를 운전하여 귀가하였다.

4월

2 (일) 흐림 -천등산

아내와 함께 삼천리산악회의 산행에 참가하여 전북 완주군 운주면 산북리 일원에 있는 天燈山(706.9m)에 다녀왔다. 오전 8시 30분 남짓에 진주중학교 앞에서 대절버스 한 대로 출발하여, 대전행 고속도로와 88고속도로를 경유하여 도중에 국도로 접어들어 남원-전주를 거쳐서 목적지에 이르렀다.

천등산은 충남과 전북의 접경을 이루는 대둔산도립공원 구역 내의 남쪽에 위치해 있고, 대둔산과는 괴목동 골짜기를 가로지르는 도로 하나를 사이에 두고서 산의 맥이 서로 이어져 있는데, 그렇기 때문에 바위절벽으로 이루어진 산세도 비슷한 감을 주었다. 장선리의 상징마을 부근에 있는 주유소 근처에서부터 등산을 시작하여, 바위절벽에 둘러싸인 가파른 골짜기를 따라 올라갔다. 천등산은 산세가 수려한 데 비해 대둔산의 명성에 가려서 사람이 그다지 많이 찾지는 않는 모양인지 호젓한 느낌을 주었다. 정상에 올라 점심을 들고서 반대 방향의 능선 길을 따라 산북리의 고산촌 쪽으로 하산하였다.

돌아올 때는 대둔산 앞을 지나 충남 금산, 전북 무주 쪽의 국도를 택하여 안성-장계와 60嶺을 넘어서 경상도의 지경으로 들어왔다. 오는 도중에 여러 곳의 휴게소에서 정차하였는데, 안의 弄月亭에서인가 테이프가게의 음악소리가 신이 나서 요즘 젊은이들이 열광하고 있는 H.O.T. (High-five Of Teenagers)의 음악이 어떤 것인가 싶어 그 테이프가 있는지 물었더니 그들만의 것은 없고 다른 최신 곡들과 함께 섞인 것은 있다고 하므로 그것을 하나 샀다. 집에 도착하여 전축에다 걸어보니 근자에 거의 사용하고 있지 않은 우리 집 전축은 작년 겨울 미국 여행에서 돌아와 집수리를 했을 때부터 그런 것인지 전원에 연결되어 있지 않았다. 그리고 또한 알고 보니 내가 사 온 '사이버 세대 최신가요 10' 테이프에는 H.O.T.가 포함되어 있지 않았다. 회옥이에게 그들의 테이프 두 개가 있다고 하므로 회옥이의 휴대용 전축과 함께 빌려 침대에 드러누워서 듣다가 잠이 들었다.

5 (수) 맑으나 黃砂현상 -덕천서원, 구곡산, 은사리
  신안면과 생비량면 일대에서의 답사를 마치고서 덕산 마을 뒤편에 있는 九谷山(961m)에 올라보기 위해 단성면을 지나 시천면 德山에 이르렀다. 德川書院에 들렀다가 그 근처에 있는 정자나무집이라는 음식점에다 점심으로 닭찜을 주문해 놓고서 차를 몰아 그 근처에 있는 경상대학교 연습림 관리사무소에 들러 그 내부를 둘러보았고, 다시 나와서 교회 옆으로 난 산길을 따라 구곡산에 올라 정상 가까운 지점에 위치한 도솔암이라는 절까지 가보았다. 도솔암은 비구니 한 명이 지키고 있다는데, 길은 거기서 끝나 있었으므로 차를 몰아 아랫마을로 내려와 정자나무집에 시켜둔 닭찜을 들고서, 덕산 읍내에서는 이름난 덕산 막걸리도 두 통 샀다. 왔던 길을 돌아오다가 단성군 창촌리 칠정 마을에서 남쪽으로 꺾어들어 하동군 옥종면을 경유하여 사천군 곤명면 은사리에 다다랐고, 거기서 묻고 물어 隱土里 옥동 마을에 있는 본교 사회학과 정진상 교수의 집에 이르렀다.
  그에게는 마침 부산에서 여자 손님 두 명이 와 있었다. 정 교수의 부인은 전남대학교 철학과의 동양철학 교수로 있다가 지금은 은퇴한 安晉吾 교수의 딸인데, 조선대학교 강사 생활을 거쳐 미국에 가서 공부하고 있다가 지금은 돌아와 목포에 있는 어느 전문대학에 전임으로 취직해 있다고 한다. 그러므로 그들 부부는 결혼한 이래로 줄곧 주말 정도에만 만나며 따로 살아온 터이다. 그 집 뜰에는 수선화가 한창이었고, 닭장도 몇 개 놓여 있으며, 담 너머 집 뒤편에도 정 교수가 손수 가꾸는 밭이 있다고 한다. 마르크스주의자인 정 교수는 원래 샀던 農家 옆에 손수 황토로

집을 한 채 짓고서 涵翠軒이라는 현판도 걸어두고 있으며, 방안에서는 손님이 스테레오로 베토벤의 황제협주곡을 감상하고 있었다. 따뜻한 봄날 오후의 햇볕을 받으며 뜰에 놓인 탁자에서 우리가 사 온 딸기를 들고 덕산 막걸리 한 통도 선물로 탁자 위에 놓아두었는데, 정 교수는 막걸리를 손수 담아먹는다고 했다.

정 교수에게 길을 물어, 거기서 야산 하나 건너서 삼정리 마을회관 부근의 산비탈에 있는 본교 국문과 배대온 교수의 별장에도 들러보았지만, 배 교수는 부재중이라 아무도 없는 집의 주위만 둘러보고서 곤명면 봉계리를 거쳐 2호선 국도를 따라 진주로 돌아왔다.

9 (일) 맑았다가 해질 무렵 부슬비 −거제도 지역

아내와 함께 향토문화사랑회의 월례 답사여행에 참가하여 거제도를 다녀왔다. 오전 7시 50분까지 도립문화예술회관 앞에 집결하여 대절버스 한 대로 출발하였다. 남해고속도로를 경유하여 약 한 시간 후에 마산역전 아리랑호텔 앞에 도착해 창원·마산 지역 회원들을 태우니 좌석이 부족하여, 다섯 명은 지프 형 승용차로 갔다. 후두암으로 병상생활을 하고 있다던 梧林 金相朝 翁도 오랜만에 참가하였다. 벚꽃과 개나리를 비롯한 각종 봄꽃들이 한창이라 萬化方暢이라는 말이 실감났다.

마산에서 진동과 고성을 거쳐, 통영과 거제도의 사이에 위치한 見乃梁 바다를 연결하여 작년에 준공된 新巨濟大橋를 건너, 먼저 거제시 사등면 사등리에 위치한 경상남도기념물 제9호 沙等城址에 가보았다. 이 城址는 삼한시대 변한 12연방국 중의 하나인 瀆盧國의 首府로서 축조된 것으로 전해진다고 하며, 이후 삼국시대 이래의 邑城이었다고 한다. 그런데 고려 원종 12년(1271) 왜구의 침입으로 거제도민이 진주·거창 방면으로 피난 갔다가 조선 세종 4년(1422)에 돌아와 신현읍 수월리에 木柵을 설치하고서 임시로 머물다가, 세종 6년(1426)에 이곳 사등리로 관아를 옮기고 축성하기 시작하여 세종 30년(1448)에 완공한 것이라고 한다. 그러나 성이 좁고 식수가 부족하여 治所를 古縣里로 옮겼는데, 아직까지도 이곳에는 둘레 986m에 달하는 성벽과 반원형의 甕城이 비교적 잘 남아 있었다.

다음으로는 巨濟縣(지금의 거제시 거제면 서정리)에 있는 岐城館을 보러 갔다. 이 건물은 원래 세종 4년(1422) 岐城(거제) 7鎭의 군영본부로 사용하기 위해 고현에 건립되었던 것인데, 그 후 임진왜란 때 고현성이 왜군에 점령되어 파괴되자 顯宗 4년(1663)에 縣衙와 岐城館을 새 거제현으로 이축한 이후 거제현의 客舍로 사용되어 왔던 것이다. 기성관의 丹靑은 독특한 南亞式 佛畵로서 해안지방 건물의 특징을 잘 나타내는 것이라고 한다. 거제현에서는 이 외에도 기성관 앞 조선시대의 縣衙 관리들이 일상적 업무를 보던 건물과 鄕校를 둘러보았다.

이곳에는 우리 일행을 수용할 수 있을 만한 규모의 식당이 없으므로 점심을 들기 위해 지금의 거제시청 소재지인 新縣으로 돌아와 생선회를 안주로 매실주를 들고 아울러 그 매운탕으로 점심을 들었다. 이 자리에서 나는 회장인 성종복 씨에게 개인적으로 내가 이 모임 회지인『향토문화』다음 호에 기고하여 5월 중 출판될 예정인 두 편의 글「일본 철학의 훈고적 전통과 사변적 전통」및「주말 나들이」는 기고를 취소하겠다는 뜻을 말했다. 지금까지 간곡한 부탁에 따라 나의 남명학에 관한 논문들을 두 차례 이 회지에 실어 왔으나, 이번에 ≪경남일보≫의 편집국장으로 있는 하종갑 부회장이 나의 저서를 취급하는 태도로 보아 이러한 글들이 그들의 수준에는 어울리지 않는 것일 뿐 아니라 오히려 젠체한다고 백안시당할 우려도 없지 않다고 판단되기 때문이다.

점심을 든 후 古縣城이 있었던 지점 부근이라고 하는 거제시 신현읍 고현리 717번지의 경상남도문화재자료 99호인 거제도포로수용소유적관을 방문하였다. 여기는 몇 년 전에도 등산 왔던 길에 한 번 들렀던 적이 있었는데, 그새 모습이 크게 달라졌다. 기존의 유적지 옆에 있던 전시실은 철거 중이었고, 총 6,975평의 부지에 새로운 대형 전시실과 영상실을 갖춘 건물에다 한국전쟁 당시의 야외막사들과 그 속의 밀랍인형들이 재현되어 있고, 무기 및 장비 등이 실내외에 전시되어 있으며, 대형 및 소형 주차장도 정비하여 작년 10월 15일자로 개관하고서 입장료를 징수하고 있었다. 이곳에는 6.25 동란이 勃發한지 1년 만인 1951년 6월 말까지 북한군 15만, 중공군 2만 명 등 최대 17만3천여 명의 공산군 포로 들이 수용되어 있었다고 한다.

포로수용소유적관을 나온 후에는 오늘의 마지막 일정으로서 거제시 옥포2동의 당등산성 터에 위치한 옥포대첩기념공원에 들렀다. 이곳 玉 浦灣은 1592년 4월 13일에 임진왜란이 시작된 지 약 한 달 후인 5월 7일 전라좌수사 이순신과 경상우수사 원균이 함께 하는 조선의 연합함대가 왜선 50여 척 중 26척을 격침시켜 첫 승리를 거둔 현장이다. 이곳도 내가 학생시절에 들렀을 때는 바다를 내려다볼 수 있는 국도 가에 조그만 정 자와 기념비가 서 있었을 따름인데, 지난 1991년 12월에 기공식을 갖고 서 높이 30m의 기념탑과 참배단·기념관 등을 건립하여 1996년 6월에 준공을 보아 지금은 관광명소의 하나로 되어 있었다.

옥포에서 고현리를 거쳐 견내량을 다시 건너고 충무시의 용남면 장문 리 쪽으로 돌아 나온 뒤, 마산 부근의 진주와 고성 방향으로 길이 갈리는 지점부터는 교통정체로 시간을 끌다가, 마산역전을 거쳐 밤 아홉 시가 지난 후 진주로 돌아왔다.

16 (일) 맑음 -정병산

아내와 함께 일출산악회의 월례산행에 참가하여 창원시의 창원대학 교 뒤편에 있는 정병산에 다녀왔다. 오전 여덟 시 반에 대절버스 한 대로 남강 다릿목의 귀빈예식장 앞을 출발하여, 남해고속도로를 따라 진영 인터체인지 직전에서 옆으로 빠져 산 아래 덕산리에서부터 등산을 시작 하였다.

산 중턱의 용정사에서 음료수를 수통에다 채우고서 가파른 산길을 올 랐는데, 어제까지 여러 날에 걸쳐 영동 지방에서 대형 산불이 일어나 큰 피해를 입히다가 간밤에 내린 비로 비로소 완전 진화가 가능하였으 며, 오늘 이 산 입구에서도 산불감시원의 체크가 엄하였다. 용정사를 좀 지나고 보니 이 산에서도 최근에 큰 산불이 일어나 산길 주위에서부터 능선을 따라 정상을 지난 지점에 이르기까지 나무들이 온통 숯 검정으로 변해 있었다.

중턱에서부터 북쪽으로 창원군 동면의 철새도래지로 유명한 주남저수지와 동판저수지가 바라보이고, 그 너머 멀리 들판 끝으로는 낙동강이 길게 흘러가는 모습도 볼 수 있었다. 능선에 오르니 서쪽 창원컨트리클럽 옆의 봉림동 산골짜기에 鳳林寺址인 듯한 장소가 아주 잘 바라보였고, 정상 바로 아래의 창원시종합사격장으로부터 총소리가 끊임없이 들려왔다. 봉림사가 있었던 장소인 봉림동은 대봉림·소봉림·윗봉림의 세 마을로 나눠지는데, 봉림사는 그 중 "윗봉림 마을에서 북동쪽 골짜기를 따라 600m 정도 올라간 봉림산 중턱의 주머니 모양의 분지에 위치한다."(창원시 문화/관광 안내-문화재)고 되어 있으며, 이 산 능선에서는 그 위치가 뚜렷이 바라보였다. 지금은 그 탑과 더불어 서울의 경복궁 안으로 옮겨져 보물로 지정되어 있는 眞鏡大師寶月凌空塔碑文에 의하면, 진경대사는 강원도 명주에 있다가 김해 서편에 福林이 있다는 말을 듣고서 홀연히 그곳을 떠나 進禮에 도달하여 절을 세우고서 鳳林이라 고쳐 불렀다 하므로, 봉림산이란 이 절에서 유래하는 지명임을 알 수 있다.

정상을 지나 용추계곡 못 미친 지점의 능선에서 점심을 들고, 진달래가 만발한 비음산과 진례산성 일대를 지나 남산치에서 창원의 아파트단지 쪽으로 하산하니 오후 네 시쯤이었다. 아파트단지 옆 우리들이 타고 온 버스가 대기하고 있는 장소에서 돼지고기와 김치를 안주로 막걸리를 들다가, 오후 네 시 반 무렵에 출발하여 진주로 돌아왔다. 오늘이 월출산악회의 창립 7주년 기념일이라 회원들은 진주의 음식점에서 다시 별도의 총회를 가지는 모양이었지만, 아내는 백혈병의 병세가 악화된 장인을 문병하러 처가에 가고, 나는 아내의 배낭까지 짊어지고서 집으로 돌아왔다.

23 (일) 맑음 -관악산

아내와 함께 금산산악회의 월례산행에 동참하여 서울의 관악산에 다녀왔다.

새벽 여섯 시까지 집결 장소인 옥봉북동 새마을금고 앞으로 나가 대기해 있는 버스 중 하나에 올라 자리를 잡고서 앉았는데, 나중에야 지정된 좌석이 있다는 말을 듣고서 그 자리를 내놓고 물러나지 않으면 안되었다. 나는 한두 달 전에 보내온 산행안내문에 "3월 31일까지 지정좌석제 예약 신청"을 받는다고 적혀 있는 것을 보고서, 그 즉시 연락처에 전화하여 나와 아내의 두 명 분 예약을 신청해 두었었는데, 그 이후로 신청자에게는 참가비를 받고서 티켓을 팔고 우리 내외의 이름이 적힌 명단은 흐지부지되고 만 모양이었다. 난처해하고 있다가 회장 부인의 배려로 세 대의 대절버스 중 3호 차의 맨 뒷좌석을 배정 받아 그럭저럭 앉아서 갈 수가 있었다.

대전행 고속도로와 88고속도로를 경유하여 거창에서 김천까지는 국도를 이용하였고, 김천서 다시 경부고속도로에 올라 정오 무렵에 서울대학교 정문 앞에 도착하였다. 거기서 정문 옆의 잘 다듬어진 등산로를 따라 걸으며, 떨어지는 벚나무 꽃비를 맞으면서 계곡 길을 취하여 정상(632m)인 관상대 쪽으로 올랐다. 정상 근처 戀主庵에서 조선조 태종의 아들인 孝寧大君의 초상화 등을 둘러보고 난 다음, 거기서 다시 계단 길을 따라 사진에서 자주 보던 관악산의 심벌 戀主臺에 올랐고, 관상대 쪽으로 돌아 나오다가 서울대 방향의 바위 능선 코스를 따라서 내려왔다. 도중에 모교를 잘 조망할 수 있는 위치에서 금산산악회로부터 나누어 받은 주먹밥으로 점심을 들었다.

하산길이 서울대학교 공대 구내로 이어져 있었으므로, 모처럼 예전에 공부하던 캠퍼스의 순환도로를 따라 인문대학 건물로 가서 동양철학전공의 대학원생들이 쓰고 있는 방들도 둘러보았다. 지난 겨울방학 때 동철연 모임에서 본 적이 있는 금장태 교수의 딸이 그 중 한 방에 있었고, 돌아 나오는 길에 인문대학 건물 어귀에서 후배 하나가 나를 알아보고는 인사를 해 왔다.

나는 학부 1학년은 佛岩山 아래 공릉동의 교양과정부에서 공부하고, 2학년 때부터는 지금의 대학로에 있는 문리과대학 캠퍼스에서 공부하며, 그 건너 연건동의 의과대학 구내에 있는 우등생 기숙사인 正英舍에 거처하였다. 3학년 때부터는 다시 이곳 관악캠퍼스로 옮겨오게 되었지만, 학부를 졸업할 때까지 계속 정영사에 머물면서 스쿨버스로 통학하였고, 대학원 석사과정에 한 학기 재학하는 동안에는 신림동에서 하숙방을 빌려 지냈던 것이었다. 그러므로 관악캠퍼스에서는 도합 2년 반을 공부한 셈이다. 그럼에도 불구하고 당시에는 등산에 흥미가 없어 학교 바로 뒤의 불암산이나 관악산을 포함한 서울의 명산에는 거의 올라본 적이 없었던 것이다.

오후 다섯 시 무렵에 서울대 정문 앞 정거장을 출발하여 같은 코스로 밤 11시가 넘어서 진주에 당도하였다.

30 (일) 아침에 부슬비 오다가 개임 —도락산, 상선암

아내와 함께 상록수산악회의 3개월 만에 한 번씩 있는 산행에 참여하여 충북 단양읍 가산리의 월악산국립공원 동쪽 끄트머리에 있는 道樂山 (964.4m)에 다녀왔다. 동명극장 건너편 도로에서 오전 7시 남짓에 대절버스 두 대로 출발하여, 거창-김천-상주-문경을 거쳐, 문경읍에서부터는 오른쪽 지방도로 빠져 여우목고개와 백두대간의 황장산 고개를 넘어서 정오 무렵에 도락산 아래의 상선암 휴게소에 도착하였다. 이 산에는 예전에 육윤경 선생 팀과 더불어 와 본 적이 있으니, 나로서는 두 번째가 되는 셈이다.

단양팔경 중의 하나인 上仙巖 근처에서부터 上仙庵이라는 조그만 절을 거쳐 암릉 길을 따라서 상선상봉과 형봉-신선봉을 거쳐 정상인 도락산에 다다랐고, 하산 도중 신선봉 부근에서 내궁기계곡 쪽의 전망이 좋은 바위 위에 앉아 아내와 함께 준비해 간 도시락을 들고서, 지난 번 처음 왔을 때와 같은 코스인 형봉-채운봉-검봉을 지나 상선암 쪽으로

하산하는 길을 취하였다.

오후 다섯 시 무렵에 휴게소를 출발하여, 이번에는 곧바로 남쪽의 聞慶郡에 있는 경천호를 지나 상주 근처에서부터는 같은 코스를 따라 밤 열 시 무렵에 집에 도착하였다.

5월

7 (일) 맑음 -진례산성, 대암산, 신정산, 용제봉

아내와 함께 모처럼 백두대간산악회의 洛南正脈 종주 산행에 참여하였다.

오전 일곱 시까지 백두대간 등산장비점 앞에 집결하여, 18명이 봉고한 대와 화물 운반용 소형 트럭 한 대에 분승하여 출발하였다. 이 산악회의 산행에는 백두대간 구간 종주가 끝난 이후 처음 참가한 듯한데, 그간 이처럼 소규모로 매 달 첫째 및 셋째 일요일에 낙남정맥 구간 종주를 계속하여 오늘로서 17번째가 되며, 앞으로 두 번 정도면 모두 끝나게 된다고 한다.

낙남정맥이란 명칭은 백두대간과 마찬가지로 국어·지리학으로서 유명한 18세기의 실학자 旅菴 申景濬(字 舜民, 1712~1781)이 영조 때 편찬하고 1913년 朝鮮光文會에서 활자로 간행한 『山經表』라는 책에서 유래하는 것인데, 남강 및 그 본류인 낙동강과 남해바다의 분수령을 이루는 부산·경남지방 남부의 산줄기를 의미하는 것이다.

우리 일행은 지난번 산행의 하산지점인 창원대학교 구내로 들어가서 精兵山(鳳林山)에서 가장 가까운 ROTC 건물 앞에서부터 여덟 시 반 무렵에 등반을 시작하여 정병산의 정상을 200m쯤 동쪽으로 지난 지점인 독수리바위 능선에 올랐다. 거기서부터 계속 동쪽으로 능선을 타서 지난번에 아내와 나는 다른 산악회를 따라와 답파한 바 있는 용주고개와 비음산·南山峙를 지났다. 비음산을 지난 지점의 進禮山城 일대에는 아직도 진달래 꽃밭이 화려하게 펼쳐져 있었다.

남산치에서 大岩山(659m)으로 향하는 도중의 나무그늘에서 점심을 들고 다시 걷기 시작하였는데, 점심과 함께 든 소주 탓으로 걸음이 한층 힘들었다. 그러나 대암산에 이어 신정산(707m)를 거쳐서 오늘의 최고봉인 해발 725m의 龍蹄峰을 지나 남쪽으로는 가야국의 首露王妃가 된 인도 허황옥 공주의 전설이 깃든 불모산의 안테나들과 진해 부근의 남해바다를 바라보며 金海市와 進禮面의 경계를 이루는 산줄기를 따라 계속 전진하였다. 남해고속도로의 장고개 쪽으로 하산해야 하는 것을 우리 부부를 비롯한 몇 명은 길을 잘못 들어 장유휴게소 부근 기독교장로회 서부교회 소속의 공동묘지 쪽으로 내려왔다. 남해고속도로와 구마고속도로의 분기점인 냉정인터체인지 아래에 이르러 그곳의 버드나무 밑에 놓인 평상에서 잠시 쉬고 있으려니, 우리 일행을 태워온 봉고차가 때마침 그곳을 지나다가 우리를 발견하고는 정거하였고, 그 차안에는 방금 사 온 칡막걸리 및 음료수 몇 통과 두부·김치도 실려 있어, 우리들은 구세주를 만난 듯 거기서 목을 축이며 얼마간 휴식을 취하였다.

그 차를 타고서 다시 아랫냉정에서 윗냉정 쪽으로 올라와 그 쪽에서 대기하고 있는 전 회장 최대오 씨 등과 합류하여, 짐은 모두 차안에다 두고서 홀가분한 맨몸으로 다시 산을 타기 시작하였다. 아내는 혼자 차안에 남아 쉬기로 했다.

장고개에서 다시 6호선 남해고속도로를 만나 서쪽의 진례 방향으로 한참 걸어 내려간 다음 굴다리를 만나서 고속도로를 가로지르고, 거기서 다시 장고개 쪽으로 걸어 올라온 다음 고속도로 건너편에서 이어지는 낙남정맥의 산줄기를 따라 단고개를 지나고, 능선을 지나서 김해시 良洞里의 良洞공원묘지 쪽으로 내려왔다. 일행 중 여자 한 명은 냉정인터체인지에서 먹은 음식에 체했는지 배를 움켜잡고서 허리를 꾸부린 채 걸어가고 있었다. 양동리 산중턱의 감나무 과수원에까지 우리 차가 올라와 대기하고 있었는데, 이미 저녁 일곱 시 반 무렵이 되어 날이 어두워져다가 금세 밤이 되었다. 오늘 우리 일행은 산길을 25km 정도, 점심시간을 포함하여 모두 열한 시간 동안 강행군을 한 것이다.

봉고와 대절한 택시로 창원대학교 앞으로 되돌아와서 그 캠퍼스 안의 등산 시작 지점에다 세워둔 소형트럭과 합류하였고, 창원 시내의 식당에서 술을 곁들여 늦은 저녁식사를 드느라고 밤 열한 시 무렵까지 지체했다가, 자정 무렵에 집에 도착하였다.

14 (일) 흐림 -은적산

아내와 함께 서민산악회의 월례산행에 참가하여 전남 영암군 서호면에 위치한 은적산(392.9m)에 다녀왔다. 오전 여덟 시 반에 옛 장대파출소 옆 복개도로 삼거리에서 대절버스 세 대로 출발하였는데, 우리 내외가 탄 3호차에는 동명고등학교의 영어교사인 육윤경 씨도 타고 있어 모처럼 함께 산행을 하게 되었다. 남해고속도로와 순천-보성-장흥-강진을 경유하여 목적지까지 약 다섯 시간을 소요하였다.

영암군 서호면 소재지인 장천리의 국민학교 운동장이 임시주차장으로 되어 있어 거기에서 하차한 후, 주먹밥을 나누어 받고서 우리 몇 명은 나머지 사람들과는 별도의 코스로 왔던 도로를 20분 가까이 되돌아 걸어 올라가서 나무장승들이 여러 개 늘어서 있는 등산코스 입구로 하여 도중에 고인돌이 있는 코스로 산을 오르기 시작하였다. 이곳 장천리 일대에는 도로 가에도 남방식 고인돌이 여기저기에 보이고 선사시대유적지를 복원해 둔 곳도 눈에 띄었다. 12시 반경에 등산을 시작하여 오후 두 시경 구멍바위 위에서 육 선생과 함께 점심을 들었고, 그 이후로는 또 서로 걷는 속도가 같지 않아 우리 내외는 상은적산 정상을 거쳐 冠峰 정상 코스로 하여 집결 장소인 장천초등학교로 되돌아왔다. 오후 다섯 시에 거기를 출발하여 밤 열 시 남짓에 진주에 도착하였다.

21 (일) 맑음 -대운산

아내와 함께 한백산악회의 제87차 정기산행에 동참하여 대운산에 다녀왔다. 오전 8시 30분 경 장대동 어린이놀이터 앞에서 우성관광버스 한 대로 출발하였는데, 모처럼 망진산악회의 梁 准尉 부부를 만나 함께 갔다. 이즈음 망진산악회의 산행 기획은 주로 양 준위가 맡아보고 있는 모양인데, 봉고 대신 다른 산악회처럼 버스를 대절하여 다니며, 그런 까닭에 돌아올 때 춤추고 노래하는 것도 여느 산악회나 별로 다름이 없는 모양이다.

양산시 웅상읍의 명곡리에서 하차하여 명곡저수지와 서명사를 거쳐 능선의 삼거리에 올라 정상인 대운산으로 향하였고, 우리 내외는 대운산 정상 옆의 전망 좋은 바위 위에 앉아 준비해 간 도시락과 매실주 한 병으로 점심을 들었다. 하산할 때는 도로 삼거리까지 내려가서 양 준위가 인도하는 대로 山腹의 오솔길을 따라 웅상읍 삼호리로 내려와 정자나무 아래에서 나머지 일행이 다 내려올 때까지 아이스 바와 맥주 등을 들며 쉬었다.

대운산은 계곡과 녹음이 좋았고, 물을 충분히 준비해야 한다는 인터넷의 안내문에 따라 큰 음료수 통 두 개에 물을 가득 담아 갔었지만 계곡 길에는 물이 지천으로 널려있었으며, 가지고 갔던 물은 결국 한 통 정도밖에 소비하지 못하였다. 네 시 반쯤에 일찌감치 귀로에 올라 오후 일곱 시 무렵 아직 해가 꽤 남아 있을 때 진주의 출발지점에 도착하였다.

28 (일) 흐리다가 개임 -노음산(노악산), 남장사

아내와 함께 금산산악회의 정기 산행에 동참하여 경북 상주군 외서면에 있는 노음산(일명 露嶽山, 725m)에 다녀왔다. 아침 8시 30분 무렵 향교 옆 금산산악회 사무실 앞에서 신흥관광의 대절버스 1호차로 출발하여 2호차가 대기하고 있는 옥봉북동 새마을금고 앞으로 갔는데, 거기에는 와 있는 사람 숫자가 많아서 다시 버스 한 대를 더 불러서 모두 세 대로 떠났다. 늘 그렇듯이 대전행 고속도로와 88고속도로를 경유하여 거창 인터체인지에서 국도로 접어들어 김천을 거쳐서 상주로 향하였다. 지난 번 이 코스를 달릴 때 김천으로부터 상주 가는 도로 주변에 흔히 볼 수 있었던 흰색의 사과 꽃은 이미 모두 져버리고 없었다.

상주 시내에서 6km 정도 떨어진 노음산의 南長寺 주차장에서 하차하여, 자동차가 다닐 수 있는 시멘트 포장도로를 따라 걸어가다가 아내와 나는 觀音禪院에 들러 그곳 불전에 모셔져 있는 보물 제923호 木刻幀을 구경하였다. 조선 후기의 것인데, 회화가 아닌 목각을 금빛으로 장엄하여 부처의 뒤를 장식한 것으로서, 이 종류 가운데서는 연대가 오래된 것이라고 한다.

진주에서 편도에 차로 네 시간 정도 걸린 다음 남장사에 도착하여 정오가 지나서 등산을 시작하였다. 관음선원에서부터는 비포장의 산길을 취해 약 800m 정도 나아간 후에 산 능선 가까이 있는 中穹庵에 이르렀으나 거기에는 아무도 살고 있는 것 같지 않았다. 중궁암에서 능선 길을 따라 다시 800m 정도 더 간 다음에 정상에 이르렀다. 거기서 다른 사람들처럼 산악회로부터 배부 받은 주먹밥과 소주 한 병으로 집에서 준비해 간 약간의 반찬과 더불어 아내와 둘이서 점심을 들었다.

식사 후에는 다시 능선 길을 계속 나아가, 절 입구의 민속자료 제33호인 남장사석장승이 있는 곳으로 내려왔다. 거기서 처음 하차했던 지점으로 걸어 올라와 車 안에다 배낭을 내려놓은 다음, 아내와 함께 남장사 구경을 나섰다. 이 절은 규모에 비해 문화재를 제법 많이 보유하고 있었는데, 대웅전 뒤편의 비로자나불을 모신 普光殿에 있는 조선 초기의 南長寺鐵佛坐像이 보물 제990호였고, 그 배경으로 제작된 조선 후기의 보광전목각탱이 역시 보물 제922호로 지정되어 있었다.

오후 다섯 시 무렵에 절을 출발하여 올 때와 같은 코스를 경유하여 밤 아홉 시 무렵에 진주에 도착하였다.

6월

4 (일) 맑음 -토곡산

아내와 함께 동부산악회의 정기산행에 동참하여 경남 양산 원동면에 있는 土谷山(855m)에 다녀왔다. 오전 8시 반에 대절버스 세 대로 장대동 제일은행 앞을 출발하여, 11시 반 무렵에 낙동강변의 경부선 원동역 부근 원동초등학교에서부터 산행을 시작하였다.

주로 가파른 능선 길을 따라 정상에 이르렀다가 바위 절벽 아래에 위치한 복천암을 경유하여 물금 쪽으로 내려왔다. 설악산의 용아능선에 비길 만큼 험준한 암릉이라더니, 우리가 취한 코스는 그다지 험하다고 할 정도는 아니었다. 복천암 아래의 비탈진 콘크리트 포장길을 내려오는 도중에 다른 일행과 더불어 화물차의 짐칸에 얻어 타고서 지루한 도로를 쉽게 내려올 수가 있었는데, 평지에서부터는 다시 걸어야 했다.

오후 다섯 시 무렵에 물금을 출발하여 8시 반 무렵에 진주에 당도하였다.

7월

2 (일) 아침에 흐리다가 개임 -운달산

아내와 함께 대봉산악회의 산행에 동참하여 경북 문경시에 있는 雲達山(1,097.2m)에 다녀왔다. 오전 여덟 시 무렵 현대예식장 부근의 산악회 사무실 앞에서 대절버스 세 대로 출발하여, 고속도로를 경유하여 거창에 이르렀고, 거창서부터는 국도로 김천을 거쳐 정오 무렵에 목적지인 운달산 아래의 김룡리 주차장에 당도하였다. 금년 새해 해맞이 울릉도 여행을 같이 했었던 김해농고 교장 내외도 참가해 있었는데, 교장 선생은 금년 초에 정년퇴직을 하셨다 한다.

입구의 일주문 부근에 退耕堂 權相老大宗師 기념비가 서 있었으므로 다 읽어보았다. 비문은 제자들인 李丙疇가 짓고 金應顯이 쓴 것이었다. 저명한 불교학자요 동국대학교 초대 총장을 지낸 退耕은 문경 출신으로서 이 절에서 처음 출가하였다고 하며, 또한 김룡사(金龍寺)는 性徹·西庵 등 고승들이 수행하던 곳이기도 하다. 절 이름을 김룡이라고 특이하게 발음하는 것은 김 씨 성을 가진 사람과 관련된 무슨 전설 때문인 모양이었다. 이 절은 신라 진평왕 10년(588년) 雲達祖師가 창건한 것이라고 하며, 그래서 김룡사 일원의 문경팔경 중 하나인 계곡을 운달계곡이라 하고, 산 이름도 운달산이 되었다.

울창한 수림 속의 길을 따라 시원한 계곡물을 바라보며 나아가다가 상류 어느 곳쯤에서 계곡물에 발을 담그고 준비해 간 도시락으로 아내와 함께 점심을 들었다. 점심 식사 후 계곡을 거의 직선 방향으로 끝까지 따라가 장군목 고갯마루에 올라섰고, 거기서부터는 왼쪽으로 능선 길을 따라 한참 걸어 운달산 정상에 이르렀다. 정상 부근에서부터는 아무도 만나지 못하고 우리 내외뿐이었는데, 헬기장을 지나 지능선을 따라 華藏庵으로 내려올 때까지 계속 그러했다. 화장암에서 모처럼 支溪谷의 물을 만나 땀을 좀 씻고, 오를 때 지나갔던 主溪谷 길을 따라 大成庵을 지나 큰절까지 와서는, 아내는 먼저 내려가고 나 혼자서 절을 한 바퀴 둘러보았다. 큰절 안에서는 새로 큼직한 건물을 짓는 공사를 벌여놓고 있었다.

오후 다섯 시 반 무렵에 김룡리 주차장을 출발하여, 갔던 코스로 되돌아와서 밤 열 시 무렵에 진주에 도착하였다.

9 (일) 흐리다가 개임 -위봉산

아내와 함께 서민산악회의 월례산행에 동참하여 전북 완주군 소양면 대흥리와 동상면 수만리의 경계에 위치한 威鳳山(524.3m)에 다녀왔다. 옛 장대파출소 부근에서 오전 8시 30분 남짓에 관광버스 세 대로 출발하였는데, 평소에 산행을 통해 알고 지내던 사람들이 여러 명 동행하게 되었다. 대전행 고속도로를 따라 북쪽으로 향하다가 생초에서 국도로 접어들어, 安義의 花林계곡과 60嶺 고개를 넘어서, 전북의 장계와 진안 근처를 지나 완주군으로 접어들어, 終南山松廣寺라는 현판이 보이는 절을 지나서 위봉폭포까지 갔다가 도로 돌아와 崷峯山威鳳寺에 이르렀다.

위봉사는 백제 무왕 때(604년) 서암대사가 창건한 것이라고 하는데, 지금은 보물 608호로 지정된 대웅전 격인 普光明殿과 요사인 삼성각이 있고, 그 나머지는 대체로 새로운 건물이었다. 절로부터는 등산로가 없다 하므로, 다시 대절버스를 타고서 위봉산성 서문이 있는 고갯마루로 돌아와 거기서부터 산행을 시작하였다. 이 산성은 조선 숙종 원년(1675)에 7년의 세월과 7개 군민을 동원하여 축조한 것이다. 성곽은 폭 3m,

높이 4~5m, 길이 16km나 되었고 3개의 성문과 8개의 暗門이 있었다고 하나, 현재는 일부 성벽과 전주로 통하는 西門만이 남아 있었으며, 그것도 문 위에 있었던 3間의 문루는 없어지고 높이 3m의 아치형 石門만이 남아 있었다. 갑오농민전쟁 때 동학군이 全州府城을 함락시키자, 전주의 慶基殿에 있던 李太祖 영정과 肇慶殿에 있던 全州李氏 시조의 위패를 일시 이 산성으로 옮겨 봉안하기도 하였다고 한다.

성벽을 따라 정상에 올라 성벽 위에 걸터앉아서 점심을 들고, 하산할 때는 정상에서 오를 때와는 반대편 쪽으로 능선을 따라 계속 걷다가 지능선과 길이 잘 보이지 않는 계곡을 따라 수만리 계곡의 통나무 방갈로들과 개울가의 위락시설들이 있는 곳으로 하산하였다. 그 부근에 藝人村이라는 곳도 있었다. 오후 다섯 시 남짓에 위봉산을 출발하여 밤 11시 무렵에 집에 도착하였다.

16 (일) 흐리고 비 내리다 다시 흐림 -막장봉

아내와 함께 망진산악회의 안내산행에 참가하여 충북 괴산군 칠성면과 경북 문경시 가은읍의 경계에 위치한 막장봉(868m)에 다녀왔다. 오전 8시 반 무렵 MBC 앞을 출발하여 고속도로를 경유하여 거창까지 갔다가 다시 국도로 김천·상주를 거쳐 문경 쪽으로 해서, 네 시간쯤 후에 백두대간 능선 상의 제수리재에서부터 등산을 시작하였다. 날씨는 흐렸다 개었다 하다가 우리가 속리산국립공원에 접근해 갈 무렵부터는 또 비가 내리고 있었다. 30명 정도의 일행 중 林영감과 김현조 교수는 도중에 임 영감의 아들이 경영하는 식당에 들른다고 내리고, 아내는 비가 내린다 하여 등산에 참가하지 않았다.

등산을 시작할 즈음 제법 많이 내리는 듯하던 비는 우리가 백두대간 능선을 따라 두 시간 반쯤 걸어 정상에 도착할 즈음에는 그쳐 있었다. 정상에서 늦은 점심을 들고서 시묘살이계곡을 따라 내려와 용추폭포 아래쪽에 있는 주차장에서 아내와 합류하였다. 오후 다섯 시 반 무렵에 그곳을 출발하여 제수리재를 넘어 도로 문경 쪽으로 건너와 葛嶺 못 미친 곳에 있는 임 영감 아들네 식당에서 올 때 내린 두 사람을 태우고서 밤 10시 반 무렵에 진주에 도착하였다.

우리 부부가 예전에 회원으로 있었던 망진산악회에는 거의 3년 정도 만에 처음으로 나간 듯하다. 이 산악회는 근년에는 다른 산악회들과 마찬가지로 대절버스로 정회원 외의 일반 회원들도 절반쯤 참가하여 산행을 하는 모양인데, 올 해 중에 1,900회 기념 산행을 하게 된다고 한다. 고문인 유춘식 씨는 거의 직접 관여를 하지 않고서, 등반부장인 공군교육사령부의 梁 准尉가 거의 주도적인 역할을 하는 모양이었다.

23 (일) 비 -공덕산, 대승사
아내와 함께 가람뫼산악회의 제40차 산행에 동참하여 경북 문경시 산북면에 있는 功德山(912.9m)에 다녀왔다. 중부 지방의 호우 보도로 말미암아 버스 한 대가 다 차지 못하는 인원이었다.

大晋고속도로와 88고속도로를 경유하여 거창에서부터는 국도로 김천까지 가서, 다시 상주를 거쳐 정오 무렵에 목적지인 공덕산 중턱의 大乘寺 앞 주차장에 당도하였다. 여기는 지난번에 왔던 雲達山 및 金龍寺 쪽과는 같은 산북면 내에 위치하여 아주 가까운 위치인데, 계곡으로 들어오는 도중에 좌우로 길이 갈라지게 된다. 대승사의 대웅전에는 보물 575호로 지정된 목각탱이 있어 그것을 구경하였다. 이것은 조선후기의 목각탱 가운데서도 대형이면서 정교하여 걸작이라고 한다. 원래는 浮石寺에 있었던 물건으로서 그 소유권을 둘러싸고서 두 사찰 사이에 벌어진 분쟁과 관련하여 고종 13년(1876)에 작성된 넉 장의 고문서도 함께 보물로 지정되어 있다고 한다. 이것 외에 禪室의 主尊佛로 봉안된 금동보살좌상도 보물 991호로 지정된 것인데, 그리로는 출입이 금지되어 있어 구경할 수가 없었다.

우리가 절에 도착한 때에는 비가 제법 내리고 있었으므로, 등산을 포기하고서 그 부속 암자인 潤筆庵과 妙寂庵을 둘러보기로 하였는데, 윤필암 위의 四佛巖까지 오르고 보니 비의 기세가 많이 꺾인지라 계속 종주

산행을 하기로 도중에 계획이 변경되었다. 공덕산은 또한 四佛山이라고도 하는데, 그것은『三國遺事』에 기록된 바로는 신라 眞平王 9년(587)에 四面에 불상이 조각된 一座 方丈巖이 紅紗에 싸여 천상으로부터 공덕산 중턱에 내려왔다는 소문이 궁중에까지 전하여 왕이 친히 여기로 行幸하여 예배하였다고 하며, 당시의 王命에 의하여 亡名比丘에 의해 大乘寺가 창립하게 된 것이라고 하니, 四佛巖은 開山의 원인이 된 물건인 셈이다. 내가 보니 그것은 산 중턱의 거대한 암반 위에 놓인 높이 2m, 각 면이 1.5m 정도의 사면체 자연석인데, 사면에 불상이 조각되어 있다고 하나 마멸이 심하여 한쪽에만 겨우 陽刻으로 된 불상의 윤곽을 알아볼 수 있을 정도였다.

이 바위 아래에 비구니 수도 도량인 潤筆庵이 있다고 하나 안개로 말미암아 내 눈에는 띄지 않았다. 윤필암은 고려 우왕 6년(1380)에 창건된 것이라고 하는데, 암자라고는 하나 제법 큰 사찰로서 법당인 四佛殿에는 부처를 모시지 않고 그 자리에 벽면을 유리로 설치하여 법당 안에서 사불암을 바라보고서 그 사면불상을 향하여 참배할 수 있도록 배치해 놓았다고 한다. 윤필암 입구 삼거리에서 서북쪽 400m 지점인 8부 능선에 위치한 妙寂庵은 신라 선덕여왕 15년(646)에 창건된 것이라고 하는데, 1339년에 懶翁和尙이 출가한 곳이라고 한다. 원래는 대승사 오른쪽으로 하여 능선을 종주하고서는 내려오는 길에 이 암자들에 들를 예정이었고, 대승사에 도착하여서는 계획을 변경하여 이 두 암자만을 둘러보기 위해 산에 오른 것이었지만, 逆방향으로 등산을 계속하게 됨에 따라 암자에는 가보지 못하게 되어 아쉬움이 남았다.

우리가 산 능선을 타고 있는 도중에 빗발은 아주 가늘어지거나 그쳐 버려 여름철 등산하기에 안성맞춤인 날씨였는데, 정상을 지나 반야봉의 바위에 걸터앉아서는 구름에 잠긴 산골짜기의 환상적인 풍경을 감상하기도 하였다. 오후 네 시경에 대승사 입구를 출발하여, 돌아올 때는 안동 쪽으로 방향을 잡아 중부고속도로와 구마고속도로, 남해고속도로를 거쳐 밤 여덟 시 무렵 진주에 당도하였다.

9월

3 (일) 진주 및 경남 일대는 비, 영양은 흐리고 때때로 개임
－일월산

아내와 함께 삼천리산악회의 월례 산행에 참가하여 경북 영양군 일월면에 있는 日月山(1,218m) 산행을 다녀왔다. 대절버스 한 대로 오전 8시경 MBC 방송국 옆 진주중학교 정문 앞을 출발하여, 남해·구마·중앙고속도로를 경유하여 경북 의성에서 일반국도로 진입하였고, 안동·청송·진보·영양을 경유하여 봉화군과의 경계에 위치한 일월산에 도착하였다.

이미 포장도로와 비포장도로가 산을 넘어 봉화군까지 뚫려있고, 영양군과 봉화군의 사이에는 두 개의 터널도 나 있었는데, 봉화 쪽 터널까지 지나갔다가 도로 영양 쪽으로 돌아와, 버스로 비포장도로를 따라 능선부분까지 올라서 일월재라는 곳에서부터 등산을 시작하였다.

일월산은 月字峰과 日字峰의 두 봉우리가 가장 높은데, 20여 명인 일행 중의 일부는 월자봉에 멈추어 늦은 점심을 들고서 왔던 길을 따라 차가 대기하고 있는 일월재까지 도로 내려갔으며, 우리는 계속 나아가서 방송송신탑이 있는 곳의 차도를 횡단하여 다시 건너편의 평탄한 산길로 2km 남짓 걸어서 일자봉 바로 아래의 갈림길에서 점심을 들었다. 최고 정상인 일자봉에는 군용 시설이 있는 모양인지, 철조망으로 둘러쳐져 있어서 들어갈 수 없다고 한다. 송신탑 앞의 도로까지 돌아 나와, 휴대폰으로 다른 일행들이 타고 있는 대절버스를 불러서 함께 그 부근의 黃氏婦人堂이라고 하는 기도처를 둘러본 다음, 왔던 코스로 되돌아왔다.

영양 읍내에서는 '한국문인협회영양지부' 등 문학과 관련된 현판이나 플래카드가 눈에 띄었다. 이 일월산 기슭의 일월면 주곡리 주실마을은 시인 조지훈(1920-1968, 본명은 동탁)의 고향이요, 생가 인근에는 그가 어렸을 때 공부했던 月麓書堂이 남아 있으며, 영양읍 감천리에는 시인 오일도(1901-1946, 본명은 희병)의 생가가 남아있고, 석보면 원리리 드들마을은 현재 문단의 거장으로서 활약하고 있는 소설가 이문열의 고향

이기 때문에, 이 고장 사람들의 이들에 대한 자부심을 보여주는 것인 듯하다.

밤 열 시 무렵에 집으로 돌아왔다.

10 (일) 흐리고 밤에 부슬비 -천관산

아내와 함께 늘푸른산악회의 제12차 산행에 동참하여 전남 장흥군 관산읍에 있는 호남 5대 명산의 하나로 손꼽히는 天冠山(723m)에 다녀왔다. 여덟 시 반 남짓에 부산교통의 관광버스 두 대로 제일은행 앞을 출발하여 남해고속도로에 진입한 다음, 광양에서부터 일반국도로 진입하여 순천-벌교-보성-장흥을 거쳐 남쪽 장흥반도로 접어들었다.

몇 년 전 비오는 날에 천관산을 한 번 올라 북쪽의 탑산사 부근에서부터 구룡봉·환희대·금강굴을 지나 韋氏네 재실인 長川齋로 내려온 적이 있었지만, 오늘은 예전 코스와는 달리 남쪽 장천재에서부터 올라 정상인 煙臺峰을 거쳐 같은 장소로 내려오게 되었다. 그러나 우리 내외는 장천재와 체육공원 근처에서 그 일대의 문화유적들이나 등산안내판의 설명을 읽어보노라고 제일 뒤에 처졌는데, 도중에 길을 잘못 들어 일행이 모두 간 금강굴·환희대 능선을 타지 않고 가운데에 있는 금수굴 능선으로 오르고 말았다. 그러나 어차피 일행이 간 길은 예전에 한 번 밟아본 것인데다가 그 능선의 기암괴석들을 구경하기에는 좀 떨어진 중간 능선 쯤에서 바라보는 것이 더 나을지도 모른다고 생각되었다. 정오 무렵부터 등산을 시작했기 때문에 가운데 능선 중간쯤의 바위 위에서 발아래의 다도해를 바라보며 준비해 간 도시락과 매실주로 점심을 들었다.

갈림길이 있는 환희대·연대봉 사이의 능선까지 다 오른 다음에는 정상인 연대봉 쪽으로 향하여 봉수대에 올라 전라남도 남쪽의 바다와 여러 섬들을 조망한 다음, 庭園石·陽根巖이 있는 왼쪽 능선을 따라 출발 지점으로 내려왔다. 일행이 모두 내려온 그 능선 길은 남해바다의 풍경을 막힌 곳 없이 제일 잘 조망할 수 있는 코스였다. 이 천관산 바로 아래쪽 회진포구는 회진면 이진목 갯나들에서 이청준, 회진면 신상리의 한승원,

용산면의 송기숙 등 현존하는 유명작가 세 사람을 배출한 문학의 고향이
기도 하다.

주차장 부근의 상점에서 오랜 기간의 산행을 통하여 서로 얼굴이 익
은 사람들과 맥주를 마시며 반시간쯤 보내다가, 오후 다섯 시에 거기를
출발하여 귀로에 올랐다. 도중에 보성의 차밭에 들러 진주의 도립문화예
술회관 부근에서 전통찻집을 경영하는 사람이 운영하는 차 시음장에 들
렀다. 그 주인은 같은 고장 사람이라고 우리 일행 각자에게 현미 차 한
통씩을 선물로 주었다.

17 (일) 쾌청 -낙영산, 도명산, 화양계곡

아내와 함께 망진산악회의 주말 산행에 동참하여 충북 괴산군 청천면
의 속리산국립공원 구역 북쪽 끝쯤에 있는 落影山(684m)과 道明山
(642m)에 다녀왔다. 오전 여덟 시 남짓에 관광버스 한 대로 진주중학교
앞을 출발하여 대전행 고속도로와 88고속도로를 거쳐 거창에서 국도로
진입하여, 김천·상주를 거쳐 정오 무렵에 청천면 사담리의 公林寺 입구
버스 주차장에 도착하였다. 먼저 낙영산 아래에 위치한 이 절을 둘러보
았는데, 공림사는 통일신라시대의 고찰로서, 조선 定宗 2년에 得通 己和
가 머물면서 중수하였다고 안내판에 적혀 있었다.

공림사에서부터는 제법 넓은 길이 능선까지 열려 있었다. 능선을 거쳐
오늘의 최고봉인 낙영산에 올라 주위의 경관을 감상하였다. 태풍 뒤끝인
데다 초가을의 화창한 날씨라 풍경은 물론이요 산행하기에 가장 적절한
日氣이기도 하였다. 낙영산 정상을 지나 조금 더 간 지점의 널찍한 헬기장
에서 점심을 든 후, 능선의 오솔길을 따라 578봉을 지나서 다시 바위산을
타고 올라 도명산에 이르렀는데, 도중에 옛 성터가 두 군데쯤 남아 있었다.

도명산에서부터는 석간수가 흘러나오는 바위벽에다 큰 것은 15m 정
도의 線刻으로 새긴 마애삼존불을 거쳐 尤庵 宋時烈의 寓居地인 華陽계
곡 쪽으로 하산하였다. 9曲 중 제8곡에 있는 학소대로 내려와 강물 위에
걸친 여러 겹의 무지개 모양 쇠다리를 건너서는 입구 쪽으로 걸어오면서

모처럼 우암이 거처하던 嚴棲齋 앞과 華陽書院·萬東廟에 다시 멈추어 설명문을 읽어보기도 하였다.

오후 다섯 시 반쯤에 화양동 입구 매표소 부근의 주차장을 출발하여 밤 10시 남짓에 진주에 도착하였다.

23 (토) 맑음 -전남대학교

한국동양철학회의 제105차 학술발표회 '고봉학과 21세기 한국유학의 과제'에 참가하기 위해 오전 8시 30분 동양고속으로 진주를 출발하였다. 남해고속도로와 호남고속도로를 경유하여 두 시간쯤 후에 광주에 도착하였고, 택시로 갈아타고서 모임 장소인 전남대학교 국제회의동 용봉홀에 도착하였다.

24 (일) 맑음 -기대승 유적지

高峰 奇大升의 유적지 답사를 하는 날이다. 숙소 바로 옆의 식당에서 조식을 든 다음 여덟 시 반 무렵에 대절버스 한 대를 타고서 출발하였다.

먼저 광주광역시 光山區 光山洞 廣谷(너브실)에 있는 月峰書院을 참배하고 장판각의 문집 목판과 옛 편액 등을 奉審하며 그 부근의 산 중턱에 있는 고봉 및 그 아들의 묘소를 참배하였고, 내려오는 길에 아들이 3년간 시묘사리를 했다는 장소에 세워진 七松亭과 고봉학술원을 바라보았다. 그 다음으로는 고봉의 부친 進이 서울로부터 낙향하여 처음 정착했던 장소에 세워진 재실인 吾南齋와 고봉이 결혼하여 신접살림을 나간 장소 및 그 부근에 있는 그가 손수 심었다는 두 그루의 은행나무를 둘러보았고, 고봉이 서울에서의 벼슬살이를 그만두고 내려와 44세 때 세웠다는 樂庵遺址, 그리고 오남재 부근의 고봉 부친 遺墟碑 등을 둘러보았다.

광산구에 있는 어느 식당에서 고봉 후손이 대접하는 점심 식사를 든 다음 광주고속터미널로 돌아와 버스에서 내려 일행과 작별하였고, 터미널 안에서 서울로 가는 양승무·鄭家棟 교수와도 작별하여 나는 오후 두 시 반에 출발하는 중앙고속버스로 진주에 돌아왔다.

10월

1 (일) 맑으나 밤에 부슬비 -금수산

혼자서 대봉산악회의 월례 산행에 참가하여 충북 단양군 적성면에 있는 錦繡山(1,016m)에 다녀왔다. 오전 8시 20분 무렵에 관광버스 네 대로 장대동의 현대예식장 앞을 출발하여, 대전행 고속도로 및 88고속도로를 경유하여 거창에 이르렀고, 거창서부터는 국도로 김천·상주·문경과 경천호·舍人巖 등 풍치지구를 경유하여 단양시 부근을 지나 오후 1시 반 무렵 상리에 도착하여 등산을 시작하였다.

상리의 주차장에서 샘물이 있는 절터(당집이라고도 한다) 및 샘터를 지나 금수산 정상에 올랐고, 790 안부에서 다시 당집을 경유하여 출발했던 주차장으로 되돌아왔다. 금수산은 원래 이름이 白岳山이었는데, 단양 군수로 있던 퇴계가 현재의 이름으로 고쳤다는 것이지만, 역시 假託에 지나지 않을 것이다.

오후 다섯 시 반 무렵에 상리 주차장을 출발하여 돌아올 때는 죽령과 소백산 입구를 지나 중앙·구마·남해고속도로를 경유하여 밤 11시 무렵에 집에 도착하였다.

8 (일) 흐리고 때때로 부슬비 -성수산

서민산악회의 창립 2주년 기념 산행에 참가하여 전북 임실군의 聖壽山(876m)에 다녀왔다. 아침 8시 30분까지 장대동 방범초소 앞에서 집결하여 대절버스 여섯 대로 출발하였다. 대전행 고속도로와 88고속도로를 경유하여 남원 인터체인지에서 일반국도로 접어들었다. 남원의 어느 정류장에서 보니 진주의 다른 산악회는 대둔산에 간다고 하는데 대절버스 일곱 대를 동원해 있었다. 들판에는 이미 추수를 마친 논들이 제법 많았다.

11시 반 무렵에 성수산 자연휴양림 구내의 연립산장 부근에 도착하여 주먹밥을 하나씩 얻은 다음 등산을 원하는 사람들은 산행을 시작하였다. 나는 계곡을 따라 올라가 上耳庵 입구를 지나 우회등산로를 따라서 보현봉(790m)에 올랐고, 받아온 주먹밥만으로 거기서 점심 요기를 한 다음 능선을 따라 성수산 정상에 다다랐으며, 정상에서 이어지는 지능선을 따라 하산하였다.

오후 세 시쯤에 다시 연립산장 입구의 상점에 도착하여 주최 측이 준비해 둔 술과 음식을 들었다. 많은 사람들이 경품 추첨을 하고 그 부근에서 춤을 추며 놀고 있었지만, 나는 혼자서 자연휴양림 구내의 길들을 이리저리 산책하며 둘러보았고, 거기서 재배한 표고버섯 1km를 구입하기도 하였다. 이 삼림은 아직도 생존해 있는 어떤 노인이 30년 이상 재배하여 가꾼 것으로서, 초등학교 교과서에도 그 노인에 관한 내용이 실려 있는 모양이다.

오후 다섯 시 남짓에 자연휴양림을 출발하여 밤 여덟 시 반쯤에 진주에 도착하였다.

15 (일) 맑음 -고흥 봉래산
삼일산악회의 산행에 참여하여 전남 고흥군의 남단 외나로도에 있는 봉래면의 蓬萊山에 다녀왔다. 8시까지 명신예식장 뒤편의 복개천에 집결하여 30여 명이 관광버스 한 대로 출발하였다. 지난 8월에 정년을 한 해 앞두고서 영어교사 생활을 명예퇴직으로 마감한 육윤경 선생과 옛날 육 선생 모임에 동행하여 함께 산행을 자주 했던 중앙중학교의 이 선생도 우연히 동행하게 되었다.

남해고속도로와 국도를 경유하여 벌교에서 고흥 반도 쪽으로 빠져 내려가서는 그 동남쪽 끝에서 다리를 건너 동일면의 내나로도로 들어갔고, 다시 다리를 건너 다도해해상국립공원에 속하는 봉래면 외나로도에 당도하였다. 산 중턱의 포장도로에서 버스를 내려 비포장인 언덕길을 얼마간 걸은 후에 주차장 공터가 있는 곳에서부터 등산을 시작하였다.

지도상에는 봉래산이라는 것이 없고 외나로도의 남단에 長浦山(360m)과 그 동북쪽에 馬致山(380.1m)이라는 것이 표시되어 있을 따름인데, 주차장에 세워둔 안내판을 보니 봉래산은 다섯 개의 작은 산이 능선으로 이어져 이루어진 것을 총칭한 모양이었다. 산에 오르니 주변의 육지와 섬들, 그리고 고요한 바다가 아름다운 풍경을 펼치고 있어 나름대로 산행의 묘미를 느낄 수가 있었다.

제3봉을 지난 후 안부의 나무그늘에서 점심을 들었고, 그 건너편으로는 길이 선명치 않다고 하므로, 거기서 삼나무와 측백나무로 커다란 숲을 이룬 지역을 통과하여 하산하였다. 바닷가 마을에 닿아 보니 외나로도 동북쪽의 曳內里라는 곳이었다.

11월

5 (일) 맑음 -마니산(마리산)

모처럼 아내와 함께 대봉산악회를 따라 강화도 마니산(일명 마리산, 469m)에 다녀왔다. 오전 다섯 시까지 장대동 현대예식장 부근의 산악회 사무실 앞에 집결하여 대절버스 여섯 대로 출발하였는데, 나와 아내는 꽤 일찍 표를 구입해 두었기 때문에 1호차의 1·2호석에 자리 잡았다.

예에 따라 대전행 고속도로와 88고속도로를 경유하여 거창에서 일반 국도로 진입해 김천까지 갔고, 김천서부터는 다시 경부고속도로에 올라 북상하다가 옥천휴게소에서 산악회 측이 준비한 주먹밥과 국 및 김치로 바깥의 잔디 위에서 조식을 들었다. 차가 서울 남부의 청계산과 관악산을 바라보며 외곽지대의 순환도로를 벗어나 김포 방향으로 향할 무렵부터 도로의 정체가 시작되어 강화도에 다다른 이후까지 계속되었다. 돌아올 때도 마찬가지 상황인데다 우리가 탄 관광버스 1호차와 뒤따라오던 승용차가 접촉사고를 일으켜 부근의 경찰서로 가서 기사가 조사를 받는 상황도 발생하였기 때문에, 귀가하였을 때는 6일 상오 세 시 반 무렵이었다.

오후 한 시 반 무렵부터 네 시 반 무렵까지 등산을 하였는데, 마니산 참성단에 올랐다가 그 옆 봉우리로 옮겨 주위의 풍경을 조망하면서 부산에 있는 큰누나에게 휴대폰으로 전화를 걸어보았다.

12 (일) 맑음 ―월류봉

아내와 함께 청록회의 월례산행에 참가하여 충북 영동군 황간면 원촌리에 있는 月留峰에 다녀왔다. 오전 여덟 시 반까지 제일예식장 남쪽 도로에 집결하여 부산교통의 대절버스 여덟 대로 출발하였다. 오늘이 이 산악회의 무슨 기념일인 모양이라, 회비를 만 원씩 밖에 받지 않는 데다 야외용 캡을 하나씩 주었고, 술과 고기 등도 푸짐하게 준비하여 있었다.

500m가 채 못 되는 높이의 바위 連峰이 몇 개 이어진 가운데 최고봉인 월류봉을 비롯한 그 기슭 일대는 尤庵 宋時烈이 寒泉精舍를 짓고서 講學하던 장소라 하여 寒泉八景으로 일러져 오고 있다. 깎아지른 절벽 아래로 남쪽 전북 무주군과의 경계 지대에 위치한 勿閑溪谷에서부터 흘러오는 초강천 강물이 흐르고 있고, 강 이쪽편의 정거장 부근에는 고종 때 세운 尤庵宋先生遺墟碑閣과 寒泉精舍가 남아 있었다. 精舍 일대는 현재 공사 중이라 담의 일부가 깎여 없어져 버렸는데, 조그만 건물의 기둥과 벽 여기저기에는 漢詩의 柱聯 대신 使君峰·月留峰·山羊壁·龍淵臺·冷泉亭·花軒嶽·靑鶴窟·法尊庵 등 寒泉八景의 이름이 새겨진 목판들이 붙어 있었다. 寒泉精舍란 말할 것도 없이 中國 福建省 建陽에 있었던 朱子의 그것을 모방한 것이리라.

강물을 건너기가 어려워 등산을 하기는 여의치 않았으므로, 아내와 함께 강 일대를 따라서 아래위로 산책만 하였다. 정오 무렵부터 오후 네 시 무렵까지 거기서 놀다가 갈 때와 마찬가지로 경부고속도로와 김천-거창 사이의 일반국도, 88 및 대전행 고속도로를 경유하여 밤 여덟 시 반 무렵 진주에 도착하였다. 한 週가 지난 사이에 들판의 논들은 거의 모두 추수를 마쳐 있었고, 겨울용 밭작물을 심어 놓은 곳들도 적지 않았다.

19 (일) 맑음 ―지룡산

아내와 함께 신화산악회의 산행에 참가하여 경북 청도군 운문면에 있는 池龍山(658.8m)에 다녀왔다. 여덟 시 반까지 장대동의 제중병원 부근 어린이놀이터 옆에 집결하여 관광버스 한 대로 출발하였다. 남해고속도로와 경부고속도로를 경유하여 언양 인터체인지에서 24호 국도로 접어들었고, 石南寺 입구 부근에 있는 갈림길에서 985번 국도를 취해 영남알프스의 가지산도립공원 안에 있는 운문령을 넘어서 삼계리의 물레방아집 부근에서 하차하여 등산을 시작하였다.

천문사와 돌탑을 지나 배너미재에 올랐고, 거기서부터는 능선 길을 따라 건너편의 가지산·운문산 능선을 바라보면서 서북 방향으로 나아가다가 그 능선에서는 가장 높은 두 번째 헬기장이 있는 봉우리에서 점심을 들었다. 이어서 칼날능선을 따라 내려가면서 저녁 짓는 연기가 피어오르고 있는 雲門寺와 그 부속암자인 北臺庵을 조망하다가 지룡산에서 조금 돌아 나와 하산능선을 따라 내원휴게소 쪽으로 하산하였다.

들판에는 추수가 완전히 끝나 있고, 산에는 낙엽과 단풍이 풍부하여 늦가을 정취에 흠뻑 젖으며 즐거운 하루를 보낼 수 있었다. 밀양을 거쳐 밤 열 시경에 집에 도착하였다.

12월

3 (일) 맑음 ─목통령, 두리봉, 부박령, 가야산, 해인사

근자에 K2 등정을 성공적으로 마치고서 돌아온 전문 산악인 박정헌 씨가 중심이 된 프로가이드의 제55차 안내산행에 동참하여 목통령(890m)에서 가야산(1,430m)까지의 능선 산행을 다녀왔다. 아내와 함께 두 사람 분의 좌석을 예약해 두었지만, 아내는 오늘 병원에 가서 장인의 간호를 하겠다고 하므로 부득이 혼자서 출발하게 되었다.

오전 일곱 시 무렵에 집을 나서, 일곱 시 반 무렵에 박 씨의 고향인 삼천포 사람들을 태우고서 오는 대절버스 한 대에 합승해서 진주의 동성가든타워 상가아파트 앞을 출발하여, 대전행 고속도로와 88고속도로를 연결하여 거창의 가조면 소재지에서 국도로 접어들었다. 가조에서부터 길을 잘못 들어 해인사 방향으로 한참 나아갔다가 주민에게 물어 도로 돌아 나온 다음, 가조에서 반대쪽 방향인 가북 쪽으로 나아가 거창

군 가북면 용암리 하개금 마을에서부터 등산을 시작하였다. 열 시 반 무렵부터 산에 오르기 시작하여 수도산-가야산 종주 코스의 중간지점인 목통령에서 능선을 만난 다음, 능선을 따라 오른쪽으로 향하여 분계령과 두리봉(1133.4m)을 지나 부박령(1,108m) 쯤의 헬기장에서 점심을 들었다.

점심 식사를 마치자 말자 다시 출발하여 가야산 정상을 향한 급경사를 오르기 시작하였는데, 오늘 모인 사람들은 대체로 등산 실력이 프로급인지라 청년 시절에 폐결핵으로 말미암은 右肺上葉切除手術을 받아 폐활량이 남보다 적은 나는 가쁜 숨을 몰아쉬며 남들을 뒤따라가기에 벅찼다. 드디어 가야산의 정상인 象王峰 바위 위에 올랐더니, 근자에 경북 성주군 쪽에서 건너편의 칠불봉 쪽이 상왕봉보다 1m 정도 더 높다하여 그쪽에다 정상 標識石을 세워두고 있는 것이 바라보였다. 수도산·가야산 능선은 경상남도와 북도의 경계를 이루는 것인데, 지방자치 시대가 시작되면서 각 지방행정단위가 제각기 관광객 유치를 위하여 자기네 고장을 선전하는 사업을 경쟁적으로 벌이고 있는 것이다. 나는 수도산에서 분계령에 이르는 코스는 예전에 주파한 적이 있었으므로, 오늘 그 나머지 코스를 커버한 셈이다.

상왕봉에서부터 바로 남쪽으로 하산 길을 타고서 해인사의 용탑선원·금선암 옆을 지나 치인리 집단시설지구로 와서 주차장에 대기 중인 우리들의 버스에 올랐다. 예전에 내가 대학 1학년 무렵이었든가 혹은 그보다 전의 룸펜 시절이었든가 기억이 확실치 않지만, 겨울에 서울로 가는 도중 해인사 金仙庵에 와서 1주 정도 머무르면서 밤새 눈이 많이 내리고 난 날 아침 오늘 내려왔던 코스로 하여 상왕봉까지 혼자서 올랐던 것이 지금도 기억에 새롭다. 치인리 주차장 부근에서 대아고등학교 국어교사인 조병화 씨 부부 등과 어울려 맥주를 마시다가 오후 다섯 시 15분 무렵에 해인사를 출발하여 밤 일곱 시 남짓에 출발지점인 동성상가아파트 앞에 도착하였다.

10 (일) 흐리고 때때로 빗방울 -숙성산, 미녀산

아내와 함께 프로가이드의 제56차 안내산행에 참가하여 거창군 가조면과 합천군 묘산면의 경계 지점에 위치한 美女山(930m)에 다녀왔다. 아침 7시 30분에 뉴명신 관광버스 한 대로 동성가든타워 상가아파트 앞을 출발하여 대전행 고속도로와 88고속도로를 경유하여 9시 30분 무렵에 가조면 학산마을에 도착하였다. 미녀봉 만으로는 여정이 너무 짧다하여 그 옆에 위치한 숙성산도 아울러 등반하기로 한 것이다.

아내와 나는 예전에 육 선생 팀과 더불어 이 학산마을을 경유하여 宿星山에 한 번 오른 적이 있었다. 그 당시는 봉고 차를 타고 왔으므로 마을 위쪽까지 차를 탄 채 올라갈 수 있었지만, 오늘은 버스인지라 마을 아래쪽 도로에서 하차하여 도보로 새로 생긴 절 옆을 지나 마을을 경유하여 봉화재로 올랐고, 재에서부터 본격적인 등산이 시작되어 해발 899m의 숙성산 정상인 聖睡壇까지 가파른 산길을 헐떡이며 올랐다. 예전에는 합천 쪽 목장에서 소들을 방목하는 까닭으로 이 산의 주능선 일대가 온통 쇠똥으로 뒤덮여 있었지만, 오늘은 그 흔적도 찾아볼 수 없이 깨끗하고 호젓하였다. 오른쪽으로는 계속 합천댐이 바라보였다.

시리봉(836m)과 말목재(670m)을 지나 미녀산과는 낮은 능선을 통해 연결된 산길을 따라서 미녀산의 머리 부분으로 접근하였다. 미녀산이란 가조 쪽에서 바라보면 이 산이 아기를 밴 여인이 머리카락을 뒤로 길게 늘어뜨리고서 입을 헤벌린 채 하늘을 향해 누워있는 모습이므로 그런 이름이 붙게 된 것이다. 우리는 미녀 머리 쪽의 얼굴 모습을 이루는 뾰족뾰족한 바위 봉우리들을 지나 유방봉(893m)의 헬기장에 이르러 점심을 들었다. 산길에는 낙엽이 수북하였고, 왼쪽으로는 거창의 명산들에 둘러싸인 가조평야의 넓은 들판이 펼쳐지며, 오른쪽 건너편의 吾道山(1,134m) 꼭대기 부근에는 제법 허옇게 눈이 덮여 있었다.

작년의 울릉도 신년 여행 때 만났던 김해농고 교장선생과 더불어 점심을 들고 난 후, 임신한 여인의 배 부분에 해당하는 미녀산 정상을 지나서 그 건너편의 합천군 가야면 쪽 경치가 바라보이는 지점의 언덕까지 더 나아갔다가 유방봉 쪽으로 되돌아와, 미녀의 목덜미 부근에 있는 재에서 가조면 쪽으로 내려가는 산길을 따라 하산하였다. 도중에 유방샘 (일명 양물샘)이라 불리는 곳의 물로 실컷 못을 축이고 양기·음기 등 묘한 이름의 마을들이 있는 석강리 쪽으로 내려와, 거창 군청에서 개발해 놓은 대규모 농공단지의 입구에서 대기하고 있는 버스에 올랐다.

기념비를 읽어보니 이 농공단지는 98년에 준공한 것으로 되어 있었는데, 전반적인 제조업 경기의 부진으로 말미암은 것인지 이곳에 들어선 공장은 별로 없고 대부분의 부지가 아직도 텅 빈 채로 남아 있었다. 오후 세 시 반에 석강리를 출발하여, 산행대장인 박정헌 씨 등이 1999년에 파키스탄의 K2봉을 원정하여 일기불순으로 실패하였다가, 2000년에 영·호남의 산악인들이 연합하여 재차 시도해서 성공하기까지의 과정을 SBS가 제작한 비디오테이프 〈죽음보다 긴 기다림〉을 시청하며 돌아와, 네 시 40분 무렵에 출발지점인 동성상가아파트 앞에 도착하였다.

17 (일) 흐림 ―호구산

오전 9시까지 택시를 타고서 중안초등학교 옆 도로로 가서 진주교직원산악회의 12월 월례산행에 참가하여 南海島의 虎丘山(618m)에 다녀왔다. 아내는 다시 대학병원에 입원해 계신 장인의 병세가 좋지 않다는 것을 확인하고서는 출발 직전에 병원으로 가보겠다고 마음을 바꾸었으므로 오늘은 나 혼자서 참가하였다.

남쪽으로 앵강만을 끼고 있는 군립공원 호구산 기슭의 龍門寺 입구에서 하차하여, 먼저 신라 哀莊王 때 창건되었고 임진왜란 무렵 승군의 활동 근거지로 이름난 肅宗 때 나라로부터 守國寺라는 金牌를 받았다는 절 경내와 그 뒤편 언덕의 차밭 등을 둘러본 다음, 白蓮庵을 거쳐서 가파른 비탈길을 한참 올라 정상에 도착하였을 때는 정오 무렵이었다. 거기서는 남해도 전체를 두루 조망할 수 있었는데, 특히 앵강만에는 西浦 金萬重이 유배 와서 한글 소설 『九雲夢』을 짓고 마침내 거기서 타계한 조그만 섬 蘆島가 남쪽 바로 앞으로 내려다 보였다. 점심 식사를 마치고서 하산할 때는 반대편인 이동면의 茶丁 저수지 쪽으로 내려왔는데, 하산을 완료하여도 오후 두 시 정도밖에 되지 않았다.

31 (일) 맑음 −방장산

상록수산악회의 제9차 산행에 동참하여 전라북도 정읍시·고창군과 전라남도 장성군 사이에 위치한 方丈山(743m)에 다녀왔다. 아내는 장인의 간호 때문에 함께 가지 못했다.

오전 8시 30분까지 동명극장 건너편 제일은행 옆에 집결하여 관광버스 두 대로 출발하였다. 남해고속도로와 호남고속도로를 경유하여 光州와 白羊寺 입구를 지나 장성군 북이면에 있는 방장산 자연휴양림 입구의 매표소에서 하차하여 등산을 시작하였다. 살재를 거쳐 능선에 오른 다음, 능선 길을 따라서 정상에 이르렀고, 능선을 따라 처음 올랐던 지점으로 다시 돌아온 다음, 이번에는 반대편 방향으로 향하여 방문산(606m)을 지나오다가 어느 바위 아래서 점심을 들었으며, 산 중턱의 조그만 절을 경유하여 고창의 석정온천으로 내려왔다. 바람이 제법 쌀쌀하여 겨울 산행다운 맛이 있었으며, 주위의 산들에는 눈도 쌓여 있었다.

방장산은 호남정맥의 하나인 내장산의 서쪽 줄기를 따라 뻗친 능선 중 가장 높은 산으로서, 지리산·무등산과 더불어 호남의 삼신산으로 꼽히기도 하고, 영주산·변산과 더불어 호남 서해안 지방에서 부르는 삼신산의 하나로 들어 있기도 하다. 『高麗史』 樂志에 전하는 백제가요 다섯 편 중 '方等山歌'가 있는데, 도적 떼에게 잡힌 아낙네가 남편이 자기를 구하러 오지 않는다고 원망하는 내용이 전해오고 가사는 전하지 않으나, 이 노래의 제목인 방등산이 바로 오늘날의 방장산이라고 한다.

석정온천에 들었다가, 밤 여덟 시 무렵 집에 도착했다.

1월

14 (일) 맑으나 밤에 눈보라 -금산인삼전시관, 금산인삼쇼핑센터, 수삼센터

아내와 함께 서민산악회의 금년 첫 산행에 동참하여 충남 금산의 진산인 進樂山(732m) 부근까지 갔다 왔다. 오전 8시 30분까지 옛 장대파출소 지나 방범초소 앞에서 집결하기로 되어 있었는데, 평소와 달리 대절버스 한 대에 절반 정도밖에 사람이 모이지 않았으므로, 아홉 시 무렵까지 기다려 한 사람을 더 태워서는 출발하였다. 대전행 고속도로를 따라가다가 산청군 북쪽의 생초에서부터 국도로 접어들어 함양의 남계서원 앞과 육십령 고개를 경유하여 금산을 거쳐 진악산 근처에 다다랐을 때는 오후 한 시 무렵이었다.

고갯길이 눈으로 얼어붙어 위험하므로 더 이상 나아가기를 포기하고서 금산 읍내로 돌아와, 금산인삼전시관을 둘러본 다음 금산인삼쇼핑센터 안에 있는 영진인삼사라는 상점에 들러 아내는 수삼과 인삼정과들을 10만 원 어치 정도 구입하였고, 나는 부산 큰누나에게 휴대폰으로 전화하여 주소를 확인한 다음 구정 선물로 5만5천 원을 주고서 홍삼 한 상자를 택배로 누나 집까지 보내주도록 조처했다.

다른 일행을 따라 수삼센터라는 곳으로 가서 둘러보기도 하다가 오후 세 시 반 무렵에 금산을 출발하여 진악산의 寶石寺를 둘러보러 갔으나 역시 거의 다 도착할 즈음에 도로 사정이 위험하다 하여 포기하고서 금산 읍내로 돌아와 귀가 길에 올랐다. 엊그제 내린 큰 눈으로 온 대지가 희게 변해 있었을 뿐 아니라 도로의 교통량도 많지 않았고, 금산 지역의 인삼밭 중에는 밭고랑 위에 쳐 둔 검은 차일이 눈의 무게를 이기지 못하여 송두리째 내려앉은 곳도 여기저기 눈에 띄었다. 밤 아홉 시 가까운 시각에 진주의 우리 집에 도착하였다.

금년에는 담배뿐만 아니라 술도 끊어 볼까 하여 여러 사람이 술잔을 권하는 데도 불구하고 건강이 좋지 않다는 핑계를 대고서 단 한잔도 받아 마시지 않았다. 내가 이미 오랜 기간 동안 앓고 있는 C형 만성간염을 치유할 수 있는 약이라고는 인터페론 정도밖에 없는데, 몇 년 전 대학병원에 입원하여 그것을 맞아보았으나 별 효과를 거두지 못하였으니, 이제 병세의 진전을 늦추기 위하여 남아 있는 방법이란 술을 끊는 정도인 것이다. 이 역시 오래 전부터 그런 생각을 해오기는 했으나 실천하지 못했던 것인데, 올해부터는 다시 한 번 담배와 함께 이것도 끊어보리라고 마음먹어 본다.

21 (일) 맑음 -영각사, 덕유연수원, 거연정

아내와 함께 동산산악회의 금년 첫 안내산행에 참가하여 경남 함양의 서상면에 있는 남덕유산(1,507m) 부근에 다녀왔다. 8시 30분까지 도동의 공단로터리 부근에 있는 경남예식장 앞에 집결하여 대절버스 한 대로 출발하였다. 갈 때는 일반국도로 하여 산청·수동·안의를 거쳐 花林洞의 육십령 못 미친 지점에서 덕유연수원으로 들어가는 길로 접어들어 남덕유산 등반의 起點인 靈覺寺 입구에서 하차하였다.

그러나 쌓인 눈으로 말미암아 입산을 허락하지 않는다 하므로, 黃店 쪽으로 연결되는 고갯길 포장도로를 따라 버섯시험장 있는 지점까지 걸어 올라가다가 도로 내려와 어느 골짜기에서부터 남덕유산의 지릉을 향해 오르기 시작하였다. 아이젠과 스패츠를 차고서 눈밭을 걷다가 어느 조그만 봉우리에서 멈추어 주변 산들의 雪景을 바라보며 점심 도시락을 먹고서 내려왔다.

하차한 지점까지 돌아와, 아내와 둘이서 비구니 사찰인 영각사 경내를 둘러보고, 나와서는 남덕유산 매표소 있는 방향으로 등산길을 따라가다가 남덕유산 자락에 위치한 德裕硏修院 구내를 둘러보았다.

오후 세 시 남짓에 거기를 출발하여 돌아오는 도중에 화림동의 居然亭에 들렀다가, 해가 남아 있는 시간 안에 진주에 도착하였다. 생초에서 고속도로로 진입하여 돌아오는 도중에 산청휴게소에서 휴대용 소형 돋보기안경을 하나 샀다.

2월

2 (금) 맑음 -화순금호온천리조트

오후 한 시에 구입한 지 며칠 되지 않은 새 스쿨버스 한 대를 타고서 2000학년도 인문대학 교수동계세미나를 떠났다. 러시아학과의 여교수 다찌아나 씨 모녀와 불문과의 여교수 크리스텔 양, 그리고 행정직원 및 조교 몇 명을 포함하여 모두 서른 명 남짓한 인원이었다. 남해 및 호남고속도로를 경유하여 옥과 인터체인지에서 국도로 접어들어 오후 세 시 무렵에 목적지인 전남 화순군 북면 옥리의 화순금호온천리조트에 도착하였다. 예전 이 부근에 있는 백아산으로 등반을 왔다가 귀가 길에 온천욕을 하러 그 옆의 올림피아 호텔에 들렀던 적이 있었다. 철학과의 배석원·류왕표 교수와 나는 콘도의 1013호실을 배정 받았다.

3 (토) 맑음 -귀가

함께 잤던 류 교수와 더불어 아침 일곱 시 무렵에 일어나 콘도와는 2층의 유리로 된 낭하를 통해 연결되어 있는 온천장 건물로 가서 대온천탕에서 목욕을 하였다. 나는 안내문에 따라 사전에 수영복을 준비해 갔으므로, 한 시간 정도 목욕을 마치고서 수영장으로 올라가 두어 차례 크롤 식으로 헤엄을 쳐보았다.

어제의 1층 한식당에서 조식을 들고는 방으로 올라와 준비해 간 일본 角川文庫의 『古今和歌集』을 뒤적여 보았다. 오전 열 시 반 무렵에 출발하여 어제 갔던 코스로 진주에 돌아와 칠암동 강변의 다다미 횟집에서 점심을 들고는 해산하였다.

15 (목) 맑으나 밤 한 때 비 -금산사

　전북 김제시에 있는 金山寺에서 열리는 한국동양철학회 제38회 동계 수련회에 참석하기 위해 평소 출근 시간인 오전 여덟 시에 외출 준비를 시작하여 장대동 시외버스 터미널까지 걸어가서 8시 50분쯤에 전주 가는 버스를 탔다. 일반국도를 경유하여 함양·인월·남원을 거쳐서 정오 좀 못 미친 무렵에 전주에 도착하였다.

　전주 시외버스터미널에서 순대백반으로 간단한 점심을 들고서 원평 가는 시외버스로 갈아탔고, 원평에 도착하여서는 다시 금산사 가는 버스로 갈아타, 모임 시작시간인 오후 두 시가 좀 지난 무렵에 절 경내의 승려들이 거처하는 요사채 아래쪽에 위치한 모임 장소에 도착할 수가 있었다.

16 (금) 맑음 -벽골제

　아침 공양을 들고 난 다음 답사 일정에 나섰다. 서울 및 중부 지방엔 어제 삼십여 년만의 기록적인 폭설이 내려 교통이 두절되었다고 하므로, 우선 김기현 총무가 운전하는 차로 김제역에 들러 오전 아홉 시 남짓한 시간의 상경하는 열차 표를 끊어 둔 다음, 그 시간에 맞추어 부근의 김제군 부량면 월승리에 있는 사적 제111호 碧骨堤 및 그 제방을 참관하였다. 벽골이란 김제 지방의 원래 이름이 벼의 고장이라는 뜻의 고유 명칭이었던 데서 유래한 한자의 借音인데, 이 堤堰은 우리나라에서 가장 오래되고 규모가 큰 것으로서, 『삼국사기』에 의하면 백제 비류왕 27년(330)에 쌓았으며, 통일신라시대 이후로도 계속적인 수축이 있었다고 한다.

　김제역으로 돌아와 서울로 돌아가는 세 교수와 작별한 다음, 나는 김기현 총무가 전주 시외버스터미널까지 자기 차로 바래다주었다.

3월

4 (일) 大雪 –지리산온천

2월 한 달은 학회 참가 등으로 말미암아 진주 바깥으로 나갈 일이 더러 있었으므로 등산에는 한 번도 나선 적이 없었는데, 모처럼 아내와 함께 삼천리산악회의 월례산행에 동참하여 전라북도 장수군 장수읍에 있는 팔공산(1,151m) 근처에까지 다녀왔다. 8시 30분까지 진주중학교 앞에 집결하게 되어 있었는데, 집을 나설 무렵부터 폭설이 쏟아지기 시작하였다. 안내장에는 우천 시에도 출발한다고 되어 있었으므로 어쨌든 집합 장소에까지 가보았더니, 결국 대절버스 한 대에 가득 찰 정도의 인원이 모여 예정대로 출발하게 되었다.

일반국도로 하여 산청·수동을 거쳐 함양에서 88고속도로에 접어들었는데, 눈보라로 말미암아 고속도로 상에서 차들이 굼벵이 걸음을 하고 소형 차량들은 길이 미끄러워 경사진 지점에서는 아예 도로 가에 정거해 있는 상황이었다. 장수에서 다시 일반국도로 접어들어 오늘 등산의 출발 지점인 대성리 쪽으로 나아가다가 눈으로 말미암아 차가 제대로 제어되지 않는 상황이 되었으므로, 목적지를 3km 정도 앞두고서 도로 돌아나왔다.

등산은 포기하고서 그 대신 구례의 온천장으로 가서 각자 자유 시간을 가졌다. 우리 내외는 거기서 제일 큰 지리산온천의 1층 식당에서 점심을 들고는 출발시간인 오후 네 시까지 약 두 시간 가까이 천천히 온천욕을 즐겼다. 귀가 길에는 섬진강을 따라 하동으로 내려와 남해고속도로에 올랐으며, 곤양에서 다시 일반국도로 접어들어 다솔사 입구와 원전 마을을 지나 나동을 거쳐서 진주 시내로 돌아왔다.

경상도 지역에 들어오니 약간 눈발이 날리기는 하지만 쌓여 있는 눈은 거의 볼 수가 없었다. 모처럼의 산행은 소기의 목적을 달성할 수가 없었으나, 그 대신 올해의 마지막이 될 눈 구경은 실컷 했다. 육거리에서 내려 택시를 타고서 집으로 돌아오니 밤 일곱 시 무렵이었다.

11 (일) 맑고 포근함 -만덕산, 백련사, 다산초당, 다산유물전시관

아내와 함께 칠암산악회의 산행에 동참하여 전라남도 강진군 도암면에 있는 萬德山(409m)에 다녀왔다. 여덟 시 반에 문화예술회관 앞 주차장을 출발한다고 ≪경남일보≫ 게시판 欄에 보도되어 있었으므로, 우리 차를 몰고 가서 그 부근의 다다미 횟집 건너편 도로 가에 세워두었다가 돌아올 때 다시 몰고 왔다.

대절버스 두 대로 남해고속도로를 경유하여, 순천에서 국도로 접어들어 장흥 등을 거쳐 만덕산 정상 아래의 산중턱에 있는 白蓮寺에 도착하였다. 백련사는 산 고개를 건너 茶山草堂으로부터 1.2km 정도 떨어진 위치에 있는데, 다산이 지금의 초당 위치에 자리 잡기 전 백련사에 머문 적도 있었으며, 이 절의 승려들과 가깝게 지내 『萬德寺誌』를 저술하기도 한 것이다. 만덕산은 차가 많이 나기 때문에 茶山이라고 부르기도 하였는데, 다산이란 雅號는 이 산 이름에서 유래한 것이며, 지금도 백련사에서 다산초당으로 건너가는 산길 옆에 차밭이 눈에 띄었다.

백련사 주변에는 1.3hr에 걸쳐서 1,300여 그루의 동백나무가 자라고 있으며, 개중에는 더러 꽃을 피운 것들도 있었다. 이 절은 839년에 무염국사가 창건하고 1211년에 원묘국사가 중창한 것으로서, 조계산 송광사에서 있었던 定慧結社와 더불어 고려 중기의 白蓮社라고 하는 불교결사 운동으로 이름난 곳이다. 지금 절 경내에 있는 대웅전은 조선조 효종 때 중건한 것이라 하고, 사적비는 숙종 때 고쳐 세운 것이라 하니 다산 당시에도 있었던 것임이 틀림없다 하겠다. 사적비는 원래 고려의 문호 중 한 사람인 崔滋가 원묘국사의 사적을 지어 세운 것이었는데, 지금 것은 원래의 龜趺 위에 다른 비석을 세워 사적비로 바꾼 것이라 한다.

절 오른쪽으로 하여 산 정상에 올라서 아내와 더불어 강진만의 풍경을 바라보며 도시락을 들고서, 다산초당 방향으로 내려가다가 일부러 다시 백련사에 들렀으며, 다산이 종종 지나다녔을 산길을 따라 초당으로 건너왔다. 초당에는 이미 여러 차례 들렀지만, 다산 자신이 정한 茶山四景에 포함된 丁石·蓮池石假山·飛流瀑布·藥泉 등을 새로 둘러보았다. 다

산 정약용은 18년의 귀양생활 중 앞의 8년은 지금의 강진읍 부근 여기저기에서 보내고, 1808년에서 1818년까지의 십 년간을 처가 쪽 친척인 尹博의 山亭이 있었던 이곳에서 보내며 강학 및 저술 활동을 하면서 지냈다. 東庵이 당시 주로 저술하던 곳이고, 西庵은 해남윤씨 집안의 자제 등이 머무는 이를테면 학생 기숙사 같은 곳이며, 원래부터 있었던 다산초당은 강학하던 공간이라고 한다.

예전에 향토문화사랑회 회원들과 함께 왔을 때는 주차장과 다산유물전시관을 짓는 공사가 완공되지 않은 상태였었는데, 지금은 그쪽으로 넘어가는 새 길이 뚫리고 기념관도 완공되어 있어 건물 안을 둘러보았다. 오후 네 시 반 가까운 무렵에 그곳을 떠나 밤 아홉 시 가까운 시각에 진주의 우리 집에 도착하였다.

21 (수) 맑으나 황사 현상 -익산, 공주 일대
2001년도 인문학부 춘계 답사에 인솔교수로서 참가하여 2박 3일간 '백제인의 숨결을 찾아서'라는 테마의 여행을 떠나게 되었다. 오전 8시까지 인문대학 교정에 집결하여 대절버스 두 대로 출발하였다. 사학 전공에서는 학부장이자 서양중세사 전공인 이원근 교수를 위시하여 부속박물관장인 한국고고학의 조영제, 중국고·중세사의 신승곤 교수가 참가하고, 철학 전공에서는 한국·중국철학 전공인 나 외에 불교·인도철학의 권오민 교수가 동행하게 되었다.

대전행 고속도로와 88고속도로를 경유하여 일반국도로 진입한 후 전주를 거쳐서 첫 번째 목적지인 익산에 도착하였다. 재작년 답사 때 와 본 적이 있는 왕궁리 오층석탑과 미륵사지의 박물관을 둘러보았는데, 일제시기에 결손 부분을 시멘트로 발라둔 미륵사의 석탑에는 지금 그것을 떼 내는 보수작업을 하는지 탑 둘레에 큰 나무 벽이 둘러쳐져 있었다. 교수들은 미륵사지 매표소 건너편의 미륵산식당에 들러 점심을 들었다.

두 번째 목적지인 공주에 도착하여서는 백제가 고구려 장수왕의 공략으로 말미암아 한강변의 수도 한성을 빼앗기고 개로왕이 죽임을 당한 후, 남하하여 정한 두 번째 수도인 금강 변의 公山城에 이르렀다. 그러나 안으로 들어가지는 않고 밖에서 바라보기만 한 후, 웅진 시대의 백제 왕릉이었다고 하는 宋山里 古墳群과 그 중의 하나인 무령왕릉을 둘러보 았고, 이어서 공주박물관으로 향했다. 이 박물관에는 예전에도 와 본 적 이 있었는데, 관장실에 들러 조영제 교수의 부산대학교 사학과 후배라고 하는 박물관장과 대화를 나누다가, 미술사를 전공한다는 관장이 나와서 학생들에게 瑞山마애불에 대해 설명해 주는 것을 경청하고서는 박물관 의 전시실로 들어가 2층의 무령왕릉 출토 유물들과 1층의 일반 유물들 을 관람하였다.

공주 시내를 벗어나 草廬 李惟泰의 고택에도 들러보았다. 이곳은 내가 소개하여 방문하게 된 곳이므로 설명도 내가 맡았다. 이유태의 후손 되는 노인이 뒤늦게 나타나 전시실 문의 열쇠를 끌러주어 안으로 들어가 볼 수가 있었다. 오늘의 숙박지인 부여로 향하는 길에 동학군이 조선과 일본 의 연합군에 의해 대패하여 궤멸적인 타격을 입은 장소인 우금치에 들러 이선근 씨가 지은 비문이 새겨져 있는 전적비를 둘러본 것을 마지막으로 오늘의 답사 일정을 모두 마치고서, 부여 교외의 능산리 고분군 쪽 갈림 길 근처에 위치한 부여관광모텔에 이르렀다. 저녁식사를 마친 다음, 인솔 교수 다섯 명은 모두 삼층의 큰방 하나에 함께 투숙하게 되었다.

22 (목) 맑으나 황사 현상 -부여 일대
조식 후 먼저 부여 시대의 왕릉이라고 하는 陵山里 고분군을 둘러보았 다. 그 옆의 百濟金銅大香爐가 발굴된 장소 부근에서는 지금도 대규모의 발굴이 진행되고 있었다. 고분군 옆에는 발굴된 분묘들의 모형이 만들어 져 그 내부가 전시 공간으로 꾸며져 있었고, 거기서 실제의 고분군으로 건너가는 도중에 위치한 언덕에는 당나라로 끌려가 거기서 죽어 洛陽의 북망산에 묻힌 백제의 마지막 군주 의자왕과 그의 태자 夫餘隆의 분묘도 만들어져 있었다. 새로 지어진 부여박물관을 둘러본 다음 다시 모텔로 돌아와 점심식사를 하였다.

오후에는 예정된 순서를 바꾸어 宮南池에 먼저 들렀고, 이어서 定林寺址에 들러 유명한 오층석탑과 그 1층의 탑신에 새겨진 '大唐平百濟國碑銘'을 살펴보았으며, 그 절의 금당 자리에다 지금 새로 짓고 있는 건물 속에 들어 있는 고려시대의 대형 석불도 둘러보았다. 예전에 몇 차례와 본 적이 있는 扶蘇山城에 다시 올라서 軍倉址와 낙화암 등 여기저기를 돌아본 다음, 예전의 부여박물관 근처로 하산하였다.

외암민속마을 앞을 지나서 오늘의 숙박지인 아산시 도고면 기곡리에 위치한 도고토비스콘도미니엄에 도착하였다. 이곳은 예전에 포시즌이라는 이름의 콘도였는데, 토탈서비스를 줄인 토비스로 개칭하였다고 한다. 예전에 내가 참석한 바 있는 한국일본사상사학회의 모임이 열렸던 장소가 아닌가 한다.

저녁식사 후 1층 식당 옆의 홀에서 평가회를 가졌다. 홀에서 돌아온 후 교수들은 8층의 어느 방에 들러 학생 대표 몇 명과 어울려 술을 마시다가 돌아와 취침하였다. 조영제 교수의 잠버릇이 이상하여 밤마다 잠이 들면 이를 뽀드득뽀드득 갈고 있었다. 권오민 교수는 다시 학생 방으로 가서 오전 2시 남짓까지 학생들과 술을 마셨다고 한다.

23 (금) 여전히 포근한 봄 날씨 -해미, 서산 일대
이번 답사 여행의 마지막 목적지인 서산 지방으로 향했다.

먼저 말로만 듣던 海美邑城에 들렀다. 잘 알려진 바와 같이 주위의 성벽은 거의 완전하였으나 그 안에 있던 일반 가옥들은 모두 철거하고서 관아 건물만을 남겨두고 있었다. 감옥이 있던 자리 부근에는 당시의 고목이 한 그루 서 있는데, 고종 3년의 丙寅迫害 때 천주교도 천여 명이 여기서 처형되었다고 하며, 근처의 당진군 합덕 출신인 김대건 신부의 증조부도 이 감옥에서 순교하였다고 한다.

해미읍성 옆으로 난 도로를 따라 들어가 골짜기에 이르자, 1호 버스는 먼저 서산 마애불로 향하였고 우리가 탄 2호 버스는 거기서 1.5km 정도 떨어진 위치에 있는 普願寺址로 향했다. 보원사는 지금 없지만, 거기에

남아 있는 당간지주와 石槽, 석탑, 법인국사 부도와 부도비 등은 모두 보물로 지정되어 있는 것들이었다. 그 유적을 둘러본 후 1호 버스와 도중에서 교차하여 이번에는 우리들이 마애불을 보러 갔다. 산비탈을 좀 오른 곳의 나지막한 화강암 절벽 아래 부분에 그것이 새겨져 있는데, 마애불 바깥에는 건물이 둘러쳐져 법당의 구실을 하고 있었다. '백제의 미소'로 알려져 중등학교 교과서에도 나오는 것이지만, 예술적으로 그렇게도 훌륭한 것이라는 느낌은 들지 않았다.

답사 일정을 모두 마치고서, 작년에 건설된 서해대교를 건너 어느 식당에 들러서 점심을 들었고, 경부고속도로를 거쳐 대전을 지난 다음 거기서 무주까지는 지난번 밤중에 통과한 적이 있는 새 고속도로를 이용하고, 무주에서 육십령을 거쳐 경남 산청의 생초까지는 일반국도를 경유하였다. 우리들이 탄 대절버스의 중량 초과로 말미암아 생초 톨게이트에서 한 동안 지체한 다음, 저녁 일곱 시 무렵에 학교의 출발지점으로 돌아와 해산하였다. 나는 권오민 교수와 더불어 신성곤 교수의 차에 동승하여 집으로 돌아왔다.

4월

1 (일) 맑음 -관룡산

아내와 함께 모처럼 동부산악회의 제110차 산행에 동참하여 경북 청도군 각남면과 화양읍·청도읍 사이에 있는 남산(840m)으로 향했다. 오전 8시 35분 무렵에 대절버스 두 대로 장대동의 제일은행 앞을 출발하여, 남해-구마고속도로를 경유하여 부곡 방향의 국도로 접어든 다음, 창녕 교동의 古墳群들을 지나 10시 40분 무렵에 청도읍에 도착하였다.

시내의 도로 가에 버스를 세워두고서 남산을 향하여 걸어가기 시작하였으나, 일행 중 택시를 타고서 먼저 갔던 사람들이 돌아와 전해 주는 바로는 며칠 전 청도읍 부근에 큰 산불이 나 사흘 만에야 진화된 사태가 있었으므로, 위쪽에 산불감시원이 지키고 있어 일체 통과시켜 주지 않는다는 것이었다. 별 수 없이 돌아 내려와 다시 버스를 타고서 창녕의 화왕산으로 가기로 정하고서 왔던 방향으로 되돌아갔다.

창녕에서 다시 고분군과 석빙고 옆을 경유하여 계성면으로 진입해서 옥천리의 등산로 입구 주차장에서 하차하였다. 나는 예전에 觀龍寺를 경유하여 화왕산성의 동문 쪽으로 오른 적이 있었으므로, 오늘은 관룡사 코스를 취하지 않고서 갈림길에서 그 왼쪽의 계곡 방향으로 접어들어 산성 동문으로 향하는 능선에 올라선 다음, 화왕산으로는 가지 않고 반대편의 부곡 방향으로 뻗어 있는 능선 길을 취하였다. 관룡산(739.7m) 정상에서 우리 일행을 만나 아내는 그들과 함께 관룡사 방향으로 내려가고, 나 혼자서 부곡으로 향하는 능선 길을 계속 걸어갔다. 그러나 산길 여기저기에 세워진 안내판의 지도에 보이는 내림 길은 아무리 가도 나타나지 않으므로, 대절버스의 출발 시각을 고려해 결국 능선을 가로지르는 찻길을 만난 지점에서 계곡 방향으로 무작정 내려가 다시 차도와 만났다가, 산중턱의 음료수를 모으는 저수지가 있는 지점에서 소형 트럭을 하나 만나 그 짐칸에 타고서 오후 다섯 시 남짓에 출발지점인 정거장까지 내려왔다.

다섯 시 반에 그곳을 출발하여, 새로 지어 바야흐로 개관을 앞두고 있는 도동의 진주시 청사 앞에서 버스를 내렸고, 거기서 택시로 갈아타고서 밤 일곱 시 무렵에 집에 도착하였다.

15 (일) 맑음 -목포대학교, 승달산

아내와 함께 경남산악연맹이 주최자의 하나로 되어 있는 영호남친선 등반에 참여하여 전남 무안에 있는 僧達山(317.7m)에 다녀왔다. 7시 30분까지 공설운동장 정문 앞에 집결하여 대절버스 세 대로 출발하였다.

남해고속도로를 경유하여 호남 경내인 섬진강휴게소로 가서 경남 각지의 산악연맹으로부터 참가하는 차량들과 합류하였고, 광주까지 가서 나주·함평을 거쳐 오전 11시 남짓에 무안군에 위치한 국립목포대학교의 구내에 도착하였다. 호남 측과는 12시 반부터 이 대학의 종합운동장에서 합류하여 행사를 가지기로 되어 있는 모양이었다.

승달산은 목포대학교의 뒷산인데, 무안군을 동서로 가르고 청계면과 몽탄면의 경계를 이루며, 목포의 유달산과는 쌍벽을 이루는 산이라고 한다. 우리가 탄 3호차는 캠퍼스 가장 안쪽의 등산로가 시작되는 지점에서 정거하여 등산을 시작하였다. 제법 넓은 길을 따라 주위에 밭들이 널려 있는 평지를 지나 산 아래에 닿아서 등반을 시작하였고, 능선의 고개에 이르러서는 먼저 건너편 아래쪽으로 약 300m 떨어진 지점의 牧牛庵(주요문화재 제82호)과 牧牛庵三尊佛(제172호)을 둘러보고, 그 근처의 숲에서 가지고 간 도시락으로 점심을 들었다. 그런 다음 다시 반대쪽의 작은 언덕을 넘어 法泉寺 경내를 둘러보고서 처음 올랐던 고개로 되돌아왔다. 승달산보다도 더 높은 실제의 정상(322.5m)은 승달산의 반대쪽 방향에 있다는 말을 들었는데, 어차피 모두 별로 높지 않은 야산이니까 아내와 나는 시간 관계로 정상 등정은 포기하고서 승달산 방향의 능선을 따라가다가 산불감시초소가 있는 봉우리에서 목포대학교 쪽으로 방향을 잡아 대학의 기숙사로 하산하였다.

대학 구내를 가로질러 운동장 부근의 우리들이 타고 왔던 차가 정거해 있는 지점으로 돌아와 배낭을 내려놓고서는 운동장으로 가서 행사의 모습을 잠시 둘러보았다. 오후 세 시 반쯤에 출발하여 무안읍과 함평·나주를 거쳐 돌아오다가 들판 곳곳에 배꽃이 만발해 있는 나주쯤에서 영암쪽으로 방향을 잡아 장흥·보성·벌교·순천을 거쳐 밤 8시 반쯤에 진주의 집으로 돌아왔다.

22 (일) 맑음 -대금산, 김영삼 고향

한마음산악회를 따라 거제도 북부 장목면과 연초면의 경계 지점에 위치한 大錦山(437.5m)에 다녀왔다. 아내는 어제부터 전국 및 세계 각지에서 모인 진주여고 동창들의 모임이 있는 관계로 간밤에는 내가 취침할 시간까지 귀가하지 않았는데, 오늘은 운동회가 있다 하여 등산에는 함께 가지 못했다. 원래는 오늘 경북 영덕군 창수면과 울진군 온정면 사이에 위치한 七寶山(810m)으로 갈 예정이었으나, 어제 인터넷으로 알아보니 대금산의 철쭉이 유명하다고 보이기에 시기를 놓치지 않기 위해 목적지를 바꾼 것이다.

오전 여덟 시 반까지 옥봉 삼거리 남향약국 옆에 집결하여 버스 한 대로 출발하였다. 약 세 시간 걸려서 거제군의 중심인 新縣邑을 거쳐 연초면과 장목면 소재지를 지나 장목면 시방리에서부터 등산을 시작하였다. 정상에 이르러 보니 철쭉의 절정은 지난 14일 무렵으로서, 지금은 한물이 가고 꽃들이 얼마 남아 있지 않은 상태였다. 그러나 정상에서 바라보는 봄 바다의 풍경은 그런 대로 괜찮은 것이어서, 거제도 북단의 정유재란 초기에 원균이 이끄는 조선 수군이 거의 전멸했던 칠천도 앞바다와 멀리 가덕도 등을 한 눈에 조망할 수 있었다.

대금산 정상은 별로 높다고 할 수 없으나 이 부근에서는 제일 높은 산이어서 장목면과 연초면 일대를 두루 조망할 수 있었다. 내가 부산의 동아고등학교에 다니고 있었을 때 친우인 박곤수 군 등과 더불어 여름방학 때 여기에 사는 김영수였던가 하는 학우의 집에 와 며칠을 놀면서 그 누이동생에게 반했던 기억이 있다. 그때 우리는 섬의 중부 해변으로까지 여행을 계속했었던 것이지만, 이제 그 친구의 집이 이 근처 어디였던지 기억할 수 없고, 그 사람들 또한 영원히 만날 수가 없을 것이다.

정상 곁의 바위에서 혼자 점심을 들고서, 철쭉 숲을 지나 내려와서 봉화대가 있는 시루봉을 거쳐 외포리로 하산하였다. 거기에 대기하고 있는 우리 버스에다 등짐을 내려두고는, 혼자 걸어서 소계마을을 지나 金泳三 전 대통령의 고향인 외포리 대계마을까지 왕복 6~7km의 길을 빠른 걸음으로 다녀왔다. 신문에서 옛집에 빗물이 새어 공사를 한다는 소식을 읽은 적은 있었는데, 지난번에 와서 보았던 옛집은 담까지 송두리째 사라지고 기념관 비슷한 새 기와집을 짓고 있는 중이었고, 이 마을에는 예전에 눈에 띄지 않았던 대한예수교장로회의 신명교회 건물이 마을 규모에 어울리지 않을 정도로 도로가 언덕에 크게 버티고 서 있었다.

옥포만을 거쳐 돌아오는 도중에 고현의 油菜 잔치를 벌인다는 곳에도 들러보았다. 도심의 빈터에 유채를 심었으나 이미 한물가고 있는 중이었고, 그 규모도 그리 크다고는 생각되지 않아 진주에서도 여기저기의 강변 고수부지에서 볼 수 있는 정도의 것이었다. 저녁 여섯 반 무렵에 집으로 돌아왔다.

5월

6 (일) 흐리고 저녁 무렵 빗방을 —가야산

모처럼 아내와 함께 남강산악회를 따라 합천의 伽倻山(1,430m)에 다녀왔다.

오전 여덟 시 반 남짓에 대절버스 한 대로 육거리곰탕집 옆을 출발하여 대전행 고속도로와 88고속도로를 경유하여 경북 星州郡 修倫面 白雲里의 집단시설지구에 도착하여 등반을 시작하였다. 원래는 만물상 코스를 취해 올라서 정상으로부터 마애불상 코스를 따라 내려갈 예정이었지만, 그런 코스들은 모두 출입금지구역으로 지정되어 있으므로, 부득이 지난 번 부슬비 오던 날에 한 번 오른 적이 있는 龍起골 코스를 취해 白雲寺址를 지나 서성재에 올랐고, 거기서부터는 능선의 너덜지대를 경유하여 가야국 김수로왕의 일곱 왕자 전설이 어린 七佛峰에 올랐으며, 가야산 정상의 바위 아래에서 준비해 간 도시락과 맥주 등으로 점심을 들고 난 후 하산하였다. 우리 내외는 뒤쳐져 내려오다가 길을 잘못 들어 마애불상 코스로 접어들었는데, 마애불 바로 아래 지점에까지 다다랐으나 하산완료하기로 예정된 오후 세 시 반까지 시간이 촉박하여 불상 구경을 하러 올라가지는 못하고서 아쉽게 하산하였다.

龍塔禪院과 金仙庵을 지나 달리듯이 나아가 약 15분쯤 늦은 오후 3시 45분경에 집결 장소인 緇仁집단시설지구의 터미널에 이르렀으나, 오히려 우리는 남들보다 꽤 이른 편이었다. 거기서 한 시간 이상 지체하면서 새로 캔 취나물도 제법 샀다.

갈 때의 코스로 하여 어두워질 무렵에 진주의 출발 지점에 도착하여,

예전의 장소에 있었던 한옥을 헐고서 5년쯤 전에 현대식 건물로 신장개업한 육거리곰탕집에 들러 곰탕을 한 그릇씩 들고서, 출발할 때처럼 집까지 걸어서 돌아왔다.

13 (일) 맑음 -덕룡산

아내와 함께 공군 현역 및 전역장병 모임인 보라매회의 진주지부 부속단체인 보라매산우회의 제3차 산행에 참여하여 전남 강진군 도암면에 있는 德龍山(432m)에 다녀왔다. 아침 여덟 시까지 경남문화예술회관의 주차장에 집결하여 버스 한 대로 출발하였는데, 산행대장이 단성중학교 출신이라 공군보다는 그 학교 동문회 같은 분위기였다. 남해 및 호남고속도로를 경유하여 순천 톨게이트로 진입한 후 벌교·장흥 등을 지나 오전 11시 남짓에 다산초당과 같은 도암면에 속하면서도 좀 더 아래쪽에 위치한 석문리에 당도하였다. 도암중앙국민학교와 도암중학교 부근을 지나 무슨 토목공사가 한창 진행 중인 봉황리의 봉황저수지까지 들어갔다가 도로 버스를 돌려 石門山 아래 小石門에서부터 등산을 시작하였다.

덕룡산은 1봉에서 9봉까지 바위봉우리들이 서남 방향으로 거의 일직선을 이루며 늘어선 곳인데, 별로 높지는 않지만 기복이 심한 바위산이어서 그리 만만하게 볼 것은 아니었다. 제6봉에 해당하는 정상인 西峰에 올라서 아내와 더불어 준비해 간 도시락으로 점심을 들었다. 그 동북 방향의 산 중턱에는 석영을 캔다고 하는 만덕광업의 공장 건물이 내려다보였다. 점심을 들고난 후 산길에서 예전의 산 친구인 농협의 박양일 전무를 우연히 만났다. 그는 진주의 강대성 변호사가 후원하는 희망산악회를 인솔하여 왔으며, 자기가 회장을 되어 있는 산악회도 하나 꾸려나가고 있다는 것이었다. IMF 무렵 농협을 정리해고 당한 후 육윤경 선생 모임의 멤버였던 산 친구인 이 씨와 더불어 대학병원 근처의 남강 변에 광진달구지라고 하는 자동차 수리 센터를 열었으나, 그것도 재미가 없었던지 지금은 남에게 넘겨주었고 이 씨는 예전에 자기가 하던 도동의 수리 센터로 돌아갔다고 한다.

아내는 7봉을 지난 후 대부분의 다른 일행을 따라 하산하고, 나를 포함한 세 명만이 9봉을 지나 끝 봉까지 간 다음 첨봉과 朱雀山(475m)으로 연결되는 안부로 내려왔다. 거기에 양란을 재배하는 대규모 비닐하우스 농장이 있었고, 그 앞 빈터에 우리가 타고 온 버스가 대기 중이어서 저녁 여섯 시가 채 못 되어 하산을 완료할 수가 있었다. 밤 열 시가 넘어서 집에 도착하였다.

20 (일) 맑으나 황사 현상 -학가산

삼일산악회를 따라 경북 안동시의 최북단인 북후면에 속하며 예천군과의 경계 지점에 위치한 鶴駕山(870m)에 다녀왔다. 아내는 대한간호학회장을 지낸 바 있는 경북대 교수의 딸 결혼식에 참가하기 위해 회옥이를 데리고서 대구로 가기 때문에 동행하지 않았다.

8시 남짓에 도동의 명신예식장 뒤편 복개천을 출발하여 남해고속도로와 구마고속도로 및 중앙고속도로를 경유하여 예천시에 이르렀는데, 거기서부터는 길을 몰라 곳곳마다에서 멈추어 물어가노라고 시간이 많이 걸렸다. 오후 두 시가 지나서 목적지인 학가산 남서쪽의 예천군 보문면 산성리에 도착하였다. 그곳 정자나무 아래에서 주최 측이 준비해 온 돼지머리 고기와 소주로 간단한 요기를 한 다음, 대부분의 일행은 거기에 남고 몇몇 사람들만 등산을 시작하였다.

나는 느르치까지 올라서 거기의 마을 입구에 서 있는 안내판을 보고 1코스라 표시되어 있는 길을 택했다. 그것은 마을 안으로 들어가 급경사를 오르다가 바위 절벽 사이를 누벼 가는 것이었는데, 길이 잘 보이지 않아 헤매기도 하였다. 능선 주위의 거대한 암벽 사이에 인공으로 쌓은 산성의 흔적도 볼 수가 있었는데, 그것은 고려 공민왕이 홍건적의 난을 피해 안동으로 몽진하였을 때 쌓은 것이라고 전해 온다. 능선에 올라서는 또 1.7km 정도 동쪽으로 나아가 비로소 정상에 다다를 수가 있었다. 이곳 학가산은 안동시 서후면의 鳳停寺와 이웃해 있다. 신라 때 의상조사가 명당을 찾기 위해 올라 종이학을 접어 날려서 봉정사의 위치를 정했다는 전설이 있고, 병자호란 때는 안동김씨 壯洞派의 元祖인 金尙憲이 서울에서 피난을 와 거처했기 때문에 영조 초년에 그를 위한 서원 건립을 둘러싸고서 서인과 남인 사이에 대립이 생기기도 한 곳이다. 정상 부근에는 한국방송공사의 송신탑과 그 부속 시설들이 들어서 있었다.

하산할 때는 먼저 온 일행을 따라 제2코스로 내려왔는데, 대절버스 한 대를 가득 채운 일행 중에서 정상까지 다녀온 사람은 일곱 명에 불과하다고 한다. 올 때의 코스를 따라 밤 아홉 시가 지나서 집에 도착하였다.

21 (월) 흐리고 오후에 비 -김준민 신도비각, 가호서원, 용암사지, 성전암

어제 진주시 二班城面 일대에서 향토문화사랑회의 5월 답사 및 2001년도 정기총회가 있었는데, 그 답사지 중에 최근에 탈고한 내 논문 「18세기의 강우학파」에 관계되는 海州鄭氏 가문의 農圃 鄭文孚 장군 忠毅祠가 포함되어 있었다. 그래서 총무인 황만수 前會長에게 전화하여 그 위치를 파악한 다음, 점심시간을 이용하여 내 차를 몰아 그리로 가보았다.

우선 어제의 총회가 열렸던 대천리의 전원식 방갈로 식당인 반성관광농원에 들러 점심을 들고자 했으나, 총회를 환영한다는 내용의 플래카드는 그 진입로에 아직 그대로 내걸려 있었지만 오늘은 휴업이라는 것이었다. 그래서 거기를 더 지나 진주시와 마산시의 경계 지점에 위치한 鉢山里의 金俊民 장군 신도비각에 먼저 들렀다. 김준민은 丹城 奈勿里 출신의 무관으로서, 임진왜란 당시 巨濟縣令으로 있다가 거제도가 왜군에 함락된 후 의병을 일으켜 싸웠고 제1차 진주성 전투에서도 활약한 바 있는데, 癸巳年의 제2차 진주성 전투 때 전사한 인물이다. 그의 아들도 의병을 거느리고서 이 발산 고개를 지키면서 진격하는 島津義弘의 군대를 대항해 싸우다가 전사하여 근처에 묻힌 바 있는데, 김준민의 신도비각이 여기에 있는 것은 후에 그 아들과 더불어 합장된 까닭인 모양이었다.

발산재의 휴게소에서 차를 돌려 관광농원 쪽으로 되돌아왔다가, 거기서 북쪽을 향하여 옆으로 난 길을 따라 龍岩里에 이르러 추어탕백반으로

다소 늦은 점심을 들었다. 식사를 마친 후 충의사, 즉 진양호반의 貴谷里로부터 이전한 佳湖書院이 있는 용암리 119번지로 들어가 보았다. 거기서 종손인 鄭奎燮 씨를 만나 방안에서 한동안 대화를 나누었고, 그 선조鄭相說의 문집인『萍軒遺稿』한 권도 빌렸다. 가호서원은 종손으로서 당시 국민학교 교사였던 정규섭 씨가 직장 관계로 진주 시내로 이사하게 됨에 따라 農圃의 不祧廟를 옮겨야 하는 상황이 발생하자, 1971년에 종택이 있던 자리에다 서원을 세워 享祀를 계속하게 되었는데, 근년에 있었던 진양댐의 숭상공사로 말미암아 국비를 들여 후손이 살고 있는 이곳으로 크게 확장하여 移建하게 되었던 것이다.

정규섭 씨와 작별한 후, 다시 차를 몰아 그 부근의 산골짜기에 있는 龍岩寺址로 올라가서 보물 372호로 지정된 부도와 龜趺·螭首, 石燈 및 石像 등을 둘러보았다. 그 바로 입구에는 農圃의 玄孫인 相點을 기념하는 章德齋가 있고, 재실 마당가에 農圃集 藏板閣의 건물이 아직도 남아 있었다.

마지막으로 어제 답사 코스의 하나로서 인조가 거기서 祈禱한 후 反正에 성공해 왕이 되었다는 설화가 전해오는 이반성면 북쪽 끄트머리인장안리 산31번지의 聖殿庵으로 가보았다. 절로 난 산길이 시작되는 입구의 마지막 집 앞에다 일단 차를 멈추고서 걸어 올라가고자 하였으나, 경사가 꽤 가파른데다 절까지의 거리가 얼마나 되는 지도 알 수 없으므로, 도로 내려와서 꾸불꾸불 급경사로 된 콘크리트 포장도로를 따라 1단기어를 넣고서 천천히 차를 몰아 마침내 절 아래의 안내판이 서 있는조그만 주차장에 당도하였다.

더 이상 차가 올라갈 수 없도록 쇠줄이 쳐져 있었으므로, 거기다 차를 세우고서 문을 열고 나오려는 참에 세워둔 차가 경사진 콘크리트 바닥을 따라 서서히 뒤로 밀려 내려가는 것이었다. '아차!' 하여 사이드브레이크를 세게 당겨 차를 멈추려고 하였으나, 사이드브레이크가 얼른 눈에 띄지 않는 데다 차는 점차 빨리 후진하므로 자칫하다가는 열어둔 도어에 몸이 걸릴 위험도 있는지라 순간적 판단으로 안전을 위해 차로부터 빠져나와버렸다. 그러자 순식간에 그 차는 주차장 아래의 5m쯤 되는 골짜기로 굴러 떨어져 커다란 굉음과 더불어 거꾸로 뒤집어져 大破해 버렸다. 가방을 들고서 골짜기로 내려가 운전면허증과 차량등록증 따위의 귀중품을 수습하여 다시 올라온 후, 차에서 꺼낸 파손된 우산을 받쳐 들고서 휴대폰을 이용하여 보험회사 측과 아내에게 사고를 설명하고서 절로부터 굉음을 듣고 내려온 보살을 따라 성전암으로 올라갔다.

오늘은 운전하면서 내내 헤르베르트 폰 카라얀이 지휘하는 비엔나 필하모니의 관현악과 루치아노 파바로티 등이 협연하는 푸치니의 가극 '나비부인'을 감상하고 있었는데, 그 테이프도 차와 더불어 나와 영영 작별하고 말았다. 기아자동차에서 생산한 이 스포티지그랜드 2000cc 중형승용차는 1997년 9월 14일에 검사하여 같은 해 9월 20일에 번호판을 교부 받은 것이므로 구입한 지로부터 4년 가까이 되는 것인데, 실제로는 출퇴근 이외의 다른 용도로는 거의 사용하지 않았으므로, 아직도 총 주행거리는 14,000km 정도밖에 되지 않아 거의 새 차나 다름없는 것이다.

27 (일) 대체로 맑으나 오후에 때때로 천둥 치고 가랑비 −응봉산

아내와 함께 금산산악회의 5월 산행에 참여하여 강원도 삼척시와 경북 울진군의 경계 지점인 德邱溫泉 부근에 위치한 鷹峰山(998.5m)에 다녀왔다. 오전 6시 무렵 장대동 현대예식장 앞을 대절버스 다섯 대로 출발하였는데, 우리 내외는 3호차에 탔다. 남해고속도로와 경주 쪽으로 가는 고속도로를 경유하여 포항에서부터는 동해안을 따라 북상하였고, 도중에 화진포에서 정거하여 주최 측이 준비한 아침 식사를 들었다.

정오에 울진군 북면 덕구리의 덕구온천 주차장에 당도하여 산행이 시작되었다. 풍전상사 울진광업소에서부터 본격적인 등산이 시작되었는데, 이른바 옛재능선길을 따라 산책로 같은 감을 주는 넓고 경사가 급하지 않은 산길이 계속 이어지고, 이 산 일대는 어디에나 죽죽 뻗어 오른 赤松들이 울창한 숲을 이루고 있어 장관이었다. 큰 바위 비가 서 있는 정상에 올라 첩첩이 산으로 둘러싸인 사방을 조망한 다음, 우리 내외는 점심을 들지 않고서 남 먼저 하산을 시작하여 온정골로 향하는 다른 능

선 길을 따라 걸어 내려오다가 그 능선이 거의 다 끝나 가는 지점의 언덕에 걸터앉아 차 속에서 배부 받은 주먹밥과 집에서 준비해 간 도시락 반찬으로 점심을 들었고, 나는 소주 한 병을 비웠다.

폭포골과 성우골의 물이 합류하여 흐르는 온정골에는 도중에 온천의 원탕이 있어 미지근한 물이 흘러나오는 샘과 따뜻한 물이 솟구치는 분수에 손을 대어 보았고, 약수터에서는 집에서 담아온 물을 버리고서 광물질 냄새가 나는 산의 물을 새로 담기도 하였다. 원탕에서부터는 굵은 쇠파이프로 연결하여 4km 정도 떨어진 덕구리 온천동까지 계곡을 따라 온천수를 운반하고 있었다.

산 위에서 일행 중 몇 사람이 119구조대를 부르는 사고가 있어 출발이 지체되었다가 오후 여섯 시 무렵에 덕구온천을 출발하여, 왔던 코스를 거쳐 자정이 넘어서 진주에 당도하였다.

6월

3 (일) 맑음 -치악산 비로봉

아내와 함께 남강산악회의 6월 정기산행에 동참하여 강원도 원주시 소초면에 위치한 雉岳山(1,288m)에 다녀왔다. 오전 5시 30분에 대절버스 두 대로 강남동 육거리(제일예식장 사거리)를 출발하여 대전 가는 고속도로를 따라 올라가다가 생초에서부터 무주까지는 고속도로가 아직 완공되지 않았으므로 일반국도를 따라 육십령을 넘어 나아갔고, 다시 고속도로에 진입한 후 금산의 인삼랜드 휴게소에서 주최 측이 준비한 주먹밥 조식을 들었다. 대전에서부터는 음성 등을 경유하여 오전 11시 무렵에 등산 기점인 치악산 서북부의 황골에 도착하였다. 치악산에는 예전에 무박산행으로 와서 아직 컴컴할 무렵에 등산을 시작하여 남쪽의 상원사와 남대봉을 거쳐 아마도 행구동 방면으로 하산한 적이 있었는데, 정상인 비로봉으로 오르는 것은 이번이 처음이다.

시멘트 포장이 된 산길을 따라 땡볕 속을 지루하게 올라서 立石寺에 도착하였다. 입석사는 그 부근의 바위 대 위에 자연석 같은 모양의 수십 미터 되는 석탑이 우뚝 솟아 있으며, 그 아래에 자그만 절이 형성되어 있는 곳이었다. 거기서부터는 가파른 오솔길을 따라 나무그늘로 올랐는데, 능선에 올라서는 삼봉을 거쳐 비로봉까지 비교적 짧은 거리였다. 치악산은 1980년대에 국립공원으로 지정되었는데, 오늘 정상에서 바라보니 산세가 자못 장엄하였다. 사다리병창 쪽 능선 길로 하산하여 내려오다가 도중에 아내와 함께 간단한 점심을 들었고, 龜龍寺를 둘러본 다음 매표소를 지나 주차장까지 차량의 왕래가 빈번한 포장도로를 따라 또 한참 더 내려와야 했다.

매표소에 도착한 다음, 구면인 가람뫼산악회의 산행부장으로서 지금은 그 산악회로부터 떨어져 나온 사람들이 새로 조직한 천왕봉산악회의 총무를 맡아 있는 사람과 더불어 그 부근의 상점에서 맥주를 마시다가 오후 여섯 시 무렵에 출발하였다. 가무를 좋아하지 않는 사람은 음악 없이 간다는 1호차로 옮겨 타라기에 아내와 나는 그 차의 제일 앞 운전사 뒷좌석에 자리 잡았는데, 승객들 중에는 가무를 주장하는 사람들이 있어 결국 다른 차와 다름이 없게 되었다. 우리가 탄 1호차는 도중에 방향을 잃고서 淸風 및 제천의 天燈山 박달재를 넘어 충주 및 수안보를 지나 오락가락하다가, 비로소 예정된 중앙고속도로에 올라 안동 부근의 낙동강휴게소에서 2호차와 합류하였다. 그 결과 귀가 시간이 크게 늦어져 다음 날 한 시 무렵에 비로소 진주에 당도하였다.

10 (일) 흐림 -울돌목

아내와 함께 서민산악회의 월례 산행에 동참하여 전남 진도군 남부의 임회면에 위치한 女貴山(457m)에 다녀왔다. 아침 8시 30분에 대절버스 두 대로 옛 장대파출소 부근 경남스토아 앞을 출발하여, 남해고속도로와 호남고속도로를 경유해 순천 톨게이트에서 일반국도로 진입하였다. 늘 지나 다니는 코스를 따라 보성과 장흥 등을 지나 해남군의 끝 우수영 마을을 거쳐서 진도대교를 건넜다. 이곳까지는 전에도 한 번 와 본 적이 있었거니와, 이순신 장군의 鳴梁海戰으로 유명한 울돌목이 바로 이 다리 아래이다. 여귀산은 다시 그 섬 서남쪽의 바닷가에 위치해 있는데, 우리는 용호리의 용산 저수지 부근에서 버스를 내려 산행을 시작했다.

농로를 따라 땡볕을 맞으며 사뭇 걸어 들어가서 산에 오르려고 하였으나, 제대로 길을 찾을 수가 없어 한참동안 산기슭을 우왕좌왕하다가 이미 시각도 오후 두 시에 가까워진지라 각자 적당한 곳의 나무그늘에 들어가 점심을 들었다. 아내와 나는 그 부근의 농부들에게 물어 등산로가 시작된다는 진양하씨 묘가 있는 곳까지도 가보았지만, 결국 길다운 길을 찾을 수 없어 둘이서 그 아래쪽 농로 가에서 점심을 든 후 다른 사람들처럼 버스가 대기해 있는 지점으로 돌아오고 말았다. 오늘 산 위에까지 올라간 사람은 전혀 없었다.

돌아오는 길에 다시 진도대교 휴게소에 내려 기념품 가게에서 진돗개 강아지와 토산품들을 둘러보다가 紅酒를 비롯한 몇 가지 물건들을 구입하여 걸어서 다리를 건넌 다음, 명량해전 기념공원이 있는 해남 쪽에서 대교 아래의 울돌목으로 내려가 급한 물살을 구경하기도 하였다. 오후 여섯 시 가까운 시각에 거기를 출발하여 왔던 코스로 진주에 돌아왔다.

17 (일) 맑음 -토함산, 골굴사, 만불사

아내와 함께 청백산악회를 따라 경주의 토함산(745m)에 다녀왔다. 원래는 일출산악회를 따라 경북 영덕군에 있는 팔각산에 갈 예정이었으나, 집합장소인 귀빈예식장 앞으로 나가 보았더니, 출발예정 시각인 7시 30분에서 아직 15분 정도나 남아 있음에도 불구하고 한 대 대절한 관광버스가 이미 만원이어서 우리 좌석이 없으므로, 8시에 인사동 서부탕 앞으로 모이게 되어 있는 청백산악회 쪽으로 가게 된 것이었다.

대절버스 한 대로 남해고속도로와 경부고속도로를 따라 경주 시내에 진입하여, 박물관 부근과 보문단지를 거쳐 동해안의 甘浦로 가는 길을 따라 올라가다가 秋嶺에서 터널 위의 舊도로 쪽으로 올라 望海洞휴게소 주차장에 내려 등산을 시작하였다. 휴게소 건물 바로 뒤편에서 등산로가 시작되고 있었으므로 11시 남짓부터 급경사의 양쪽으로 쳐 진 흰 로프를 잡고서 산을 오르기 시작하여 한 시간 반 정도 걸려 정상에 도착하였다. 도중에 석굴암에서 치는 듯한 범종 소리가 바로 근처에서 들려 왔고, 정상에서는 발 아래로 불국사가 내려다보이고 경주 시내와 감포 쪽을 한 눈에 조망할 수 있었다.

정상 부근의 능선에서 호젓한 장소를 골라 아내와 둘이서 준비해 간 도시락과 주최 측으로부터 받은 소주 한 병으로 점심을 들었다. 식사를 마친 후 앉았던 능선을 따라 나 있는 작은 길로 걸어내려 왔는데, 그것은 끝내 올라왔던 길과 합류하지 않는지라 하산 시간에 늦을까봐 잘 모르는 오솔길을 둘이서 허급지급 달리다시피 내려왔다. 오후 세 시까지 하산하라고 한 말을 내가 두 시로 잘못 알아들어 능선 하나 아래쪽의 차도에 다다른 후, 포장도로를 따라 걸어 올라가 2시 15분경에 남 먼저 출발장소인 휴게소에 도착하였다.

일행이 다 내려오기를 기다려, 대절버스는 감포 방향으로 내려가 경주시 양북면 안동리의 含月山에 있는 骨窟寺에 들렀다. 이곳에는 절 위쪽 언덕의 석회암 암벽에 보물 제581호로 지정되어 있는 磨崖如來佛座像이 있었다. 절의 건물 등은 모두 근자에 새로 지어진 것이었는데, 전 기림사 주지였던 薛寂雲 스님의 업적이라고 한다. 또한 이 절에서는 밀교적 형태로 발전된 佛家의 秘傳 수련법이라 하여 禪武道 대학을 설치하고 있는 점도 특이하였다. 범어사 佛敎金剛靈觀 觀主인 兩翼 스님의 법맥을 이은 大金剛門이라 칭하며, 올해 기준으로 청소년은 1일 2만5천 원, 1달 60만 원, 일반인은 1일 3만 원, 1달 65만 원에다 도복·교재비는 별도로 되어 있는 수업료를 받고 있었다.

거기서 다시 왔던 길을 따라서 경주 시내로 돌아와 영천 쪽으로 가는 중앙선 4호 국도를 따라가다가, 乾川을 지나 임포리 조금 못 미친 지점에 위치한 영천시 북안면 고지리 산46번지의 萬佛山 萬佛寺에 한 시간 정도 머물러 경내를 두루 둘러보았다. 1/10만 도로교통지도에는 이곳 방산(327.4m)에 용수암이 위치해 있는 것으로 보이는 점으로 미루어보더라도 이 절이 최근에 이루어진 것임을 알 수가 있는데, 일종의 대형 납골당 및 부도형 공원묘지를 개발하여 대대적인 확장을 추진하고 있는 도중이었다. 만불산이라 함은 법당에 해당하는 만불보전에 17,000좌의 소형 불상이 봉안된 데서 유래한 것이다. 이 절의 불상들은 공장에서 똑같은 규격으로 주문 생산한 것이라 예술적 가치라고는 찾아볼 수 없는 것들이었다. 대구에서 격주간으로 ≪만불신문≫도 한 회 20만 부씩 발행하고 있었다.

경산과 대구를 거쳐 구마고속도로와 남해고속도로를 경유하여 밤 열 시 남짓에 진주의 우리 집에 도착하였다.

7월

8 (일) 맑음 -물한계곡

아내와 함께 서민산악회의 7월 산행에 동참하여 충북 영동군 상촌면에 있는 勿閑계곡에 다녀왔다. 오전 8시 30분까지 장대동 경남스토아 앞에 집결하여 대절버스 두 대로 출발하였다. 갈 때는 대전 가는 고속도로와 88고속도로를 경유하여 거창에서 일반국도로 접어들어 김천 쪽으로 나아가다가, 도중에 579번 국도로 꺾어 무릉천을 따라 산길을 한참 올라서 경북과 충북의 경계인 질매재를 넘어 영동군에 접어들었다.

물한계곡은 각호산·민주지산·석기봉·삼도봉 등 1,000m가 넘는 높은 산들이 둘러싼 골짜기의 물을 모아 흘러서 月留峰이 있는 황간의 寒泉마을까지에 이르는 20km 정도의 강물을 총칭한다고 하지만, 실제로는 근년에 생긴 黃龍寺 일대에서부터 삼도봉 등산로 아래까지의 계곡을 가리키는 말인 듯하다. 아내와 함께 철책이 쳐 진 계곡을 따라 올라가다가 철책 문이 열린 곳으로 들어가 한적한 계곡에서 점심을 들고, 다시 철책을 따라서 올라가 그것이 끝난 삼도봉 아래 길 가의 계곡물이 흐르는 바위 위에 드러누워 낮잠을 좀 자다가 내려왔다. 예전에도 등산길에 이곳을 경유한 적은 있었으나 당시의 기억이 선명치 못하므로, TV 같은 데서 한국에서 가장 자연이 잘 보존되어 있는 광대한 계곡 정도로 소개하고 있던 것을 생각하고 다시 찾아왔지만, 지리산 주변에서 흔히 보는 정도의 골짜기에 지나지 않는다는 느낌이었다.

오후 네 시 반쯤에 주차장을 출발하여, 돌아오는 길에는 김천을 둘러 거창으로 향하였다. 시간적 여유가 있어 여기저기의 주차장마다에서 한참씩 정거하였으므로, 결국 밤 아홉 시 반쯤에야 집에 도착하였다.

15 (일) 맑으나 밤에 비 -사명대사비각, 백운산, 쇠점골, 호박소

아내와 함께 삼덕산우회와 신평산악회의 합동 산행에 동참하여 밀양시 산내면에 있는 백운산(885m)과 쇠점골에 다녀왔다. 오전 8시까지 공설운동장 실내체육관 앞에 집결하여 대절버스 한 대로 출발하였다.

나는 늘 그렇듯이 ≪경남일보≫의 등산안내 난을 보고서 동참하게 된 것이지만, 알고 보니 삼덕산우회의 현 회장은 농협에 근무하다가 구조조정으로 말미암아 지금은 퇴직해 있는 우리 내외의 오랜 산 친구 박양일 씨였고, 총무도 역시 백두대간산악회를 통해 함께 자주 산행을 한 바 있는 사람이었다. 이 산악회는 사단법인으로 되어 있는 삼덕자연보호단의 부설 기구라고 한다. 신평산악회는 아파트 단지가 밀집해 있는 신안동·평거동 일대의 주민들이 1년 전쯤에 결성한 것인데, 평소는 승용차를 스스로 운전하여 산에 다니다가 오늘 삼덕산우회에 동참하게 되었다고 한다. 사천의 洙陽산악회 회원도 동참하여 자기네 회지인 『하늘먼당』 창간호를 배부해 주기도 하였다. 그렇다고는 하지만, 장마철이라 비가 올 것을 염려해서인지 오늘 산행에 참가한 사람은 모두 해서 서른 명 남짓에 불과하였다.

남해고속도로와 구마고속도로를 따라가다가 靈山 근처에서 일반국도로 빠져 부곡온천장을 지나 밀양 군내로 들어갔고, 도중에 국난이 있을 무렵이면 땀을 흘린다는 사명대사비각에서 잠시 정거하기도 하였다. 밀양 시내를 거쳐, 1,000m 이상 되는 산들이 밀집한 영남알프스의 최고봉인 가지산에서 서남쪽으로 뻗은 지능선상에 위치한 백운산 자락에 도착

하였다. 산내면 삼양리의 마을 안쪽으로 들어가서 차를 내려 사과 과수원의 농로를 따라 걸어 올라가며 등산을 시작하였다.

백운산 정상에 올라 주위의 산세를 조망하고, 건너편 골짜기의 구룡소 폭포로 내려와서 점심을 들었다. 폭포 아래쪽 제일관광휴게소 입구에서 다시 대절해 온 버스에 올라 석남터널 입구까지 가서는 거기서 쇠점골 (석남계곡)을 따라 한참을 걸어 내려와서 백연사·호박소가 있는 지점에서 쉬다가, 찻길을 따라 얼음골 입구의 주차장까지 걸어 내려왔다. 아내는 백운산 정상의 바로 몇 미터 아래까지 갔으나, '산은 산이요 물은 물이라'면서 정상에는 오르지 않았고, 하루 운동으로서는 충분한 거리를 이미 걸었다면서 쇠점골 일주에도 참가하지 않았다.

22 (일) 맑음 -대성산

가람뫼산악회를 따라 충북 옥천의 大聖山(705m)에 다녀왔다. 8시까지 동명극장 맞은편 제일은행 앞에 집결하여, 대절버스 한 대로 출발하였는데, 회장·총무·산행부장 등이 모두 아는 사람들일 뿐 아니라, 백두대간 산악회의 멤버 두 명도 참가하여 낯익은 이들이 제법 여러 명이었다. 우리 내외도 이제 등산 경력이 제법 되는지라 진주 시내의 어느 산악회에 참가하더라도 그 중에 아는 사람이 몇 명씩은 있는 것이 보통이다.

차는 대전행 고속도로와 88고속도로를 경유하여 거창에 다다랐다가, 마리면과 고제면 쪽으로 방향을 잡아 羅濟通門을 거쳐서 전북의 무주군에 들어갔고, 거기서 다시 충북 영동군을 거쳐 옥천군에 이르렀다.

대성산은 충북 옥천군 이원면과 충남 금산군 군북면의 경계 지점에 위치해 있는데, 우리 일행은 이원면 의평리의 대성초등학교 부근 국도에서 차를 내려 산을 향하여 난 포장된 농로를 따라 제법 한참 걸어 들어간후, 오른쪽 계곡을 따라 등산을 시작하였다. 이 계곡에서는 도중에 네개를 폭포를 만날 수 있는데, 첫 번째와 두 번째는 비교적 규모가 작고, 세 번째와 네 번째는 20m가 넘어 제법 웅장한 멋이 있다. 세 번째 폭포 옆에는 墓碣 모양의 높이 50cm 정도 되는 작은 비석이 서 있어 그 앞면에 '絶壁當空險 寒泉倒掛流 殷殷雷鼓轉 源雲滿山頭'라는 五言絶句 한 수가 새겨져 있었다. 대성산 정상은 이 마지막 句로 말미암아 데구름 또는 德雲峰이라 불리기도 한다고 한다.

이 산 북쪽 자락의 沃川郡 伊院面 江靑里에 서원동이 있는데, 그 마을에서 산 쪽으로 좀 내려온 곳에 옥천에서는 최초로 세워졌던 三溪書院 터가 있어 아직도 석축의 흔적이 남아 있다고 한다. 내가『유교대사전』등을 통해 찾아본 바에 의하면, 그 서원은 1608년(선조 41)에 창건하여 金彭齡·郭詩·趙憲을 配享하였으며, 1621년(광해군 13)에 중수한 바 있는데, 1657년(효종 8)에 조헌의 位次 문제로 당쟁에 휘말려 毁撤되고 말았다고 한다.

대성산은 옥천 부근에서 서대산(905m)을 제외하고서는 가장 높다고 한다. 출발지의 마을 쪽에서 바라보면 그저 나지막한 야산에 불과하여 이렇다 할 특징이 없었지만, 막상 올라보니 제법 하루 등산 감으로서는 넉넉할 정도로 다양한 모습과 길이를 갖추고 있었다. 우리는 정상을 10m 남짓 지난 지점의 능선에서 점심을 들고는 계속 능선을 따라 걸어서 느티나무가 두 그루 서 있는 꼬부랑재에서 왼쪽 방향의 길로 접어들어 출발지점으로 되돌아왔다. 올 때의 코스를 경유하여 밤 아홉 시 무렵에 진주에 도착하였다.

8월

12 (일) 흐림 −만연산, 만연사

아내와 함께 서민산악회의 정기 산행에 참가하여 전남 화순군 화순읍의 북쪽에 있는 萬淵山에 다녀왔다. 오전 8시 30분까지 장대파출소 건너 경남슈퍼 앞에서 모여 대절버스 두 대로 출발하였다. 모처럼 동명고등학교 영어 교사를 하다가 명예퇴직 한 육윤경 선생과 그 친구인 사회과 교사 이 선생과 더불어 같은 버스를 타고서 동행하게 되었다.

남해고속도로와 호남고속도로를 따라 광주 방향으로 향하다가 승주군 주암면의 주암 인터체인지에서 일반국도로 접어들었고, 22번 국도를 경유하여 동복면을 지나서 화순읍에 진입하였다. 만연산은 그 북쪽 약 5리 지점에 위치하였는데, 일행 가운데서 등산할 사람들 스무 명쯤은 만연폭포 아래쪽의 유천리에서 하차하였고, 계곡에서 놀기를 원하는 나머지 사람들은 그냥 버스에 남아 다른 곳으로 갔다가 오후 5시 10분에 헤어진 지점에서 다시 합류하기로 하였다.

만연폭포는 폭포라기보다는 돌담으로 남녀의 칸을 갈라놓고서 떨어지는 한 줄기씩의 가느다란 물줄기에 물 맞기를 하는 목욕 장소였다. 만연산은 그다지 높지 않은 평범한 야산이었다. 아내와 나는 앞서가는 일행의 뒤를 따라 올라가다가 정상을 지나서 능선을 따라 한참 더 간 지점의 조망이 트인 바위 위에 걸터앉아 준비해간 도시락과 산악회로부터 나누어 받은 주먹밥 및 소주 한 병으로 둘이서 점심을 들었다. 그쪽 능선을 거의 다 걸어가서 만연저수지 건너편 능선과 연결되는 재에서 골짜기를 향해 난 오솔길을 따라 내려오다 보니 사람이 잘 다니지 않는 까닭에 길이 가시덤불로 막혀 있는 지점이 한참 계속되었는데, 그것을 들추면서 헤쳐 나오다가 풀숲에서 작은 송아지만한 노루 한 마리와 마주치기도 하였다.

만연계곡의 큰길로 다 내려온 지점의 길가에서 巽庵 丁若銓·茶山 丁若鏞 형제가 젊은 시절 화순현감으로 부임한 부친을 따라 와서 독서하던 장소인 東林寺 터로 가는 갈림길 옆에 정치인 朴錫武 씨가 다산의 '東林寺讀書記'를 번역하고 또한 당시의 사실을 설명한 큰 비석이 서 있어서 그 비문을 읽어보았는데, 난데없이 거기서 출발 무렵에 헤어졌던 육 선생을 만나게 되었다. 육 선생은 근자에 건강 상태가 좋지 못해 반 년가량 좋아하는 등산도 중단하지 않을 수 없는 지경에 이르러 있었다고 한다. 오늘도 일행으로부터 뒤쳐져 혼자서 산길을 걷다가 우리 내외와 우연히 그 지점에서 만나게 된 것이었다.

육 선생의 뒤를 좇아 그 위쪽에 있는 萬淵寺로 올라가 보았다. 「동림사독서기」의 첫머리에 보이는 바로서는 동림사는 만연사의 부속 암자 정도였던 것 같으며 만연사는 이 고장 출신인 고려 시대의 명승 眞覺 慧諶과도 관련이 있는 모양인데, 지금의 절 건물은 대부분 세운지 얼마 되지 않는 새 것이었다. 그 입구 부근에 산재하는 건물들 여기저기에서 판소리 연습하는 젊은 여자들이 小鼓와 마룻바닥에 두드리는 빈 비닐 음료수통으로 장단을 맞춰가며 창을 하는 소리가 절 안까지 들려오고, 5.18 광주사태 때 계엄군으로부터 탈취한 소총 300여 정을 만연사에 보관하고 있었다는 설명문도 절 입구에 붙어 있어 전라도다운 분위기를 느낄 수가 있었다.

절 구경을 마친 다음 우리 내외는 걸어서 나오는 도중에 우연히 택시를 만나서 그것을 타고 등산 출발지점으로 돌아왔고, 나는 만연폭포로 올라가서 목욕을 하기도 하였다. 진주로 돌아오는 길에는 예전에 황 서방 내외의 차를 타고서 장인 내외를 모시고 함께 전남 지방을 드라이브하다가 들른 바 있었던 주암댐 준공기념비가 있는 전망대에 들르기도 하였다.

집으로 돌아와 『俟庵先生年譜』를 펼쳐 보았다. 다산은 16세 때인 正祖元年 가을에 16세의 나이로 임지인 和順縣에 부임하는 부친 丁載遠을 따라서 화순에 왔고, 17세 때에는 겨울 4개월 동안 네 살 연상인 그의 형 손암과 더불어 동림사에서 공부하였으며, 그 해 가을에 이웃한 同福縣에 있는 勿染亭에서 놀고 瑞石山, 즉 지금의 광주 無等山에 놀기도 하다가, 18세 때 부친의 명으로 서울로 돌아가 과거공부에 몰두하게 되었던 것이다.

또한 湛軒 洪大容도 29세 때인 영조 35년(1759)에 나주목사로 있는 부친 洪櫟의 임지를 여행하였다가, 이 해 봄에 瑞石山에 노닐고 아버지의 권유에 따라 동복의 勿染亭으로 당시 이미 70여 살이었던 숨은 실학자 石堂 羅景績을 찾아가 그의 도움으로 渾天儀를 제작하게 되었던 것이다. 10만 분의 1 도로교통지도에 의하면 지금 화순군 동복면의 북쪽에 있는 이서면의 同福湖 북쪽 끄트머리 창랑리에 물렴이라는 지명이 있고, 거기에 名勝 물염절벽이 있으니, 물염정은 여기에 위치해 있었던 것인가 한다.

9월

1 (토) 맑음 -백령도, 심청각

우리 일행이 탄 관광버스 두 대는 약 여섯 시간 동안 달려 새벽 다섯 시 무렵에 인천항에 도착하였다. 몇 년 전 여름방학에 가족과 함께 배로 중국의 天津까지 왕복했을 때와 비교하면 인천항의 여객선 부두는 장소도 달라지고 건물도 전혀 새 것이었다. 국제여객선 터미널 건물에 들어가 잠시 세수 등을 마친 후, 국내여객선 터미널 옆의 도로 가에서 주최 측이 준비해 온 도시락으로 조식을 들고서, 8시 10분 발 쾌속여객선인 백령아일랜드에 올랐다. 이 배 2층은 우리 일행의 전용 공간이 되었다.

소청·대청도를 거쳐 오후 한 시 무렵에 삼팔선 직하의 북위 37도 52분인 서해 쪽 최북단 白翎島의 동쪽에 위치한 용기포 여객터미널에 도착하였다. 부두 식당에서 매운탕으로 중식을 마친 다음, 다시 현지의 전세버스 세 대에 분승하여 인천광역시 옹진군 백령면의 소재지인 진촌리로 이동하여 이화장모텔에 방을 배정 받았다. 나는 남자 아홉 명이 301호실에, 아내와 회옥이는 다른 여자들과 함께 308호실에 들었다.

방 배정을 마친 다음 배낭은 방에 두고서 다시 대절버스에 탑승하여 백령도의 서북단인 두무진으로 이동하였다. 두무진에서는 유람선을 타고서 명승 8호로 지정된 해안의 깎아지른 바위 절벽을 구경하며 연화리 일대까지 다녀왔다. 그 일대에서는 가마우지 새와 물개들을 많이 구경할 수가 있었다. 최전방인 백령도가 관광지로서 개발된 것은 불과 3-4년 전부터라고 하는데, 지금 주민은 4,233명인데 비해 주둔하는 군인의 수가 그보다 많아 전체 거주자는 9천 명이 좀 넘는다고 하며, 섬 전체가 요새화 되어 남녀 주민도 비상시 군사 활동에 동원될 수 있는 체제라고 한다. 두무진의 경승지 절벽에도 깎아지른 바위 속에 군인이 경비하는 요새가 있었다.

유람을 마친 후 배가 출항한 장소로 돌아와서 언덕 위에 세워진 통일기원비를 둘러보고 그 일대의 바위 절벽을 산책하였다. 구경을 마치고서 유람선 출발 장소 부근의 항구로 돌아와 두무진 마을의 모습을 둘러보았고, 바닷가의 상점에서 해삼과 성게, 고동을 좀 들기도 했다. 너무 양이 많아 옆에 앉은 우리 일행에게 대부분 나눠주었더니, 해삼 값 2만 원만 제대로 받고 성게는 공짜요 삶은 고동 값은 5천 원만 받았다.

갔던 길을 경유하여 숙소로 돌아온 후, 이화장모텔 1층의 식당에서 저녁식사를 들고서 이후는 자유 시간을 가졌다. 우리 가족은 걸어서 반 시간 남짓 걸리는 거리의 섬 동북쪽 언덕 위에 새워진 沈淸閣까지 산책을 다녀왔다. 심청각은 불과 몇 년 전에 세워졌고 그 뒤뜰에는 바다에 몸을 던지는 심청이의 모습을 새긴 동상도 있었다. 심청각 1층은 고전소설 『심청전』과 관련된 전시실이요, 2층은 바다 건너편으로 바라보이는 북한 땅에 관한 전시실이라고 하지만, 이미 폐관된 시각이라 안으로 들어갈 수는 없었다. 망원경으로 북한 땅을 바라보기도 하였는데, 바다 건너 12km 떨어진 곳에 길게 이어진 육지는 북한의 황해도 장연군 옹진반도로서 그 반도의 서쪽 끝이 장산곶이요 보이지 않는 그 뒤쪽이 몽금포이며, 장산곶과 두무진 사이의 바다 가운데 어느 지점이 바로 심청이가 공양미 삼백 석을 받고서 몸을 던진 임당수이다. 그곳은 언제나 물살이 세어 파도가 거칠다고 한다. 섬의 남쪽에는 심청이가 용궁에서 타고 올라온 연꽃이 걸려 정박한 곳이라고 하는 연봉이라는 바위섬도 있고, 아까 다녀온 연화리도 이 전설에서 유래하는 것이라고 한다.

심청각에서 석양의 모습을 감상하다가 숙소로 돌아오는 길에 여기저기 날아다니는 반딧불을 구경하기도 하였다.

2 (일) 맑음 -백령도 육지 관광
4시 반쯤에 기상하여 나는 다시 한 번 심청각까지 올라가 일출의 모습을 구경하였다. 심청각 바로 옆에 砲臺가 있는데, 다른 일행을 따라 거기까지 갔다가 뒤늦게 올라온 군인에게 쫓겨 나오기도 하였다.

이화장모텔 안에서 조식을 마친 후, 체크아웃하고서 대절버스를 타고 육지 관광 길에 나섰다. 먼저 용기포의 등대 쪽으로 갔다가 물때에 맞지 않다고 하여 방향을 돌려 동남쪽 사곶 마을을 지나 남쪽의 남포 2리에 위치한 천연기념물 392호로 지정된 콩돌해안으로 향했다. 이곳은 파도에 씻겨 콩알 만해진 돌들이 모래사장 대신 무수히 깔려 있는 곳이었다. 그 근처의 해안을 둘러보고서, 염전과 灣을 막아서 담수호로 만든 지역을 통과하여 용기포의 등대 부근 해안의 흰연동굴 등을 둘러본 다음, 천연기념물 391호로 지정된 사곶천연비행장을 거쳐 사곶마을에 가서 이 지방 특산인 메밀냉면으로 중식을 들었다.

오후 1시 10분에 어제 타고 왔던 백령아일랜드 호를 타고서 이번에는 1층 좌석에 앉아서 오후 5시 20분경 인천항으로 돌아왔다. 국제선터미널 앞에 대기하고 있는 버스에 탑승하여 진주로 하행하다가 금산인삼랜드 휴게소에서 우동으로 간단한 석식을 든 다음, 한국 영화 〈친구〉를 시청하면서 진주로 돌아왔다. 자정이 좀 넘은 시각에 공설운동장 앞 출발지점에 도착하여 1호 차로 갈아타고서 우리 아파트 앞까지 왔다.

9 (일) 비 -황매산 별장

황 서방이 청하여 점심 때 장모님을 모시고서 우리 부부와 황 서방 내외가 함께 시내의 전신전화국 앞 성림숯불갈비에서 점심을 들고, 황 서방의 봉고 형 승용차에 동승하여 그의 계모가 계신 합천군의 별장으로 가보게 되었다. 원지 근처를 거쳐 단계와 가회를 지나서 晦峴書院이 있었던 장소의 삼거리에서 길을 잘못 들어 삼가 읍내에까지 이르렀다가 도로 돌아가 그믐재(晦峴)를 지나 합천댐 쪽으로 접어들었다. 별장이 있는 곳은 합천댐으로 향하는 가회면의 언덕을 다 올라와 黃梅山에 들어가는 입구에 위치한 둔내리의 두실마을에 위치해 있었다.

그 마을의 붉은 기와로 덮은 두 채의 건물 중 안채는 이 별장의 원래 주인인 진주 중앙시장에서 미도직물이라는 양복점을 경영하는 草溪鄭氏 아주머니네 집이고, 문간의 한 채는 황 서방의 계모가 가정부를 겸한 가족의 일원으로서 데리고 있는 중년 여인과 함께 2년 전부터 쓰고 있었다. 미도직물 아주머니는 이 부근이 고향이라고 하는데, 장모님과도 오랜 친구여서 우리 내외가 결혼할 때 혼수로서 마련한 내 양복들도 그 집에서 맞춘 것이라고 한다. 별장과 그 주변의 대숲 및 밤나무 숲을 아울러 약 삼천 평 정도의 토지가 그분의 소유로 되어 있다고 했다.

얼마 동안 앉아서 차와 과일을 들며 대화를 나누다가 밤 밭에서 수확한 햇밤을 각각 한 꾸러미씩 얻어서 황 서방 계모 일행과 함께 돌아왔다. 귀로에 합천댐 水門 옆의 물 전시관에 들어가 호수의 풍경을 조망하기도 하였고, 황강을 따라 합천 입구에까지 이르러 진주 쪽으로 향해 가다가 남명의 출생지인 토동 근처 대의마을에 있는 암소갈비집에 들러 간단한 저녁을 들기도 했다.

16 (일) 맑음 -용봉산, 충의사

아내와 함께 한라백두산악회의 101차 정기산행에 동참하여 충남 홍천군과 예산군의 사이에 위치한 龍鳳山(381m)에 다녀왔다.

오전 8시 대절버스 한 대로 장대동 어린이놀이터 앞을 출발하여 60령을 거쳐서 대전까지 갔다가, 새로 지은 2002년 월드컵 경기장 부근에서 공주 방향으로 나아갔는데, 공주 입구에서 심한 교통정체로 한 시간 가량 지체되었다. 백제 부흥군이 활동하던 임존산성 입구와 홍성읍을 거쳐 오후 1시 반 무렵에 홍성군 홍북면 상하리의 용봉초등학교에 도착하여 등산을 시작하였다.

용봉산과 노적봉·악귀봉을 거쳐서 보물로 지정된 고려 초기의 마애불이 있는 용봉사를 둘러보고, 다시 병풍바위·수암산을 거쳐 그다지 높지 않은 연봉들을 완전히 종주하여 오후 여섯 시 반쯤에 예산군 덕산면 신평리에 있는 덕산온천으로 하산하였다.

돌아오는 길에 그 인근에 있는 매봉 윤봉길 의사의 영정을 모신 사당인 충의사에 잠깐 들렀다가 아산·천안을 거쳐 경부고속도로에 올랐고, 대전에서 다시 무주·장수를 거쳐 88고속도로와 대전-진주 간 고속도로를 거쳐서 다음날 밤 1시가 지나서 집에 도착하였다.

21 (금) 맑음 -선유동

아침 첫 시간 수업을 마치고서 아내로부터 전화가 걸려오기를 기다려 의대 구내의 간호학과가 들어 있는 의학도서관 건물 앞으로 차를 몰고 가서, 아내와 함께 산청군 신안면 수월리에 황토찜질방으로 갔다. 두리는 오전 아홉 시 무렵에 우리 집으로 차를 몰아 온 처제 및 장모와 함께 먼저 그리로 가 있었다. 거기의 여자 찜질방에서 함께 땀을 내며 대화를 나누다가, 다른 여자 손님들이 왔으므로 우리 일행은 전용 공간인 바로 옆의 별채 건물로 옮겨 찜질을 계속하였다.

점심을 들고 난 후, 나는 산길을 따라 끝 간 데까지 올라가 보고서 잡초에 묻혀 길이 끊어진 지점에서 돌아 내려왔다. 내려오는 도중에 길가에 저절로 떨어져 있는 알밤을 주워 바지 포켓에 담고 있다가 주인인지 모를 중년 부부 중 아주머니가 자기네 농사지은 것이라고 하는 바람에 만류에도 불구하고 그 동안 주운 것을 모두 돌려주었다. 仙遊洞계곡의 '德溪吳先生杖屢所'라는 암각이 있는 지점까지 다시 올라가 보았고, 좀 더 상류의 계곡물에서 혼자 목욕도 하였으며, 계속되는 산속 오솔길을 따라 한참 더 올라가 보다가 아내와 약속한 시각인 오후 네 시가 가까워 오므로 황토찜질방으로 되돌아 내려왔다.

거기서 주위가 조금 어두워 질 무렵까지 찜질을 더 계속하다가, 진주로 돌아와 칠암동에서 추어탕정식으로 저녁식사를 들고 난 후 장모 및 처제와 헤어져서 집으로 돌아왔다.

10월

3 (수) 맑음 -송광사

개천절이라 또 하루를 쉬었다.

오후 한 시 반 남짓에 황 서방 내외가 장모님을 모시고서 봉고 형 승용차를 몰고 왔으므로, 우리 내외도 그 차에 동승하여 함께 추수가 진행되고 있는 가을 들녘의 풍경을 바라보며 승주 송광사까지 가보았고, 돌아오는 길에 섬진강 어귀의 바다와 합류하는 지점 부근에 위치한 전남 광양군 진월면 망덕리의 나루터횟집이라는 곳에 들렀다. 바다를 면하고서 원두막 같은 건물이 수없이 늘어선 횟집 동네 가운데서 가장 안쪽에 위치한 점포였다. 전어회와 구운 전어를 안주로 황 서방과 나는 보해소주를 두 병 비우고 여자들은 음료수를 마시다가 거기서 저녁식사까지 하고서 밤 여덟 시 반쯤에 집으로 돌아왔다.

7 (일) 맑음 -주왕산

아내와 함께 청우산악회의 제6회 정기산행에 동참하여 경북 청송의 주왕산국립공원에 다녀왔다. 주왕산에는 여러 차례 가보았지만, 아직 산의 정상에 올라보지 못했기 때문이었다. 대절버스 한 대와 봉고 차 한 대로 출발하여 남해·구마·중앙고속도로를 거쳐 경북 義城에서 일반국도로 접어들었다.

주왕산에 도착하여서는 大典寺를 좀 지난 지점에서 산길로 접어들어 해발 720.6m의 정상에 올랐고, 칼등고개를 경유하여 제2폭포 쪽으로 하산하는 길에 조그만 언덕 위에서 점심을 들었다. 제3·제2폭포를 경유하여 큰길을 따라 하산하였다.

오후 다섯 시쯤에 우리 내외는 조용한 쪽을 취해 봉고 차로 옮겨 타서 출발하여, 안동대학교 앞을 경유해 밤 아홉 시 남짓에 진주에 도착하였다.

14 (일) 맑음 -보현산

아내와 함께 다람쥐산악회의 정기산행에 동참하여 경북 영천시 화북면과 청송군 한서면의 경계에 위치한 普賢山(1,124.4m)에 다녀왔다. 오전 여덟 시 도동의 남강전화국 앞에서 집결해 대절버스 한 대로 출발하여, 남해·구마고속도로를 경유해 영천으로 접근하였다.

약 세 시간 걸려서 산 아래에 도착해 보니, 소문으로 들은 바와 같이 보현산 위에는 천문대가 들어서 있어 거기까지 2차선 포장도로가 개설되어 있었다. 천문대 아래의 주차장에서 하차한 후, 천문대로 올라가 그

곳의 전시관과 국내 최대인 직경 1.8m의 광학망원경이 설치되어 있는 건물 및 그 뒤쪽의 바위로 된 산봉우리에 올라보았고, 이어서 건너편의 정상 표지석이 있는 시루봉에 올랐다. 시루봉에서는 여러 사람들이 패러글라이딩을 하고 있었다.

시루봉에서 부약산과 法龍寺를 거쳐 龍沼洞 부들밭 쪽으로 하산하기 위해 내려오다가 도중에 점심을 들었다. 우리 내외가 먼저 식사를 마치고 출발하였는데, 도중에 어떤 중년 남자 하나가 빠른 걸음으로 뒤따라오므로 길을 양보해 주었더니, 그는 앞질러 갔다가 한참 후에 되돌아오는 것이었다. 우리 내외가 다시 앞장서 나아가는 도중에 갈림길이 있었는데, 우리는 부산의 어느 산악회가 붙인 산길을 안내하는 하얀 리본이 붙어 있는 직진 코스를 취해 나아갔다가 부약산인 듯한 봉우리를 하나 만나 길이 잘 보이는 오른쪽 방향으로 꺾어서 계속되는 리본을 따라 전진했다. 그러나 지도상에는 부약산 정상에서 얼마 안 떨어진 거리에 위치한 법룡사가 가도 가도 나타나지 않으므로, 배낭에서 나침반을 꺼내어 몇 차례나 지도와 대조해 보았다. 방향이 어긋난 듯하지만 확실히 알 수가 없고 이제 와서 되돌아갈 수도 없으므로 어쨌든 앞으로 계속 나아갔다. 한참을 더 걸은 후에야 비로소 버섯 캐는 남자 두어 사람을 만나 그들에게 길을 물었더니, 우리는 방향을 크게 잘못 잡아 보현산에서 용소동으로 이어진 서남쪽 능선이 아닌 서북쪽으로 와서 법화리도 더 지난 지점에 현재 위치해 있다는 것이었다. 시루봉의 안내판에서 洛東正脈 운운하는 구절을 읽은 기억이 있는데, 우리는 하산길이 아닌 낙동정맥 코스의 능선 길을 따라 온 것인 듯했다.

길을 묻고 있는 도중에 아까 우리를 앞질렀다가 되돌아갔었던 중년 남자가 다시 우리를 뒤따라 왔다. 일행을 만나니 한결 마음이 놓여 그의 뒤를 따라서 계속 나아가다가 하송리 쪽 골짜기로 내려와 35번 국도를 따라 걸어서 용소동 부들밭 휴게소에 정거해 있는 우리의 대절버스까지 왔다. 우리가 제일 먼저 도착했다고 하므로, 휴게소의 벤치에서 맥주를 한 병 마시고 있었더니, 집행부의 젊은 남자가 한 명 더 도착하였다. 나는 아까 함께 왔던 중년 남자가 법룡사 쪽으로 올라갔다는 말을 듣고서 그 뒤를 따라 다시 산길을 오르고, 아내를 실은 버스는 우리가 갔던 방향으로 나아간 일행을 태우러 그쪽으로 떠났다.

용소동에서 2.2km 정도 떨어진 법룡사까지 이어지는 가파른 1차선 비포장도로를 따라 계속 올라가던 도중에 얼마 남지 않은 지점에서 내려오고 있는 그 남자를 만나 함께 하산하였다. 오후 다섯 시 무렵에 아까 맥주를 마셨던 휴게소에서 나머지 일행을 싣고 이미 도착해 있는 대절버스를 타고서 귀가 길에 올랐다.

28 (일) 맑으나 낮 한 때 흐리고 빗방을 ―팔각산

지난주 중에 광주에 다녀오기도 했고 날씨도 좋지 못할 것이라고 하므로, 이번 일요일 하루는 집에서 책을 읽으며 보내고자 했으나, 아침이 되어 간밤 내내 내리던 비가 그치고 하늘이 맑아지는 것을 보니 마음이 동하여 아내와 함께 금산산악회의 10월 정기산행에 참여하여 경북 영덕군 달산면에 있는 八角山(628m)에 다녀오기로 했다.

오전 여덟 시 반쯤에 부산교통의 관광버스 두 대로 장대동 현대예식장 앞을 출발하여, 남해고속도로와 경부고속도로를 경유하여 경주와 포항 쪽 일반국도로 접어들었다. 도중에 진영과 화진포에서 두 차례 정거한 다음, 강구에서 해안도로를 버리고 내륙의 산골짜기로 접어들어 얼마 후 목적지에 도착하였다.

팔각산은 玉溪계곡에 위치해 있는데, 산 능선을 따라 바위로 된 여덟 개의 봉우리가 솟아 있다 하여 이러한 이름으로 불린다고 한다. 가을 단풍에 물든 주변의 산세가 수려하였다. 제1봉에서부터 정상인 제8봉까지 간밤에 내린 비로 말미암아 미끄러워진 가파른 산길을 굽이굽이 오른 다음, 정상에서 늦은 점심을 들었다. 원점을 향해 둘러서 내려오는 길은 비교적 평탄하였다.

오후 4시 45분경에 옥계계곡의 정거장을 출발하였는데, 도중에 교통 정체로 말미암아 예정보다 훨씬 더 지체하였으므로 자정 무렵에야 집에 도착할 수가 있었다.

11월

3 (토) 흐리고 낮 한 때 빗방을 -남해도 금산

인문대학 교수친목회의 가을야유회가 있는 날인지라 동료 교수들과 함께 대절버스 한 대로 남해도의 錦山에 다녀왔다. 오전 아홉 시 반 무렵에 인문대학 광장을 출발하여 금산에 도착한 다음, 산 중턱의 주차장에서 하차하여 셔틀버스를 타지 않고서 4km 남짓 되는 언덕길을 걸어올라 셔틀버스 주차장에서 준비된 도시락으로 점심을 들었다.

정상에 올라 전망대에서 사방을 조망하고 바위 위에 걸터앉아 소주를 마신 다음, 그 부근에 있는 檀君聖殿을 둘러보고서 조망이 좋은 곳에 위치한 민박집을 겸한 식당에도 들러 절벽 옆 탁자에 둘러앉아서 막걸리 비슷한 민속주를 마셨다. 菩提庵을 경유하여 주차장으로 내려왔고, 셔틀버스를 타고서 오후 세 시 무렵에 아래쪽 주차장까지 내려왔다.

한국에서 세 번째로 크다는 남해도의 남쪽 끝인 미조 쪽으로 내려가 섬을 한 바퀴 돈 다음, 창선교 부근에서 남해읍을 경유하여 학교로 돌아왔다. 창란젓·갈치젓과 유자를 사 왔다.

11 (일) 맑음 -장안산 일대

청록회의 창립 3주년 기념 회원수련대회에 참가하여 아내와 함께 전북 장수군의 장안산(1,237m) 일대를 다녀왔다. 오전 8시 30분에 제일예식장 앞 유료주차장이 있는 남쪽도로에서 관광버스 13대로 출발하여 대진고속도로의 산청휴게소와 88고속도로의 지리산휴게소에서 정차한 다음, 장수에서 일반국도로 빠져 나와 번암면 쪽을 경유하여 芳花洞 가족휴가촌에서 하차하였다.

일행은 거기서 여러 가지 게임과 장기자랑 등을 하며 노는 모양이었지만, 우리 내외는 따로 빠져 나와 덕산리 용소계곡을 거쳐 장안산을 향해 나아갔다. 최근 한두 주 사이에 들판에는 추수가 완전히 끝나고, 산의 紅葉이 절정을 이루고 있었다. 장안산에는 이미 몇 차례 온 적이 있었지만, 그때마다 인연이 닿지 못하여 정상에는 오르지 못하고 만 지라, 이번에는 기어코 한 번 올라보기를 작정하고서 이번 산행에 참가한 것이었다.

이 용소계곡으로도 한두 번 온 적이 있었는데, 오늘 다시 와 보니 방화동에서 한참 위까지 차도와 오락시설이 정비되어 있고, 팔각정 아래 다리 부근에서 계곡을 다 벗어나니 덕산리 일대에는 양수발전소 건설 공사가 한창 진행 중이었다. 도중에 한두 차례 길을 물어 덕산교 옆 장수초등학교 덕산분교 앞에서 오른쪽 길로 접어들라는 말을 듣고 왔지만, 공사가 한창인 원덕산 마을에 당도하여 다시 한 번 길을 물으러 마을 안으로 들어가려니까 폐가의 집안으로부터 개들이 고개를 내밀고서 마구 짖어대어 아내가 기겁을 하여 나를 부르면서 옆 골짜기로 들어서는지라, 별수 없이 아내를 따라 당동 마을로 통하는 그 길을 따라 올라갔다.

도중에 옆길로 잘못 들어 산중턱에서 길이 끊어져 되돌아 내려오기도 하면서 골짜기로 연결된 길을 따라 계속 나아갔다. 한참 만에 결국 능선으로 올라서기는 하였지만, 거기는 그냥 야산이어서 길도 잘 보이지 않았고, 건너편에 우뚝 솟아 있는 높은 봉우리가 장안산인 것 같았지만, 오후 다섯 시까지는 방화동으로 돌아가야 하므로 별수 없이 고로쇠 수액 채취를 위해 연결해 놓은 호스를 따라 건너편 골짜기 쪽으로 하산하는 수밖에 없었다. 연주 마을 부근까지 내려오니 그쪽 골짜기에 비로소 장안산 가는 길을 알리는 표지판이 서 있었다.

덕산분교를 거쳐 용소계곡 위쪽까지 내려와서는 팔각정 쪽으로 방향을 잡아 샛길을 경유하여 네 시 반쯤에 방화동에 도착하였다. 거기서 점심 겸 저녁으로 도시락을 든 다음, 다섯 시 반 남짓에 출발하여 밤여덟 시 반쯤에 집에 도착하였다.

12월

2 (일) 맑음 - 옹강산

아내와 함께 지리산산악회의 산행에 동참하여 경북 청도군 운문면과 경주시 산내면의 경계에 위치한 翁江山(834.2m)에 다녀왔다. 오전 8시 30분까지 봉곡동의 박형수한의원 앞에 집결하여 대절버스 두 대로 출발하였다. 남해고속도로를 따라 마산 방향으로 가다가 산인을 지난 지점부터 근자에 새로 개통된 고속도로를 따라 진영 부근에 이르렀고, 동창원 인터체인지에서 일반국도로 접어들어 역시 새로 닦인 도로로 김해시에 속하는 진영과 창원, 밀양 등을 지나 청도군 매전면을 경유하여 운문면의 삼계리에서 하차하였다.

비포장도로를 따라 산골짝으로 걸어 들어가서 삼계리자연농장을 지나 문복산과 옹강산의 갈림길인 삼계리재에 올라선 다음, 왼쪽으로 향하여 가파른 언덕길을 한참 올라 마침내 옹강산 정상에 도착하였다. 거기서 서쪽으로 좀 더 내려간 지점에서 낙엽을 깔고 앉아 점심을 든 다음, 우리 내외는 식사를 마치자마자 남들보다 앞서 출발하여 암릉 구간이 이어지는 가운데 능선을 따라 오진리의 숲안마을 쪽으로 하산하였다. 능선 길 주위의 사방을 영남알프스를 비롯한 산줄기들이 온통 감싸고 있는지라 풍경이 아름다웠다.

9 (일) 흐림 - 산성산, 강천산(광덕산)

아내와 함께 다람쥐산악회의 12월 정기산행에 동참하여 전남 담양군 용면과 전북 순창군 팔덕면의 경계에 속해 있는 山城山(598m)과 剛泉山(일명 光德山, 583.7m)에 다녀왔다.

오전 8시 30분에 도동의 남강전화국 앞에서 대절버스 한 대로 출발하여 대진고속도로와 88고속도로를 경유하여 순창에서 일반국도로 진입하였고, 담양군 금성면 금성리 쪽에서 산성산으로 접근하였다. 꼬불꼬불한 산 고개 길을 올라가다가 버스의 왼쪽 뒷바퀴가 도로 가의 고랑에 빠져 버리는 통에 차에서 내려 상황을 지켜보다가, 결국 거기서부터 걸어서 연동사 방향으로 걸어 올라가기 시작하였다.

복원되어 있는 금성산성의 남문을 지나 발아래에 펼쳐진 담양호와 그 건너편 추월산의 풍경을 바라보면서 包谷式 산성의 성벽을 따라 걸어서 서문과 북문에 이르렀다. 동문에서 북문까지는 예전에 두어 차례 걸어본 적이 있기 때문에 북문에서 점심을 든 후 나는 전라북도와 전라남도의 경계를 이루는 산 능선을 따라 강천산으로 가보고자 하였는데, 일행으로 부터 떨어지는 데 불안을 느낀 아내는 그냥 가 버리고 나 혼자서 그 길을 걷기 시작하였다.

강천산 정상 가까운 곳의 무덤 몇 개가 있는 지점에 안내판이 서 있었는데, 비바람에 퇴색하여 잘 읽을 수가 없었다. 멀리서 뒤따라오는 사람 소리가 들리기에 거기서 기다리다가 얼마 후 바쁜 걸음으로 나타난 두 중년 남자에게 물어서 剛泉寺 쪽으로 하산하려면 정상인 왕자봉 방향으로 가야 한다는 것을 확인한 후, 거기서 혼자 점심을 들었다.

하산한 후 중종 당시의 폐비 신 씨 복위 문제와 관련된 고사가 있는 三印臺에 다시 한 번 들른 후 비구니 절인 강천사 경내에서 오층석탑을 둘러보았다. 점심을 든 장소의 안내판에는 강천사 부근에 매점 동네와 주차장이 있는 것으로 표시되어 있었기 때문에 이리로 내려왔는데, 실제 의 주차장은 거기서 계곡을 따라 한참 더 내려간 지점에 있으므로, 차라 리 내가 길을 물어본 중년 남자들이 향했던 능선 길을 계속 따라가는 편이 나을 번하였다.

주차장에 대기하고 있는 우리의 대절버스 옆에서 다른 사람들과 어울 러 산악회 측이 준비해 온 돼지머리 고기와 김치를 안주로 소주를 마시 다가 오후 네 시 반 무렵에 거기를 출발하였다.

16 (일) 맑음 -선암사~송광사 트레킹
진주교직원산악회의 12월 산행에 참여하여 아내와 함께 전남 조계산 의 선암사에서 굴목재를 거쳐 송광사에 이르는 트레킹 코스를 다녀왔다.

오늘이 음력으로 동짓달 초이튿날 내 생일이라, 간밤에 빵집을 경영하는 큰처남 황성이의 딸인 예은이가 생일 케이크를 가져와서 회옥이 방에서 함께 잤고, 등산에서 돌아온 후 회옥이로부터는 캡을, 그리고 아내로부터는 팬츠를 각각 선물로 받았다.

교직원산악회는 내년부터 정회원제로 운영하는 모양이라 우리 내외로서는 이번이 이 산악회와의 마지막 인연이 될 듯하다. 오전 8시 늘 모이는 장소인 중안초등학교 옆 도로에서 대절버스 한 대로 출발하여, 대진고속도로와 남해고속도로를 경유하여 선암사로 향하는 일반국도에 진입하였다. 안내장의 내용과는 달리 일행은 굴목재를 경유하지 않고서 대각사(서암)를 거쳐 조계산 능선 코스를 탈 모양이므로, 우리 내외는 선암사에 이르러서는 일행을 따라가지 않고서 뒤에 쳐져 모처럼 다시 한 번 사찰 경내를 둘러보고서 새로 생긴 仙巖寺 聖寶博物館도 관람하였다. 선암사의 대웅전은 현재 개수 작업이 진행 중이었다.

나는 예전에 멋-거리산악회를 따라 조계산 정상인 장군봉에 올라본 적이 있었으므로, 오늘은 오래 전부터 한 번 걸어보고 싶었던 굴목재 코스로 간다기에 이 산악회를 선택한 것이었다. 풍광이 수려한 이 코스에는 선암굴목이재와 송광굴목이재라는 두 고개가 있는데, 두 재의 중간 지점에 보리밥 정식과 술 및 음료수 등을 파는 식당이 하나 있다. 올해 들어 처음으로 눈 덮인 산길을 걸어 그 식당에 이르렀더니, 때마침 점심 무렵이라 손님이 꽤 많아서 하루에 천만 원 정도의 매상을 올릴 수 있을 듯하였다. 보리밥정식과 막걸리를 시켜 아내와 함께 들면서 손님이 거의 오지 않는 큰누나의 점포를 생각하였다.

송광사에 이르러 다시 경내의 聖寶박물관을 둘러보았다. 아내에게 오늘 하루 내 등산 스틱을 빌려주었더니, 박물관에서 나와 法頂 스님이 글을 지은 송광사의 역사를 설명한 대형 비석에 다다른 무렵에야 아내가 그 스틱을 박물관 입구에다 놓아두고 온 것을 생각해 내고서 도로 돌아가 찾아보았으나 이미 누군지가 집어간 다음이었다. 그 스틱은 독일제의 제법 비싼 것으로서 2년쯤 전에 아내가 내 생일선물로 사 준 것이었는데, 묘하게도 내 생일날에 아내가 그것을 잃어버린 것이다. 송광사 입구의 매점에서 하나에 만 원씩 하는 조립식 국산 스틱을 두 개 사서 하나씩 나누어 가졌다.

23 (일) 맑음 -능동산, 재약산, 표충사

아내와 함께 가람뫼산악회의 제59차 산행에 동참하여 경남 밀양시 산내면·단장면과 울산시 상북면의 경계에 위치한 陵洞山(982m)과 載藥山 獅子峰(1,189m)에 다녀왔다. 오전 8시 30분까지 장대동 동명극장 맞은 편에 집결하여 대절버스 한 대로 출발하였다. 남해 및 구마고속도로를 경유하여 부곡 쪽 일반국도로 접어든 후, 밀양시와 얼음골을 거쳐 가지산도립공원 경내에 있는 석남터널 앞에서 하차하여 등산을 시작하였다.

급한 고갯길을 올라선 후 능선을 따라 걷다가 비포장도로를 만나 트레킹 기분으로 보행을 즐기기도 하였다. 얼음골과의 경계지점을 지나 사자평에 있는 샘물상회라는 식당 옆에서 점심을 들게 되었다. 우리 내외는 식당 안에 들어가 손두부와 동동주를 시켜 놓고서 점심을 들었는데, 김치 딸린 손두부 한 접시가 7천 원이었다. 점심을 든 후 정상인 사자봉(일명 天皇峰)에 올라 주변에 펼쳐지는 영남알프스의 봉우리와 능선들을 바라보다가 건너편 재약산 수미봉과의 사이에 위치한 고개로부터 하산하여 내원암을 거쳐 表忠寺로 내려왔다.

표충사 경내를 한번 둘러본 다음, 입구의 집단시설지구로 내려와 어두워질 무렵에 출발하였는데, 밤 여덟 시 반 무렵에 진주에 도착하였다.

1월

13 (일) 흐리고 한동안 비 -백운산 매봉

아내와 함께 경상대학교총동창회산악회의 정기산행에 참가하여 전라남도 광양시의 白雲山(1,217.5m)에 다녀왔다. 이 산악회에는 지난날 백두대간산악회에 참가하던 사람들이 많으므로, 절반 정도가 아는 얼굴들이다. 사전에 예약을 한 사람들만 참가할 수 있고, 다른 산악회가 보통 13,000원 정도의 참가비를 받고 있음에 비해 15,000원을 받는데도 불구하고 하산한 후 제공되는 약간의 술과 안주 외에 다른 음식물은 제공하지 않으며, 차안에서의 음주 가무도 일체 없는 점이 특색이다.

대절버스 두 대로 대진고속도로와 남해고속도로를 경유하여 국도로 광양시 진상면 어치리의 어치계곡으로 접어들었고, 포장도로가 끝나는 내희마을에서 하차하여 등산을 시작하였다. 싸목재를 거쳐 백운산 정상 아래 매봉(867.4m) 능선 근처에서 점심을 든 후, 희망자에 한하여 정상으로 오르게 되었다. 나는 이미 여러 번 백운산 정상에 오른 적이 있었으나 이쪽 코스는 처음이므로 정상으로 가는 예닐곱 명 가운데 끼었다. 아내는 다른 마흔 명 정도의 일행과 함께 점심 먹은 장소에 남았다.

그러나 매봉능선의 헬기장에까지 올라보니 정상 쪽으로 난 산길에는 눈이 제법 많이 쌓여 있어 한 시간 정도에 돌아와 다른 일행과 합류하기에는 무리할 듯하므로, 정상을 포기하고서 하산길인 매봉 쪽 능선을 타고 내려왔다. 섬진강 부근에 위치한 매봉 직전의 재에서 낙엽과 눈에 덮여 길이 거의 보이지 않음에도 불구하고 이럭저럭 더듬어 내희마을 쪽으로 내려오니 도중의 산죽 숲 부근에서부터 길이 뚜렷하게 보이기 시작하였다. 그러나 도중에 일행은 다른 산죽 숲속의 두 갈래 길에서 방향을 잘못 잡아 계곡을 향해 아래로 내려가고, 나 혼자서 비탈길을 따라 터벅터벅 걸어 내려와 타고 왔던 버스 두 대가 대기하고 있는 지점에 제일 먼저 도착하였다.

등산을 시작할 무렵에 비가 내리기 시작하여 우의를 준비하지 못한 몇 사람은 차에 남아 있었는데, 다른 사람들이 하산하기를 기다리며 나는 버스 바깥에 나와 준비된 맥주 한 병과 약간의 소주를 들었다. 아내를 포함한 일행들이 점차 내려오기 시작하였다. 본교의 차기 총장 후보 가운데 한 사람으로 알려진 의과대학의 박순태 교수(여러 해 전 나의 치질 수술을 집도한 이)도 진주고등학교 동기 네 명과 더불어 이 산행에 참가해 있었다.

귀로에는 하동과 횡천, 그리고 지난번 답사 차 들렀었던 五臺마을 입구의 월횡리 부근을 거쳐 하동 옥종의 불소유황온천에 들러 온천욕을 하고서, 밤 여덟 시 무렵에 집에 도착하였다. 큰처남의 딸 예은이가 어제부터 우리 집에 와 회옥이 방에서 함께 지내고 있다.

20 (일) 흐리다가 오후에 개임 -낙동정맥 원효산~지경고개 구간
백두대간산악회를 따라 모처럼 아내 없이 혼자서 낙동정맥의 梁山市 梁山邑 大石里의 元曉山 元曉庵에서 釜山廣域市 金井區 老圃洞 지경고개까지의 구간을 다녀왔다. 새벽 7시에 도동의 옛 백두대간 등산장비점 건너편 명신예식장 앞에서 집결하여 매화고속의 대절버스 한 대로 출발하였다. 참가한 사람들은 대체로 예전 백두대간 구간 종주 시절부터 함께 다니던 사람들이고, 기사 역시 그때의 단골기사였다. 나는 백두대간 종주가 끝난 다음 이런저런 산악회를 따라 다닌 셈이지만, 그들은 회원으로서 洛南正脈에 이어 낙동정맥 코스까지의 테마산행을 계속하여 이제 거의 마쳐가고 있는 것이다. 매달 첫째 주와 셋째 주에 다니고 있는데, 다음 한 번으로서 모두 마치게 되며, 그 다음에는 백두대간의 하이라

이트 코스를 다시 골라서 가게 된다고 한다.

남해고속도로와 경부고속도로를 거쳐 오전 9시 반 무렵에 원효산 중턱의 갈림길에서 하차하여 등산을 시작하였다. 우리는 비포장 길을 택하여 원효암까지 오르게 되었다. 원효암에는 예전에 아내와 함께 다른 산악회를 따라 한 번 오른 적이 있었다. 원효산 정상에는 군의 레이더 기지가 있고, 거기서부터 오른쪽으로 차가 다닐 수 있는 도로가 이어져 능선 위의 공군부대에까지 이르고 있는데, 우리는 일부러 차도를 피하여 능선으로 이어진 산길을 걷기도 하였다. 공군부대 주위에는 넓은 범위로 철조망이 둘러쳐지고 곳곳에 지뢰 경고가 나붙여져 있었다.

양산의 法基수원지에 채 못 미친 지점의 수원지가 바로 내려다보이는 지점에서 점심을 들고 나서, 다시 능선 길의 등산로를 따라 걸어서 경부고속도로와 6차선 국도가 지나가는 지경고개에 다다랐다. 거기에 못 미친 지점에서부터 나를 포함한 몇몇 사람들은 능선 길을 찾지 못하여 골짜기의 마을 쪽으로 난 포장도로를 따라 오다가 6차선 국도를 가로지르는 터널을 경유하여 왔기 때문에, 역시 대절버스가 대기하고 있는 목표 지점에 가장 먼저 도착하였다. 오늘의 총 주행거리는 14~15km 정도 될 것이라고 한다.

맥주 등을 마시며 능선을 따라 오는 나머지 일행이 모두 도착하기를 기다리다가, 그 근처의 기사가 예약해 둔 식당에서 돌솥밥과 소주로 저녁 식사를 마친 다음, 밤 8시 반 무렵에 회옥이가 혼자서 기다리고 있는 진주의 집에 도착하였다.

27 (일) 오전 중 흐리고 비 온 뒤 오후에 개임 -오서산

혼자서 천왕봉산악회의 1월 정기산행에 동참하여 충남 보령시 청소면에 있는 烏棲山(790.7m)에 다녀왔다.

오전 8시 반 무렵에 대절버스 한 대로 인사로터리에 있는 이마트 남문 앞을 출발하여, 대진고속도로, 88고속도로를 경유하여 남원에서 전주로 가는 국도에 접어들었고, 전주에서부터는 새로 완공된 월드컵 축구장을

바라보며 군산 가는 유명한 벚꽃 길을 따라가다가 익산을 지나서 최근에 새로 개통된 서해안고속도로에 올라 금강 다리를 지나고 대천을 경유하여 廣川邑 쪽에서 오서산에 접근하였다. 이 산은 서해안 일대에서는 가장 높아 서해의 등대산으로 불리고 있기도 한 모양이다.

상담 마을에서부터 등산을 시작하여 산 중턱의 淨巖寺에 다다른 다음, 수통에다 물을 채우고 스패츠와 아이젠을 착용하고서 눈 덮인 산길을 올랐다. 능선고개에 올라서고 난 후부터는 비교적 평탄한 길이 이어지고 서해의 바다와 천수만 일대가 막힘없이 바라보였다. 정상을 중심으로 2km의 능선 억새 풀밭이 전개되고 있는데, 나는 정수사에서 시간을 지체한 까닭에 남들의 뒤에 쳐져 혼자서 능선 길을 따라 성연리 쪽으로 하산하였다. 하산 길 중턱에서 점심 식사를 하고 있는 아는 사람들을 만나 그들 가운데 끼어 점심을 들었다.

육윤경 선생도 모처럼 동행하여 버스 안에서는 나란히 앉았다. 근자에는 건강 상태가 좋지 못하여 다리에 마비 증상이 있다고 하므로 혼자 뒤에 쳐져 오다가 도중에 다른 길로 하여 하산한 모양이었다. 하산을 완료한 다음, 나는 아내가 지난번에 송광사 聖寶박물관 입구에 놓아두었다가 잃어버린 독일제를 대신하여 최근에 새로 사 준 오스트리아제 스틱을 지난주에 이어 오늘로써 두 번째 사용해 보았는데, 하산 도중에 소변을 보다가 눈 속에 꽂아두고서 그만 잊고 내려와 버렸으므로, 그것을 찾으러 왔던 길을 도로 올라가기도 하였다.

귀가 길은 대천 인터체인지에서 서해안고속도로에 올라서 갔던 코스로 되돌아왔고, 밤 10시 무렵에 집에 도착하였다.

2월

1 (금) 맑음 -지리산온천
인문대학 교수세미나에 참가하여 전남 구례군 산동면 관산리의 지리산온천 단지 안에 있는 송원리조트로 가서 1박하였다. 학교버스 한 대로 교수와 학과 조교 및 행정직원들이 함께 갔는데, 남해고속도로를 경유하여 섬진강변의 국도로 진입하였다. 모처럼 와보니 섬진강변 일대는 곳곳에 차밭이 조성되어 있었다. 모임 장소인 송원리조트라는 곳은 온천 시설을 겸한 콘도였다. 방 11개를 빌렸지만 신청해 두고서도 참가하지 않은 사람들이 많아 3층 229호실의 우리 방은 네 명이 배정되었으나 두 명만 사용하게 되었다.

2 (토) 맑음 -귀로

느지막하게 일어나 사골해장국으로 조식을 들고서 다시 한 번 사우나에 다녀온 뒤 방안에 드러누워서 준비해 간 포켓판으로 北宋 대의 徐兢이 쓴 『宣和奉使高麗圖經』(臺北, 臺灣商務印書館, 1971, 人人文庫1731·1732)을 읽었다.

오전 10시 반 무렵에 다시 학교 차량이 도착하여 그것을 타고서 왔던 길로 되돌아와 학교에 도착한 다음, 남명학관 2층의 레스토랑 淸香閣에서 꼬리곰탕으로 점심을 든 다음 작별하였다. 다찌아나 교수와는 한 테이블에 앉아 영어로 대화를 나누었는데, 그녀는 우크라이나 태생으로서 러시아의 그녀가 속해 있는 대학에서 교수 월급은 한 달에 미화 50불 정도라고 한다. 이번 겨울에 그녀가 살던 모스크바에 다녀왔으나, 날씨가 춥고 흐려서 한 달이 채 못 되어 돌아왔다고 했다.

24 (일) 맑고 포근함 -불갑산

가족도 없는 집에 혼자 있기가 을씨년스러워 청솔산악회의 산행에 동참하여 전남 영광군 불갑면·묘량면과 함평군 해보면의 사이에 위치한 佛甲山(516m)에 다녀왔다. 이 산악회는 자전거 및 자동차의 타이어를 만드는 회사의 직원들로써 4년 전쯤에 구성되었는데, 신문에 광고를 내어 일일회원을 참여시키기는 이번이 처음이라고 한다.

오전 8시 30분까지 진주역 앞에 모여 대절버스 한 대로 출발하였다. 남해고속도로로 광주까지 갔다가, 광주에서 더 서쪽으로는 일반국도를 경유하였다. 정오 무렵에 불갑사 어귀의 주차장에 도착하여, 도로를 따라 절까지 걸어 들어가 사찰 경내를 둘러본 후 산행을 시작하였다. 불갑사는 백제 침류왕 원년(384년)에 인도 승려 摩羅難陀가 동진을 거쳐 영광의 법성포로 상륙하여 이 산 자락에다 처음 절을 세우고서 불교를 전파한 것이라고 하는데, 백제22대 문주왕(600~640년) 때 幸恩이라는 승려가 창건하였다는 설도 있는 모양이다. 지금의 절은 정유재란 때 소실된 이후 여러 차례 중수를 거친 것으로서, 17세기에 건축된 대웅전이 보물로 지정되어 있다. 대웅전은 창살문형이 정교하고 불상이 측면으로 안치되어 그 불상 맞은편도 벽이 아니라 정면과 마찬가지로 전체가 개폐식 문으로 되어 있는 점이 특이하였다.

불갑사에서 구수재로 이어지는 길은 완만한 경사로 되어 있기는 하나 비교적 넓고 평탄하여 산책로라고 할 정도이다. 그 주변에는 천연기념물 112호로 지정된 참식나무의 군락이나 비자나무·동백나무 등이 자생하고 있고, 땅바닥에는 꽃무릇(相思花)이라고 하는 식물이 한도 끝도 없이 이어져 전국최대의 자생군락지를 이루고 있었다. 이 식물은 수선화과에 속하며 8·9월경이면 길게 뻗어 나온 줄기 위에 꽃을 피우는데, 꽃이 필 무렵이면 잎은 시들어버리고, 잎이 나는 겨울 무렵에는 줄기와 꽃이 사라져 버리므로 꽃과 잎이 서로 보지 못한다 하여 일명 상사화라 불린다는 것이었다.

구수재에 오른 다음, 왼쪽 능선을 따라가 마침내 정상인 蓮實峯(일명 官帽峯)에 올라 주변의 경관을 둘러본 후, 거기서 주최 측이 준비해 준 점심을 들었다. 안테나가 서 있는 노루목과 법성봉·덧고개를 지나 불갑사 뒤쪽의 산 능선을 한 바퀴 돌아서 다시 불갑사를 경유하여 오후 네 시 무렵에 주차장으로 돌아왔다.

진주로 돌아오는 도중에 고속도로의 휴게소에서 전기 드릴 등이 들어 있는 臺灣제 연장 가방을 하나 샀다. 나는 밤 여덟 시 반경에 집에 당도하였고, 아내와 회옥이는 사흘간의 서울 구경을 마치고서 밤 아홉 시경에 귀가하였다.

3월

3 (일) 맑음 -구인사

아내와 함께 대봉산악회의 산행에 동참하여 충북 단양군 영춘면 백자리에 있는 救仁寺에 다녀왔다. 오전 8시 20분쯤에 장대동의 구 현대예식장 앞 산악회 사무실 입구에서 대절버스 세 대로 출발하여, 도동의 공단로터리에서 새로 뚫린 도로를 따라 문산으로 나온 다음, 남해·구마·중앙고속도로를 경유하여 丹陽에 이르렀고, 거기서 다시 남한강 가를 따라 60km 정도 더 거슬러 올라가 영춘면 소재지인 상리 마을로 연결되는 영춘교를 지나, 바보 온달의 고사가 얽힌 溫達城과 온달동굴 입구를 거쳐서 목적지인 구인사에 도착하였다.

이 절에는 내가 고등학생 무렵이었던지 그렇지 않으면 폐결핵으로 수술을 받은 후인 룸펜 시절이었던지 기억이 확실치 않지만, 미화의 생모인 나의 계모를 따라 와서 하루 이틀 머문 적이 있었다. 당시 계모는 이 절의 창시자인 天台宗 上月 覺圓 大祖師라는 분의 소문을 듣고서 부산진시장의 동료 상인들과 더불어 차를 전세 내어 종종 이곳에 와서 기도를 하곤 하였는데, 나에게도 권유하므로 구경삼아 한 번 따라와 보았던 것이다.

1993년도에 간행된 1/10만 도로지도에 영춘교가 보이지 않는 것으로 보아 당시에는 아마 보물로 지정된 삼층석탑이 있는 향산리에서 보발리를 거쳐 이리로 들어왔을 터인데, 그 당시에는 골짜기 안에 아마도 양철지붕을 달았던 단층 건물들이 몇 개 여기저기에 흩어져 있었고, 각지에서 모여든 신도들이 거기서 침식을 하면서 소원성취를 위해 열심히 절하며 기도를 하고 있었다. 밤에 계모님을 따라 상월 스님이 거처하는 집으로 들어가서 친견하기도 하였는데, 그 머리 모양이나 차림새가 중 같지 않고 당시의 내 느낌은 그저 무식한 사람들을 현혹하여 영험하다는 소문으로서 자신을 신비화하여 신도들을 불러 모으는 신흥종교의 교주라는 정도였다.

이미 TV 등을 통해 한두 번 본 적도 있었으나, 오늘날 소백산 기슭 해발 708m의 좁다란 골짜기 안에 길게 위치한 이 절은 교세를 크게 확장하여 조계종 다음 가는 종단의 총본산을 형성하고 있는 만치 중국 智者 大師와 고려 義天國師의 법맥을 계승함을 표방하고 있다. 전국에 딸린 사찰이 140개나 되는 큰 교세를 자랑하고 있으며, 그 총본산인 이 골짜기 안에는 콘크리트로 지은 50여 동의 다층 건물들이 빽빽이 들어서 있고, 절 입구에는 서울·부산·대구 등 전국 각지와 바로 연결되는 버스 터미널까지 마련되어 있다.

제법 가파른 골짜기의 길을 따라 사찰 건물들을 두루 둘러보면서 끝까지 올라가니, 곳곳에 스님들의 선방이라는 곳이 있었다. 천태종이 교종이라고는 하지만 조계종과 마찬가지로 참선 수행을 병행함을 알 수 있었고, 누비로 된 승복을 입은 남녀를 여러 명 만날 수가 있었다. 맨 위쪽의 상월 대조사를 기념하는 祖師堂 부근에는 아직 공사가 진행되고 있었는데, 거기서부터 가파른 산줄기를 타고 올라 정상에 다다르니 거기에 상월 대조사의 무덤이 있었다. 다비를 한 부도가 아니라 여느 민간인의 무덤처럼 커다란 봉분에다 잔디를 깔고 주위에 석등 등의 석물을 배치한 것이었다. 알고 보니 반대쪽에 조사당으로부터 거기까지 올라오는 긴 콘크리트 계단길이 설치되어 있었고, 그 아래쪽 재로는 차가 다니는 도로도 통해 있었다.

콘크리트 계단을 내려오다가 아내와 함께 언덕바지의 소나무 고목 숲 아래에 앉아 점심을 든 후 다시 사찰 경내를 천천히 둘러보면서 입구로 내려왔다. 종무소인 듯한 어느 건물 안에는 마치 회사의 사무실처럼 책상마다 컴퓨터가 수십 대 늘어서 있고, 이메일 주소도 눈에 띄었다. 오후 네 시 무렵에 절 앞의 주차장을 출발하여 왔던 길을 경유하여 밤 여덟 시 반 무렵에 진주에 도착하였다.

10 (일) 오전에 흐리고 부슬비 내린 후 오후에는 개임 -식장산
아내와 함께 통일산악회를 따라 대전시 동구와 충북 옥천군 군서면·

군북면의 경계에 있는 食藏山(597.5m)에 다녀왔다. 오전 8시 30분까지 신안동 공설운동장 앞에 모여 대절버스 한 대로 출발하였다.

대진고속도로를 거쳐 대전 동남쪽의 세천유원지 입구에서 하차한 다음, 세천저수지를 거쳐 산책로 같은 완만한 경사가 있는 산길을 한참 걸어 들어가서 산 능선에 도착하였다. 식장산 정상 일대에는 통신시설이 들어섬으로 말미암아 자연이 크게 훼손되었으므로, 그 반대쪽 방향으로 하여 해발 570m의 독수리봉에 올랐다. 거기에다 배낭을 내려놓고서 부근의 산 중턱에 위치해 있는 비구니 사찰인 龜截寺에 다녀왔는데, 이 절은 암자라고 할 정도로 규모가 작고 절 이름을 표시한 현판도 보이지 않았다.

독수리봉으로 돌아온 다음, 아내와 둘이서 왔던 길로 내려가는 것보다는 세천유원지 옆의 산 능선을 둘러서 출발지점으로 돌아가기로 하고서 멀리에 보이는 저수지를 눈어림 삼아 아무도 없는 능선 길을 터벅터벅 걷기 시작하였다. 그러나 한참을 간 후에 가까이서 보니 그 저수지는 세천저수지가 아니라 그것보다 규모가 훨씬 작은 옥천군 군북면 자모리의 자모소류지였다. 그래서 왔던 길로 되돌아 나오던 도중에 낙엽 위에 걸터앉아 주최 측이 준비해 준 주먹밥과 소주 한 병으로 점심을 들었고, 엉덩이에 축축한 물기를 묻힌 채 세천저수지 쪽으로 진입하여 원점으로 돌아왔다.

오후 네 시 반 무렵에 출발하여 일곱 시경 어두워지기 시작할 무렵에 집에 도착하였다. 식장산이라는 이름은 백제 동성왕 때 이곳에 성을 쌓고서 군량을 많이 저축하여 신라의 침공에 대비했다는 기록에 근거했다는 설과, 먹을 것이 쏟아지는 밥그릇이 묻혀 있다하여 식기산 또는 식장산이라 불렀다는 전설이 함께 전해 내려오고 있다 한다.

17 (일) 맑으나 심한 黃砂 현상 -덕숭산, 수덕사
아내와 함께 만남산악회에 동행하여 충남 예산군 덕산면에 있는 修德寺 뒷산인 德崇山(일명 修德山, 495m)으로 향했다. 오전 8시 30분에 옥봉 삼거리 남양약국 옆에서 대절버스 한 대로 출발하여 대진고속도로를 경유하여 북상하였다. 우리가 대전광역시의 2002년 월드컵 축구경기장을 지나 국립묘지 부근을 지나갈 때 처제에게서 아내의 휴대폰으로 전화가 걸려와 장모와 황 서방 내외도 진주를 출발하여 우리가 가는 곳으로 따라오기 위해 함양 부근을 지나고 있다는 것이었다. 어제 저녁 회식 때 어쩌면 따라갈 지도 모른다는 말을 하고는 있었으나 설마 했지만, 황 서방은 IMF 사태로 사업에 실패한 후 지금까지 이렇다 할 일 없이 친구의 사업에다 투자해 둔 돈으로 생활하고 있으니 시간적 여유가 있고, 장모도 장인이 별세하신 이후 홀로 지내고 있으므로, 소일거리 삼아 장모를 모시고서 이리저리로 자주 놀러 다니고 있는 것이다.

공주군과 예산·삽교(삽다리)를 거쳐 버스로 네 시간 정도 걸려서 덕산 온천 및 윤봉길 의사 추모비가 있는 충의사를 지나 팔각정 부근에서 하차하였다. 산기슭 마을인 둔리 1구를 가로질러 산길로 접어든 다음, 한참동안 헐떡이며 오르막길을 기어올라 능선에 올랐고, 거기서 덕숭산 정상으로 향하여 가서 정상을 조금 지난 지점의 나무그늘 밑에 주저앉아서 아내와 함께 산악회로부터 나누어받은 주먹밥과 소주 한 병, 그리고 집에서 준비해 간 반찬으로 점심을 들었다. 덕숭산은 차령산맥 줄기에 위치해 있는 도립공원인데, 우리는 定慧寺와 滿空塔을 지나 수덕사로 내려왔다. 큰절 경내의 대웅전 옆 미륵불 기도처 있는 데서 황 서방을 만났고, 머지않아 처제와 장모도 합류하였다.

국보 49호인 대웅전과 鏡虛·滿空禪師의 유품 등이 보관된 박물관인 權域聖寶館을 관람한 후, 기념품 상점에서 손에 쥐는 큰 염주를 하나 샀고, 나 혼자서 金一葉 스님이 거주하던 歡喜臺 옆을 지나 오후 네 시 무렵에 절 입구의 대형 주차장으로 내려와서 타고 온 산악회의 차를 먼저 출발하게 했다. 거기서 어리굴젓 등 광천에서 만든 것이라고 하는 젓갈 종류를 세 가지 구입하였다.

돌아올 때는 황 서방이 운전하는 차로 홍성 인터체인지에서 서해안고속도로에 올라 전라남도의 영광까지 내려온 후, 일반국도로 접어들어 밀재를 넘어서 함평군 경내로 들어온 후 광주로 향했고, 광주에서부터는 호남·남해고속도로를 경유하여 밤 아홉 시가 좀 넘은 시각에 우리 집 입구에 당도하였다.

24 (일) 맑음 -황정산

아내와 함께 천왕봉산악회를 따라 충북 단양군 대강면에 있는 黃庭山(959.4m)에 다녀왔다. 오전 8시까지 인사로터리의 E마트 남문 앞에 집결하여 부산교통의 대절버스 두 대로 출발하였다. 남해·구마·중앙고속국도를 경유하여 단양 인터체인지에서 일반국도로 접어들었고, 단양팔경의 하나인 舍人巖을 거쳐 등산기점인 황정리에 도착하였다.

그러나 황정리에서 대흥사골까지는 자동차도로가 잘 나 있었으므로, 4km 정도는 차를 탄 채로 들어가 도로공사가 진행 중인 대흥사골의 언덕에서 하차하여 등산을 시작하였다. 이 일대에는 신라 때 창건되었고 나옹화상과도 관련이 깊은 천년 고찰인 대흥사가 있었는데 1876년에 소실되었고, 지금은 원통암만 남아 명맥을 유지하고 있다 한다. 일행을 따라 원통암 방향으로 올라가다가 육윤경 선생과 우리 내외는 큰 길로 가는 일행과 떨어져 원통암 쪽 골짜기로 접어들었다. 바위 절벽 아래에 위치한 이 암자는 나무판자로 적당히 얽어 놓은 가건물로서 절이라기보다는 민가처럼 생긴 것이었다.

거기의 샘에서 수통에 물을 채운 뒤, 암자 옆으로 난 소로를 따라 한참 올라 그 정상인 영인봉에 도착하였고, 그 부근의 양지바른 곳에서 점심을 든 다음 능선을 따라 또 1km 남짓 더 걸어서 황정산 정상에 도착하였다. 큰처남 댁도 이 산악회에 동참하였는데, 아내는 가파른 바위 절벽을 보더니 자신이 없어 정상에 오르기를 포기하고는 올케와 더불어 하산하고 말았으므로, 나 혼자서 정상에 올랐다. 이 부근의 산들은 대체로 내가 예전에 올라 본 것들로서, 바로 옆에 있는 도락산(964.4m)에는 예전에 육윤경 선생 등과 더불어 두 차례 오른 적이 있었고, 건너편으로 바라다보이는 경북 문경군의 황장봉산(1,077.4m) 일대의 능선들은 백두대간 답파 때 지나간 적이 있었던 것이다.

영인봉까지 도로 내려와 810봉·누에바위를 지나서 황정리 쪽으로 가는 능선 길을 타고서 대흥사골 입구의 황정리로 내려왔다. 오후 5시 40분 무렵에 거기를 떠나 갈 때의 코스를 경유하여 밤 9시 반 무렵에 진주에 도착하였다.

28 (목) 맑음 -산청, 생초, 의성 일대

2002년 인문학부 1, 2학년 학생들의 산청·안동 지역을 둘러보는 춘계 답사에 인솔교수로서 참가하였다. 아내가 운전하는 차로 평소처럼 학교로 가서 연구실에 앉아 있다가, 오전 9시에 인문대 앞 광장에서 출발하였다. 관광버스 두 대에 학생 100명, 교수 네 명이 나누어 탔는데, 좌석이 부족하여 학생들은 차내의 복도에도 임시 의자를 놓고서 앉았다. 학생들은 1학년이 65명, 2학년이 21명, 나머지는 3학년생이라고 한다. 초과인원으로 말미암아 고속도로에 진입할 때 중량초과로 기계에서 요금 계산을 위한 티켓이 빠져나오지 않는 사태를 면하기 위해, 그때마다 복도 뒤쪽에 앉은 학생들이 운전석 쪽으로 잠시 옮겨오는 일이 계속되었다.

먼저 德川書院으로 가서 김경수 국장으로부터 설명을 들었다. 敬義堂은 보수 중사 중이어서 지붕의 기와가 모두 벗겨져 있었고, 매년 수십만 명 씩 몰려오는 방문객과 연수 그룹의 식사 준비를 위해 화장실과 庫直舍 사이에 새로 대형 주방이 설치되어 있었다.

산천재로 이동하여 그 일대를 둘러보고서 다시 김 국장의 설명을 들었는데, 김 국장은 지난주에 발간된 『남명원보』 제25호와 안내 팸플릿도 한 무더기 갖고 와서 원하는 사람들이 집어가게 하였다. 거기에 실린 내 글에서 비판의 대상이 된 허권수 교수가 번역한 문제의 '題德山溪亭柱' 詩碑도 나로서는 처음으로 둘러보았고, 새로 세워진 장판각 안내판의 설명문도 읽어보았다. 그 글은 지난번에 김 국장이 초를 잡은 것을 내가 수정해 준 데에 근거하였지만, 그 후 누군가가 좀 손을 댄 흔적이 있어 남명 연보를 '編年'으로 잘못 적는 등 오류가 눈에 띄었다. 옥돌로 세운 남명 동상 주변의 가옥들도 모두 철거되고서 거기에다 25억의 예산을 들여 남명기념관을 건설하고 기념공원도 조성할 계획이라고 하며, 묘소 진입로와 묘소 일대도 새로 정비되었다고 하지만 시간 관계로 둘러보지 못했다.

그 다음 코스로는 雲里의 斷俗寺址에 들렀는데, 보물로 지정된 東·西塔으로 들어가는 진입로에 역시 허권수 교수의 번역으로 추정되는 남명의 '贈山人惟政' 시비가 세워져 있었다. 그러나 거기에는 번역자와 글씨 쓴 사람의 이름이 새겨져 있지 않았다.

단속사를 떠나 대진고속도로를 따라서 산청군 생초면 어서리의 가야 고분 발굴현장으로 가는 도중에 나는 옆에 앉은 사학과의 丁載勳 교수와 더불어 계속 중국 북방 및 중앙아시아 지역의 여러 민족들에 관한 대화를 나누었다. 정 교수는 한양대학교로 전출한 신승곤 교수의 후임으로서 금년 3월에 부임하였는데, 올해 보통나이로 38세로서 이 지역의 유목민족사를 전공 영역으로 삼고 있다. 서울대 동양사학과를 졸업하고서 터키의 이스탄불대학에 1년 남짓 유학한 경력도 있다고 한다. 이번 답사에는 철학 전공에서 나 외에 학부장인 배석원 교수가, 사학 전공에서는 정 교수 외에 김상환 교수가 동참하게 되었다.

생초의 가야고분 발굴 현장은 읍내 마을 바로 옆에 위치한 야산으로서 이곳을 개발하려고 하는 경상남도와 산청군 측으로부터 위촉을 받아 본교 박물관 팀이 사전에 발굴 조사 작업을 실시하고 있는 것이다. 조영제 박물관장은 다른 일이 있어 현장을 떠나 있으므로, 학예사가 대신 설명을 해 주었다.

88고속도로로 진입하여 대구까지 간 다음 중앙고속도로로 접어들어 국보로 지정된 義城 塔里의 오층석탑을 둘러보았다. 탑리 다음으로는 안동 일직면 소호리에 있는 보물로 지정된 達城徐氏의 蘇湖軒을 둘러보기로 예정되어 있었으나, 이미 날이 저물어 가므로 시간 관계로 다음으로 미루고서 영주 부석사 입구에 있는 숙소로 직행하였다. 2년 전 인문학부 답사에 동행해 왔을 때 들렀던 식당에서 저녁식사를 든 후, 그 식당과 같은 주인이 운영하는 듯한 부근의 민박집으로 옮겨 나와 배석원 교수는 같은 방에 들었다. 안동 부근은 여관 사정이 좋지 못한데다가 학생들이 경비를 절감하기 위하여 이번 여행 중 이틀 밤을 모두 대부분의 답사 지점으로부터 차로 한 시간 이상 걸리는 지점에 위치한 이곳의 민박집에 다 숙소를 정한 것이다. 배 교수와 더불어 자정 무렵까지 대화를 나누다 가 잠자리에 들었으나, 화장실 변기의 물 떨어지는 소리 등에 신경이 쓰여 별로 깊은 잠을 이루지 못했다.

29 (금) 맑음 -영주, 안동 일대

어제 저녁을 먹은 식당으로 가 조식을 든 후, 부석사로 올라가 보았다. 거기서 내려와서는 안동 지역으로 이동하였는데, 먼저 봉화 읍내를 지나 도산서원으로 향했다. 우리가 사는 경남 지역에는 이즈음 벗나무 가로수 가 많은 데 비해 안동 지역은 대부분 산수유로 가로수를 심어 노란 꽃들 이 도처에 만발해 있었고, 거기에다 개나리도 한창이고 경남에서는 거의 져 버린 매화도 지금이 절정이었다. 오늘 나는 1호 차로 옮겨가 사학과 의 김상환 교수와 나란히 앉아서 대화를 나누게 되었다. 올해는 예년과 달리 사학과의 김상환 교수뿐만 아니라 나 자신도 곳곳의 답사 현장에서 학생들의 발표가 끝난 후 보충설명을 해 주었다.

도산서원 입구에서 다음 답사지인 퇴계 종택으로 향하는 길은 작년의 퇴계 탄신 500주년 기념행사를 즈음하여 닦은 것인지 만들어진지 얼마 되지 않은 아스팔트 포장도로가 이어져 있었고, 그 고갯마루 부근까지 도로변에 주차시설도 계속 이어져 있었다. 고개 건너편 토계리 골짜기의 종택으로 들어가는 도로도 새롭게 정비되고 있었으며, 예전에 아내와 함께 한 번 방문한 적이 있었던 퇴계 종택은 현재 개량한복을 입은 종손 李根必 씨가 지키고 있었다. 종손은 성주 출신인 본교 국어교육과의 呂 增東 명예교수와 同窓 사이라고 한다. 종택 바로 옆에 퇴계기념공원이 아직도 조성 중이었는데, 공원의 비탈진 산책로 주변에 퇴계의 詩碑들이 곳곳에 배치되어 있었다.

다시 도산서원 입구를 지나 다음 답사지인 와룡면 오천리 산 29번지 에 위치한 光山金氏 禮安派 烏川(외내)유적지를 방문하였다. 이곳은 퇴계문인으로서 鄭寒岡이 말한 烏川七君子를 배출했던 외내 마을이 1974년 안동댐 건설로 말미암아 침몰하게 되자 중요 古건축물들을 원래 지점으로부터 2km 정도 떨어진 이곳에다 이건한 것이다. 그 과정에서 後凋堂 金富弼이 지은 후조당 건물을 해체하는 작업 중 밀폐된 樓上空房에서 이 집안의 21대 600년간에 걸친 고문서 3,000여 점과 희귀한 문헌, 고서적, 유물 등이 쏟아져 나와 세상을 놀라게 한 바 있었다. 그 문헌들은 한국정신문화연구원의 『韓國古文書集成』 제1집으로서 1982년 12월 15일에 발간되었고, 1990년 3월에 그 중 490점이 보물 제1018호, 1019호로 지정되었는데, 그것들은 현재 이 경내의 유물관인 崇遠閣에 전시되어 있었다. 원래의 오천은 안동군 예안면 오천동이었으나, 현재는 안동시 와룡면 오천리로 되어 있다고 한다.

禮安, 즉 현재의 안동시 도산면 서부리에 퇴계 탄신 500주년을 기념하는 세계유교문화축제에 즈음하여 작년에 건설된 國學振興院에 들러, 그 건물 안의 식당에서 점심을 들고난 후 전시관 등을 둘러보았다.

다음으로는 신세동의 7층博塔, 안동민속박물관과 KBS 인기 대하드라마 〈太祖王建〉의 촬영을 위해 건설된 세트장 및 안동댐 등을 둘러보고서, 중부고속도로를 따라 부석사 입구로 되돌아 왔다. 예의 식당에서 저녁 식사의 반주로 동동주와 소주를 마셔 제법 술기운이 도는 데다 다시 복학생들의 초청을 받아 숙소로 가서 그들이 마련한 술자리에 어울려 학생들이 사 온 안동소주에다 식당 주인이 풍기 읍내로 가서 방금 사 왔다는 생선회 안주 등으로 술잔을 기울였다.

저녁식사 때의 술도 주로 나와 정재훈 교수 두 사람이 들었으므로 이미 과음하여 조금 졸음이 오는지라, 밤 열 시 무렵에 아무 말 없이 혼자 슬며시 빠져 나와 우리 방으로 돌아와 먼저 취침하였다. 내가 빠져나온 이후 나머지 교수와 학생들은 다시 학생들 전체가 벌인 술자리로 옮겨가 밤 한 시 무렵까지 어울렸다고 하며, 정재훈 교수는 밤 두 시 넘어서 보름달빛이 좋아 학생 댓 명과 더불어 부석사 무량수전까지 올라가 달구경을 하고서 숙소로 돌아왔다고 한다.

30 (토) 맑음 -안동, 군위 일대

조식 후 부석사 입구를 떠나 안동시 서후면 소재지를 거쳐 서후면 태장리에 있는 天燈山 鳳停寺에 도착하였다. 2년 전의 인문학부 답사 때 처음 와 보고서 눈물이 나오려 할 정도로 감동을 받았던 고려시대의 목조건축물들이 있는 곳인데, 당시 수리 중이었던 보물 제55호 대웅전은 이제 보수공사를 마쳐 있었으므로, 예불 중인 내부에 들어가 현재 국보로 심의 중인 후불벽화가 있는 곳 등을 둘러볼 수가 있었다. 지금은 국보 제15호인 극락전이 수리 중이었다.

봉정사를 떠나 서후면의 鶴峰종택 앞길을 지나서 하회마을 입구를 거쳐 병산서원에 도착하였고, 거기를 떠나서는 다시 중앙고속도로를 따라 내려와 군위 석굴암 입구에서 늦은 점심을 들고서 석굴암을 둘러보았다. 다시 복학생들의 청으로 입구의 식당에서 파전과 도토리묵을 안주로 동동주를 들다가 마지막 답사지인 해인사는 시간 관계로 생략하고서, 구마·남해고속도로를 경유하여 밤 일곱 시 남짓에 출발지인 본교 인문대학 앞으로 돌아와 해산하였다. 오늘은 차 안에서 계속 철학 전공의 배석원 교수와 나란히 앉았다.

사학과의 이원근 교수와 철학과 조교 등이 그 시간까지 기다리고 있다가 우리를 영접하였다. 다른 교수들은 정재훈 교수의 차를 타고서 다른 곳으로 저녁식사를 하러 가는 모양이었지만, 나는 오는 도중에 현풍 휴게소에서 아내에게 전화하여 일곱 시까지 우리차를 가지고 학교로 오도록 말해 두었으므로, 그들과 어울리지 않고서 아내가 운전하는 차를 타고 바로 집으로 돌아왔다.

4월

15 (월) 맑으나 밤에 부슬비 -철원 지역

아내와 함께 동백여행사의 테마 여행에 참가하여 강원도 철원 지역을 다녀왔다.

오전 6시 40분에 진주역전 제일병원 앞의 버스정류장에서 4월 들어 10일부터 21일까지 매일 왕복 운행하는 관광버스 한 대에 탑승하여, 대진고속도로와 경부·중부고속도로를 경유하여 경상·전라·충청도를 통과하여 경기도 구리시에 이른 다음, 일반국도로 남양주의 진접을 거쳐 포천에서 막걸리와 순두부를 곁들인 비빔밥으로 점심을 들었다. 군대 간 아들이 있다는 가이드 아줌마가 경기도에 이르면 점심 식사 전에 사슴 농장을 방문한다더니, 알고 보니 길가에 있는 각종 한약재와 녹용을 파는 어느 건물로 데려가서 한 시간 정도를 정거해 있는 것이었다.

철원에 이르러서는 원래 북한 측이 공사를 시작했으나 6.25 이후 우리 공병대가 완공 개통하였으므로 이승만과 김일성의 이름에서 각각 한 자씩 땄다는 소문도 있는 한탄강 중류의 120m 아치형 다리인 承日橋를 바라보며 지나, 孤石亭에 이르러서 국내 유일의 화산온천이라고 하는 철원온천관광호텔 내의 사우나탕에 들러 온천욕을 한 다음, 민간인통제선, 즉 민통선에 진입하기 위해 검문소에서 대기하다가 현지 가이드 아가씨의 설명을 들으며 제2땅굴로 향했다. 이곳은 1975년 3월 19일에 두 번째로 발견된 북한의 남침용 땅굴이라 하여 제2땅굴이라 불리고 있는데, 당시 아군 병사가 지하에서 수상한 굉음이 들려오는 것을 신고하여 땅밑을 파고 들어간 결과 발견하게 된 것이라고 한다. 휴전선의 남방한계선을 1,500m 정도나 파고 들어온 것으로서 3만의 병력이 이동할 수 있다고 한다. 현재 일반 참관자들에게 공개되어 있는 곳은 500m 정도의 거리로서, 평균 높이가 150m 정도이기 때문에 노란 헬멧을 쓰고 허리를 구부리고서 다니는 데도 머리가 가끔씩 천정의 돌에 스치기도 할 정도였다.

그 다음으로는 비무장지대의 남방한계선에 바로 접해 있는 철의삼각 전망대로 갔다. 平康·鐵原·金化를 잇는 철의삼각지는 6.25 당시 격전지였는데, 적의 탱크를 저지하기 위해 쌓아 놓은 흙으로 된 제방 옆에 1988년에 4층으로 지어진 전망대 건물의 제일 위층에는 홀 안에 가시거리 일대의 모형을 만들어 놓은 사판이 있고, 고성능망원경으로 북한 지역의 산 위에 있는 군사기지들을 조망할 수 있게 되어 있었다. 북한 쪽의 산들은 나무가 없는 점이 남한의 그것과 현저히 달랐다. 가이드의 설명으로는 조망을 가리기 때문에 군사상의 목적에서 일부러 제거했다는 것이었으나, 북한의 산들은 이 지역이 아니더라도 대체로 거의 다 나무가 없는 것이다. 전망대 바로 옆이 경원선의 남한 측 마지막 역인 月井驛으로서, 驛舍 가의 '철마는 달리고 싶다'라는 간판 뒤에는 전쟁으로 파괴된 당시 열차의 잔해들이 전시되어 있었다.

월정역에서 다시 대절버스를 타고서 저 유명한 백마고지를 바라보며 구 철원 읍내 지역으로 들어갔다. 백마고지는 별로 높지 않고 마치 편편한 언덕처럼 보였다. 중공군과 아군과의 사이에 가장 치열한 전투가 벌어져 열흘 동안에 무려 24번이나 고지의 주인이 바뀌었고 천만 발 이상의 포탄이 떨어져 산 높이가 평균 1m 이상 낮아졌다고 하는 곳이다. 구 철원 역이 있었던 외송리 일대는 당시 인구가 제법 많았던 곳으로서, 지금도 곳곳에 파괴되고 남은 건물의 잔해가 보존되어져 있다. 그러한 곳들에는 얼음 창고, 제사 공장, 농산물검사소 등등의 간판이 서 있으며, TV나 신문 등을 통해 더러 보았던 노동당사도 우리 버스가 지나가는 길목에 위치해 있었다.

이곳 철원 평야는 궁예가 세운 후삼국 태봉국의 옛 수도가 위치했던 곳으로서 화산 지형이라 그런지 곳곳에 구멍이 숭숭 뚫린 현무암이 많았고, 들은 넓으나 강이 없는 것이 흠이었다. 지금은 전국적으로도 쌀의 주요 생산지역으로서 알려져 있다고 한다. 민통선을 빠져나와 다시 고석정에 들러서, 전적기념관과 신라 진평왕 때 한탄강 중류에 정자가 세워졌으나 지금은 없어졌다고 하는 고석정 일대의 협곡이 빚어내는 자연 풍광을 감상하였다. 그 입구에는 이 일대를 무대로 활약했다는 義盜 임꺽정의 동상도 세워져 있었다. 홍명희의 소설 『임꺽정』의 주 무대인 청석골은 여기서 동쪽 편에 위치한 복주산(1,057.2m)에 있는 모양이었다.

오후 다섯 시 무렵에 철원을 떠나 충청북도의 음성 휴게소에서 늦은 저녁 식사를 든 다음, 밤 11시 반 쯤에 진주의 집에 도착하였다.

20 (토) 맑으나 밤 한 때 비 -응봉산 행

밤 10시에 장대동 어린이 놀이터로 나가 한라백두산악회의 9주년 무박 산행에 참가하여 강원도 삼척시 가곡면과 경북 울진군 북면의 경계에 위치한 鷹峯山(998.5m)으로 향했다. 아내는 오늘 오후 늦게까지 간호학과 의 행사가 있은 데다가 무박산행은 무리라 하여 참가하지 않았다. 회원 20여 명이 대절버스 한 대로 출발하여 동해바다를 끼고서 북상하였다.

21 (일) 맑음 -덕구온천, 응봉산, 용소골

오전 네 시가 채 못 되어 목적지인 경북 울진군 북면 덕구리의 덕구온 천 마을에 도착하였으므로, 어두운 가운데 헤드랜턴을 켜고서 등산을 시작하였다. 예전에 지난 적이 있는 옛재능선 길로 하여 두 시간 정도 오르니 주위가 조금씩 밝아오기 시작하였고, 정상에 도착하기 얼마 전에 동해 바다의 구름 위로 떠오르는 해를 볼 수가 있었다.

여섯 시 남짓에 정상의 헬기장에서 아침 식사를 하고서 다시 산행을 시작하였는데, 원래는 서북릉을 따라 삼척의 덕풍으로 향하기로 되어 있었으나 길을 잘못 들어 작은당귀골로 하여 용소골로 이어지는 계곡 쪽으로 내려가게 되었다. 원래 이 코스로 가는 줄 알고서 신청했던 나로 보아서는 오히려 잘된 셈이다. 무인지경의 원시림 속에 꼭꼭 숨겨져 있 는 비경으로 알려진 이 계곡에는 약 14km에 걸쳐 구불구불한 협곡이 쉼 없이 펼쳐지고 있는데, 제대로 난 길이라고 할 만한 것도 없고 대부분 의 코스가 협곡의 바위들을 적당히 타고 가는 것이어서 꽤 위험하다. 날씨가 화창하고 수량이 적당한 지금과 같은 시기가 아니면 접근하기 어려운 곳이다.

정오 무렵에 덕풍 마을을 지나 계곡에 걸쳐진 나무다리 아래의 그늘 에서 점심을 들고서 다시 덕풍계곡을 따라 난 차도를 따라 한참을 더 걸어 내려가서 오후 두 시 무렵에 종점인 풍곡리에 도착하였다. 도중의 식사 시간을 포함하여 열 시간 정도 산속을 걸은 셈이다.

돌아올 때는 다시 동해안 길을 따라 내려오다가, 도중에 MBC 연속

드라마 〈그대 그리고 나〉의 촬영 현장이라고 하는 慶北大鐘閣 주차장에서 한동안 정거하기도 하면서, 밤 열 시 반쯤에 집에 도착하였다.

28 (일) 흐리고 낮 한 때 부슬비 -좌이산, 김열규 교수댁, 학동

아내와 함께 在晉東亞高 동문회의 4월 산행에 동참하여 고성군 하일면에 있는 해발 300m 남짓 되는 佐耳山에 다녀왔다. 오전 9시 30분까지 진주공설운동장 정문 부근에서 집결하여 하일면 임포 소재 돌담횟집의 45인승 버스로 출발하였다. 부부 동반을 포함하여 20명 남짓 되는 사람들이 참가하였는데, 진주한의원 원장인 17회 동문 윤정근 군을 비롯하여 나까지 17회가 네 명이었다. 나는 부산 동아고등학교의 16회생이었는데, 3학년 때 폐결핵으로 1년을 휴학하여 마산 가포의 결핵요양소에서 요양생활을 하다가 마산 시내의 시민외과에서 鄭 中領이라는 사람으로부터 右肺上葉切除手術을 받고서 요양생활을 계속하고 있다가, 휴학할 수 있는 기한이 다 차서 다음해 2학기에 형식상 복학하여 오전 수업만 마치고서 귀가하는 형식으로 졸업하였기 때문에 17회로 된 것이다.

좌이산 정상에는 통영에서 사량도를 거쳐 삼천포의 각산으로 연결되는 조선시대의 봉수대가 복원되어 있었고, 그곳에서 한려수도의 수려한 풍광을 두루 조망할 수가 있었다. 하산 길에는 하일면 송천리 쪽으로 내려와 산기슭 동네의 과수원 한가운데에 서 있는 국문학자 김열규 교수의 집 앞을 지나치게 되었다. 별장처럼 멋있는 흰색의 2층 양옥이었으나, 문패가 붙어 있지 않았고 아무도 없는지 철문도 잠겨 있었다. 거기서 도로를 따라 걸어서 하일면 소재지인 학림리 해변의 임포 마을에 있는 돌담횟집으로 가서 점심을 들게 되었다.

점심 장소로 여러 명의 동문들이 잇달아 모여들었는데, 그 결과 17회 동기가 전체 참석자의 1/3을 넘게 되었다. 생선회와 술로 점심을 든 후, 학림리의 학동마을에 살면서 진주 삼현여중의 영어교사를 하는 14회 선배의 안내로 그 마을 全州崔氏네 古家들을 모처럼 다시 한 번 둘러보고서 그 선배 집에 들렀다가, 오후 다섯 시 무렵에 진주의 출발지점으로 돌아왔다.

아내와 함께 지난번에 추·동복 양복 두 벌을 샀었던 대안동 중앙시장 입구의 현창이라는 양복점에 들러 443,300원을 들여 내 춘·하복 양복과 반소매 셔츠 및 넥타이를 한 벌 구입하였다.

5월

5 (일) 흐림 -삼비산, 일림산

아내와 함께 단성중 산악회의 월례산행에 동참하여 전남 장흥군 안양면과 보성군 웅치면의 경계에 위치한 三妃山(664.2m) 및 보성군 웅치면과 회천면의 경계를 이루는 日林山(626.8m) 종주 코스에 다녀왔다. 오전 8시까지 공설운동장 1문 앞에서 집결하여 대절버스 한 대로 출발하였다. 이 산악회는 산청군 단성면에 있는 단성중학교의 재진 동창생들 친목 단체이나 일일회원의 참가도 가능하므로 과거에 한두 차례 동참한 적이 있었다.

남해고속도로를 따라 순천까지 가서 일반국도로 접어들었다. 차 안에서 주최 측이 '남한의 100산' 목록을 나누어 주므로 체크해 보았더니, 그 중에서 우리 내외가 아직 올라보지 못했거나 올랐는지 어떤지 기억이 확실치 않은 산들은 모두 34개였고, 그 대부분은 경기·강원 지역에 위치해 있어 우리가 사는 진주와는 상당한 거리가 있는 곳이었다.

전남에서는 계속 2번 국도를 따라 가다가 보성에서 18번 국도로 접어들어 茶園의 밀집지역을 지나 득량만을 끼고서 진행하여 장흥군 안양면 학송리의 장수 마을에 도착해서부터 등산을 시작하였다. 일림산 주변은 우리나라에서 차밭이 가장 많다는 보성에서도 차밭이 가장 많이 몰려 있는 지역으로서, 이곳에서 생산되는 녹차가 전국 생산량의 약 40%를 차지하는 것으로 알려져 있다. 그래서 그런지 차밭 밀집 지역에는 차량이 많이 몰려 있어 다소 도로의 정체 현상이 있었다.

또한 이 일대는 판소리 西便制의 본향으로서 명창이 여럿 나온 곳이기도 하다. 서편제는 남성적인 동편제와는 달리 한 맺힌 여성의 소리가 특징인 것으로 알려져 있는데, 처음 보성군 웅치면 강산마을에 朴裕全이라는 사람이 태어나 거기서 소리세계를 열어, 대원군으로부터 "네가 천하제일 강산이다."라는 극찬을 받았다고 한다. 그 후 회천면 도강마을에서 태어난 鄭應珉이 그 맥을 이었으며, 외아들 정진권과 이용길·김영자 등에게 전수되었다고 한다. 우리 차가 지나가는 바닷길 가에 정응민 藝蹟碑가 있는 마을로 들어가는 입구 표지판이 보이기도 하였고, 그 안의 영천리 도강마을에는 정응민 판소리공원이 이루어져 있는 모양이었다.

장수 마을 주민의 지도에 따라 길도 없는 산기슭을 타오르다가 도중에 길을 만나 가파른 산길을 계속 타고 올라 회룡봉을 지나서 삼비산 정상 부근에 이르러 그 일대에 펼쳐진 철쭉 꽃밭 속에서 점심을 들었다. 이 일대의 산들은 모두 철쭉으로 유명한데, 지금은 한창 철이 지났지만 그래도 정상 주변에는 아직 상당히 남아 있어 볼 만하였다. 준비해 간 도시락으로 아내와 함께 점심을 든 다음 정상에 이르러 보았다. 이곳은 원래 삼비산임에도 불구하고 일림산이 높이는 낮으나 보다 이름이 나 있기 때문인지 보성군에서 일림산이라는 표지석과 제단을 설치해 두고 있었으며, 원래의 일림산은 거기서 능선 길을 따라 보성다원 쪽으로 1km 정도 더 간 곳에 있는데 거기에는 아무런 표지가 없었다. 지금이 철쭉제 행사 기간인지 사람들이 제법 많고 정상 일대에서는 패러글라이딩을 하는 사람들도 있었다.

삼비산과 일림산을 잇는 능선 일대의 철쭉 꽃밭과 산죽 밭을 지나 일림산 능선이 모두 끝나고서 포장도로와 만나는 한치 주차장에 도착하여 산행을 마쳤다. 거기서 풀밭 위에 자리를 깔고서 주최 측이 준비해 온 고기를 구워 술과 함께 들면서 얼마간 시간을 보냈다. 광주에서 온 산악회 팀이 우리 자리에 어울려 함께 술을 들고 영호남 화합에 관한 대화를 나누기도 하였다. 밤 여덟 시 반 무렵 집에 도착하여 샤워를 하고서 평소처럼 아홉 시 무렵에 잠자리에 들었다.

12 (일) 맑음 -충남 가야산, 남연군묘

혼자서 서민산악회의 월례산행에 동참하여 충남 예산군 덕산면과 서산시 해미읍 및 운산면의 경계지점에 위치한 伽倻山도립공원에 다녀왔다. 오전 8시 30분까지 옛 장대동 미니주차장 건너 경남스토아 앞에서 집결하여 대절버스 두 대로 출발하였다. 대진고속도로를 경유하여 대전에 다다른 다음, 월드컵 경기장 옆으로 하여 공주와 예산을 거쳐서 오후 한 시 반쯤이나 되어서 가야산 주차장에 도착하였다.

上伽里를 지나 먼저 南延君 묘에 이르렀다. 이곳은 가야산의 최고봉인 가사봉(677.6m)과 석문봉(653)·옥양봉(621.4) 등의 산줄기가 늘어선 가운데 원을 그리며 감싸드는 주위의 모든 산세가 모이는 한가운데 지점에 해당한다. 원래는 伽倻寺라는 절의 5층 석탑이 서 있는 자리였으나, 홍선대원군 李昰應이 지관인 鄭晚寅으로부터 이 자리가 천하의 명당(二代天子之地)이라는 말을 듣고서 경기도 연천에 있었던 부친 李球의 묘를 이리로 이장해 와 현재의 묘 뒤쪽 산기슭에 있는 屛溪 尹鳳九의 賜牌地를 그 후손으로부터 빌려서 일단 假墓를 쓴 뒤, 1845년에 가야사를 폐하고는 무덤을 다시 옮긴 것이다.

그로부터 7년 만인 1852년에 대원군은 둘째 아들 載晃(아명은 命福)을 얻었고, 그로부터 11년 뒤인 1863년에 이 아이가 고종이 되었으며, 고종의 아들인 순종 대에 조선왕조가 멸망했던 것이다. 조금 떨어진 아래 마을에 있는 좌의정 金炳學이 쓴 신도비문에 의하면 연천의 묘도 이미 한 차례 이장했었던 것이라 하니, 천하의 대원군이 풍수지리설에 그토록 혹해 있었다는 것도 슬픈 일이다. 무덤 옆에는 대원군의 친필을 새긴 비석이 서 있었는데, 이곳은 1868년에 독일 상인 오페르트 일당에 의한 도굴사건이 일어난 현장이기도 하다.

가사봉과 석문봉 사이의 계곡으로 하여 石門峰에 올라서 남연군묘를 내려다보며 도시락으로 점심을 들었다. 최고봉인 가사봉에는 방송 송신탑과 관련 시설들이 들어서 있어서 그리로 가지 않고 석문봉 왼쪽의 일조암계곡으로 하여 옥녀폭포를 거쳐 하산하였다. 남연군묘에 대해서는 석문봉이 主山이 된다. 하산하는 길에 남연군묘 근처의 계곡에서 뒤로 돌아서 있는 미륵불에도 가보았다.

오후 다섯 시까지 하산을 완료하여, 집에 도착하니 밤 11시 무렵이었다.

19 (일) 맑음 - 청학동, 삼성궁, 쌍계사

부처님 오신 날을 맞아 아내와 함께 천지산악회에 동참하여 하동군의 靑鶴洞·三聖宮 그리고 雙磎寺에 다녀왔다. 오전 9시에 칠암동 경남문화예술회관 주차장에서 집결하여 버스 다섯 대로 출발하였다. 이 산악회는 노태우 정권 시절 수도방위사령관으로 있다가 김영삼 정권 시절 육군중장으로서 예편한 안병호 장군이 중심이 되어 만들어졌고, 지금도 그가 상임고문으로 있으며 오늘 산행에도 동참하였다. 이처럼 정치인과 유관한 산악회는 대체로 참가자가 많은 법이다.

奈洞과 浣紗를 거쳐 북천면과 양보면의 경계에 위치한 황토재에서 한동안 정거하였다가, 횡천면의 河東湖를 지나서 청학동에 도착하였다. 그 일대는 내가 처음 여기에 왔을 때만 해도 전국에서 가장 후미진 곳이어서, 갓 쓰고 상투 틀고서 생활하는 사람들의 고장으로 유명하였는데, 지금은 일대관광단지가 조성되어 큼직큼직한 기와집들이 많이 들어섰고, 갖가지 상점이나 숙박업소도 세워져 있다. 三神峰으로 올라가는 길목에는 매표소가 들어섰고, 아내와 나는 청학동 마을을 거쳐 삼성궁 쪽으로 이동하고자 하였으나, 지금은 청학동에서 바로 삼성궁으로 향하는 길이 차단되어져 통과할 수 없다는 것이었다. 청학동 마을 자체의 모습은 크게 달라지지 않았으나, 마을 안에 몇 군데 술과 음식을 파는 상점이 들어섰고, 이 마을의 가장 높은 자리에 위치한 儒佛仙更正儒道의 敎堂도 근자에 초가집으로 바뀌어져 있었다. 혼자서 청학동을 둘러보고서 교당 옆에 새로 난 콘크리트 포장길을 따라 내려와 아내 등과 합류하여 삼성궁으로 향했다. 길도 없는 산죽숲 속을 헤쳐 내려가고 도로에서 우리 일행이 타고 온 버스를 만나 그것을 타기도 하면서 삼성궁 입구 주차장까지 갔는데, 그 일대의 모습도 예전과는 전혀 달랐다.

삼성궁은 한풀선사(大氣仙師)라는 이가 중심이 되어 이룩한 곳으로서, 예전에 한 번 몰래 들어왔다가 발각되어 긴 수염을 기르고 머리를 풀어 헤친 이상한 차림새의 한풀선사를 만나 본 적이 있었다. 지금 모습은 당시와도 많이 달라져 있어 새로운 한옥 건물들과 누각이 눈에 띄었고, 桓因·桓雄·檀君 등을 모신 仙道의 도장이라고는 하나 손질이 잘 된 일종의 관광용 큰 정원과 같은 느낌을 주었다. 들은 바로는 근년에 부도가 나서 지금은 다른 사람에게로 소유권이 넘어가 있다고 한다.

예정으로는 삼성궁 부근을 지나 재를 넘어서 불일폭포를 경유하여 쌍계사로 내려가게 되어 있었으나, 앞서 갔던 우리 일행이 고개 부근에서 산불방지 목적으로 통행을 차단하고 있다면서 도로 내려오고 있었다. 그들을 따라 삼성궁 주차장으로 돌아 내려와 거기에 있는 식당에서 막걸리와 물국수로 점심을 들면서 시간을 보내다가, 다시 타고 왔던 대절버스에 올라 쌍계사로 이동하였다. 쌍계사에 갔다가 내려오면서 石門製茶의 花開自然生綠茶 한 봉지를 샀다.

진주에 도착해서는 출발장소인 경남문화예술회관 옆 남강 가 상설무대에서 진주시 청소년 문화축제가 열리고 있었으므로, 아내와 함께 계단에 앉아 그들의 공연을 좀 구경하다가 집으로 돌아왔다.

6월

2 (일) 대체로 맑으나 때때로 천둥 번개 치고 비 -장안산,
논개 생가

아내와 함께 청우산악회의 제14차 정기산행에 참여하여 전북 장수군 계남면에 있는 長安山(1,236.9m)에 다녀왔다. 오전 8시 30분까지 상대동 시청 앞 육교 밑에 집결하여 관광버스 두 대로 출발하였다. 대진고속도로를 따라 올라가다가 장수 쪽으로 빠져나와 일반 국도를 따라 계내면의 대곡호반에 위치한 예전에 들른 바 있었던 論介 생가지라는 곳과 朱村 마을 및 논개기념관과 근년에 새로 크게 조성한 또 다른 논개생가지를

지나 무령고개(1,075.6m) 바로 아래의 주차장에서부터 등산을 시작하였다. 장안산은 백두대간에서 호남정맥이 갈라지는 곳에 위치한 명산이므로, 과거에 여러 차례 오르고자 했으나 인연이 닿지 않아서 그런지 이런저런 사유로 정상에까지 이르지는 못하고 말았으므로, 오늘 다시 시도하게 된 것이다.

무령고개가 이미 해발 1,000m를 넘는 곳이므로, 거기서 3km 정도 떨어진 위치에 있는 정상까지는 대체로 평탄한 산책로와 같은 길이 이어지고 있었다. 정상에 다다라 그 아래편의 한적한 오솔길 가에 자리 잡아 점심을 들고 있었는데, 청주에서 온 교사 그룹의 일행 중 한 남자가 와서 우리 옆자리의 빈터를 보고 갔고, 뒤이어 그들 일행이 내려와 거기서 식사 판을 벌이기 시작하였으므로, 우리 부부의 호젓한 점심 분위기는 깨어지고 말았다. 그러나 그들이 술을 권하므로, 우리는 준비해 간 돼지족발을 안주로 권하는 등 타향 사람들끼리 그런대로 우호적인 분위기를 즐길 수가 있었다.

오후 세 시 남짓에 출발지인 주차장까지 돌아왔으나, 아직 시간이 많이 남은 까닭에 새로 조성된 義巖朱論介生家地로 내려가서 두 시간 정도 자유 시간을 가지다가, 오후 5시 30분 무렵에 거기를 떠나 六十嶺 구도로를 거쳐 생초까지 와서, 다시 대진고속도로를 경유하여 진주에 도착하였다. 광대한 면적을 차지한 이 새로운 聖地는 논개의 조부가 경남 함양군 북상면 쪽에서 재를 넘어와 서당을 차리고서 살던 곳이라고 하며, 그 위쪽에는 논개가 태어났다는 집뿐만 아니라 높다란 언덕 위에 부모의 묘소까지 조성되어 있었다.

논개의 행적은 광해군 때 柳夢寅이 쓴 『於于野談』에 진주기생으로서 처음 보일 뿐 그다지 뚜렷하지 않았다가 후대에 이르러서야 비로소 충렬의 표상으로서 나라에서도 義妓의 사당을 세우고서 제사를 하기 시작하였던 것이다. 그러므로 그녀의 실존 여부조차 충분히 검증되었다고 할 수 없는 처지임에도 불구하고, 장수 지방에서는 『湖南節義錄』 등 후대의 문헌과 구전 설화에 의거하여 후대로 가면 갈수록 그녀를 이 지방의 표상으로서 현창하는 일에 힘을 들이고 있는 것이다.

그 결과 계내면 대곡리의 지금은 대곡호가 된 자리에 논개가 살던 집이 있었다고 하며, 그녀는 기생이 아니라 大賢인 朱子의 후예이자 서당훈장인 朱達文의 딸로서 어려서부터 한문을 배운 양반의 신분이었는데, 집안의 불행한 사연으로 말미암아 官家의 종으로 얽매이게 되자 당시의 장수현감 崔慶會의 배려로 방면되었으며, 그러한 인연으로 최경회의 부실이 되어 그 후 경상우도병마절도사로 임명된 남편을 따라 진주에 왔다가, 癸巳年 전투에서 부군이 전사하고 진주성이 함락되자 7월 7석의 촉석루에서 열린 戰勝 잔치에 기생을 가장하여 참여하였다가 왜장 毛谷村六助를 유인하여 남강에서 그처럼 장렬한 최후를 마치게 된 것이라고한다. 최경회의 이력이나 나이 등으로 고증해 보면 이러한 설화는 전혀성립될 수 없는 것임에도 불구하고, 이제는 도지사와 군수 등 관청의힘으로 국비를 들여 이렇게 엄청난 시설물까지 만들어두고 있는 터이니, 그것이 아니라고 말할 수도 없게 되었다.

16 (일) 맑음 -광덕산

아내와 함께 한백산악회를 따라 충남 천안시 광덕면과 아산군 송악면의 사이에 위치한 廣德山(699.3m)에 다녀왔다. 오전 7시 30분 옥봉삼거리의 고려시대 강민첨 장군 출생지에 세워진 진양강씨 재각인 殷烈祠앞에 집결하여 대절버스 한 대로 출발하였다. 대진고속도로를 경유하여대전의 월드컵 경기장 앞에 이른 후 공주 쪽 도로로 빠져서 도중에 목천을 지났고, 여러 차례 길을 잘못 든 끝에 마침내 12시 반 무렵 천안 쪽廣德寺 앞의 광덕리 대거리 마을에 다다랐다.

이 절의 일주문에 쓰인 산 이름은 다른 것이었는데, 절의 명칭으로 말미암아 광덕산으로 불리는 것이 아닌가 한다. 이 산은 천안에서는 가장높은 것이라고 한다. 일주문 부근에 여러 개의 비석이 세워져 있으므로그것들을 하나하나 읽어보았다. 우선 '胡桃傳來事蹟碑'에 의하면, 이 절은우리나라에서 호두나무가 처음으로 심어진 곳이라고 한다. 고려 충렬왕 때(1290년) 이곳 출신인 柳淸臣이라는 사람이 元나라에서 御駕를 모시고 귀국할 때 호도의 묘목과 열매를 가지고 와서 묘목은 광덕사에다 심고, 열매는 자기 집에 심은 것이 호두나무가 전래된 유래라고 하며, 오늘날 천안명물이 된 호두과자는 이러한 전통에서 기원한 것인 모양이다.

광덕사는 신라 선덕여왕 때 자장율사가 창건한 것이라고 전해 오는데, 한 때는 89개의 암자를 거느린 경기·충청 지방에서는 가장 큰 절이었다고 하나 임진왜란 때 소실되었다. 현재는 비구니 사찰로서 건물들은 건립연대가 오래되지 않아 문화재적 가치가 별로 없으나 법당 앞에 고려시대의 것으로 추정되는 조그만 삼층석탑이 하나 서 있고, 조선 세종 연간에 필사된 『法華經』(지도책에는 모두 '高麗寫經'이라고 되어 있다.)이 보물 제390호로 지정되어 있다. 절의 강당 격인 보화루 앞에 수령 400년이 넘고 둘레가 4.1m인 호두나무가 서 있다. 안내판에는 바로 여기에 처음 호두나무가 심어진 것으로 되어 있었다.

우리 내외는 절 주위를 한 바퀴 둘러본 후, 절의 서쪽 골짜기를 따라 올라가다가 갈림길에서 정상으로 향하는 가파른 언덕길을 취하여 계속 올랐다. 헬기장을 지난 후 아내는 정상을 600m 정도 남겨둔 지점의 벤치에서 쉬다가 꼭대기까지 올라갈 기력이 없다면서 왔던 길로 그냥 내려갔다. 나 혼자서 정상인 가마봉에 올랐다가 거기서 1.3km 정도 떨어진 곳에 있는 장군바위를 거쳐 능선 길을 따라 金芙蓉의 묘소가 있는 곳으로 내려왔다. 광덕사까지 1km 정도 남겨둔 지점의 작은 언덕에 위치한 김부용의 묘소를 보지 못하고 그냥 지나쳐서 500m 남짓이나 더 절 쪽으로 내려왔다가, 도로 올라가서 묘소를 구경하고 내려왔다.

雲楚 金芙蓉은 북한 출신의 평양 기생으로서 순조 무렵 평양감사로 부임한 金履陽의 부실이 되어 草堂마님으로 불리다가 49세 정도의 나이로 卒하여 김이양의 고향인 이곳 남편의 무덤 부근에 묻힌 것이다. 그녀는 시집과 문집에 200여 수의 한시를 남기고 있어, 조선조 3대 여류시인의 한 사람으로 일컬어진다고 한다. 무덤은 평범한 작은 봉분으로서 1974년에 발견된 것이라고 하는데, 당시에는 비석도 없었을 터이니 무

슨 근거로 이곳을 그녀의 묘소로 인정하게 되었는지는 알 수 없다.

오후 4시 반까지 하산을 완료하여, 밤 아홉 시 무렵에 진주에 도착하였다.

23 (일) 흐리고 때때로 부슬비 -연석산

아내와 함께 가람뫼산악회의 제65차 산행에 동참하여 전북 완주군 동상면과 진안군 부귀면의 경계에 위치한 硯石山(960m)에 다녀왔다. 오전 8시까지 장대동 동명극장 맞은편의 제일은행 옆에 집결하여 부산교통의 대절버스 한 대로 출발하였다. 대진고속도로를 경유하여 60령 터널을 지난 후 장계 쪽으로 빠져서 진안의 마이산 휴게소에서 잠시 정거한 후, 완주군 동상면 사봉리의 연동마을에서부터 등산을 시작하였다.

대웅전과 부속건물 한 채 정도로 이루어진 연석사를 지나 계곡을 따라 올라가다가 길을 잃어 부슬비에 촉촉이 젖은 산죽 숲을 이리저리 헤매었는데, 나는 일행을 떠나 건너편 산줄기로 가서 가파른 능선을 따라 난 길을 따라 나아갔다. 정상인 헬기장에 다다르니 아내는 일행 중 두 번째로 먼저 도착해 있었다. 정상 건너편 동쪽으로 2.5km 정도 되는 곳에 전라북도 경계 안의 최고봉이며 금남정맥의 최고봉이기도 한 雲長山(1,126m) 상봉의 웅장한 모습이 바라보였다. 연석산은 금남정맥의 마루금이 지나는 곳으로서 운장산의 서봉에 해당한다.

부슬비를 피해 정상 부근의 나무 밑에서 아내와 둘이서 준비해 간 점심을 든 다음, 남들보다 다소 일찍 하산을 시작하여 산길을 따라 내려왔다. 원래 예정은 신사동 쪽으로 내려올 예정이었지만, 다 내려오고서 보니 출발지점인 연동이었다.

돌아올 때는 진안군 주천면의 운일암반일암계곡을 지나 장계에서 다시 대진고속도로에 올랐다. 집에 돌아와 샤워를 마치고나니 평소의 취침 시간인 밤 아홉 시였다.

30 (일) 흐리고 때때로 부슬비 -칠보산

아내와 함께 상록수산악회의 정기 산행에 동참하여 충북 괴산군의 장연면과 칠성면 사이에 위치한 七寶山(778m)에 다녀왔다. 오전 8시까지 장대동 동명극장 건너편의 제일은행 앞에 집결하여 동아관광의 대절버스 세 대로 출발하였다. 대진고속도로와 경부·중부고속도로를 경유하여 증평 톨게이트에서 일반국도로 빠져나와 曾平·槐山을 거쳐서 槐江橋를 지나 속리산국립공원의 북쪽 끄트머리에 해당하는 雙谷계곡으로 접어들었다. 쌍곡의 옛날 이름은 雙溪인데, 이 부근 속리산 북부의 華陽·仙遊洞과 마찬가지로 중국의 武夷九曲을 본떠서 구곡의 이름이 붙어 있는 곳이다.

우리는 정오 무렵에 쌍곡계곡에 도착하여 제3곡인 떡바위에서부터 등산을 시작했다. 떡바위골을 거쳐 정상에 도착한 다음, 예전 육윤경 선생 팀의 멤버로서 자주 산행을 같이 했었던 중학 교사인 이 선생과 더불어 정상 부근의 전망 좋은 넓적한 바위 위에서 점심을 들고는 절골과 살구나무골을 거쳐 절말 방향으로 하산했다. 예전에 다른 산악회를 따라 부슬비가 내리는 날 쌍곡계곡이 끝나는 제수리재에서부터 등산을 시작하여 살구나무골로 하산한 적이 있었는데, 그때 보았던 쌍곡9곡의 제7곡에 해당하는 용추를 거쳐 절말의 주차장에 당도하였다.

주차장에서 주최 측이 준비한 맥주와 돼지고기 안주로 술을 들다가, 일행이 모두 도착하기를 기다려 오후 다섯 시 무렵에 출발하여, 갈 때와 마찬가지 코스를 경유하여 밤 아홉 시 무렵에 진주에 당도하였다.

7월

7 (일) 맑음 -성치산, 수삼센터

아내와 함께 동부산악회를 따라 충남 금산군 남이면과 전북 진안군 주천면의 경계에 위치한 성치산(670.4m)에 다녀왔다. 오전 8시 30분까지 장대동 제일은행 앞에 집결하여 동아관광의 대절버스 세 대로 출발하였다. 대진고속도로를 경유하여 금산 톨게이트로 빠진 뒤 남일면 소재지를 거쳐 남이면 구석리의 원구석이라는 마을에서부터 차에서 내려 산행을 시작하였다.

평지에 가까운 오솔길을 따라 한참 산 쪽의 계곡으로 들어가다가 결국 길을 잃고서 계곡과 능선을 무조건 치고 올라 주능선에 이르렀다. 여러 개의 봉우리를 지났지만, 표지가 없어서 어느 것이 성치산의 정상인지 알 수가 없었다. 그 중 어느 하나에 자리 잡아 건너편 전라도 쪽 산줄기들의 풍경을 바라보며 점심을 들었다. 하산할 때는 무자치골의 폭포를 경유하여 구석리의 모치마을로 내려왔다.

오후 다섯 시 무렵에 하산을 완료하여, 귀로에 금산 읍내에 들러 아내와 나는 수삼센터로 가서 水蔘을 구입하였고, 아울러 나는 각각의 조그마한 봉지에 22종의 한약재 2,400g이 든 鹿補元이라는 십전대보탕 한약 상자도 하나 샀다.

금산의 인삼로를 경유하여 고속도로에 오른 다음, 갔던 길을 따라 진주의 집에 돌아오니 밤 아홉 시가 넘은 시각이었다.

14 (일) 흐리고 때때로 부슬비 -장룡산

아내와 함께 서민산악회를 따라 충청북도 옥천군 군서면과 이원면의 경계에 위치한 壯龍山(656m) 자연휴양림에 다녀왔다. 오전 8시 30분까지 옛 장대동 미니주차장 건너 경남스토아 앞에 집결하여 대절버스 두 대로 출발하였다. 대진고속도로를 경유하여 충남 금산군의 추부 인터체인지에서 일반국도로 접어들어 서대산 입구를 경유하여 장룡산자연휴양림에 도착하였다.

휴양림의 흔들다리를 건너 계곡 길로 등산을 시작하여 도중에 실낱같은 폭포를 하나 구경하고서, 삼거리 전망대를 경유하여 정상에 도착하였다. 정상에 세워져 있는 정자에 올라 일행과 함께 도시락으로 점심을 든 다음, 우리 내외는 능선 길을 따라 북쪽 방향으로 2km 남짓 나아가 龍巖寺를 둘러보았다. 이 절은 신라 말 고려 초에 세워진 것이라고 하며,

경내에 보물로 지정된 雙삼층석탑이 두 기 서 있다. 대웅전에는 목각탱이 안치되어 있고, 그 뒤편 높은 곳의 바위절벽에 마애불이 있었다. 휴양림과는 반대편 산기슭에 위치한 용암사 구경을 마친 후 도로 능선으로 올라와 시목재를 거쳐서 산책로를 따라 자연휴양림으로 되돌아왔다.

갈 때의 코스를 경유하여 밤 9시 남짓에 집에 도착하였다. 오늘 우리는 충청북도·충청남도·전라북도·경상남도의 네 도를 거친 셈이다.

20 (토) 맑음 —백두대간 행
뇌호회의 백두대간 종주에 참가하여 아내와 함께 제일예식장 옆 주차장으로 가서 밤 10시 무렵에 대절버스 한 대로 출발하였다. 뇌호회는 최근에 결성된 산악회인데, 나는 지난날 백두대간산악회를 따라 백주대간 종주를 한 번 한 적이 있었으나, 이번의 오대산 입구 진고개에서 대관령에 이르는 코스는 당시에 대관령 부근의 많은 적설로 말미암아 도중에 포기하고 말았기 때문에 다시 시도하게 된 것이다. 남해 및 구마고속도로를 경유하여 북상하는 도중에 한 때 폭우가 쏟아지기도 하였다.

21 (일) 흐림 —노인봉, 소황병산, 매봉, 곤신봉, 선자령, 대관령
오전 3시 무렵 대관령에서 멀지 않은 영동고속도로의 평창휴게소에 도착하여 주최 측이 준비한 주먹밥 및 약간의 국과 반찬으로 조식을 든 후 다시 버스를 타고서 4시 무렵 진고개 휴게소에 도착하였다. 깜깜한 가운데 헤드랜턴을 켜고서 4시 20분 무렵부터 등산을 시작하여 날이 밝아진 무렵 3.8km 거리의 老人峰(1,338m)에 도착하였고, 나는 그 아래의 노인봉산장에서 신선차 한 잔을 사 마셨다.

백두대간 제8구간인 오늘 코스는 도상거리로 모두 23.4km인데, 노인봉에서 다시 3.8km 거리에 위치한 소황병산(1,328m)에 도착한 이후부터 대관령까지는 오른편으로 계속 삼양목장 등의 목초지가 펼쳐져 있고, 차로 풀을 베어 건초를 만드는 모습도 볼 수가 있었다. 나는 햇볕으로부터 얼굴을 보호하기 위해 호주에서 산 카우보이모자를 쓰고 선글라스를

졌으며, 날씨가 더울 때는 소매 없는 셔츠 하나만 입고서 계속 앞으로 나아갔다.

소황병산을 조금 더 지난 지점에서 주최 측이 준비해 준 주먹밥 등으로 아침 아홉 시 무렵에 점심을 들고서 매봉(1,173.4m)-동해전망대-곤신봉(1,127m)-仙者嶺(1,357m)을 거쳐 오후 3시 무렵에 예전에 다다랐던 적이 있는 한국항공공사의 비행기 운항을 위한 통신 기지와 일반 통신중계소를 지나 國師城隍堂의 굿하는 소리를 들으며 대관령 휴게소에 이르렀다. 그 부근의 계곡에 들어가 목욕을 한 후, 옷을 갈아입고서 휴게소의 등나무 아래에서 주최 측이 마련한 술을 들었다.

돌아올 때는 아마 간밤에 왔던 코스로 짐작되는 영동-중앙-구마-남해고속도로를 경유하여 밤 8시 반 무렵에 우리 집에 도착하였다.

24 (수) 맑음 -청래골, 거림, 중산리

11시에 안상국 교수와 더불어 불문과 강호신 교수의 지리산 內大里 菁萊골에 있는 별장으로 가 한나절을 보내고서 돌아왔다. 강호신 교수의 지프 형 승용차에 동승하여 진양호 숭상공사로 말미암아 호수로 변한 지역을 가로질러 관정리·남사리 쪽으로 빠져나와, 덕산에 이르러서는 강 교수가 자주 들르는 식육식당에서 소불고기와 국밥으로 내가 점심을 샀다. 내대리계곡으로 들어가려면 예전에는 산청군 시천면 신천리의 곡점마을에서 골짜기를 향해 꺾어들게 되어 있었는데, 지금은 고운동 양수발전소의 건설로 말미암아 곡점에 높다란 댐의 둑이 들어서고, 좀 더 위로 올라간 동당리 쯤에서 터널을 경유하여 내대리로 진입하게 되어 있었다.

강호신 교수를 비롯하여 본교 인문대학 불문과의 김완, 사회대학 사회학과의 김중섭, 사범대학 국어교육과의 김용석 교수 등이 다른 일반인 네 명과 더불어 청래골의 오르막길이 끝나는 지점에 유럽식 연립주택 모양의 별장을 만들어 2년 전쯤부터 왕래하고 있고, 그 맞은편에는 영문과의 황소부 교수가 천수답을 구입하여 택지로 지목을 변경해 터를 닦아서 공사를 진행하고 있었다. 그 외에도 그 일대에는 집을 짓기 위해 닦아 놓은 터가 더러 보였고, 건너편 산중턱에는 청학동 쪽으로 통하는 산복 도로와 터널의 공사가 진행 중이었다. 오랜만에 와 보니 내대 일대의 모습이 크게 달라져 지리산국립공원 구역 내의 삼림이 꽤 많이 훼손되어 져 가고 있음을 알 수 있었다. 우리가 갔을 때는 이 연립주택 천정의 금 간 콘크리트 사이로 빗물이 조금씩 새어나는 곳이 있어 이웃집에서 인부를 불러 그 보수공사를 진행하고 있었다.

오후 세 시 무렵에 청래골을 나와, 내대에서 좀 더 올라간 지점의 거림 계곡에 있는 사회대학 행정학과 유낙근 교수와 그 妹弟인 사범대학 영어 교육학과 서용득 교수의 집으로 구경 가보았다. 그들은 거림계곡 옆 골 짜기를 거슬러 올라간 지점에다 앞뒤로 단독주택을 지어놓고 있었다. 유낙근 교수는 이 집에서 학교로 출퇴근을 하고 있는 모양이며, 집에는 부인이 혼자 있다가 토마토 주스를 만들어 우리를 접대하였다. 돈을 많 이 들인 까닭인지 유 교수네 집은 한결 운치가 있고, 건너편의 조망도 자연이 훼손된 모습이 전혀 없어 더 볼만하였다.

돌아오는 길에 천왕봉 바로 아래 마을인 중산리지구에 들러보았다. 모처럼 왔더니 여기에도 못 보던 건물들이 꽤 많이 들어섰고, 집을 짓기 위해 조성해 놓은 부지들도 여기저기에 바라보였다. 중산리에 새로 만들 어진 빨치산토벌전적기념관에 들러 건물 내외의 전시물들을 둘러보았 다. 중산리에서 올 때의 코스를 경유하여 한 시간 정도 걸려서 오후 다섯 시 반 무렵에 학교로 돌아왔다.

28 (일) 흐림 -향로봉

아내와 함께 석류산악회를 따라 경북 포항시 죽장면에 있는 內延山群 의 최고봉인 향로봉(929.9m)에 다녀왔다. 오전 8시 30분까지 남강 변 진주교 옆의 귀빈예식장 앞에서 집결하여 대절버스 두 대로 출발하였다. 남해고속도로와 경부고속도로를 경유하여 경주 시내를 통과하여 포항 시 杞溪面과 기북면을 지나서 죽장면에 들어서니 일부 도로는 아직 비포장이었다. 월사동계곡은 이 지방에서 제법 이름난 곳인지 피서 온 사람들이 계곡 주위의 도로 가에 차량을 많이 세워두고 있어서 교통이 혼잡하였다.

월사동계곡에서 오후 1시 무렵부터 등산을 시작하여, 처음의 가파른 언덕길을 한참 올라서니 제법 수월한 코스가 나타나기 시작하였다. 나는 호주에서 사 온 여름용 카우보이모자를 쓰고 긴 팔 셔츠를 입었는데, 그다지 햇볕이 강하지 않은 오늘 같은 날씨에는 오히려 거추장스러울 따름이었다. 정상 근처의 능선에서 보통 내연산이라고 불리고 있는 710봉으로 가는 갈림길이 나 있었는데, 왕복에 차 안에서 소요되는 시간이 많으므로 3km 정도 더 떨어진 거기까지 가 볼 수는 없었다. 정상 아래의 나무그늘에서 아내와 함께 집에서 준비해 온 도시락과 산악회로부터 받은 소주 한 병으로 점심을 들고서 4시 반 무렵까지 하산하여 월사동계곡에서 목욕하고 옷을 갈아입은 다음, 다섯 시 남짓에 출발하였다.

귀로에는 경산과 서대구를 거쳐 왔는데, 코스를 어떻게 잡았는지 차창가로 바닷가의 도시 풍경이 바라보였으나 어두워서 어딘지 확인하지는 못했다. 밤 10시 반 무렵에야 집에 당도하였다.

8월

4 (일) 흐림 -삿갓봉, 월성계곡

아내와 함께 동부산악회를 따라 덕유산의 삿갓봉(1,400m), 월성계곡을 다녀왔다. 오전 8시 30분까지 장대동 제일은행 앞에 집결하여 대절버스 세 대로 출발하였다. 대진고속도로를 경유하여 생초에서 일반국도로 빠진 다음, 수동과 거창 수승대를 지나서 거창군 북상면 월성리의 황점마을에서부터 등산을 시작하였다. 버스 세 대로도 좌석이 부족하여 서서 오는 사람이 있을 정도로 많은 사람이 타고 왔으나, 날씨가 더운 탓에 정작 산에 올라가는 사람은 스무 명 안팎에 지나지 않을 듯하였다.

삿갓골로 올라서 재에 다다르니 매점을 겸한 비상대피소 건물이 한 채 서 있었다. 거기서 잠시 휴식을 취한 다음 다시 삿갓봉으로 올라가 정상에서 점심을 들었다. 하산할 때는 다른 사람들은 모두 백 코스를 취했지만, 우리 내외는 더 나아가 월성재에서 월성계곡으로 하산하였다. 그 쪽은 산길이 계곡물에서 다소 떨어졌고, 아래쪽은 길이 넓어 재미가 덜하였다. 도중에 계곡물을 만나 반바지만 벗고서 나머지 옷은 그냥 입은 채로 물속으로 들어가 땀에 저린 몸과 의복을 다함께 맑은 물로 씻어 내렸다.

오후 다섯 시 남짓에 황점 마을을 출발하여 남령재를 넘어 서상면의 남덕유산 아래에 위치한 영각사 쪽으로 가는 도중 산길에서 정거하여 주최 측이 준비해 온 술과 고기 등으로 한바탕 회식을 벌였다. 서상 톨게이트에서 대진고속도로를 경유하여 진주로 돌아오는 도중에 산청 휴게소에 정거했을 때 지난번에 잃어버린 안경 대신 새것을 다시 구입하였다. 그 새 눈이 더 나빠졌는지, 지난번에 샀던 것은 +2.0이 채 못 되는 것이었으나, 오늘 산 것은 +3.0이었다.

진주로 돌아와서 아내가 자장면을 먹고 싶다고 하여, 北京莊으로 가서 탕수육 한 그릇과 자장면 두 그릇으로 늦은 저녁을 들었다. 우리 학과에서 회식 때 자주 이용하는 이 중국집은 그 새 내부 구조를 크게 바꾸어영 다른 집처럼 되어 있었다.

18 (일) 오전 중 개었다가 흐림 -무룡산, 삿갓봉, 월성재, 토옥동계곡
아내와 함께 멋-거리산악회의 제111차 산행에 참여하여 덕유산 무룡산(1,491.9m)에 다녀왔다. 오전 8시까지 신안동의 KBS 정문 앞에 집결하여 팔도관광의 대절버스 한 대로 출발하였다. 예전에 이 산악회를 따라 전국의 명산들을 찾아다니며 등산의 재미를 배웠던 것이며, 지금도 진주의 모모한 산꾼들은 대체로 이 산악회를 거쳐 온 사람들인데, 요즈음은 멋-거리가 좀 침체되어 있는 듯하다. 낯익은 장욱상 씨가 회장을 맡고 있었으며, 농협에 근무하던 박양일 씨도 모처럼 비회원으로서 함께 참여하였다.

대진고속도로를 따라 북상한 후 일반국도로 접어들어, 전라북도 안성면 명천리의 저수지에서부터 하차하여 산길을 걷기 시작하였다. 무룡산 가는 길은 성락건 씨가 만든 『남녘의 산들』에는 황골이라고 표시되어 있는데, 도중의 망봉 아래에 원통사라는 절이 있기 때문에 요즈음의 지도에는 대체로 원통골로 되어 있다. 이 골짜기는 등산객들도 그다지 많이 다니지 않는 모양인지 사람의 자취가 드물고, 게다가 오래 비가 온 뒤끝이라 계곡에 물이 불어 등산화를 벗고서 맨발로 건너야 하는 곳도 있었다. 그 길로 곧장 오르니 무룡산 정상에 닿았다.

정상에서 잠시 휴식을 취한 다음, 능선 길을 따라 얼마 전에 왔던 삿갓골재 대피소에 이르렀고, 그 근처의 숲속 삿갓봉으로 올라가는 길목에서 아내와 나는 준비해 간 도시락으로 점심을 들었다. 점심식사를 마친 후 곧바로 출발하여 삿갓봉에 올랐고, 다시 월성재까지 나아간 다음, 지난번에 황점을 향해 내려갔었던 바람골과는 정반대 방향인 토옥동계곡 쪽으로 내려왔다. 계곡을 거의 다 내려와서는 위에 걸친 T셔츠를 벗어 계곡물에 씻어서 그것으로 웃통을 문질러 땀을 닦아내었다.

전라북도 장수군 계북면 양악리 용연정의 저수지까지 내려와 거기에 와서 대기하고 있는 우리들의 대절버스 안에다 배낭을 내려놓고서 밖으로 나와 주최 측이 준비한 맥주로 목을 축였다. 그 마을 길가에 세워져 있는 비문에 의하면, 여기는 국어학자 鄭寅承(1897~1986) 씨의 고향마을로서, 그의 고택이 아직도 보존되어 있다고 한다. 나는 이로써 덕유산의 여러 골짜기들을 아마도 남김없이 다 걸어본 셈이 된다.

다시 대진고속도로를 경유하여 밤 여덟 시 남짓에 출발지인 KBS 정문에 도착하여 제각기 집으로 돌아갔다.

24 (토) 맑음 -씨올수련회
함석헌 선생이 돌아가신지 10여년이 지난 후 처음으로 충북 청원군 현도면 상삼리 162-4의 재단법인 천주교보혈선교수녀회 은혜의 집에서 열리는 씨올수련회에 참가하기 위해 오전 11시 발 고속버스로 출발하였다. 우선 대진고속도로를 경유하여 두 시간 걸려 대전에 도착한 다음 집결 장소인 고속터미널 건너편 희망병원 맞은편의 곰탕집에서 점심을 들었고, 집결 시각인 오후 두 시가 못되어 희망병원 앞으로 가서 각지에서 모인 일행과 합류하였다.

거기서 낯익은 얼굴인 강대천·노명환 씨와『씨ᄋᆞᆯ의 소리』편집 업무를 오랫동안 맡아보았던 박선균 목사를 만났다. 박 목사는 근년에 목사의 직을 퇴임하고서 중국 산동성 웨이팡 시에 있는 전문학교로 가서 중국인 젊은이들에게 2년간 한국어를 가르치다가 거기서 부인을 잃었으며, 귀국하여 1년을 지낸 다음 다시 그 학교로 가서 1년간 한국어를 가르치고 있다고 한다.

봉고차를 타고서 청원군의 모임 장소로 이동하였다. 이번 모임의 전체 주제는 '함석헌의 씨ᄋᆞᆯ정신과 평화운동'이다. 1층 홀에서 함 선생이 지은 시에다 김선미 씨가 곡을 붙인 '맘' 등의 노래를 함께 부르다가, 오후 네 시 무렵 최근에 경기도 광주에다 회관 건물을 마련하여 개원한 씨ᄋᆞᆯ여성회의 회장인 곽분이 씨가 인사를 하고, 사단법인 함석헌기념사업회 이사장인 前 고려대학교 행정학과 교수 이문영 씨가 여는 말씀을 하여 모임의 일정이 시작되었다. 금년에 비로소 결성된 씨ᄋᆞᆯ사상연구회의 회장직을 맡고 있으며, 서울대 철학과 2학년 시절에 나를 함석헌 선생이 주재하는『바가바드기타』연구회에 처음으로 인도해 준 선배이기도 한 박재순 씨가「함석헌의 씨ᄋᆞᆯ정신」이라는 제목으로, 그리고 인하대학교 철학과의 김영호 교수가「씨ᄋᆞᆯ의 운동성—'기념사업'에서 평화운동으로—」라는 제목으로 각각 강연한 다음, 토론 시간을 가졌다.

오후 6~7시에 저녁식사를 들고서 산보와 휴식시간을 가졌다. 나는 모임 장소인 은혜의 집 뒤쪽으로 이어진 산책로를 따라 뒷산 능선에까지 올라가 보았다. 산책에서 돌아와서는 잔디밭에 둘러앉아서 씨ᄋᆞᆯ사상연구회의 앞으로의 스케줄에 대해 협의하고 있는 모임에 합석해 보기도 하였다. 이 자리에는 한신대 역사학과에서 한국근현대사를 전공하고 있는 서굉일 교수 및 영국 쉐필드 대학에서 함석헌 사상에 관한 주제로 박사학위를 취득하였고, 영국인 여성과 국제결혼을 하여 현재 한국으로 돌아와서 취업해 있는 김성수 씨도 있었다. 김성수 씨는 예전 함 선생님 생존 시에 서울 불암산 유스호스텔에서 있었던 씨올수련회 당시 일본어 통역을 맡았던 나를 기억하고 있었다.

오후 8시 남짓부터 대전에 있는 한남대학교 사회복지학과의 김조년 교수가 「아름답고 평화로운 삶」이라는 주제로 강연을 한 다음, 몇 개의 조로 나누어 '함석헌 씨올정신과 평화운동'이라는 주제를 가지고서 토론을 하였다. 나는 박재순 군 등과 더불어 2조에 속하였는데, 우리 조의 기록은 전라도 곡성에서 농사일을 하고 있는 박종채 씨가 맡았다.

이상으로 오늘의 행사를 모두 마치고서 나는 다른 세 명과 더불어 122호실을 숙소로 배정받았다. 취침 전 봉원동에 있는 종교친우회(퀘이커) 건물에 한 때 거주하기도 했었던 조희연 씨 및 강대천 씨와 함께 바깥의 벤치에서 내가 유학차 출국한 이후 퀘이커 모임의 경과에 대한 이야기를 들었다. 풍양조씨로서 조선조 말 세도정치시기에 한 때 수렴청정을 하기도 했었던 趙大妃의 직계후손인 조희연 씨는 이번에 만나보니 앞쪽 위 이빨이 대부분 빠져 있었다. 알고 보니 그 시절의 분쟁으로 말미암아 같은 회원으로부터 폭행을 당해 빠진 것이며, 그 일로 한 때 소송 사태가 벌어지기도 했었다고 한다.

25 (일) 맑음 -은혜의 집

오전 7시 30분 무렵 아침식사를 든 다음, 성공회대학교 겸임교수인 박성준 씨의 인도로 강당에다 탁자를 둥그렇게 배치하여 둘러앉아서 성경 공부를 하였다. 박 씨는 서울상대를 졸업한 후 중앙신학대학으로 편입하여 신학으로 전공을 바꾸었고, 일본 立敎대학에 유학하여 신학박사 학위를 취득한 다음, 미국으로 가서 뉴욕의 유니온신학대학, 필라델피아의 퀘이커대학인 펜들힐 등에서 수학하였으며 서울의 퀘이커 모임 회원이기도 한데, 부인은 현재 여성부장관의 직을 맡아 있다고 한다. 올해로 63세인 박 씨는 統革黨 사건으로 대전에서 15년간 징역생활을 하였고,

퀘이커 회원이 된 지는 2년 반 정도 되며, 일본 東京에 있는 어느 대학에서도 1년에 한 학기 정도 강의를 맡아 있는 모양이었다. 박 씨가 어떤 신문의 칼럼에다 발표한 '목마르지 않는 물'이란 제목의 요한복음 제4장에 나오는 사마리아 여인과 예수와의 대화에 관한 隨想을 읽은 다음, 돌아가며 각자가 소감을 말하는 식의 모임이었다. 그것이 끝난 다음 각자의 소감과 어제의 분임토의 결과를 발표하는 전체토론의 자리가 있었고, 기념촬영을 하고서 점심을 들었다. 오후 1시부터는 각자의 다짐을 말하는 시간이 있었다.

오후 1시 30분 무렵에 출발하여 대전으로 돌아오는 봉고차 안에서 캐나다의 토론토에서 온 함석헌 선생 둘째 딸의 아들과 나란히 앉아 대화를 나누었다. 이번 모임에 참가한 40명 전후의 사람들 가운데에는 독일에서 온 여성 등 해외 교포들도 포함되어 있었다. 오후 3시 20분의 우등고속버스 표를 예매해 두었기 때문에 한 시간 정도 여유가 있어, 대전고속터미널 구내 2층의 커피숍으로 가서 김성수 씨 및 한국신학대학 학생 두 명과 더불어 대화를 나누다가 그들과도 작별하고서 대진고속도로를 경유하여 오후 5시 반 남짓에 집으로 돌아왔다.

9월

8 (일) 맑음 -노고단, 임걸령, 삼도봉, 용수막골
아내와 함께 경상대학교총동문회산악회를 따라 지리산 불무장등 능선과 용수막골에 다녀왔다. 오전 8시 진주경찰서 입구의 사거리에서 대절버스 한 대로 출발하여, 대진고속도로와 88고속도로를 경유하여 지리산 톨게이트로 일반국도에 빠져나와, 인월과 뱀사골 입구 및 달궁을 거쳐 지리산 성삼재에서 하차하였다. 고갯길을 걸어 노고단산장에 이른 다음, 돼지령을 거쳐 오후 1시 남짓에 샘이 있는 임걸령에 이르러 점심을 들었다. 점심 식사 후 삼도봉을 향하여 다시 긴 고갯길을 오르다가 노루목 삼거리에서 길을 잘못 들어 반야봉 쪽으로 100m 남짓 나아갔다가 도로 내려오기도 하였다.

경상남도와 전라남북도의 경계 지점인 삼도봉에서 불무장등(1,446m)을 거쳐 피아골로 하산할 예정이었는데, 삼도봉에서 바라보니 불무장등 정상에 삼림감시원으로 보이는 두세 사람의 모습이 바라보였으므로, 그들을 피하여 산죽 숲을 가르며 용수암계곡으로 내려왔다. 임걸령에서 피아골로 내려가는 길과 만나는 용수암삼거리까지는 거의 인적미답에 가까운 바위계곡으로서 근자의 대형 태풍 루사로 말미암아 뿌리 채 쓰러진 나무둥치 등이 길을 가로막고 있을 경우가 많았다.

피아골산장을 지나 한참을 더 걸어서 어둑어둑할 무렵에 稷田마을 입구에 대기하고 있는 대절버스가 서있는 장소에까지 이르렀다. 이 마을에는 피밭골이라는 간판도 눈에 뜨이므로, 피아골이라는 명칭은 피밭골의 음이 변한 것임을 짐작할 수가 있었다. 정거장에서는 한 시간 정도 맥주술판이 벌어졌으나, 나는 여러 사람이 권함에도 불구하고 온종일 술은 전혀 입에 대지 않았고, 점심 식사 때가 아니고서는 다른 음식물도 들지 않았다.

15 (일) 비 -뱀사골, 삼도봉, 불무장등 능선

알파인산악회를 따라 지난주에 못 오르고 말았던 지리산 불무장등 코스를 다녀왔다. 오전 7시 30분 육거리에서 집결하여 삼천포에서부터 오는 사람들과 합류하여 대절버스 한 대로 출발하였다. 함양군 마천면과 전북 남원군 산내면을 경유하여 뱀사골 입구의 반선에 도착한 다음, 부슬비 속을 걸어 9km 정도 떨어진 거리의 뱀사골 대피소까지 올라가는 도중에 빗발은 점점 굵어져 갔다. 정오에 대피소에 도착하여 피를 피해 처마 밑에서 점심 도시락을 먹은 다음, 추위를 이기기 위해 바로 출발하여 화개재에 올랐고, 이어서 가파른 나무 계단을 한참 동안 올라 三道峰(날날이봉, 낫날봉, 1,550m)에 도착하였다.

不無長嶝(1,446m)을 지나 갈림길에서 방향을 잘 몰라 그 중 보다 뚜렷해 보이는 오른편 오솔길로 접어들었는데, 한참동안 가파른 내리막길이 계속되는지라 길을 잘못 든 줄로 알았으나, 결국 다시 능선 길로 이어졌다. 통꼭봉(904.7m)을 지나자 안개에 덮여 주위의 경치가 아무것도 보이지 않던 것이 비로소 아래편 목통 마을의 모습을 내려다 볼 수가 있어 안심하였다. 오솔길을 뒤덮은 산죽 숲을 계속 헤치고 지나가야 했기 때문에 온몸이 빗물에 젖었을 뿐 아니라 구두 속까지 온통 질퍽거렸다.

통꼭봉 지나 오른쪽으로 조금 내려간 지점의 농평 마을에 이르러 우리의 산행은 끝나고, 거기에 있는 불무산장에서 청둥오리 파티로 저녁식사를 했다. 나는 혼자서 아무 것도 안 먹겠다고 하기도 어색하여 결국 다른 사람들과 어울려 식사도 하고 술도 마셨다. 이 모임에는 금년 봄에 세계에서 여섯 번째로 높은 히말라야의 초오유 봉을 등정하고서 돌아온 경남산악인들의 단장과 산행대장이 참석해 있었다.

날이 어두워진 후 불무산장의 소형 트럭을 타고서 하산하여 연곡사 아래쪽 전남 토지면 내동리의 길가에 정거해 있는 우리들의 대절차를 타고서 귀가하였다. 진주에 도착하여서도 비속을 걸어 집에 도착한 다음, 샤워를 마치고서 밤 10시 반 쯤에 취침하였다.

10월

20 (일) 흐리고 대체로 부슬비 −삼랑진 천태산

아내와 함께 모처럼 산사랑보라매산우회의 제19차 산행에 동참하여 양산시 원동면과 밀양군 삼랑진읍의 경계에 위치한 天台山(630.9m)에 다녀왔다. 오전 8시에 칠암동의 도문화예술회관 주차장에 집결하여 20명이 대절버스 한 대로 출발하였다. 남해고속도로를 따라 부산 쪽으로 향하다가 김해에서 大同톨게이트를 지나 양산시에 진입하였고, 양산의 대형물류센터가 위치한 지역에서 한 동안 진로를 잘못 잡아 차를 되돌려 나오기도 하였으며, 물금과 원리를 거쳐 삼랑진 쪽으로 향하다가 원동면 비석골에서 하차하였다. 예전에 토곡산(855m)에 오르기 위해 원동면의 소재지인 원리까지 온 적이 있었다.

낙동강 가의 비석골에서 산 위의 이동통신안테나를 목표로 삼아 길도 없는 가파른 산길을 치고 오른 다음, 능선에서부터는 ≪국제신문≫ '근교의 산들' 팀이 설치한 누런 색 리본을 표지로 삼아 나아갔다. 비석봉(561.3m)을 지나 암릉 지대를 따라가다가 바람재와 석탑봉우리를 거쳐 양수발전소 건설을 위해 인공으로 조성한 호수인 천태호를 왼쪽으로 내려다보면서 계속 갔다. 오전 11시 무렵부터 등산을 시작하여 오후 두 시 가까운 시각에 천태산 정상으로부터 멀지 않은 지점에서 점심을 든 다음, 양수발전소에서 생산된 전력을 수송하기 위해 건설한 철탑들이 여기저기 이어져 있는 곳에 위치한 정상에 올라 주위의 풍경을 조망하였다. 정상을 알리는 비석이 서 있었지만, 그 뒤쪽으로는 이보다 더 높은 금오산(760.5m) 만어산(670.4m)이 이어지고 있었다.

붉은 물이 든 숲속을 따라 하산 길에 나서서 호수로 진입하는 포장도로의 재에 위치한 천태호공원에 내려선 다음 다시 능선 길을 취하여 한참을 걸었고, 천태호 아래쪽 끝의 제방이 있는 곳에서부터는 좁다랗고 험한 계곡 길을 따라 오후 네 시 반쯤에 天台寺 입구에서 대기하고 있는 우리들의 대절버스에 도착하였다.

돌아올 때는 삼랑진과 김해군 生林面, 그리고 진영을 거쳐서 다시 남해고속도로의 갔던 코스로 되돌아왔다. 진주에 도착하여서는 도동의 어느 콩나물국밥 전문 식당으로 들어가 회장이 내는 저녁 식사를 든 다음, 밤 여덟 시 반 무렵에 집으로 돌아왔다.

27 (일) 맑음 -해금강, 외도

본교에 재직하는 일본 박사 모임인 玄土會의 가족 야유회에 참가하여 거제도 海金剛과 外島에 다녀왔다.

오전 9시 40분에 가좌동캠퍼스의 대학본부 건물 농협 앞에서 집결하여 대절버스 한 대로 출발하였다. 도중에 통영캠퍼스의 해양과학대학에 들러 그 쪽 회원 몇 가족을 태워서 함께 거제도로 떠났다. 이 모임의 회원 수는 현재 명예교수 8명, 정회원 39명, 미가입 1명을 포함하여 총

48명인데, 인문대학에는 나 한 사람뿐이며, 오늘의 참가자는 통영캠퍼스 회원의 가족까지 포함하여 30명 정도였다.

거제도 新縣을 지나 玉浦의 식당에서 해물탕으로 점심을 들었고, 전국 적으로 이름난 드라이브 코스인 해안도로를 따라 가다가 기사가 구조라 에서 배를 타는 줄 알고 거기에 잘못 주차하는 바람에 다소 지체되었다. 해금강 선착장에 도착했을 때는 우리가 타려고 했던 배가 이미 출발해 버렸으므로, 40분 정도 기다렸다가 오늘의 마지막 배를 탔다. 해금강을 한 바퀴 돌면서 배에 탄 채 갈라진 바위 틈새로 들어가 보기도 하였다가, 해금강에서 20분 정도 거리인 外島의 선착장에 도착하였다. 아내와 나는 이미 몇 차례 와 본 적이 있었으나 회옥이는 처음이라고 한다.

이 섬은 전직 교사인 부부가 근처에 놀러왔다가 우연히 폭풍에 갇혀 이 섬에서 하루 밤을 자게 된 것이 인연으로 당시 인가가 몇 채 밖에 없었던 이 섬 전체를 몇 차례로 나누어 구입하였고, 그 이후 여러 가지 시행착오를 거치면서 차츰 개발하여 아열대식물 등으로 이루어진 커다 란 서양식 해상 정원으로 꾸며놓은 것이다. 입장료는 뱃삯을 포함하지 않고서 1인당 3,500원이었다가 올해부터는 5,000원으로 올랐다고 하며, 하루 관람객이 만 명 정도 된다고 한다. 언덕을 좀 올라간 곳에는 근자에 인기를 끌었던 TV 드라마 〈겨울 연가〉의 마지막 장면을 촬영했다는 단 층 양옥집도 있었다.

오후 5시 20분의 마지막 배로 외도를 떠나 해금강 선착장으로 돌아왔 다가, 이미 어두워진 가운데 왔던 길을 따라 통영으로 나와, 통영에 거주 하는 회원의 안내로 바닷가 항구의 '오, 마산'이라는 횟집에서 저녁 식사 를 든 후, 밤 11시가 넘어서 집에 도착하였다. 집에서 학교까지는 왕복 모두 아내가 운전하였다.

11월

3 (일) 오전 중 맑았으나 오후 산에는 눈 -보현산, 부약산

아내와 함께 삼천리산악회를 따라 경북 영천시 화북면과 청송군 현서면의 경계지점에 위치한 普賢山(일명 母子山, 1,124.4m)와 夫藥山(791m)에 다녀왔다. 오전 8시 30분까지 진주 MBC 옆 진주중학교 앞에 집결하여 대절버스 한 대로 출발하였다. 남해·구마고속국도를 경유하여 대구에서 경주 가는 국도를 따라가다가 영천 시내를 거쳐 화북면으로 접근하였다. 들판에 추수는 이미 완전히 끝나고, 화북면 일대에서는 과수원의 사과나무에 잘 익은 사과가 다닥다닥 열려 있는 모습을 자주 볼 수 있었다.

입석리에서 부약산으로 접근할 예정이었는데, 집행부가 길을 잘 몰라 지나쳐 버렸기 때문에 예전에 아내와 함께 보현산에 왔다가 하산 길에 길을 잘못 들어 헤매다가 간신히 그리로 내려온 바 있는 법화리까지 갔다가 도로 돌아와 입석리 골짜기로 진입하였다. 그러나 이번에는 버스가 산골짜기를 너무 많이 올라가 버려 1차선 포장도로가 거의 끝나가는 지점의 마지막 마을이 있는 지점에서 더 이상 버스가 나아갈 수 없으므로, 부득이 하산하여 참가자 중 아홉 명만이 등산을 시작하였다.

그 길은 애초의 목표였던 부약산 쪽이 아니라 보현산으로 가는 길이었는데, 얼마 후 포장도로가 끝나고서 비포장도로가 이어지더니 그것마저 끊어지려 하는 지점에서 옆으로 난 등산로를 따라 올라갔다. 산에는 낙엽이 깊게 쌓여 등산로가 종종 끊어지다가 나타나기도 하였는데, 길이 있든 말든 계속 치고 올라가니 마침내 보현산 시루봉에 닿게 되었다. 시루봉에 오를 무렵부터 조금씩 내리던 눈발이 제법 많아졌다.

첫눈 속에 천문대 전시관을 둘러보고서 천문대 구내의 커피 자동판매기가 설치되어 있는 작은 공간으로 들어가 유리문을 닫고 그 바닥에 둘러앉아서 각자 준비해 온 점심 도시락을 들었다. 하산할 때는 천문대 주위에 쳐진 쇠 울타리를 따라 法龍寺 방향으로 내려왔다. 지은 지 그다지 오래되지 않은 법룡사의 뒷산이 오늘의 목표지였던 부약산인데, 하산

길에 그 정상에도 서 보았다.

법룡사에서 절 진입로가 시작되는 용소리의 도로 가 휴게소까지는 차가 다닐 수 있는 가파른 비포장도로가 닦아져 있다. 지난번에 왔을 때 휴게소로부터 법룡사 바로 아래까지 이 도로를 따라 올라와 본 적이 있었다. 한참을 내려온 지점에서 인솔자가 원래의 등산 예정 코스였던 것으로 짐작되는 샛길을 따라 입석리의 저수지 쪽으로 빠지므로 별 수 없이 그 뒤를 좇아서 내려왔고, 그 아래쪽 사과 과수원이 많은 깊은김 마을에서 휴대폰으로 우리의 대절버스를 불러 타고서 왔던 코스로 歸途에 올랐다. 밤 여덟 시 무렵에 진주에 도착하여 아내와 함께 우리 아파트 구내의 슈퍼마켓에서 장을 보아 귀가하였다.

10 (일) 맑음 -얼음골, 표충사, 김종직 고향, 표충비

장모 및 황 서방 내외와 우리 내외가 함께 황 서방이 운전하는 봉고차를 타고서 밀양에 다녀왔다. 오전 9시 남짓에 집을 출발하여 남해 및 구마고속도로를 경유하여 영산과 부곡온천을 거쳐 밀양군 무안면에 진입한 다음 밀양 시내를 거쳐서 산내면의 얼음골로 들어갔다.

친구 쪽으로 하여 알게 된 사람이 이곳 얼음골에서 사과과수원을 경영하고 있어 황 서방 내외는 작년에도 장모를 모시고 여기로 와서 사과를 사 간 모양이었다. 초등학교 건물을 표지로 삼아 산내초등학교 옆 골목으로 꺾어 들어가 다리를 넘어서 구만산 아래 마을로 들어갔다. 뒤늦게야 길을 잘못 든 것을 알고 돌아 나와서 석남터널 쪽으로 더 올라간 다음, 산내초등학교 남명분교 근처에서 소형 트럭을 몰고 나온 과수원 주인의 마중을 받아 삼양리에서 산비탈 길을 타고 올라가 삼양마을회관 지난 곳에 위치한 과수원에 도착하였다. 그곳은 예전에 아내와 내가 올라본 적이 있는 백운산이 바로 건너편에 바라다 보이는 곳이었지만, 여기서 8년 동안 과수원을 경영해 오고 있다는 젊은 주인 내외는 그것을 가지산인 줄로 잘못 알고 있었다.

주인 내외가 거처하는 집의 꼭대기 층으로 올라가 까치가 쪼아서 상

품가치가 떨어진 사과들과 군고구마를 대접받으며 얼마간 대화를 나누다가 과수원 안으로 들어가 붉은 열매가 주렁주렁 연 사과나무를 배경으로 사진도 찍었다. 사과 여덟 궤짝을 사서 봉고차의 짐칸에 싣고는 주인 가족과 작별하였다. 그 중 성한 사과 한 궤짝과 까치가 쫀 사과 한 궤짝은 황 서방이 우리 가족에게 선물로 주었다.

그 길로 표충사로 가서 寺下村 주차장 가에 있는 식당에서 된장찌개로 늦은 점심을 든 다음 다시 표충사 경내로 차를 몰고 들어가서 절을 둘러보았다. 식사 때 거의 혼자서 마신 동동주의 술기운에 돌아오는 차 안에서 나는 꽤 좋았지만, 禮林書院에서 멀지 않은 부북면의 마흘리고개 조금 못 미친 지점의 제대리를 지나올 때는 도로 가의 안내판에 의해 佔畢齋 金宗直의 고향 마을을 처음으로 확인하였고, 무안면 무안리의 四溟堂 고향마을에서는 차를 내려 땀 흘리는 비석으로서 유명한 表忠碑를 다시 한 번 둘러보기도 하였다.

24 (일) 맑고 포근한 봄 날씨 -모후산

아내와 함께 일송산악회를 따라 전남 화순군 동복면과 남면, 승주군 주암면과 송광면의 경계 지점에 위치한 母后山(918.8m)에 다녀왔다. 오전 8시 30분까지 귀빈예식장 앞에 집결하여 대절버스 세 대로 출발하였다. 남해·호남고속도로를 경유하여 일반국도로 접어들어 동복면 소재지를 지나 오전 11시 무렵에 남면의 유마리에 있는 維摩寺 입구 마을에서 하차하였다.

이 절은 백제시대인 627년에 당나라 사람 유마운이 창립하였다고 전하나, 6.25 당시 빨치산 전남도당이 이를 근거지로 모후산과 백아산을 연계해 활동하였으므로 모두 소각당하고 폐사되어 현재는 암자 정도의 규모에 지나지 않는다. 그러나 어귀에 고려 초기의 양식으로 보이는 보물 1116호로 지정된 팔각원당형 부도('海蓮之塔'이라는 銘文이 있음)가 있고, 경내에도 규모는 크지 않으나마 오래된 당간지주가 눈에 띄므로, 이 자리에 아주 옛날부터 절이 있었음을 확인할 수가 있었다. 절 옆으로 나 있는 등산로는 이 절의 확장 공사가 진행되고 있어서 현재는 사용할 수 없으므로, 다시 마을까지 내려와 거기서 오른쪽으로 이어지는 다른 길로 등산을 시작하였다.

이 산은 고려 공민왕 10년에 홍건적의 난을 피하여 왕과 왕비가 태후를 모시고 이 산 기슭까지 피난 와 假宮을 짓고서 머물던 곳이라 하여 산 이름을 나복산에서 모후산으로 바꾸었다는 전설이 있는데, 정유재란 때 김성원이 노모를 구하기 위해 필사적으로 싸운 곳이라 하여 母護山이라 했다는 말도 있다. 유마사에서 산막골을 거쳐 1시간 정도 걸어서 동복면 유천리 쪽으로 넘어가는 고개인 용문재에 오른 다음, 오른쪽으로 능선을 타고 올라 820봉, 890(곰바위)봉을 지나 모후산 정상에 올랐고, 거기서 주암호 쪽의 탁 트인 경치를 바라보며 준비해 간 도시락과 산악회로부터 받은 소주 한 병으로 점심을 들었다. 식사 후 755봉과 중봉이라고도 불리는 집게봉(760m)을 지나서 능선 길을 따라 오전에 올라온 유마사 윗길인 산막골 쪽으로 하산하였다.

밤 7시 반 쯤에 진주의 집에 도착하였다. 오늘의 총 걸음 수는 16,726보, 거리는 10.87km였다.

12월

1 (일) 맑고 포근함 -간월산

아내와 함께 봉우리산악회를 따라 울산시 상북면에 있는 肝月山(1,083.1m)에 다녀왔다. 오전 8시 30분까지 MBC 옆 진주중학교 앞의 도로변에 집결하여 대절버스 한 대로 출발하였다. 남해고속도로와 경부고속도로를 경유하여 통도사 입구에서 일반국도로 접어든 후, 언양에서 가지산도립공원 쪽으로 꺾어 들어가서 등산 기점인 상북면 등억신리로 접근하였다.

11시 30분 무렵부터 등산을 시작하여 간월재로 오른 다음, 오른쪽으로 능선을 따라 한참을 더 올라가서 정상에 당도하였다. 정상 바로 옆 영남 알프스의 全景이 잘 바라보이는 바위 봉우리에서 준비해 간 도시락과 주최 측으로부터 받은 소주 한 병으로 점심을 든 다음, 백 코스로 오후 네 시 무렵에 하산을 완료하였다.

石南터널과 밀양 얼음골을 경유하여 오후 7시 무렵 진주에 도착하여서는 우리 아파트에서 가까운 고속터미널 앞에서 하차하였다. 그러나 아내가 대절버스 속에다 돈과 핸드폰, 집 열쇠 등이 든 손가방을 두고 내렸으므로 다시 택시를 타고서 찾으러 가고, 나는 아파트로 먼저 돌아와 우리 레인의 경비실에서 아내가 열쇠를 찾아 돌아올 때까지 기다렸다.

8 (일) 부슬비에 산에는 눈 -최참판댁, 한산사, 고소산성, 신선대
아내와 함께 강남산악회를 따라 하동군 악양면에 있는 성제봉(일명 형제봉, 1,115m) 아래의 신선대까지 다녀왔다. 이 산악회는 강남동 주민들이 만든 것인데, 오전 8시 30분에 그 동네의 제일예식장 앞에 집결하여 대절버스 한 대로 출발하였다. 비가 오는 탓인지 스무 명 정도 밖에 참가하지 않았다.

나동을 지나서 하동 가는 국도를 계속 따라 갔다. 목적지인 악양면 평사리에 들러서는 먼저 박경리의 소설 『토지』의 무대가 된 최참판댁을 둘러보았다. 이 건물은 작년부터 짓기 시작하여 부슬비 내리는 오늘까지도 건축공사가 진행 중이었다. 그 장소는 평사리 끄트머리의 좀 높은 언덕에 위치한지라 주위의 경관이 꽤 아름다웠는데, 바깥에는 瀟湘八景 각 풍경의 안내판이 설치되어 있었다.

악양면 입구에 岳陽樓가 있고, 평사리 아래쪽에는 洞庭湖가 있는데, 동정호라 불리는 논 가운데의 늪은 예전보다 더욱 좁아져 있었다. 최참판댁으로 올라가는 중간 지점에서 버스를 내려 도로 공사로 말미암아 진흙 밭이 된 길을 따라 寒山寺 쪽으로 올라갔다. 이 절 안에는 堯 임금의 딸로서 舜에게 시집가 湖南省의 악양루 건너편 동정호 안에 있는 君山에서 죽었다고 하는 두 여인의 이름이 새겨진 비석이 있었고, 한산사 옆으로 난 가파른 비탈길을 따라 한참을 더 올라가면 江蘇省 蘇州의 한산사

부근에 있는 城의 이름을 딴 姑蘇山城에 이르게 된다. 산성의 안내판에는 신라시대의 것으로서 이곳의 옛 읍치였을 것이라고 되어 있었다.

능선을 계속 따라 올라 通天門이라는 좁다란 바위틈을 지났다. 머지않아 부슬비가 진눈개비로 바뀌더니 점차 지대가 높아질수록 눈으로 바뀌고 주위가 온통 눈과 안개로 뒤덮였다. 구름다리가 있는 바위 절벽인 神仙臺 위에서 눈 위에 자리를 깔고 앉아 우산을 받쳐 들고 아내와 둘이서 도시락과 소주 한 병으로 점심을 들었다. 구름다리를 건너 우리 일행이 점심을 들고 있는 바위 아래로 가서 같이 좀 앉아 있다가, 하산 길에 나서 도중에 降仙庵이라는 절에도 들렀다가 악양면 소재지의 면사무소 앞에 주차해 있는 대절버스에 올랐다.

귀로에 하동노량의 수산물공판장 옆에 있는 횟집에 들러 생선회 2kg을 사서 집으로 돌아온 다음, 슈퍼에 들러 초장과 야채 및 覆盆子酒를 사 와서 가족이 함께 회를 들었다.

15 (월) 맑음 -갑장산

오전 8시 무렵에 기상하여 구자익 군과 둘이서 택시를 타고 장대동 어린이놀이터 옆으로 가서 신화산악회를 따라 경북 상주시에 있는 甲長山(805.7m)에 다녀왔다.

대절버스 한 대로 대진고속도로를 경유하여 일반국도에 접어든 후, 거창과 김천을 지나서 정오 무렵에 상주시 지천동에 있는 龍興寺 주차장에 도착하여 등산을 시작하였다. 왼쪽의 등산로를 따라 능선에 오른 후 산책로처럼 경사가 완만한 능선 길을 따라 정상에까지 다다랐고, 미끄러운 눈길임에도 불구하고 나는 정상 조금 아래쪽에 위치한 甲長寺까지 도로 내려와 절 구경을 한 후 다시 올랐다. 갑장산은 상주 남쪽의 案山으로서 淵岳이라고도 부르는데, 상주를 대표하는 三長山 가운데서도 제일 높은 것이라고 한다. 정상에서 능선을 따라 동쪽으로 좀 내려가다가 바람을 피할 수 있는 양지바른 바위 골짜기에서 일행과 함께 점심을 들었고, 여승들이 거주하는 용흥사로 내려와 절 구경을 하기도 하였다.

이번 산행에도 얼굴이 익은 사람들이 댓 명 정도 포함되어 있었는데, 개중에는 장대동에서 LG전자 경남대리점을 하던 사람도 있었다. 나는 거기서 현재까지 거실에 두고서 보고 있는 TV나 과거에 쓰던 비디오를 비롯하여 몇 가지 전자 제품들을 구입한 바 있었지만, 그는 작년에 대리점을 그만두고서 그 상점은 세를 놓고 있다고 한다.

밤 8시 30분 무렵에 진주에 도착하여 시내버스로 집으로 돌아왔고, 구자익 군은 그 길로 학교에 다시 가 거기에 세워 둔 자기 차를 몰고서 밀양까지 돌아가게 되었다.

22 (일) 오전 중 흐렸다가 오후에 갬. 촛至 -영취산, 백운산

아내와 함께 가람뫼산악회의 제71차 정기산행에 참가하여 경남 함양군 서상면·백전면과 전북 장수군 계내면·번암면의 경계지점에 위치한 靈鷲山(1,076m), 白雲山(1,278)에 다녀왔다. 오전 8시 30분까지 장대동 제일은행 앞에 집결하여 부산교통의 대절버스 한 대로 출발하였다. 대진고속도로를 따라 북상하다가 전북 장계에서 일반국도로 진입하여 장계읍을 거쳐 논개의 고향마을이라고 하는 곳을 지나 영취산 아래의 무령고개 주차장에서 하차하여 10시 반 무렵부터 등산을 시작하였다.

가파르게 경사진 길을 반시간 정도 오르니 영취산 정상에 도달하였는데, 이 산은 이른바 백두대간과 호남·금남정맥이 갈라지는 분기점이 된다. 오늘 우리가 나아갈 코스는 백두대간의 제3구간인데, 오전 내내 능선길이 안개에 덮여 주위의 경치를 감상할 수는 없었다. 남쪽 지리산 방향으로 계속 걸어가다가 정오 무렵에 백운산 정상에 닿아 거기에 있는 헬기장에서 점심을 들었다. 그 무렵부터 날씨가 차츰 개기 시작하였다. 식사 후 백두대간을 따라 한참을 더 내려오다가 中峙에서 대간의 능선을 벗어나 함양군 백전면 쪽 골짜기로 접어들었고, 산 중턱의 중기마을에서 대기하고 있는 대절버스에 올랐다.

돌아올 때는 함양읍의 上林 가를 거쳐 함양·진주간의 일반국도를 따라왔으며, 오후 다섯 시 남짓 되어 진주에 도착하였다.

29 (일) 맑음 -청도 남산

아내와 함께 천왕봉산악회를 따라 경북 청도군 청도읍·화양읍·각남면의 경계 지점에 있는 南山(840m)에 다녀왔다. 원래는 남강산악회를 따라 경북 김천시 증산면의 수도산·양각산·흰데미산 종주에 참가할 생각이었는데, 오전 8시 이전에 모임 장소인 강남동 육거리의 제일예식장 사거리로 나가보니 차는 물론이고 아무도 나와 있지 않았다. 알고 보니 다음 주의 산행을 착각한 것이었으므로, 다시 택시를 타고서 장대동 구미니주차장 건너편 경남스토아 앞으로 이동하여 천왕봉산악회에 합류하게 된 것이다.

주최 측에서 원래는 대절버스 한 대를 예약해 두었으나, 참가자가 자꾸 늘어나므로 다시 부산교통으로 연락하여 8시 40분 무렵에 버스 두 대로 출발하게 되었다. 남해고속도로의 동창원 인터체인지에서 進永·河南을 거쳐 밀양시로 진입하였고, 얼음골 방향으로 가다가 기희송림에서 북쪽으로 꺾어들어 청도읍에 도착하였다.

청도의 남산에는 예전에 한 번 오르고자 왔다가 산불예방감시원에 의해 저지당해 되돌아온 적이 있었는데, 이제는 괜찮을까 했더니 역시 같은 꼴을 당하였다. 화양읍 범곡리의 청도군청 뒤편으로 난 도로를 따라 산길을 올라가다가 길이 좁아지기 시작하는 大應寺 옆에서 하차하여 1차선 포장도로를 걸어 올라갔는데, 그 위쪽의 커브 지점에 산불감시원 한 사람이 지키고 있다가 70명 가까이 되는 우리 일행의 진입을 막았다. 한참을 대화한 끝에 감시원이 아래쪽으로 도로 내려가 건너편 골짜기의 보현사 코스로 진입하면 자기는 못 본 것으로 하겠노라고 하므로, 돌아서 조금 내려오다가 대응사에도 채 못 미친 지점에서 밭들이 있는 가파른 언덕을 치고 올라가 원래 우리들이 통과하려 했던 위쪽의 포장도로에 들어섰다. 계곡의 개들이 마구 짖어대므로 그 감시원이 오토바이를 타고서 그 길로 달려지나가며 산길을 오르는 우리 일행을 쳐다보기도 했으나 더 이상 제지하지는 않았다.

도중에 얼어붙은 두 줄기의 약수폭포를 지나서 4km 정도 되는 지점의 남산 정상에 오른 다음, 되돌아 나와 밤티재로 내려가는 길목의 양지바른 곳에서 점심을 들었다. 원래 예정으로는 밤티재 건너편의 화악산(931.5m)을 넘어 李佑成 교수의 고향인 밀양시 부북면 退老里를 거쳐 월산리의 월산초등학교 쪽으로 하산하기로 되어 있었는데, 점심을 마친 무렵에 이미 시각이 오후 3시경이므로, 겨울 해가 짧은 점을 고려하여 밤티재에서 청도읍 상리를 거쳐 평양리의 대현초등학교로 하산하였다. 원래는 상리까지 밖에 도로가 나 있지 않았는데, 지금 대구 쪽으로 연결되는 4차선 포장도로가 밤티재를 지나도록 공사가 진행되고 있었다. 그 일대 골짜기의 밭들은 온통 미나리를 재배하는 비닐하우스로 뒤덮여 있었다.

우리 일행 중 11명은 이미 원래 예정되었던 코스로 화악산을 넘어갔으므로, 두 대의 버스를 두 하산 지점에 각각 한 대씩으로 나누었다. 우리는 상동 부근에서 비닐하우스 농부와 더불어 소주를 마시며 나머지 일행이 다 내려오기를 기다렸다가, 버스 한 대가 이미 이동해 있는 쪽으로 가서 화악산을 넘어간 일행 11명이 다 내려올 때까지 그 부근의 주차장에서 기다렸다. 나는 주차장 건너편의 상점에다 비닐로 가건물 한 칸을 달아낸 술집으로 들어가 오뎅을 들다가 우리 버스에 탄 일행 중 낯익은 사람 몇몇을 불러와 맥주를 사기도 하였다.

밤 8시 무렵에 진주의 집에 도착하였다.

찾아보기